HEYNE BÜCHER

Das Buch

Vor Jahren wurde Mark von seinem älteren Bruder Thomas zum ersten Mal mit hinaufgenommen aufs Dach. Dort zeigte Thomas ihm auch den Dachboden, auf dem sich eine seltsame Truhe befindet, in der ein Familienalbum mit einem Foto ihres verschwundenen Vaters und ein Tagebuch des Vaters liegen, und außerdem ein Lot, das magische Kräfte besitzt. Doch oben über den Dächern droht der Greif, der dunkle Herrscher des ›Schwarzen Turms‹. Den ersten Angriff vermögen die Brüder abzuwehren, aber wird ihnen das noch einmal gelingen?

Im Tagebuch seines Vaters erfährt Mark von der Welt des ›Schwarzen Turms‹, einem Ort, der halb Paradies, halb Hölle ist. Dorthin ist sein Vater verschwunden, und dort wird später auch sein Bruder Thomas gefangen gehalten. Eine Steinfigur – ein Cherub – bittet Mark um Hilfe im Kampf gegen das Böse, denn nur er hat die Kraft, die Macht des ›Schwarzen Turms‹ zu brechen.

»Die tiefere Wahrheit dieses Buches: Gut und Böse liegen nahe beieinander.« *Bayerische Rundschau*

Wolfgang Hohlbein, 1953 in Weimar geboren, hat sich in kurzer Zeit zu einem der erfolgreichsten deutschsprachigen Autoren emporgeschrieben. Seit dem Bestseller *Märchenmond* schreibt er gemeinsam mit seiner Frau Heike erfolgreich märchenhafte Fantasy-Romane.

Wolfgang Hohlbein im Heyne Taschenbuch

Das Druidentor (01/09536) · *Das Netz* (01/09684) · *Azrael* (01/09882) · *Azraels Wiederkehr* (01/10558) · *Hagen von Tronje* (01/10037) · *Der Magier – Der Erbe der Nacht* (01/10820) · *Der Magier – Das Tor ins Nichts* (01/10832) · *Der Magier – Der Sand der Zeit* (01/1083 1) · *Im Netz der Spinnen* (01/10507) · *Dark Skies – Das Rätsel um Majestic 12* (01/10860) · *Wiedergeburt – Der Wanderer* (01/10714) · *Odysseus* (01/13009)

Zusammen mit Heike Hohlbein

Märchenmonds Kinder (01/10711) · *Midgard* (01/10712)
Elfentanz (01/10713)

WOLFGANG & HEIKE HOHLBEIN

DER GREIF

Roman

WILHELM HEYNE VERLAG
MÜNCHEN

HEYNE ALLGEMEINE REIHE
Nr. 01/13121

Umwelthinweis:
Das Buch wurde auf
chlor- und säurefreiem Papier gedruckt.

Taschenbucherstausgabe 10/2000

Wilhelm Heyne Verlag GmbH & Co. KG, München
Printed in Germany 2000
Umschlagillustration: ZEFA Visual Media/Index Stock
Umschlaggestaltung: Nele Schütz Design, München
Satz: Pinkuin Satz und Datentechnik, Berlin
Druck und Bindung: Elsnerdruck, Berlin

ISBN 3-453-16926-3

http://www.heyne.de

Inhalt

Erstes Buch · Der Cherub

Zweites Buch · Auf der Flucht

Drittes Buch · Der Greif

Viertes Buch · Die Kapelle

Erstes Buch

DER CHERUB

Die Verfolgung

Es war dunkel hier oben. Dunkel, kalt und feucht. Vor einer halben Stunde hatte es noch in Strömen geregnet, und die Dächer glänzten wie frisch lackiertes dunkles Holz.

Der eisige Wind trieb Mark die Tränen in die Augen. Als er nach dem Fensterrahmen griff und sich mit einer entschlossenen Bewegung ganz auf das Dach hinaufzog, war es ihm, als bliebe nicht nur das letzte bisschen Licht und Sicherheit hinter ihm zurück, sondern als ergriffe gleichzeitig etwas von der Dunkelheit und Kälte hier oben Besitz von seiner Seele. Mark verscheuchte dieses Gefühl und begann vorsichtig über die nassen Dachziegel zu balancieren. Er ging sehr langsam, ein wenig zur Seite geneigt, um den Druck des Windes auszugleichen, der immer heftiger an seinen Kleidern zerrte, und mit einwärts gerichteten Füßen, wobei er sorgsam darauf achtete, immer die ganze Schuhsohle aufzusetzen, ehe er den anderen Fuß hob.

Der Weg zum Dachfirst hinauf war nicht sehr schwierig und auch nicht sehr weit – Thomas und er waren ihn so oft gegangen, dass ihm jede Unebenheit vertraut war. Aber normalerweise war er nie bei schlechtem Wetter aufs Dach geklettert.

Und normalerweise war auch niemand hinter ihm her, um ihn umzubringen.

Als er den Dachfirst erreicht hatte, drehte er sich langsam um und blickte in die Richtung zurück, aus der er gekommen war.

Er war allein. Das Dach lag still da wie eine Landschaft aus einem Science-Fiction-Film, eine gemauerte Welt aus Stein und Ton, die hoch über dem Lichtermeer der Stadt schwebte, scheinbar schwerelos und durch einen Abgrund aus Schwärze von der Helligkeit und dem Leben dort unten getrennt. Das Fenster, durch das er herausgekrochen war, schien ihm zuzublinzeln wie ein trübes gelbes Auge.

Für einen Moment glaubte er ein Klirren zu hören und einen Schatten zu erkennen, ein dunkles Huschen vor dem Licht der Petroleumlampe.

Dann begriff er, dass es kein Schatten war, sondern nur das Flackern der kleinen Flamme in der Lampe. Er hatte das Fenster von außen geschlossen, und so war es nur fest angelehnt, und der Wind konnte ins Innere.

Was, dachte Mark, und Furcht schnürte ihm die Kehle zu, wenn *er* seine Spur aufnahm und in seinem Toben die Lampe umwarf? Das ganze Haus konnte abbrennen! Aber das Grübeln war sinnlos, er konnte nicht hier heroben bleiben. Er richtete sich vorsichtig wieder auf, breitete die Arme aus und begann wieder zu balancieren.

Die Dächer breiteten sich finster und scheinbar endlos vor ihm aus, ein rechteckiges Auf und Ab, nur hier und da unterbrochen von einem Erker, einem Fenster oder den dürren Knochenfingern der Schornsteine und Antennen – und schmalen, symmetrischen Linien voller Dunkelheit.

Es waren diese so harmlos erscheinenden Linien, die Mark Sorge bereiteten. Denn in Wirklichkeit waren die Linien bodenlose Abgründe von zehn, fünfzehn Metern Breite, die die einzelnen Häuser voneinander trennten.

Hätte er mehr Zeit und wäre der Sturm nicht so heftig, wäre er zur anderen Seite des Hauses hinübergelaufen und hätte versucht, an der Fassade hinunterzuklettern: Aber er hatte keine Zeit.

Wieder klirrte etwas, und diesmal war das Geräusch so deutlich, dass er sicher war, es sich nicht einzubilden. Aber das Fenster blieb leer. Das Licht flackerte weiter, und auch die Schatten waren noch da, aber nichts rührte sich, und – in der gleichen Sekunde explodierte das Dach neben ihm.

Ein fürchterlicher Schlag schien das ganze Haus bis in seine Grundfesten zu erschüttern, und die Dachpfannen explodierten in einem Hagel aus scharfkantigen Splittern und wirbelnder Schwärze, wie von einer unsichtbaren Faust getroffen. Etwas Riesiges, Graues schob sich aus der gewaltsam geschaffenen Öffnung, griff nach dem gezackten Rand aus zerborstenen Dachpfannen und Holz und fiel mit einem gewaltigen Poltern und Krachen zurück, als ein weiteres Stück des Daches unter seinem Gewicht nachgab.

Mark wartete nicht, bis der Verfolger wieder in der Öffnung auftauchte. Jetzt hatte er keine Wahl mehr. Er lief ein paar Schritte zurück, sammelte alle Kraft und das letzte bisschen Mut, das noch in ihm war – und rannte los.

Das Ende des Daches raste auf ihn zu, und er spürte, wie er bei jedem Schritt ein bisschen mehr aus dem Gleichgewicht kam und abzurutschen drohte.

Mit einer letzten, verzweifelten Anstrengung stieß er sich ab, segelte mit weit ausgebreiteten Armen durch die Luft und begann zu stürzen. Der Rand des gegenüberliegenden Daches sprang ihm regelrecht entgegen, etwas traf seinen rechten Fuß und riss ihn mit entsetzlicher Wucht zur Seite, und dann schlug das geteerte Flachdach des Hauses wie eine fingerlose Faust nach ihm und schleuderte ihn an den Rand der Bewusstlosigkeit.

Sekundenlang blieb er betäubt liegen, dann versuchte er sich aufzurichten. Dach und Himmel begannen sich vor seinen Augen zu drehen, es wurde ihm übel, und gleichzeitig machte sich ein pochender Schmerz in seinem rechten Fuß bemerkbar. Stöhnend blickte Mark an sich herab. Sein Bein war unversehrt. Es tat einfach nur ganz widerlich weh. Mark fragte sich besorgt, ob er mit diesem Fuß noch laufen konnte.

Wie als Antwort auf seine Gedanken erklang vom Dach des gegenüberliegenden Hauses erneut helles Splittern, und als Mark aufsah, erblickte er einen gigantischen schwarzen Schatten, der sich riesig und drohend über der scharf gezogenen Linie des Daches erhob.

Wieder spürte er den lähmenden Schreck, der ihn an der Stelle, wo er sich befand, festhielt und ihn mit Entsetzen sehen ließ, wie der Schatten an die Dachkante trat und sprang. Für eine endlose Sekunde lang schien der riesige Körper fast schwerelos in der Luft zu hängen, dann neigte er sich ein wenig nach vorne und streckte die Hände nach der Dachkante aus – und verfehlte sie.

Das ganze Haus erbebte wie unter einer Explosion, als

der Körper des Kolosses gegen die Wand krachte, mit einem Laut, als pralle Stein gegen Stein. Etwas wie ein Schrei erklang, vielleicht auch nur das Kreischen von Fels auf hartem Mauerwerk, und den Bruchteil einer Sekunde später war der Verfolger aus Marks Gesichtskreis verschwunden.

Mit angehaltenem Atem wartete er auf das Geräusch des Aufpralles, aber es kam nicht. Eine Minute verging, dann noch eine und noch eine, aber der Abgrund jenseits der Mauer blieb stumm, und schließlich wagte er es, sich auf Händen und Füßen hochzustemmen und einen vorsichtigen Schritt zu machen.

Ein stechender Schmerz schoss durch seinen rechten Fuß. Mark fiel in die Knie und umklammerte das Fußgelenk mit der Hand. Erst nach Sekunden ließ das Stechen in seinem Knöchel nach und wurde zu einem dumpfen Pochen.

Als Mark die Augen öffnete, hörte er das Geräusch.

Es war sehr leise, sodass es fast vom Sturm verschluckt wurde, aber für Marks angespannte Sinne nicht zu überhören: ein Kratzen und Schaben wie von harten Insektenbeinen auf Holz – oder steinharten Fingern auf brüchigen Ziegeln. Und es kam von der anderen Seite der Mauer …

Marks Herz machte einen erschrockenen Hüpfer und schien sich in einen kleinen pelzigen Ball zu verwandeln, der direkt in seinem Hals weiterschlug. Verzweifelt versuchte er sich herumzudrehen, ohne seinen Fuß zu belasten.

Über der Mauer erschien eine gewaltige Hand. Langsam, wie eine riesige fünfbeinige Spinne, tastete sie auf der anderen Seite der Wand nach festem Halt und fand ihn.

Mark wartete nicht, bis auch die zweite Hand erschien; er humpelte los, so schnell er konnte. Das Dach war nicht besonders groß, und so hatte er bald die kleine Tür erreicht, hinter der die Treppe lag. Doch schon die erste Stufe, die er hinunterging, wäre fast seine letzte gewesen.

Sein verstauchter Knöchel gab unter dem Gewicht seines Körpers nach. Mark schrie auf, ruderte hilflos mit den Armen und spürte, wie er nach vorne kippte. Erst im letzten

Moment bekamen seine Hände das Treppengeländer zu fassen, und er klammerte sich daran fest.

Keuchend hing er da, das Treppengeländer mit beiden Armen umklammernd und das verletzte Bein weit abgespreizt, dann zog er sich vorsichtig wieder in die Höhe und begann die Treppe hinabzuhumpeln.

Er hatte den ersten Treppenabsatz erreicht, als er dröhnende Schritte auf dem Dach hörte. Dann splitterte Holz, und die ganze Treppe erbebte. Mit letzter Kraft packte Mark das Treppengeländer, schwang das unverletzte Bein darüber – und rutschte in die Tiefe.

Wie ein Pfeil schoss er hinunter. Er hatte kaum Zeit, sich auf den Aufprall vorzubereiten, als er auch schon in der nächsten Etage angekommen war. Mark ließ seinen Halt los, rollte sich zu einer Kugel zusammen und spannte alle Muskeln an, um dem Aufprall wenigstens die ärgste Wucht zu nehmen. Diesmal hatte er Glück – der Sturz war weit weniger schlimm als er befürchtet hatte, und selbst sein verletztes Bein kam relativ glimpflich davon. Hastig richtete er sich wieder auf, kroch auf Händen und Knien zum nächsten Treppenabsatz und zog sich stöhnend auf das Geländer hinauf. Über sich hörte er stampfende Schritte.

Es war ein Wunder, dass Mark bei dieser Rutschpartie – vier Stockwerke hinunter und das mit einem verletzten Fuß – nicht mehr als blaue Flecke abbekam. Er hatte sogar noch einmal Glück: Der Sturz auf die harten Steinfliesen des Eingangsflures tat weit weniger weh, als er erwartet hatte. Mark prallte wie ein flach über das Wasser geworfener Stein auf, schlitterte noch ein paar Meter über die Fliesen und blieb unweit der Tür liegen.

Sekundenlang wagte er nicht, sich zu rühren. Sein Herz pochte, als wolle es jeden Augenblick zerspringen, und es schien an seinem ganzen Körper keine Stelle zu geben, die nicht wehtat. Aber als er sich auf den Bauch wälzte und schließlich auf Hände und Knie hochstemmte, da ging es. Selbst der Schmerz in seinem Knöchel war jetzt nicht mehr ganz so unerträglich.

Im Flur war es nicht so dunkel wie oben im Treppenhaus.

Durch die Milchglasscheibe der Haustür fiel ein grauer Schein, und dann und wann huschte der Lichtfinger eines vorüberfahrenden Autos vorbei, und irgendwo, weit über sich, konnte er das gedämpfte Plärren eines Radios hören. Und dann erzitterte über ihm die Treppe unter krachenden Schritten. So schnell er konnte, richtete sich Mark auf, humpelte an der Wand entlang auf die Tür zu und drückte die Klinke hinunter.

Die Tür ging nicht auf.

Verzweifelt rüttelte er an der Klinke, dann begriff er, dass die Tür abgeschlossen war.

Die Treppe begann zu knirschen und zu beben, als rolle etwas Tonnenschweres die Stufen hinunter, und als Mark aufsah, erblickte er wieder den riesigen Schatten, der sich auf ihn zubewegte.

Mark biss die Zähne zusammen, holte aus und schlug mit aller Gewalt mit dem Ellbogen zu.

Die Milchglasscheibe zerbarst, Scherben und scharfkantige Splitter fielen klirrend auf die Straße. Mark zog den Kopf zwischen die Schultern und sprang durch den Rahmen. Hinter ihm her jagte dumpfes Poltern, und ein wütender Laut war zu hören. Ohne nach rechts und links zu blicken, stürmte Mark aus dem Haus, über den Bürgersteig und auf die Straße hinaus.

Bremsen quietschten, eine Hupe kreischte auf, grelles Licht blendete ihn. Für einen Moment sah er das schreckverzerrte Gesicht des Fahrers hinter der Windschutzscheibe, dann traf ihn die Kühlerhaube des Wagens an der Hüfte und schleuderte ihn zu Boden.

Das Nächste, was er wahrnahm, war lautes Stimmengewirr und eine Hand, die an seiner Schulter rüttelte.

»Mein Gott! Mein Gott, mein Gott ... du bist einfach in den Wagen hineingelaufen!« – »Du darfst dich nicht bewegen, der Krankenwagen ist schon unterwegs. Kann nur noch ein paar Minuten dauern.« – »Was ist nur in dich gefahren, Junge? Du bist einfach auf die Straße gerannt, ohne zu gucken. Du hättest tot sein können!« – »Lassen Sie ihn doch in Ruhe. Sie sehen doch, dass er schwer verletzt ist!«

In der Ferne war das Heulen einer Sirene zu hören.

»Es war nicht meine Schuld! Er ist aus dem Haus gerannt und direkt auf die Straße hinaus! Ich konnte nicht mehr bremsen!« – »Das sieht man, wahrscheinlich sind Sie wie ein Verrückter gefahren, das kennt man ja!«

Mark spürte nur mehr undeutlich, dass er auf eine Trage gehoben und in den Krankenwagen geschoben wurde.

Dann verlor er das Bewusstsein.

Das Verhör

Die Notaufnahmestation der Klinik war laut und so grell beleuchtet, dass das Licht in Marks Augen wehtat. Pfleger und Schwestern liefen hektisch herum, und einmal hörte Mark durch eine geschlossene Tür, wie ein Mann und eine Frau einander anschrien. Er war wach, aber nicht ganz: Sein Bewusstsein war zurückgekehrt, aber wenn man ihn etwas fragte, dann fiel es ihm schwer zu antworten. Später erst sollte er begreifen, dass er die Folgen einer ziemlich schweren Gehirnerschütterung spürte.

An das, was in der nächsten Stunde mit ihm geschah, erinnerte er sich hinterher nur noch wie an einen bösen Traum: Eine Krankenschwester und ein junger Pfleger mit dunklen Haaren und freundlichen Augen zogen ihn aus und versorgten die Hautabschürfungen und blauen Flecken, von denen er mehr als genug hatte. Danach wurde ihm Blut abgenommen, er wurde geröntgt, jemand leuchtete ihm mit einer kleinen starken Taschenlampe in Augen, Ohren und Nase. Er hatte keine Ahnung, wie viel Zeit verging, aber es musste spätnachts sein, als man ihn endlich in ein kleines Zimmer im ersten Stock brachte.

Eine andere Krankenschwester achtete darauf, dass man ihn ins Bett legte und sorgfältig zudeckte, und nachdem die Pfleger gegangen waren, erklärte sie ihm die Funktion der Klingel und der Bettpfanne: Das Erste gedachte Mark wirklich zu benutzen, falls er wieder Schmerzen bekam, das

Zweite ganz bestimmt nicht, wie er der Schwester mit schwacher Stimme erklärte. Sie lächelte nur, löschte das Licht und verließ das Zimmer.

Mark war allein.

Und mit der Dunkelheit und der Stille kam die Furcht zurück.

Sein Herz begann zu pochen, und plötzlich fühlten sich seine Handflächen feucht und klebrig an. Voller Angst sah er sich um.

Die Schatten im Zimmer schienen nicht nur Schatten zu sein, sondern auch noch von etwas anderem Namenlosen erfüllt, das ganz langsam auf ihn zukroch. Plötzlich erinnerte er sich wieder an jenes sonderbare Gefühl, das er vorhin gehabt hatte, als er auf das Dach gestiegen war: als wäre etwas von der Finsternis in ihn hineingekrochen und hätte Besitz von seiner Seele ergriffen.

Mark bewegte den Kopf in den weichen, kalten Kissen und versuchte, etwas in der Dunkelheit zu erkennen. Er sagte sich, dass er im Moment nervös und ängstlich war, und trotzdem … Der Schatten da, neben dem Fenster – vorhin, als man ihn hereinbrachte, hatte er genau gesehen, dass es nur der Vorhang war, und trotzdem war er jetzt fast sicher, dass er sich bewegte, dass sich etwas Großes, Eckiges unter den Falten des Stoffes abzeichnete. Und das dünne Etwas neben seinem Bett, nichts als ein Metallgestell, an dem eine Infusionsflasche aufgehängt werden konnte – hatte es sich nicht verändert, sodass die verchromten Eisenarme jetzt dürren, gierigen Klauen glichen, die sich seinem Gesicht näherten, ganz langsam und immer nur dann, wenn er gerade nicht hinsah?

Sein Herz schlug rascher. Schweiß trat ihm aus allen Poren, er zitterte, und gleichzeitig war ihm eiskalt, obgleich es im Zimmer sehr warm war. Vor den Fenstern heulte noch immer der Sturm, aber er war jetzt nicht mehr sicher, dass es nur die Stimmen des Windes waren, die er hörte.

Die Tür wurde geöffnet. Mark fuhr mit einem unterdrückten Schrei hoch und blinzelte, als jemand die Deckenbeleuchtung einschaltete.

Aber es waren nicht die Ungeheuer seiner entfesselten Fantasie, sondern nur ein grauhaariger Mann im weißen Kittel – der Arzt, der ihn nach seiner Aufnahme behandelt hatte.

Einen Moment lang blieb er reglos unter der Tür stehen. Dann kam er mit schnellen Schritten näher und griff nach seinem Handgelenk, um den Puls zu fühlen.

»Geht es dir nicht gut?«, fragte er besorgt. »Du bist kreidebleich. – Und dein Herz jagt wie nach einem Marathonlauf«, fügte er nach einer Pause hinzu und ließ Marks Handgelenk los.

»Nichts«, sagte Mark hastig. »Wirklich. Ich ... hatte einen Albtraum, das ist alles.«

Der Arzt schien ihm nicht recht zu glauben. »Bestimmt?«

Mark zog seine Hand zurück und verbarg sie unter der Decke. »Bestimmt«, versicherte er. Dabei war ihm klar, wie lächerlich diese Behauptung wirken musste. Sein Herz raste wirklich wie ein Hammerwerk, und er konnte selbst fühlen, dass er bleich wie die sprichwörtliche Wand war. Aber zu seiner Erleichterung drang der Arzt nicht weiter in ihn, sondern trat mit einem leisen Seufzer vom Bett zurück.

»Fühlst du dich kräftig genug, ein paar Fragen zu beantworten?«, fragte er.

Mark nickte. Er hätte alle Fragen der Welt beantwortet, nur um nicht wieder allein sein zu müssen.

»Da sind zwei Herren von der Polizei, die dich einiges fragen möchten«, fuhr der Arzt fort. »Ich bin zwar nicht begeistert davon, aber du weißt ja, wie das ist ... Wenn du willst, schicke ich sie weg und sage ihnen, dass sie morgen früh wiederkommen sollen.«

Polizei? Mark war überrascht. Wieso Polizei? Er hatte doch gar nichts getan! Aber er nickte und versuchte sogar, sich im Bett aufzusetzen, ließ es aber rasch bleiben, als ihn ein strafender Blick des Arztes traf.

»Ich ... kann's ja mal versuchen«, sagte er mit einem schiefen Lächeln.

Der Arzt verließ das Zimmer, ohne die Tür zu schließen. Mark konnte hören, wie er draußen auf dem Flur ein paar

Worte mit jemandem wechselte, und er glaubte so etwas wie ›zehn Minuten, allerhöchstens!‹ zu verstehen, dann betraten zwei Männer das Zimmer, beide dunkel gekleidet, der eine jung, kaum älter als fünfundzwanzig, der andere mindestens doppelt so alt und mit grauen, schon allmählich schütter werdendem Haar. Wortlos zog sich der ältere der beiden Beamten einen Stuhl heran und ließ sich neben Marks Bett nieder, während der andere die Tür schloss und am Fußende des Bettes stehen blieb.

Das Benehmen der beiden gefiel Mark nicht. Obwohl sie noch kein Wort gesagt hatten, kam er sich vor, als hätte er etwas verbrochen.

»Der Herr Doktor hat dir ja schon gesagt, wer wir sind«, begann der ältere Beamte das Gespräch. Er deutete auf seinen Kollegen, dann auf sich. »Das ist Kriminalhauptmeister Winschild, und mein Name ist Bräker. Und du bist …?«

Mark zögerte. Sein Blick wanderte zwischen den Gesichtern der beiden Beamten hin und her, während er sich verzweifelt darauf zu besinnen versuchte, was er vorhin in der Anmeldung gesagt hatte. Die Krankenschwester hatte ihn einen Menge Dinge gefragt, aber er konnte sich nicht mehr daran erinnern, was er geantwortet hatte.

»Erinnerst du dich nicht?«, fragte Bräker. Er gab sich keine Mühe, den Spott in seiner Stimme zu verbergen. Mark starrte ihn an, und in sein Unbehagen mischte sich eine Spur von Feindseligkeit. Bräker hatte so gar keine Ähnlichkeit mit den netten Polizisten, die er aus zahllosen Fernsehkrimis und Romanen kannte.

»Nein«, antwortete er knapp.

Der Kriminalbeamte seufzte. Er griff in die Tasche seines Mantels und zog ein zusammengefaltetes Blatt heraus, das Mark als das Formular erkannte, das die Schwester unten in der Aufnahme ausgefüllt hatte.

»Deine Angaben waren ziemlich dürftig, mein Junge«, begann Bräker von neuem. »Aber du siehst doch ein, dass wir wenigstens wissen müssen, wie du heißt und wo du wohnst.«

»Warum?«, fragte Mark.

Bräker runzelte die Stirn. »Nun«, sagte er, »zum Beispiel, um deine Eltern zu benachrichtigen. Vielleicht interessiert es sie zu erfahren, dass ihr Sohn noch am Leben ist. Oder bist du vor ihnen davongelaufen?«

Die Frage kam so schnell, dass Mark um ein Haar geantwortet hätte. Im letzten Moment schluckte er die Worte, die ihm auf der Zunge lagen, hinunter und zuckte nur mit den Schultern.

»Fühlst du dich nicht wohl?«, fragte Bräker. »Ich weiß, es ist eine dumme Frage – du siehst nicht aus wie jemand, der sich wohl fühlt. Aber ich meine: Fühlst du dich nicht in der Lage, unsere Fragen zu beantworten? Wir können morgen früh wiederkommen.«

»Aber das würde nichts ändern«, fügte Winschild hinzu. »Antworten musst du auf jeden Fall.«

»Aber ich habe doch gar nichts getan«, sagte Mark empört.

»Das behauptet ja auch niemand«, antwortete Bräker.

»Es war ein Unfall«, fuhr Mark fort. Er spürte, dass er im Begriff war, einen Fehler zu begehen. Indem er sein Schweigen brach, gab er seine einzige Verteidigung auf. Trotzdem fügte er hinzu: »Der Mann, der mich angefahren hat, kann nichts dafür. Es war meine Schuld.«

»Auch das wissen wir«, sagte Bräker ruhig. »Es gab Zeugen, die beobachtet haben, wie du aus dem Haus gerannt kamst und direkt auf die Straße gestürmt bist, ohne dich umzusehen. Aber es war eben nicht nur ein Unfall.«

»Wieso nicht?«, sagte Mark störrisch. »Ich habe nicht aufgepasst, das war alles.«

»Sicher«, sagte Winschild. »Und weil du nicht aufgepasst hast, bist du vorher durch eine geschlossene Glastür gelaufen.«

»Und das Haus, aus dem du gekommen bist, sieht aus wie ein Schlachtfeld«, fügte Bräker hinzu. Mark begriff, dass die beiden ungleichen Männer ein perfekt aufeinander eingespieltes Team waren, die sich geschickt die Bälle zuwarfen. Noch fünf Minuten, und er würde alles ausplaudern.

»Jemand hat die Tür zum Dach eingeschlagen, und es gibt Spuren von Blut.«

»Und?«, fragte Mark.

Bräkers Gesicht verfinsterte sich. Sein Zeigefinger deutete auf Mark, als wolle er ihn damit aufspießen. »Jetzt hör mir mal zu, mein Junge«, sagte er scharf. »Es kann ja sein, dass du eine Menge Kriminalromane gelesen hast, aber die Polizei ist nicht halb so dumm, wie sie meistens dargestellt wird. Das Blut auf dem Dach ist von dir, und ich nehme nicht an, dass es bis dort hinaufgespritzt ist, als dich der Wagen angefahren hat. Und die Hälfte der Verletzungen, mit denen du eingeliefert worden bist, stammt auch nicht von dem Unfall. Du bist nicht einfach auf die Straße gerannt – nicht nachts um halb eins. Du bist gelaufen – um dein Leben gelaufen, und zwar, nachdem du dort oben auf dem Dach mit irgendjemandem gekämpft hast. Wahrscheinlich hast du dich losreißen können und bist blindlings auf die Straße gestürmt.«

»Ich erinnere mich nicht«, sagte Mark stur.

»Ja, und an deinen Namen erinnerst du dich auch nicht, ich weiß«, knurrte Bräker und zerknüllte ärgerlich das Aufnahmeformular.

Marks Augen begannen sich mit Tränen zu füllen, obwohl er mit aller Kraft dagegen ankämpfte. Was sollte er tun? Er spürte, dass er allerhöchstens noch Minuten standhalten würde; und selbst wenn es ihm gelänge, nichts zu sagen, dann würden sie die Wahrheit spätestens am nächsten Morgen herausfinden, denn wenn seine Mutter von der Nachtschicht kam und ihre Wohnung verwüstet vorfand, rief sie garantiert die Polizei an. Aber er konnte nichts sagen. Niemals würden ihm die Polizisten Glauben schenken.

»Wir meinen es doch nur gut mit dir, Junge«, sagte Winschild. Seine Stimme klang plötzlich sanft. Er lächelte, und obwohl Mark genau wusste, dass dieser plötzliche Stimmungswechsel nichts anderes war als ein Teil ihrer Taktik, fiel es ihm schwer, dieses Lächeln nicht zu erwidern.

»Sieh mal«, fuhr Winschild fort. »Wir wissen genau, dass du vor irgendjemandem davongelaufen bist. Jemand, der dich ziemlich übel zugerichtet hat. Vielleicht wollte er dich sogar umbringen. Du kannst es uns ruhig sagen. Wir sind auf deiner Seite.«

»Das stimmt«, sagte Bräker. »Die Polizei ist nämlich dazu da, die Bürger zu beschützen, weißt du? Und vor allem Kinder. Aber du musst uns schon ein bisschen helfen. Wer war hinter dir her? Dein Vater?«

Gegen seinen Willen schüttelte Mark den Kopf. »Nein. Mein Vater ... lebt schon lange nicht mehr.«

Bräker lächelte zufrieden, als er merkte, dass Marks Abwehr wieder ein bisschen mehr zusammengebrochen war. »Wer dann?«

»Niemand«, antwortete Mark störrisch. »Ich bin die Treppe hinuntergefallen.«

Bräker seufzte und tauschte einen Blick mit Winschild. »Was hattest du überhaupt in dem Haus zu suchen?«, fragte er. »Wir haben alle Bewohner befragt – du wohnst nicht dort.«

Mark antwortete nicht.

»Aber wir kriegen trotzdem heraus, wo du wohnst«, fuhr Bräker fort. »Du hattest nur Jeans und ein Hemd an – nicht gerade die Kleidung, mit der man im Dezember auf die Straße geht, noch dazu bei diesem Wetter. Also brauchen wir nur in ein paar Häusern nachzufragen, bis wir deine Adresse herausgefunden haben. Warum machst du es uns allen nicht ein bisschen leichter und verrätst uns, wie du heißt?«

Mark schwieg.

»Du willst irgendjemanden schützen, nicht wahr?«, vermutete Winschild.

»Oder du hast irgendetwas ausgefressen und hast Angst, bestraft zu werden«, sagte Bräker.

»Nein!«, antwortete Mark erschrocken. »Ich habe ...« Er brach ab, biss sich auf die Lippen und starrte an Bräker vorbei auf die Wand. Bräker lächelte.

»Ich sage jetzt gar nichts mehr«, murmelte Mark. »Ich bin müde. Ich will jetzt schlafen.«

»Das kannst du«, antwortete Bräker. »Sobald du uns

zwei kleine Worte gesagt hast – deinen Vor- und deinen Nachnamen.«

Mark musterte ihn feindselig, richtete sich mühsam in seinen Kissen auf – und streckte die Hand nach der Klingel aus. Noch ehe der Polizeibeamte begriff, was Mark tat, hatte er den Knopf bereits gedrückt, und schon ging die Tür auf, und der Arzt kam herein. Er musste unmittelbar vor der Tür gewartet haben. Der Blick, mit dem er die beiden Polizisten musterte, war nicht sehr freundlich.

»Fünf Minuten noch«, knurrte Bräker, ohne auch nur aufzusehen.

Der Arzt sah Mark fragend an.

»Ich will jetzt schlafen«, sagte Mark. »Und außerdem habe ich Schmerzen.«

»Sie haben es gehört, meine Herren«, sagte der Arzt. »Also bitte.« Er unterstrich seine Worte mit einer auffordernden Bewegung, aber Bräker rührte sich nicht.

»Ich habe nur noch ein paar …«

»Ihre Fragen können bis morgen warten«, unterbrach ihn der Arzt kalt. »Ich war von Anfang an gegen dieses Verhör, das wissen Sie. Der Junge ist schwer verletzt und braucht Ruhe.«

Mit einer Gelassenheit, die selbst Bräker beeindruckte, schob er den jüngeren Polizisten einfach beiseite, ging um Marks Bett herum und zog ein flaches silberfarbenes Etui aus der Tasche. Mark zuckte ein wenig zusammen, als er sah, wie der Arzt eine Spritze mit einer hauchdünnen Nadel herausnahm.

»Was tun Sie da?«, fragte Bräker misstrauisch.

»Was ich schon vor einer Stunde hätte tun sollen«, antwortete der Arzt. »Ich gebe ihm ein Beruhigungsmittel, das ihm helfen wird, die nächsten zwölf Stunden durchzuschlafen. Das ist die beste Medizin. Ich bin sicher, er wird alle Ihre Fragen beantworten, wenn Sie morgen am frühen Nachmittag wiederkommen.«

Winschild wollte auffahren, aber Bräker gab ihm einen raschen Wink mit den Augen und stand auf. »Sie sind der Arzt«, sagte er. »Aber wir kommen wieder. Um …« Er sah auf die Armbanduhr. »... Punkt vierzehn Uhr. Auf Wiedersehen.«

Ohne ein weiteres Wort verließen die beiden Polizisten das Zimmer. Der Arzt sah ihnen nach, bis sie die Tür hinter sich geschlossen hatten, dann grinste er, legte die Spritze in das Etui zurück und ließ es wieder zuschnappen. Mark blickte ihn fragend an.

»Nur ein kleiner Trick, um sie abzuwimmeln«, sagte der Arzt und zwinkerte ihm zu. »Du brauchst keine Spritze. So erschöpft, wie du bist, schläfst du ohnehin die nächsten zwölf Stunden wie ein Stein.«

Er ließ das Etui in seiner Kitteltasche verschwinden und setzte sich auf den Stuhl, auf dem Bräker zuvor gesessen hatte. »Mal im Ernst«, sagte er. »Wie fühlst du dich?«

»Miserabel«, gestand Mark. »Mein Fuß tut furchtbar weh. Ist er gebrochen?«

Der Arzt schüttelte den Kopf. »Verstaucht«, antwortete er. »Aber das ist manchmal schmerzhafter als ein Bruch. Laufen wirst du damit in den nächsten paar Tagen jedenfalls nicht können.«

Etwas in der Art, in der er diese Worte aussprach, ließ Mark aufsehen.

Der Arzt lachte leise. »Das hattest du doch vor, nicht wahr?«

»Was?«, fragte Mark vorsichtig.

»Wegzulaufen«, antwortete der Arzt. »Jetzt gleich oder spätestens morgen früh, ehe die beiden Quälgeister wiederkommen. Vergiss es. Mit dem Fuß kommst du keine hundert Meter weit.«

»Aber das ist nicht ...«

»Lüg mich bitte nicht an, junger Mann«, unterbrach ihn der Arzt freundlich, aber bestimmt. »Du hast zwar eine Gehirnerschütterung, aber ein Gedächtnisverlust, bei dem die Betroffenen sich nicht einmal mehr an ihren Namen erinnern können, kommt äußerst selten vor. In deiner Hosentasche waren fast zweihundert Mark, dein gespartes Taschengeld, nehme ich an, in Fünf- und Zehnmarkscheinen, ein Fahrplan der Bundesbahn und ein Taschenatlas.«

Mark zögerte einen Moment. »Haben Sie … den Polizisten etwas davon gesagt?«, fragte er schüchtern.

Der Arzt schüttelte den Kopf. »Noch nicht. Ich dachte mir, du solltest eine Chance bekommen, in Ruhe nachzudenken.« Er lachte leise. »Weißt du, dass ich auch einmal von zu Hause weggelaufen bin, als ich so alt war wie du?«

»Tatsächlich?«

Der Arzt nickte. »Ich war vierzehn. Und du?«

»Dreizehn«, antwortete Mark. »Ich … ich heiße Mark.«

Der Arzt nickte wieder. Er fragte nicht nach seinem Nachnamen. »Ja, ich bin damals fast ein halbes Jahr weggeblieben, und am Schluss hat mich die Polizei aufgegriffen und nach Hause gebracht. Oh, ich hatte meine Gründe. Sehr triftige Gründe, wie ich damals glaubte. Aber es hat sich nicht gelohnt.« Er stand auf. »Gibt es jemanden, den ich anrufen soll?«, fragte er. »Bräker erfährt nichts davon, mein Ehrenwort.«

Mark glaubte ihm. Trotzdem schüttelte er den Kopf.

»In Ordnung«, sagte der Arzt. »Jetzt schlaf dich erst einmal gründlich aus. Und wenn du jemanden brauchst, mit dem du reden willst, drück einfach den Knopf, okay?«

»Okay«, versprach Mark. Ein warmes Gefühl machte sich in ihm breit. Es tat gut, jemanden in seiner Nähe zu wissen, dem er vertrauen konnte. Aber trotzdem konnte er diesem freundlichen Mann ebenso wenig alles sagen wie den beiden Polizisten oder irgendeinem anderen.

»Mein Name ist Merten«, sagte der Arzt. »Gute Nacht, Mark.«

»Gute Nacht, Dr. Merten.«

Der Arzt löschte das Licht und schloss leise die Tür hinter sich. Wieder war Mark allein mit der Dunkelheit und der Stille. Aber diesmal kam die Angst nicht zurück. Er war einfach nur müde, und das kurze Gespräch mit Dr. Merten hatte ihn mit einem Gefühl der Geborgenheit erfüllt, das er allzu lange vermisst hatte. Ein Gefühl, wie er es bisher außer in der Nähe seiner Mutter nur bei einem einzigen anderen Wesen kennen gelernt hatte.

Er schloss die Augen, und Müdigkeit machte sich wie

eine warme wohltuende Woge in seinen Gliedern breit. Er dachte an den Cherub und wünschte sich, er wäre hier.

Mit diesem Gedanken schlief er ein.

Der Dachboden

Das erste Mal war er seinem Schutzengel im Alter von acht Jahren begegnet. Sein Verhältnis zu seinem zehn Jahre älteren Bruder Thomas war damals nicht sehr gut gewesen. Thomas bezeichnete ihn als Nervensäge und Klette, und Mark ließ keine Gelegenheit verstreichen, seinen Bruder bei seiner Mutter zu verpetzen oder sich heftig über ihn zu beschweren.

An diesem Abend hatten sie sich ausnahmsweise einmal nicht gestritten; ja, mehr noch, Thomas war sogar ausgesprochen guter Laune, teilte seinen Nachtisch mit ihm und erlaubte ihm sogar, in seiner Comicsammlung zu lesen; ein Ansinnen, das er normalerweise voller Empörung ablehnte – was Mark aber nie davon abgehalten hatte, sich die Hefte einfach zu nehmen, sobald sein Bruder aus dem Haus war. Vielleicht lag es daran, dass es gerade Zeugnisse gegeben und Thomas als Klassenbester abgeschnitten hatte, vielleicht war es auch nur eine Art verspätetes Geburtstagsgeschenk – aber der eigentliche Höhepunkt sollte noch kommen.

Ihre Mutter verließ das Haus gegen acht, wie immer, wenn sie zur Nachtschicht musste, und wie immer hatte sie Mark eine halbe Stunde zuvor ins Bett gebracht und ihm noch eine Geschichte vorgelesen. Mark liebte Geschichten; am meisten Science-Fiction-Erzählungen, Geschichten, die auf fremden Planeten oder im Weltraum spielten, und ebenso Gespenstergeschichten – je gruseliger, desto besser. Seine Mutter las ihm jeden Abend noch etwas vor, und manchmal erzählte sie ihm eine Geschichte, die sie sich genau in diesem Moment ausdachte.

Meistens schlief er dabei ein, sodass sie ihm am nächsten Tag das Ende noch einmal erzählen musste, aber manchmal blieb er auch wach und lag noch eine Zeit lang im Dunkeln da und dachte über die eben gehörte Geschichte nach.

So auch an diesem Abend.

Er hatte gehört, wie sich Mutter und Thomas verabschiedeten, und kurz darauf war die Wohnungstür ins Schloss gefallen, und jetzt wartete er darauf, dass im Wohnzimmer der Fernseher wieder eingeschaltet wurde oder die Tür ein zweites Mal zufiel – Mutter sah es nicht gern, wenn Thomas so spät noch wegging, deshalb richtete er es so ein, dass er nach ihr das Haus verließ und sicher sein konnte, dass sein kleiner Bruder bereits schlief und ihn nicht verraten konnte.

Aber an diesem Abend geschah keines von beiden.

Stattdessen wurde die Tür zu Marks Zimmer wieder geöffnet, und sein Bruder blickte zu ihm herein. Mark tat so, als schliefe er fest, aber da Thomas nicht wieder ging, öffnete er die Augen und blickte seinen Bruder an.

»Bist du müde?«, fragte Thomas.

»Nö«, antwortete Mark wahrheitsgemäß. Und fügte hoffnungsvoll hinzu: »Darf ich noch fernsehen?«

Sein Bruder zuckte mit den Schultern. »Wenn du willst. Aber ich hatte eigentlich was Besseres vor. Zieh dich wieder an.«

»Warum?«, fragte Mark.

»Hast du Lust, mit aufs Dach zu kommen?«

Mark starrte seinen Bruder eine Sekunde lang mit offenem Mund an, und dann war er wie der Blitz aus dem Bett. Ob er Lust hatte? Welche Frage!

Es gab nichts, was er sich sehnlicher wünschte!

Seit dem Tag, an dem er seinen Bruder das erste Mal dabei beobachtet hatte, wie er an dem Rosengitter neben der verglasten Dachterrasse in die Höhe stieg und aufs Dach hinaufkletterte, träumte er davon, ihn begleiten zu dürfen. Er hatte darum gebettelt und sogar gedroht, Thomas zu verraten, aber bisher hatte sein Bruder stets abgelehnt, ihn mitzunehmen. Und seltsamerweise hatte Mark nie ernsthaft daran gedacht, ihn wirklich zu verpetzen, obwohl er sonst in dieser Hinsicht keine Hemmungen hatte und ahnte, dass ihre Mutter nicht besonders begeistert von der Vorstellung wäre, dass ihr achtzehnjähriger Sohn mitten in der Nacht auf dem Dach herumspazierte.

So schnell er konnte, zog er sich an. »Fertig«, sagte er keuchend. Er war so aufgeregt, dass er kaum sprechen konnte. Thomas grinste. »Kein Grund, gleich einen Herzinfarkt zu kriegen«, sagte er. Dann deutete er auf Marks Turnschuhe. »Zieh deine Schnürbänder fester. Wenn wir dort oben sind und du darüber stolperst, kannst du dir den Hals brechen.« Mark gehorchte und widersprach auch nicht, als Thomas ihn aufforderte, sich eine warme Jacke überzuziehen – obwohl er es normalerweise hasste, wie ein kleines Kind herumkommandiert zu werden.

Bevor sie das Zimmer verließen, wandte sich Thomas noch einmal an Mark: »Du darfst Mutter kein Wort davon erzählen.«

»Bestimmt nicht.«

»Schwöre es!«, verlangte Thomas. »Sag: Ich schwöre bei meiner Seele, niemandem etwas zu erzählen. Und ich soll im tiefsten Keller des Schwarzen Turmes vermodern, wenn ich diesen Schwur breche!«

Mark hatte nicht die geringste Ahnung, was der Schwarze Turm war. Trotzdem zögerte er keine Sekunde und wiederholte die Worte mit feierlichem Ernst.

»Ich schwöre bei meiner Seele, niemandem etwas zu erzählen. Und ich soll im tiefsten Keller des Schwarzen Turmes vermodern, wenn ich diesen Schwur breche!«, sagte er.

Thomas nickte zufrieden, drehte sich um und ging zur Tür. Sie durchquerten das Wohnzimmer und betraten die Dachterrasse. Thomas schloss sorgfältig die Tür hinter sich, zog den Reißverschluss seiner Jacke hoch und gab Mark ein Zeichen, es ihm gleichzutun. Dann drehte er sich um, öffnete die Außentür und trat auf den schmalen Sims hinaus, der den Dachwintergarten an drei Seiten umgab.

Mark folgte ihm, und seine Schritte wurden langsamer. Seine Knie zitterten ganz leicht, als er neben seinem Bruder stehen blieb und sich behutsam vorbeugte, um über das brusthohe Gitter zu blicken.

Die Straße lag endlos tief unter ihm; nicht fünfundzwanzig Meter, sondern schon eher fünfundzwanzig Kilometer entfernt, und die Autos und Menschen, die sich unten bewegten, kamen ihm vor wie Spielzeuge.

»Angst?«, fragte sein Bruder etwas spöttisch.

Mark blickte ihn nervös an. Natürlich hatte er Angst, aber natürlich hätte er das nie zugegeben. Er schüttelte heftig den Kopf und trat auf das Rosengitter zu. Plötzlich fiel ihm auf, wie rostig die Eisenstäbe waren und wie dünn die Schrauben, die sie in der brüchigen Sandsteinmauer hielten ...

Er streckte die Hand aus, aber Thomas schüttelte den Kopf und schob ihn beiseite.

»Ich gehe vor«, sagte er bestimmt.

Mark sah seinem Bruder zu, wie er geschickt wie eine Katze an dem wackeligen Gitter hinaufzuklettern begann. Auf halber Höhe hielt er an, um sich herumzudrehen und ihm die Hand entgegenzustrecken.

»Nun komm schon«, sagte Thomas. In seiner Stimme lag leichte Ungeduld.

Vorsichtig griff Mark mit der linken Hand zu, suchte mit dem Fuß nach einem halbwegs festen Halt zwischen den Eisenstäben des Rosengitters und kletterte hinter seinem Bruder her. Sein Herz klopfte bis zum Hals. Das Rosengitter zitterte unter seinem Gewicht, und er glaubte zu hören, wie sich die rostigen Schrauben aus ihren Verankerungen in der Wand lösten.

Er war in Schweiß gebadet, als er das kurze Stück überwunden hatte. Mit einem erleichterten Seufzen zog er sich mit Thomas' Hilfe auf das flache Kunststoffdach der Veranda hinauf und bleib einen Moment sitzen.

Seine Knie zitterten, und er war froh, dass er die warme Jacke angezogen hatte. Es war kalt hier oben, und der Wind drang schneidend durch seine Kleider. Auch hatten ihm die Dornen der Rosen Hände und Gesicht zerkratzt, und so war von seiner Unternehmungslust nicht mehr viel übrig geblieben. Am liebsten hätte er auf der Stelle kehrtgemacht, aber dann hätte er zugeben müssen, dass er doch Angst hatte, und außerdem hätte er den Rückweg aus eigener Kraft gar nicht geschafft.

»Na?«, fragte Thomas. »Noch Mut?«

Mark nickte. Sein Bruder lachte, drehte sich herum und begann die steil ansteigende Dachschräge emporzulaufen, als befände er sich auf ebener Erde. Erst als er sich schon einige Meter von Mark entfernt hatte, blieb er wieder stehen und winkte ihm, nachzukommen.

Mark zögerte. Das Dach ragte wie ein Berg über ihm auf, steil und glatt und scheinbar unendlich hoch. Der nächste Halt – die Fernsehantenne – war zwar knappe drei Meter von ihm entfernt, aber sie hätte sich genauso gut auf dem Mars befinden können.

Unsicher sah er sich um. Es kam ihm vor, als wäre es dunkler geworden, und der Wind rüttelte an seinem Körper wie unsichtbare Hände, die ihn in die Tiefe zu ziehen versuchten. Alle Schatten schienen tiefer und unheimlicher geworden zu sein. Selbst die beiden lebensgroßen steinernen Engel, die rechts und links von der Dachterrasse auf dem Sims emporragten, kamen ihm mit einemmal viel weniger freundlich vor als sonst.

Es gab eine Menge solcher Figuren auf dem Dach – sie umgaben das alte Gebäude wie eine steinerne Prozession. Manche stellten Löwen dar, Pferde oder Menschen oder auch Fabelwesen. Einige waren größer als Mark selbst, und bisher hatte er sie immer als seine Freunde betrachtet. Seine Mutter bezeichnete die beiden steinernen Engel beiderseits der Dachterrasse manchmal als ihre Cherubim, und er erinnerte sich, dass einmal ein Mann gekommen war und versucht hatte, die Figuren zu kaufen; für ein Museum, wie seine Mutter später erzählte, aber sie hatte das Angebot ausgeschlagen.

Viele Häuser der Stadt trugen Dachfiguren, manchmal waren es ganze Versammlungen der absonderlichsten Kreaturen, viele von ihnen größer und weitaus kunstvoller gemeißelt als diese hier.

Aber für seine Mutter waren *ihre* Figuren etwas Besonderes, das wusste Mark. Er hatte seine Mutter oft beobachtet, wenn sie am Fenster oder im Wintergarten stand und die schweigende Prozession anblickte. Auch für Mark waren es mehr als nur leblose Steine – manchen hatte er Namen gegeben, nur für sich, und manche waren für ihn zu Freunden geworden.

Aber jetzt war er dessen nicht mehr so sicher.

Die Kälte, der Wind, die Dunkelheit und vor allem seine eigene Angst ließen sie zu etwas Düsterem werden, zu etwas Bedrohlichem, so als wären sie gar nicht die Hüter dieses Hauses, für die er sie immer gehalten hatte, sondern das genaue Gegenteil, eine finstere Garde, die sorgsam darüber wachte, dass niemand dieses Dach betrat und ihr Reich damit entweihte.

»Worauf wartest du?«

Die Stimme seines Bruders riss Mark aus seinen Gedanken. Er wandte sich um, schluckte ein paar Mal, raffte das letzte bisschen Mut zusammen und machte einen vorsichtigen Schritt.

Und in dem Moment, in dem er das Dach betrat, geschah etwas Sonderbares: Alle Angst erlosch, und auch das Schwindelgefühl war plötzlich wie weggeblasen. Von einer Sekunde auf die andere fühlte sich Mark so sicher, als hätte er zeit seines Lebens nichts anderes getan, als über Dächer zu laufen.

Verblüfft blieb er stehen.

Sein Bruder stand über ihm, und in der anderen Richtung endete das Dach nach einem knappen Meter wie abgeschnitten, und darunter lag nur ein schwarzer Abgrund.

Aber er fühlte keine Furcht mehr!

Als er sich herumdrehte, lächelte sein Bruder, als schien er genau zu wissen, was in Mark vorging. Es war ein warmes Lächeln, und zum ersten Mal hatte Mark nicht das Gefühl, dem überlegenen Bruder gegenüberzustehen, sondern einem Freund.

»Ich wusste, dass du es kannst«, sagte Thomas. »Es liegt in unserer Familie, weißt du? Komm.« Er winkte auffordernd mit der Hand, drehte sich um und ging weiter. Ohne zu zögern, folgte ihm Mark, jetzt ebenso sicher und rasch wie sein Bruder, und er verschwendete keinen Gedanken mehr an den Abgrund, der hinter ihm lauerte.

Thomas erreichte den Dachfirst und blieb für einen Augenblick reglos und hoch aufgerichtet stehen, wodurch er fast selbst zu einer Statue zu werden schien, groß und dunkel, nur noch ein Umriss vor dem dunklen Hintergrund des Nachthimmels, dann setzte er sich, zog die Knie an den Körper und umschlang sie mit den Händen. Mark trat neben ihn und setzte sich ebenfalls. Noch vor wenigen Minuten hätte ihm der bloße Gedanke, sich auf einem abschüssigen Hausdach ohne den geringsten Halt einfach hinzusetzen, den Angstschweiß auf die Stirn getrieben. Jetzt spürte er nichts davon.

Während sie sich ausruhten, ließ Mark seinen Blick über die Dächer gleiten.

Was sich unter ihnen ausbreitete, das war eine sonderbare Landschaft aus geometrischen Formen, ein rechteckiges und trotzdem sanft gewelltes Auf und Nieder, das von den leeren Räumen zwischen den Häusern wie von Flüssen voll dunklem Wasser unterteilt wurde und in dem es Berge und Täler gab, Ebenen und Wälder aus Dachpappe und Kaminen, trutzige Burgen und kleine, verspielte Häuser. Diese Welt war bewohnt: Fast über jedem Dach, das er sehen konnte, ragten die Schatten granitener Wächter empor, und für einen Moment glaubte Mark eine geheime Verbindung zwischen ihnen zu erahnen, als wären all diese steinernen Wesen von ein und demselben Künstler erschaffen und hier aufgestellt worden, um ein ganz bestimmtes Muster zu bilden.

Lange saßen Mark und sein Bruder da und blickten auf die Dächer der Stadt herab, und plötzlich begriff Mark, dass diese Welt nichts mehr mit der Stadt tief unter ihnen zu tun hatte, und dieses Erkennen wurde von einem neuerlichen Gefühl tiefer Ehrfurcht begleitet.

Schließlich brach Thomas das Schweigen. »Gefällt es dir?«, fragte er.

Mark nickte. »Es ist … fantastisch.«

»Ja«, sagte Thomas. »Und noch mehr. Mehr, als du dir vorstellen kannst.«

»Warum hast du es mir noch nie gezeigt?«, fragte Mark.

»Weil du noch zu jung warst. Es ist gefährlich.«

Wieder spürte Mark diese neue Verbundenheit zwischen ihm und Thomas. Ein Teil von ihnen beiden schien plötzlich zu etwas Neuem, Ganzem geworden zu sein.

»Und wieso habe ich keine Angst?«, wollte Mark wissen.

Auch jetzt wurde sein Bruder nicht ungeduldig, sondern gab ihm ruhig Antwort.

»Keiner von uns hat das«, sagte er. »Ich nicht, du nicht, und auch Vater hatte keine Angst. Wir sind hier zu Hause, weißt du?« Er sah Mark an und lächelte, als er den verwirrten Ausdruck auf dessen Gesicht sah.

»Vater?« Mark richtete sich auf. »Du meinst, er ... er war auch hier oben?«

»Er hat es mir gezeigt«, antwortete Thomas. »Ich war ungefähr so alt wie du jetzt, als er mich das erste Mal mit hierhergenommen hat. Das war kurz bevor er verschwand.«

Seine Stimme wurde bei diesen Worten bitter, und Mark sagte nichts mehr. Er hatte keine Erinnerung an seinen Vater, denn er war verschwunden, noch ehe Mark ein Jahr alt geworden war, und es fiel ihm nicht schwer, über ihn zu reden. Er hätte auch die Nachricht von seinem Tod ohne wirkliche Anteilnahme hingenommen, denn für ihn war er ein Fremder, von dem er nur wusste, dass es ihn einmal gegeben hatte. Es war der Ton in der Stimme seines Bruders, der ihn aufhorchen ließ. *Er* hatte Vater gekannt, und aus verschiedenen Andeutungen heraus hatte Mark geschlossen, dass sie ein sehr gutes Verhältnis zueinander gehabt haben mussten. Und trotzdem klang Thomas' Stimme jetzt vorwurfsvoll, ja, fast zornig.

»Es muss wohl irgendwie in unserer Familie liegen«, fuhr Thomas fort. »Du hättest Vater sehen sollen, wie er sich hier oben bewegte: so sicher, als säße er in einem Schaukelstuhl. Wusstest du, dass alle unsere Vorfahren auf den Dächern zu Hause waren?«

Mark schüttelte den Kopf. Er wusste so gut wie nichts über ihre Vorfahren, wie Thomas es ausgedrückt hatte. In der Familie wurde selten über die Vergangenheit gesprochen und über Vater und seine Familie schon gar nicht. Mark hatte sich oft gefragt, warum das so war.

»Großvater war Dachdecker und Urgroßvater auch«, sagte Thomas. »Und davor gab es Steinmetze, Schreiner, Zimmerleute – unsere Familie muss mehr Zeit auf den Dächern verbracht haben als andere auf der Erde. Das hier ist unsere Welt, verstehst du? So wie sich andere zum Meer hingezogen fühlen oder zu den Bergen. Ich habe diese Sehnsucht geerbt und du auch.« Er lächelte. »Es ist wunderschön hier oben, aber manchmal auch sehr einsam.«

Mark schwieg. Es gab viel, was er fragen wollte, aber er spürte, dass es besser war, jetzt nicht zu reden. Was Thomas ihm bisher verraten hatte, das war nur ein Teil des Geheimnisses, aber er würde auch den Rest erfahren, wenn er seinem Bruder Zeit ließ.

Plötzlich stand Thomas auf und deutete auf die gegenüberliegende Seite des Daches. »Komm mit.«

Er ging los, so rasch, als wäre es die natürlichste Sache der Welt, dass sein Bruder ihm folgte. Und tatsächlich erhob sich Mark auch und lief hinter ihm her das abschüssige Dach hinunter.

Sie gingen fast bis zum anderen Ende des Hauses, ehe Thomas stehen blieb und in die Hocke ging. Mark sah, wie er sich eine Weile an etwas zu schaffen machte, was er in der Dunkelheit nicht erkennen konnte, dann hörte er ein gedämpftes Quietschen, und plötzlich schien ein Teil des Daches vor Thomas' Füßen nach oben zu schwingen. Ein verirrter Lichtstrahl brach sich glitzernd auf Glas, und Mark begriff, dass sein Bruder ein Fenster geöffnet hatte.

Thomas beugte sich noch weiter vor, griff nach dem Rand der Dachluke und stieg in die Tiefe. Mark hörte ihn einen Moment in der Finsternis dort unten rumoren, dann flammte ein Streichholz auf und wurde nach wenigen Sekunden zum ruhigen gelben Schein einer brennenden Petroleumlampe. Augenblicke später erschienen Kopf und Schultern seines Bruders wieder im Fenster, und er winkte ihm.

»Komm runter. Ich zeige dir etwas.«

Mark ließ sich vorsichtig auf Hände und Knie nieder. Im Schein der Lampe sah er, dass Thomas aus Kisten und Truhen eine Art Leiter unter dem Fenster aufgetürmt hatte. Offensichtlich benutzte er diesen Weg sehr oft.

Als Mark diese provisorische Leiter hinuntergeklettert war, blieb er stehen und sah sich um. Sie befanden sich auf dem Dachboden, wahrscheinlich nur ein paar Meter von seinem eigenen Zimmer entfernt, und trotzdem war es ein Teil des Daches, den er noch nie zuvor gesehen hatte.

Alles war voller Staub und Spinnweben, die wie graue Vorhänge von den Dachsparren hingen. Die Luft roch trocken und hatte jenen eigenartigen Beigeschmack, den man nur in Kellern und auf alten Dachböden antrifft, und auch auf dem Boden lag eine fast zentimeterdicke Staubschicht, in der die Schritte seines Bruders ein verwirrendes Muster hinterlassen hatten. Es war ein riesiger Dachboden. Die wuchtigen Balken, die das Dach trugen, vereinigten sich gute vier, fünf Meter über seinem Kopf zu einem spitzen Winkel, und obwohl das Licht der Sturmlaterne, die Thomas in der Hand trug, sehr hell war, reichte es bei weitem nicht aus, den ganzen Raum zu beleuchten. Für einen Moment hatte Mark den verrückten Gedanken, dass dieser Raum größer sein musste als das ganze Haus – aber natürlich war das unmöglich.

Ebenso unmöglich war auch dieser Dachboden, dachte er verblüfft. Er war groß, riesengroß sogar – aber wieso hatte er ihn nie zuvor gesehen bei einer seiner zahllosen Entdeckungsreisen, die er durch das weitläufige Haus unternommen hatte?

Doch als er seinen Bruder das fragen wollte, lächelte Thomas, als wisse er genau, was Mark jetzt dachte, und hob die Laterne ein wenig, sodass der Lichtschein in den hinteren Teil des Dachbodens fiel.

Auch in dieser Richtung schien sich der Dachboden viel weiter nach hinten zu erstrecken, als eigentlich möglich gewesen wäre.

Überall standen alte Möbel, Kisten und Kartons, und die

Spuren, die Thomas hier hinterlassen hatte, waren viel zahlreicher als im vorderen Teil.

»Sei vorsichtig«, sagte Marks Bruder, »fass nichts an, ohne mich zu fragen – verstanden?«

Mark nickte stumm. Seine Kehle war vor Aufregung wie zugeschnürt, und das Gefühl, sich einem großen Geheimnis zu nähern, wurde immer stärker.

Auf Zehenspitzen folgte er Thomas, wobei sein Blick immer wieder nach rechts und links glitt, ohne dass er irgendetwas Außergewöhnliches entdeckte.

Thomas blieb vor einer Truhe aus schwerem, eisenbeschlagenem Eichenholz stehen und stellte die Lampe vorsichtig auf den Boden.

»Hilf mir.«

Mark kniete sich neben seinen Bruder, und beide mühten sich mit den rostigen Schlössern ab. Dann ertönte ein helles Schnappen, und Thomas wuchtete den schweren Deckel der Truhe in die Höhe. Die Scharniere knarrten so erbärmlich, als wären sie seit einem Jahrhundert nicht mehr bewegt worden.

Mark beugte sich neugierig vor.

Er war enttäuscht. Auf dem rissig gewordenen Eichenholz lag nichts als ein dickes, in schwarzes Leder gebundenes Buch, ein vergilbtes Fotoalbum, und daneben stand ein kleines Kästchen mit geschnitztem Deckel.

»Was ist das?«, fragte Mark leise.

Thomas beugte sich vor und nahm das Buch und das Album heraus. Das Kästchen ließ er unberührt. »Vaters Tagebuch«, sagte er. »Und ein altes Familienalbum.« Er legte das Notizbuch neben sich auf den Boden. »Ich dachte mir, du würdest ihn gerne einmal sehen.«

»Ein ... Bild?«, vergewisserte sich Mark.

Thomas nickte, und Mark griff nach dem Album.

Er hatte seinen Vater nie gesehen, nicht einmal auf einem Foto – es gab keine Bilder von ihm im Haus, und auch das hatte irgendetwas mit seinem Verschwinden vor sieben Jahren zu tun –, und er hatte sich bisher immer eingebildet, dass ihn das auch nicht interessieren würde. Aber das stimmte gar nicht. Sein Herz begann wie wild zu klopfen, als er das Album aufschlug.

Es war ein sehr altes Buch. Die Blätter waren aus schwarzem steifem Karton, und zwischen den Seiten lagen dünne Trennblätter aus halb durchsichtigem Seidenpapier, in die das Muster eines Spinnennetzes eingeprägt war. Die Bilder selbst waren allesamt in Schwarzweiß und hatten weiße gezackte Ränder, und im Licht der Petroleumlampe hatten die Farben einen Stich ins Bräunliche, der sie noch älter erscheinen ließ. Während er das Buch durchblätterte, begriff er, dass es wirklich ein Familienalbum war, im wahrsten Sinn des Wortes. Was er da in Händen hielt, das schien eine lückenlose Ahnengalerie der letzten hundert oder hundertzwanzig Jahre zu sein. Die Männer auf den Bildern sahen sich alle irgendwie ähnlich.

Auf der allerletzten Seite fand er auch ein Foto von seinem Vater.

Er wusste sofort, wen er vor sich hatte. Das Bild, das er sah, schien so alt zu sein wie alle anderen in diesem Album, aber das war unmöglich, denn er wusste, dass sein Vater vierzig Jahre alt gewesen war, als er verschwand, und der Mann auf diesem Foto sah keinen Tag jünger aus als fünfundzwanzig. Und er glich Thomas wie ein älterer Zwillingsbruder.

Mark betrachtete das Foto lange und sehr aufmerksam, und etwas Sonderbares geschah: Er empfand plötzlich etwas für diesen Mann, den er doch gar nicht kannte und über den – wenn überhaupt – in der Familie stets nur wie über einen Fremden gesprochen wurde; ein Gefühl der Zuneigung, das er sich im ersten Moment selbst nicht erklären konnte, und gleichzeitig ein tiefes, schmerzhaftes Bedauern, ihn niemals kennen gelernt zu haben.

Abgesehen von der Ähnlichkeit mit Thomas war an ihrem Vater eigentlich nichts Besonderes gewesen – er war ein ganz normaler junger Mann, groß, schlank, mit dunklem Haar und kräftigen Händen, in ein einfaches Baumwollhemd und knappsitzende Jeans gekleidet; die gleiche

Art von Kleidung, die auch Thomas bevorzugte. Nur seine Augen waren … seltsam. Und es dauerte eine geraume Weile, bis Mark klar wurde, was ihn daran so irritierte.

Obwohl es nur eine Schwarzweißaufnahme war, schien sie irgendwie zu leben. Es war, dachte er verstört, als lächle ihm sein Vater aus dem Foto heraus zu. Nicht der Kamera und dem unbekannten Fotografen, der das Bild vor zwei Jahrzehnten gemacht hatte, sondern *ihm*.

Mühsam riss er sich von dem Bild los und sah seinen Bruder an. »Darf ich es mitnehmen?«, fragte er.

Thomas schüttelte den Kopf. »Mutter würde es nicht erlauben.«

Mark widersprach nicht. Er wusste, dass sein Bruder Recht hatte. Wenn seine Mutter gewollt hätte, dass er ein Foto seines Vater sah, dann hätte sie ihm längst eines gezeigt. Er war sicher, dass sie nichts von der Existenz dieses Albums ahnte.

»Warum ist er weggegangen?«, fragte er leise.

Es war das erste Mal, dass er diese Frage stellte. Das Thema war tabu in der Familie, war es immer gewesen, und er hatte das trotz seiner Jugend so deutlich gespürt, dass er niemals auf den Gedanken gekommen war, seine Mutter danach zu fragen. Jetzt fuhr Thomas zusammen, und für einen Moment glaubte Mark wieder den gleichen Ausdruck von Bitterkeit in seinen Augen zu erblicken wie vorhin auf dem Dach.

»Ich weiß es nicht«, antwortete er. »Niemand weiß das. Er ist eines Tages einfach nicht mehr wiedergekommen. Niemand hat je wieder etwas von ihm gehört.«

Er nahm Mark das Album aus der Hand, klappte es zusammen, nachdem er das Seidenpapier zwischen den beiden letzten Seiten sorgsam glatt gestrichen hatte, und legte es in die Truhe zurück. »Mutter weiß nichts davon – glaube ich. Und es ist auch besser, wenn es dabei bleibt.«

»Hatten sie … Streit?«, fragte Mark zögernd.

Thomas schüttelte den Kopf. »Ich glaube nicht«, sagte er. »Ich denke, es hätte ihr einfach zu wehgetan, all das, was ihm gehörte, immer wieder zu sehen. Sie hat alle seine Sachen weggeben, nachdem klar war, dass er nicht wiederkommen würde.«

»Und niemand weiß, wohin er gegangen ist – oder warum?«

Thomas verneinte. »Die Polizei hat ihn gesucht«, sagte er. »Und die ganze Familie. Mutter ist überall gewesen – bei allen Verwandten und Freunden und an allen Orten, an denen sie irgendwann einmal zusammen waren. Sie hat nicht einmal eine Spur von ihm gefunden. Das hier ist alles, was von ihm geblieben ist.«

Mark deutete auf das Buch zu Thomas' Füßen. »Und das?«, sagte er aufgeregt. »Du hast gesagt, es ist sein Tagebuch. Vielleicht steht dort …«

»Ich glaube, dass es sein Tagebuch ist«, unterbrach ihn Thomas und hob den dicken Band auf. »Es ist seine Handschrift.«

»Aber was steht drin?«

Thomas lächelte. »Warum siehst du nicht selber nach?«

Verwirrt griff Mark nach dem Buch und schlug es auf. Das Papier war so alt, dass es beim Blättern knisterte und Mark fast Angst hatte, die Seiten könnten einfach unter seinen Fingern zerbröseln wie mürbes Holz. Das Buch war fast zur Gänze voll geschrieben, aber als Mark versuchte, es zu lesen, konnte er es nicht.

Dabei war die Handschrift seines Vaters sehr sauber – die Buchstaben bildeten ordentliche kleine Reihen, so gleichmäßig, dass sie fast wie gedruckt aussahen, und die Schrift war weder verblichen noch in einer Sprache abgefasst, die er nicht verstand.

Er konnte sie nur nicht lesen.

Jedes Mal, wenn er es versuchte, schienen sie vor seinen Augen zu verschwimmen, als befänden sie sich unter Wasser, dessen Oberfläche kleine Wellen kräuselten. Überrascht sah er seinen Bruder an.

»Was ist das?«

»Ich weiß es nicht.« Thomas war enttäuscht. »Ich hatte gehofft, dass du es entziffern kannst. Ich werde nicht schlau daraus.«

Und das wiederum verstand Mark nicht. Wieso sollte er eine Schrift lesen können, die selbst sein zehn Jahre älterer Bruder nicht zu entziffern vermochte?

Vorsichtig klappte er das Buch wieder zu und gab es seinem Bruder zurück. Dann deutete er auf das Holzkästchen, das als Einziges in der Truhe zurückgeblieben war.

»Vielleicht ist da etwas drinnen, was uns weiterhilft«, sagte er.

»Mag sein«, antwortete Thomas. »Ich weiß es nicht. Es geht nicht auf. Ich habe den ganzen Dachboden nach dem Schlüssel abgesucht, aber es gibt keinen.« Er beugte sich vor, nahm das Kästchen heraus und hielt es behutsam mit beiden Händen. »Ich könnte es aufbrechen, aber ich möchte es nicht beschädigen.«

Er hielt Mark das Kästchen hin, und sein Bruder griff mit zitternden Händen danach. Es war sehr schwer, und jetzt, aus der Nähe, sah er, dass es wirklich ein kostbares Stück war: Deckel und Seitenteile waren mit kunstvollen Schnitzereien und Einlegearbeiten verziert, und die kleinen Messingscharniere und das Schloss waren so feine Filigranarbeit, als hätten Zwerge mit winzigen Werkzeugen ein Jahr lang daran geschaffen.

Bewundernd drehte Mark das kleine Kästchen in den Händen und ließ es vor lauter Schreck um ein Haar fallen, als aus seinem Inneren ein scharfes, metallisches Klicken erscholl.

Auch sein Bruder fuhr zusammen, und sekundenlang standen sie beide da und blickten wie erstarrt auf die kleine Schatulle hinunter.

Etwas Unheimliches geschah: Mark wollte eben seinen Bruder fragen, was es mit diesem Geräusch auf sich hatte, da ertönte das Klicken zum zweiten Mal, und plötzlich sprang der Deckel einen Fingerbreit auf. Für einen Moment glaubte Mark ein kaltes, strahlend blaues Licht zu erkennen, das aus dem Inneren des Kästchens drang, aber schon war es erloschen.

»Was … was ist das?«, flüsterte Mark mit zitternder Stimme.

Sein Bruder beugte sich über seine Schulter, um die Schatulle genauer zu betrachten. Auf seinem Gesicht lag ein gebannter Ausdruck, und Mark sah, dass seine Hände zitterten. Es war, als ob er sich nur mit Mühe zurückhielte, ihm das Kästchen nicht einfach aus den Händen zu reißen.

»Ich dachte, es sei abgeschlossen«, sagte Mark.

»Das war es bis jetzt auch«, antwortete Thomas. Seine Stimme klang schrill und erregt. »Ich habe keine Ahnung, was das bedeutet.« Er hob den Arm, streckte die Hand nach dem Kästchen aus und zog sie im letzten Moment wieder zurück.

»Mach du es auf«, sagte er und fügte mit einem nervösen Lächeln hinzu: »Ehre, wem Ehre gebührt, nicht wahr?«

Mark war nicht ganz sicher, ob es wirklich eine Ehre war, den Deckel als Erster aufklappen zu dürfen; er dachte an das blaue Licht, und ganz flüchtig schoss ihm der Gedanke durch den Kopf, dass es ebenso gut auch eine Gefahr bedeuten mochte, aber dann schämte er sich vor sich selbst für diesen Gedanken. Zum ersten Mal benahm sich Thomas ihm gegenüber wirklich wie ein Bruder, und er dankte es ihm, indem er ihm üble Absichten unterstellte! Hastig klappte er den Deckel zurück und sah in das Kästchen hinein.

Es war mit feinem, blauem Samt ausgeschlagen, und Mark konnte jetzt den komplizierten Mechanismus des Schlosses erkennen, das offensichtlich gar keinen Schlüssel benötigte, sondern auf einen Druck auf eine bestimmte Stelle der Schatulle reagierte. Auf dem blauen Samt lag eine dünne, schmucklose Silberkette mit einem sonderbar geformten Anhänger.

Mark wollte danach greifen, aber sein Bruder hielt rasch seine Hand zurück, und zwar so heftig, dass Mark vor Schmerz zusammenzuckte: »Nicht!«, sagte Thomas erschrocken. »Fass es nicht an!«

Mark zog seine Hand so hastig zurück, als hätte er glühendes Eisen berührt, und riss erstaunt die Augen auf, als Thomas nun mit spitzen Fingern in die Schatulle hineingriff und die Kette herausnahm.

»Weißt du, was das ist?«, fragte er.

Mark schüttelte den Kopf. Sein Bruder senkte die Stimme zu einem Flüstern, in dem Ehrfurcht lag. »Vaters Lot«, sagte er.

»Sein … Lot?«, wiederholte Mark fragend. Er wusste nicht einmal, was ein Lot war; geschweige denn, was an diesem Lot so Besonderes sein sollte. Aber er sah trotzdem genauer hin und erkannte jetzt, dass er sich getäuscht hatte: Es war gar keine Kette, sondern etwas wie ein geflochtenes Band aus haarfeinen silbernen Drähten, das so beweglich und schmiegsam wie Seide zu sein schien, und an seinem unteren Ende befand sich ein daumennagelgroßer, spitz zulaufender Kegel, der leicht hin und her pendelte, obwohl Thomas sich alle Mühe gab, die Hand ruhig zu halten.

»Vater war Zimmermann«, erklärte Thomas. »Und das ist sein Lot. Er hat es mir einmal gezeigt, als wir zusammen hier oben waren. Aber ich … ich dachte, er hätte es mitgenommen.«

Thomas' Augen leuchteten vor Bewunderung und Ehrfurcht, während er dies sagte, und Mark sah, dass er mit der anderen Hand nach dem kleinen Kegel am Ende der Schnur greifen wollte, aber im letzten Moment vor der Berührung zurückschrak.

»Du meinst, das ist … ein Werkzeug?«, fragte er.

»Es ist nicht nur ein Werkzeug!« Thomas' Gesicht färbte sich rot vor Aufregung. »Vater hat es von seinem Vater bekommen, und der wiederum von seinem und so weiter. Es muss fünfhundert Jahre oder mehr alt sein!«

»Fünfhundert Jahre?« Mark riss erstaunt die Augen auf. Das war eine unvorstellbare Zahl für den Achtjährigen, der er damals war. »Vater hat es immer gehütet wie seinen Augapfel«, fuhr Thomas fort. »Ich war sicher, dass er es mitgenommen hat.«

»Vielleicht kommt er zurück, um es zu holen«, sagte Mark hoffnungsvoll. »Wo es doch so wertvoll ist.«

Sein Bruder schüttelte den Kopf und machte Anstalten, das Lot wieder in den Kasten zurückzulegen, überlegte es sich aber dann und hielt Mark die dünne Silberschnur hin. »Willst du es auch einmal halten?«

Natürlich wollte Mark. Trotzdem zögerte er. Wie vorhin auf dem Dach hatte er das Gefühl, am Rande eines gewaltigen Geheimnisses zu stehen.

Dieses Gefühl wurde stärker, als er vorsichtig die dünne Silberschnur ergriff. Ganz anders, als ihr Aussehen vermuten ließ, fühlte sie sich warm und geschmeidig in seinen Händen an, beinahe wie etwas Lebendes, und es war ihm unmöglich, sie ruhig zu halten.

Schon als Thomas das Lot gehalten hatte, hatte es sich leicht bewegt, aber kaum hatte Mark es berührt, da begann es wild zu pendeln und erst kleine, dann immer größere und schnellere Kreise zu drehen, bis er schließlich mit beiden Händen zugriff und das kleine Bleigewicht am Ende der Schnur festhielt. Und selbst dann schien es zwischen seinen Fingern noch zu zittern und zu beben wie ein kleines, glänzendes Tier, das an seiner Leine zerrte.

»He!«, sagte er überrascht. »Was ist das?«

Thomas antwortete nicht, sondern nahm Mark das Lot aus der Hand, legte es wieder in den Kasten und schloss den Deckel. Mark widersprach nicht. Schweigend sah er zu, wie sein Bruder die Schatulle, das Fotoalbum und Vaters Tagebuch wieder in die Kiste zurücklegte und den Deckel schloss. Dann richtete sich Thomas auf und bedeutete ihm zu gehen. Mark warf einen Blick auf das andere Gerümpel, er wäre gerne noch hier oben geblieben, um den Dachboden weiter zu erforschen.

Thomas war schon halb auf der provisorischen Leiter und hielt inne, als er sah, dass sein Bruder zögerte, ihm nachzuklettern. »Komm«, sagte er. Seine Stimme klang ungeduldig. »Wir müssen uns beeilen. Wir sind schon viel zu lange hier.«

»Aber wir … kommen doch zurück?«, fragte Mark.

»Natürlich. Sooft du willst.« Thomas war sichtlich nervös. »Aber es ist nicht gut, zu lange hier oben zu bleiben. Wenn Mutter etwas merkt …«

»Aber wir sind doch gerade erst zehn Minuten …« Mark stockte mitten im Wort, als sein Blick aus dem Dachfenster fiel. Die Wolken hatten sich verzogen, und in das samtene

Schwarz der Nacht mischte sich ein erster, grauer Schimmer. *Aber das ist doch unmöglich!* dachte er. Als sie die Wohnung verlassen hatten, da war die Sonne gerade untergegangen, und er war sicher, dass seither keinesfalls mehr als eine Stunde vergangen war!

Mit einem Male hatte er Angst.

So schnell er konnte, kletterte er hinter seinem Bruder her und wartete, bis Thomas aus dem Fenster gestiegen war und ihm die Hand entgegenstreckte.

Der Wind traf ihn eisig im Gesicht, als er hinauskrabbelte. Das Dach glänzte vor Nässe, und in der Luft hing der Geruch von Regen. Die Straße tief unter ihnen schimmerte wie ein dunkler Fluss, und die wenigen Passanten, die zu dieser frühen Stunde bereits unterwegs waren, hatten sich unter aufgespannten Schirmen verkrochen.

»Aber wie ist es möglich?«, murmelte Mark fassungslos. »Ich meine, wir … ich habe gar nichts gehört!«

»Hier oben ist vieles möglich«, antwortete Thomas hastig. Er wirkte immer nervöser, und es sah fast aus, als hätte er ebenfalls Angst. Aber wovor? Die Vorstellung, dass es irgendetwas auf der Welt geben könnte, vor dem sein Bruder Angst hatte, kam Mark fast unmöglich vor. Plötzlich hatte er es sehr eilig, Thomas zu folgen, der hastig das Fenster schloss und zum Dachfirst hinaufging.

Als sie die Spitze des Daches erreichten, blieb Thomas stehen und sah hoch. Mark glaubte für einen Moment, einen Schatten zu sehen; etwas Großes, Formloses, das sich zwischen den Wolken zusammengeballt hatte und den Himmel wie mit unsichtbaren Riesenschwingen verdunkelte. Doch als er den Kopf hob, sah er nichts. Wahrscheinlich hatte er es sich nur eingebildet.

Er wollte weiter zum Dachgarten gehen, aber Thomas schüttelte den Kopf und deutete wortlos nach links, fast in die entgegengesetzte Richtung. Mark sah seinen Bruder verwirrt an, folgte ihm aber gehorsam – obwohl der Weg, den er über das Dach hin einschlug, bald zu einem irrsinnigen Zickzack geriet, das sie mal hierhin, mal dorthin führte und mehr als einmal sogar wieder ein gutes Stück fort vom

Dachgarten. Aber er hatte das bestimmte Gefühl, dass Thomas ganz genau wusste, wohin er seine Schritte lenkte und dass das scheinbar sinnlose Hin und Her in Wahrheit der Verlauf eines nur für ihn sichtbaren Pfades war, von dem er nicht abweichen durfte.

Ein Schatten glitt über den Himmel, ein zerfetzter Schemen aus noch tieferem Schwarz vor der Dunkelheit des Firmaments, und diesmal war Mark sicher, ihn sich nicht eingebildet zu haben. Er blieb stehen und sah sich um.

»Was ist?«, fragte Thomas aufgeschreckt. »Hast du etwas gesehen?«

»Ich weiß nicht«, antwortete Mark zögernd. Der Schatten war verschwunden, in dem Augenblick, in dem er geglaubt hatte, etwas Genaueres zu erkennen. »Da war etwas. Ein …«

»Schnell!«, sagte Thomas. »Nichts wie weg hier!«

Sie waren noch gute zwanzig Meter vom Flachdach des Wintergartens entfernt, und Thomas nahm jetzt keine Rücksicht mehr auf den unsichtbaren Pfad, dem er bisher gefolgt war, sondern rannte einfach los, dicht gefolgt von seinem Bruder – und trotzdem hätten sie es um ein Haar nicht geschafft.

Thomas schrie erschrocken auf, aber seine Warnung wäre zu spät gekommen, hätte Mark nicht ein Sekunde zuvor eine Bewegung aus den Augenwinkeln wahrgenommen und sich ganz instinktiv geduckt. So trafen ihn die Krallen nicht direkt, sondern zerfetzten nur seinen Pullover und rissen ihm die Haut auf den Schultern auf. Er schrie vor Schreck und Schmerz auf, machte einen ungeschickten stolpernden Schritt und verlor auf dem abschüssigen Dach das Gleichgewicht, als ein mächtiger Luftzug seinen Rücken wie der Schlag einer unsichtbaren Riesenfaust traf.

Er griff verzweifelt um sich und rutschte mit hilflos ausgestreckten Armen an seinem Bruder vorbei. Thomas warf sich mit einem Satz vor, der ihn um ein Haar selbst das Gleichgewicht gekostet hätte, aber sein Hände verfehlten ihn um Millimeter, und das Letzte, was Mark von seinem Bruder sah, war der Ausdruck fassungslosen Entsetzens auf seinen Zügen. Dann schlitterte Mark über die Dachkante, hatte für eine grauenerfüllte halbe Sekunde das Gefühl, schwerelos in der Luft zu hängen und prallte mit fürchterlicher Wucht gegen ein Hindernis.

Der Zusammenstoß trieb ihm die Luft aus den Lungen und machte seinen Schmerzensschrei zu einem lächerlichen Quietschen. Er fiel, schrammte sich Stirn und Ellenbogen an hartem Stein auf und klammerte sich irgendwo fest. Seine Fingernägel brachen ab, seine Hände waren plötzlich voll Blut, und sein Rücken begann wie Feuer zu brennen, wo ihn der unsichtbare Angreifer getroffen hatte. Aber er war gerettet, und das allein zählte in diesem Moment.

Zitternd kämpfte er sich auf die Knie hoch, ohne seinen Halt loszulassen, und öffnete die Augen.

Unter ihm war nichts mehr. Mark hockte zusammengekauert auf dem kaum doppelt handbreiten Sims, der das Haus umgab; nur ein einziger Zentimeter weiter nach links, und sein Knie wäre abgerutscht. Er war über das Dach hinausgeschossen, und was ihn gerettet hatte, war eine der steinernen Figuren gewesen, die auf dem schmalen Sims standen. Der Granit, an den sich seine Hände schließlich mit aller Kraft festklammerten, gehörte zu der steinernen Hand eines der beiden Cherubim rechts und links des Dachgartens. Sekundenlang blickte Mark das schmale Gesicht des steinernen Engels an, und er glaubte eine Bewegung in den strengen Zügen zu erkennen.

Dann drang Thomas' Schrei in seine Gedanken und ließ ihn erschrocken hochsehen.

Sein Bruder war noch ein gutes Stück von ihm entfernt. Trotz der heraufziehenden Dämmerung war die Dunkelheit noch so tief, dass er ihn nur als Schatten erkennen konnte. Er war nicht mehr allein. Etwas Großes, Flügelschlagendes stieß wieder auf ihn herab und schlug mit Schwingen aus geronnener Dunkelheit nach seinem Gesicht. Mark konnte es genauso wenig erkennen wie seinen Bruder selbst, aber er wusste mit Sicherheit, dass es dasselbe Ding war, das ihn angegriffen hatte.

Thomas wich schreiend vor dem schattenhaften Angreifer zurück und versuchte, das Gesicht zwischen den Armen zu verbergen. Seine Jacke hing in Fetzen, und seine Arme waren voller Blut. Und wieder stieß das fürchterliche Etwas auf ihn herab, lautlos und entsetzlich. Thomas wankte, als die riesigen Schwingen wie Fäuste auf ihn einschlugen, er kippte nach hinten und schlug schwer auf dem Dach auf. Sofort stieß der unheimliche Schattenvogel auf ihn herab, und Mark konnte deutlich hören, wie der Stoff seiner Jacke zerriss.

Von einer Sekunde auf die andere vergaß er seine Angst. Er dachte nicht mehr daran, dass er noch vor Augenblicken selbst beinahe ums Leben gekommen wäre, und auch nicht mehr an die Gefahr, in der er noch immer schwebte. Er sah nur das flatternde riesige Ding, das auf Thomas' Brust hockte, und er wusste, dass er Thomas helfen musste. Mit einem einzigen Satz war er wieder auf den Füßen und rannte das Dach hinauf auf seinen Bruder zu.

Die Schattenkreatur schien sein Nahen zu spüren, denn sie hörte auf, mit Krallen und Zähnen auf Thomas einzuschlagen, aber Mark war heran, ehe sie noch Zeit fand, sich herumzudrehen. Schreiend vor Angst und Zorn warf er sich vor, ballte die Fäuste und schlug mit aller Kraft auf das fürchterliche Etwas ein.

Er traf, aber es war, als hätte er auf Stein geschlagen. Das Ungeheuer wich tatsächlich ein Stück zurück, aber das war eher aus Überraschung über den unerwarteten Angriff.

Das finstere Ding hockte vor ihm, kaum weiter als einen Meter entfernt, aber Mark konnte seine Gestalt trotzdem nicht richtig erkennen. Unter seinen Fäusten war harter Stein gewesen, als er zugeschlagen hatte, aber es war, als hätte es keinen Körper, sondern bestünde nur aus zusammengeballter Dunkelheit. Mark spürte seinen Blick, und er gewahrte eine Bewegung, da, wo er seinen Kopf vermutete – aber alles, was er wirklich sah, war ein Wogen und Gleiten wie von Nebel in einer mondlosen Nacht. Und er spürte den Hass, der den furchtbaren Angreifer umgab.

Thomas bewegte sich stöhnend. Er schien große Schmerzen zu haben, denn es gelang ihm nicht, sich aufzurichten.

»Du Idiot«, keuchte er. »Warum bist du nicht weggelaufen? Jetzt bringt er uns beide um.«

Wie zur Antwort bewegte sich der Schatten. Riesige, zerfetzte Flügel breiteten sich aus und sanken wieder zusammen, als die Bestie zum Sprung ansetzte und die Bewegung im letzten Moment dann doch nicht zu Ende führte.

»Lauf weg!«, stöhnte Thomas. »Er ... will nur mich!«

Mark rührte sich nicht. Er hob die Arme, ballte die Hände wieder zu Fäusten und trat dem Schatten einen Schritt entgegen. Er wusste, dass er gegen den riesigen Schatten keine Chance hatte, aber er war nicht bereit, kampflos aufzugeben. Der Schatten bewegte sich. Wieder entfalteten sich seine Schwingen, aber plötzlich war ein zweiter großer Schatten da. Wie aus dem Nichts erschien er zwischen Mark, Thomas und dem geflügelten Ungeheuer.

Ein stummes, verbissenes Ringen begann, und Mark begriff, dass dieser Kampf mit anderen Mitteln als mit Zähnen und Krallen ausgetragen wurde. Die beiden Schemen berührten sich nicht ein einziges Mal, und trotzdem war es ein gnadenloses Kräftemessen, das Aufeinanderprallen zweier feindlicher Mächte.

Das Ungeheuer verlor. Langsam wich es von Mark und seinem Bruder zurück, und plötzlich entfaltete es die Schwingen, warf sich herum und war mit einem einzigen, gewaltigen Satz in der Luft und davon.

Der zweite Schatten blieb.

Der finstere Zauber, der die Geschehnisse eingehüllt hatte, war zusammen mit dem Angreifer verschwunden, und in der heraufziehenden Dämmerung konnte Mark das Wesen ganz deutlich sehen, das Thomas und ihn gerettet hatte.

Sein Herz machte einen Sprung. Das Wesen hatte schulterlanges, weißes Haar, das ein schmales, strenges Gesicht umgab, und trug ein weißes, faltenreiches Gewand, das seine Gestalt bis zu den Knöcheln verhüllte. Und aus seinen Schultern wuchs ein Paar gewaltiger, schneeweißer Schwingen.

Vor ihnen stand einer der Cherubim.

Mark fuhr herum, starrte den Sims unter dem Dach an und stieß einen überraschten Schrei aus.

Neben der Dachterrasse stand jetzt nur noch einer der steinernen Cherubim. Die andere Figur, die, die seinen Sturz aufgefangen und an der er sich im letzten Moment festgehalten hatte, war verschwunden.

Nein – sie stand jetzt auf der anderen Seite des Daches und blickte auf ihn und seinen Bruder herab.

»Aber das … das gibt es doch nicht!«, stammelte Mark. »Ich muss träumen. Dich kann es nicht geben!«

Der Cherub schien zu lächeln, doch seine Lippen hatten sich nicht bewegt. Er kam näher und blieb stehen, als Mark erschrocken zusammenfuhr und einen Schritt zurückwich.

»Du brauchst keine Angst vor mir zu haben«, sagte der Cherub. »Ich tue dir nichts.«

Mark hatte gedacht, dass es nichts mehr gab, was ihn noch erschrecken konnte, aber nun war er fassungslos: Der Cherub sprach.

»Wer … wer bist du?«, fragte Mark stockend.

Die Gestalt hob eine Hand mit befehlender Geste. »Ich habe keinen Namen. Und nun sollten wir nach deinem Bruder sehen.«

Mark fuhr schuldbewusst zusammen und wandte sich Thomas zu, der sich mühsam auf die Ellenbogen aufgerichtet hatte. Sein Gesicht war kreidebleich. Auch er sieht den steinernen Engel, und das ist ein Beweis dafür, dachte Mark, dass ich mir das alles nicht nur einbilde. Er bemerkte erst jetzt, wie schlimm sein Bruder zugerichtet war. Auf Stirn und Wangen befanden sich zahlreiche tiefe Kratzer, Jacke und Hemd hingen in Fetzen, und Brust, Hände und Unterarme waren voll Blut.

Mark wollte die Hände nach ihm ausstrecken, aber der Cherub stand plötzlich neben ihm, schüttelte den Kopf und schob ihn beiseite. Vorsichtig beugte er sich über Thomas und berührte nacheinander seine Hände, sein Gesicht und seine Brust.

Unter den Fingern des Cherubs versiegte das Blut, und die Wunden schlossen sich und verschwanden so spurlos, als hätte es sie nie gegeben. Dann berührten seine Fingerspitzen Thomas' Stirn, und plötzlich verschwand auch das Entsetzen von dessen Gesicht und machte einem Ausdruck von Erleichterung Platz.

Der Cherub richtete sich auf, trat auf Mark zu, streckte abermals die Hand aus, und das Wunder wiederholte sich. Von einer Sekunde auf die andere hörten all die kleinen Wunden und Verletzungen auf, weh zu tun. Seine abgebrochenen Fingernägel bluteten nicht mehr, ja, mehr noch: sie waren wieder da, als er auf seine Hände herabblickte. Er fühlte eine tiefe Ruhe in sich, die leichte Berührung des Cherubs hatte ihm etwas von einer Kraft vermittelt, die weit über die menschliche hinausging, trotzdem war er wie gelähmt. Die Anwesenheit des Cherubs gab ihm das Gefühl, sich in der Nähe eines gleißenden Lichtes zu befinden, das wunderbar war, ihn aber gleichzeitig verbrennen musste, wenn er ihm zu nahe kam.

»Wie ist es möglich?«, fragte Mark leise. »Es gibt doch in Wirklichkeit keine Engel, und …«

Der Cherub hieß ihn mit einer Handbewegung schweigen.

»Es gibt keine Wirklichkeit«, antwortete er ernst. »Jedenfalls ist sie etwas anderes als das, was ihr dafür haltet.«

»Das verstehe ich nicht«, murmelte Mark.

»Du wirst es verstehen – später«, antwortete der Cherub, »jetzt ist keine Zeit, es dir zu erklären. Ihr müsst fort. Er könnte wiederkommen. Und ich weiß nicht, ob ich euch noch einmal schützen kann.«

Mark sah erschrocken zum Himmel empor. »Du meinst, das Ungeheuer ist noch da?«

»Es ist immer da«, antwortete der Cherub, »so, wie alles immer ist.«

»Was ist es?«, fragte Mark.

»Ein Geschöpf der Finsternis«, antwortete der Cherub. »Und seine Kräfte sind den meinen ebenbürtig, wenn nicht überlegen.«

»Und warum hat es uns angegriffen?«

Der Cherub antwortete nicht gleich. Einen Moment lang

sah er Marks Bruder an, und etwas in Thomas' Blick veränderte sich, als er den hellen Augen begegnete. Er wirkt erschrocken, dachte Mark. Und auch über das Gesicht des Engels schien ein Schatten zu huschen.

»Ihr habt die Tür zu seiner Welt aufgestoßen«, sagte der Cherub. »Nur einen winzigen Spalt, aber weit genug, ihm Einlass zu gewähren.«

»Aber wir haben doch gar nichts getan!«, widersprach Mark.

»O doch, das habt ihr«, antwortete der Cherub streng. »Du konntest es nicht wissen, aber du selbst warst es, der es gerufen hat. Das Böse lauert überall, und oft verbirgt es sich hinter harmlos aussehenden Dingen.«

Mark verstand sofort, was er meinte. »Das Lot?«, fragte er.

»Es öffnet das Tor zum Schwarzen Turm«, sagte der Cherub. »Ich glaube, dass ich es wieder schließen kann, aber ihr dürft es nie wieder öffnen. Ich werde nicht immer da sein, um dich zu beschützen.«

Er machte einen Schritt von ihnen weg, und Mark streckte beide Hände aus, um ihn zurückzuhalten.

»Warte!«, rief er. »Das Lot! Es hat meinem Vater gehört! Wo ist er? Weißt du, was mit ihm geschehen ist?«

Der Cherub wandte sich um, und wieder glaubte Mark, einen Schatten über seine Züge huschen zu sehen – und wieder war es Thomas, den er anblickte und nicht ihn. Aber statt der erhofften Antwort schüttelte der Cherub nur den Kopf. »Du wirst alles verstehen«, sagte er. »Später, wenn du alt genug dazu bist.«

»Warum nicht jetzt?«, rief Mark verzweifelt.

Aber es war niemand mehr da, der ihm antworten konnte. Das Dach war leer, als hätte es die geflügelte Gestalt niemals gegeben. Und als er sich umdrehte und zur Terrasse hinuntersah, da standen wieder zwei Cherubim auf dem steinernen Sims.

Thomas richtete sich auf und deutete stumm auf die Dachterrasse hinunter. Er war noch immer sehr bleich.

Sie gingen los und erreichten unbehelligt den Rand des

Daches. Wenige Minuten später kletterten sie hintereinander am Rosengitter hinunter, und Thomas öffnete mit einem erleichterten Seufzen die Schiebetür und verschwand im Haus, ohne zurückzublicken, während Mark noch einmal stehen blieb und die beiden steinernen Engel beiderseits der Terrasse ansah. Im grauen Licht des Morgens sahen sie plötzlich ganz anders aus, machtvoll und Ehrfurcht gebietend.

Als er das Zimmer betrat, fragte er sich, ob er das alles wirklich erlebt hatte oder ob es vielleicht nur ein böser Traum gewesen war. Doch er wusste, dass es nicht so war – und dass das, was er in dieser Nacht erlebt hatte, vielleicht nur der Auftakt zu einem viel größeren, fantastischeren Abenteuer sein mochte, das noch auf ihn wartete.

Und er sollte Recht behalten.

Der Frosch

Es war noch dunkel im Zimmer, als Mark erwachte. Das Heulen des Sturmes war einem gleichmäßigen Brausen gewichen, und durch die geschlossene Tür drangen die gedämpften Geräusche des nächtlichen Krankenhausbetriebes. Er war nicht allein.

Etwas war hier. Etwas, das nicht hierher gehörte und das sein Feind war.

Mark richtete sich vorsichtig im Bett auf und sah sich um. Unter der Tür fiel ein schmaler gelber Lichtstreifen vom Flur herein, und die Jalousien schlossen nicht dicht, sodass das Zimmer von einem grauen Zwielicht erfüllt war. Er wusste, dass er nicht allein war. Aber was er fühlte, das war auch nicht die Anwesenheit des Verfolgers, sondern etwas anderes, das …

Das Zimmer breitete sich wie ein Labyrinth aus Schatten vor ihm aus, und nirgends war auch nur eine verdächtige Bewegung zu erkennen oder ein Umriss von etwas Fremdem. Und trotzdem wurde das Gefühl, belauert zu werden, immer stärker. Mit einer entschlossenen Bewegung streckte Mark den Arm aus und zog an der dünnen Kordel neben seinem Bett. Grelle Neonhelle vertrieb die Nacht aus seinem Zimmer und ließ ihn blinzeln.

Niemand war im Raum.

Neben seinem Bett stand ein kleiner, fahrbarer Nachttisch aus weißlackiertem Metall, auf der anderen Seite das leere Infusionsgestell, und daneben war ein Tischchen, auf das eine fürsorgliche Nachtschwester einen Blumenstrauß gestellt haben musste, während er schlief, denn er war sicher, dass die Vase zuvor noch nicht da gewesen war. Daneben ein Hocker aus schwarzem Kunstleder, in dem sich ein dreieckiger hässlicher Riss befand, und das war alles. Kein Versteck, das auch nur annährend groß genug gewesen wäre, jemandem Unterschlupf zu gewähren.

Mark atmete erleichtert auf und schalt sich, dass er beim geringsten Anlass in Panik geriet. Er hatte nicht sehr lange geschlafen, und er fühlte sich noch immer müde. Aber er wusste, dass er jetzt keinen Schlaf mehr finden würde. Außerdem hatte er über vieles nachzudenken.

Da war erstens die Frage, wie er aus diesem Krankenhaus herauskam, und zwar möglichst rasch und möglichst ungesehen.

Er schlug die Decke zur Seite, schwang die Beine aus dem Bett und setzte erst den linken und dann vorsichtig den rechten Fuß auf den eiskalten Linoleumboden. Langsam versuchte er aufzustehen.

Wie Dr. Merten ihm prophezeit hatte, tat es weh, sehr weh sogar. Aber es war auszuhalten. Nach ein paar Sekunden stand Mark auf seinen eigenen Füßen, ein bisschen wackelig und mit vor Schmerz zusammengebissenen Zähnen zwar, aber aus eigener Kraft und ohne sich irgendwo festhalten zu müssen. Er würde mit diesem Fuß natürlich nicht rennen und keine weiten Strecken gehen können, aber er war ziemlich sicher, dass er zumindest hier herauskonnte.

Tapfer humpelte er zum Waschbecken, drehte den Kaltwasserhahn auf und schöpfte sich mit beiden Händen eiskaltes Wasser ins Gesicht. Die Kälte ließ ihm den Atem stocken, aber sie half ihm auch, einen klaren Kopf zu bekommen.

Etwas klapperte.

Mark fuhr hastig herum.

Nichts. Das Zimmer war leer.

Einbildung oder nicht – Mark war entschlossen zu verschwinden, und zwar auf der Stelle.

Er humpelte zum Bett zurück, hielt nach seinen Sachen Ausschau und stellte enttäuscht fest, dass sie nicht da waren. Das kleine Nachtschränkchen neben dem Bett war leer, und als er die Türen des Einbauschrankes in der Wand öffnete, sah er ebenfalls nur leere Fächer.

Mark sah sich schon wie ein Dieb in die Wäschekammer der Klinik einsteigen und einen Arztkittel oder Hemd und Hose eines Pflegers stehlen, als er draußen auf dem Gang Schritte hörte und dann eine Stimme, deren Klang ihn zusammenfahren ließ.

Die Stimme seiner Mutter!

Mark war gelähmt vor Schreck. Seine Mutter – hier? Aber das war doch unmöglich! Ihre Schicht endete erst am Morgen, und selbst wenn sie dann sofort zur Polizei gegangen war, konnte sie frühestens …

Und dann begriff er, dass er Winschild und seinen unsympathischen Chef gehörig unterschätzt hatte. Natürlich hatten sie in den umliegenden Häusern Erkundigungen eingezogen, und es konnte nicht lange gedauert haben, bis sie die zerschmetterte Wohnungstür entdeckt und zwei und zwei zusammengezählt hatten. Den Arbeitsplatz seiner Mutter herauszubekommen hatte sie dann wahrscheinlich nur noch einen Tastendruck auf irgendeinen Computer gekostet.

O verdammt!, dachte er. In der Wirklichkeit war eben doch nicht alles so einfach wie in Kriminalfilmen.

Die Schritte kamen näher, und Mark fand gerade noch Zeit, unter die Bettdecke zu kriechen und das Licht auszuknipsen, ehe die Tür aufgerissen wurde und die Neonleuchte abermals zu flackerndem Leben erwachte.

Und in dem Augenblick, in dem das geschah, hatte er

einen sonderbaren Eindruck: Obwohl das Zimmer nur für eine Sekunde dunkel gewesen war, hatte er das Gefühl, dass sich irgendetwas Böses hastig von seinem Bett zurückzog, lautlos wieder im Schutz der Finsternis verschwand und lauerte. Etwas *war* hier. Er hatte sich nicht getäuscht.

Die schnellen, leichten Schritte seiner Mutter näherten sich dem Bett, gefolgt von den schweren Schritten eines Mannes.

»Aber Sie können doch nicht einfach …!«

»Sie würden sich wundern, was ich alles kann, wenn ich will, junger Mann!«, unterbrach ihn Marks Mutter. »Das ist mein Sohn, oder? Ich habe doch wohl das Recht, ihn zu sehen?«

Mark presste die Augen so fest zusammen, wie er konnte, und hoffte inständig, dass seine Mutter auf den Betrug hereinfiel. Er wusste, dass er ihr alles erzählen würde, wenn sie merkte, dass er wach war. Aber das durfte er nicht, sie würde ihm glauben, aber auch denken, dass er sich alles eingebildet hatte.

»Ich hole Dr. Merten«, sagte der junge Mann, und Marks Mutter fügte spitz hinzu: »Tun Sie das. Aber lassen Sie sich Zeit. Wir laufen schon nicht weg.«

Die Tür fiel zu, Stille kehrte in das Krankenzimmer ein. Mark lag zusammengerollt auf der Seite, die Decke fast bis zur Nasenspitze hochgezogen, und spielte den Schlafenden, aber er spürte, wie seine Mutter dicht an das Bett herantrat und die Hand nach ihm ausstreckte, ohne ihn dann wirklich zu berühren. Für einen Moment sah er sie deutlich vor sich stehen: mit schreckensbleichem Gesicht und Augen, die weit und dunkel vor Furcht waren, und jenem niemals ganz verlöschenden Zug von Bitterkeit um den Mund, der ihn immer verwunderte, denn seine Mutter war im Grunde ihres Wesens ein lebenslustiger, fröhlicher Mensch.

»Warum du auch noch, Mark?«, flüsterte sie, und ihre Stimme war voll Schmerz. »Warum müssen sie dich mir auch noch wegnehmen?«

Im ersten Moment dachte Mark, sie spräche zu ihm, doch dann begriff er, dass sie zwar zu ihm sprach, die Worte aber nur ihr selbst galten. Er tat weiter so, als schliefe er, obwohl es ihm von Augenblick zu Augenblick schwerer fiel.

»Sie dürfen dich nicht auch noch bekommen«, fuhr seine Mutter fort, den Tränen nahe. »Du bist der Letzte, der mir geblieben ist. Sie haben deinen Vater geholt und deinen Bruder, und jetzt ... jetzt habe ich nur noch dich.«

Meinen Bruder?, dachte Mark verwirrt. Aber Thomas war doch da – er hatte gestern Abend noch mit ihm gesprochen!

»Dein Vater«, flüsterte seine Mutter. In das Zittern ihrer Stimme mischte sich jetzt Zorn. »Hätte ich ihn doch niemals getroffen!«

»Und warum nicht, wenn ich fragen darf?«

Mark konnte ein Zusammenzucken nicht ganz unterdrücken, als er die Stimme hörte, aber seine Mutter bemerkte es nicht, denn er nahm wahr, wie sie überrascht herumfuhr und sich zur Tür wandte.

»Wer sind Sie?«

Mark hatte die Stimme beim ersten Wort erkannt.

»Mein Name ist Bräker, Kommissar Bräker, um genau zu sein.«

»Haben Sie mich angerufen?«

»Ja.« Bräker schlug die Tür hinter sich zu und kam näher. »Ich wollte Sie fragen, ob das Ihr Sohn ist – aber ich denke, das hat sich erledigt.«

»Belauschen Sie immer Gespräche, die Sie nichts angehen?«, fragte Mutter scharf. Mark unterdrückte ein Lächeln. Offensichtlich war Bräker seiner Mutter genauso unsympathisch wie ihm.

»Ich fürchte, da täuschen Sie sich«, antwortete Bräker ungerührt. »Mein Beruf ist es, Verbrechen aufzuklären. Und alles, was damit zu tun hat, geht mich etwas an.«

»Verbrechen?« Mark konnte regelrecht hören, wie Mutters Augenbrauen nach oben krochen und sich zu jenem spitzen ›V‹ zusammenzogen, das bei den Jungen gefürchtet war. »Die Schwester unten in der Aufnahme sagte etwas von einem Verkehrsunfall.«

»Der Junge ist in einen fahrenden Wagen gelaufen, das

ist richtig«, sagte Bräker. »Aber deswegen bin ich nicht hier.«

»Sondern?«

»Ich glaube, das wissen Sie besser als ich. Aber bitte, wenn Sie Spielchen spielen wollen: Der Junge ist in den Wagen hineingelaufen, weil er vor irgendjemandem geflohen ist.«

»Wie kommen Sie darauf?«

»Ich bin nicht so dumm, wie ich vielleicht aussehe«, schnappte Bräker. »Schauen Sie sich Ihren Sohn an – er sieht aus, als wäre er unter einen Rasenmäher geraten, und die meisten seiner Verletzungen stammen eindeutig nicht von dem Unfall. Zweitens: Ihre Wohnung sieht aus wie ein Schlachtfeld – die Tür ist eingeschlagen, mehrere Zimmer sind völlig verwüstet. Drittens: Das Haus, aus dem er gekommen ist, weist Spuren eines Kampfes auf. Muss ich weiterreden?«

»Wenn es Ihnen Spaß macht«, sagte Mutter kalt.

Bräker sog hörbar die Luft ein. »Viertens«, sagte er verärgert. »Als ich gerade hier hereinkam, hörte ich Sie deutlich sagen: ›Sie dürfen dich mir nicht auch noch wegnehmen.‹ Wen haben Sie damit gemeint?«

»Ich weiß überhaupt nicht, wovon Sie reden«, antwortete Mutter ruhig. »Ich habe so etwas nie gesagt.«

»Sie …«

»Ich denke ja gar nicht daran, mich mit Ihnen herumzustreiten«, unterbrach ihn Mutter scharf. »Wie ich die Sache sehe, ist in meiner Wohnung eingebrochen worden. Wahrscheinlich hat Mark den Einbrecher überrascht und ist in Panik auf die Straße gelaufen – so gesehen liegt hier wahrscheinlich wirklich ein Verbrechen vor. Es wäre nett, wenn Sie versuchen würden, es aufzuklären.«

Diesmal war Bräker wirklich sprachlos – und Mark hatte unter der Decke alle nur erdenkliche Mühe, ein Lachen zu unterdrücken.

»Aber …«

»Und vielleicht bereden wir das alles draußen, nicht hier«, fuhr Mutter ungerührt fort. »Das hier ist ein Krankenzimmer. Wie Sie sehen, schläft mein Sohn, und ich möchte ihn nicht unbedingt aufwecken.«

»Wie Sie meinen«, sagte Bräker. Seine Stimme bebte vor unterdrückter Wut, aber Mark wusste, dass er gar keine andere Wahl hatte, als zu tun, was seine Mutter verlangte. Er war nicht der Erste, der sich von ihrem jugendlichen Äußeren und ihrer scheinbaren Sanftmut täuschen ließ.

Die beiden verließen das Zimmer, und Mark atmete erleichtert auf. Lange hätte er es nicht mehr durchgehalten, den Schlafenden zu spielen.

Das Gespräch zwischen seiner Mutter und Bräker hatte ihm gezeigt, dass sie offensichtlich mehr wusste, als er bisher angenommen hatte – vielleicht war sie es, die Geheimnisse vor ihm und Thomas hatte und gar nicht umgekehrt, und möglicherweise hatte sie all die Jahre hindurch ihn beschützt ...

Seine Mutter und Bräker waren vor der Tür stehen geblieben und sprachen dort weiter. Mark konnte ihre Stimmen vernehmen, ohne dass er die Worte verstand; aber am Tonfall konnte er hören, dass aus der kleinen Meinungsverschiedenheit ein ausgewachsener Streit geworden war. Und er räumte Bräker keine besonders guten Chancen ein, als Sieger daraus hervorzugehen. Sobald seine Mutter ihn in seine Schranken gewiesen hatte und zurückkam, würde er ihr alles erzählen. Das Klappern, das er schon einmal gehört hatte, erklang wieder, und diesmal war es noch deutlicher.

Mark erstarrte. Sein Herz begann zu hämmern. Irgendetwas war hier, und ...

Es klapperte erneut, und dann folgte ein helles, splitterndes Klirren, gefolgt von einem Laut, als rolle etwas Schweres über den Boden. Einen Augenblick später glaubte er schnelle, trappelnde Schrittchen zu hören, die sich seinem Bett näherten.

Die Tür wurde unsanft wieder aufgerissen, und durch Marks geschlossene Augenlider drang erneut der grelle Schein der Neonlampe. »Was ist denn hier los?«, fragte Bräkers Stimme. Mark wagte nicht einmal zu atmen. Mit aller

Kraft presste er die Lider zusammen und betete, dass Bräker nicht nahe genug kam, um den Betrug zu erkennen. Gleichzeitig war er fast verrückt vor Angst. Er hatte sich die Schritte nicht eingebildet!

»Seltsam«, murmelte Bräker. »Ich hätte schwören können, dass ich etwas gehört habe ...«

Irgendetwas zupfte am Fußende der Decke, dann gab es einen leichten Ruck – und Mark spürte ganz deutlich, wie etwas unter die Bettdecke schlüpfte und kalt und hart seine nackten Füße berührte. Wäre er vor Schreck in diesem Augenblick nicht einfach gelähmt gewesen, dann hätte er wahrscheinlich gellend aufgeschrien.

»He!«, sagte Bräker. »Wer hat denn die Blumen da hingeworfen?« Seine Schritte näherten sich dem Tisch. Mark hörte, wie er vor sich hinbrummend herumhantierte, dann landete etwas mit lautem Rascheln im Papierkorb, und Bräker ging wieder aus dem Zimmer.

Etwas Kaltes, Kleines kroch an Marks Bein empor und berührte seinen Oberschenkel. Mark richtete sich kerzengerade im Bett auf und schleuderte die Decke zur Seite.

Bräker hatte die Beleuchtung wieder ausgeschaltet, aber das Dämmerlicht im Zimmer reichte immer noch, Mark erkennen zu lassen, was sich da unter seine Decke geschmuggelt hatte.

Auf seinem rechten Oberschenkel hockte ein Frosch.

Er war halb so groß wie eine Katze und von dunkelgrüner, fleckiger Farbe. Sein Körper glänzte wie lackiert, und in seinem Rücken befand sich ein faustgroßes, rundes Loch, durch das Mark direkt in seinen Leib hineinsehen konnte.

Das ist überhaupt kein Frosch!, dachte Mark entsetzt. Das war die Blumenvase – eine kitschige Keramikvase in der Form eines Frosches, die die Nachtschwester auf seinen Tisch gestellt hatte! Das Klirren, das er gehört hatte, war das Geräusch gewesen, als sie vom Tisch gesprungen war.

Der Frosch bewegte sich. Langsam kroch er weiter an Marks Bein hinauf und musterte ihn aus seinen kalten Keramikaugen, in denen ein böser, triumphierender Funke aufglomm. Dann sprang er.

Mark erwachte im letzten Augenblick aus seiner Erstarrung. Er warf den Kopf herum und riss gleichzeitig die Hände in die Höhe, um sein Gesicht zu schützen. Das weit aufgerissene Maul des Frosches verfehlte seine Kehle, aber seine Kiefer schlossen sich mit furchtbarer Kraft um Marks rechte Hand. Er warf sich herum und schlug mit dem Arm um sich, ohne den Angreifer abschütteln zu können. Das steinerne Maul des Frosches hatte keine Zähne, aber in seinen Kiefern lag eine entsetzliche Kraft. Ein dumpfer Schmerz schoss bis in Marks Schulter hinauf, und er glaubte seine Knochen knirschen zu hören. Mit einem Keuchen warf er sich aus dem Bett, taumelte auf die Füße und schleuderte den Arm hin und her, aber das Monster ließ einfach nicht los. Im Gegenteil – sein Biss wurde immer fester. Mark schrie.

Die Tür wurde aufgerissen, Marks Mutter stürzte ins Zimmer, gefolgt von einem völlig fassungslosen Kommissar Bräker, der nicht glauben konnte, was er sah – einen dreizehnjährigen Jungen im Krankenhausnachthemd, der mit einer Blumenvase kämpfte, die sich in seine rechte Hand verbissen hatte. »Was ...?«, murmelte er.

Der Frosch begann mit den Beinen zu strampeln. Seine harten Finger und Zehen rissen Marks Haut auf, und einige der kaum verheilten Kratzer auf seinen Unterarmen begannen wieder zu bluten. Mark warf sich herum und riss blindlings den Arm in die Höhe.

Seine Hand prallte gegen das eiserne Unterteil des Bettes, und der Frosch zerplatzte in tausend Splitter. Das steinerne Maul und die Hälfte seines Kopfes blieben noch an Marks Hand hängen, und er musste noch ein zweites Mal zuschlagen, um auch sie abzuschütteln.

»Zum Teufel, was ist denn hier los?«, schnappte Bräker. Er hatte seine Überraschung überwunden und sprang auf Mark zu. Fest packte er ihn an der Schulter und schüttelte ihn wild hin und her.

»Was soll das?«, rief er aufgebracht. »Verdammt, ich will jetzt endlich eine Ant...«

»Lassen Sie den Jungen los!«

Bräker fuhr zornig herum, aber er ließ Marks Schulter

los, und Mark sank mit einem erleichterten Seufzen auf das Bett zurück. Seine Mutter war sofort bei ihm und presste ihn schützend an sich, während Bräker kampflustig das Kinn vorstreckte und den Arzt anfunkelte, der verständnislos abwechselnd ihn, Mark und den Scherbenhaufen auf den Boden anblickte.

»Was geht hier vor?«, fragte er. Er sprach sehr leise, aber in seiner Stimme lag eine Entschlossenheit, die keinen Widerspruch duldete. Selbst Bräker schien das zu spüren, denn seine Stimme klang eher trotzig als aufgebracht, als er antwortete.

»Das hätte ich gerne selbst gewusst«, sagte er. »Ihr Patient kommt sich anscheinend besonders schlau dabei vor, hier den Verrückten zu spielen, und …«

Mark hörte nicht mehr zu, wie sich Dr. Merten und Bräker weiter stritten, sondern sah seine Mutter an. Sie hatte kein Wort gesagt, und ihr Gesicht war beinahe ausdruckslos – aber was er in ihren Augen sah, das bestätigte seinen Verdacht. Es lag ein Ausdruck abgrundtiefen Schreckens darin, aber keine Spur von Überraschung. Dabei musste sie den Frosch genauso gesehen haben wie Bräker.

»Du weißt alles, nicht?«, flüsterte er.

Seine Mutter nickte und drückte ihn noch ein bisschen fester an sich.

»Du …«

Seine Mutter hob die eine Hand und legte rasch den Zeigefinger auf die Lippen, und ihr verstohlener Blick fügte hinzu: Später.

Mark nickte. Was hier passiert war, das ging nur sie beide an, niemanden sonst.

Aber es war zu spät. Bräker war die leise Verständigung zwischen Mutter und Sohn nicht entgangen, und schon stand er neben ihnen.

»Also doch!«, sagte er triumphierend. »Ich wusste, dass Sie mir etwas verheimlichen. Was geht hier vor?«

»Nichts«, antwortete Mutter stur.

»Ich kann auch einen Haftbefehl für Sie erwirken und mich mit Ihnen in meinem Büro unterhalten, wenn Ihnen das lieber ist«, sagte Bräker drohend. »Ich bin ein geduldiger Mensch, aber irgendwann …«

Er brach ab. Seine Augen wurden rund, sein Unterkiefer klappte herunter, und sein Blick war starr auf eine Stelle am Boden gerichtet. Der herrische Kommissar bot einen wahrhaft lächerlichen Anblick.

Aber das Lachen blieb Mark in der Kehle stecken, als sein Blick dem Bräkers folgte und er sah, was diesen an seinem Verstand zweifeln ließ.

Es waren die Splitter der Keramikvase, die auf dem Fußboden lagen.

Oder liegen sollten …

Denn sie lagen nicht still, wie es sich für die Trümmer einer Blumenvase gehört, sondern bewegten sich, krochen mit kleinen unsicheren Rucken aufeinander zu und versuchten sich ganz offensichtlich wieder zu dem zu vereinigen, was sie gewesen waren!

»Ich werd verrückt«, flüsterte Bräker. »Das … das gibt es doch nicht!«

Aber es gab zwei Personen in diesem Zimmer, die wussten, dass es so etwas sehr wohl gab – und die auch wussten, was es bedeutete.

Eine davon war Marks Mutter. Sie schlug erschrocken die Hand auf den Mund und drückte Mark noch fester an sich. Die andere war Mark selbst. Und er verschwendete nicht eine Sekunde mehr. Mit einem Ruck befreite er sich aus der Umarmung seiner Mutter, war mit einem schnellen Satz aus dem Bett und raste im Zickzack an Bräker und Dr. Merten vorbei aus dem Zimmer.

Die Garage

Wie der Blitz war Mark aus dem Zimmer und rannte den Flur hinunter. Hinter sich hörte er Bräker wütend aufschreien und losrennen, aber er hatte Glück: Er war in Richtung des Aufzuges losgestürmt, und die Liftkabine war nicht nur da, ihre Türen standen einladend offen, und sie war leer. Mark warf sich mit einem Satz in den Aufzug, schlug mit der flachen Hand auf die Knöpfe und prallte unsanft gegen die Metallwand der Kabine. Hinter sich hörte er Bräker brüllen wie einen wütenden Stier, und als er sich herumdrehte, sah er den Kriminalbeamten mit hochrotem Gesicht und gesenkten Schultern heranstürmen.

Es wurde zu einem Wettlauf zwischen den Aufzugtüren und Bräker, und die Türen gewannen; wenn auch nur knapp. Die Kabine schloss sich mit geradezu provozierender Langsamkeit, und Bräker machte einen Sprung, aber er schaffte es nicht mehr. Mark hörte den dumpfen Knall, mit dem er gegen die geschlossenen Aufzugtüren rannte, aber genau in dieser Sekunde setzte sich der Lift auch schon in Bewegung, und er war gerettet.

Für wie lange?, flüsterte eine Stimme hinter seiner Stirn. Nur für so lange, wie Bräker braucht, sich von dem Anprall zu erholen und die Treppe hinunterzurennen. Ein Mann zu Fuß ist immer noch schneller als eine Aufzugkabine.

Mark fluchte lautlos in sich hinein. Die Stimme seiner Vernunft hatte natürlich Recht. Bräker würde den Lift in einer der unteren Etagen aufhalten, und dann konnte er ihm nicht mehr entkommen.

Mark wandte sich wieder der Schalttafel zu. Nacheinander drückte er alle Knöpfe, drehte sich zur Tür und schlüpfte hindurch, kaum dass die Kabine angehalten hatte. Mark humpelte los, stieß die erstbeste Tür auf, presste sich gegen die Wand und blieb mit klopfendem Herzen stehen. Er wartete – fünf Sekunden, zehn, fünfzehn … nichts. Er wollte gerade sein Versteck wieder verlassen, als draußen auf dem Gang schnelle Schritte näher kamen. Mark hörte, wie Bräker zum Aufzug lief, auf halbem Weg kehrtmachte und wieder zurückrannte, um in die nächste Etage hinunterzulaufen.

Erleichtert atmete er auf. Wie es aussah, war er gerettet, wenn auch nur für den Moment. Aber immerhin hatte er eine Chance, und wenn er sie geschickt nutzte, dann kam er hier heraus.

Mark sah sich in seinem Versteck um. Es war kein Krankenzimmer, in das er geflohen war, sondern eine kleine Kammer, deren Wände fast ausschließlich aus schmalen Einbauschränken bestanden – und wie es aussah, meinte es das Schicksal immer noch gut mit ihm, denn schon hinter der zweiten Tür, die er öffnete, fand er einen ganzen Stapel von frisch gewaschenen, sauber gefalteten weißen Hosen und Hemden, die so fest gestärkt waren, dass sie beim Auseinanderfalten knisterten.

Mark suchte sich eine Garnitur heraus, die ihm halbwegs passte, fand auch noch ein Paar weiße Stoffschuhe (sie waren gut zwei Nummern zu groß, aber immer noch besser als gar nichts) und zog sich hastig um. Seine Verkleidung war alles andere als überzeugend, aber Mark war recht groß für sein Alter, und vielleicht würde er nicht sofort auffallen.

Vorsichtig verließ er sein Versteck wieder, wandte sich nach rechts und blieb einen Moment vor dem Aufzug stehen. Die Verlockung war groß, zumal sein Fuß immer heftiger schmerzte. Aber er widerstand. Bräker war garantiert damit beschäftigt, von Etage zu Etage zu hetzen, um den Aufzug zu erwischen. Wenn der Polizist ihn entdeckte, dann war es aus. Er hatte keine Chance, ihm ein zweites Mal davonzulaufen; nicht mit seinem lädierten Fuß und erschöpft, wie er war.

Stattdessen ging er ein paar Schritte weiter und öffnete die Milchglastür zur Treppe. Ein kleines Schild an der gegenüberliegenden Wand verriet ihm, dass er sich im dritten Stockwerk befand – das bedeutete sechs Treppen mit mindestens sechzig Stufen, die er hinunterhumpeln musste! Allein der Gedanke an den Weg, der vor ihm lag, trieb ihm wieder den Schweiß auf die Stirn. Aber er hatte keine andere Wahl: Wenn er hier blieb und etwa versuchte, sich zu verstecken, dann würde er sehr bald gefunden werden, denn in etwa zwei Stunden ging der normale Krankenhausbetrieb wieder los.

Mark brauchte fast zwanzig Minuten, um die drei Treppen ins Erdgeschoss zu überwinden, denn sein verstauchter Fuß antwortete mit pochenden Schmerzen auf die Anstrengung, und er musste immer wieder anhalten und sich erschöpft gegen die Wand sinken lassen, um neue Kraft zu sammeln. Dass in dieser Zeit niemand die Treppe herunterkam und ihn entdeckte, glich einem Wunder.

Aber schließlich hatte er es geschafft. Vor ihm war eine weitere Glastür, hinter der sich die große Eingangshalle des Krankenhauses befand. Nach einer letzten Pause, in der er geduldig abwartete, bis sich sein hämmernder Pulsschlag halbwegs beruhigt hatte, öffnete er vorsichtig die Tür und humpelte mit zusammengebissenen Zähnen hindurch.

Die Halle war sehr groß und hell erleuchtet. Große, überquellende Blumenkübel, lederbezogene Bänke und kleine Tische schufen eine fast wohnliche Atmosphäre. Direkt neben dem Ausgang befand sich ein Zeitungskiosk mit heruntergelassenem Gitter vor der Auslage. Und neben diesem standen Kommissar Bräker, sein Kollege Winschild, Marks Mutter und – sein Bruder Thomas.

Bräker und Winschild stritten sich lautstark, aber sein Bruder drehte sich in genau diesem Moment herum, und auf seinem Gesicht erschien ein Ausdruck maßloser Überraschung, als er Mark erkannte. Mark hob erschrocken die Hand und legte den Zeigefinger auf die Lippen, aber sein Bruder hatte bereits die Hand gehoben, deutete auf ihn und rief seinen Namen.

Die beiden Polizisten fuhren herum und stürmten gleichzeitig los. Mark stürzte durch die Glastür, während er seinem Bruder die Pest an den Hals wünschte.

Er stolperte. Der rechte, viel zu große Schuh rutschte von seinem Fuß und schlitterte ein Stück davon, und Mark hatte eine verzweifelte Idee. Er bückte sich nach dem Schuh, zog ihn aber nicht wieder an, sondern warf ihn die Treppe hinauf, nur ein paar Stufen weit, damit es so aussah, als hätte er ihn dort verloren. Dann raste er die Treppe weiter hinunter, brachte irgendwie das Kunststück fertig, den nächsten Absatz zu erreichen, ehe die Türen über ihm aufflogen, und presste sich gegen die Wand.

Über ihm polterten Bräker und Winschild ins Treppenhaus. »Dort!«, hörte er Bräkers Stimme. »Er ist die Treppe hinauf! Jetzt kriegen wir ihn!«

Mark hörte, wie die beiden Polizisten die Stufen weiter hinaufrannten; aber er machte sich nichts vor. Es konnte nur Sekunden dauern, ehe sie seinen Trick durchschauten und wieder zurückkamen. Mark fragte sich, wie lange er noch ein solch unverschämtes Glück haben würde wie bisher.

Vorsichtig ging er weiter. Die Treppe endete nach etwa zehn Stufen vor einer schweren, grüngestrichenen Metalltür, die er lautlos öffnete. Was dahinter lag, das hätte ihn um ein Haar vor lauter Erleichterung aufschreien lassen.

Er befand sich in der Tiefgarage des Krankenhauses. In der weiten, kahlen Betonhalle standen Dutzende von Autos, und nicht einmal hundert Meter entfernt war das offen stehende Garagentor. Nur noch ein ganz kleines bisschen Glück, flehte er in Gedanken, nur noch ein einziges Mal, und er war in Sicherheit. Wenn er erst einmal aus dem Krankenhaus heraus war, dann konnten die beiden ihn suchen, bis sie schwarz wurden.

So schnell es ihm mit seinem schmerzenden Fuß überhaupt möglich war, ging er zum Ausgang, wobei er sorgsam darauf achtete, die geparkten Wagen als Deckung zwischen sich und der Tür zu haben, falls einer der beiden Beamten plötzlich hier unten auftauchen sollte.

Die schräge Rampe, die nach oben führte, überstieg fast seine Kräfte. Taumelnd und am ganzen Körper in Schweiß gebadet, erreichte Mark den Ausgang, ließ sich keuchend gegen einen Betonpfeiler sinken und wartete darauf, dass die Welt aufhörte, sich vor seinen Augen wie wild im Kreise zu drehen.

Als er wieder klarer sehen konnte, richtete er sich auf, um seine Flucht fortzusetzen. Vor ihm lag die Zufahrt des Krankenhauses. Anders, als sein modernes Inneres vermuten ließ, war es ein sehr altes Krankenhaus; ein Gebäude, das im verspielten Stil des vergangenen Jahrhunderts erbaut worden war. Und passend zu der stuckverzierten Fassade und den großen geschwungenen Fenstern erhoben sich rechts und links der Garageneinfahrt zwei große steinerne, geflügelte Fabeltiere auf schweren Steinsockeln.

Und eine der beiden Kreaturen erwachte in genau diesem Moment aus ihrer Starre und drehte langsam den Kopf, um ihn aus glühenden Augen anzublicken!

Einen Herzschlag lang stand Mark da und starrte das Ungeheuer an, dann wandte er sich herum und wollte in die Garage zurücklaufen.

Er kam nur wenige Schritte weit. Sein verstauchter Fuß kündigte ihm endgültig den Dienst auf. Mark fiel, rollte, sich mehrmals überschlagend und die Arme instinktiv schützend vor das Gesicht gerissen, die schräge Betonrampe hinunter und kam zwischen zwei geparkten Wagen zu liegen.

Sekundenlang wagte er es nicht einmal zu atmen. Er lag einfach da, das Gesicht gegen den Boden gepresst und halb bewusstlos vor Schmerz und Angst, und lauschte, jede Sekunde darauf gefasst, die schweren, widerhallenden Schritte des Monsters zu hören, das von seinem Sockel heruntergestiegen war, um ihn zu holen.

Aber der einzige Laut, den er hörte, war das dumpfe, rasend schnelle Echo seiner eigenen Pulsschläge in den Ohren.

Vorsichtig hob er den Kopf, sah nach rechts und links und blinzelte schließlich zum Ausgang hinauf.

Nichts.

Das lang gezogene Rechteck der Garagenausfahrt lag da wie ein schwarzes Loch in der Wirklichkeit, von nichts anderem als von Leere erfüllt.

Auf der anderen Seite der Tiefgarage wurde die Tür geöffnet, und schnelle, schwere Schritte näherten sich. Mark machte einen erschrockenen Sprung. Er presste sich noch fester gegen den rauen Zementboden und drehte gleichzeitig den Kopf.

Aus seiner ungünstigen Position heraus konnte er nicht erkennen, wer die Garage betreten hatte – er sah nur ein Paar weiße Stoffschuhe und die Säume gleichfarbener Hosenbeine. Aber wenigstens war es nicht Bräker oder Winschild, sondern irgendjemand vom Krankenhauspersonal.

Mit klopfendem Herzen sah er zu, wie der Mann näher kam. Als Mark schon glaubte, er würde beim nächsten Schritt über ihn stolpern müssen, wandte sich der Mann nach links und blieb stehen. Etwas klirrte, dann hörte er das Geräusch einer Autotür, die aufgeschlossen und geöffnet wurde.

Mark atmete innerlich auf. Das war knapp gewesen! Der Mann war in den Wagen eingestiegen, hinter dem er in Deckung lag! Ein paar Schritte mehr, und …

Der Wagen sprang brummend an, und das grelle Licht eines voll aufgeblendeten Scheinwerferpaares durchdrang das Halbdunkel der Tiefgarage. Mark machte sich bereit, blitzschnell zurückzukriechen und sich ein neues Versteck zu suchen, wenn der Wagen losfuhr. Aber er fuhr nicht los, denn in diesem Moment wurde die Tür ein zweites Mal aufgestoßen, und diesmal waren es tatsächlich die beiden Polizeibeamten, die in die Garage stürzten.

»Moment mal!«, rief Bräker. »Warten Sie!«

Die Worte galten offensichtlich dem Fahrer des Mercedes, denn der Wagen rollte nur einen knappen halben Meter weit und hielt dann an. Die Tür wurde geöffnet, und das Paar weißer Stoffschuhe erschien wieder in Marks eingeschränktem Blickfeld.

Mark beobachtete gebannt, wie sich die weißen Schuhe denen der beiden Polizisten näherten und stehen blieben. Er konnte hören, dass Bräker aufgeregt auf den Mann einzureden begann, verstand die Worte aber jetzt nicht mehr, und dann sah er, wie sich das dritte Paar Schuhe – das keinem anderen als Winschild gehören konnte – zur Seite und ein wenig auf ihn zu bewegte. Offensichtlich begann Bräkers Assistent, die Garage zu durchsuchen, während sein Chef mit dem Fahrer des Mercedes sprach.

Marks Gedanken überschlugen sich. Er konnte kaum darauf hoffen, dass Winschild ihn wie durch ein Wunder nicht sehen würde, und er hatte auch keine Chance mehr, den beiden Beamten noch einmal davonzulaufen. Obwohl er sich Mühe gab, ihn nicht zu bewegen, tat sein Fuß mittlerweile so erbärmlich weh, dass er am liebsten vor Schmerz gewimmert hätte. Und selbst wenn er unter einen Wagen kroch – irgendwann einmal würde einer der beiden ja wohl oder übel doch auf den Gedanken kommen, sich auf die Hände und Knie herunterzulassen und die Garage aus der Froschperspektive zu untersuchen.

Marks Blick glitt über den schwarzen Mercedes, hinter dem er lag. Es war ein sehr großes, teures Modell, das wahrscheinlich über eine Zentralverriegelung verfügte. Zwar bestand die Gefahr, dass Winschild oder Bräker das Geräusch hören mochten, mit dem er die Tür öffnete, oder auch die, dass der Fahrer ihn entdeckte und sofort Alarm schlug – aber welche Wahl hatte er schon?

Mit zusammengebissenen Zähnen und das rechte Bein nachschleifend, robbte Mark auf den Wagen zu, hob den Arm und tastete nach dem Türgriff. Ein kaum hörbares, dumpfes Schnappen erscholl, und die hintere Tür des Mercedes schwang nach außen.

Mark atmete erleichtert auf, zog sich mit letzter Kraft ins Wageninnere und versuchte, die Tür möglichst leise wieder zu schließen, ehe er sich in den schmalen Raum zwischen vorderer und hinterer Sitzbank gleiten ließ. Dann schloss er die Augen und wartete einfach ab, was geschah.

Schritte näherten sich dem Wagen. Er spürte, wie der Fahrer wieder einstieg, dann hörte er noch einmal Bräkers Stimme: »Sie geben uns sofort Bescheid, wenn Sie irgendetwas hören, nicht wahr?«

»Gerne«, antwortete der Fahrer. »Aber ich glaube nicht, dass das der Fall sein wird. Er war einer meiner Patienten, nichts weiter – also warum sollte er sich bei mir melden? Gute Nacht, Herr Inspektor.«

Mark blinzelte überrascht. Das war doch …

Die Tür des Mercedes wurde um einiges heftiger zugeschlagen, als nötig gewesen wäre, und Dr. Merten fügte im Flüsterton hinzu: »Bleib unten, Junge. Und rühr dich nicht, bis ich es dir sage.«

Verbündete

Der Wagen verließ das Krankenhausgelände, rollte auf die Hauptstraße hinaus und passierte eine Straßenkreuzung, ehe Dr. Merten ihm endlich deutete, aus seinem Versteck herauszukommen und sich auf die Sitzbank hinaufzuziehen. Er sagte die ganze Zeit über kein Wort, und er schwieg auch, während Mark versuchte, seinen Fuß in eine halbwegs bequeme Lage zu bringen, aber er beobachtete ihn aufmerksam im Innenspiegel. Mark entgingen seine Blicke keineswegs.

»Tut es sehr weh?«, fragte Dr. Merten schließlich.

»Nein«, log Mark, biss die Zähne zusammen, um einen Schmerzlaut zu unterdrücken, und verbesserte sich: »Doch, ziemlich.«

»Das kann ich mir denken«, antwortete der Arzt. »Mir ist es ein Rätsel, wie du mit diesem Fuß laufen konntest, als wäre der Teufel hinter dir her.«

Weil es ganz genau das war, dachte Mark. Laut antwortete er: »Ehrlich gesagt – mir auch. Aber ich hätte auch keinen Schritt weitergekonnt.«

Er hatte endlich eine Lage gefunden, in der er ohne allzu große Schmerzen sitzen konnte, und beugte sich vor. »Wohin fahren wir?«, fragte er.

»Zu mir nach Hause«, antwortete Dr. Merten. »Ich will mir deinen Fuß ansehen.«

»Warum haben Sie mir geholfen?«, fragte Mark leise.

Dr. Merten sah ihn im Rückspiegel an und lächelte. »Nimm an, ich kann diesen aufgeblasenen Polizisten nicht leiden«, antwortete er. »Und außerdem bin ich neugierig. Ich möchte wissen, warum du in das Auto gerannt bist und jetzt aus dem Krankenhaus fliehen willst. Zufrieden?«

Nein, das war Mark nicht. Aber er ahnte, dass Dr. Merten ihm jetzt nicht die Gründe nennen wollte, warum er ihn nicht verraten hatte.

»Auf jeden Fall möchte ich mich bei Ihnen bedanken«, sagte Mark nach einer Weile.

Dr. Merten zuckte mit den Schultern und betätigte den

Blinker, als sie auf die Stadtautobahn einbogen. »Vielleicht wartest du damit noch etwas«, sagte er. »Ich verspreche dir gar nichts, verstehst du? Es kann durchaus sein, dass ich selbst die Polizei anrufe oder dich ins Krankenhaus zurückbringe, wenn es sein muss.«

Mark blickte fragend in den Rückspiegel.

Dr. Merten hob abermals die Schultern. »Wenn mir das, was du mir erzählen wirst, nicht gefällt. Wenn du mir etwas vormachst oder ich draufkomme, dass du in kriminelle Sachen verwickelt bist.«

Sie legten den Rest des Weges schweigend zurück. Es war kaum Verkehr, sodass sie eine gute Viertelstunde mit hoher Geschwindigkeit fahren konnten, dann kreuzten sie noch eine ganze Weile durch die Straßen eines vornehmen Villenviertels. Schließlich lenkte Dr. Merten den Wagen in die Auffahrt einer prachtvollen weißen Jugendstilvilla und hielt direkt vor der Tür an. Ohne den Motor abzustellen, stieg er aus, öffnete die hintere Tür und streckte die Arme aus.

Mark zögerte. Aber dann sah er ein, dass es jetzt lächerlich wäre, den Helden zu spielen, und kletterte ungeschickt zu Dr. Merten hinaus.

Der Arzt nahm ihn behutsam auf die Arme und trug ihn die Treppe hinauf.

Die Haustür wurde von innen geöffnet, und eine etwa fünfzigjährige, dunkelhaarige Frau trat ihnen entgegen. Sie stockte mitten im Schritt, als sie Mark sah, und ein erstaunter Ausdruck erschien auf ihren Zügen.

»Was ...«

»Ich erkläre dir gleich alles«, unterbrach Dr. Merten sie. »Aber jetzt bringe ich erst einmal den Jungen ins Haus, einverstanden?«

»Ist er verletzt?«, fragte die Frau und trat zur Seite.

»Ja.« Dr. Merten betrat die Diele. »Aber nicht sehr schlimm. Ich bringe ihn ins Wohnzimmer. Bist du so lieb und fährst den Wagen in die Garage?«

Mark sah sich neugierig um, während Dr. Merten ihn durch das Haus trug. Es war noch größer, als es von außen den Anschein gehabt hatte, und mit einfachen, glatten Möbeln eingerichtet, die sehr kostbar aussahen. Weiche Teppiche verschluckten das Geräusch von Dr. Mertens Schritten. An den Decken befanden sich Stuckornamente, und neben der zweiflügeligen Tür zum Wohnzimmer stand eine Jugendstilskulptur, die eine geflügelte Elfe darstellte.

Mark starrte die Figur erschrocken an, ehe er sah, dass sie aus Metall war und nicht aus Stein oder Ton, und erleichtert aufatmete. Dr. Merten bemerkte sein Erschrecken natürlich, aber er sagte nichts, sondern trug ihn zu einer kleinen Couch vor dem Kamin und legte ihn darauf. Mark rutschte in eine bequeme Lage – und erschrak abermals zutiefst, als sein Blick auf den Kamin fiel.

Der Sims war voller kleiner Ton- und Steinfiguren.

Pferde, Hunde, Katzen und Löwen, ein kaum handgroßer Buddha und etwas, was überhaupt kein Gegenstück zu haben schien, sondern etwas Abstraktes war, trotzdem aber irgendwie bedrohlich und düster wirkte.

Marks Hände begannen zu zittern.

»Was hast du?«, fragte Dr. Merten. Sein Blick folgte dem Marks, aber natürlich sah er nichts, was ihm irgendwie auffällig vorgekommen wäre. »Du bist plötzlich kreidebleich.«

»Die … die Figuren«, stammelte Mark.

»Meine Frau sammelt sie«, sagte Dr. Merten. »Und? Sie sind sehr hübsch, finde ich.«

Marks Blick wanderte nervös zwischen dem Kaminsims und Dr. Merten hin und her, und sosehr er sich auch bemühte – es gelang ihm nicht, einen Unterton von Panik in seiner Stimme zu unterdrücken, als er antwortete.

»Das … das finde ich auch. Aber …« Er brach ab, suchte nervös nach Worten und setzte neu an: »Ich weiß, dass Sie mich jetzt wahrscheinlich für verrückt halten werden, aber mir … mir wäre wohler, wenn Sie sie … wegräumen könnten.«

Dr. Merten runzelte überrascht die Stirn, aber er sagte ruhig: »Wenn es dir lieber ist.«

Er rührte sich nicht, aber plötzlich erschien seine Frau mit einem Tablett und begann die kleine Figurensammlung daraufzustellen. Mark hatte nicht gemerkt, dass sie das Zimmer wieder betreten hatte. Er lächelte unsicher.

»Ich kann Ihnen das erklären …«

»Ich bin sicher, dass du das kannst«, unterbrach ihn Dr. Merten. »Aber dazu ist später noch Zeit genug. Jetzt will ich mir erst einmal deinen Fuß ansehen.«

Er stand auf, verschwand für ein paar Sekunden aus Marks Blickfeld und kam mit einer schwarzen Arzttasche in der Hand zurück. Wortlos setzte er sich neben Mark auf die Couch und griff nach seinem Fuß.

Es dauerte ziemlich lange. Mark biss tapfer die Zähne zusammen, während Dr. Merten seinen Fuß abtastete, mit einer Salbe bestrich und schließlich einen straffen Verband anlegte. Dann klappte er seine Tasche wieder zusammen, stand auf und verließ ohne ein einziges Wort das Zimmer.

Mark war allein. Durch die geschlossene Glastür konnte er die Schatten von Dr. Merten und seiner Frau erkennen, und er hörte, wie sie leise miteinander sprachen. Offensichtlich erzählte ihr Dr. Merten jetzt die ganze Geschichte in einer Art Kurzfassung.

Plötzlich fühlte sich Mark furchtbar müde. Es war mittlerweile fünf Uhr geworden, und er hatte in dieser Nacht so gut wie keinen Schlaf gefunden.

Zum ersten Mal, seit dieser Albtraum begonnen hatte, hatte er das Gefühl, schlafen zu *dürfen*. Anders als in der Klinik spürte er, dass er hier in Sicherheit war. Dieses Haus mit Frau Mertens Figurensammlung hätte nach allem, was er erlebt hatte, ein Ort sein müssen, an dem er sich fürchtete, ein Ort, der geradezu prädestiniert schien, eine neue, heimtückische Falle zu sein – aber das genaue Gegenteil war der Fall: Mark fühlte sich so sicher und geborgen wie schon lange nicht mehr. Wenn dieses Haus überhaupt irgendetwas anderes war als eben ein Haus, dann war es eine Festung, ein Bollwerk, dessen unüberwindliche Mauern selbst dem Monstrum von der anderen Seite der Wirklichkeit widerstehen mussten. Er begann einzudösen und fuhr zusammen, als die Tür aufging und Dr. Merten und seine Frau wieder hereinkamen. Dr. Merten trug ein Tablett mit

Tassen und einer dampfenden Kanne, aus der es nach frisch aufgebrühtem Pfefferminztee duftete, und seine Frau brachte einen Teller mit Keksen.

Mark richtete sich schlaftrunken auf und griff dankbar zu, als Dr. Merten das Tablett vor ihm auf den Tisch setzte. Der Tee war heiß und gut, und als er den ersten Keks gegessen hatte, merkte er, wie hungrig er war.

Dr. Merten und seine Frau warteten geduldig, bis er gegessen und getrunken hatte. Sie stellten ihm auch dann noch keine Fragen, aber Mark spürte, dass es jetzt an der Zeit war, von sich aus zu erzählen.

»Ich glaube, Sie warten jetzt auf eine Erklärung«, begann er.

Dr. Merten lächelte. »Wenn es dir nicht zu spät ist.« Er deutete mit einer Kopfbewegung auf die Kaminuhr; eine Jugendstiluhr, deren Ziffernblatt von zwei kleinen Messingfiguren getragen wurde, wie Mark voller Unbehagen registrierte. »Du kannst dich auch erst einmal richtig ausschlafen, wenn du willst. Ich habe morgen frei. Wir können dann in Ruhe reden.«

Mark schüttelte den Kopf. »So lange kann ich nicht bleiben«, sagte er.

Dr. Merten sah auf Marks dick bandagierten Fuß und lächelte nur.

»Sie riskieren eine Menge für mich«, sagte Mark. »Ich meine, Sie … Sie können eine Menge Ärger kriegen, wenn rauskommt, was Sie getan haben.«

»Eine Menge Ärger dürfte leicht untertrieben sein«, antwortete Dr. Merten ernsthaft. »Ich kann meinen Posten verlieren, wenn es hart auf hart kommt. Aber das ist unwahrscheinlich«, fügte er mit einem beruhigenden Lächeln hinzu, als Mark sich erschrocken aufrichtete. »Ich weiß mich meiner Haut schon zu wehren. Und außerdem – ich habe dir gesagt, dass ich selbst die Polizei anrufen werde, wenn ich glaube, dass du mir etwas vormachst.«

»Das tue ich nicht«, antwortete Mark fest. »Ich …« Er stockte, biss sich auf die Unterlippe und starrte an Dr. Merten vorbei ins Leere. Nichts wünschte er sich sehnlicher, als sich dem Arzt anzuvertrauen, sich alles von der Seele zu reden. Aber gleichzeitig hatte er auch Angst, Dr. Merten und seine Frau damit in diesen Albtraum hineinzuziehen.

»Du läufst vor jemandem davon«, sagte Dr. Merten leise. »Ich meine: Bräker hatte völlig Recht. Das war nicht nur ein Verkehrsunfall. Jemand hat dich verprügelt, vorsichtig ausgedrückt. Ich glaube sogar, er hat versucht, dich umzubringen. Wer ist es?«

»Jedenfalls niemand von meiner Familie, wie dieser Kommissar vermutet«, antwortete Mark.

»Das dachte ich mir«, sagte Dr. Merten und lächelte auf diese verständnisvolle, väterliche Art, die ihn Mark auf Anhieb so sympathisch gemacht hatte.

»Ich habe deine Mutter und dich beobachtet«, fuhr er fort. »Sie hatte Angst um dich – und ich glaube, du hattest auch Angst um sie. Ist es so?«

Mark nickte. Er spürte deutlich, dass Dr. Merten ihn behutsam dazu bringen würde, ihm alles zu erzählen, und zwar wirklich alles. Und gleichzeitig spürte er auch, dass es ihm unmöglich war, nicht zu antworten. Dr. Mertens Stimme schien einen fast hypnotischen Zwang auf ihn auszuüben. »Ich sollte Sie nicht mit in diese Sache hineinziehen«, sagte er. »Und Ihre Frau auch nicht. Sie ... Sie waren so nett zu mir, und Sie haben mir geholfen ...«

»Das wird sich erst noch herausstellen«, sagte Dr. Merten, aber Mark fuhr unbeirrt fort:

»... und ich will nicht, dass Sie auch noch in Gefahr geraten.« Er raffte all seine Kraft zusammen und sah Dr. Merten ins Gesicht. »Sie haben Recht. Jemand ist hinter mir her. Ich weiß nicht, ob er mich umbringen will, aber wenn nicht, dann ... dann hat er vielleicht sogar etwas Schlimmeres mit mir vor. Sie könnten auch in Gefahr geraten.« Er verbesserte sich: »Sie werden in Gefahr geraten, wenn sie erfahren, dass Sie mir geholfen haben.«

Zu seiner Überraschung lachte Dr. Merten; ganz leise und auf eine gutmütige, spöttische Art, die nichts Verletzendes oder Abfälliges an sich hatte. »Deine Sorge um mich ehrt dich, mein Junge«, sagte er, »aber ich kann ganz gut auf mich aufpassen, glaub mir.«

Mark glaubte ihm. In Dr. Mertens ruhiger, selbstsicherer Art lag etwas, was ihn unbesiegbar erscheinen ließ. Er war keine imposante Erscheinung und hatte eine eher sanfte Art, zu reden und sich zu geben, und trotzdem strahlte er eine Kraft und Überlegenheit aus, die Mark das beruhigende Gefühl von Sicherheit gab.

»Es ist eine lange Geschichte«, sagte Mark. »Und sie klingt nicht sehr überzeugend.«

Dr. Merten lächelte wieder. »Ich habe viel Zeit«, sagte er. »Und eine Menge Fantasie. Und außerdem habe ich heute etwas gesehen, was ich auch nicht geglaubt hätte, hätte man es mir erzählt.« Sein Blick wurde ernst. »Vielleicht kann ich es dir etwas leichter machen«, fuhr er fort. »Deine Geschichte hat nicht zufällig mit einer Blumenvase zu tun?«

Jetzt war es zu spät. Mark spürte, dass er Dr. Merten alles erzählen würde. Er musste mit jemanden reden, und mit Ausnahme seiner Mutter und seines Bruders war Dr. Merten vielleicht der einzige Mensch auf der Welt, der ihm glauben würde.

Um noch ein wenig Zeit zu gewinnen, griff er nach seiner Tasse und trank noch einen Schluck Tee, aber dann begann er mit leiser, zitternder Stimme zu erzählen …

Der Ort, an dem die Albträume wohnen

Thomas und Mark waren noch oft auf dem Dach gewesen seit jenem Abend und auch auf dem Dachboden, auf dem die Zeit anderen Gesetzen gehorchte als in ihrer Welt, aber sie hatten weder die Kiste noch die kleine Schatulle mit dem Lot ihres Vaters jemals wieder angerührt. Obwohl die Zeit verging und sie gerade für einen Jungen in Marks Alter sehr viel länger zu dauern schien als für einen Erwachsenen, hatten sie die Ereignisse jener entsetzlichen Nacht nicht vergessen. Ebenso wenig wie die Warnung, die ihnen der Cherub mit auf den Weg gegeben hatte. Was immer dort oben lauerte, es war gefährlich und tödlich, und sie konnten nicht damit rechnen, dass jedes Mal ein Schutzengel bereitstand, um ihr Leben zu retten.

Es war fünf Jahre später, in einer ganz normalen Nacht. Die meisten wirklich großen Dinge beginnen in einer ganz normalen Nacht oder an einem ganz normalen Tag. Mark hatte schon seit Tagen ein sonderbares Gefühl gehabt; etwas, was er nicht richtig in Worte fassen konnte, was aber zu deutlich war, um es einfach zu ignorieren. Eine Stimmung, wie man sie manchmal vor einem besonders schweren Sommergewitter spüren mochte, das Knistern zusammengeballter Kraft, die in der Luft lag und darauf wartete, auszubrechen. Irgendetwas würde geschehen. Etwas Ungutes und Gewaltiges.

Seine Mutter war gegen acht aus dem Haus gegangen, wie an jedem Werktag seit nunmehr gut zehn Jahren, und Mark hatte ein wenig ferngesehen und sich dann in sein Zimmer zurückgezogen, um noch eine Hausaufgabe zu erledigen. Den ganzen Tag über hatte er sich schon nicht besonders wohl gefühlt, wobei dieses Gefühl nicht körperlich gewesen war. Er spürte eine Unruhe in seinen Gedanken, etwas wie eine lautlose Stimme aus seiner Seele, die ihm etwas zuzurufen schien, etwas, was wichtig war, was er aber nicht verstehen konnte. Es fiel ihm schwer, sich zu konzentrieren, die Buchstaben hüpften vor seinen Augen auf und ab und schienen sich zu weigern, sich zu sinnvollen Worten aneinander reihen zu lassen, und als er es nach einer Weile aufgab und an dem Schiffsmodell weiterbastelte, das er vor mehr als zwei Wochen begonnen hatte, da gelang es ihm nicht einmal, sich darauf zu konzentrieren. Seine Hände zitterten, und sein Blick wanderte immer wieder zum Fenster, als suche er etwas dort draußen.

Schließlich gab er auf und ging zu Bett.

Er war müde, aber er konnte trotzdem nicht gleich einschlafen. Länger als eine Stunde wälzte er sich in seinem Bett hin und her, ehe er in einen ruhelosen, flachen Schlummer fiel, aus dem er plötzlich erwachte.

Mark spürte, dass nicht viel Zeit vergangen war. Und etwas war geschehen. Das Gefühl der Erwartung war verschwunden und hatte einem Empfinden des Gerade-jetzt-Geschehens Platz gemacht, so verrückt dieser Gedanke auch klingen mochte.

Er stand auf. Es war dunkel im Zimmer und unerwartet kühl. In den seit Tagen fast ununterbrochen fallenden Regen hatten sich schon manchmal die ersten Schneeflocken hineingemischt, doch hier drinnen war es immer mollig warm, denn Marks Mutter hasste nichts mehr als Kälte, und die Wohnung war, obwohl alt, doch gut isoliert, und auf ihre Heizung wäre so mancher Neubaubesitzer neidisch gewesen. Jetzt aber hatte sich eine klamme Kühle in dem Raum ausgebreitet und etwas wie Modergeruch, nur noch unangenehmer.

Mark sah sich um. Das Fenster war geschlossen, und als er die Hand auf den Heizkörper legte, da war er so heiß, dass er sich fast die Finger verbrannt hätte. Und trotzdem fror er immer mehr. Es war, als wäre diese Kälte etwas … was nichts mit Temperaturen zu tun hatte, sondern auf völlig verrückte Art unabhängig davon existierte, wie ein Teil einer vollkommen fremden, den Gesetzen der Menschen nicht mehr unterworfenen Welt.

Fröstelnd schlang Mark die Arme um den Oberkörper, bückte sich nach seinem Trainingsanzug und zog ihn über den Pyjama. Aber das schien nicht viel zu nützen, denn er fror noch mehr als vorher.

Auch auf dem Gang war es kalt; fast noch kälter als in seinem Zimmer. Mark ging ins Wohnzimmer hinüber und rüttelte an den Fenstern und den Schiebetüren zum Wintergarten. Sie waren fest verschlossen, und auch hier arbeitete die Heizung auf vollen Touren.

Nacheinander kontrollierte Mark alle Fenster und Türen der Wohnung, fand aber nichts. Schließlich blieb nur noch das ehemalige Zimmer seines Bruders übrig. Thomas war vor gut einem Jahr ausgezogen, kam aber noch oft zu Besuch und übernachtete dann in seinem alten Zimmer, das sie unverändert gelassen hatten. Mark zögerte, es zu betreten. Sein Bruder mochte es nicht, wenn jemand hineinging, ohne ihn zu fragen, und Mark und seine Mutter respektierten diesen Wunsch.

Dann bemerkte er, dass unter der Tür und durch das Schlüsselloch ein flackerndes bläuliches Licht drang, das Mark im ersten Moment erschreckte, ehe er begriff, dass es nur der Widerschein des eingeschalteten Fernsehers sein konnte. Wahrscheinlich hatte Thomas das Fenster aufgemacht und war beim Fernsehen eingeschlafen.

Mark atmete erleichtert auf und öffnete die Tür.

Das blaue Licht erlosch, und Mark blickte verblüfft in ein stockdunkles Zimmer, in dem weder ein Fernseher lief noch ein Fenster offen stand, wohl aber eine noch grausamere Kälte nistete. Hastig griff er nach dem Lichtschalter.

Nichts.

Der Fernseher blieb stumm und weigerte sich beharrlich, blaues oder auch nur irgendein Licht zu produzieren, und auch das Fenster war geschlossen und sperrte die Herbstkälte aus. Aber es war so eisig hier drinnen, dass Marks Atemzüge als kleine, graue Dampfwölkchen vor seinem Gesicht erschienen.

Und es wurde mit jeder Sekunde eisiger. Die Kälte legte sich wie Glas auf Marks Haut und ließ die Luft in seinen Lungen brennen, und als er einen Schritt in das Zimmer hineinmachte und dabei aus Versehen den Türgriff berührte, blieben seine Fingerspitzen beinahe an dem eiskalten Metall kleben. Mark hätte sich in diesem Moment kein bisschen gewundert, hätten sich die Möbel und die Tapeten vor seinen Augen mit einer dünnen Eisschicht überzogen.

Sein Blick fiel auf ein Blatt Papier, das auf dem Schreibtisch seines Bruders lag, und etwas daran erregte seine Aufmerksamkeit. Er trat an den Tisch und betrachtete neugierig das Blatt.

Im ersten Moment erschienen die Buchstaben und Ziffern darauf keinen Sinn zu ergeben; ja, er fragte sich, ob es überhaupt Buchstaben und Ziffern waren. Und dann fuhr er zusammen, denn er kannte diese sonderbare Nicht-Schrift.

Er hatte sie schon einmal gesehen, vor fünf Jahren, nur hatten sie damals nicht auf einem weißen Blatt Papier gestanden, sondern auf den vergilbten Seiten eines dünnen Bändchens …

Es war die Fotokopie einer Seite aus dem Notizbuch seines Vaters.

Mark verspürte einen eisigen, lähmenden Schauer, aber es war nicht die Kälte, die ihn frösteln ließ. Denn es war nicht einfach nur eine Fotokopie, auf der rechten, leeren Hälfte des Blattes entdeckte er Buchstaben und Zahlenkolonnen in der sauberen geraden Handschrift seines Bruders und einen verständlichen Satz.

Wo Schatten wandeln auf düsteren Pfaden, wo Tag zur Nacht und Nacht zum hellen Schein wird, wo

Danach folgte ein Durcheinander aus durchgestrichenen und unkenntlich gemachten Wortfetzen und Buchstaben und weiter unten auf der Seite noch einmal eine Art Gedicht, das zwar lesbar, aber vollkommen sinnlos zu sein schien, als wären alle Wörter zwar richtig übersetzt, aber in einer völlig falschen Reihenfolge aufgeschrieben. Und überall Zahlen, manche mit einem Ausrufungs- oder Fragezeichen versehen, andere mit kleinen Pfeilen, die auf verschiedene Buchstaben und Symbole des Originaltextes deuteten. Thomas hatte damit begonnen, das Tagebuch ihres Vaters zu übersetzen, und teilweise mit Erfolg.

Aber sie hatten doch geschworen, es nie wieder anzurühren, ebenso wenig wie das Lot!

Mark war zornig und enttäuscht. In den zahllosen Gesprächen, die er mit seinem Bruder über jene Nacht geführt hatte, war es Thomas gewesen, der immer wieder betonte, dass es besser wäre, wenn sie nicht nur die Warnung des Cherubs beherzigten, was das magische Lot anging, sondern darüber hinaus die ganze Kiste unberührt ließen. Und jetzt das! Er streckte die Hand aus, um das Blatt vom Tisch zu nehmen und zusammenzuknüllen, überlegte es sich dann aber anders. Er würde Thomas morgen zur Rede stellen, und er würde keine Ausreden gelten lassen.

Wenn er bis dahin nicht erfroren war. Mark zitterte am

ganzen Körper, so kalt war es hier drinnen mittlerweile geworden. Er sah zum Fenster, allen Ernstes darauf gefasst, es unter einem dicken Eispanzer verschwunden zu sehen.

Er entdeckte natürlich kein Eis, aber für einen Moment hatte er das Gefühl, etwas zu sehen, ein flüchtiges, weißes Blitzen, als glitte ein großer Vogel draußen an der Scheibe vorbei. Unsinn!

Mark rieb sich die Hände und verließ das Zimmer. Draußen auf dem Flur war es ein wenig wärmer, und allmählich wurde ihm die Sache wirklich unheimlich.

Als er das Wohnzimmer durchquerte, warf er einen Blick zur Tür zum Wintergarten hinüber und erstarrte.

Vor der Schiebetür des Wintergartens stand ein Schatten. Vor der äußeren Schiebetür.

Aber dahinter ist doch nichts!, dachte er entsetzt. Nur der schmale Balkon und dahinter ein fünf Stockwerke tiefer Abgrund, den nichts und niemand auf der Welt überwinden konnte, es sei denn, er hätte Flügel.

Nun, die Gestalt draußen auf dem Balkon *hatte* Flügel. Ein gewaltiges Paar weißer, weit gespannter Schwingen, die wie unter einem inneren Licht zu erstrahlen schienen.

»Der Cherub …«, flüsterte Mark tonlos. Der Cherub, der Thomas und ihm damals das Leben gerettet hatte, in jener Nacht vor fünf Jahren auf dem Dach!

Mark riss die Tür zum Wintergarten auf und hatte gar nicht genug Hände, um auch die äußere Schiebetür schnell genug aufzubekommen. »Du bist zurückgekommen!«, rief er aufgeregt. »Du …«

Der Engel unterbrach ihn mit einer herrischen Geste und bückte sich, um durch die Tür zu treten. Mark wich einen Schritt vor ihm zurück. Er war von wilder Freude erfüllt, dem Cherub nach so langer Zeit wieder gegenüberzustehen. »Du bist wieder da!«, sagte er noch einmal, was nicht besonders intelligent war, aber er brachte in diesem Moment nichts anderes heraus.

Auf den ernsten Zügen des Cherubs lag Trauer. »Ich brauche deine Hilfe«, sagte er.

Mark riss die Augen auf. »Meine Hilfe?«

Der Cherub nickte. »Es ist dein Bruder, der Hilfe benötigt. Aber ich bin nicht in der Lage, sie ihm zu geben.«

»Thomas?«, sagte Mark verwirrt. »Aber wieso denn? Was …«

Der Cherub unterbrach ihn. »Du warst in seinem Zimmer«, sagte er. »Du hast gesehen, was er getan hat, nicht wahr?« Mark war nicht überrascht, dass der Cherub so genau Bescheid wusste. Seit jener Nacht vor fünf Jahren gab es für ihn keinen Zweifel mehr, dass er ein wirklicher Engel war, und Engel waren allwissend. Er nickte. »Er versucht, das Buch zu übersetzen«, sagte er. »Vaters Tagebuch.«

Der Cherub nickte. »Das allein wäre schon schlimm genug gewesen, doch nicht so schlimm«, sagte er. »Aber er hat mehr getan.«

»Was?«, fragte Mark scharf.

»Es sind keine guten Dinge, die in diesem Buch aufgeschrieben sind«, antwortete der Cherub. »Dein Bruder hatte Recht mit dem, was er vermutete: Es ist das Tagebuch eures Vaters. Aber es ist noch mehr. Es enthält verbotenes Wissen um verbotene Dinge, die nicht von Menschen gemacht wurden. Und die nicht in Menschenhand gehören.«

»Und Thomas hat …« begann Mark, aber der Cherub hörte nicht auf ihn, und Mark bemerkte, dass seine Stimme gehetzt klang. Als hätte er Angst, dachte er bestürzt. Aber wovor konnte ein Cherub Angst haben?

»Dein Bruder hat sich dieses Wissens bedient, um den Weg in die andere Welt zu finden, Mark«, fuhr er fort. »Und nicht nur das. Er hat getan, was er niemals hätte tun dürfen.«

»Er hat das Lot benutzt?«, keuchte Mark.

»Er hat die Tür ins Reich der Schatten ein zweites Mal aufgestoßen, ja«, bestätigte der Cherub. »Und ich bin nicht mehr zurechtgekommen, um ihn zu schützen. Auch meinen Kräften sind Grenzen gesetzt.«

»Dieser Idiot!«, flüsterte Mark. »Wir hatten uns geschworen, es nie …«

»Dein Bruder ist in Gefahr, Mark«, unterbrach ihn der Cherub. »In großer Gefahr. Er hat das Lot eures Vaters benutzt und ist in die Welt der Schatten vorgedrungen, aber es ist ihm nicht möglich, aus eigener Kraft zurückzufinden. Nur du kannst ihm helfen.«

»Ich?«, sagte Mark zweifelnd.

»Du bist sein Bruder«, antwortete der Cherub. »Die Kräfte, die es ihm ermöglichten, das Tor zu den Träumen aufzustoßen, schlummern auch in dir, denn ihr beide tragt das gleiche Erbe in euch. Ich selbst würde vergehen, setzte ich auch nur einen Fuß in den Schwarzen Turm. Du kannst es.«

Der Schwarze Turm? Mark hatte diesen Namen schon einmal gehört, und auch wenn es fünf Jahre her war, so hatte er ihn doch nicht vergessen.

»Der Schwarze Turm«, sagte er laut. »Was ist das?«

Der Cherub zögerte, und als er schließlich antwortete, hörte Mark deutlich ein Zittern von Furcht in seiner Stimme.

»Der Ort, an dem die Albträume wohnen.«

Die Gehörnten

Mark verließ das Haus noch in derselben Stunde. Der Cherub hatte ihm weder gesagt, wo dieser geheimnisvolle Schwarze Turm war, noch wie er dorthin gelangen konnte, aber er spürte, dass das nicht nötig war. Er würde den Weg dorthin finden, so sicher, wie er im Dunkeln den Weg in sein Zimmer oder an irgendeinen anderen vertrauten Ort gefunden hätte.

Es war sehr kalt. Der Regen hatte aufgehört, und die Straßen lagen glänzend wie schwarze Flüsse aus geschmolzenem Teer vor ihm. Das schlechte Wetter hatte die meisten Menschen in die Häuser getrieben, und nur gelegentlich war das Geräusch eines Wagens zu vernehmen.

Mark war froh darüber, niemandem zu begegnen, denn ein dreizehnjähriger Junge um diese Zeit im Jogginganzug allein auf der Straße unterwegs, das würde auffallen. Er konnte es sich nicht leisten, aufgehalten zu werden. Und er hatte Angst. Aber gleichzeitig fühlte er auch Entschlossenheit und Zorn. Entschlossenheit, seinen Bruder zurückzuholen, ganz egal, wo er war, und sei es aus den tiefsten Tiefen der Hölle, und Zorn auf ihn, sein Versprechen schmählich gebrochen zu haben, aber noch einen weit heftigeren Zorn auf die Mächte, die ihn in Versuchung geführt hatten. Dieselben Mächte, die auch seinen Vater geholt und damit das Glück seiner Mutter und ihrer gemeinsamen Zukunft zerstört hatten.

Der Cherub hatte es ihm nicht gesagt, aber er wusste, dass es nicht anders sein konnte. Wo immer sich Thomas jetzt befand, es war derselbe Ort, zu dem auch sein Vater gegangen war, um nie wieder zurückzukehren.

Gut eine halbe Stunde lang ging Mark in nördlicher Richtung, ohne auch nur ein einziges Mal überlegen zu müssen, welche Richtung er einschlagen, in welche Straße er abbiegen, welche er überqueren musste. Es war, als fänden seine Füße den richtigen Weg auch ohne sein Zutun, als wäre er den Weg schon tausendmal gegangen und würde sein Ziel ganz genau kennen.

Es war eine Kirche. Sie befand sich in einem heruntergekommenen, halb leer stehenden Viertel voller heruntergekommener kleiner Häuser mit eingesunkenen Dächern und blinden Fenstern, von denen nur sehr wenige erleuchtet waren. Auf den Straßen war kein Verkehr mehr, und die wenigen Menschen, die ihm begegneten, warfen ihm sonderbare Blicke zu und sahen meistens alles andere als vertrauenserweckend aus: Es war eine Gegend, in die sich Mark normalerweise nicht einmal am Tag und in Begleitung gewagt hätte.

Aber jetzt hatte er überhaupt keine Angst. Obwohl er ihn nicht sah, spürte er, dass der Cherub immer in seiner Nähe war und über ihn wachte, denn vor den Gefahren, die hier auf ihn lauern mochten, konnte er ihn sehr wohl beschützen. Mark blieb auf dem Bürgersteig stehen und betrachtete die Kirche. Sie war wie die Häuser, die sie zu beiden Seiten einrahmten: klein und schäbig, mit schmutzigen grauen Wänden und geborstenen Fenstern, in denen sich heulend der Wind brach – eine Ruine, die schon lange Jahre leerstand und vielleicht seit einem Menschenalter nicht mehr betreten worden war.

Aber sie war nicht leer.

Etwas war da.

Mark spürte seine Anwesenheit so deutlich, als könne er durch die meterdicken Mauern hindurchsehen und die Schatten beobachten, die sich dort drinnen zusammenballten, Abgesandte aus dem Reich der Albträume, die sein Kommen fühlten und sich bereitmachten, ihn zu empfangen. Und er wusste, dass es keine Einbildung war. Er hatte vieles begriffen, während er mit dem Cherub gesprochen hatte, und ohne dass er es auch nur mit einem Wort hatte sagen müssen. Er hatte begriffen, dass sein Bruder ihm nicht die Wahrheit gesagt hatte, damals auf dem Dach, denn das Geheimnis, das ihre Familie umgab, war weit größer. Es war nicht nur so, dass sie in der Lage waren, diese fremde, schattenhafte Welt zu sehen und zu betreten, nein, sie waren ein Teil von ihr. Etwas in ihm, ein Teil seiner Seele, der bisher tief auf dem Grund des Vergessens geschlummert hatte, gehörte dorthin, in jene Welt, von der der Cherub gesprochen und in die Thomas gegangen war, und vielleicht war dies sogar seine wirkliche Heimat und nicht die, in der er durch Zufall geboren und aufgewachsen war.

Mark schob das rostige Eisentor auf, das den unkrautüberwucherten Vorgarten der Kirche von der Straße trennte, und ging langsam auf das verlassene Gebäude zu. Dabei verspürte er eine seltsame, immer stärker werdende Sehnsucht, das Gefühl, nach Hause zu kommen, an einen Ort, an dem er noch niemals zuvor gewesen war, den er aber trotzdem kannte.

Er erreichte das Kirchentor und zögerte einen Moment. Einer der schweren Torflügel stand offen, nur einen Spaltbreit, gerade weit genug, ihn hindurchschlüpfen zu lassen, und dahinter erkannte er nichts als Leere und den gesprungenen Fliesenboden des Kirchenschiffes. Trockenes Laub, Schmutz und Staub von mehr als einem Jahrzehnt bildeten ein wirres Muster auf dem verblichenen Mosaik, und das

Mondlicht, das durch die zerbrochenen Scheiben hereinfiel, zauberte die Illusion von Bewegung in die Schatten.

Mit klopfendem Herzen trat Mark ein.

Die Luft roch nach Staub und Moder. Das Heulen des Windes war hier drinnen viel lauter und unheimlicher als draußen; es klang wie ein Chor klagender, heller Kinderstimmen. Und trotzdem war es fast unheimlich still. Marks Schritte hallten unheimlich in dem großen, leeren Raum wider, und er blieb dicht hinter der Tür stehen und sah sich um.

Die Kirche sah von innen viel größer aus als von außen. Der Altar, die Kanzel und alle Bänke waren abgebaut und weggeschafft worden, und das steinerne Dach schien sich erst Hunderte von Metern über seinem Kopf zu einem spitzen, gemauerten Himmel zu vereinigen. Überall waren Schatten, und er war nicht sicher, dass er sich die Dinge, die darin lauerten, wirklich nur einbildete. Er verscheuchte den Gedanken, ging weiter und blickte aufmerksam um sich. Unter seinen Füßen knisterte trockenes Laub, und das Singen und Heulen des Windes wurde immer lauter, schien jetzt etwas Warnendes zu haben.

Mark hatte das Kirchenschiff fast durchquert, als er sah, wonach er gesucht hatte, ohne dass es ihm bewusst geworden war: eine niedrige, sehr schmale Tür an der linken Seite, unweit der Stelle, an der sich früher einmal die Kanzel erhoben haben musste. Er wusste, dass sie zur Krypta führte. So sicher, als wäre er schon tausendmal hier gewesen.

Mit klopfendem Herzen, aber ohne auch nur eine Sekunde zu zögern, drückte er die Klinke und öffnete die Tür.

Der Raum dahinter lag in solch vollkommener Dunkelheit, als existiere er gar nicht. Mark zögerte. Er hatte wieder Angst.

Es war nicht nur eine optische Täuschung. Es war dunkel hier drinnen, aber nicht so dunkel, dass nicht ein wenig Helligkeit aus dem Kirchenschiff in die Krypta hätte fallen müssen, und sei es nur ein Schimmer, der die ersten Schritte erhellte. Aber die Tür schien geradewegs ins Nichts zu führen, und dieser Vergleich war gar nicht so falsch: Die

Tür, vor der er stand, war die Tür ins Reich der Schatten, die Tür in den Schwarzen Turm, in die Welt der Albträume.

Mark schloss die Augen, tat einen tiefen Atemzug – und trat mit einem entschlossenen Schritt in die Dunkelheit hinein. Er spürte nichts.

Keine Kälte, nicht das Gefühl zu fallen, in einen Abgrund geschleudert zu werden – nichts von alledem, was er insgeheim befürchtet hatte. In der Luft lag noch immer derselbe Modergeruch wie zuvor, und auch das Heulen des Windes war nach wie vor zu hören.

Mit klopfendem Herzen öffnete er die Augen und sah sich um.

Im ersten Moment war noch alles schwarz, aber dann gewöhnten sich seine Augen an die Dunkelheit, und er konnte seine Umgebung vage erkennen.

Es hatte nicht geklappt. Er befand sich nicht in der Welt der Albträume. Was er sah, das war kein Land aus Schatten und namenlosen Dingen, sondern ein kleiner, schmutziger Raum mit steinernen Wänden und einem Boden, der voll von trockenem Laub und Unrat war.

Mark warf einen Blick über die Schulter zurück. Die Tür zur Kirche hinter ihm stand offen, und er konnte genau das große, leere Schiff und die zerbrochenen Fenster erkennen, und er hörte den Wind, dessen Heulen jetzt wie spöttisches Gelächter in seinen Ohren klang.

Es gibt keinen Zweifel, dachte er enttäuscht und erleichtert zugleich, ich bin noch immer in der Krypta.

Im ersten Moment wollte er sich einfach herumdrehen und zurückgehen, aber dann blieb er doch stehen und überlegte. Vielleicht musste er ein Stück weitergehen. Er hatte zu deutlich gefühlt, dass er auf dem richtigen Weg war, als dass sich alles nur als Einbildung herausstellen konnte. In der gegenüberliegenden Wand des winzigen Raumes entdeckte er eine zweite Tür. Vielleicht war dies der Übergang in die Welt der Schatten.

Mark ging weiter, öffnete auch diese Tür und blieb wieder enttäuscht stehen. Kein Schattenland. Keine finstere Landschaft unter einem schwarzen Himmel, sondern nichts als eine winzige, steinerne Kammer, in der eine schmale Wendeltreppe nach unten führte. Er glaubte Geräusche aus der Tiefe zu hören, etwas wie ein Hämmern und Wummern, aber es war nur sein eigener Herzschlag, der in seinen Ohren dröhnte.

Er ging weiter, setzte vorsichtig den Fuß auf die oberste Stufe und begann langsam die Treppe hinabzusteigen. Das graue Licht blieb hinter ihm zurück, und nach wenigen Augenblicken bewegte sich Mark durch vollkommene Finsternis. Er fing an, die Stufen zu zählen: zehn, zwanzig, dreißig – wie tief war dieser Keller? –, vierzig.

Als er bei fünfundvierzig angekommen war, wäre er fast gestürzt, denn unter seinem tastenden Fuß war keine weitere Stufe mehr, sonder glatter steinerner Boden, und jetzt sah er auch wieder Licht: die gleiche Art von grauer, unwirklicher Helligkeit, die auch den kleinen Raum oben erfüllt hatte. Er ging schneller, die Hände tastend wie ein Blinder ausgestreckt, um nicht im Dunkeln gegen ein Hindernis zu prallen und sich zu verletzen, und fühlte plötzlich raues, hartes Holz unter den Fingern. Eine Tür. Das graue Licht, das er sah, fiel durch ihre Ritzen.

Mark tastete nach einem Griff, aber was er fand, das war ein altertümlicher Riegel. Er rüttelte an ihm und versuchte ihn hinunterzudrücken, bis er schließlich auf den Gedanken kam, ihn einfach zur Seite zu schieben. Die Tür schwang mit lautem Quietschen und Knarren auf, Mark machte einen Schritt in den dahinterliegenden Raum und blieb verblüfft stehen.

Im ersten Augenblick glaubte er, irgendwie im Kreis gelaufen zu sein, sodass er wieder in die Kirche zurückgekommen war. Aber dann sah er, dass das nicht sein konnte.

Was sich vor ihm ausbreitete, das war zwar ein Kirchenschiff, aber es war gigantisch, und es hatte nichts, aber auch gar nichts mehr mit der verfallenen Ruine zu tun, durch die er gekommen war. Die Decke, die von gotischen Spitzbögen getragen wurde, erhob sich wie das Innere eines ausgehöhlten Berges, viele hundert Meter über seinem Kopf, und die gegenüberliegende Wand war so weit entfernt, dass

Mark sie eigentlich nur erahnte und nicht wirklich sah. Die Wände bestanden aus steinernen Blöcken von nachtschwarzer Farbe, jeder Einzelne so groß wie ein Haus, und auch hier befand sich ein Mosaik auf dem Boden, aber es war so gewaltig, dass zwei oder drei Schritte nicht ausreichen mochten, einen Einzelnen seiner Steine zu durchmessen.

Er war drüben.

Ein eisiger Schauer raste über seinen Rücken. Die Krypta, die Treppe – das alles gehörte nicht mehr zur realen Welt, sondern war bereits ein Teil dieses Schattenlandes, und das vermeintliche Kirchenschiff, in dem er sich befand, war nichts anderes als der Schwarze Turm, eine Monstrosität aus Stein und Schwärze und Leere, die zu bizarr war, um etwas anderes als ein Albtraum sein zu können.

Die Welt, in der die Albträume wohnen …

Angst lag in der Luft wie ein übler Geruch, und die Wände trugen nicht nur die Farbe Schwarz, sie strömten Schwärze aus wie einen düsteren Hauch, der etwas in seiner Seele berührte und erstarren ließ. Plötzlich wollte er weg, ganz gleich wohin, nur fort, fort von diesem finsteren, entsetzlichen Ort, dessen bloße Ausstrahlung ihm schon einen Teil seiner Menschlichkeit zu nehmen schien und der ihn verderben würde, wenn er zu lange in ihm weilte. Er hatte Angst wie nie zuvor in seinem Leben. Großer Gott, dies war der Schwarze Turm, der Ort, den selbst ein leibhaftiger Engel fürchtete – was sollte er hier ausrichten?

Aber statt zu fliehen, schloss Mark nach einer Sekunde lautlos die Tür hinter sich und begann in den gewaltigen Raum hineinzugehen. Sein Herz klopfte, seine Stirn war feucht vor Schweiß, und er war fast verrückt vor Angst – aber er spürte auch, dass er nicht mehr zurückkonnte. Der Weg, den er gegangen war, führte nur in eine Richtung.

Und er wollte auch gar nicht mehr zurück. Er war hierher gekommen, um etwas Bestimmtes zu tun, und er würde es tun oder das Schicksal seines Bruders und aller anderen teilen, die vor ihm durch diese Tür getreten waren, um sich dem Greif und seinen Kreaturen zu stellen.

Aller anderen? Was waren das für Gedanken? Und welche *Erinnerungen?* Wie konnte er sich an etwas erinnern, was er gar nicht erlebt hatte?!

Er versuchte, diesen Gedanken ebenfalls abzuschütteln, und ging etwas schneller weiter. Seine Schritte erzeugten helle, lang widerhallende Echos auf dem Boden, aber die Leere saugte auch dieses Geräusch auf, wie ein unsichtbares Raubtier, das sich gierig auf alles stürzte, was aus der anderen Welt kam.

Seine Augen gewöhnten sich jetzt rasch an das unwirkliche graue Licht, das aus keiner bestimmten Quelle zu kommen schien, und Mark sah, dass der Boden des Kirchenschiffes nicht leer war. Hier und da erhoben sich dunkle, klobige Gebilde von unbestimmter Form, und manchmal glaubte er eine Bewegung zu erkennen. Einmal war es ihm, als glitte etwas Riesiges, Dunkles durch die Luft, und er vermeinte, den eisigen Luftzug gewaltiger Schwingen zu verspüren, aber als er den Blick hob, sah er nur den gemauerten Himmel, endlos weit über sich.

Und immer wieder das Gefühl, all dies zu kennen, diesen Weg schon zahllose Male gegangen zu sein, immer und immer wieder, ohne jemals den Rückweg gefunden zu haben. Dieses Gefühl wurde immer intensiver, je tiefer er sich in das riesige Kirchenschiff hineinbewegte.

Und noch etwas Seltsames geschah: Je weiter Mark ging, desto größer schien der Raum zu werden. Es war, als entfernten sich die Wände von ihm, immer ein ganz kleines bisschen schneller, als er selbst voranging.

Dafür näherte er sich den klobigen Gebilden, die er von der Tür aus gesehen hatte, und nach einer Weile erkannte er auch, um was es sich handelte.

Es waren Gebäude. Manche von ihnen waren nicht größer als eine Hundehütte und mit winzigen Türen und Fenstern versehen, sodass er sich fragte, wie die Bewohner wohl aussehen mochten, andere hatten die Größe von mehrstöckigen Häusern, seltsame, vieleckige Gebilde mit nadelspitzen Türmen und Mauern, die von Zinnen wie schwarzen Drachenzähnen gekrönt wurden, mit riesigen Toren, die wie aufgerissene Mäuler aussahen, und Fenstern, hinter denen rotes Licht pulsierte. Es gab keine anderen Farben, nur Schwarz und das pulsierende Rot, eine leuchtende Flüssigkeit, als woge hinter den Fenstern geschmolzene Lava, und alle Formen waren trotz ihrer Härte irgendwie weich, als bestünden alle diese Häuser und Hütten, Türme und Mauern aus schwarzem Wachs, das in der Sonne zu schmelzen begann. Es war eine ganze Stadt, die sich unter dem riesigen Gewölbe erhob.

Und sie war keineswegs unbewohnt.

Er spürte das Nahen eines Wesens, noch bevor er es wirklich sah, und er reagierte ohne bewusste Überlegung, fast als hätte für einen Moment ein anderer, stärkerer Geist die Kontrolle über seinen Körper übernommen.

Mark wich hinter eine Hauswand zurück und presste sich gegen die schwarze Masse, ehe er begriff, was er tat, und in diesem Augenblick kam die Gestalt um die Ecke und ging an ihm vorbei; so dicht, dass er nur den Arm hätte auszustrecken brauchen, um sie zu berühren.

Es war kein Mensch.

Sein Körper hatte ungefähr menschliche Formen: Das hieß, er hatte zwei Arme, zwei Beine und einen Kopf – aber damit hörte die Ähnlichkeit auch schon auf.

Wie alles hier war die Haut des Wesens schwarz, so vollkommen schwarz, dass sie selbst das Licht aufzusaugen schien, und sah hart aus wie Stein. Es war ein gutes Stück kleiner als Mark, und es wirkte noch kleiner dadurch, dass es weit nach vorne gebeugt ging, als trügen die krummen Schultern eine unsichtbare Zentnerlast. Seine Arme waren lang wie die eines Affen, sodass die Hände – nein, keine Hände, Klauen, vierfingrige Pranken mit spitzen Krallen – fast über den Boden schleiften, und statt Füßen hatte es gespaltene Ziegenhufe und passend dazu einen langen, schuppigen Schwanz, der in einer pfeilförmigen Quaste endete.

Das Gesicht war schmal und von tiefen, wie mit einem Messer eingeschnittenen Furchen überzogen. Ein dürrer Kinnbart wackelte unter einem spitzen Mund mit aufgeworfenen Lippen, die Nase war scharf und ähnelte einem Raubvogelschnabel, und die Augen glühten in einem düsteren Rot, wie kleine, glimmende Kohlestückchen. Und dieses Gesicht wurde von einem Paar spitzer, aufeinander zu gekrümmter Hörner gekrönt, die aus den Schläfen des Schädels hervorwuchsen.

Starr vor Schreck und mit angehaltenem Atem wartete Mark darauf, dass das Geschöpf seine Nähe spürte oder ihn bemerkte und stehen blieb, aber das geschah nicht. Nicht sehr schnell, ohne auch nur einmal den Blick zu heben, schlurfte die Kreatur an ihm vorüber, wobei ihr Quastenschwanz bei jedem Schritt mit einem dumpfen Klack auf dem Boden aufschlug, und näherte sich einem der schwarzen Gebäude. Mark sah, wie sich das Tor öffnete – es ging nicht etwa auf, es wurde in einer zuckenden, wellenförmigen Bewegung größer und schloss sich hinter dem Gehörnten auf die gleiche Weise wieder wie ein Maul, das ihn verschluckte.

Mit einem lautlosen Aufatmen wandte sich Mark um und ging weiter – allerdings erst, nachdem er einen prüfenden Blick in die Runde geworfen hatte. Der Anblick des Gehörnten hatte ihn zutiefst entsetzt, aber zugleich hatte er auch das Gefühl, ein solches Wesen nicht zum ersten Mal gesehen zu haben; und diesmal war es nicht diese sonderbare Nicht-Erinnerung, sondern ein höchst reales Gefühl, verbunden mit dem sicheren Wissen, dass diese Kreatur sehr gefährlich war. Ein halbes Dutzend Häuser weiter stieß Mark auf die nächsten Bewohner des Schwarzen Turmes. Es war eine ganze Kolonne der gehörnten schwarzen Kreaturen, die in einer stummen Prozession vor ihm durch die Straßen der Albtraumstadt zogen, und diesmal spürte er ihre Nähe früh genug, sodass er sich ein Versteck suchen und sie in aller Ruhe beobachten konnte.

Mark schätzte ihre Zahl auf gut fünfzig, und es waren nicht wenige darunter, die bewaffnet waren; manche mit kurzen, klobigen Schwertern aus schwarzem Eisen, einige auch mit Keulen, die meisten aber, wie es sich gehörte, mit dreizackigen Spießen.

Wenn ich das alles hier wirklich nur träume, dachte er sarkastisch, *dann sollte ich schleunigst zu einem Gehirnklempner gehen. Irgendetwas scheint mit meinem Unterbewusstsein nicht in Ordnung zu sein …*

Gleichzeitig spürte er, dass das, was er hier erlebte, ganz und gar kein Traum war. Dies mochte die Welt sein, aus der die Albträume kamen – aber sie war auf ihre Art so wirklich und gefährlich wie das, was er bisher für die Wirklichkeit gehalten hatte.

Gebannt sah er zu, wie die Kolonne der kleinen Teufelsgestalten an seinem Versteck vorüberging. Die, die nicht bewaffnet waren, trugen Kisten und Rollen, manche auch Steine, und einige hielten die Enden von wuchtigen Ketten in den Klauen. An den Ketten befanden sich große, eiserne Ringe, und diese Ringe wiederum waren um die Handgelenke oder Hälse eines halben Dutzends zerlumpter menschlicher Gestalten gelegt.

Mark hätte um ein Haar aufgeschrien. Es waren vier Männer und zwei Frauen, alle mit langem, verfilztem Haar, schmutzstarrenden Gesichtern und Kleidern, die eigentlich nur noch aus Fetzen bestanden. Und eine fünfte, hoch aufgeschossene Gestalt mit dunklem Haar, etwas weniger schmutzig und mit etwas weniger zerschlissenen Kleidern und dem Gesicht seines Bruders.

Thomas war als Einziger nicht gefesselt, aber Mark begriff trotzdem sofort, wie sinnlos jeder Fluchtversuch gewesen wäre. Sein Bruder befand sich in der Mitte eines Trupps der schwarzen Geschöpfe, die ihn sofort überwältigen würden, bevor er auch nur einen Schritt gemacht hätte. Und er zweifelte auch daran, dass sein Bruder überhaupt noch die Kraft hatte zu fliehen. Sein Zustand war nicht so schlimm wie der seiner Mitgefangenen, aber sein Blick war ebenso leer wie ihrer, und in seinem Gesicht standen die Spuren langer Entbehrungen und Qualen geschrieben.

Aber wie war das möglich?, dachte Mark verblüfft. Alles in allem konnte Thomas sich erst seit wenigen Stunden im Schwarzen Turm aufhalten. Er hatte ihn doch gestern Abend noch gesehen!

Mark wartete, bis der schweigende Trupp an seinem Versteck vorübergegangen war – was sehr lange dauerte, denn die Gehörnten hatten es nicht eilig, vielleicht passten sie sich auch nur dem Tempo ihrer Gefangenen an, die sich mit letzter Kraft voranschleppten, obwohl Mark sicher war, dass Mitgefühl und Barmherzigkeit diesen Kreaturen fremd waren. Als sie fast hinter dem nächsten Gebäude verschwunden waren, wagte er sich aus seinem Versteck heraus und folgte ihnen. Den Gedanken, dass hinter ihm noch mehr dieser gehörnten Albtraumkreaturen auftauchen und ihn entdecken konnten, schob er beiseite.

Dafür zerbrach er sich den Kopf umso intensiver darüber, wie er seinen Bruder befreien sollte. Ein Angriff auf die Gehörnten kam nicht in Frage. Sie waren zu gefährlich, das spürte Mark, und vor allem, er kannte ihre Gefährlichkeit nicht und damit auch nicht ihre schwachen Stellen.

Hinter der nächsten Hausecke hielt Mark an, presste sich gegen den unangenehm warmen Stein und spähte vorsichtig zu den Gehörnten hinüber. Die kleine Kolonne steuerte eines der schwarzen Häuser an, und Marks Herz schlug heftig, als er sah, wie auch in dieser Wand eines der fürchterlichen Mäuler aufklaffte und die Gehörnten mitsamt ihren Gefangenen zu verschlingen begann.

Panik überkam ihn. Wenn sein Bruder erst einmal im Inneren dieses grässlichen Gebäudes war, dann hatte er keine Möglichkeit mehr, ihm zu helfen. Er war sicher, dass sich das Maul für ihn nicht öffnen würde. Und wenn doch, dann nur, um ihn wirklich zu verschlingen.

Mark unterdrückte seine Angst, sprach sich in Gedanken selbst Mut zu – und spurtete los.

Es war heller Wahnsinn. Die Wahrscheinlichkeit, dass einer der Dämonen seine Schritte hörte oder ihn sah, war so hoch, dass er gar nicht daran zu denken wagte. Doch er schaffte es. Das Tor begann sich bereits wieder zu schließen, als Mark es erreichte, aber er stürmte mit einem Satz durch das zuckende Maul, eine Sekunde, bevor es sich mit einem widerwärtigen, schmatzenden Laut hinter ihm schloss.

Er fand sich in absoluter Finsternis wieder.

Sofort blieb er stehen. Er sah nichts mehr, und er hörte auch nichts mehr. Im Inneren des Gebäudes herrschte tiefste Stille. Nach rechts. Er musste nach rechts. Die Treppe, die zu den Verliesen hinunterführte, befand sich unmittelbar hinter dem Eingang, und nach der ersten Kehre würde auch wieder Licht sein, denn –

Was waren das für Gedanken? Er erinnerte sich an Dinge, die er nie zuvor gesehen hatte. Mark schauderte vor Furcht. Etwas geschah mit ihm. Er wusste nicht, was es war, aber es machte ihm Angst.

Trotzdem war er klug genug, auf diese innere Stimme zu hören, zumal sie ihm in diesem Moment zuflüsterte, dass er gut daran täte, so schnell wie möglich von hier zu verschwinden, denn dieses Gebäude hatte mehr als einen Bewohner, der im Dunkeln sehen konnte und ihm alles andere als freundlich gesonnen war.

Vorsichtig ertastete er sich in der Dunkelheit seinen Weg, stieß sehr bald an eine Wand und nach einigen weiteren Schritten auf die ersten Stufen einer schmalen Steintreppe, die tatsächlich in einem steilen Winkel in die Tiefe führte. Beide Arme nach rechts und links ausgestreckt und die Handflächen fest gegen die unsichtbaren Wände gepresst, schlich er in die Tiefe. Die Dunkelheit schien hier auf der Treppe noch zuzunehmen, obwohl ihm klar war, dass das nicht möglich sein konnte, und die Wände fühlten sich unangenehm warm und fast *lebendig* unter seinen Fingern an. Ein übler, durchdringender Geruch hing in der Luft, ein Gestank wie nach Schwefel und Pech und Feuer und Unrat, aber auch nach Krankheit und Schmerz. Er hatte nie gewusst, dass das Leid einen Geruch hatte, aber es hatte ihn, und genau das war es, was er spürte.

Wie er erwartet hatte, gewahrte er weit vor und unter sich einen Lichtschein, als er um die erste Biegung des Treppenschachtes kam. Es war ein rötlicher, flackernder Schein, der von einem offenen Kohle- oder Holzfeuer kam, und mit ihm drangen unheimliche Geräusche und Stimmen an sein Ohr. Mark blieb einen Moment stehen und versuchte, in seinen seltsamen Erinnerungen zu forschen, um auf diese Weise vielleicht zu ergründen, was ihn dort unten erwarten mochte. Aber diesmal ließ ihn sein Vorauswissen im Stich. Umso vorsichtiger war er, als er weiterging.

Die Treppe führte noch gute dreißig, vierzig Stufen weit in die Tiefe und endete dann an einer Tür, die so niedrig war, dass sich selbst Mark bücken musste, um nicht mit dem Kopf anzustoßen. Dahinter lag ein schmaler, auf der einen Seite von einer nur brusthohen Mauer eingefasster Steg, der in halber Höhe der Wand rings um einen gewaltigen, runden Raum lief. Zahlreiche Türen mündeten in diesen Rundgang, und in regelmäßigen Abständen führten steile Treppen aus schwarzer Lava in die Tiefe hinab.

Und darunter lag die Hölle.

Das war der erste Gedanke, der Mark durch den Kopf schoss, als er sich vorsichtig über die Brüstung beugte und in die Tiefe spähte, und es war auch die einzige passende Bezeichnung. Unter ihm lag ein kreisrunder *Pfuhl,* vielleicht fünfzig Meter im Durchmesser, ein brodelnder Abgrund voll lodernder Feuer und schwarzer gehörnter Gestalten. Er hörte das Prasseln der Flammen und das dumpfe *Klackklack* der gespaltenen Ziegenhufe auf dem harten Lavaboden, das Klirren von Metall und das Rasseln von Ketten und manchmal das gedämpfte Stöhnen einer menschlichen Stimme, doch nicht eines der sicherlich hundert kleinen Hörner tragenden Geschöpfe gab auch nur den leisesten Laut von sich. Und das machte den Anblick noch unheimlicher.

Einige der Gehörnten arbeiteten an großen Feuern, über denen sie glühendes Eisen schmiedeten. Die spielerische Leichtigkeit, mit der sie ihre schweren Hämmer schwangen, überzeugte Mark noch mehr davon, dass er Recht gehabt hatte, vorsichtig zu sein. Die Wesen schienen über ungeheuerliche Körperkräfte zu verfügen. Andere trugen die geschmiedeten Gerätschaften fort oder schleppten gewaltige Erzklumpen zur weiteren Verarbeitung heran.

Dann endlich sah er auch die Gefangenen wieder. Sie hatten die Halle fast durchquert und steuerten nun langsam auf eine Anzahl kleiner, mit schweren eisernen Gittern verschlossener Nischen in der gegenüberliegenden Wand zu, in die sie ihre Peiniger grob hineinstießen. Sein Bruder war nicht darunter.

Marks Blick wanderte erschrocken durch die kreisförmige Halle, glitt hierhin und dorthin und gewahrte immer neue Schrecken, Dinge, die manchmal so fremd waren, dass sein Verstand sich weigerte, den Bildern, die ihm seine Augen zeigten, irgendeinen Sinn abzugewinnen, die aber das immer stärker werdende Gefühl einer schrecklichen Gefahr in ihm zurückließen. Der Vergleich mit der Hölle, den er im ersten Moment gezogen hatte, war so falsch nicht, dachte er. Wenn es eine Hölle im biblischen Sinne gab, dann musste sie so aussehen.

Aber wo war Thomas?

Mark warf einen Blick nach rechts und links – es gab genug Türen, in denen unverhofft eine schwarze Gestalt mit Teufelshörnern auftauchen konnte – und beugte sich dann weiter vor. Schließlich sah er seinen Bruder; nicht in einer der Zellen, sondern vor einer niedrigen schwarzen Eisentür, neben der zwei bewaffnete Dämonen Wache hielten. Thomas war nicht gefesselt, sondern bewegte sich frei zwischen den Gehörnten, die er um fast einen Meter überragte. Und anders als ihre übrigen Gefangenen trieben sie ihn auch nicht mit Peitschenhieben oder den Spitzen ihrer Dreizacke vorwärts, sondern passten sich im Gegenteil seinem Tempo an. Offensichtlich wurde Thomas nicht als x-beliebiger Gefangener behandelt, sondern stellte etwas Besonderes dar.

Allerdings: Wenn sein Bruder ein besonderer Gefangener war, dann wurde er ganz bestimmt auch besonders gut bewacht – und das machte es noch schwieriger, ihn zu befreien. Mark sah sich auf der schmalen Galerie um. Im Moment schien er in Sicherheit zu sein, und er war auch nahe genug an der Tür, um mit einem einzigen Schritt in Deckung zu flüchten, sollte einer der Gehörnten zu ihm heraufkommen oder auch nur eine verdächtige Bewegung wahrnehmen. Wie aber sollte er an Thomas herankommen?

Ein letzter Blick in die Tiefe zeigte ihm, dass Thomas gebückt durch die Tür trat, die hinter ihm mit einem dumpfen Geräusch wieder ins Schloss fiel. Die Gehörnten, die ihn begleitet hatten, drehten sich um und gingen fort, und auch die beiden Wachen neben der Tür verschwanden nach ein paar Augenblicken. Wenn er irgendwie dort hinunterkam …

Wie auf ein Stichwort hin hörte er in diesem Moment Geräusche – das schwere, metallische Klacken gespaltener Ziegenhufe, Kettengerassel und das Knallen einer Peitsche –, die aus einem der Gänge hinter ihm drangen. Mark huschte in sein Versteck zurück und presste sich gegen die Wand.

Er hatte sich nicht getäuscht: Es war ein weiterer Gefangenentransport, der eine der zahllosen Treppen herabkam. Etwa zehn oder zwölf menschliche Gefangene, die in Ketten von gut drei Dutzend gehörnten Kreaturen eskortiert wurden.

Der Anblick brachte ihn auf eine Idee, die so verrückt war, dass sie schon wieder klappen konnte. Allein bei dem bloßen Gedanken sträubte sich ihm zwar jedes Haar am Leib – aber gleichzeitig fühlte er auch wieder diese sonderbare Gewissheit, dass das, was er vorhatte, die einzige Möglichkeit überhaupt darstellte und auch gelingen würde.

Er wartete, bis der Trupp fast an seinem Versteck vorbei war, dann trat er mit einem raschen Schritt aus der Tür heraus und mitten unter die Gehörnten.

Nur eine Einzige der Gestalten sah überhaupt auf, und Mark hatte für eine Sekunde das Gefühl, von einer eiskalten Hand berührt zu werden, als ihn der Blick der rot glühenden Augen traf, denn er las darin einen Ausdruck so abgrundtiefer Bosheit, dass etwas in ihm zu erstarren schien.

Mark schob sich zwischen die Gefangenen und ließ Schultern und Kopf hängen, um sich ihrer Art zu gehen anzupassen, und das schien dem Gehörnten zu genügen. Von einer Sekunde auf die andere erlosch das lodernde Feuer in seinem Blick, und im selben Moment schien er Mark auch schon wieder vergessen zu haben. Diese Wesen mochten gefährlich und böse sein, aber besonders intelligent kamen sie Mark nicht vor.

Seltsamerweise schienen auch die menschlichen Gefangenen kaum Notiz von ihm zu nehmen. Einige wandten ihm zwar kurz ihr Gesicht zu, aber in den geröteten Augen blitzte weder Erstaunen noch Überraschung auf. Dabei musste er mit seinem sauber gewaschenen Gesicht und seinen unversehrten Kleidern zwischen diesen zerlumpten Gestalten eigentlich auffallen wie der berühmte bunte Hund.

Der Zug bewegte sich ein Stück weit auf der steinernen Galerie entlang und schlängelte sich dann eine Treppe hinunter. Sie war so steil, dass Mark alle Mühe hatte, nicht auf der schwarzen Lava den Halt zu verlieren, die von zahllosen Füßen in Jahrtausenden so glattpoliert worden war, dass sie wie Glas wirkte. Einer der Gefangenen glitt aus, prallte unsanft gegen seinen Vordermann und hätte vermutlich die ganze Kolonne mit sich in die Tiefe gerissen, wäre die Treppe nicht so schmal gewesen, dass sich die stürzenden Leiber ineinander verknäulten und stecken blieben.

Zwei der schwarzen Kreaturen schlugen mit ihren Peitschen auf die Gestürzten ein, und Mark unterdrückte im letzten Moment den Impuls, die Fäuste zu ballen und sich auf die Gehörnten zu werfen. Er wusste, dass er damit nichts erreichen würde, außer sich wenige Minuten später als echter Gefangener wiederzufinden, mit einem eisernen Ring um den Hals und frischen Narben von Peitschenhieben auf dem Rücken. So bemühte er sich, möglichst unbeteiligt dazustehen und scheinbar ins Leere zu starren, während die Gestürzten sich unter den knallenden Hieben ihrer Peiniger wieder erhoben und weitertorkelten.

Als sie den Boden der Halle erreichten, sah er sich verstohlen um. Was er von der Galerie oben noch einigermaßen überblicken konnte, war jetzt ein wirres Durcheinander aus glänzenden schwarzen Körpern geworden.

Dann bemerkte er, dass fast die gesamte Halle von kleinen Zellen eingerahmt wurde, und in vielen entdeckte er zusammengekauerte, erbärmliche Gestalten. Was, dachte er voll Angst, wenn sie ihr Weg gar nicht an der Eisentür vorbeiführte, sondern sie in eine der anderen Zellen gesperrt wurden?

Wilde Fluchtpläne rasten durch Marks Hirn, jeder von ihnen undurchführbar, aber es erwies sich, dass er wieder einmal Glück haben sollte; eine Folge von Zufällen, die ihm allmählich selbst unheimlich zu werden begann. Der Trupp kam nicht nur in die Nähe der Tür, er ging sogar unmittelbar daran vorbei, und als wäre das allein noch nicht genug, wurde die Tür in genau dem Moment, in dem Mark neben ihr war, aufgestoßen, und ein Gehörnter trat heraus.

Mark löste sich aus der Kolonne und ging durch die Tür.

Sarn

Hinter der Eisentür befand sich ein halbrunder, niedriger Gang aus schwarzem Stein, auf dem Schimmelpilz und Moder ein Muster aus hässlichen übel riechenden Flecken bildeten, und in grob geschmiedeten Eisenhalterungen steckten Fackeln, die die Umgebung erhellten. Der Gang war so niedrig, dass Mark die ganze Zeit gebückt gehen musste. Am Ende befand sich eine zweite, ebenfalls aus Eisen gefertigte Tür. Sie stand offen, sodass Mark erkennen konnte, dass der dahinterliegende Raum leer war.

Trotzdem zögerte er, ihn zu betreten.

Er hörte Stimmen.

Nach allem, was er bisher erlebt hatte, hatte er angenommen, dass die Gehörnten nicht in der Lage waren zu sprechen, aber das schien ein Irrtum zu sein, denn die Stimmen redeten in einer Sprache miteinander, die zu fremd und unangenehm klang, um menschlichen Ursprungs zu sein.

Mit spitzen Fingern schob er die Tür weiter auf, sah sich hastig nach allen Seiten um und huschte hinter die erstbeste

Deckung, die sich ihm bot: ein niedriger, aus miteinander vernieteten Eisenplatten gefertigter Tisch, auf dem sich Pergamentrollen stapelten, dazwischen stand ein klobiges Tintenfass mit einer eisernen Schreibfeder. Sekundenlang saß Mark mit klopfendem Herzen und gebannt lauschend da, ehe er es wagte, vorsichtig wieder den Kopf zu heben und sich gründlicher umzusehen.

Es war niemand im Zimmer. Die Stimmen, die er hörte, kamen aus einem der drei Räume, zu denen die schon bekannten eisernen Türen führten, und bei dem Zimmer selbst schien es sich um eine Art Wachzimmer zu handeln: Die drei Durchgangstüren waren weit größer als die, durch die er selbst gekommen war, und in Kopfhöhe (der Gehörnten) mit kleinen, vergitterten Fenstern versehen. Mächtige Riegel waren dafür da, sie im Bedarfsfall ausbruchssicher zu verschließen.

Das Gespräch verstummte, und Mark duckte sich wieder tiefer hinter den Schreibtisch. Eine Sekunde später wurde eine der Zellentüren heftig von innen aufgestoßen, und drei Gestalten betraten den Wachraum. Zwei von ihnen waren Gehörnte, aber der Anblick der dritten hätte Mark um ein Haar einen ungläubigen Ausruf entlockt.

Es war ein Mensch. Ein hoch gewachsener, muskulöser Mann mit schwarzem Haar und einem breiten Gesicht, auf dem ein löchriger Stoppelbart vergeblich versuchte, das Durcheinander aus Narben und Geschwüren zu verdecken, das auf den Wangen wucherte. Gekleidet war er auf eine sehr altertümliche Art: knöchellange, wollene Hosen, die in Halbstiefeln steckten, ein grobes Wams, das an Schultern und Ellbogen mit dicken ledernen Polstern besetzt war, und ein ebenfalls wollener Umhang, der wie eine finstere Schwinge hinter ihm herflatterte. Um die Hüfte trug er einen breiten Ledergürtel, an dem ein wuchtiges Schwert hing. Dieser Mann war keineswegs ein Gefangener. Ganz im Gegenteil: Mark verstand die Worte noch immer nicht, als der Mann in Schwarz weitersprach, aber ihr Tonfall war eindeutig zornig und befehlend, und er glaubte zu sehen, wie sich in das Flackern in den glühenden Augen der Gehörnten eine Spur von Furcht und Respekt mischte.

Mark blickte den Schwarzgekleideten an, dann an sich selbst herunter, und plötzlich wurde ihm klar, dass sein fast unglaubliches Glück gar keines gewesen war, sondern ein simpler Zufall.

Seine Kleidung ähnelte der des Dunkelhaarigen zum Verwechseln. Sicher – er war nicht bewaffnet, und er trug auch keinen Umhang. Aber sein Jogginganzug war ebenfalls schwarz und bestand aus Wolle, und bevor er das Haus verlassen hatte, war er in die erstbesten Schuhe geschlüpft, die er fand: ein Paar dunkle Halbstiefel, die einmal Thomas gehört hatten und eigentlich eine Nummer zu groß waren. Aufmerksame Beobachter hätten den Unterschied natürlich bemerkt, aber das waren die Gehörnten nicht, und in dem Halbdunkel wären die Unterschiede auch kaum aufgefallen. Sie hatten ihn nicht übersehen, sondern für einen der ihren gehalten!

Der Mann und seine beiden dämonischen Begleiter verließen das Zimmer auf dem Weg, den Mark wenige Augenblicke zuvor gekommen war, und jetzt kehrte wirklich Ruhe ein. Trotzdem wartete er noch eine volle Minute, ehe er es wagte, sich aus der Deckung zu begeben. Er betete lautlos, dass sich hinter den drei Türen wirklich Zellen befanden und nicht etwa Gänge, die noch tiefer ins Labyrinth dieser unterirdischen Höllenfestung führten.

Es waren Zellen. Die Erste, in die er hineinsah, war leer, aber nicht unbenutzt: Auf der harten Pritsche an der Rückwand lag frisches Stroh, und eine Schale mit Wasser und einige Brotkrumen auf dem Boden bewiesen, dass sie zumindest bis vor kurzer Zeit noch einen Bewohner gehabt hatte. Sie war sehr klein und hatte keine Fenster. Mark warf nur einen kurzen Blick hinein, dann huschte er zur nächsten Tür – und sah seinen Bruder.

Thomas hockte mit angezogenen Knien auf seiner Pritsche und starrte die Decke an. Sein Gesicht war ausdruckslos und zeigte nicht die mindeste Spur von Furcht oder Leid. Mark schaute noch schnell zum Eingang, dann schob er die Tür mit einem Ruck auf und trat auf seinen Bruder zu. Thomas drehte den Kopf, als er Schritte hörte, setzte dazu an, etwas zu sagen – und riss erstaunt Mund und Augen auf, als er seinen Bruder erkannte.

»Mark?«, entfuhr es ihm.

Mark hob hastig den Zeigefinger an die Lippen. »Nicht so laut!«, sagte er. »Sie könnten noch in der Nähe sein!«

»Was, zum Teufel ...?«, begann Thomas und setzte sich mit einem Ruck auf. Der Ausdruck auf seinem Gesicht war eher Entsetzen als Erleichterung. »Was machst du denn hier? Wie kommst du hierher?«, stammelte er.

Mark zog eine Grimasse und sah aufmerksam zur Tür, ehe er antwortete: »Das ist vielleicht eine blöde Frage! Ich will dich rausholen!«

Seltsamerweise sah sein Bruder auch jetzt nicht erleichtert aus, sondern immer noch erschrocken, wenn nicht gar entsetzt. »Du willst ...«

»Wir können natürlich auch hier bleiben und uns ein bisschen unterhalten«, unterbrach ihn Mark ärgerlich. »Am besten solange, bis deine kleinen Freunde zurückkommen.« Er machte eine ungeduldige Handbewegung. »Worauf wartest du?«

»Wie kommst du hier herein?«, murmelte Thomas, ohne sich von der Stelle zu rühren.

Mark seufzte. Aber wahrscheinlich würde er Thomas schneller zur Flucht bewegen können, wenn er ihm das Nötigste erklärte.

»Der Cherub hat mich gerufen«, sagte er. »Er hat mir alles erzählt. Ich weiß, wie du in diese angenehme Situation gekommen bist. Eigentlich sollte ich dich hier lassen, zur Strafe dafür, dass du mich angelogen hast.«

»Aber wie ... ich meine, wieso haben sie dich ...«

»... nicht ebenfalls geschnappt?« Mark grinste und deutete an sich herunter. »Ich nehme an, sie haben mich für einen ihrer Bosse gehalten. Was ist jetzt? Kommst du mit, oder soll ich allein nach Hause gehen?« Er versuchte zu scherzen, aber seine Stimme zitterte vor Nervosität.

»Wir kommen hier niemals raus«, sagte Thomas. »Glaub

mir, Mark – du hast nur Glück gehabt, weiter nichts. Sie werden dich umbringen. Sie werden uns beide umbringen.«

Wahrscheinlich hatte sein Bruder Recht. Möglicherweise würde er den Kessel und sogar die Stadt ebenso unbehelligt wieder verlassen können, wie er gekommen war – aber sein Bruder mit seiner hellen Kleidung würde keine zehn Schritte weit kommen, die Gehörnten würden sofort erkennen, was er war: ein entflohener Gefangener.

»Dieser Mann, der gerade hier war«, sagte Mark nachdenklich. »Er ist ein Aufseher, nicht wahr?«

»So könnte man es nennen«, sagte Thomas. »Warum?«

»Na, dann bist du jetzt mein Gefangener«, antwortete Mark grinsend – obwohl ihm in Wirklichkeit alles andere als zum Lachen zumute war. Er sah sich um. »Wo sind die Ketten?«

Auf Thomas' Zügen zeigte sich ein schwacher Schimmer von Hoffnung. Doch dann schüttelte er den Kopf. »Ich kann hier nicht weg«, sagte er. »Aber du kannst verschwinden, solange sie dich noch nicht entdeckt haben.«

»Was soll das heißen?«, fragte Mark. »Du kannst nicht weg?«

»Es wäre sinnlos«, antwortete Thomas. »Selbst wenn wir hier herauskämen, würden sie mich wieder finden. Der Cherub hat dir erzählt, wie ich hierher gekommen bin?«

Mark nickte. »Du hast Vaters Lot benutzt.«

»Das habe ich«, gestand Thomas niedergeschlagen. »Und jetzt haben sie es. Ich … ich bereue es wie niemals etwas zuvor. Aber es ist zu spät. Der Schaden ist nun einmal angerichtet, und ich muss dafür büßen.«

»Quatsch!«, protestierte Mark. »Dann lass ihnen das Ding doch. Auf diese Weise kannst du wenigstens keinen Unsinn mehr damit anrichten!«

Thomas sah ihn traurig an. »Du verstehst nicht«, sagte er. »Auch sie können das Lot benutzen. Es öffnet die Tür nicht nur in eine Richtung, weißt du?«

Marks Augen wurden größer. »Du meinst, sie … diese Kreaturen könnten bei uns zu Hause auftauchen und …

und ...« Er stockte, als er den Ausdruck in den Augen seines Bruders bemerkte.

»Lauf weg, Mark«, sagte Thomas in beschwörendem Tonfall. »Vielleicht hast du Glück und kommst durch. Sie werden dir nichts tun, wenn es dir gelingt, den Schwarzen Turm zu verlassen. Sie wollen nur mich.«

»Niemals!«, sagte Mark entschlossen. »Ich lasse dich nicht im Stich.«

Thomas lachte bitter. »Du wirst die nächsten fünftausend Jahre im Bergwerk verbringen, du Trottel«, sagte er. »Glaubst du, dass du mir damit hilfst?«

Mark ging nicht darauf ein. »Wer hat das Lot jetzt?«, fragte er.

»Sarn.« Thomas deutete mit einem Blick zur Tür. »Du hast ihn gesehen. Der Mann, der gerade hinausgegangen ist. Er ist mehr als ein Aufseher, er ist so etwas wie der Kommandant hier.«

»Und das da draußen ist dann wohl sein Büro?«

Thomas lächelte. »Sie nennen es hier ein wenig anders, aber es trifft die Sache, ja. Er kommt mindestens zwei- oder dreimal täglich, seit ich hier bin.«

»Seit du hier bist?« Mark war verwirrt. »Du bist doch gerade erst angekommen!«

»Ich bin seit vier Wochen da«, antwortete Thomas ernst. »Ich habe dir doch gesagt, dass die Zeit hier ein wenig anders läuft als bei uns.«

»Und du bist sicher, dass er zurückkommt?«, fragte Mark, der vorsichtshalber erst gar nicht versuchte, die Worte seines Bruders zu verstehen. »Vielleicht können wir ihm das Lot wieder abnehmen.«

»Sarn?« Thomas lachte schrill. »Du weißt nicht, was du da redest, kleiner Bruder. Sarn ist ein *Krieger.* Das Schwert, das er trägt, benutzt er nicht als Zahnstocher!«

»Ich habe auch nicht vor, mit ihm zu kämpfen«, antwortete Mark ärgerlich. »Aber wir haben den Vorteil der Überraschung auf unserer Seite. Vielleicht können wir ihn einfach überrumpeln. Oder ...«

Thomas fuhr zusammen und hob warnend die Hand,

und Mark huschte blitzschnell in den toten Winkel neben der Tür. Draußen waren Schritte laut geworden, und kaum eine Sekunde später hörte er wieder die Stimme des Dunkelhaarigen, den Thomas Sarn genannt hatte.

Thomas wurde kreidebleich, drohte in Panik zu geraten und fand im letzten Moment seine Beherrschung wieder. Während die Schritte näher kamen, wich er ein kleines Stück von der Tür zurück und stellte sich so hin, dass Sarn, sollte er die Zelle betreten, Mark den Rücken zukehren musste, wenn er mit Thomas sprach.

Keine Sekunde zu früh. Sarn kam in die Zelle, blieb einen Schritt hinter der Tür stehen und fixierte Thomas, während er auf den Stiefelabsätzen auf und nieder wippte. Thomas trat nervös von einem Fuß auf den anderen und blickte überallhin – nur nicht in Marks Richtung.

Genau das war sein Fehler.

Sarns Körper spannte sich ein wenig – und fuhr dann mit einer blitzartigen Bewegung herum.

Mark schrie auf und riss instinktiv die Arme vor das Gesicht, als Sarn die Hand nach ihm ausstreckte, und sein Bruder schrie ebenfalls auf, riss die Arme in die Höhe und ließ die ineinander gefalteten Hände mit voller Wucht in Sarns Nacken krachen.

Der Krieger taumelte. Er machte einen unsicheren Schritt, streckte haltsuchend die Arme aus – und drehte sich mit einem zornigen Knurren zu Thomas herum.

Thomas duckte sich, trat nach Sarns Beinen und schlug ihm die Faust unter das Kinn. Wieder taumelte Sarn, und auf seinem Gesicht machte sich ein Ausdruck von ungläubigem Staunen breit.

Als Thomas zum dritten Mal zuschlug, nahm Sarn den Hieb mit einem zornigen Knurren hin und schlug gleichzeitig zurück. Seine Faust traf Thomas' Brust, und Marks Bruder sank mit einem erstickten Laut in die Knie. Sein Gesicht verzerrte sich vor Schmerz.

»Lauf, Mark!«, keuchte er. »Lauf fort!«

Sarn wirbelte herum. Seine Hand griff nach Marks Schulter, aber Mark tauchte im letzten Moment unter seinen Fingern hinweg, sprang zur Seite und versuchte, sich durch die Tür zu werfen.

Vergeblich.

Sarn packte ihn grob an den Schultern und riss ihn herum. »Wer bist du?«, schrie der Krieger. »Wie kommst du hierher?« Bei diesen Worten schüttelte er Mark wild hin und her. »Rede endlich, Bursche!«

»Lass ihn in Ruhe!«

Sarn drehte sich herum, als er Thomas' Stimme hörte, ließ Mark aber nicht los. Aus zornblitzenden Augen schaute er Thomas an und stieß einen Fluch aus.

Thomas stemmte sich mühsam auf die Füße hoch und hob die Fäuste.

Sarn lachte.

Mark trat ihm vor das Schienbein.

Sarn knurrte ärgerlich, fuhr wieder zu ihm herum und hob die freie Hand, um ihn zu ohrfeigen, aber genau in diesem Moment warf sich Thomas abermals auf ihn und zerrte mit aller Kraft an seinem Arm.

Dieser doppelte Angriff war zu viel. Sarn taumelte, ließ Mark los und versuchte sich ungeschickt zu Thomas herumzudrehen. Thomas sprang zurück, wich einem Hieb des Kriegers aus und zielte gleichzeitig mit einem Karatetritt nach dessen Gesicht. Er traf nicht, aber die Bewegung scheuchte Sarn wieder ein Stück zurück und ließ ihn gegen Mark prallen. Mark fiel auf die Knie und schlug schmerzhaft mit dem Gesicht an die Tür. Doch der Schmerz ließ ihn nicht nur stöhnen – er brachte ihn auf eine Idee. Hastig rappelte er sich hoch, griff mit der linken Hand nach der Tür und fuhr wieder herum, gerade im richtigen Moment, um zu sehen, wie sein Bruder unter einem furchtbaren Fausthieb des Schwarzgekleideten zu Boden ging und sich krümmte.

»Sarn!«, rief Mark.

Der Krieger wirbelte herum, seine Hände zuckten, und sein Gesicht hatte sich zu einer hässlichen Grimasse aus Zorn und Triumph verzogen. Er machte einen Schritt in Marks Richtung.

Mark packte die schwere Eisentür und warf sie mit aller Gewalt zu.

Sarns Reaktion war blitzschnell. Er versuchte die Arme hochzureißen und sich gleichzeitig zur Seite zu werfen, doch es gelang ihm nicht, der Tür auszuweichen. Der Zusammenprall war so heftig, dass Mark selbst die Eisenplatten knirschen zu hören glaubte. Sarn flog zurück, wie von einem Hammerschlag getroffen, prallte hinter Thomas gegen die Wand und brach lautlos zusammen.

Mit einem erleichterten Seufzer ließ sich Mark gegen die Wand neben der Zellentür sinken und rang nach Atem. Alles drehte sich um ihn, Hände und Knie zitterten wie Espenlaub. Nach ein paar Sekunden raffte er sich auf, ging zu Sarn und beugte sich über ihn.

Der Krieger war bewusstlos, aber am Leben. Sein Atem ging schnell und gleichmäßig, und die rechte Hälfte seines ohnehin entstellten Gesichts begann sich dunkelblau zu färben. Voller Schreck dachte Mark daran, dass er den Mann genauso gut hätte umbringen können. Aber wahrscheinlich war es nicht so leicht, irgendeinen Bewohner dieser Albtraumwelt umzubringen oder auch nur ernsthaft zu verletzen. Er wandte sich seinem Bruder zu und ließ sich neben ihm auf die Knie sinken.

Thomas bot einen weitaus erschreckenderen Anblick als Sarn. Aus seinem Gesicht war alle Farbe gewichen, und er schien Mühe zu haben, überhaupt zu atmen. Als er Mark erkannte, versuchte er etwas zu sagen, brachte aber nur ein hilfloses Krächzen zustande.

»Bist du verletzt?«, fragte Mark erschrocken.

Thomas biss die Zähne aufeinander, stemmte sich etwas hoch und schüttelte den Kopf. »Es geht schon wieder«, murmelte er. »O verdammt, das war knapp. Der Kerl hat Kräfte wie ein Ochse.«

Mark streckte die Hand aus, um seinem Bruder beim Aufstehen zu helfen, aber Thomas kämpfte sich aus eigener Kraft in die Höhe. Mark wandte sich zum Ausgang, aber Thomas schüttelte den Kopf und humpelte zu Sarn hinüber.

»Wir müssen ihn fesseln«, sagte er. »Und wir brauchen seine Kleider. Hilf mir.«

Mark trat wieder neben seinen Bruder und half ihm, den schweren Körper des Kriegers auf den Rücken zu wälzen. Sarn stöhnte leise, und Mark fürchtete schon, dass er aus seiner Bewusstlosigkeit erwachen würde, aber das geschah nicht.

Zu zweit zogen sie dem Krieger Hemd, Hose und Stiefel aus. Als Thomas Sarns Waffengurt öffnete, löste sich etwas Kleines, Silbriges aus einer verborgenen Tasche in dem Kleidungsstück und fiel zu Boden. Thomas wollte danach greifen, aber Mark war schneller. Mit einem Griff nahm er den Gegenstand auf und hielt ihn hoch.

Es war eine dünne silberne Kette mit einem kegelförmigen Anhänger. Das Lot ihres Vaters.

»Gib es mir!«, sagte Thomas.

Mark schüttelte den Kopf. »Nein«, antwortete er. »Du hast genug Unsinn damit angerichtet, oder?«

Für eine Sekunde verdunkelte sich das Antlitz seines Bruders vor Zorn, aber er beherrschte sich, zuckte nur mit den Schultern und rang sich ein gequältes Lächeln ab.

»Vermutlich hast du Recht«, sagte er. »Aber gib gut darauf Acht, versprochen?«

»Versprochen«, antwortete Mark.

Er wollte das Lot einstecken, besann sich aber dann anders und hängte sich die Kette mit einer raschen Bewegung um den Hals. Das Metall fühlte sich kühl und sonderbar angenehm auf seiner Haut an. Thomas beobachtete ihn scharf, sagte aber kein Wort mehr.

Thomas schlüpfte aus Hemd und Hose, und gemeinsam fesselten und knebelten sie Sarn damit und schleiften ihn in eine Ecke, in der er nicht gleich auf den ersten Blick entdeckt werden würde. Dann begann Thomas Sarns Kleider und Stiefel anzuziehen.

»Deine Idee ist doch gut«, sagte er dabei. »Wenn sie dich nicht erkannt haben, dann fallen sie auf diese Kleider erst recht herein. Mit ein bisschen Glück spazieren wir einfach hier heraus und gehen nach Hause.« Er bückte sich nach

Sarns Schwertgurt, band ihn um und zog die Klinge prüfend eine Handbreit aus der Scheide. Die dunkle Kleidung, die Bewegung, mit der er das Schwert handhabte, verliehen ihm eine gewisse Ähnlichkeit mit Sarn, und Mark musste sich beherrschen, um nicht einen Schritt vor seinem Bruder zurückzuweichen.

Thomas schien die Verwirrung seines Bruders nicht zu bemerken. Er rückte das Schwert zurecht, schloss die Schnalle des schwarzen Waffengurts und schob Mark in Richtung des Ausgangs.

Sie durchquerten den Wachraum und gingen durch den kurzen Stollen, ohne auf einen Gehörnten zu stoßen. Vor der Tür nach draußen blieb Thomas stehen und sah seinen Bruder durchdringend an. »Du tust nichts, was ich dir nicht sage, verstehst du?«, flüsterte er. »Geh mir einfach nach. Und ganz egal, was passiert – misch *dich nicht ein.*«

Mark nickte, verspürte aber auch gleichzeitig einen leisen Ärger. »Wer rettet hier eigentlich wen?«, maulte er.

Sein Bruder lächelte flüchtig. »Das klären wir später, okay? Ich kenne mich einfach besser aus – wenigstens hier. Später kannst du zeigen, dass du der geborene Lebensretter bist. Ich hoffe, du findest den Rückweg.«

»Du nicht?«, fragte Mark erschrocken.

Thomas schüttelte den Kopf und deutete auf das silberne Kettchen um Marks Hals. »Ich bin mit dem Ding da hergekommen«, sagte er. »Schon vergessen?«

»Und warum gehen wir nicht auf demselben Weg zurück?«, fragte Mark.

»Weil sie dann unsere Spur verfolgen könnten«, antwortete Thomas. Sein Gesicht verfinsterte sich. »Außerdem weiß ich nicht, ob es hier funktionieren würde. Das hier ist der Schwarze Turm, kleiner Bruder. Der Einfluss des Greif ist zu stark.«

»Der Greif?«

Thomas winkte ab. »Später. Das ist eine zu lange Geschichte, um sie in drei Worten zu erzählen. Still jetzt.«

Er öffnete die Tür und trat gebückt in den Kessel hinaus. Mark folgte ihm mit klopfendem Herzen.

Der runde Saal war noch immer voll von schwarzen gehörnten Gestalten und loderndem Feuer, und gerade in diesem Moment kehrte eine weitere Kolonne mit Gefangenen aus dem Bergwerk zurück.

Sie passierten den Trupp in weniger als fünf Schritten Abstand, und jetzt glaubte Mark auch zu begreifen, was sein Bruder gemeint hatte, als er ihm eindringlich sagte, sich nicht einzumischen. Der Anblick der zerlumpten und erschöpften Gestalten schien ihm das Herz zusammenzudrücken. Aber er beherrschte sich. So bitter es klang, Thomas hatte Recht: Sie konnten nichts, aber auch gar nichts für diese bedauernswerten Männer und Frauen tun. Vielleicht können wir später zurückkehren und sie befreien, dachte Mark, wenn auch ohne sonderlich große Überzeugung.

Sie durchquerten die Halle und gingen eine der schmalen Treppen zur Galerie hinauf, ohne aufgehalten zu werden. Thomas deutete mit einer knappen Geste auf den Gang, durch den Mark diese unterirdische Hölle betreten hatte, und Mark deutete ein Nicken an. Schweigend gingen sie weiter.

Allmählich blieb das Hämmern und Dröhnen hinter ihnen zurück, aber Marks Angst wurde nicht geringer; ganz im Gegenteil. Mit jeder Stufe, die sie sich weiter von Sarns Reich entfernten, wuchs die Überzeugung in ihm, in eine Falle zu laufen. Als sie – nach einer Ewigkeit, wie es ihm vorkam – wieder in das Gebäude traten, da war er fest davon überzeugt, sich einer Abordnung grinsender Teufelsgestalten gegenüberzusehen.

Er hörte, dass sein Bruder stehen blieb. »Und jetzt?«, flüsterte Mark.

»Ich habe keine Ahnung«, gestand Thomas. »Irgendwo hier muss der Ausgang sein. Aber jetzt frag mich nicht, wie man ihn öffnet.« Er seufzte. »Wir müssen wohl warten, bis ein neuer Transport kommt.«

»Das kann ja ewig dauern«, murmelte Mark.

»Kaum. In den Stollen ist jetzt Schichtwechsel. Sie haben Tausende von Arbeitern dort unten.«

»Tausende?« Aber so viele Gefangene haben doch gar nicht in den Zellen Platz, dachte er.

Thomas lachte böse. »Der Kessel, den du gesehen hast, ist nicht der Einzige. Nur Geduld. Es kann nicht lange dauern.«

»Du kennst dich ziemlich gut aus, wie?«, fragte Mark misstrauisch.

»Ich hatte Zeit genug, mich umzusehen«, antwortete sein Bruder.

Mark schwieg einen Moment, dann sagte er: »Ich frage mich nur, wieso du nicht in einer der Zellen warst, in denen die anderen Gefangenen sind.«

»Und weshalb ich keine Ketten trage, nicht wahr?«, fügte sein Bruder hinzu. Seine Stimme hatte einen bitteren Unterton. »Sie wollten mich einsperren, aber dann hat Sarn das Lot gesehen. Lass dich nicht von seinem Äußeren täuschen, kleiner Bruder. Sarn ist gefährlich, aber auch sehr intelligent. Er hat erkannt, dass irgendetwas Besonderes an mir sein muss, und Befehl gegeben, mich besser zu behandeln. Wahrscheinlich will er mich persönlich dem Greif vorführen.«

»Schon wieder dieses Wort«, murmelte Mark. »Wer ist das, der Greif?«

»Der Herr des Schwarzen Turms. Der, dem das alles hier untertan ist. Du ...«

Ein blasser, grauer Lichtschimmer fiel in den Raum, als sich das steinerne Maul des Gebäudes zu öffnen begann, und Thomas verstummte mitten im Wort. Eine Sekunde lang standen sie beide wie erstarrt da, dann gab sich Thomas einen Ruck und ging hoch aufgerichtet und schnell auf den Ausgang zu. Mark folgte ihm.

Wie Thomas vorhergesagt hatte, war es ein weiterer Transport mit Sklaven, der das Haus betrat. Thomas näherte sich den vordersten Gehörnten gelassen und machte keine Anstalten, langsamer zu gehen oder den Dämonen auszuweichen. Dafür fuhr der Gehörnte plötzlich zusammen, senkte den Kopf wie ein geprügelter Hund und beeilte sich, Thomas und Mark aus dem Weg zu gehen; genauer gesagt, den schwarzen Kleidern, die sie trugen.

Kaum eine Minute später waren sie draußen und entfernten sich mit raschen Schritten vom Eingang zu Sarns unterirdischem Reich.

Fliegende Teufel

Sie entfernten sich ein gutes Stück von dem Gebäude, ehe Thomas stehen blieb und sich aufmerksam nach allen Seiten umsah. Sie waren nicht allein – in einiger Entfernung trottete ein kleiner Trupp Gehörnter vorüber, und Mark hatte für einen Moment abermals das Gefühl gehabt, etwas wie einen riesigen schwarzen Schatten über die Dämonenstadt gleiten zu sehen.

»Aus welcher Richtung bist du gekommen?«, fragte Thomas.

Mark antwortete nicht gleich. Es war verrückt: Er erinnerte sich fortwährend an Sachen, die er gar nicht erlebt hatte, und an Orte, an denen er noch nie zuvor gewesen war. Aber der Weg, den er vor kaum einer halben Stunde gegangen war, schien vollständig aus seinem Gedächtnis entschwunden zu sein. Und so bizarr die Architektur dieser Dämonenstadt auch war – irgendwie sah ein Haus aus wie das andere, obwohl sich keine zwei auch nur ähnelten.

»Ich glaube … dort entlang«, antwortete er zögernd.

Thomas runzelte die Stirn. »Du glaubst?«

»Ich bin ziemlich sicher«, murmelte Mark, obwohl er das ganz und gar nicht war.

»Versuch dich zu erinnern, Mark«, sagte Thomas mit eindringlicher Stimme. »Es ist wichtig. Wenn wir uns verirren, dann können wir jahrelang durch dieses Labyrinth laufen, ohne den Ausgang zu finden. Du hast keine Ahnung, wie groß dieser Turm ist.«

Mark sah zur Decke hinauf, die scheinbar kilometerhoch über ihren Köpfen zu schweben schien, ein gemauerter Himmel aus schwarzen Blöcken, und schauderte.

Er deutete nach rechts, in Richtung eines besonders großen, klobigen Bauwerkes, an das er sich zu erinnern glaubte. »Dort entlang«, sagte er noch einmal. »Ich bin sicher.«

»Hoffentlich«, murmelte Thomas.

Sie gingen schweigend weiter, und Thomas sah sich immer wieder nervös um und suchte auch mehrmals mit misstrauisch zusammengekniffenen Augen den Himmel ab. Ganz offensichtlich hatte auch er Angst.

Die beiden Brüder begegneten keinen weiteren Bewohnern des Schwarzen Turms mehr, aber das machte ihre Umgebung nicht weniger unheimlich. Trotzdem sie schnell ausschritten, besah sich Mark seine Umgebung genau, und was er sah, machte ihm klar, dass sie mit der Stadt keineswegs die Gefahren hinter sich gelassen hatten.

Der Boden dieser gigantischen, finsteren Kathedrale war voll von großen, klobigen Gebilden, die eine entfernte Ähnlichkeit mit den Häusern der schwarzen Stadt hatten, aber irgendwie zu leben schienen, und breiten, gezackten Schluchten und Abgründen, die manchmal ins Nichts führten, manchmal von einer düster lodernden Glut oder wabernden Dämpfen erfüllt waren und um die sein Bruder einen respektvollen Bogen schlug. Seltsam, dachte Mark – er erinnerte sich gar nicht daran. Sollte er sich wirklich getäuscht und die falsche Richtung eingeschlagen haben?

Schließlich blieb er stehen. »Ich ... ich weiß nicht. Das alles kommt mir so fremd vor. Ich bin nicht sicher, ob ...« Er drehte sich herum und sah einen Moment aufmerksam zur Stadt zurück. Im ersten Augenblick war er erstaunt, wie weit sie sich schon von der Ansammlung schwarzer Albtraumgebilde entfernt hatten, dann wandte er sich wieder um und sah in die entgegengesetzte Richtung. Die Wand schien keinen Zentimeter näher gekommen zu sein.

»Ich bin sicher, dass ich aus dieser Richtung gekommen bin«, sagte er verwirrt. »Aber das alles hier kommt mir kein bisschen bekannt vor. Und ... und es war auch nicht so weit.«

»Es kommt nur auf die Richtung an«, antwortete sein Bruder. »Alles andere ist egal. Hier verändert sich ständig alles. Achte gar nicht darauf.«

Nicht darauf achten? Mark riss verblüfft die Augen auf und starrte seinen Bruder an. Thomas erklärte ihm in aller Seelenruhe, dass sich dieses ganze unglaubliche Gebäude andauernd *veränderte,* und er sollte nicht darauf achten?!

»Ich weiß, was du jetzt denkst, aber ich bin nicht verrückt«, sagte Thomas. »Es ist so, glaub mir. Der Turm hat nicht immer die gleiche Größe, und er sieht auch nicht immer gleich aus. Aber die Richtungen verändern sich nicht. Bist du sicher, dass wir auf dem richtigen Weg sind?«

Das war Mark schon lange nicht mehr, aber er nickte trotzdem. Zumindest war er nicht sicher, *nicht* auf dem richtigen Weg zu sein. Er vertraute auf die fremden Erinnerungen, die ihm bisher immer geholfen hatten, und versuchte sich einzureden, dass sie ihn gewarnt hätten, wäre er im Begriff gewesen, sich zu verirren. Seinem Bruder sagte er davon allerdings nichts.

Sie gingen weiter, und Mark versuchte, auf Thomas' Rat zu hören und sich auf nichts anderes als darauf zu konzentrieren, nicht die Richtung zu verlieren. Ab und zu wandte er den Kopf und sah zur Stadt zurück. Aber das half nicht viel, denn sie schien ständig eine etwas andere Form anzunehmen.

Manchmal streifte sein Blick seinen Bruder, und jedes Mal überlief ihn aufs Neue ein rascher, eiskalter Schauer. Thomas' Kleidung und vor allem das Schwert an seiner Seite schienen auch ihn zu verändern; und nicht nur äußerlich. Obwohl sich Mark für diesen Gedanken fast schämte, wurde er das Gefühl nicht los, dass Thomas mit jeder Minute mehr Ähnlichkeit mit Sarn bekam. Vielleicht, dachte er, veränderte der Schwarze Turm nicht nur sich selbst, sondern auch die, die in ihm waren.

»Wie bist du überhaupt hierher gekommen?«, fragte Thomas plötzlich.

»Der Cherub hat mich …«, begann Mark, wurde aber sofort von seinem Bruder unterbrochen.

»Das weiß ich. Ich meine, wie bist du in den Turm gekommen? Ich hatte doch Vaters Lot mitgenommen.«

»Es gibt mehr als einen Eingang in den Schwarzen

Turm«, antwortete Mark. Die Worte kamen ihm wie selbstverständlich über die Lippen, und er merkte erst hinterher, was er da überhaupt gesagt hatte. Sein Bruder sah ihn verwirrt an, aber auch irgendwie lauernd.

»Woher weißt du das?«

»Ich weiß es einfach«, antwortete Mark. »Ich weiß eine Menge, seit ich hergekommen bin. Bitte frag mich nicht, wieso – ich weiß es selbst nicht. Aber manchmal habe ich das Gefühl, mich an Dinge zu erinnern, die ...« Er stockte.

»... die ein anderer erlebt hat?«, half ihm sein Bruder.

Mark nickte. »Ja«, sagte er überrascht. »Woher weißt du das? Geht es dir auch so?«

»Nein. Aber Vater erging es so. Er hat mir oft davon erzählt.«

»Vater?« Plötzlich war Mark furchtbar aufgeregt. »Ist er hier? Hast du ihn gesehen?«

Thomas hob besänftigend die Hand. »Ich weiß nicht, ob er hier ist«, sagte er. »Und ich habe ihn natürlich nicht gesehen. Ich glaube nicht, dass er noch lebt.«

»Wieso?«

Thomas zog eine Grimasse und warf einen Blick über die Schulter zurück, ehe er antwortete. »Wie lange war ich fort, sagst du? Ich meine: für dich?«

»Ein paar Stunden«, antwortete Mark. »Warum?«

»Für mich sind Wochen vergangen«, antwortete sein Bruder düster. »Obwohl ich doch nur ein paar Stunden fort war, wie du sagst. Unser Vater ist vor dreizehn Jahren verschwunden. Ich weiß nicht, ob man hier altert oder nicht, aber wenn er noch lebt, dann müssen für ihn ...«

»... Jahrhunderte vergangen sein«, flüsterte Mark, als sein Bruder nicht weitersprach, sondern ihn nur ansah. »Ich verstehe.«

Thomas nickte, und Mark sagte nichts mehr. Vor seinem inneren Auge stieg wieder das Bild der ausgezehrten, zerlumpten Gefangenen empor, und ein eisiger Schauer raste über seinen Rücken.

Für lange Minuten wurde es sehr still zwischen ihnen, dann knüpfte Thomas mit leiser Stimme an das unterbrochene Gespräch an. »Ihm erging es genauso. Er konnte sich an Dinge erinnern, die andere erlebt hatten. Sein Vater, sein Großvater ... Ich glaube, unsere Familie vergisst nichts. Irgendwie bleibt alles erhalten, durch Generationen hindurch.«

»Du meinst, ich ... ich kenne das alles hier, weil Vater vor uns hier war?«

»Oder sein Vater oder dessen Vater«, bestätigte Thomas.

»Ja. Unsere Familie ist mit dem Schwarzen Turm verbunden. Wir sind ein Teil von ihm.«

»Aber wieso?«, murmelte Mark.

Thomas lachte bitter. »Glaubst du, ich wäre hier, wenn ich das wüsste?«, fragte er. »Vater hat mir nicht alles erzählt. Ein paar Andeutungen, das war alles. Das meiste weiß ich aus seinem Tagebuch. Aber es reicht nicht.«

»Wozu reicht es nicht?«

Thomas blieb stehen. Sein Blick wurde hart, und Mark wich einen Schritt von ihm zurück, ehe er begriff, dass der Zorn, den er in den Augen seines Bruders las, nicht ihm galt.

»Um zu wissen, wer ich bin«, antwortete Thomas. Er machte eine heftige Handbewegung, als Mark eine Frage stellen wollte. »Er hat mir nichts erzählt, Mark. Er ... er hat mich mit auf die Dächer genommen, und er hat mir die Welt dort oben gezeigt, so wie ich sie dir gezeigt habe, aber das war auch alles. Ich habe nie erfahren, wie man sie betritt oder was sie ist.«

»Aber warum nicht?«

»Ich weiß es nicht«, gestand Thomas. Er ging weiter, und der Zorn verschwand von seinen Zügen und wich einem bitteren Ausdruck. »Ich habe ihn danach gefragt, aber er hat nie geantwortet. Vielleicht wollte er warten, bis ich älter bin.«

»Vielleicht wollte er dich auch schützen«, sagte Mark.

Thomas warf ihm einen sonderbaren Blick zu. »Es gibt keinen Schutz«, behauptete er. »Er hätte es mir sagen müssen. Aber stattdessen ist er einfach verschwunden wie die anderen vor ihm.«

»Welche anderen?«

Diesmal zögerte Thomas lange. »Du weißt es nicht«, sagte er schließlich. »Mutter hat es dir nie gesagt, und ich glaube, sie hat keine Ahnung, dass ich es weiß – aber Vater ist nicht der Erste aus unserer Familie, der spurlos verschwunden ist. Seit ich angefangen habe, sein Tagebuch zu übersetzen, habe ich viel begriffen, was vorher keinen Sinn ergab. Über unserer Familie liegt ein Fluch, Mark. Seit Generationen.«

Normalerweise hätte Mark über diese Worte einfach gelacht – aber in diesem Moment, unter dem unheimlichen, steinernen Himmel und angesichts seines Bruders, der sich ein wenig in einen schwarzen Dämon verwandelt zu haben schien, berührten sie ihn wie eiskaltes Feuer. Er schauderte.

»Was für ein Fluch?«

»Es hat mit diesem Turm zu tun und mit dem Greif«, antwortete Thomas. »Mehr weiß ich selbst noch nicht. Vater war nicht der Erste, der verschwand. Vor ihm verschwand ein Bruder seines Großvaters und vor diesem ein anderer … Ich bin noch nicht sehr weit damit gekommen, das Buch zu übersetzen, aber ich bin jetzt schon ziemlich sicher, dass es so war: Aus jeder Generation unserer Familie verschwindet jemand, manchmal trifft es auch mehrere. Niemand weiß, wohin sie gehen, und niemand hat auch nur einen von ihnen jemals wieder gesehen.«

Mark blickte kurz und mit einem heftigen Schauer von Furcht zu Sarns Stadt zurück. Er ahnte, wohin ihr Vater und all die anderen gegangen waren, und sein Bruder wusste es ebenfalls. Aber keiner von ihnen wagte es, dieses Wissen auszusprechen.

»Hat Mutter …«

»Davon gewusst?« Thomas lachte böse. »O ja. Warum glaubst du wohl, spricht sie niemals über unseren Vater? Weil sie Angst hat, dass es weitergeht und dass auch einer von uns verschwindet oder sogar wir beide diesen Weg gehen.«

»So ganz unberechtigt scheint diese Angst nicht zu sein«, sagte Mark.

»Quatsch!«, schnappte Thomas. »Und selbst, wenn es so

wäre – glaubst du, es hätte etwas geändert, uns nichts von alledem hier zu erzählen? Sie hätten es uns sagen müssen, beide. Vielleicht wäre dann alles nicht passiert.«

»He, Moment«, sagte Mark scharf. »*Du* hast das Lot benutzt, nicht Mutter. Obwohl der Cherub dich gewarnt hat.«

»Niemand hat mir gesagt, was passieren würde«, antwortete Thomas trotzig.

»Hättest du es dann nicht getan?«

Thomas presste die Lippen aufeinander, beherrschte sich aber noch. »Vielleicht wäre ich vorsichtiger gewesen«, sagte er grimmig. »Vielleicht auch nicht. Was spielt das für eine Rolle? Sie hatte kein Recht, mir die Wahrheit zu verschweigen.«

Seine Worte erfüllten Mark mit Zorn. »Bist du übergeschnappt?«, fragte er scharf. »Du brichst dein Versprechen, bringst dich und uns dazu in Gefahr und gibst auch noch Mutter die Schuld? Du musst verrückt geworden sein!«

»Halt den Mund!«, brüllte Thomas. Er ballte die Faust und trat drohend auf seinen Bruder zu, und seine andere Hand fiel klatschend auf den Schwertgriff in seinem Gürtel herab. »Niemand spricht so mit mir, und du schon gar nicht, du kleine ...«

Er brach ab. Ein Ausdruck tiefen Erschreckens huschte über seine Züge, und ganz plötzlich war sein Zorn wie weggeblasen. Stattdessen sah er betroffen und verwirrt drein. Hilflos hob er die Hand, die er zur Faust geballt hatte, und starrte sie an.

»Was ... was geschieht mit uns?«, flüsterte er.

Mark wusste im ersten Moment nicht, was sein Bruder meinte. Aber dann spürte er, dass auch in ihm noch immer dieser heiße Zorn brodelte, eine Wut, die im Grunde durch nichts gerechtfertigt war, die er aber kaum noch im Zaum halten konnte. Er bemerkte erst jetzt, dass auch er die Hände zu Fäusten geballt und dass sein Körper sich gespannt hatte. Noch ein einziges falsches Wort, das begriff er plötzlich, und er hätte sich auf seinen Bruder gestürzt.

»Das ist der Turm«, flüsterte er. »Er vergiftet unsere Gedanken.«

Thomas nickte. Seine Augen waren weit vor Schreck. »Wir müssen raus hier«, sagte er. »Schnell. Bring uns raus, Mark, solange du noch kannst.«

Aber Mark wusste nicht, ob er das überhaupt noch konnte. Ob er es noch wollte. Wieder dachte er an die Gefangenen, und diesmal erfüllte ihn die Vorstellung mit einem so rasenden Zorn, dass er all seine Kraft und Selbstbeherrschung aufbieten musste, um nicht auf der Stelle zu Sarns Stadt zurücklaufen und sich auf den erstbesten Gehörnten zu stürzen, der ihm unter die Finger kam. Dabei wusste er sehr wohl, dass sein Bruder vollkommen Recht hatte und dieser rasende Zorn nicht aus ihm selbst kam, sondern seinen Ursprung in den schwarzen Wänden ringsum hatte, nichts anderes als der finstere Atem des Schwarzen Turmes war, ein schleichendes Gift, das nicht ihre Körper, sondern ihre Seelen verpestete; aber anders als Thomas hatte er nicht die Kraft, dagegen anzukämpfen. Seine Hände begannen zu zittern.

»Kämpfe dagegen!«, sagte Thomas beschwörend. »Bitte!«

»Ich ... kann nicht«, flüsterte Mark. »Ich ...«

Thomas packte ihn an beiden Schultern und begann ihn zu schütteln, aber die Berührung schürte die rasende Wut in ihm nur noch. Er schlug Thomas' Hand beiseite, und sein Bruder versetzte ihm eine schallende Ohrfeige.

Der Hieb schleuderte ihn zu Boden, aber der brennende Schmerz auf seiner Wange klärte auch seine Gedanken. Das Gefühl alles verschlingenden Zornes verschwand und machte einer sonderbaren, lähmenden Benommenheit Platz.

»Wieder in Ordnung?«, fragte Thomas.

Mark nickte, stand unsicher auf und rieb sich die rechte Wange. Vor seinen Augen tanzten noch immer bunte Kreise, und er spürte jetzt zwar nicht mehr den schwarzen Zorn des Turmes, aber dafür eine ganz normale Wut auf seinen Bruder. Gleichzeitig ahnte er, dass Thomas ihm mit dieser Ohrfeige vielleicht das Leben gerettet hatte. Noch ein paar Sekunden, und er wäre herumgefahren und direkt in Sarns Arme gelaufen.

»Irgendwann kriegst du die zurück«, sagte er grinsend. »Das schwöre ich dir.«

Thomas lachte. »Ich bestehe sogar darauf, kleiner Bruder. Aber nicht hier. Geht es wieder?«

»Ja.« Mark rieb sich weiter die Wange. »Was war das?«

Thomas' Lächeln erlosch. »Der Greif. Er … ist hier. Ganz in unserer Nähe. Ich spüre es.«

»Also, ich fühle nichts«, antwortete Mark. »Außer dem Abdruck deiner Finger in meinem Gesicht.«

»Er ist hier«, beharrte Thomas. »Ich kann ihn fühlen. Machen wir, dass wir weiterkommen.«

Während der nächsten halben Stunde entfernten sie sich so weit von Sarns Stadt, dass die buckligen Gebäude zu winzigen Punkten auf dem monströsen Mosaik des Bodens zusammenschrumpften, und endlich kam auch die Rückwand der Kathedrale wieder näher.

Es war wie ein kleines Wunder – aber sie näherten sich tatsächlich ganz genau der Stelle, an der Mark den Schwarzen Turm betreten hatte. Vor ihnen, noch winzig klein, aber deutlich in der Wand aus häuserblockgroßen Steinquadern zu erkennen, lag die Tür, durch die er hereingekommen war. Sie waren vielleicht noch hundert Meter davon entfernt, als Thomas plötzlich aufschrie und in die Richtung deutete, aus der sie kamen. Mark blieb abrupt stehen und folgte mit dem Blick dem ausgestreckten Arm seines Bruders.

Im ersten Moment sah er gar nichts, dann gewahrte er eine Anzahl winziger auf und ab hüpfender schwarzer Punkte in der Luft, die rasend schnell näher kamen.

»Lauf!«, schrie Thomas.

Sie rannten los, aber Mark begriff schon nach den ersten Schritten, dass sie es nicht schaffen würden. Die hundert Meter zur Tür schienen sich mit einem jähen Ruck auf die zehnfache Distanz auszudehnen, und die Schatten über ihnen holten mit irrsinniger Geschwindigkeit auf. Aus den schwarzen Punkten wurde ein Fliegenschwarm, dann ein Mottengeschwader, schließlich erschienen die flatternden Umrisse großer schwarzer Fledermäuse – und plötzlich war die Luft ringsum vom Schwirren und Schlagen dunkler ledriger Flügel erfüllt, und aus den Fledermäusen wurden gehörnte Dämonen mit zuckenden Schwänzen und langen, gefährlichen Krallen, die nach ihm und seinem Bruder schlugen.

Sie ähnelten den Gehörnten, die er in Sarns Stadt gesehen hatte, waren aber etwas größer und hatten lange, spitz zulaufende Ohren und riesige Schwingen, mit denen sie sich geschickt durch die Luft bewegten und so schnell, dass ihre Bewegungen schon fast nicht mehr zu erkennen waren.

Thomas schrie auf, riss sein Schwert aus dem Gürtel und hackte nach dem ersten Angreifer, der sich auf ihn stürzte, aber das Wesen wich dem Hieb mit einer fast spielerischen Bewegung aus und schlug gleichzeitig mit einer spitzen Krallenhand nach Thomas' Schwert. Die Waffe wurde seiner Hand entrissen und fiel klirrend zu Boden.

Mark wollte seinem Bruder zu Hilfe eilen, aber er kam nicht einmal zwei Schritte weit. Vier, fünf der geflügelten Dämonen stürzten sich gleichzeitig auf ihn und rissen ihn zu Boden. Messerscharfe Krallen zerfetzten seine Kleider und hinterließen brennende Kratzer auf seiner Haut, und die großen, ledernen Schwingen schlugen wie gewaltige Hände nach ihm. Noch während er fiel, sah er, wie auch sein Bruder zu Boden ging und schützend das Gesicht zwischen den Händen barg.

Die fliegenden Teufel zogen sich etwas zurück und begannen Thomas und ihn zu umkreisen, Mark hob den Kopf, versuchte sich in die Höhe zu stemmen – und ließ sich hastig wieder zurücksinken, als eines der Ungeheuer lautlos auf ihn herabstieß und mit den Krallen die Luft teilte, nur Zentimeter von seinem Gesicht entfernt. Er hatte die Warnung verstanden.

Verzweifelt blickte er zur Tür hinüber. Sie war keine zwanzig Schritte mehr entfernt und doch unerreichbar. Die fliegenden Dämonen waren nicht gekommen, um sie zu töten, sondern um sie aufzuhalten. Mark war sicher, dass Sarn und ein Heer seiner mit Dreizacken bewaffneten Kreaturen der fliegenden Vorhut sehr schnell folgen würden. Und was dann mit ihnen geschah, das war vielleicht schlimmer als der Tod. Mark setzte alles auf eine Karte. Lieber würde er im Kampf mit den fliegenden Teufeln sterben, als das Schicksal der Sklaven zu teilen, die er gesehen hatte.

Er sprang auf, machte einen Schritt und fiel mit einem Schmerzensschrei wieder zu Boden, als einer der fliegenden Teufel auf ihn herabstieß. Die Kralle des Ungeheuers traf seine Hüfte, riss den schwarzen Stoff seines Jogginganzuges und die Haut darunter auf, hinterließ eine Spur aus Blut und brennendem Schmerz quer über seiner Brust – und berührte das Lot, das an der Kette um Marks Hals hing.

Ein weißes, unerträglich grelles Licht flammte auf, und der fliegende Teufel stieß einen grellen, pfeifenden Schmerzensschrei aus, warf sich in einer grotesken, flatternden Bewegung zurück und versuchte taumelnd in die Höhe zu kommen.

Seine Kralle brannte.

Weiße und blaue Flammen schlugen aus seiner schwarzen Haut, und sie breiteten sich rasend schnell aus. Das Ungeheuer war noch keine fünf Meter entfernt, als die Flammen eine seiner Schwingen ergriffen und aufglühen ließen wie den Flügel einer Motte, die dem Licht zu nahe gekommen war. Mit einem neuerlichen, schrillen Schmerzensschrei taumelte die Bestie zu Boden und blieb regungslos liegen, während die Flammen über den ganzen Körper liefen und ihn verzehrten. Verblüfft starrte Mark den brennenden Dämon an, hob die Hand an den Hals und betrachtete das silberne Lot. Es war kalt, und er hatte auch nicht die mindeste Hitze gespürt, als es die Klaue des Ungeheuers gestreift hatte – und doch hatte schon eine flüchtige Berührung ausgereicht, den fliegenden Teufel zu vernichten!

Ein weiteres Ungeheuer stieß auf ihn herab. Mark duckte sich, entging den zupackenden Klauen des Dämons um Haaresbreite und wälzte sich auf den Rücken. Seine Hand streifte die Silberkette über den Kopf.

Als die Bestie zum zweiten Mal auf ihn herabstieß, schwang er das dünne Kettchen mit aller Kraft und schlug nach ihm. Die Kreatur schien die Gefahr, die von dem harmlos aussehenden Anhänger ausging, im letzten Moment zu spüren, denn sie versuchte den Angriff abzubrechen und auszuweichen, aber sie hatte damit ebenso wenig Glück wie ihre Vorgängerin: Der Anhänger streifte ihre Schwinge und brannte eine rauchende Spur hinein, und eine Sekunde später flammte der ganze Flügel auf wie trockenes Papier.

Mark war mit einem Satz auf den Füßen und rannte auf seinen Bruder zu, wobei er die Kette hoch über seinem Kopf schwang. Das Lot verwandelte sich in einen blitzenden Kreis aus Silber, der Tod und Vernichtung in die Reihen der fliegenden Teufel sandte.

Thomas starrte aus fassungslos aufgerissenen Augen zu ihm empor, als er neben ihm anlangte. »Was hast du …?«

»Los!«, unterbrach ihn Mark. »Komm!« Er zerrte Thomas grob in die Höhe und versetzte ihm einen Stoß, der ihn vorwärts taumeln ließ, während er mit der anderen Hand weiter die Kette schwang.

Mit der Kraft der Verzweiflung rannten sie auf die Tür in der Wand zu. Die fliegenden Teufel umkreisten sie drohend, aber keine der Bestien wagte es, Mark und seiner schwirrenden Kette auch nur nahe zu kommen. Die rettende Tür war noch fünfzehn Schritte entfernt, noch fünf – und dann war es Mark, als täte sich die Hölle selbst auf.

Ein gewaltiger, schwarzer Wirbelwind kam aus dem Nichts und schleuderte Mark und seinen Bruder zu Boden. Mark schlug auf den steinernen Fliesen auf und versuchte verzweifelt, das Lot nicht loszulassen. Ein unbeschreibliches Heulen und Tosen erfüllte die Kathedrale und schien an den Steinquadern zu rütteln.

»*Er* ist es!«, kreischte Thomas. Seine Stimme überschlug sich fast vor Entsetzen. »Lauf, Mark! Renn weg! Es ist der Greif!«

Seine Warnung kam zu spät. Etwas Riesiges, Formloses folgte dem Sturm, ballte sich zu brodelnder Schwärze zusammen und gerann zu einem Körper, dessen bloßer Anblick Mark das Blut in den Adern stocken ließ. Noch einmal heulte eine Sturmböe durch die Halle, so heftig, dass selbst die fliegenden Teufel wie Papier davongewirbelt wurden, dann, ganz plötzlich, kehrte eine fast unheimliche Stille ein. Als Mark sich aufsetzte, sah er sich dem Greif gegenüber.

In letzter Sekunde

Er hatte den Körper eines Löwen, eines mächtigen, schlanken Tieres, unter dessen glatter goldbrauner Haut sich starke Muskelstränge bewegten, und den Kopf eines Adlers. Seine Schwingen waren riesig, größer noch als die des Cherubs, und wo in den Augen seiner geflügelten Diener nichts als dumpfe, tierische Wut brodelte, da erblickte Mark bei ihm eine gewaltige Intelligenz gepaart mit einem Hass auf alles Lebende, Fühlende, der so alt war wie die Welt und unauslöschbar. Die Krallen waren lang und gebogen, und der spitze Schnabel sah äußerst gefährlich aus. Einen Gegner wie Mark zu töten würde für ihn ein Leichtes sein.

Aber der Greif machte nicht eine Bewegung, ihn anzugreifen. Er saß einfach nur da, die Flügel halb ausgebreitet wie zum Sprung, und starrte aus seinen glühenden Augen auf Mark herab, und ihr Blick war so durchdringend, dass es Mark schien, als würde der Greif in diesem Moment seine geheimsten Gedanken lesen können, so leicht, als stünden sie auf seiner Stirn geschrieben.

Und dann erkannte Mark ihn.

Es war nicht das erste Mal, dass sie sich gegenüberstanden. Er hatte ihn damals nicht deutlich gesehen, in jener Nacht vor fünf Jahren, aber es war die gleiche Ausstrahlung unendlicher Macht und niemals verlöschender Wut, die er in der Nähe des Ungeheuers verspürt hatte, das Thomas und ihn auf dem Dach angegriffen hatte.

Aber damals war er nur ein Schemen gewesen, nicht viel mehr als ein Schatten, den er in die Wirklichkeit geworfen hatte und der doch schon mächtig genug gewesen war, seinen Bruder und ihn zu töten, wäre der Cherub nicht dazugekommen.

Jetzt stand er dem Greif selbst gegenüber, dem Körper, der diesen Schatten warf, und es war sein ureigenstes Gebiet, auf dem das Zusammentreffen stattfand, nicht nur seine Welt, sondern das Zentrum seiner Macht.

Lange standen sich der Junge und das Ungeheuer regungslos gegenüber und blickten sich an. Und trotzdem fochten sie in dieser Zeit einen Kampf aus, ein stummes, düsteres Ringen, das nicht mit körperlichen Kräften ausgetragen wurde – und das keiner von ihnen gewann.

Mark war halb wahnsinnig vor Angst, und trotzdem fühlte er sich von einer Kraft und Entschlossenheit erfüllt, wie niemals zuvor im Leben. Etwas im Blick des Greif wollte ihn zwingen, auf die Knie zu fallen und demütig das Haupt vor ihm zu beugen, sich dem Herrscher dieser finsteren Welt unterzuordnen wie jedes andere denkende Wesen, das jemals den Schwarzen Turm betreten hatte. Und gleichzeitig war da eine Kraft in ihm, die der des Greif ebenbürtig schien; nicht überlegen, aber um nichts schwächer.

»Also bist auch du gekommen«, sagte der Greif plötzlich. Seine Stimme war tief und volltönend und hatte einen angenehmen Klang; es war nicht die Stimme eines Ungeheuers, sondern die eines *Herrschers.* »Wie alle anderen vor dir. Ist es schon wieder an der Zeit?«

Mark verstand nicht genau, was diese Worte bedeuten sollten, aber er spürte, dass der Greif damit, dass er als Erster das Schweigen brach, den Kampf irgendwie aufgegeben hatte. Mark straffte die Schultern ein wenig und hob die rechte Hand, in der er das Lot schwang wie eine Waffe.

»Ich weiß nicht, wer du bist«, antwortete er, »und ich weiß auch nicht, was du von mir willst. Aber du wirst meinen Bruder und mich gehen lassen.«

Der Greif lachte leise. In seinen großen, dunkelroten Augen glomm ein Ausdruck finsteren Spottes auf. »Du bist ein Kind«, sagte er. »In dir schlummern bereits die Kräfte deiner Sippe, aber du bist noch ein Kind. Trotzdem hast du den Weg in mein Reich gefunden. Und du wirst nirgendwo mehr hingehen.« Er hob die Vorderpfote und deutete auf

Mark, dann auf seinen Bruder. Seine Krallen blitzten wie große, gefährliche Dolche.

»Ihr werdet euch mir unterwerfen – wie alle anderen vor euch.«

Thomas fuhr erschrocken zusammen, und Mark trat mit einem raschen Schritt zwischen seinen Bruder und den Greif. »Komm nicht näher!«, sagte er drohend. »Keinen Schritt, oder …«

»Oder?« Etwas wie ein Lachen drang aus der breiten Brust des Greif. »Willst du mir drohen, du Wicht?«

Anstelle einer Antwort schwang Mark die Kette mit dem silbernen Anhänger warnend in die Richtung des Greif, und tatsächlich wich das riesige geflügelte Wesen zurück. Wie seine teufelsgesichtigen Diener schien auch der Greif die Gefahr zu spüren, die von dem magischen Lot ausging. Mit einem Satz war er aus dem Weg, und der Sturmwind der peitschenden Schwingen schleuderte Mark gegen seinen Bruder und ließ ihn um ein Haar stürzen.

Der Greif lachte erneut. »Du hast Mut, kleiner Junge«, sagte er. »Aber übergroßer Mut geht oft mit Dummheit einher. Glaubst du wirklich, mich besiegen zu können?«

»Warum kommst du nicht her und probierst es aus?«, fragte Mark herausfordernd. Sie waren nur noch ein paar Schritte von der rettenden Tür entfernt, aber sie würden sie nie erreichen. Er wusste nicht, ob die Waffe in seiner Hand auch den Greif zu verletzen imstande war oder ob das gewaltige Wesen nichts als ein böses Spiel mit ihm spielte.

»Ich will dich nicht töten«, sagte der Greif plötzlich. »Wäre es dein Tod, den ich wünschte, so hättest du mein Reich nicht einmal betreten.«

»Was … was willst du dann von uns?«, fragte Mark unsicher. Irgendwie spürte er, dass in den Worten des Greif kein Falsch lag. Bei aller Bosheit und Niedertracht sagte dieses Wesen doch immer die Wahrheit.

»Ich will dich«, antwortete der Greif. »So wie ich alle anderen vor dir bekommen habe. Deinen Vater, dessen Vater und dessen … sie sind alle hier, kleiner Junge.«

»Mein … Vater ist hier?«, sagte Mark überrascht.

»Willst du ihn sehen?« Der Greif deutete mit der Pfote auf das Lot in Marks Hand. »Wirf dieses Ding fort, und ich bringe dich zu ihm.«

»Tu, was er sagt«, flüsterte Thomas neben ihm. Mark starrte ihn ungläubig an, aber sein Bruder wiederholte noch einmal: »Gib auf, Mark, bevor er uns beide umbringt. Du bist ihm nicht gewachsen.«

Mark blickte fassungslos auf seinen Bruder hinunter. Thomas war kreidebleich vor Angst, und in seinen Augen stand ein Entsetzen, wie Mark es noch nie zuvor im Blick eines Menschen gesehen hatte.

»Dein Bruder hat Recht«, sagte der Greif. »Sei vernünftig. Ich verspreche dir nicht die Freiheit oder gar Macht und Reichtum, aber du wirst leben. Ewig leben.«

»Als dein Sklave, ja«, antwortete Mark. »Danke – ich verzichte!« Und damit schwang er seine Kette und schlug noch einmal zu.

Der Greif versuchte wieder auszuweichen, aber es gelang ihm nicht ganz – die Spitze des Lots streifte seine rechte Vorderpfote, und wie bei seinen geflügelten Dienern hatte die Berührung verheerende Folgen: Der Greif brüllte vor Schmerz und Wut, und plötzlich stieg dünner, gekräuselter Rauch aus seinem Fell auf. Mit einem gewaltigen Satz brachte er sich in Sicherheit, krümmte sich zum Sprung, und seine Augen flammten wie rot glühende Kohlen.

Aber er sprang nicht. Mark sah, wie sich dort, wo seine rechte Pfote den Boden berührte, eine dunkle Blutlache bildete.

»Du hast es gewagt, mich zu verletzen!«, brüllte der Greif mit einer Stimme, die den ganzen Turm zum Schwanken zu bringen schien. »Du hast es gewagt, Elender, die Hand gegen mich zu erheben, du Wurm! Dafür wirst du sterben! Packt ihn!«

Die letzten Worte galten den geflügelten Dienern, die einen weiten Kreis um Mark, seinen Bruder und den Greif gebildet hatten.

Im selben Moment, in dem sich die Geflügelten wie in einer lautlosen Woge aus finsterer Bewegung vom Boden erhoben und auf sie stürzten, riss Mark seinen Bruder in die Höhe, stieß ihn auf die Tür zu und schwang gleichzeitig das Lot hoch über dem Kopf.

Es waren nur fünf Schritte, aber es wurde zu einem Spießrutenlauf durch die Hölle. Die Welt schien nur noch aus schlagenden schwarzen Flügeln und schnappenden Klauen und Zähnen zu bestehen, die auf Thomas und ihn niederfuhren. Marks Lot brannte eine feurige Spur in die Armee des Greif; wo es einen Dämonen auch nur flüchtig berührte, da flammte sein Körper auf wie trockener Zunder. Aber es waren unendlich viele, und sie griffen ohne Rücksicht auf ihr eigenes Leben an. Für jede Bestie, die er traf, schienen zehn neue Ungeheuer aus dem Nichts zu erscheinen, und über allem hörte er das wütende Geheul des Greif.

Und dann hatten sie die Tür erreicht. Mark stieß seinen Bruder hindurch, ließ mit einem letzten Rundumschlag gleich drei der geflügelten schwarzen Angreifer in Flammen aufgehen und warf sich mit einem verzweifelten Satz Thomas nach. Etwas krachte mit furchtbarer Wucht hinter ihm gegen die Tür, und dann war Stille, und die Dunkelheit schlug wie eine gewaltige Welle über Mark und seinem Bruder zusammen.

Mark sank erschöpft gegen die Tür und rang nach Atem. Alles drehte sich um ihn, und sein Puls ging rasend schnell. Das Lot in seiner Hand bewegte sich noch immer, als wäre es plötzlich zu eigenem Leben erwacht und könnte nicht aufhören, sich auf die verhassten Gegner zu stürzen.

Sein Bruder neben ihm bewegte sich. »Alles in Ordnung?«, fragte Mark.

Als Antwort kam ein Stöhnen von Thomas, und im selben Moment erzitterte der Boden unter ihren Füßen.

»Um Gottes willen!«, keuchte Thomas. »Er … er kommt uns nach! Raus hier! Weg!«

Mark raste los, die Hand um die seines Bruders geschlossen und ihn einfach hinter sich herzerrend. Trotz der völligen Dunkelheit fand er den Weg mit traumwandlerischer Sicherheit. Er rannte die Treppe hinauf, wandte sich nach links und wusste, dass weitere Stufen in vollkommener Finsternis auf sie warteten. Thomas schrie etwas, aber seine Worte gingen im Knirschen und Mahlen der zitternden Steinmassen rings um sie unter. Staub und kleine Steinbrocken rieselten von der Decke.

Als sie die Krypta erreichten, bewegte sich der Boden unter ihren Füßen wie ein bockendes Pferd. Die Wände stöhnten wie lebende Wesen, die sich unter Schmerz wanden, und sie hatten den kleinen Raum kaum betreten, da brach die Treppe hinter ihnen mit einem ungeheuerlichen Poltern zusammen. Eine dichte Staubwolke quoll aus dem Treppenschacht und ließ sie husten.

Mark deutete auf die Tür zur Kirche und zwang sich, mit aller Kraft loszurennen, und wieder musste er seinen Bruder hinter sich herzerren.

Der ganze Raum begann sich zu biegen. Die Decke senkte sich, hob sich wieder und zog sich abermals zusammen, als würde sie atmen, und der steinerne Türsturz schien nach Mark und seinem Bruder zu schlagen, als sie hindurchtaumelten. Dunkelgrauer, kochender Staub und stürzende Steine verschlangen die Krypta, als Mark und Thomas aneinander geklammert in die Kirche hineinstürmten.

Marks Stimme zitterte vor Schwäche, als er den Kopf hob und sich an seinen Bruder wandte. »Bist du … okay?«

Thomas nickte schwach. Er bot einen wahrhaft erschreckenden Anblick. Sein schwarzer Umhang war verschwunden, und das wollene Wams darunter bestand nur noch aus Fetzen, unter dem seine zerschundene, blutende Haut sichtbar war.

»Es tut mir Leid«, stammelte er. »Ich … ich hatte einfach Angst.«

Was denkst du, was ich hatte?, dachte Mark spöttisch. Aber er sagte nichts, und er machte seinem Bruder auch keine Vorwürfe. Er glaubte zu wissen, dass sein plötzlicher Mut nicht unbedingt aus ihm selbst gekommen war. Irgendetwas war dort unten gewesen, was ihm geholfen hatte, eine Kraft, die zwar in ihm war, aber nicht unbedingt ihm *gehörte.*

»Schon in Ordnung«, sagte er. »Komm, verschwinden wir.« Er stand taumelnd auf, hängte sich die Kette wieder um den Hals und streckte die Hand nach seinem Bruder aus, um ihm auf die Füße zu helfen.

Eines der großen Glasfenster zersprang mit einem hellen Knacken.

Mark und Thomas erstarrten. Ein zweites Fenster zersplitterte, und plötzlich spürten sie, wie der Boden unter ihren Füßen zu zittern begann.

Thomas' Augen wurden groß und dunkel vor Schreck. »Das ... das ist er«, flüsterte er. »Mein Gott, Mark, er ... er folgt uns!«

Wie um Thomas' Worte zu unterstreichen, erschütterte ein dumpfes Krachen die Kirche. Ein einzelner Stein löste sich von der Decke und zerschlug die Bodenfliesen, nur wenige Meter von Mark und seinem Bruder entfernt, und wieder zitterte der Boden, heftiger und viel länger als zuvor.

Wieder rannten sie los.

Die Kirche zitterte und bebte wie unter einem Trommelfeuer von Hammerschlägen, und immer mehr und mehr Steine lösten sich und stürzten in rasender Geschwindigkeit wie tödliche Geschosse herab.

Ihre Flucht wurde zu einem irrsinnigen Zickzack, und es glich einem Wunder, dass sie nicht schon in der ersten Sekunde getroffen und erschlagen wurden. Der Boden zerriss in einer gezackten Linie, und plötzlich senkte sich ein ganzer Teil der südlichen Wand und verklemmte das Tor. Dann ertönte über ihnen ein knirschender, mahlender Laut, und Mark blieb stehen und sah auf.

Was er sah, ließ ihn vor Entsetzen aufschreien.

Das Dach der Kirche bewegte sich. Die gotischen Spitzbogen begannen sich zu verzerren, bogen und wanden sich knisternd, als wäre das gesamte Gebäude nichts als ein Spielzeug aus Papier, das von einer gigantischen Faust ergriffen und langsam zerdrückt wurde. Die Wand hinter dem Altar neigte sich, gleichzeitig verriet ein ungeheuerliches Krachen und Donnern von draußen, dass der Glockenturm zusammengebrochen war. Und dann begann die ganze Kirche zu wanken …

Das ist das Ende!, dachte Mark.

Sie hatten den Greif unterschätzt. Sie waren zwar aus seinem Reich entkommen, aber seine Macht war unvorstellbar und reichte weit. Entsetzt presste sich Mark an seinen Bruder, umklammerte ihn mit den Armen und wartete auf den tödlichen Aufprall.

Die Kirche brach zusammen. Das Dach barst, und ein todbringender Hagel aus Tonnen von Stein stürzte auf die beiden Brüder herab, aber gleichzeitig traf auch etwas eines der großen Seitenfenster und zerschlug es. Mark sah nur ein Huschen, etwas wie ein weißer, ungeheuer schneller Schemen, der durch das zersplitternde Fenster glitt, dann fühlte er sich von einer übermenschlich starken Hand ergriffen und in die Höhe gerissen, und plötzlich waren sie draußen, und die zusammenstürzende Kirche lag unter ihnen, nur mehr als Wolke aus brodelndem Staub und Steintrümmern, die von immer neuen unsichtbaren Fausthieben getroffen und weiter und weiter zermalmt wurde.

Mark kam erst wieder zu Atem, als sie weit entfernt auf der anderen Straßenseite wieder den Boden berührten. Er fiel, blieb sekundenlang benommen liegen und drehte sich dann mühsam herum. Thomas lag neben ihm, mit erstarrtem, schreckensbleichem Gesicht, und über ihnen, groß und weiß und unglaublich schön, stand der Cherub.

Mark setzte sich auf und sah zur Ruine hinüber, ehe er wieder zu dem Cherub aufblickte. Von der Kirche war nichts mehr geblieben. Eine gewaltige Staubwolke hatte das Gebäude und das gesamte Grundstück verschlungen, und Trümmer waren bis auf die Straße hinausgefallen oder hatten die benachbarten Gebäude beschädigt. Überall in den Fenstern ringsum gingen die Lichter an.

»Ist es … vorbei?«, fragte Mark leise.

»Vorbei?« Der Cherub schüttelte heftig den Kopf. Auch er blickte zur staubverhüllten Ruine der kleinen Kirche hinüber, doch er schien etwas ganz anderes zu sehen. »Es hat gerade erst angefangen. Du hast ihn verletzt, Mark, und du hast ihm eine Niederlage zugefügt. Das wird er niemals vergessen.«

»Aber du hast ihn doch auch besiegt, damals!«, widersprach Mark.

»Das war etwas anderes.« Die Stimme des Cherubs klang scharf. »Er kam als Fremder in unsere Welt, und er war überrascht, dass ich mich ihm entgegenstellte. Aber ihr wart drüben im Schwarzen Turm. Ihr habt ihn herausgefordert, Mark, mehr noch – du hast es gewagt, ihm zu widerstehen, vor den Augen seiner Sklaven. Er wird sich dafür rächen.«

»Du meinst, er ... er könnte uns selbst hierher folgen?«, flüsterte Mark. Sein Blick suchte den seines Bruders, aber Thomas sah weg. Sein Gesicht war wie aus Stein.

»Er könnte und er wird«, sagte der Cherub. »Er hat euren Vater geholt und alle anderen vor ihm, und er wird nicht eher ruhen, bis er auch euch vernichtet hat.«

»Dann hat Thomas Recht«, flüsterte Mark niedergeschlagen. »Es liegt wirklich ein Fluch auf unserer Familie.«

Der Cherub nickte. Irgendwo, nicht weit entfernt, begann eine Sirene zu heulen, und in einem Haus auf der anderen Seite der Straße wurde eine Tür aufgerissen, Leute stürmten auf den Bürgersteig und rannten auf die zusammengebrochene Kirche zu.

»Ja«, sagte der Cherub nach einer Weile. »Aber das ist nicht alles. Du begreifst wahrscheinlich noch gar nicht, was du getan hast. Du hast ihn *verletzt,* Mark. Du hast einem Wesen eine Wunde zugefügt, das nicht verwundet werden kann.«

»Das verstehe ich nicht«, gestand Mark.

»Der Greif ist unsterblich«, antwortete der Cherub. »Es heißt, dass keine Macht des Universums ihm Schaden zufügen kann – niemand, außer einem direkten Nachkommen dessen, der ihn erschaffen hat.«

Mark riss erstaunt die Augen auf. »Und das ...«

»... bist du«, sagte der Cherub ernst. »Es war einer deiner Vorfahren, der ihn erschuf. Und du hast die Macht, ihn zu vernichten. Du bist der Einzige in dieser und in seiner

Welt, der das kann; vielleicht der Erste, in all der Zeit, und vielleicht der Letzte, der jemals geboren werden wird, denn du und dein Bruder, ihr seid die letzten eures Geschlechts. Der Greif weiß das. Er hat lange nach dir gesucht, Jahrhunderte. Er hat alle Welten und alle Zeiten nach dir abgesucht, und jetzt hat er dich gefunden, denn du selbst und dein Bruder, ihr habt ihn auf eure Spur gebracht. Und er wird nicht eher ruhen, bis er dich getötet oder in seine Gewalt gebracht hat.« Mark schwieg. Sein Blick ging ins Leere, und plötzlich hatte er das Gefühl, von einer unsichtbaren, eiskalten Hand berührt und in einen bodenlosen Abgrund gezerrt zu werden. Das Heulen der Sirene kam näher.

Der Fluch

Es begann zu nieseln, als sie sich auf den Heimweg machten, und bis sie nach Hause kamen, war aus dem leichten Regen ein ausgewachsener Wolkenbruch geworden, was Mark und Thomas nur recht sein konnte, obwohl das Wasser eisig war und sie beide schon nach Augenblicken vor Kälte mit den Zähnen klapperten.

Aber das schlechte Wetter vertrieb auch die letzten Passanten von der Straße, und der Regen durchnässte die beiden Brüder nicht nur bis auf die Haut, sondern wusch auch den Schmutz und das Blut aus ihren Kleidern und Haaren, sodass sie wenigstens nicht auf den ersten Blick Aufsehen erregten. Sie waren beide bis auf die Knochen durchgefroren und bis zum Umfallen erschöpft, als sie die Wohnung erreichten.

Die Zeiger der Uhr im Wohnzimmer standen auf Viertel vor zehn, es war also kaum mehr als eine halbe Stunde vergangen, seit Mark das Haus verlassen hatte.

Thomas und er stürmten gleichzeitig ins Bad. Während Thomas Wasser in die Badewanne einlaufen ließ und sich aus den zerfetzten Kleidern schälte, drehte Mark die Dusche auf und stellte sich angekleidet darunter.

Er blieb so lange unter dem dampfendheißen Wasser, bis wieder Wärme in seinen zu Eis erstarrten Leib kam. Was von seinem Jogginganzug und dem Pyjama übrig geblieben war, knüllte er zusammen und warf es aus der Dusche. Später würde er es in den Mülleimer im Hof stecken, ganz unten, damit seine Mutter es nicht entdeckte.

Dann begann er seinen Körper genau zu untersuchen. Es kam einem Wunder gleich, dass er ohne schwerwiegende Verletzungen davongekommen war. Gesicht und Rücken waren zwar über und über mit blutigen Kratzern übersät, aber die meisten gingen nicht tief und würden in ein paar Tagen verschwunden sein. Und für die paar Kratzer im Gesicht und auf den Händen war es nicht schwer, sich eine glaubwürdige Geschichte auszudenken, um auf die Fragen seiner Mutter eine Antwort parat zu haben.

Im Wohnzimmer brannte Licht. Thomas saß in einem der alten Ohrensessel vor dem Kamin, in einen Bademantel gewickelt und mit nassem Haar. Vor ihm stand ein kleines Glastischchen, das mit Papieren bedeckt war, in denen er blätterte. Sein Gesicht war weitaus übler mitgenommen als das Marks, und um die rechte Hand hatte er sich einen Verband gewickelt, der sich allmählich rot zu färben begann.

Mark trat näher, und als er erkannte, womit sich Thomas beschäftigte, erfüllte ihn Zorn. Es waren Fotokopien aus dem Tagebuch ihres Vaters.

»Was, zum Teufel, tust du da?«, fragte Mark.

Thomas sah erschrocken auf. Von der panischen Angst, die er noch vor gar nicht so langer Zeit gezeigt hatte, war nichts mehr geblieben. Thomas war jetzt wieder der ruhige, große Bruder, der er für Mark stets gewesen war.

»Ich versuche den Rest dieses Gekritzels zu entziffern«, antwortete Thomas gelassen. »Es ist verschlüsselt, aber ich glaube, ich habe den Code fast geknackt.«

»Hast du noch nicht genug Unheil angerichtet?«, fragte Mark aufgebracht. Er versuchte ihm die Blätter zu entreißen, aber Thomas hielt seinen Arm fest.

»He, he«, sagte er. »Langsam, kleiner Bruder. Vielleicht denkst du erst einmal nach, bevor du über mich herfällst.«

»Was gibt es da nachzudenken?«, schnappte Mark. »Dieses verdammte Zeug …«

»… ist vielleicht das Einzige, was uns noch rettet«, fiel ihm Thomas scharf ins Wort.

»Wie meinst du das?«

Thomas ließ seinen Arm los, legte die Blätter sorgsam auf den Tisch und ließ sich im Sessel zurücksinken. »Hast du die Worte des Cherubs schon vergessen?«, fragte er. »Der Greif wird nicht aufgeben, jetzt, wo er weiß, wer du bist. Er wird nicht ruhen, bis er dich getötet oder zumindest in seine Gewalt gebracht hat. Und wenn ich diese Zeichen da richtig übersetzt habe, dann hat er verdammt gute Chancen, es zu schaffen. Bessere jedenfalls als wir, ihm zu entkommen.«

Mark setzte sich. Sein Zorn war verflogen und dem beängstigenden Gefühl gewichen, dass Thomas diesmal vielleicht Recht haben könnte. Er hatte den Ernst in der Stimme des Cherubs nicht vergessen. »Was steht also da drin?«, fragte er und deutete auf die Papiere.

»Das meiste habe ich mir zusammenreimen müssen«, antwortete sein Bruder. »Es ist die Geschichte des Greif. Und unserer Familie.«

»Du weißt also doch mehr darüber«, sagte Mark vorwurfsvoll. »Was du mir im Schwarzen Turm erzählt hast, das war nicht alles.«

»Nein«, sagte Thomas. »Ich wusste ja nicht, was passieren würde. Und ich wollte dich schützen. Mark, glaub mir. Ich dachte, es reicht, wenn einer von uns versucht, den Greif zu vernichten.«

»Du hast …«

»Was glaubst du denn, warum ich in den Schwarzen Turm gegangen bin, zum Teufel noch mal?«, unterbrach ihn sein Bruder wütend. »Bestimmt nicht aus reiner Abenteuerlust!« Er beugte sich vor und schlug mit der flachen Hand klatschend auf die Papiere vor sich. »Der Cherub hat die Wahrheit gesagt. Es war einer unserer Vorfahren, der den Greif erschuf, und nur einer seiner direkten Nachkommen hat die Macht, ihn auch wieder zu vernichten. Deshalb ist unser Vater verschwunden und all die anderen vor ihm. Sie sind in den Schwarzen Turm gegangen, um dieses Monstrum zu beseitigen. Aber bisher ist keiner von ihnen zurückgekommen. Und du und ich, wir wissen jetzt auch, warum.«

Mark fühlte sich schuldbewusst. Sein Bruder hatte das alles wirklich nur getan, um ihn zu schützen, nicht, um ihn zu hintergehen. Und er hatte ihn sogar verdächtigt, auf Sarns Seite zu stehen!

»Ich habe dir seinerzeit erzählt, dass unsere Familie seit jeher mit den Dächern verbunden ist«, fuhr Thomas fort. »Viele unserer Vorfahren waren Dachdecker oder Zimmerleute. Einer von ihnen war Baumeister und Steinmetz, und er hat vor etwa sechshundert Jahren den Greif erschaffen. Er war ein berühmter Mann, der überall im Land großes Ansehen genoss, denn seine Figuren waren einmalig. Man sagte ihm nach, dass er es verstand, Leben in Stein zu bannen.« Er hob die Hand und deutete zur Decke. »Einige der Figuren dort oben stammen von ihm.«

Mark war beeindruckt. Er hatte gewusst, dass die Skulpturen alt waren, aber nicht so alt.

»Eines Tages jedenfalls«, fuhr Thomas fort, »erhielt er den Auftrag, eine Kapelle zu bauen. Nicht irgendeine Kapelle – es sollte das prachtvollste und schönste Bauwerk in diesem Teil des Landes sein. Der Mann, der ihm diesen Auftrag erteilte, war ein reicher Adeliger, der sich damit wohl selbst ein Denkmal setzen wollte.«

»Und?«, fragte Mark, als sein Bruder schwieg und ins Feuer starrte. »Hat er es getan?«

»Ja«, sagte Thomas. »Das hat er. Und es wurde sein Meisterwerk. Von überallher kamen die Leute, um es zu bewundern, und sein Ruhm stieg noch weiter. Aber dann, als er den Lohn für seine Arbeit forderte, bekam er nichts.«

»Du meinst, dieser Graf hat ihn darum betrogen?«

»Nicht nur das«, antwortete Thomas. »Unser Vorfahre war ein reicher Mann, zumindest für damalige Verhältnisse. Aber er war auch ein gerechter Mann, der Lüge und Betrug hasste, und er kämpfte um sein Recht. Zuerst versuchte es der Graf mit Ausflüchten: Er behauptete, die Kapelle wäre schlecht gebaut, nicht nach seinen Plänen und nicht nach der Handwerkskunst. Aber als all dies nichts nützte und unser Urahn drohte, sich beim König selbst zu beschweren und sein Recht einzuklagen, da zeigte der Graf sein wahres Gesicht. Er bezichtigte ihn als Zauberer, als Mann, der mit dem Teufel im Bunde sei, und er brachte falsche Zeugen und gefälschte Beweise für diese Behauptung. Der Steinmetz verlor alles – sein Vermögen, seinen Ruhm, sein Haus, seine Frau, sein Kind. Am Schluss warfen sie ihn ins Gefängnis und klagten ihn der Hexerei an. Aber nicht genug. Der Graf selbst behauptete, er hätte den Teufel gesehen, der nachts auf dem Altar getanzt hatte, und natürlich hatte er ein halbes Dutzend Zeugen, die diese Aussage bei ihrem Leben beschworen. Es kam zum Prozess, und der Steinmetz wurde der Hexerei für schuldig befunden und bei lebendigem Leibe verbrannt.«

»Großer Gott!«, flüsterte Mark erschüttert. »Und … der Greif?«

»Der Steinmetz hatte Freunde«, antwortete sein Bruder. »Einflussreiche Freunde, selbst dann noch, als er bereits im Kerker saß und darauf wartete, vor Gericht gestellt zu werden. Sie konnten ihn nicht befreien, aber es gelang ihnen, Zeit zu gewinnen. Um ihn zu verhöhnen, hatte der Graf ihm einen Marmorblock in seinen Kerker schaffen lassen, aber kein Werkzeug – außer dem Lot.«

»Und wie hat er den Greif gemacht?«

»Mit seinen bloßen Händen und dem Lot«, antwortete Thomas. »Ich weiß, es klingt unglaublich, aber es war so. Es dauerte zehn Jahre, bis der Prozess begann, und in diesen Jahren tat er nichts anderes, als an seinem letzten Werk zu arbeiten: dem Greif. Er hat ihn mit seinen bloßen Händen aus dem Stein gekratzt.«

»Das Ding, das wir gesehen haben, war nicht aus Stein«, sagte Mark.

Thomas lachte bitter. »Zehn Jahre Hass, Mark«, sagte er. »Zehn Jahre in einem engen, fensterlosen Loch eingesperrt, mit nichts anderem als diesem Marmorblock und den Erinnerungen an seine Frau und seinen Sohn, die er verloren hatte. Es war sein Hass, der in ihm eine Macht wachrief, die außerhalb des Menschlichen lag und mit der er den Greif schließlich zum Leben erweckte. An dem Tag, an dem er auf dem Scheiterhaufen verbrannt wurde, verschwand der Greif aus dem Kerker, und man fand die Wachen zu Stein erstarrt. Kurz darauf verschwanden oder starben eine Menge Menschen, die mit der Sache zu tun gehabt hatten – die Zeugen, die ihn mit ihren falschen Aussagen ins Gefängnis gebracht hatten, jene, die die Wahrheit wussten und zu feige gewesen waren, sie auszusprechen, die Folterknechte, die vergeblich versucht hatten, ein Geständnis aus ihm herauszupressen. Und am Schluss fand man den Grafen und seine ganze Familie versteinert an dem Tisch sitzen, an dem sie gerade gegessen hatten. Niemand hat den Greif seit diesem Tag wiedergesehen, aber du und ich, wir wissen, wo er ist.«

»Der schwarze Turm«, flüsterte Mark; »ist er … ich meine, hat unser Vorfahre ihn auch …«

»Es ist die Kapelle, die er erbaute«, bestätigte Thomas. »Ihr Gegenstück in der Welt des Greif.«

»Aber das ist unmöglich«, flüsterte Mark. »Der Turm ist gigantisch.«

»Er ist noch viel gigantischer, als du glaubst«, sagte Thomas ernst. »Was du gesehen hast, war lange nicht alles. Sarns Stadt ist in den Kellern erbaut. Darüber gibt es andere Stockwerke, die weit größer sind. Er ist unvorstellbar groß. Vielleicht unendlich.«

»Aber was haben wir damit zu tun?«, fragte Mark hilflos.

»Es war unser Urahn, der den Greif erschaffen hat«, sagte Thomas. »Und wir bezahlen für seine Schuld. Aber wir haben auch die Möglichkeit, alles wiedergutzumachen. Du und ich, wir sind die Einzigen, die den Greif vernichten können. Und deshalb wird er versuchen, uns zu vernichten, ehe wir ihm gefährlich werden können.«

Marks Hand glitt zu dem kleinen Anhänger an seinem Hals. Thomas' Blick folgte der Geste, aber er sagte nichts.

»Ich werde das Buch morgen früh mit in die Uni nehmen und versuchen, an den Computer ranzukommen«, sagte

Thomas. »Vielleicht gelingt es mir mit seiner Hilfe, es völlig zu übersetzen. Aber bis es soweit ist, sollten wir sehr vorsichtig sein.«

»Du meinst, dass er herkommt«, sagte Mark düster. »Hierher.«

Thomas nickte.

»Dann müssen wir verschwinden«, sagte Mark entschlossen. Er wollte aufspringen, aber Thomas hielt ihn zurück. »Nicht so hastig«, sagte er. »Ich glaube, dass wir ein bisschen Zeit haben. Wenn er uns sofort hätte folgen können, dann hätte er es getan. Wahrscheinlich sitzt er jetzt in seinem Palast und leckt erst einmal seine Wunden. Du hast ihn ziemlich schwer verletzt.«

»Trotzdem«, unterbrach ihn Mark. »Wenn er unsere Spur aufnimmt und hierher kommt ...«

Thomas seufzte. »Vielleicht hast du Recht«, sagte er nach einer Weile. »Ich weiß nicht, ob es überhaupt etwas nutzt, aber vielleicht ist es wirklich besser, wenn du dich versteckst, bis wir eine Möglichkeit gefunden haben, um ihn zu vernichten.«

Ja, dachte Mark finster. Wenn es diese Möglichkeit überhaupt gibt. Aber das sprach er nicht laut aus.

»Und er *ist* zurückgekommen, um dich zu suchen«, sagte Dr. Merten.

Mark antwortete nicht. Auf seinen Schläfen lastete ein unangenehmer Druck, und sein Mund war trocken vom langen Reden.

Es war kalt geworden. Das Kaminfeuer war lange erloschen, aber weder Dr. Merten noch seine Frau hatten sich von Marks Erzählung losreißen können, um neue Scheite nachzulegen. Draußen vor den Fenstern dämmerte bereits wieder der Tag, und Mark spürte eine bleierne Müdigkeit. Er musste drei oder vier Stunden geredet haben, doch er war kein einziges Mal unterbrochen worden.

»Vielleicht reden wir morgen weiter?«, schlug Frau Merten vor. Sie schaute zum Fenster, und als ihr Mann ihrem Blick folgte, fuhr er schuldbewusst zusammen. Wie Mark hatte auch er gar nicht gemerkt, wie rasch inzwischen die Zeit verstrichen war.

»Das ist das vernünftigste Wort, das ich seit Stunden höre«, sagte er und wandte sich dann hastig an Mark. »Nicht dass ich das, was du erzählt hast, für unvernünftig halte, aber du musst todmüde sein.«

»Sie glauben mir nicht«, sagte Mark traurig.

»Wer sagt, dass ich dir nicht glaube?«, antwortete Dr. Merten zögernd. »Ich gebe zu, deine Geschichte hört sich … ziemlich fantastisch an, aber andererseits …« Er zögerte einen Moment. »Vor kurzer Zeit ist tatsächlich aus völlig unerklärlichen Gründen eine leer stehende Kirche im Norden der Stadt eingestürzt«, sagte er. »Das allein bedeutet natürlich noch gar nichts – schließlich könntest du es in der Zeitung gelesen und einfach in deine Geschichte eingebaut haben.«

Er sah Mark fragend an.

»Wo ist dieses Lot, von dem du erzählt hast?«

»An einem sicheren Ort«, antwortete Mark. »Ich habe es versteckt.«

»Damit dein Bruder es nicht findet?«

»Auch das«, sagte Mark – und diesmal in einem Ton, der Dr. Merten klarmachen musste, dass er nicht geneigt war, noch ein weiteres Wort darüber zu verlieren.

»Das alles klingt nicht sehr überzeugend«, sagte Dr. Merten nachdenklich. »Andererseits – ich weiß, was ich in der Klinik gesehen habe. Und solange ich keine befriedigende Erklärung finde, muss ich wohl deine akzeptieren.«

»Dann … dann liefern Sie mich nicht an Bräker aus?«, fragte Mark hoffnungsvoll.

»Jedenfalls jetzt noch nicht«, antwortete Dr. Merten. Plötzlich lächelte er. »Und schon gar nicht, ehe ich nicht auch den Rest der Geschichte gehört habe. Wahr oder nicht – sie ist sehr spannend, weißt du?« Er stand auf und seufzte. »Ich muss in ein paar Stunden in die Klinik. Und du siehst auch aus, als würdest du jeden Moment einschlafen. Du gehst jetzt zu Bett und ruhst dich aus, und heute Abend reden wir weiter.«

Es gab nichts, was er sich sehnlicher wünschte, als ein weiches Bett und das Gefühl, in Sicherheit zu sein und schlafen zu können. Trotzdem schüttelte er den Kopf.

»Das ist sehr nett«, sagte er. »Aber ich kann nicht bleiben. Er sucht weiter nach mir, und wenn er mich hier findet ...«

»Ich sagte dir schon einmal, dass ich ganz gut in der Lage bin, auf mich aufzupassen«, unterbrach ihn Dr. Merten. »Und auf dich auch, wenn es sein muss. Niemand wird dir etwas tun, solange du hier bei uns bist – ganz egal, ob er aus Fleisch und Blut oder aus Stein besteht.«

Mark widersprach nicht mehr. Er war sogar zu müde, um sich zu bedanken. Aber während ihn Dr. Merten die Treppe hinauf in das Zimmer trug, das seine Frau für ihn vorbereitet hatte, wusste er endgültig, dass er unter Freunden war.

Schattentanz

Es war sehr still, als er erwachte. Obwohl die Jalousien heruntergelassen waren, war das Zimmer von einer milden Helligkeit erfüllt, und zum ersten Mal seit Tagen war weder Wind noch Regen zu hören. Die Stille schien nicht nur auf das Innere des Hauses beschränkt zu sein, sondern die ganze Welt ergriffen zu haben. Mark hob die Hand und blickte auf seine Armbanduhr. Er blinzelte. Wenn sie nicht stehen geblieben war (und der Sekundenzeiger bewies ihm, dass es nicht so war), dann war es kaum zehn; also weniger als drei Stunden, nachdem er eingeschlafen war – und das war nun wirklich erstaunlich. Er konnte sich nicht erinnern, jemals im Leben so müde gewesen zu sein wie gestern Abend, und er hatte damit gerechnet, den ganzen Tag zu schlafen.

Mark fühlte sich ausgeruht und frisch wie selten zuvor, und als er vorsichtig das Bein unter der Decke bewegte, spürte er nicht den mindesten Schmerz, sondern nur eine sanfte, beinahe wohltuende Taubheit. Vorsichtig richtete er sich auf, blieb noch einen Moment sitzen, schwang dann die Beine aus dem Bett und setzte behutsam die Füße auf den Boden. Ein kurzer Stich war alles, was er von seinem verstauchten Knöchel spürte, und als er ins Bad ging, humpelte er ein wenig.

Mark zog sich an, fuhr sich mit den Fingern der Linken durch das Haar und wollte sich zur Tür wenden.

Ein Schatten huschte am Fenster vorüber.

Es ging zu schnell, als dass Mark irgendetwas erkennen konnte, und es geschah vollkommen lautlos, aber es war gerade das, was ihn für eine Sekunde wie erstarrt stehen bleiben ließ.

Sein Herz klopfte wie rasend. Langsam, mit zitternden Händen und Knien, trat er ans Fenster und blickte durch die Ritzen der Jalousien nach draußen.

Die Welt vor dem Fenster hatte sich verändert. Der riesige Vorgarten der Villa war unter weißem Puderzucker verschwunden, und auf der Straße glänzte kein Regen mehr, sondern eine fast makellose Schneedecke. Der Schnee konnte erst vor kurzer Zeit gefallen sein. Mark erfasste all dies mit einem einzigen Blick – ebenso, wie er den Schatten erfasste, der auf der gegenüberliegenden Straßenseite zwischen den Bäumen verschwand.

Die Tür wurde geöffnet.

Mark fuhr erschrocken herum und atmete erleichtert auf, als er Dr. Merten erkannte.

»Guten Morgen«, sagte Dr. Merten.

»Guten Morgen«, antwortete Mark. Er versuchte sich seinen Schreck nicht anmerken zu lassen.

Dr. Merten schloss die Tür hinter sich und fragte mit einem leicht spöttischen Unterton in der Stimme: »Du bist schon wach?«

Mark nickte und starrte wieder aus dem Fenster. Die Straße war leer.

Kein Schatten. Keine Bewegung. Die frisch gefallene Schneedecke war ohne Spuren.

Etwas von seiner Angst musste sich deutlich auf seinem Gesicht widerspiegeln, denn Dr. Merten trat neben ihn und bog mit Daumen und Zeigefinger die Lamellen der Jalousie auseinander, um nach draußen zu sehen, und auch Mark blickte wieder hinaus.

Nichts. Er hatte es sich wohl nur eingebildet.

Dr. Merten gab sich einen Ruck. »Du siehst gut erholt aus«, sagte er. »Und die Sachen passen dir ausgezeichnet, wie ich sehe.«

Im ersten Moment verstand Mark gar nicht, was er meinte – und dann blickte er verblüfft an sich hinunter. Er hatte die Jeans und das rotblaue Karohemd ganz selbstverständlich angezogen, so wie er jeden Morgen nach seinen Kleidern griff, die neben seinem Bett lagen – aber das hier war weder sein Bett noch waren es seine Kleider. Er hatte ja nichts als das dünne Krankenhausnachthemd angehabt, als er hierher gekommen war.

»Sie gehören meinem Sohn«, erklärte Dr. Merten. »Ich dachte mir, dass sie dir passen könnten.« Er lächelte freundlich. »Was hältst du von einem kräftigen Frühstück?«

Als wären die Worte eine Art Auslöser, spürte Mark plötzlich, wie hungrig er war. Er nickte, wandte sich vom Fenster ab und folgte dem Arzt.

Sie gingen ins Erdgeschoss hinunter und betraten eine große, behaglich eingerichtete Wohnküche, in der bereits ein Frühstückstisch für drei Personen gedeckt war. Dr. Mertens Frau stand am Herd und nickte Mark freundlich zu, als sie hereinkamen. Auch die Uhr über der Eckbank zeigte, dass es nicht einmal zehn Uhr vormittags war. Marks Verwirrung stieg. Aber er setzte sich ohne ein weiteres Wort, und er hatte es kaum getan, da begann sein Magen so lautstark zu knurren, dass es ihm peinlich war. Um seine Verlegenheit zu überspielen, wandte er den Blick ab und sah aus dem Küchenfenster, das auf den verschneiten Garten der Villa hinausging. Für einen Moment glaubte er einen huschenden Schatten zu sehen, aber es konnte auch sein, dass er es sich einbildete. Kein Wunder, wenn er daran dachte, was ihm in den letzten Stunden widerfahren war.

»Greif nur zu«, sagte Dr. Merten und deutete auf den Tisch.

Mark ließ sich das nicht zweimal sagen. Er war hungrig

wie ein Wolf, und er vertilgte zwei dick belegte Brote, ehe Dr. Merten und seine Frau auch nur das erste Brot in Angriff nahmen, und selbst dann musste er sich mit aller Macht beherrschen, um wenigstens einigermaßen manierlich zu essen und nicht einfach alles in sich hineinzustopfen. Herr und Frau Merten betrachteten ihn mit amüsiertem Wohlwollen, das ihm zwar wieder dieses Gefühl von Sicherheit gab, andererseits aber schämte er sich wegen seiner Gier ein wenig. Schließlich brach er das Schweigen.

»Wieso sind Sie schon zurück?«, fragte er Dr. Merten.

»Zurück?« Dr. Merten runzelte die Stirn, dann lächelte er. »Oh, ich verstehe – du meinst die Klinik. Ich war heute nicht dort.«

»Aber Sie sagten doch …«

»Ich gehe sonntags niemals in die Klinik«, unterbrach ihn Dr. Mertens. »Außer in Notfällen, versteht sich.«

»Sonntags?«

Dr. Mertens Lächeln wurde noch breiter. »Sonntags.«

»Aber Sie haben mich doch am …« Mark sprach nicht weiter, als er begriff. Der Abend, an dem er aus der Klinik geflohen war, war ein Freitag gewesen. Und wenn heute Sonntag war, dann bedeutete das, dass er nicht drei, sondern siebenundzwanzig Stunden geschlafen hatte! Kein Wunder, dass er sich so ausgeruht fühlte und hungrig genug war, mit dem reichlichen Frühstück auch den Tisch gleich mitzuessen!

»Ich dachte mir, es wäre wahrscheinlich das Beste, dich einfach schlafen zu lassen«, sagte Dr. Merten. »Bei Patienten in deinem Alter bewirken vierundzwanzig Stunden Schlaf manchmal mehr als jede Medizin.«

Mark lachte, aber es klang nicht fröhlich. Er war erschrocken bei dem Gedanken, was alles hätte passieren können, während er vollkommen hilf- und wehrlos in Dr. Mertens Gästezimmer geschlafen hatte, er fühlte aber auch Erleichterung, dass ihm nichts passiert war.

Gut, ihm war nichts geschehen. Was aber war mit seiner Mutter und Thomas?

»Du musst keine Angst haben«, sagte Dr. Merten in seine

Gedanken hinein, als hätte er diese gelesen. »Deinem Bruder und deiner Mutter geht es gut. Sie machen sich Sorgen um dich, aber ihnen ist nichts geschehen.«

»Sie haben mit ihnen gesprochen?«, fragte Mark aufgeregt.

»Ich selbst nicht. Dieser Kommissar scheint irgendwie misstrauisch geworden zu sein. Er war zweimal bei mir in der Klinik, und ich glaube, wenn er auch nur irgendeinen fadenscheinigen Vorwand gefunden hätte, wäre er auch hier aufgekreuzt. Aber ich habe Freunde an der Universität, an der dein Bruder studiert. Gestern Abend war er jedenfalls noch wohlauf und guter Dinge.« Er machte eine Kopfbewegung zum Wohnzimmer hin. »Dort drüben steht ein Telefon. Wenn du also jemanden anrufen willst …?«

Mark überlegte einen Moment ganz ernsthaft. Der Wunsch, seine Mutter anzurufen und ihr wenigstens zu sagen, dass er noch am Leben und wohlauf sei, war groß. Aber dann schüttelte er den Kopf. Er wusste genau, dass seine Mutter ihn anflehen würde, nach Hause zu kommen oder ihr wenigstens mitzuteilen, wo er sich befand. Und er war nicht sicher, dass er die Kraft aufbringen würde, ihr nichts zu sagen.

»Ich kann deiner Mutter auch etwas ausrichten lassen«, sagte Dr. Merten, als hätte er wieder seine Gedanken gelesen. »Von jemandem, den man bestimmt nicht mit mir in Verbindung bringt.«

»Das wäre schön«, antwortete Mark.

»Etwas Bestimmtes?«, fragte Dr. Merten.

Mark schüttelte den Kopf. »Nur dass sie sich keine Sorgen zu machen braucht und dass es mir gut geht«, sagte er.

»Sonst nichts?«, vergewisserte sich Dr. Merten. »Dass du bald nach Hause kommst oder von dir hören lässt?«

»Nein«, antwortete Mark. »Das kann ich nicht.«

Dr. Merten sagte nichts darauf, trank seinen Kaffee aus und stellte die Tasse mit einem Ruck auf den Unterteller zurück. »Wie du willst. Ich habe ohnehin nicht sehr viel Zeit. Ich wollte dich wecken, weil wir wegmüssen. Nicht für lange, bloß eine Stunde. Aber ich wollte nicht, dass du aufwachst und dich allein in einem leeren Haus findest.«

»Das ist sehr liebenswürdig von Ihnen«, antwortete Mark. »Aber ich kann nicht mehr länger hier bleiben.«

»Blödsinn«, sagte Dr. Merten. »Du wirst schön hier bleiben, hast du das verstanden? In deinem Zustand gehst du nirgendwohin.«

»Aber ich fühle mich ausgezeichnet!«, protestierte Mark.

»Das wird sich sehr schnell ändern, wenn du dich überanstrengst«, behauptete Dr. Merten. »Und außerdem: Wenn deine Geschichte stimmt, wüsste ich keinen Ort, an dem du sicherer wärst als hier.«

Mark dachte an den Schatten, den er vorhin zu sehen geglaubt hatte. Er war sich da nicht so sicher.

Dr. Merten stand auf. »Ich kann mich darauf verlassen, dass du noch hier bist, wenn wir zurückkommen?«, fragte er.

»Bestimmt«, versprach Mark.

»Gut. Und heute Abend unterhalten wir uns in Ruhe weiter. Ich werde versuchen, etwas über deinen Vorfahren herauszubekommen. Wenn er wirklich ein so berühmter Künstler war, wie du erzählst, dann müsste es Aufzeichnungen geben. Vielleicht finden wir etwas, was uns weiterhilft.«

Mark dachte lange über diese Worte nach, als Dr. Merten und seine Frau gegangen waren und er allein in der großen Küche saß und seinen mittlerweile kalt gewordenen Kakao in langsamen Schlucken trank.

Natürlich war er froh, in Dr. Merten so unerwartet einen Verbündeten zu finden – aber er verstand einfach nicht, warum er das alles für ihn tat. Geheimnisvolle Fremde, die scheinbar aus dem Nichts erschienen und dem bedrängten Helden ganz uneigennützig halfen, pflegten normalerweise nur im Film aufzutauchen, kaum in Wirklichkeit. Und Dr. Merten ging schließlich ein großes Risiko ein: Wenn er ihm nicht glaubte, dann lief er Gefahr, seine Stellung und sein Ansehen zu verlieren, und wenn er ihm glaubte, dann erst recht, denn dann musste er damit rechnen, sich selbst den Zorn des Greif und seiner Kreaturen zuzuziehen.

Aber wenn er es nicht so völlig uneigennützig tat – warum dann? Es war doch unmöglich, dass er etwas über den Greif wissen konnte!

Nach einer halben Stunde gab Mark das erfolglose Grübeln auf und ging ins Wohnzimmer hinüber. Dort hatte er eine Bücherwand gesehen. Vielleicht konnte er ein Buch finden, das ihm half, sich die Zeit zu vertreiben, bis Dr. Merten und seine Frau zurück waren.

Als er das Wohnzimmer betrat, streifte sein Blick den Kamin. Der Sims war leer. Frau Merten hatte ihre Figurensammlung noch nicht zurückgestellt.

Das Telefon schrillte, und Marks Herz machte einen Sprung in den Hals hinauf. Er wusste, dass es völlig ausgeschlossen war, aber für einen Augenblick war er fest davon überzeugt, dass es seine Mutter war, die anrief und ihn fragte, wann er nach Hause käme. Er starrte den Apparat an und versuchte vergeblich, das Zittern seiner Hände zu unterdrücken.

Der unbekannte Anrufer gab nach dem dritten Klingeln auf, aber Mark stand weiter wie gelähmt da und starrte den Apparat an. Schließlich hob er wie unter einem inneren Zwang den Hörer ab und tippte eine Nummer ein. Insgeheim betete er darum, dass er nur das Besetztzeichen hören oder niemand abheben würde.

Sein Gebet wurde nicht erhört. Noch mitten im zweiten Klingeln wurde der Hörer am anderen Ende der Leitung abgehoben, und die Stimme seines Bruders sagte: »Hallo?«

»Thomas?«, flüsterte Mark mit bebender Stimme.

»Mark!?« Sein Bruder schrie so laut ins Telefon, dass Mark erschrocken zusammenfuhr und den Hörer ein Stück weghielt. »Mark, zum Teufel, wo bist du?«

»Nicht so laut!«, sagte Mark hastig. »Ich bin nicht schwerhörig.«

»Verdammt, hör mit dem Quatsch auf, und sag mir sofort, wo du bist!«, brüllte sein Bruder noch lauter. »Weißt du überhaupt, was hier los ist? Mutter ist schon halb verrückt vor Angst und Sorge um dich, und die Polizei geht bei uns ein und aus wie im ›Tatort‹! Du musst völlig verrückt geworden sein!«

»Ist sie da?«, fragte Mark, ohne auf die Worte seines Bruders einzugehen.

»Mutter? Nein. Aber sie kommt in einer Stunde zurück. Sag mir, wo du bist, damit ich dich abholen kann.«

»Das kann ich nicht, Thomas«, antwortete Mark.

»Was soll das heißen – das kann ich nicht? Du …«

»Du weißt genau, was das heißt«, unterbrach ihn Mark. »Ich würde Mutter in Gefahr bringen und dich auch.«

Sekundenlang herrschte vollkommene Stille in der Leitung. Als sein Bruder wieder sprach, klang seine Stimme völlig verändert.

»Was ist passiert?«, fragte er.

»Er hat versucht, mich zu holen.«

»Der Greif?«

»Nein. Eines seiner Geschöpfe. Aber er weiß, wo ich bin. Der Cherub hatte Recht mit seiner Warnung. Er wird mich jagen, bis er mich hat – oder ich ihn.«

Thomas lachte hart. »Red keinen Unsinn, kleiner Bruder. Was willst du allein gegen ihn ausrichten? Komm hierher – oder sag mir, wo du bist. Wir können uns irgendwo treffen. Zu zweit haben wir vielleicht eine Chance.«

Mark verneinte: »Ich … ich habe nur angerufen, um Mutter zu sagen, dass es mir gut geht. Richtest du es ihr aus?«

»Natürlich«, antwortete Thomas. »Aber das wird ihr bestimmt nicht genügen. Weißt du überhaupt, was du ihr antust?«

Nicht annähernd soviel, wie ich ihr antun würde, wenn ich zurückkäme, dachte Mark.

»Sag mir wenigstens, wo du bist«, verlangte Thomas. »Oder schlag einen Treffpunkt vor. Du brauchst doch tausend Dinge. Kleider, Geld …«

»Ich habe alles«, unterbrach ihn Mark. »Und ich muss jetzt Schluss machen. Ich melde mich wieder, wenn …«

»Warte noch«, sagte Thomas hastig.

»Ja?«

»Das Lot«, sagte sein Bruder. »Hast du es bei dir?«

»Warum willst du das wissen?«

»Verdammt, weil es das Einzige ist, was dich vielleicht schützt, wenn er dich aufspürt«, antwortete sein Bruder. »Hast du es?«

»Nein«, antwortete Mark. »Aber es ist an einem sicheren Ort.«

»Wo?«

»In Sicherheit«, sagte Mark noch einmal.

»Ich verstehe.« Die Stimme seines Bruders klang bitter. »Du traust mir nicht.«

»Doch«, antwortete Mark hastig. »Es ist nur ...«

»Du traust mir nicht, und du hast allen Grund dazu«, beharrte sein Bruder. »Vielleicht hast du Recht, und es ist besser, wenn niemand weiß, wo du bist. Aber wir sollten uns treffen. Ich habe den größten Teil des Buches übersetzt.«

»Und?«, fragte Mark aufgeregt.

»Unser Vater hat eine Menge über den Greif herausgefunden«, antwortete sein Bruder. »Ich weiß noch nicht genau, ob es uns hilft, aber wir müssen darüber reden. Nicht hier. Und auch nicht dort, wo du jetzt bist. Vielleicht ist dein Versteck nur sicher, solange es wirklich niemand kennt. Wir können uns irgendwo anders treffen.«

»Ich rufe wieder an«, versprach Mark.

»Tu das«, sagte Thomas. »Aber lass dir nicht zu viel Zeit damit, Bruder. Hier geschehen seltsame Dinge.«

Und damit hängte er ein.

Verwirrt starrte Mark den Telefonhörer an. Was sollte das heißen: *Hier geschehen seltsame Dinge?*

Er legte den Hörer auf die Gabel und begann ruhelos im Zimmer auf und ab zu gehen, bis sein verstauchter Knöchel zu schmerzen begann und er sich setzen musste. *Hier geschehen seltsame Dinge ...* Er traute seinem Bruder durchaus zu, das nur gesagt zu haben, um ihn dazu zu bewegen, nach Hause zu kommen – aber es konnte auch genauso gut die Wahrheit sein. O verdammt, er wusste einfach nicht mehr, was er glauben sollte und was nicht! Er ...

Etwas prallte gegen das große Wohnzimmerfenster, ein dumpfer, sonderbar weicher Schlag, wie von einem Schneeball, dem ein schattenhaftes Huschen folgte. Mark war mit einem Sprung beim Fenster, aber alles, was er sah, war der Garten der Villa, begraben unter einer blendend weißen Decke. Die nächsten Büsche waren gut zwanzig Meter vom Haus entfernt, und sie waren nicht dicht genug, dass sich eine Kreatur des Greif, geschweige denn er selber verbergen hätte können.

»Da ist nichts!«, sagte Mark laut zu sich, um sein klopfendes Herz zu übertönen. »Hör auf, dich verrückt zu machen!« Und doch ... Er spürte einfach, dass er nicht allein war. Irgendjemand – oder etwas? – war da, unsichtbar hinter den Mauern, die die Realität von der Welt der Albträume trennen, hervorgekommen.

Dr. Merten hatte versprochen, in einer Stunde zurück zu sein, aber es dauerte dann doch viel länger, bis Mark endlich das Geräusch seines Wagens in der Auffahrt hörte und dann das Zuschlagen von Türen.

Er sprang hastig auf und ging Dr. Merten entgegen, dabei versuchte er, sich seine Angst nicht anmerken zu lassen. Das gelang ihm allerdings nicht ganz: Dr. Merten blieb sofort stehen, als er Mark sah, und blickte ihn erschrocken an.

»Um Gottes willen, was ist mit dir los?«, fragte er. »Du bist kreidebleich. Fühlst du dich nicht wohl?«

»Nicht besonders«, gestand Mark. »Sie hatten Recht – ich bin wirklich noch nicht ganz auf dem Damm. War wohl alles ein bisschen viel.«

Die Lüge klang nicht sehr überzeugend. Dr. Merten antwortete nicht, sondern griff mit der Linken nach Marks Handgelenk und legte die andere Hand flach auf dessen Stirn. Nach ein paar Sekunden schüttelte er den Kopf und ließ Mark wieder los.

»Fieber hast du jedenfalls nicht«, sagte er. »Trotzdem ist es besser, wenn du dich hinlegst und ein paar Stunden schläfst.«

Schon der bloße Gedanke daran, wieder allein in einem Zimmer zu sein, erfüllte Mark mit Entsetzen. Energisch schüttelte er den Kopf und wusste im selben Moment, dass er sich verraten hatte.

»Du hast Angst«, sagte Dr. Merten. »Ich hätte dich nicht allein lassen dürfen. Es tut mir Leid.«

»Schon gut«, murmelte Mark. »Haben Sie etwas herausgefunden?«

Dr. Merten nickte. »Nicht viel. Aber es gibt ein paar andere Dinge, über die wir reden sollten – wenn du dich kräftig genug fühlst.«

»Natürlich«, sagte Mark.

Dr. Merten ging ins Wohnzimmer, forderte ihn auf, sich zu setzen, und ließ die Jalousien vor den Fenstern herunter. Ein angenehmes Halbdunkel breitete sich im Zimmer aus, obgleich draußen noch heller Tag war, und zum ersten Mal seit langer Zeit empfand Mark die Dunkelheit nicht als Bedrohung, voll von unbekannten Gefahren. Er entspannte sich ein wenig und lehnte sich zurück.

Dr. Merten machte Feuer im Kamin und setzte sich ebenfalls. Bevor Mark noch etwas sagen konnte, ging die Tür auf, und Dr. Mertens Frau kam herein, beladen mit einem Tablett voll Kuchen und Kaffee und einer Schale Kakao für Mark. Mark hatte weder Hunger noch Durst, aber er griff trotzdem nach der Tasse, die Frau Merten ihm hinhielt, und nippte an dem heißen Getränk.

»Fühlst du dich besser?«, fragte Dr. Merten und begann seine Pfeife zu stopfen.

Mark nickte.

»Es tut mir Leid, dass es länger gedauert hat, als ich wollte«, fuhr Dr. Merten fort. »Ich hätte dich nicht allein lassen dürfen.«

»Es ist ja nichts passiert«, sagte Mark rasch. »Es geht mir gut, wirklich.« Er sah auf und versuchte dabei, möglichst gelassen dreinzusehen. »Sie sagten, Sie hätten etwas herausgefunden?«

»Vielleicht.« Dr. Merten griff nach seiner Kaffeetasse und trank einen Schluck, ließ Mark dabei jedoch keine Sekunde aus den Augen. »Ich habe gestern auf dem Weg zur Klinik einen kleinen Umweg gemacht. Ich bin bei eurem Haus gewesen.«

Mark machte eine erschrockene Bewegung, aber Dr. Merten beruhigte ihn sofort. »Keine Sorge – ich habe mit niemandem gesprochen. Ich habe nicht einmal angehalten, sondern bin nur zweimal um den Block gefahren und habe mir das Haus angesehen. Es ist wirklich sehr schön. Weißt du, dass seine Grundmauern über fünfhundert Jahre alt sind?«

Mark sah überrascht auf. »Nein.«

Dr. Merten nickte, um seine Worte zu bekräftigen. »Das Haus selbst wurde mehrmals zerstört und wieder aufgebaut, renoviert und umgebaut und so weiter. Im Zweiten Weltkrieg bekam es einen Bombentreffer ab und ist fast ausgebrannt, aber es wurde immer wieder an derselben Stelle und auf den alten Grundmauern aufgebaut. Seltsam, nicht? Und noch etwas ist erstaunlich.«

»Die Dachfiguren«, vermutete Mark.

»Genau.« Dr. Merten klopfte seine Pfeife auf dem Rand des Aschenbechers aus und begann sie sofort wieder neu zu stopfen. »Ich habe vorhin einen alten Freund besucht. Wir haben zusammen studiert, aber wir haben uns seit Jahren nicht mehr gesehen – deshalb hat es auch so lange gedauert.« Er lächelte flüchtig. »Nun, dieser Freund lehrt Architektur, hier an der Universität. Übrigens kennt er deinen Bruder. Und deine Mutter auch.«

»Meine Mutter?«, fragte Mark verwundert.

»Nicht persönlich. Aber er weiß, dass ihr das Haus gehört und dass sie mit ihren beiden Kindern darin wohnt.«

»Wieso?«

Dr. Merten lächelte flüchtig. »Weil er sich für das Haus interessiert«, antwortete er. »Genauer gesagt für die Figuren auf dem Dach. Er sagt, dass sie etwa so alt sind wie die Grundmauern, vielleicht sogar älter. Irgendwie haben sie all die Zerstörungen unversehrt überstanden – sogar als das Haus im Krieg niedergebrannt ist.« Er nahm wieder einen Schluck von seinem Kaffee und fügte in fast unverändertem Ton hinzu: »Und seit Freitagabend ist eine von ihnen verschwunden.«

Mark fuhr so erschrocken zusammen, dass er etwas von seinem Kakao verschüttete, aber er sagte kein Wort, sondern blickte Dr. Merten nur aus großen Augen an.

»Diese Figuren sind ein Vermögen wert«, fuhr Dr. Merten fort. »Dieser Polizist, Bräker …«, Dr. Merten lachte spöttisch, »… ist übrigens ganz aus dem Häuschen geraten, als er von der verschwundenen Figur gehört hat. Wahrscheinlich bastelt er gerade an einer wilden Theorie über Kunsträuber, die du überrascht hast oder sonst was. Soll er nur. Auf diese Weise ist er wenigstens eine Zeit lang beschäftigt und richtet keinen Schaden an.«

Mark sagte nichts. Er war nicht so überzeugt wie Dr. Merten. Bräker hatte ebenso gut wie der Arzt und Mark gesehen, was mit der Blumenvase geschehen war, und er war vielleicht kein sympathischer Mensch, aber er war auch ganz bestimmt alles andere als dumm. Natürlich würde er niemals die Wahrheit erraten – aber Mark glaubte nicht, ihn ein für alle Mal los zu sein.

»Du weißt nicht zufällig etwas über diese Figur?«, fragte Dr. Merten.

Mark zögerte. »Doch«, antwortete er dann. »Aber ich …«

»Du willst nicht darüber reden«, vermutete Dr. Merten. »Aber du musst mir schon die ganze Geschichte erzählen, wenn ich dir helfen soll. Und ich glaube, du hast Hilfe im Moment verdammt nötig, mein Junge.«

Mark schwieg. Er blickte zum Fenster, starrte die geschlossenen Jalousien an und versuchte vergeblich, den Gedanken an die Schatten zu verdrängen, die dahinter einen lautlosen tödlichen Tanz aufführten.

Cherub, dachte er. Wo bist du?

Aber er bekam keine Antwort. Und die Schatten schlichen weiter um das Haus.

Der schwarze Cherub

Drei Tage nach der Begegnung mit dem Greif war Thomas mit der Übersetzung des Tagebuchs, zu der er den Computer der Uni benutzen wollte, noch keinen Schritt weitergekommen. Mark hatte ihn ein paar Mal angerufen, und zweimal hatte er versucht, ihn in der Universität zu besuchen; aber er hatte ihn nicht finden können. Sonst war in diesen drei Tagen nichts geschehen – Marks Leben verlief wie gewöhnlich, Schule, Hausaufgaben, abends Fernsehen. Wäre nicht die Sache mit dem Tagebuch gewesen, so hätte Mark bereitwillig alles, was er erlebt hatte, als Einbildung oder Tagtraum abgetan.

Es war am vierten Abend nach ihrem Abenteuer im Schwarzen Turm. Die Mutter war zur Nachtschicht gegangen, und Mark war allein und verbrachte die letzte Stunde vor dem Einschlafen mit Fernsehen – allerdings verfolgte er nicht sehr konzentriert, was sich auf der Mattscheibe abspielte. Er hatte versucht, Thomas anzurufen, aber statt seines Bruders war nur der Junge ans Telefon gegangen, mit dem sich Thomas eine billige Wohnung am anderen Ende der Stadt teilte, und hatte ihm gesagt, dass er nicht wisse, wo Thomas sei, und dass er ihn seit drei Tagen nicht gesehen hatte; genauso lange sei Thomas nämlich nicht mehr nach Hause gekommen, aber er brauche sich keine Sorgen zu machen, denn schließlich war er jeden Tag pünktlich in der Uni erschienen, und wo Thomas seine Nächte verbrachte, das ginge schließlich nur ihn etwas an. Normalerweise mochte das ja stimmen; Thomas war schließlich alt genug, um über sich und sein Leben selbst zu bestimmen. Aber normalerweise mussten Mark und Thomas auch nicht damit rechnen, von einem Ungeheuer aus der Welt der Albträume verfolgt und verschleppt zu werden …

Nein, Mark machte sich durchaus Sorgen. Er wusste, dass irgendetwas passiert war – ein wenig von den unheimlichen Fähigkeiten, die er im Schwarzen Turm gehabt hatte, schien noch in ihm zu sein.

Er sah auf die kleine Pendeluhr, die auf dem Fernseher stand – nicht ganz neun. Wenn er sein Sparschwein plünderte und sich ein Taxi nahm, um zu Thomas zu fahren, konnte er in einer halben Stunde dort sein, und …

Und was dann?, dachte er ärgerlich. Selbst, wenn Thomas' Wohnungsgenosse ihn hereinließ und tatenlos zusah, wie er das Zimmer seines Bruders durchstöberte, würde er wahrscheinlich nichts finden. Thomas würde kaum so leichtsinnig sein, das Buch einfach herumliegen zu lassen, und …

Irgendetwas störte seine Gedanken. Mark wusste nicht, was, aber es war, als hätte eine lautlose Alarmsirene zu schrillen begonnen. Er sah auf, blickte verwirrt im Zimmer umher und fuhr zusammen, als sein Blick auf den Fernsehschirm fiel.

Der Film, der gerade lief, zeigte das Innere einer gotischen Kapelle mit einfachen Holzbänken und einem merkwürdigen schwarzen Block an der Stelle, wo sich früher einmal der Altar befunden hatte. Der Kommentator erzählte irgendetwas über ihre erstaunliche Architektur, doch Mark hörte gar nicht genau hin. Sein Blick war starr auf die schlanken verzierten Säulen geheftet, denen sich die Kamera jetzt näherte. Und was Mark auf diesen Säulen entdeckte, das entrang ihm einen Schreckensschrei.

Es waren Gehörnte!

Mark richtete sich auf, und sein Herz begann zu hämmern. Das ist unmöglich, dachte er. Die Gehörnten gehören nicht in diese Welt, sie sind nicht etwas, was man filmen kann!

Unmöglich oder nicht, es *waren* Gehörnte.

Sie waren grau statt schwarz und aus Stein statt aus ledriger Haut und borstigem Fell, aber es waren ganz zweifellos die gleichen Gestalten, die Thomas und ihn quer durch den Schwarzen Turm gejagt hatten.

Und jetzt, als hätte es erst dieses Anblicks bedurft, um Marks Gedächtnis auf die Sprünge zu helfen, begriff er auch endlich, warum ihm diese Teufelsgestalten vom ersten Moment an so bekannt vorgekommen waren, trotz all ihrer Fremdartigkeit.

Wasserspeier, dachte er verblüfft. Die kleinen Gestalten mit den verhutzelten Teufelsgesichtern und den spitzen Mündern waren nichts anderes als Wasserspeier, jene kleinen, hockenden Kreaturen, die man an Kirchen und Kathedralen des Mittelalters findet und …

Eine der gehörnten Gestalten auf dem Bildschirm hob den Kopf und blickte ihn an.

Marks Augen quollen vor Entsetzen fast aus den Höhlen. Die Stimme des Sprechers redete in aller Seelenruhe weiter, als wäre der Anblick einer steinernen Figur, die plötzlich zum Leben erwacht war, das Selbstverständlichste von der Welt, und mit einemmal war es Mark völlig klar, dass diese Bewegung nur für ihn sichtbar war – und dass das nichts Gutes verhieß.

Trotzdem war er unfähig, sich zu rühren. Wie versteinert saß er da und starrte den Gehörnten an, der jetzt mit ein wenig unbeholfenen Bewegungen von der Säule herunterzuklettern begann. Er bewegte sich mühsam, wie von einer unsichtbaren Fessel gehalten, aber er bewegte sich, und er löste sich mehr und mehr von der brüchigen Marmorsäule, aus der er herausgemeißelt worden war. Sein Blick hielt den Marks dabei unverrückbar fest, und in das steinerne Teufelsgrinsen auf seinem Gesicht mischte sich noch etwas anderes, etwas Böses.

Schließlich hatte er es geschafft und stand, leicht nach vorne gebeugt und mit pendelnden Armen neben dem Pfeiler. Der Kommentator sprach gelassen weiter über die Kapelle und ihre Geschichte, und der Gehörnte schien seine Worte mit einem gehässigen Grinsen zu begleiten.

Eine zweite Teufelsgestalt löste sich von der Säule. Ihre Bewegungen waren schon etwas gelenkiger als die der ersten. Dann eine dritte, vierte, fünfte.

Schließlich waren sämtliche Gehörnten von ihrem Halt heruntergestiegen, eine graue, grinsende Armee aus zwölf kleinen struppigen Gestalten, die Mark aus dem Fernsehschirm heraus angrinste, und in diesem Augenblick wusste Mark, dass das kein böser Traum, sondern für ihn die Wirklichkeit war.

Und dass er sich in Lebensgefahr befand.

Die Gehörnten begannen zielstrebig auf die Kamera zuzugehen, und Mark fuhr mit einem Schrei aus seinem Stuhl hoch und stürzte zum Fernseher. Seine Faust traf den ›Aus‹-Schalter mit solcher Wucht, dass das dünne Plastikrechteck regelrecht in das Gehäuse hineingehämmert wurde und zerbrach.

Der Fernseher ging nicht aus.

Mark starrte eine Sekunde lang mit weit aufgerissenen Augen auf den Fernsehschirm, auf dem sich die Gehörnten der Kamera bereits sehr genähert hatten, dann fuhr er herum, war mit einem Satz bei der Steckdose und riss den Stecker heraus.

Der Fernsehschirm flackerte kurz, erlosch – *und ging wieder an!*

Der erste Dämon hatte den Bildschirm fast erreicht. Sein grinsendes Babyteufelsgesicht füllte die Mattscheibe fast zur Gänze aus, und in seinen Augen schien gehässige Belustigung zu glimmen, als wüsste er genau, wie sinnlos Marks Anstrengungen waren, ihn zurückzuhalten. Und dann hob er den Arm und streckte eine vierfingrige Krallenhand aus dem Fernsehschirm heraus!

Mark schrie gellend auf. Der Hand folgte ein dürrer, sehniger Arm, dann eine Schulter und schließlich der spitzohrige Kopf des Gehörnten, und dann erschien die zweite Hand des Dämons und klammerte sich am Rand des Bildschirms fest, als er sich aus der Öffnung zu ziehen versuchte!

Verzweifelt sah sich Mark nach einer Waffe um, packte die gläserne Blumenvase, die auf dem Wohnzimmertisch stand, und schleuderte sie nach dem Gehörnten. Die Vase traf seine Stirn und zerbrach klirrend, aber das böse Grinsen des Dämons schien noch breiter zu werden. Der Gehörnte hatte sich jetzt mit Kopf, Schultern und Oberkörper aus dem Fernsehapparat herausgearbeitet, und hinter ihm erschien bereits das Gesicht eines zweiten Dämons, der begierig darauf wartete, durch das Loch in die Wirklichkeit hinauszuschlüpfen.

Mark überwand seine Angst, stürzte sich auf den Fernseher und trat mit aller Gewalt zu. Sein Fuß traf das grinsende Teufelsgesicht, aber es war, als hätte er gegen Stein getreten. Mit einem Schmerzensschrei taumelte Mark zurück, umklammerte seinen Fuß und sah entsetzt zu, wie das Ungeheuer weiter aus dem Fernseher herauskroch: nur noch Hüften, Beine und Schwanz steckten in dem Gehäuse, und das Ding wand und bog sich wie eine Schlange, um aus der kleinen Öffnung herauszukommen!

Es konnte nur noch Augenblicke dauern, und er hatte es geschafft. Und Mark war ziemlich sicher, dass er es nicht einmal mit einer dieser kleinen Bestien aufnehmen konnte, geschweige denn mit einem ganzen Dutzend!

Er musste etwas tun. Sofort!

Sein Blick fiel auf die Stehlampe neben der Tür, und plötzlich dachte er nicht mehr, sondern handelte nur noch, als würden seine Bewegungen von einem anderen, stärkeren Geist gelenkt. Er packte die Lampe, riss sie mit aller Kraft in die Höhe – und schleuderte sie wie einen Speer vorwärts. Der dünne Kunststoffschirm zerbrach, als er gegen das steinerne Gesicht des Gehörnten prallte, aber der Stiel bohrte sich knirschend in die Mattscheibe des Fernsehers. Mark hörte ein helles Splittern, als das Glas zerbrach – und dann blitzte es grellweiß und orange auf. Ein dumpfer Schlag erscholl, Funken und kleine blaue Flammen sprühten aus dem Fernseher und aus dem Gesicht des Gehörnten, und dann war das ganze Zimmer voll Rauch und auseinander spritzender Glasscheiben und elektronischer Teile, als der Fernseher wie eine Miniaturbombe explodierte.

Mark duckte sich instinktiv hinter die Couch, um dem Hagel von Glas- und Kunststoffsplittern zu entgehen, der auf ihn niederprasselte. Weißer Rauch quoll aus dem zerstörten Fernsehapparat, und in seinem Inneren begann etwas zu brennen.

Mark blieb, zusammengekauert und die Arme schützend über dem Kopf haltend, noch ein paar Minuten hinter seiner Deckung sitzen, ehe er es wagte, vorsichtig über den Rand der Couch zu spähen.

Der Fernseher war nur noch ein leeres Gehäuse. Die Bildröhre war explodiert und in Millionen Teile zersprungen, die über das ganze Zimmer verteilt herumlagen, und aus dem leeren Krater schlugen knisternde blaue Flämmchen.

Die Gehörnten waren verschwunden.

Mark richtete sich vorsichtig auf, sah sich aufmerksam

um und wagte es erst, ganz hinter seiner Deckung hervorzutreten, als er sicher war, allein zu sein.

Er hustete. Rauch und der Gestank von verschmorten Kabeln erfüllte das Zimmer, und die Flammen, die aus dem Fernseher schlugen, wurden allmählich gelb und begannen gleichzeitig zu wachsen. Und auch an einem halben Dutzend anderer Stellen im Zimmer brannte es – kleine, qualmende Feuernester, die noch nicht gefährlich waren, gegen die er aber etwas unternehmen musste.

Er trat die meisten Flammen mit dem Fuß aus und riss schließlich die Decke vom Tisch, um den Brand im Fernseher zu ersticken. Als er fertig war, brannte es nirgendwo mehr, aber das Zimmer war so von Rauch erfüllt, dass er kaum mehr atmen konnte. Hustend und halb blind tastete er sich zum Fenster, riss die Schiebetür zum Wintergarten auf und öffnete die äußere Tür. Eiskalte Luft und Regen stürzten sich auf ihn, aber Mark blieb trotzdem stehen und atmete tief und mühsam ein und aus, bis seine Lungen aufhörten zu brennen und er wieder einigermaßen klar sehen konnte. Dann ging er zurück ins Zimmer und überzeugte sich noch einmal davon, dass die Flammen auch wirklich überall erloschen waren – er wusste, dass das Öffnen eines Fensters so ziemlich die sicherste Methode war, um Schwelbrände wieder in ein richtiges Feuer zu verwandeln.

Aber er hatte Glück. Der Fernseher qualmte noch immer, und im Teppich waren eine Menge schwarzer, verschmorter Stellen zurückgeblieben, aber das Feuer war erloschen. Der Fernseher war umgekippt und lehnte schräg an der Wand, und der Lampenstiel ragte noch aus der zerbrochenen Bildröhre, was ihm das Aussehen eines bizarren Fantasietieres gab, das vom Speer eines ebenso bizarren Jägers aufgespießt worden war. Auch die Couch hatte ihren Teil abbekommen – glühende Glassplitter hatten die Polster aufgeschlitzt, und in einer Ecke schwelte es noch. Mark ging hin, drückte die Glut mit dem Fuß aus und sah sich nochmals um. Es sah aus, als hätte ein Überfall der Mafia stattgefunden.

Wie, zum Teufel, soll ich das meiner Mutter erklären?,

dachte er. Gleichzeitig musste er fast über seinen eigenen Gedanken lachen – er hatte wahrlich andere Sorgen als eine ruinierte Wohnzimmereinrichtung!

Es gab keinen Zweifel mehr: Der Greif hatte ihn gefunden. Und er würde ihm auf den Fersen bleiben.

Mark wurde klar, dass er jetzt keine andere Wahl mehr hatte, als zu verschwinden. Und zwar auf der Stelle. Er wagte gar nicht, darüber nachzudenken, was alles hätte geschehen können, wären die Gehörnten früher aufgetaucht, während seine Mutter noch hier gewesen war …

Er überzeugte sich noch einmal davon, dass auch wirklich nirgendwo mehr Glut war, dann ging er in sein Zimmer, öffnete den Kleiderschrank und begann sich umzuziehen: warme Socken, die langen Unterhosen, die er so hasste, die ihm aber bei der herrschenden Witterung gute Dienste leisten würden, Jeans und das wärmste Hemd, das er finden konnte. Schal, Handschuhe und seinen gefütterten Winterparka legte er griffbereit auf den Stuhl neben der Tür. Er suchte sein Sparbuch heraus, zerschlug seufzend sein Sparschwein – es enthielt fast zweihundert Mark, das Ergebnis von anderthalb Jahren, in denen er eisern einen Teil seines Taschengeldes auf die Seite gelegt hatte –, steckte Sparbuch und Geld in die Brusttasche des Hemdes und ging ins Wohnzimmer zurück. Er hatte keine Ahnung, was er eigentlich tun sollte, um seine Flucht wirklich gut vorzubereiten, aber er hatte das sichere Gefühl, dass noch viel mehr nötig war. Und dass er mit Sicherheit erst später merken würde, was er alles vergessen hatte. Er öffnete den Wohnzimmerschrank und nahm seine Ausweise heraus, dazu einen zerfledderten Faltplan der Stadt und ihrer näheren Umgebung und einen zwei Jahre alten, aber noch gültigen Bundesbahnfahrplan.

Und jetzt?, dachte er hilflos. O verdammt, es war so leicht, sich solche Situationen auszudenken – und so verdammt schwer, wenn man sich dann plötzlich in ihnen befand! Wo sollte er hin? Gab es überhaupt einen Platz auf der Welt, an dem er vor dem Greif sicher war?

Ein gewaltiges Splittern und Bersten erscholl hinter ihm,

und als er herumfuhr, sah er, wie die gesamte Glasfront des Wintergartens in einem Regen scharfkantiger Splitter nach innen kippte, zerborsten unter einem einzigen Hieb des riesigen Wesens, das darin aufgetaucht war.

Es war ein Engel.

Mit einem zweiten, zornigen Schlag seiner steinernen Faust schlug er auch die letzten Glassplitter aus dem Rahmen, und dann kam er in den Wintergarten herein.

»Cherub!«, rief Mark. Das Entsetzen, das ihn für eine Sekunde gepackt hatte, schlug in Erleichterung um. Aufatmend eilte er dem Cherub entgegen.

»Gott sei Dank, du bist es! Sie waren hier! Der Greif hat mich gefunden! Ich konnte gerade noch ...«

Der Cherub bückte sich unter der Tür zum Wintergarten hindurch und trat mit einem wuchtigen Schritt ins Wohnzimmer hinein, und Mark verstummte mitten im Wort.

Das war nicht der Cherub.

Es war ein Cherub, aber es war nicht jener, der ihn und Thomas vor dem Greif gerettet hatte.

Sein Gesicht war ... anders.

Wo bei dem Cherub die in Stein nachgeahmten menschlichen Züge etwas Strenges, aber Gütiges hatten, da schien ihm unter der Oberfläche dieses Antlitzes eine hämische Teufelsfratze entgegenzugrinsen. Alle Linien und Formen wirkten irgendwie verschoben und falsch. Es war ein Cherub, aber ein schwarzer Cherub, ein gefallener Engel, der im Dienste des Greif stand, nicht in dem der Mächte, für die der andere Cherub eintrat.

Die Erkenntnis wäre um ein Haar zu spät gekommen, denn der Cherub hatte ihn fast erreicht – und er schien sehr genau zu wissen, dass Mark ihn durchschaut hatte, denn er bewegte sich plötzlich mit unglaublicher Schnelligkeit.

Mark hätte nicht die geringste Chance gehabt, ihm zu entkommen, wäre dem Cherub nicht seine eigene Größe im Wege gewesen. Das riesige Wesen stürzte sich mit weit ausgebreiteten Armen und Schwingen auf ihn, kein Engel mehr, sondern eine Karikatur seiner selbst, eine weiße Fledermaus mit Schwanenflügeln, aus deren Händen keine

Krallen wuchsen, die aber trotzdem genauso tödlich sein konnten wie die der Gehörnten.

Aber er erreichte sein Opfer nicht. Die Spitze eines seiner Flügel streifte den Schrank. Das Holz zerbarst unter dem Schlag, aber der Cherub geriet aus dem Gleichgewicht. Er taumelte, wankte mit einem Schritt an Mark vorüber – und stürzte der Länge nach zu Boden. Mark duckte sich, als etwas Weißes, Steinhartes und sehr Großes über ihn hinwegpfiff, dann schien das ganze Haus wie unter einem Kanonenschlag zu erzittern. Er hörte das Splittern von Holz und sah aus den Augenwinkeln, wie der Cherub glattweg durch die Fußbodenbretter brach und erst von den darunter liegenden Balken aufgefangen wurde.

Mark raste los. Im Zickzack durchquerte er das Wohnzimmer, war mit einem Satz in der Diele und hastete auf die Wohnzimmertür zu. Als er sie erreichte, erscholl hinter ihm abermals ein gewaltiges Splittern und Bersten.

Mark widerstand der Versuchung, einen Blick über die Schulter zurückzuwerfen, stürmte aus der Wohnung und knallte die Tür hinter sich zu. Vor ihm lag die Tür zum Dachboden. Die Treppe, die hinunter ins Erdgeschoss und ins Freie führte, befand sich auf der anderen Seite – und war damit unerreichbar.

Mark dachte kurz daran, kehrtzumachen und damit das Risiko einzugehen, kostbare Zeit zu verlieren. Aber der Verfolger nahm ihm die Entscheidung ab, denn er erreichte genau in diesem Moment die Tür – und er machte sich nicht etwa die Mühe, sie zu öffnen.

Er rannte kurzerhand hindurch.

Mark fuhr mit einem Schrei zurück, als die Tür samt dem Rahmen und einem Teil des ihn umgebenden Mauerwerks nach außen flog und eine riesige, geflügelte Gestalt in der gewaltsam geschaffenen Öffnung erschien. Der Blick des schwarzen Cherubs irrte für einen Moment ziellos herum – und flammte in bösem Triumph auf, als er auf Mark fiel.

Mark raste weiter. Das Schicksal meinte es gut mit ihm, denn die Tür zum Dachboden war nicht verschlossen.

Hier oben war es vollkommen finster, aber Mark kannte jeden Winkel. Er jagte die kurze Treppe hinauf, rannte über den Wäscheboden und fand mit traumwandlerischer Sicherheit die nächste Tür. Ein weiterer Dachboden, leer bis auf ein paar ausrangierte Möbelstücke und Tonnen von Staub, und eine weitere Tür. Hinter ihm zitterte der Fußboden unter den Schritten des Verfolgers, aber Marks Vorsprung wuchs. Er war schneller als der schwarze Cherub, dessen Größe ihn immer wieder wie einen Korken in einem zu engen Flaschenhals in den Türen und niedrigen Durchgängen stecken bleiben ließ. So würde sich der Abstand zwischen ihnen langsam, aber stetig vergrößern, bis …

Ja – bis was?

Dieses Haus war zwar groß, aber nicht unbegrenzt. Diesem Boden folgte ein weiterer, und dann gab es nichts als eine glatte Wand. Der Dachboden mit der Kiste seines Vaters war auf diesem Weg nicht zu erreichen.

Er hatte nur eine einzige Chance: Er musste hinaus aufs Dach und versuchen, den schwarzen Cherub irgendwie abzuschütteln – auch wenn ihm mit schmerzlicher Deutlichkeit bewusst wurde, wie lächerlich seine Chancen unter freiem Himmel waren. Draußen würde der Cherub nicht nur schneller laufen, sondern auch noch seine Flügel benutzen können!

Aber welche Wahl hatte er schon?

Entschlossen änderte Mark seine Richtung, raste auf das kleine Dachfenster zu und sprang mit weit vorgestreckten Armen in die Höhe …

Verraten

»… und den Rest der Geschichte kennen Sie«, schloss Mark. »Ich bin ihm entwischt, aber ich war dusselig genug, direkt vor ein fahrendes Auto zu laufen.«

»Oder glücklich genug«, verbesserte ihn Dr. Merten. »Vielleicht hat dir das das Leben gerettet. Wenn er wirklich fliegen konnte, dann hätte er dich auf der Straße schnell eingeholt.«

»Wahrscheinlich«, sagte Mark. »Aber ich glaube nicht, dass er das kann.«

Dr. Merten nahm seine Pfeife aus dem Mund und antwortete: »Wahrscheinlich hast du Recht. Trotzdem ist es gut, wie es gekommen ist.« Er lächelte flüchtig. »Wir hätten uns nie kennen gelernt, wärst du nicht in das Auto gerannt.«

Mark lächelte. Es war merkwürdig, je länger sie zusammen waren, desto intensiver hatte er das Gefühl, dass ihn irgendetwas mit Dr. Merten verband. Sie waren einander noch nie zuvor begegnet, und trotzdem hatte er in seiner Nähe ein starkes Gefühl von Vertrautheit, wie man es normalerweise nur bei sehr engen Freunden oder Verwandten findet.

Dr. Merten stand auf und ging zum Fenster, um die Jalousie wieder hochzuziehen. Aber er tat es erst, nachdem er einen Blick durch die Lamellen nach draußen geworfen hatte, einen sehr langen Blick, als suche er etwas.

»Ich glaube dir«, sagte er plötzlich, ohne sich zu Mark herumzudrehen. Der glühende Kopf seiner Pfeife spiegelte sich rot in der Fensterscheibe wider, wie ein kleines, blinzelndes Auge. »Ich gebe zu, bis heute Morgen war ich im Zweifel. Aber jetzt glaube ich dir. Und ich möchte versuchen, dir zu helfen. Deshalb habe ich meinen Freund, den Architekturprofessor, heute zum Abendessen eingeladen.«

Mark erschrak. »Sie haben doch nicht …?«

»Von dir erzählt?« Dr. Merten schüttelte lächelnd den Kopf. »Natürlich nicht. Aber er kennt die Geschichte eures Hauses so gut wie kein anderer in der Stadt. Alte Häuser sind sein Hobby, und eures interessiert ihn besonders. Er wird ganz von sich aus zu reden beginnen, wenn er hört, dass du in dem Haus wohnst. Er hat mir jetzt schon einiges erzählt, was uns sehr nützlich sein könnte.«

»Und was, zum Beispiel?«

»Was dein Bruder über den Fluch erzählt hat, scheint zu stimmen«, sagte Dr. Merten. »Das Haus befindet sich seit mehreren Jahrhunderten im Besitz eurer Familie – und zwar immer der väterlichen Linie. Und aus jeder Generation verschwand ein männlicher Nachkomme.«

»Ich weiß«, sagte Mark traurig.

»Aber du weißt nicht, dass sie fast alle *im Haus* verschwanden«, erzählte Dr. Merten weiter. »Es gibt natürlich ein paar Fälle, die nie geklärt wurden, aber bei den meisten scheint es so gewesen zu sein, dass sie das Haus nicht verließen – und trotzdem nie wieder gesehen wurden. Verstehst du, was das bedeutet?«

»Nein«, gestand Mark.

»Ich glaube«, fuhr Dr. Merten fort, »dass heißt nichts anderes, als dass sich die Macht des Greif auf das Haus und seine unmittelbare Umgebung beschränkt. Vielleicht kann er dir hier gar nichts tun.«

»Die Kirche, zu der der Cherub mich brachte, lag am anderen Ende der Stadt«, gab Mark zu bedenken.

»Das war etwas anderes«, behauptete Dr. Merten. »Du bist in *seine* Welt gegangen, Mark, nicht er in *deine.* Begreifst du den Unterschied?«

Mark nickte zögernd. Da waren die Monster, die vor dem Krankenhaus gelauert hatten, und die Schatten, die heute Morgen das Haus umkreist hatten – aber sie hatten ihm nichts getan. Vielleicht hatte Dr. Merten insofern Recht, dass die Macht des Greif abnahm, je weiter er sich vom Haus entfernte.

»Ich mache dir einen Vorschlag«, sagte Dr. Merten. »Wir warten bis heute Abend, und wenn unser Gast gegangen ist, reden wir noch einmal über alles. In aller Ruhe. Wir werden eine Lösung finden. Und ich verspreche dir, dass ich nicht versuchen werde, dich gegen deinen Willen hier zu behalten, wenn ich der Meinung sein sollte, dass ich dir nicht helfen kann. Oder dass du hier nicht sicher bist. Einverstanden?«

Seine Worte klangen ehrlich. Mark nickte.

Er ging in sein Zimmer zurück und streckte sich auf dem Bett aus – nicht um zu schlafen, denn nachdem er mehr als vierundzwanzig Stunden durchgeschlafen hatte, würde er wahrscheinlich überhaupt nie mehr müde werden, sondern einfach, um seine Gedanken zu sammeln – und als er die Augen wieder öffnete, herrschte tiefste Nacht.

Er setzte sich mit einem Ruck auf und sah sich mit wild klopfendem Herzen um.

Vor den Fenstern erhob sich eine schwarze, nur matt erhellte Wand, und im Haus herrschte wieder jene sonderbare Stille, die er auch am Morgen gespürt hatte. Es war Nacht, kein Zweifel – aber er konnte sich nicht erinnern, eingeschlafen zu sein!

Mark stand langsam auf, sah sich im Zimmer um und trat dann ans Fenster. Unbewusst bewegte er sich dabei so, dass er von draußen nicht zu sehen war, und als ihm klar wurde, was er tat, lächelte er bitter. Er begann sich wie ein gejagtes Tier zu benehmen – oder ein Verbrecher. Vorsichtig spähte Mark durch die Gardinen. Alles war still. Es hatte weiterhin geschneit, und die weiße Schicht war beinahe wadenhoch. Trotz der Dunkelheit konnte er die menschenleere Straße von einem Ende bis zum andern überblicken, denn es gab zahlreiche Laternen, und auch aus den Fenstern der Häuser fiel Licht.

Alles in allem ein beruhigender Anblick, aber das war es nicht für ihn. Irgendetwas stimmte nicht. Irgendetwas war geschehen – oder würde geschehen.

Wie auf ein Stichwort hin erstrahlten in diesem Moment die Scheinwerfer eines Autos am Ende der Straße. Der Wagen näherte sich dem Grundstück, wurde langsamer und bog in die Auffahrt ein. Der Schnee verschluckte das Geräusch der Reifen, der Lichtkegel des Scheinwerfers strich wie eine tastende bleiche Hand über das Haus und streifte auch kurz das Fenster, hinter dem Mark stand, sodass dieser ein Stück zurückwich.

Als die Scheinwerfer ausgeschaltet wurden, trat Mark wieder ans Fenster und beugte sich vor, bis seine Stirn das kalte Glas berührte. Der Wagen hatte unmittelbar vor der Haustür gehalten, die in diesem Moment geöffnet wurde. Dr. Merten trat heraus und blieb auf der obersten Treppenstufe stehen. Jetzt öffnete sich die Fahrertür, und eine große, dunkelhaarige Gestalt in einem schweren Wintermantel stieg aus dem schwarzen Mercedes. Dr. Mertens Freund, der Architekturprofessor.

Mark ging ins Bad, warf einen flüchtigen Blick in den Spiegel und fuhr sich mit den Fingerspitzen durch das Haar. Er wollte keinen Augenblick der Unterhaltung versäumen. Vielleicht war jedes Wort, das Dr. Mertens Freund sagte, lebenswichtig.

Unten fiel die Haustür ins Schloss, dann hörte er Dr. Mertens Stimme und wie sich der Besucher den Schnee von den Schuhen stampfte. Ein dunkles Lachen, das ihm sonderbar bekannt vorkam, und dann eine Stimme, die ebenfalls das Gefühl des Wiedererkennens in ihm auslöste.

Mark blieb stehen.

Er war sicher, dass er sich nicht täuschte. Er hatte diese Stimme schon einmal gehört, und zwar vor nicht allzu langer Zeit.

Vorsichtig ging er weiter, blieb dicht vor der Treppe stehen und lauschte. Dr. Merten unterhielt sich mit seinem Besucher, aber Mark konnte die Worte nicht verstehen; die beiden sprachen im Flüsterton miteinander, und Marks Misstrauen wuchs.

Auf Zehenspitzen schlich er weiter bis zur Treppe und beugte sich über das Geländer. Dr. Merten und sein Besucher standen unmittelbar unter ihm. Er konnte das Gesicht des Fremden nicht erkennen, aber seine Statur und sein rabenschwarzes, kurz geschnittenes Haar kamen ihm wieder sonderbar bekannt vor …

Und in diesem Moment entdeckte Dr. Merten Mark.

Er brach mitten im Wort ab, und der Besucher drehte sich herum, hob den Kopf und sah zu Mark hinauf.

Es war Sarn.

Er trug jetzt einen pelzgefütterten Wintermantel und darunter einen maßgeschneiderten Anzug, und in seiner rechten Hand lag kein Schwert, sondern der Handgriff eines kleinen Diplomatenköfferchens – aber es war zweifellos Sarn, der oberste Sklavenherr des Schwarzen Turms!

Mark erstarrte. Entsetzen erfüllte ihn, Enttäuschung über Dr. Mertens Verrat und schließlich Verzweiflung. Er wusste nur zu gut, was die Anwesenheit Sarns für ihn bedeutete!

»Mark!«, rief Dr. Merten. »Unser Besuch ist gekommen!«

Diese Worte brachen den Bann. Mark erwachte aus seiner Erstarrung, wandte sich um und raste den Flur zurück.

»Mark!«, schrie Dr. Merten hinter ihm her. »So warte doch! Ich kann dir alles erklären!«

Schritte polterten die Treppe hinauf, aber Mark hatte bereits die Tür erreicht, warf sie hinter sich ins Schloss und drehte den Schlüssel herum. Mit einem Satz war er am Fenster, riss es auf und blickte in die Tiefe.

Er befand sich im ersten Stockwerk des Hauses; drei, vielleicht vier Meter über dem Boden, der von einer Decke aus frisch gefallenem Schnee bedeckt war. Ein Sprung, den er unter normalen Umständen gewagt hätte, ohne lange zu zögern. Aber da war sein verstauchter Fuß, der noch nicht in Ordnung war, und wenn er beim Aufsprung umkippte …

Jemand begann an der Tür zur rütteln, und Dr. Mertens Stimme drang durch das Holz: »Mark! Lass mich alles erklären! Sarn ist nicht …«

Aber Mark interessierte sich im Moment wenig dafür, was Sarn nicht war – es reichte ihm völlig zu wissen, was er war. Er schwang sich aus dem Fenster, fand zielsicher mit den Fußspitzen auf dem schmalen Sims einen halben Meter darunter Halt – und begann in die Höhe zu klettern. Wieder polterten drinnen im Haus Schritte auf der Treppe und überzeugten ihn davon, dass sein Entschluss richtig gewesen war. Zweifellos würden Dr. Merten oder Sarn in den nächsten Sekunden die Tür einschlagen, und einer von ihnen war jetzt bereits auf dem Weg nach unten, um Mark abzufangen, sobald er den Boden erreicht hatte.

Aber mit ein bisschen Glück hatte er trotzdem eine Chance. Das Haus war nicht sehr hoch, unmittelbar über dem Fenster begann bereits das Dach, und wenn er schnell genug war, dann war er bereits oben und außer Sicht, ehe Sarn oder Dr. Merten aus der Haustür gestürmt kamen. Wenn sie nur ein paar Sekunden damit vergeudeten, ihn im Garten zu suchen, hätte er Zeit genug, das Dach zu überqueren und auf der anderen Seite des Hauses wieder herunterzuklettern.

Aus dem Haus drang weiter Dr. Mertens Gebrüll, und eine Sekunde, nachdem Marks tastende Finger festen Halt an der Dachrinne gefunden hatten, flog unten die Haustür auf, und ein dreieckiger Keil gelben Lichtes fiel auf den Schnee hinaus.

Mark setzte alles auf eine Karte, zog sich ganz auf die Dachschräge hinauf und kroch auf Händen und Knien weiter. Tief unter sich hörte er Schritte und Sarns Stimme, die etwas schrie, was er nicht verstand. Er kroch weiter, richtete sich vorsichtig auf und begann geduckt und mit nach beiden Seiten ausgestreckten Armen auf den Dachfirst zuzulaufen.

Wie aus dem Nichts erschien eine schlanke, schattenhafte Gestalt vor ihm. Dunkle Augen blitzten in einem Gesicht, das in der Nacht nur als Schemen zu erkennen war, und der schwere Wintermantel umflatterte seine Gestalt wie ein Paar schwarzer Fledermausflügel.

»Bleib stehen, Junge«, sagte Sarn beschwörend. »Ich will nur mit dir reden, weiter nichts!«

Mark fuhr herum und flitzte mit halsbrecherischer Geschwindigkeit davon, ein Stück zurück in die Richtung, aus der er gekommen war, und dann nach rechts, dem Giebel entgegen.

Sarn fluchte und setzte zur Verfolgung an. Sollte er, dachte Mark wütend. Hoffentlich brach er sich den Hals. Er mochte ein gefährlicher Mann sein, aber Mark war seit Jahren auf den Dächern herumgeklettert und bewegte sich hier oben so sicher wie auf festem Boden.

Aber als er einen Blick über die Schulter zurückwarf, sah er, wie Sarn mit traumwandlerischer Sicherheit hinter ihm herrannte. Er machte sich nicht einmal die Mühe, die Arme auszustrecken, um die Balance zu halten, sondern rannte, als ob unter seinen Füßen ebener Boden und kein abschüssiges und mit Schnee bedecktes Dach wäre.

Mark schlug einen Haken nach rechts und rannte wieder

zum Dachfirst hinauf. Sarn kam näher. Mark sah jetzt nicht mehr zu ihm zurück, aber er spürte seine Nähe.

»Bleib doch stehen«, schrie Sarn. »Ich will dir nichts tun!« Etwas berührte seine Schulter, krallte sich in seinen Pullover und glitt wieder ab, als Mark noch schneller rannte. Mit aller Macht stieß er sich ab, sprang über den Dachfirst und ins Nichts.

Unter ihm war kein Dach mehr, sondern ein schwarzes Loch, das geradewegs in die Hölle zu führen schien. Mark schrie auf, warf sich mit einer verzweifelten Bewegung herum und griff ins Leere.

Der Sturz dauerte vielleicht eine Sekunde, aber Mark kam es vor wie eine Ewigkeit. Doch der Aufprall war nicht halb so schlimm, wie er befürchtet hatte.

Etwas Weiches, Feuchtes fing seinen Sturz auf wie eine pelzige Hand. Marks Schreckensschrei wurde zu einem erstickten Keuchen, als sein Mund plötzlich voll Staub und Heu war. Benommen blieb er einen Moment liegen, richtete sich dann auf und sah sich um.

Er saß bis zu den Hüften in einem Heuhaufen – das Loch war kein Loch gewesen, sondern ein offenes Dachfenster. Mark stand auf, befreite sich vom Heu und sah sich aufmerksam um. In dem schwachen Lichtschein, den die Straßenlaternen heraufschickten, konnte er ganz gut seine unmittelbare Umgebung erkennen. Der Dachboden war erstaunlich groß und fast völlig mit Heu gefüllt. An seinem anderen Ende befand sich eine offene Bodenklappe, aus der das obere Ende einer Leiter ragte. Verrückt, dachte Mark. Dr. Merten wohnte in einer Jugendstilvilla, die ein Vermögen gekostet haben musste – und hatte einen Heuboden! Das ergab doch überhaupt keinen Sinn!

Nun, diese Verrücktheit hatte ihn zumindest vor einer schweren Verletzung bewahrt, ihm möglicherweise das Leben gerettet. Und sie hatte ihm einen kleinen Vorsprung verschafft. Wahrscheinlich irrte Sarn jetzt noch dort oben auf dem Dach herum und fragte sich, wohin Mark verschwunden sein mochte.

Er ging zur Leiter, spähte einen Moment lang aufmerksam in die Tiefe und sah nur Schwärze. Er lauschte. Kein Geräusch. Im Haus war es völlig still.

Mark begann die Leiter hinunterzuklettern. Die morschen Sprossen knackten und quietschten unter seinem Gewicht. Die Finsternis blieb, und Mark hatte das unangenehme Gefühl, in einen Teich aus schwarzem Wasser hinabzusteigen, das nicht nur jedes bisschen Licht, sondern auch jeden Laut verschluckte, denn er hörte bald nichts mehr, absolut *nichts,* und das war wirklich unheimlich.

Schließlich ertastete er festen Boden unter den Füßen – und als er endlich die Leiter loslassen und sich herumdrehen konnte, sah er einen blassen Lichtschimmer, der unter einer nur wenige Schritte entfernten Tür hervordrang.

Mit klopfendem Herzen ging er los und streckte die Hände aus. Unter seinen Fingern war raues, rissiges Holz, ein Riegel aus rostigem Eisen – wo, zum Teufel, war er?

Vorsichtig öffnete er die Tür. Das Licht stammte von einer brennenden Fackel, die an der gegenüberliegenden Wand hing, und die Wand gehörte eindeutig nicht zu einer Jugendstilvilla, sondern zu einem uralten, aus Steinblöcken errichteten Gemäuer. Der Boden des Ganges bestand aus Lehm, und von der Decke tropfte schmutziges Wasser. Von irgendwo drangen verschwommene Geräusche an sein Ohr.

Die Leiter führte also nicht ins Erdgeschoss hinunter, sondern direkt in den Keller der Villa, der sehr viel älter sein musste als das Haus. Und größer, denn der Gang führte gute fünfzig Meter weit, ehe er vor einer Tür endete.

Vielleicht war das seine Chance.

Mark schloss die Tür leise hinter sich und lief los. Binnen weniger Augenblicke hatte er die andere Tür erreicht. Auch sie war alt, bestand aus schweren Eichenbohlen und war mit eisernen Beschlägen versehen. Sie war nicht verschlossen.

Und sie führte ins Freie.

Mark atmete erleichtert auf, als er die Tür öffnete und heller Sonnenschein in den muffigen Gang drang, und …

Heller Sonnenschein?

Mark blieb wie erstarrt stehen und blickte auf die unglaubliche Szene, die sich vor seinen Augen auftat.

Vor ihm lag eine weite, sonnenbeschienene Ebene, die sich leicht zum Ufer eines fernen Flusses hinabsenkte. An seinem jenseitigen Ufer erhob sich eine Anzahl kleiner Hütten, zwischen denen sich dunkel gekleidete Gestalten bewegten. Die Luft roch gut, nach frisch gemähtem Gras und Blumen, und irgendwo sang ein Vogel ein melancholisches Lied.

Etwas machte ganz laut und deutlich *schnapp* in Marks Kopf, und die Sommerlandschaft verschwand. Beißende Kälte und die Dunkelheit der Nacht schlugen wie eine Woge über ihm zusammen, und plötzlich wurde ihm so schwindlig, dass er die Hände ausstreckte und Halt suchte.

Er fand keinen. Wo vor Sekunden noch die Mauer gewesen war, bogen sich jetzt nur dürre Zweige unter seiner Last, und Mark fiel in den Schnee und blieb wie betäubt liegen.

Als er sich wieder aufrichtete, war nichts von der fantastischen Landschaft geblieben. Über ihm spannte sich wieder der Nachthimmel, eiskalter Schnee kroch in sein Hemd und in seine Hosenbeine und begann zu schmelzen, und statt des Vogelgezwitschers hörte er das dumpfe Brausen der nahen Stadt. Fluss und Wiese waren verschwunden, und an ihrer Stelle erhob sich Dr. Mertens Villa, gute fünfzig Meter entfernt und fast taghell erleuchtet. Auf dem Dach bewegte sich eine dunkle Gestalt. Sarn suchte ihn immer noch.

Mark war zutiefst verwirrt von dem, was er gerade erlebt hatte. Es war keine Täuschung gewesen, denn wie kam er sonst hierher, genauso weit von Dr. Mertens Haus entfernt, wie er durch den unterirdischen Gang gelaufen war?

Mark richtete sich auf, klopfte sich Schnee aus der Kleidung und dem Haar und warf einen letzten Blick zum Haus und zu der Gestalt auf dem Dach zurück, ehe er sich umwandte und tiefer in den Garten der Villa eindrang.

Eine Minute später hatte er den Zaun überklettert und befand sich endgültig in Freiheit.

Und endgültig auf der Flucht.

Zweites Buch

AUF DER FLUCHT

In der Kälte der Nacht

Kalt. Von allen Eindrücken, an die er sich später erinnern sollte, wenn er an diese Nacht zurückdachte, war dies am intensivsten: die Kälte. Mark klapperte schon nach wenigen Minuten mit den Zähnen, und seine Finger- und Zehenspitzen waren bald so eisig, dass sie zu schmerzen begannen. Er versuchte sich zu erwärmen, indem er mit den Füßen aufstampfte und die Fingerspitzen abwechselnd in den Mund steckte oder unter den Achselhöhlen verbarg, aber das half nicht viel. Er ging auf die Kuppel aus gelbem Licht und Dunst zu, die über dem Stadtzentrum lag, und er redete sich ein, dass die trügerische Helligkeit dort Wärme und Schutz versprach.

Als er das erste Mal auf die Uhr sah – wenige Minuten, nachdem er den Gartenzaun überklettert hatte und sich auf den Rückweg in die Stadt machte –, war es kurz nach neun gewesen, und die Lichter der Stadt hatten scheinbar zum Greifen nahe vor ihm gelegen. Doch bald wurde Mark klar, wie sehr ihn die Erinnerung trog: Die kurze Zeit, die Dr. Mertens Mercedes über die Stadtautobahn gefahren war, dehnte sich jetzt unter seinen vor Kälte schmerzenden Füßen zu Stunden. Es war Mitternacht, als er sich endlich dem Zentrum der Stadt näherte.

Die Lichter, die ihm aus der Entfernung so verlockend erschienen waren, brachten leider keine Wärme, und das Lachen und Gläserklirren, das aus den Kneipen drang, an denen er vorüberkam, ließ ihn die beißende Winterkälte noch heftiger spüren.

Mark hatte auf dem Weg in die Stadt nachgedacht, wohin er gehen könnte. Er war verzweifelt – er konnte nirgendwohin. Sein Geld und die wenigen Dinge, die er hatte mitnehmen können, waren im Krankenhaus zurückgeblieben, und er besaß buchstäblich nur das, was er am Körper trug – und das war wenig genug. Natürlich hätte er an der erstbesten Tür klingeln und um Einlass bitten können; niemand, dessen Herz nicht aus Stein war, würde einen dreizehnjährigen, halb erfrorenen Jungen abweisen, der kurz nach Mitternacht an der Tür läutete. Der Gedanke war verlockend, und er ertappte sich mehr als einmal dabei, auf ein hellerleuchtetes Fenster oder eine Haustür zuzusteuern.

Aber er tat es nicht.

Da war noch dieser Kommissar. Mark war sicher, dass jeder Polizist mittlerweile seine Beschreibung hatte; vielleicht war sein Bild auch im Fernsehen erschienen, sodass jeder Gastwirt, jede Jugendherberge – kurz, jeder mögliche Ort, an dem er auftauchen mochte, über ihn informiert war. Natürlich würde er nicht verhaftet werden, aber Bräker würde ihn nach Hause zurückbringen.

Autoscheinwerfer tauchten am Ende der Straße auf, und Mark trat mit einem raschen Schritt in eine Toreinfahrt; eine unbewusste Reaktion, die ihn aber rettete, denn als der Wagen näher kam, sah er die grünweiße Lackierung und das Blaulicht auf dem Dach. Er presste sich gegen die Wand und wartete mit angehaltenem Atem, bis der Streifenwagen an seinem Versteck vorübergefahren war. Großer Gott, wie weit war es mit ihm gekommen? Er benahm sich schon wie ein Schwerverbrecher.

»Kannst wieda Luft holn, Kleena«, sagte eine Stimme hinter ihm. »Die Bulln sin wech.«

Mark fuhr erschrocken zusammen und drehte sich um. Eine Gestalt löste sich aus dem Schatten hinter ihm. Im ersten Augenblick kam sie ihm klein und verhutzelt vor, ein schwarzer Schatten mit Hörnern, einem Teufelsschwanz und mörderischen Krallen, aber dann begriff er, dass ihm seine Fantasie nur einen bösen Streich gespielt hatte. Die Gestalt war klein und verhutzelt, aber sie hatte keine Teufelshörner, sondern strähniges graues Haar, das bis auf die Schultern reichte und schon lange kein Wasser mehr gesehen hatte, ein Gesicht mit grauen Bartstoppeln, und sie trug auch keinen Dreizack in der Hand, sondern eine halb volle Flasche. Die Augen, die in einem Netz tief eingegrabener

Falten und Linien eingebettet waren, blickten trüb, aber sie hatten trotzdem etwas Freundliches.

»Bis von zu Hause wech, wa?«, fragte der Pennbruder, während er Mark mit einem langen Blick von Kopf bis Fuß maß. Was er sah, schien ihm nicht zu gefallen, denn er schüttelte missbilligend den Kopf. »Abjehaun, wa?«

Mark wollte antworten – aber er konnte es nicht. Seine Zunge verweigerte ihm einfach den Dienst. Sein ganzes Gesicht war taub vor Kälte. Alles, was er zustande brachte, war ein mühsames Nicken.

Der Stadtstreicher verzog die Lippen zu etwas, was er für ein Lächeln halten mochte, nahm einen gewaltigen Schluck und hielt Mark die Flasche hin. »Nimm. Wärmt dich 'n bisschen auf.«

Mark schüttelte den Kopf, aber der Mann ließ nicht locker. »Nu mach schon«, sagte er. »Du bist ja halb tot vor Kälte. Hättst dich 'n bisschen besser anziehn solln, ehde die Flatter machs.« Er hielt die Flasche auffordernd in die Höhe und zuckte schließlich mit den Schultern, als Mark keine Anstalten machte, danach zu greifen. »Wahrscheinlich hasse gar keene Zeit jehabt, wa?«, fuhr er fort. »Was warn los? Zoff mit den Alten?«

Es dauerte ein paar Sekunden, bis Mark überhaupt begriff, was der Pennbruder mit diesen Worten meinte. Dann nickte er. Zoff mit den Alten klang überzeugend. Jedenfalls viel überzeugender als die Wahrheit.

»Na, denn komm mit«, sagte der Stadtstreicher.

»Wo … wohin denn?«, stotterte Mark. Das Sprechen fiel ihm schwer.

»Brauchs keene Angs nich zu ham«, antwortete der Stadtstreicher. »Ich hab 'n warmes Plätzchen, nur 'n paar Schritte von hia.«

Mark überlegte einen Augenblick. Die heruntergekommene Gestalt erfüllte ihn mit Abscheu, aber die Aussicht auf ein ›warmes Plätzchen‹ war zu verlockend. Zitternd vor Kälte folgte er dem Stadtstreicher tiefer in die Toreinfahrt hinein.

Dahinter erstreckte sich ein dunkler, mit allen möglichen

Dingen voll gestopfter Innenhof. Mark gewahrte einen blassen, rötlichen Lichtschimmer und hörte Stimmengewirr. Das rötliche Glimmen wuchs zum Schein eines kleinen, offenen Feuers, auf das ihn sein neuer Bekannter mit sanfter Gewalt zuschob. Dann waren sie von Gestalten umgeben: drei, vier Männer in zerschlissenen Mänteln und speckigen Lederjacken, eine grauhaarige Frau in einem uralten Pelzmantel, dem der linke Ärmel fehlte, und ein schlichtweg undefinierbares graues Wesen aus schmierigem Haar, Falten und Schmutz.

»He!«, rief eine Stimme. »Wen bringst du denn da mit?«

»Das ist ja ein Junge«, sagte eine andere.

»Was will der denn hier?«, fügte eine dritte hinzu.

Schmutzige, verhärmte Gesichter blickten ihn neugierig an. Hände griffen nach ihm, jemand sagte etwas, das von den anderen mit rauem Gelächter kommentiert wurde, und Mark setzte sich zitternd ans Feuer.

Er rutschte so dicht an die Flammen heran, wie er gerade noch konnte, ohne sich zu verbrennen, aber er spürte die Wärme kaum. Sein Körper schien in einen Panzer aus unsichtbarem Eis gehüllt zu sein, der die Hitze der Flammen absorbierte, ehe sie seine Haut erreichen konnte. Er stöhnte leise, schloss die Augen und beugte sich vor, bis die Flammen tatsächlich seine Haut berührten und eine kräftige Hand nach ihm griff und ihn zurückzerrte.

»Bist du verrückt?«, schnappte eine Stimme. »Du verbrennst dich ja!«

»Lass ihn in Ruhe«, mischte sich eine andere Stimme ein. »Du siehst doch, dass er fast erfroren ist.«

Ein Schatten schob sich zwischen ihn und den Mann, der ihn vom Feuer zurückgezogen hatte, und als Mark mühsam den Kopf drehte, blickte er ins Gesicht der Frau, die er schon vorhin bemerkt hatte. Sie war sehr alt – sechzig, schätzte Mark, wenn nicht mehr –, aber vielleicht täuschte dieser Eindruck auch nur. Ihr Gesicht war nicht so schmutzig wie das der meisten hier, aber von den gleichen dunklen Linien und Falten durchzogen und ebenso verbraucht. Sie blickte mit einem Ausdruck echter Anteilnahme auf Mark herunter.

Und sie tat noch mehr.

Ohne auch nur eine Sekunde zu zögern, zog sie ihren Mantel aus und hängte ihn über Marks Schultern, obwohl die Kälte auch hier am Feuer deutlich zu spüren sein musste. Mark wollte dagegen protestieren, aber er hatte nicht die Kraft dazu. So nickte er nur dankbar, verbarg die Hände unter den Achselhöhlen und machte sich klein, um so tief in den Mantel hineinzukriechen, wie er nur konnte.

Die Frau lächelte, setzte sich neben ihn und griff in eine buntbedruckte Plastiktüte, die sie in der Hand hielt. »Hier«, sagte sie. »Trink einen Schluck.«

Wie der Stadtstreicher zuvor hielt sie Mark eine Flasche mit billigem Fusel hin, und wie zuvor wollte Mark den Kopf schütteln – aber sie ließ seinen Widerspruch nicht gelten.

»Trink wenigstens einen Schluck«, beharrte sie. »Er vertreibt die Kälte, glaub mir. Du sollst dich ja nicht voll laufen lassen.« Sie lächelte – und es war dieses ungemein sympathische Lächeln, das Mark dazu brachte, ihr Angebot anzunehmen. Er streckte die Hand unter dem Mantel hervor, griff nach der Flasche und trank einen Schluck.

Im nächsten Moment hatte er das Gefühl, ersticken zu müssen. Sein Mund, seine Kehle und sein Magen standen schlagartig in Flammen. Er hustete, spuckte einen Großteil des Getränks wieder aus und rang keuchend nach Luft. Ein paar der Männer am Feuer lachten, aber die Frau sah ihn nur kopfschüttelnd an und schlug ihm mit der flachen Hand auf den Rücken wie einem Baby, das sich verschluckt hatte.

Mark hatte schon Wein getrunken, auch schon einmal einen winzigen Schluck Cognac – aber das Zeug, das in der Flasche war, musste eine Mischung aus Salzsäure, Brennspiritus und schmutzigem Spülwasser sein – jedenfalls schmeckte es so.

Aber es wirkte.

Eine Woge wohltuender, prickelnder Wärme breitete sich vom Magen her in seinem ganzen Körper aus. Die Kälte verschwand nicht ganz, aber sie sank auf ein erträgliches Maß herab.

Die Frau lächelte. »Besser?«

»Ja.« Mark nickte und deutete mit einer Kopfbewegung auf die Flasche. »Kann ich noch einen Schluck haben?«

»Einen. Aber dann ist Schluss.«

Der zweite Schluck schmeckte sogar noch scheußlicher als der erste, aber er vertrieb die Kälte fast völlig, und Mark gab die Flasche nur zögernd zurück. Die Frau verkorkte sie umständlich und ließ sie in der Plastiktüte verschwinden.

»Ich heiße Elvira«, sagte sie dann. »Aber die meisten hier nennen mich nur Ela. Kannst du auch zu mir sagen, wenn du willst. Und du?«

»Mark«, antwortete Mark.

»Mark, so«, sagte Ela. »Und was machst du hier?«

Mark verkroch sich wieder in seinen Mantel und starrte in die Flammen. »Frieren«, murmelte er.

Ela lachte. Ihre Stimme war rau und kratzig und ein bisschen zu schrill, um angenehm zu klingen. Aber sie gefiel ihm trotzdem.

»Du bist von zu Hause abgehauen, wie?«, vermutete sie.

Mark nickte. Er beschloss, bei dieser Geschichte zu bleiben, bis ihm eine bessere einfiel – oder er von hier verschwinden konnte.

»Und warum?«

»Ich hatte Ärger mit meinem Vater«, log Mark. »Großen Ärger.«

»Groß genug, mitten in der Nacht ohne Jacke auf die Straße zu rennen?«

Mark nickte.

»Und jetzt traust du dich nicht mehr nach Hause«, vermutete Ela.

»Doch«, murmelte Mark. »Aber ich will nicht. Nie mehr.« Er wollte noch mehr sagen, um seine Geschichte noch ein wenig glaubhafter zu machen, aber plötzlich fiel ihm auf, wie sehr Ela zitterte. Ihr Atem verwandelte sich in kleine Dampfwölkchen, obwohl sie ganz nahe beim Feuer saß. Mit einem Ruck richtete sich Mark auf und streifte den Mantel ab.

Elas Augen wurden groß. »Was tust du da?«, fragte sie.

»Sie frieren«, antwortete Mark. »Und der Mantel gehört Ihnen.«

Die Frau schüttelte den Kopf. »Ich bin das gewohnt«, sagte sie. »Aber du nicht.«

»Sie werden sich erkälten«, beharrte Mark.

Ela zögerte einen Moment, dann sagte sie: »Stimmt. Aber vielleicht haben wir beide darunter Platz, hm?« Sie warf sich den Mantel über die Schulter und hielt das eine Ende auffordernd hoch.

Im ersten Moment scheute Mark vor der Berührung ihres schmutzigen und schlecht riechenden Körpers zurück, aber dann überwand er seine Bedenken und schmiegte sich so eng an sie, wie er konnte. Die Wärme tat wohl, und viel mehr noch erfüllte ihn ihre Berührung mit einem Gefühl von Geborgenheit und innerer Wärme, das er schon lange vermisst hatte.

»Willst du darüber sprechen?«, fragte Ela.

Mark schüttelte den Kopf. »Jetzt nicht«, sagte er. »Aber ich danke Ihnen. Sie sind sehr nett.« Er schloss für einen Moment die Augen. In seinem Kopf drehte sich alles, und eine seltsame Leichtigkeit begann sich in seinen Gedanken auszubreiten. Die Wirkung des Alkohols? Er hatte doch nur zwei kleine Schlucke getrunken!

»Du bist also von zu Hause abjehaun«, sagte der Mann, der ihn hergebracht hatte. »Un nu?« Er schwang seine Weinbrandflasche. »Ich meine, was willse jetzt machen? Wo willse hin?«

Mark zuckte mit den Schultern. »Ich weiß nicht«, gestand er. »Aber auf keinen Fall zurück.«

»Was für ein Unsinn«, sagte Ela. »Natürlich gehst du zurück zu deinen Eltern. Sie machen sich bestimmt schon Sorgen um dich.«

»Ganz bestimmt nicht«, sagte Mark heftig. »Die sind froh, dass ich weg bin.«

Ela sah ihn an und runzelte die Stirn, und Mark mahnte

sich innerlich zur Vorsicht. Er durfte nicht übertreiben in dem Versuch, seine Geschichte glaubhaft zu machen. Das hier waren einfache Leute, für ihn Bewohner einer völlig anderen Welt – aber das bedeutete nicht, dass sie dumm waren.

»Jedenfalls will ich jetzt noch nicht zurück«, schränkte er ein. »Vielleicht später, wenn ... wenn Vater sich ein bisschen beruhigt hat.«

Ela nickte. »Kein Problem. Du wärmst dich richtig auf, und dann sehen wir weiter.«

»Un wenn Bullen auftauchen tun?«, fragte der Stadtstreicher mit schwerer Zunge. Der Alkohol schien auch bei ihm seine Wirkung zu tun. »Willse Ärger mit da Schmiere bekomm?«

»Halts Maul, Berti«, sagte Ela freundlich. »Der Junge bleibt hier, solange er will.«

Mark sah zu ihr hoch. Es fiel ihm immer schwerer, die Augen offen zu halten. Die Wärme und das Gefühl, wenigstens für einen Moment in Sicherheit zu sein, begannen ihn einzulullen. »Die Polizei?«, fragte er.

Ela nickte. »Mach dir keine Sorgen. Sie wissen, dass wir hier sind, aber sie kommen selten hierher.«

Sie sprach noch weiter, aber Mark hörte nicht mehr hin. Er war in ihren Armen eingeschlafen.

Unter Berbern

Als Mark am nächsten Morgen erwachte, fühlte er sich sonderbar wohl – sein Kopf war klar wie lange nicht mehr, und in seinen Gliedern war nicht die normale Schwere, die er meistens unmittelbar nach dem Aufwachen verspürte, sondern das genaue Gegenteil: eine Spannkraft und Stärke, die ihn im ersten Moment wirklich überraschte. Das Einzige, was nicht zu dieser seltsamen Hochstimmung passte, war der schlechte Geschmack in seinem Mund und das leicht duselige Gefühl im Kopf. Beides waren wohl Nachwirkungen des Fusels, den er am vergangenen Abend getrunken hatte; er hatte den ersten Kater seines Lebens.

Mark öffnete die Augen, setzte sich auf und sah sich verwirrt um.

Er befand sich auf einem schmuddeligen Feldbett und war mit einem alten Mantel und mehreren Lagen Zeitungspapier zugedeckt, und er war auch nicht mehr auf dem zugigen Innenhof, sondern in einem niedrigen, aber sehr weitläufigen Gewölbe aus grauem Stein. Sonnenlicht fiel in flirrenden Streifen durch eine Anzahl niedriger Fenster, die unmittelbar unter der Decke angebracht waren, und der Duft von frischem Kaffee vermischte sich mit dem Gestank von Zigarettenrauch und Socken, die seit Jahren nicht mehr gewaschen worden waren. Nicht weit von ihm entfernt blubberte ein Kessel über einem zerbeulten Campinggaskocher, und eine Anzahl schäbig gekleideter Gestalten bewegte sich durch das Halbdunkel.

»Na, endlich wach?«, sagte eine Stimme hinter ihm.

Mark drehte den Kopf und erkannte Ela, die am Kopfende seiner Liege stand und auf ihn herablächelte.

»Wie … wie spät ist es denn?«, fragte er stockend.

»Fast neun«, antwortete Ela. »Der halbe Tag ist schon vorbei.« Sie drückte ihm einen Becher voll kochend heißem, schwarzem Kaffee in die Hand.

Mark zögerte. »Ich trinke eigentlich keinen Kaffee.«

»Unsinn«, widersprach Ela. »Was ein richtiger Berber sein will, der trinkt Kaffee, wenn er schon mal welchen bekommt.«

»Berber?«

»So nennen wir uns«, antwortete Ela. Sie setzte sich auf den Rand seiner Liege und sah ihn abermals auffordernd an, und Mark nippte vorsichtig an dem heißen Getränk. Es schmeckte so, wie es aussah – kochend heiß, schwarz und abscheulich –, aber die Wärme tat gut, und er wollte Ela nicht beleidigen. Nach allem, was er über Pennbrüder und Stadtstreicher (*Berber,* verbesserte er sich in Gedanken) wusste, musste Kaffee eine kleine Kostbarkeit für sie sein.

Tapfer leerte er die Tasse zur Hälfte und schloss anschließend die Hände darum, um sich zu wärmen. Ihm war noch immer kalt, und das war kein Wunder: Sie befanden sich offensichtlich in einem alten Keller, der wahrscheinlich zu einem leer stehenden Haus gehörte. Da die Fenster kein Glas hatten, war es herinnen fast ebenso kalt wie draußen, nur der Wind war nicht mehr so zu spüren.

»Wohnen Sie hier?«, fragte er zögernd.

»Du«, verbesserte ihn Ela lächelnd. »Wir sagen alle du zueinander.«

»Okay. Wohnst du hier?«

»Nein«, antwortete Ela. »Aber es ist ein guter Platz, oder? Wir mussten dich irgendwohin bringen. Du wärst uns glatt unter den Händen erfroren.« Sie schüttelte den Kopf und sah ihn mit plötzlich neu erwachender Sorge an. »Junge, Junge – du musst schon seit Stunden durch die Gegend geirrt sein, als Berti dich aufgegabelt hat.«

»So tat er auch aussehn«, mischte sich eine wohl bekannte Stimme ins Gespräch, und als Mark den Kopf wandte, blickte er in ein schmutzstarrendes Etwas, von dem sein Besitzer wahrscheinlich annahm, es handle sich um ein Gesicht. Ebenso mochte er glauben, dass die furchteinflößende Grimasse, zu der er es verzogen hatte, ein Grinsen war. »Aba jetzt tut's schon wieda gehn. Noch 'n bisschen, unner Kleene sieht aus wie 'n Mensch, wa?«

»Hau ab, Berti«, sagte Ela. Aber es klang nicht unfreundlich, und Bertis Grinsen wurde noch breiter, er trollte sich aber.

»Du hast mich hergebracht?«, fragte Mark, als sie wieder allein waren.

»Zusammen mit Berti«, bestätigte Ela. »Und Schorsch da drüben.« Sie deutete mit einer Kopfbewegung auf eine Gestalt mit schwarzen Haaren und einer speckigen Lederjacke. Mark glaubte in ihm den Mann zu erkennen, der ihn vom Feuer weggezerrt hatte, war aber nicht sicher.

Ela stand auf, raschelte einen Moment in ihrer Plastiktüte herum und zauberte ein Brötchen, eine Hotelportion Butter und eine Fischkonserve hervor, die sie wortlos neben ihm auf der Liege ablud. Dann zog sie ein Springmesser aus der Tasche, ließ die Klinge herausschnappen und hielt es ihm hin. »Nimm«, sagte sie. »Frühstück. Du musst hungrig sein.«

»Und Sie … du?«, fragte Mark zögernd.

»Ich hab schon gegessen«, antwortete Ela. Mark sah sie ungläubig an, und so beugte sie sich abermals zu ihrer Tüte hinunter und zog eine Weinbrandflasche heraus, die sie mit den Zähnen entkorkte.

»Außerdem bin ich genügsam«, fuhr sie fort. »Das bisschen Essen, das ich brauche, kann ich auch trinken.«

Mark lachte, und Ela nahm einen gewaltigen Schluck aus der Flasche. Mark unterdrückte ein Schaudern. Er glaubte den widerwärtigen Geschmack des Fusels noch immer auf der Zunge zu spüren. Wie, um alles in der Welt, konnte man dieses Zeug trinken, außer man befand sich gerade kurz vor dem Erfrierungstod?

Aber er behielt seine Meinung für sich und begann, das Brötchen aufzuschneiden und mit der Butter zu bestreichen, die Ela wahrscheinlich in irgendeinem Restaurant hatte mitgehen lassen.

Es war ein ziemlich abenteuerliches Frühstück, Mark schmeckte es trotzdem vorzüglich.

Ela wartete, bis er den letzten Brötchenkrümel vertilgt und mit einem Schluck des scheußlich schmeckenden Kaffees hinuntergespült hatte, dann kam sie direkt zur Sache.

»Was machen wir jetzt mit dir?«, fragte sie.

Mark tat so, als verstünde er nicht. »Was meinst du damit?«, fragte er.

»Das, was ich sage«, antwortete Ela geduldig. »Gestern Abend warst du kurz vor dem Erfrieren, und außerdem war nicht viel aus dir herauszubekommen. Aber jetzt … du kannst nicht hier bleiben.«

»Kann ich nicht?«, fragte Mark enttäuscht.

»Nee«, mischte sich Berti ein. »Geht nich. Wenn 'ne Schmiere auftauchn tut un dich hier finen tut, simma geliefert.«

Mark benötigte einige Augenblicke, um Bertis semantische Hieroglyphen in verständliche Worte zu übersetzen. »Du meinst, die Polizei würde ...«

»Sie würden dich auf jeden Fall mitnehmen, Mark«, unterbrach ihn Ela, und sie sprach plötzlich ernst. »Und wir würden Ärger bekommen.«

»Massich Ärga«, bestätigte Berti.

»Das allein wäre nicht so schlimm«, fuhr Ela mit einem strafenden Blick auf den Berber fort, ehe sie sich wieder an Mark wandte. »Das sind wir gewöhnt, weißt du? Es geht um dich.«

Natürlich. Mark senkte niedergeschlagen den Kopf. Was hatte er erwartet? Er hatte eine Nacht in Sicherheit verbracht, und er war weder erfroren noch von der Polizei oder Dr. Merten oder gar den Häschern des Greif aufgegriffen worden, und das war eigentlich schon mehr, als er erwarten durfte.

»Ich kann nicht nach Hause«, sagte er.

Ela lächelte traurig. »Warum erzählst du mir nicht einfach, was passiert ist?«, fragte sie. »Vielleicht finden wir gemeinsam eine Lösung.«

Mark schüttelte den Kopf. Er konnte unmöglich die Wahrheit erzählen – aber er wollte Ela auch nicht belügen. Nicht nach allem, was sie und die anderen für ihn getan hatten. Er stand auf.

»Vielleicht ist es das Beste, wenn ich gehe«, sagte er. »Ihr seid sehr nett zu mir gewesen – alle. Vielen Dank dafür.« Er wollte sich umwenden und auf der Stelle gehen, aber Ela hielt ihn am Arm zurück.

»He, he«, sagte sie. »Nicht so hastig. Wo willst du denn hin, wenn nicht nach Hause? Und noch dazu nur in dem dünnen Hemd.«

Mark zuckte mit den Schultern. »Ich weiß nicht. Weg, möglichst weit weg.«

»Und dann so leben wie wir.« Ela seufzte. »Schau dich doch mal um – all dieser Dreck hier. Dreck und Gestank und Schnaps und Zigaretten, das ist alles, was wir haben. Willst du wirklich so leben?«

Mark sah die Berberin verblüfft an. Das war nun wirklich das Letzte, was er zu hören erwartet hatte, aber Ela fuhr sehr ernst fort: »Du glaubst doch nicht etwa, dass es uns Spaß macht, so zu leben, oder? Ein zugiges Loch, wenn wir Glück haben und nicht die Polizei oder irgendwelche anständigen Bürger auftauchen und uns verjagen, und ab und zu eine Flasche Branntwein, das ist alles. Und zu Weihnachten ein Fresspaket von der Wohlfahrt.«

»Aber … wollt ihr denn anders leben?«

Ela lachte bitter. »O Kleiner, du hast ja keine Ahnung, wie schnell man soweit kommen kann«, sagte sie. »Schau dich doch mal an! Du lebst wahrscheinlich in einer hübschen Wohnung, hast jede Menge Kleider und wahrscheinlich sogar ein eigenes Zimmer. Und ich gehe jede Wette ein, du hast noch keinen Tag im Leben gehungert, stimmt's?«

Mark nickte.

»Willst du das wirklich eintauschen gegen ein solches Leben?«, fuhr Ela fort. »Nur weil du einen Streit mit deinen Eltern hattest? Ganz egal, was passiert ist, so schlimm wie hier kannst du es gar nicht treffen.«

Mark wurde sehr nachdenklich.

»Ich kann nicht zurück«, sagte er. »Ich will es ja, aber es …«, er stockte, blickte einen Moment betreten zu Boden und fuhr dann ganz leise fort: »Es geht um mein Leben, Ela. Versteh mich doch!«

Ela schwieg einen Augenblick. Ein betroffener Ausdruck machte sich auf ihren Zügen breit. Dann sagte sie: »Du meinst das ernst, ja? Du machst mir nichts vor?«

»Bestimmt nicht«, antwortete Mark. »Sie werden mich umbringen, wenn ich zurückgehe.«

»Deine Eltern?«

Mark sah auf. Es war nicht Ela, die die Frage gestellt hatte, sondern Schorsch. Er bemerkte erst jetzt, wie still es im Keller geworden war. Nicht nur Berti und Schorsch, sondern auch der Rest des guten Dutzends Berber hatte sich um die Liege versammelt und hörte aufmerksam auf das, was er sagte.

»Nein«, antwortete er. »Nicht meine Eltern. Ich … ich habe euch belogen, gestern Abend. Mein Vater hat mir nichts getan. Er ist schon lange nicht mehr bei uns. Und meine Mutter ist wahrscheinlich halb verrückt vor Angst um mich. Aber ich kann trotzdem nicht zurück.«

»Dann solltest du zur Polizei gehen«, sagte Schorsch ernst. »Sie werden dir helfen.«

»Bestimmt nicht«, murmelte Mark. »Bitte, ich kann es euch nicht erklären. Ich würde euch alle in Gefahr bringen, wenn ich euch die Wahrheit sagen würde, und das will ich nicht. Aber ich kann nicht zurück.«

»Und hier bleiben kannst du auch nicht«, sagte Schorsch. Er versuchte zu lächeln. »Keiner von uns hätte etwas dagegen, aber es geht einfach nicht. Ein Kind bei uns würde auffallen. Wir hätten schneller die Bullen am Hals, als du deinen Namen buchstabieren kannst.«

»Ich weiß«, sagte Mark niedergeschlagen.

»Und es gibt wirklich niemanden, zu dem zu kannst?«, fragte Ela.

»Nein«, antwortete Mark und verbesserte sich: »Das heißt – vielleicht zu meinem Bruder. Aber ich weiß nicht, wo er ist.«

Ela sah ihn fragend an.

»Er war seit ein paar Tagen nicht mehr zu Hause«, erklärte Mark.

»Hatta Ärger mitten selbn Typen wie du?«, fragte Berti.

Mark nickte. »Ja, ich glaube.«

»Wo arbeitet er?«, fragte Ela.

»Er studiert hier auf der Uni«, antwortete Mark.

»Bist du sicher, dass dein Bruder jetzt dort ist?«, fragte Ela.

»Ich hoffe es«, sagte Mark.

»Dann sollten wir nachsehen, oder?«, sagte Schorsch.

»Wir?«

»Natürlich wir«, sagte Ela in einem Ton, der keine Widerrede duldete. »Wir bringen dich hin. Das ist das Mindeste, was wir für dich tun können.«

Ja, dachte Mark, ihr wollt euch davon überzeugen, dass

ich wirklich zu meinem Bruder gehe und nicht einfach verschwinde. Aber er begriff auch, dass Ela wirklich nur aus Sorge um ihn sprach, und er empfand ein tiefes, ehrliches Gefühl der Dankbarkeit dafür.

Eine halbe Stunde später verließen sie den Keller und machten sich auf den Weg zum anderen Ende der Stadt. Natürlich begleiteten ihn nicht alle Berber, sondern nur Ela, Berti und Schorsch. Berti hatte Mark eine alte Jacke gegeben, die vor Schmutz starrte und offensichtlich direkt aus irgendeiner Mülltonne kam – aber sie war warm und um ein paar Nummern zu groß, sodass er sie wie einen Mantel tragen konnte. Und sie war außerdem eine ganz ausgezeichnete Tarnung. Mark merkte sehr schnell, was Ela damit gemeint hatte, er würde unter ihnen auffallen. Die Menschen, denen sie begegneten, schlugen einen großen Bogen um die kleine Gruppe, und Mark spürte die verächtlichen Blicke wie schmerzhafte Nadelstiche durch das dicke Leder der Jacke hindurch. Einige Gesichter, in die er blickte, sahen direkt angewidert aus. Nein – ein Junge unter diesen drei Stadtstreichern wäre garantiert aufgefallen. Und das konnte er sich nicht leisten.

Sie brauchten fast eine Stunde, um das Universitätsgelände zu erreichen, und Mark bekam in dieser Zeit so etwas wie einen Schnellkurs im Berberleben. Sie trafen auf eine andere Gruppe von Stadtstreichern, mit denen sich Schorsch einige Minuten unterhielt, fuhren zweimal mit der Straßenbahn (ohne zu bezahlen), und einmal beobachtete er Ela aus sicherer Entfernung dabei, wie sie einen Passanten um einige Münzen anbettelte. Der Mann wollte ganz offensichtlich nichts geben, aber Ela ließ nicht locker und ergriff ihn sogar am Ärmel seines teuren Wintermantels, bis er schließlich ihre Hand abschüttelte und mit angeekeltem Gesichtsausdruck in die Manteltasche griff und eine Hand voll Kleingeld herausholte, das er ihr vor die Füße warf.

Mark half ihr, die Münzen aufzusammeln – es war alles in allem nicht einmal eine Mark –, und dann fragte er sie, ob es ihr nicht peinlich wäre zu betteln.

Elas Antwort kam in scharfem Tonfall, und Mark begriff sofort, wie sehr er sie mit seiner Frage verletzt hatte: »Wenn dein Magen knurrt, Junge, dann vergisst du deinen Stolz verdammt schnell, glaub mir das.«

Mark schämte sich für seine taktlose Frage, aber Ela gab ihm keine Gelegenheit zu einer Entschuldigung, sondern ließ das Geld in ihrer Manteltasche verschwinden und drehte sich mit einem Ruck um. Mark musste sich beeilen, um sie einzuholen und mit ihr Schritt zu halten.

Eine Zeit lang gingen sie schweigend nebeneinander, ehe Ela die Stille wieder brach – wahrscheinlich hatte auch sie bemerkt, wie peinlich ihm der Zwischenfall war, und wollte die Situation überspielen.

»Was wirst du tun, wenn wir deinen Bruder nicht finden?«, fragte sie.

»Ich bin sicher, dass er auf der Uni ist«, behauptete Mark und dachte fieberhaft nach, wie er die treue Ela und die beiden anderen Berber abschütteln könnte. »Thomas ist ein fleißiger Student, und in den nächsten Tagen hat er ein paar wichtige Arbeiten zu schreiben.«

»Aber nur angenommen, er ist nicht da?«, beharrte Ela.

Mark ahnte, worauf sie hinauswollte. »Dann ... werde ich meine Tante anrufen. Die hilft mir bestimmt.«

Ela sah ihm mit unverhohlenem Misstrauen ins Gesicht. »Deine Tante, so«, sagte sie. »Und wo wohnt sie?«

Mark überlegte nicht lange. »Stuttgart«, sagte er. Stuttgart klang gut. Das war weit genug weg, um Ela ganz bestimmt nicht auf die Idee kommen zu lassen, ihn etwa dorthin zu bringen. Sie bedachte ihn noch einmal mit einem schrägen Blick, der ihm klarmachte, was sie von dieser Erklärung hielt, sagte aber nichts mehr.

Schließlich tauchte der Gebäudekomplex der Universität vor ihnen auf – eine riesige Ansammlung alter und moderner Gebäude, die sich scheinbar planlos aneinander drängelten, schon fast eine kleine Stadt.

Mark blieb stehen, als sie in Sichtweite der Pförtnerloge kamen. »Ich komme jetzt schon zurecht«, sagte er eindringlich. »Und ich werde meinen Bruder solange suchen, bis ich ihn finde. Wirklich, Ela, ich verspreche es dir. Und vielen Dank für alles, euch allen.«

Ela nickte.

»Dann mach's mal gut, Junge«, sagte sie, und erst in diesem Moment begriff Mark, dass diese einfachen Worte ein Abschied für immer waren, denn er würde Ela und die Berber nicht mehr wiedersehen – ganz egal, wie seine Begegnung mit Thomas endete.

Plötzlich hatte er einen bitteren Kloß im Hals. Er wollte etwas sagen, aber Ela schnitt ihm mit einer Handbewegung das Wort ab, zerstrubbelte ihm noch einmal das Haar – wandte sich um und ging zusammen mit Berti und Schorsch über die Straße.

Und Mark fühlte sich wieder sehr allein.

Horror-Archiv

Der merkwürdige Eindruck, den die Universität von außen machte, verstärkte sich in ihrem Inneren noch. In den sechziger Jahren war sie bei einem Großbrand zu mehr als der Hälfte zerstört worden, und bei ihrem Wiederaufbau waren die noch erhaltenen Teile möglichst originalgetreu restauriert worden; man wollte aber gleichzeitig die Gelegenheit einer wirklichen Modernisierung ergreifen. Das Ergebnis war ein unglaubliches Durcheinander aus den verschiedensten Baustilen: Alte Gebäude mit harmonisch abgestimmten Verzierungen standen neben glatten, funktionellen Bauten, die wie Klötze aus dem Boden ragten.

Mark verstand absolut nichts von Architektur, und dass er sich unbehaglich fühlte, hatte einen ganz anderen Grund. Es lag an dem Zierrat der alten Gebäude. Überall gab es Stuckarbeiten – und Figuren. Viele Figuren.

Mark betrachtete den steinernen Adler über dem Portal des Hauptgebäudes mit großem Misstrauen. Der Vogel hatte sich nicht gerührt, seit er die Treppe betreten hatte und auf den Haupteingang zuging, und wahrscheinlich würde er sich auch nicht rühren, denn schließlich bestand er aus Stein – aber Mark ließ ihn keine Sekunde aus den Augen und wagte erst aufzuatmen, als er die Tür hinter sich geschlossen hatte und in die Halle trat.

Dort wartete der nächste Schrecken auf ihn.

In der Halle standen steinerne Skulpturen. Sie reihten sich an den Wänden, wahrscheinlich griechische oder römische Gottheiten, und selbst aus den unteren zwei Metern der Säulen, die die stuckverzierte Decke trugen, waren Skulpturen herausgemeißelt worden. Marks Herz begann zu klopfen. Er rechnete fest damit, dass eine oder mehrere Figuren im nächsten Augenblick aus ihrer jahrhundertealten Starre erwachen würden, um sich auf ihn zu stürzen.

Aber das Einzige, was geschah, war, dass eine Gruppe Studenten die Treppe herabkam und ihn misstrauisch beäugte, sonst aber keine weitere Notiz von ihm nahm. Marks Herzschlag wurde rascher, dann begriff er, was die sonderbaren Blicke zu bedeuten hatten.

Es war seine Jacke. Hastig zog er sie aus und hängte sie sich über den Arm. Jetzt war nicht mehr so auffällig zu sehen, wie schäbig sie war.

Nachdem er sich mit einem raschen Blick in die Runde davon überzeugt hatte, dass er allein war und die steinernen Figuren ringsum das taten, was Marmorfiguren normalerweise tun – nämlich rein gar nichts –, durchquerte er die Halle und ging auf die verglaste Schautafel an der gegenüberliegenden Wand zu. Die Stille, die in dem Gebäude herrschte, verriet ihm, dass zur Zeit wahrscheinlich überall Vorlesungen abgehalten wurden.

Der Plan des Universitätsgeländes zeigte ihm den Weg zu dem Saal, in dem er seinen Bruder anzutreffen hoffte. Er hatte wieder Glück – sein Ziel befand sich in dem Gebäude, in dem er sich ohnehin schon aufhielt, sodass er wenigstens nicht noch einmal den Innenhof überqueren musste. Mark eilte die Treppe hinauf, bog nach links ab und lief eine weitere Treppe hinauf, als er plötzlich Schritte hörte und sich in der Tiefe eines hohen alten Türrahmens verbarg.

Die Gestalt, die vor ihm um die Ecke des Ganges bog, war niemand anderer als Sarn.

Er trug einen schwarzen Maßanzug, glänzende Lackschuhe und dasselbe kleine Diplomatenköfferchen wie gestern Abend. Mark hätte nur die Hand auszustrecken brauchen, um ihn zu berühren, so nahe ging Sarn an seinem Versteck vorüber.

Er blieb mit angehaltenem Atem und klopfendem Herzen stehen, bis Sarn den Gang durchquert hatte und hinter einer weiteren Biegung verschwunden war. Seine Gedanken überschlugen sich. Wenn Sarn hier war, dann wollten sie nicht nur ihn, sondern auch sein Bruder schwebte in Lebensgefahr! Er musste ihn sofort warnen.

Mark rannte los, so schnell er konnte. Glücklicherweise war es nicht weit bis zum Hörsaal, und als Mark ihn erreicht hatte, riss er die Tür auf, stürmte hinein und blieb abrupt stehen.

Unter ihm breitete sich ein Halbrund von Pulten und Sitzbänken aus, die in immer tiefer liegenden Reihen zum Zentrum mit dem Pult des Vortragenden hinunterführten, das sich gut zehn Meter unter ihm befand. Es glich eher einem griechischen Amphitheater als einem Klassenzimmer, einem Amphitheater, über das ein Architekt des neunzehnten Jahrhunderts hergefallen war – o ja, und Stephen Spielberg und George Romero, nach einer gemeinsam durchzechten Nacht, aus der sie in miserabler Laune aufgewacht waren. Die beiden mussten für das *lebende* Inventar verantwortlich sein …

Mark starrte entsetzt auf die Gestalten, die auf den Bänken hockten und dem Vortrag des Professors lauschten.

Es waren keine Studenten – es sei denn, es gab an dieser Uni auch Kurse in Höllismus, denn die gut achtzig, neunzig struppigen Zuhörer waren allesamt nur knapp anderthalb Meter groß, hatten spitze Hörner auf den hässlichen Schädeln und hockten in den lächerlichsten Haltungen da – was wahrscheinlich daran lag, dass ihnen ihre langen Quastenschwänze auf den für menschliche Hinterteile gebauten Bänken im Wege waren …

Es waren Gehörnte!

Der Knall, mit dem er die Tür aufgestoßen hatte, war nicht unbemerkt geblieben. Der Professor – ein schwarzes, schwanztragendes Etwas mit zwei gigantischen Fledermausflügeln, die irgendwie nicht so richtig zu dem grauen Zweireiher und den Lackschuhen passten, in die er seinen missgestalteten Körper gezwängt hatte – unterbrach seine Vorlesung und blickte missbilligend zu Mark hoch, und auch sonst wandten sich mehr und mehr spitze Gesichter mit schwarzen Augen um. Mark spürte, wie ein entsetzter Schrei in seiner Kehle emporkroch – und dann erlosch die Illusion.

Von einem Sekundenbruchteil auf den anderen verwandelten sich die Monster wieder in ganz normale Studenten, und aus dem Oberteufel hinter dem Pult wurde ein griesgrämig dreinschauender Mann, der vielleicht seinen Studenten ab und zu das Leben zur Hölle machte, ansonsten aber absolut nichts Teuflisches an sich hatte.

Mark atmete erleichtert auf. Die Vision war so intensiv gewesen, dass ihm ganz schlecht war. Er musste aufpassen. Seine Fantasie begann ihm allmählich wirklich böse Streiche zu spielen.

»Ja?«, sagte der Professor in diesem Moment laut und mit sehr verärgerter Stimme. »Was ist denn?«

Inzwischen hatte Mark seinen Bruder entdeckt. Thomas saß in einer der vordersten Reihen, starrte ihn aus weit aufgerissenen Augen an und deutete ihm mit einer Handbewegung zu verschwinden.

Mark verstand. »Nichts«, sagte er. »Ich habe mich in der Tür geirrt. Bitte entschuldigen Sie.«

Der Professor runzelte die Stirn und begann in seinem Vortrag fortzufahren.

Mark schloss leise die Tür hinter sich und lehnte sich daneben an die Wand. Er brauchte nicht lange zu warten, dann öffnete sich die Tür ein wenig, und Thomas schlüpfte heraus. Kaum sah er Mark, explodierte er regelrecht. »Bist du wahnsinnig geworden, hierher zu kommen?«, schrie er. Er fuhr zusammen, als ihm klar wurde, dass seine Stimme laut genug war, um auch drinnen gehört zu werden, und fuhr etwas leiser, aber in noch immer wütendem Ton fort:

»Verdammt, du kannst doch nicht einfach hier reinplatzen und …«

»Sarn ist hier«, unterbrach ihn Mark.

Thomas erstarrte. »*Der* Sarn?«

»Kennst du noch einen anderen?«

Thomas machte eine hilflose Bewegung. »Aber das ist nicht möglich.«

»Ich habe ihn gesehen«, beharrte Mark. »Er ist vor ein paar Minuten direkt an mir vorbeigelaufen. Und gestern Abend hätte er mich fast geschnappt. Du musst auf der Stelle verschwinden.«

Thomas ergriff Mark unsanft am Arm. Hastig führte er ihn den Gang entlang, sah sich immer wieder um und öffnete dann eine Tür, durch die er seinen Bruder zerrte. Dahinter befand sich ein riesiger, bis unter die Decke mit Bücherregalen voll gestopfter Raum, zwischen denen nur schmale Gänge freiblieben.

Thomas schloss die Tür und überzeugte sich davon, dass sie auch wirklich allein waren, ehe er das Gespräch wieder aufnahm. »Bist du ganz sicher, dass es Sarn war?«

»Völlig«, antwortete Mark. »Er ist hier – und wer weiß, wer oder was sonst noch. Sie sind hinter uns her, Thomas. Nicht nur hinter mir. Sie wollen auch dich.«

Aus irgendeinem Grund schien sich Thomas in der Zwischenzeit beruhigt zu haben. Er beantwortete Marks Warnung nur mit einem Achselzucken, fuhr sich mit der Hand durch das Haar und wechselte das Thema.

»Wo warst du die ganze Zeit?«, fragte er. »Mutter hat fast durchgedreht vor Angst. Und die Wohnung sieht aus wie ein Schlachtfeld.«

Mark warf einen nervösen Blick zur Tür. Er musste wieder an den Hörsaal denken, den er für einen Moment voller Dämonen gesehen hatte, und er war plötzlich gar nicht mehr sicher, dass es wirklich nur eine Täuschung gewesen war. Vielleicht eine Warnung?

»Ich erzähle dir alles«, sagte er. »Aber nicht jetzt. Wir müssen verschwinden, Thomas. Zweimal bin ich ihnen entwischt, aber irgendwann werden sie mich kriegen. Und Sarn ist deinetwegen hier.«

»Unsinn«, behauptete Thomas. »Was sollte er von mir wollen?«

»Das Buch«, antwortete Mark.

Thomas verzog das Gesicht zu einem abschätzigen Lächeln. »Kaum. Es ist völlig wertlos.«

»Wieso?«

»Ich habe es zu Ende übersetzt«, antwortete sein Bruder. »Es steht nichts drin, was wir nicht schon gewusst haben.«

»Gestern am Telefon …«

»… habe ich etwas anderes gesagt, ich weiß«, unterbrach ihn Thomas. »Aber da hatte ich die Übersetzung noch nicht fertig. Ich war die halbe Nacht hier und habe den Computer gefüttert, und heute Morgen hatte ich den Klartext. Unser Vater wusste auch nicht mehr als wir. Eher weniger.«

Mark war enttäuscht. Das Buch war seine letzte Hoffnung gewesen, vielleicht doch noch einen Weg zu finden, dem Greif zu entkommen.

»Trotzdem – du weißt das, und ich weiß das«, sagte er. »Aber Sarn weiß es offensichtlich nicht. Sonst wäre er kaum hier, oder? Lass uns verschwinden.« Er machte einen Schritt auf die Tür zu, aber sein Bruder hielt ihn zurück.

»Immer mit der Ruhe«, sagte er. »Er hat mich bis jetzt nicht erwischt, und da werden zehn Minuten mehr oder weniger bestimmt auch nichts mehr ausmachen. Meinst du nicht, dass du mir eine Menge zu erzählen hast?«

»Später.«

»Jetzt«, beharrte Thomas. »Verdammt, du legst die halbe Wohnung in Schutt und Asche, lässt dich von einem Auto überfahren, flüchtest wie Al Capone aus dem Krankenhaus und bist zwei Tage und Nächte spurlos verschwunden, und dann erwartest du von mir, dass ich einfach *hallo, Brüderchen* sage und zur Tagesordnung übergehe! Du spinnst wohl. Was hast du jetzt vor?«

»Erst einmal zu verschwinden«, antwortete Mark. »Ich

meine, nicht nur aus der Uni. Aus der Stadt. Vielleicht aus dem Land.«

»Oh.« Thomas lachte spöttisch. »Mehr nicht?«

»Nein«, entgegnete Mark wütend. »Mehr nicht. Zum Teufel, wir müssen einen Platz finden, an dem wir uns verstecken können. Der Greif ist nicht allmächtig, Thomas. Wenn wir ein Versteck finden, in dem er uns nicht aufspürt, dann haben wir Zeit, uns zu überlegen, wie wir ihn besiegen können.«

Thomas schwieg einen Moment, und plötzlich nickte er. »Du hast Recht. Wir müssen verschwinden. Und ich glaube, ich weiß auch schon, wohin.« Er sah Mark an. »Aber wir müssen das Lot mitnehmen. Kannst du es holen?«

»Warum?«, fragte Mark. Sein Misstrauen war wieder da, obwohl er sich selbst dafür hasste.

»Weil es die einzige Waffe ist, die uns wirklich schützt«, entgegnete sein Bruder ernst. »Pass auf – du wartest hier, und ich gehe und hole das Buch. Und danach gehen wir zusammen los und holen das Lot. Meinetwegen ...« Er hob die Stimme ein wenig, als Mark widersprechen wollte, »... kannst du auch allein gehen, wenn du mir immer noch nicht traust. Auf jeden Fall wartest du jetzt hier. Ich bin in zehn Minuten zurück. Und du rührst dich nicht von der Stelle – klar?«

»Klar«, antwortete Mark. Zwei Sekunden später fiel die Tür hinter Thomas ins Schloss, und Mark war allein.

Er sah sich voll Unbehagen um. Es war verrückt – aber nach allem, was er erlebt hatte, stürzte ihn das Gefühl, wieder allein zu sein, fast in Panik. Er hoffte, dass sein Bruder so schnell wie möglich wieder zurückkommen würde und sie von hier verschwinden konnten.

Unruhig begann er im Raum auf und ab zu gehen, und er musste aufpassen, dabei nicht unentwegt rechts und links mit den Schultern gegen die Regale zu stoßen, die den Saal in eine Art büchergefülltes Labyrinth verwandelten. Die Luft roch nach Staub und Moder, und Mark merkte erst jetzt, wie trocken sie war. Selbst das Luftholen war unangenehm, und er hatte bei jedem Atemzug mehr das Gefühl, husten zu müssen. Schließlich durchquerte er den Raum – obwohl er sich dazu weiter von der Tür entfernen musste, als ihm lieb war – und öffnete ein Fenster.

Winterkälte und eine heulende Sturmböe fauchten in den Saal. Etwas klapperte, und überall begann trockenes Papier zu rascheln, als protestierten all die hier aufgehäuften Bücher gegen die Störung ihrer heiligen Ruhe.

Mark fuhr fröstelnd zusammen und beeilte sich, das Fenster wieder zu schließen, was gar nicht einfach war, denn der Sturm drückte mit Macht gegen die Fensterflügel. Mark brauchte fast eine Minute, ehe er das Fenster endlich wieder zubekam.

Das Rascheln hörte nicht auf.

Mark sah sich erschrocken um. Die Bücher lagen auf den Regalen wie versteinerte Überreste einer längst vergessenen Zeit, begraben unter zum Teil zentimeterdicken Staubschichten. Nirgends rührte sich etwas.

Aber das Rascheln war noch immer zu hören. Es wurde lauter, steigerte sich zu einem Knistern und Knacken – und endlich konnte Mark orten, woher es kam.

Von oben.

Mit einem Ruck warf er den Kopf in den Nacken – und stieß einen erschrockenen Laut aus.

Die Decke befand sich hoch über seinem Kopf, und wie alles in diesem Teil der Uni stammte sie noch aus der ursprünglichen Bauphase, was bedeutete, dass sie nicht einfach eine Decke war, sondern ein kleines Kunstwerk für sich. Dekorative Stuckarbeiten erstreckten sich die Wände entlang, und in dem Winkel zwischen Decke und Wand hatte ein besonders talentierter Stuckateur eine sich endlos windende Weinrebe geformt. Kleine Käfer und Heuschrecken aus Gips krabbelten über die Blätter, und in jeder der vier Ecken hing ein babygroßer, pausbäckiger Engel, der mit seinen kleinen Flügeln die Decke zu stützen schien.

Das Rascheln und Knistern kam von einem dieser Engel.

Es war ein Amor, vielleicht einen halben Meter groß und mit Bogen, Köcher und Pfeilen ausgestattet. Und er bestand nach wie vor aus Gips – aber das hinderte ihn nicht daran, seinen Platz zu verlassen.

Mark starrte die Putte mit offenem Mund und aufgerissenen Augen an. Das Kerlchen wirkte eher lustig als gefährlich – sein Gesicht war rund und kindlich und zu einem lieblichen Lächeln verzogen –, aber was es tat, das erfüllte Mark mit schierem Entsetzen.

Langsam, aber unerbittlich, lösten sich die weißen Schwingen von der Decke. Der Amor schüttelte sich, riss seinen rechten Arm los, dann den linken – und drehte den Kopf in Marks Richtung.

Als sein Blick auf Mark fiel, ging eine fürchterliche Veränderung in seinem Gesicht vor.

Es war dasselbe, was er an dem Doppelgänger des Cherubs beobachtet hatte. Äußerlich war er nach wie vor der lächelnde Amor, der er seit hundert Jahren oder länger gewesen war, aber es schien eine Veränderung unter der Oberfläche des Sichtbaren stattzufinden. Aus dem pausbäckigen Kleinkinderlächeln wurde das hämische Grinsen eines fetten, bösen Balgs, und die Augen, die eben noch mit sanfter Ironie in die Ewigkeit geblickt hatten, sahen Mark jetzt mit unverhohlenem Hass an.

Der Amor hob seinen Bogen, und etwas Kleines, Weißes flog mit einem hörbaren *Zzzzzzzzzing* auf Mark zu.

Mark duckte sich.

Ein unterarmlanger, weißer Pfeil aus Gips bohrte sich zwei Zentimeter über seinem Schädel in den Fensterrahmen und zerbarst zu Staub – aber der Aufprall war so heftig, dass ein fingertiefes Loch in dem Holz zurückblieb. Hätte ihn der Pfeil getroffen, hätte er ihn wahrscheinlich auf der Stelle getötet oder zumindest so schwer verletzt, dass er hilflos liegengeblieben wäre, während der Amor einen zweiten Pfeil auf den Bogen gelegt und auf ihn abgeschossen hätte.

Was er genau in diesem Moment auch tat.

Mark sprang rechtzeitig zur Seite, und der Pfeil fuhr mit schmetterndem Knall in die Wand hinter ihm.

Der Amor verzog ärgerlich das Gesicht, ließ den Bogen

sinken und bewegte die Schultern hin und her, um sich vollends aus der Decke zu lösen. Gips und Staub rieselten auf Mark herunter, und plötzlich erschien über der teuflischen Engelsgestalt ein gezacktes Loch in der Decke, aus der die Strohfüllung quoll. Dann begann die Kreatur an der Wand herunterzuklettern, wobei sie sich mit Händen und Füßen regelrecht festzusaugen schien, was ihr das Aussehen einer absurden vierbeinigen weißen Spinne verlieh.

Mark rannte los.

Zwei Schritte kam er, dann prallte er so heftig zurück, als wäre er mit voller Wucht gegen eine Wand aus unsichtbarem Glas gerannt.

Der Engel war nicht der Einzige, der aus seiner Starre erwacht war.

Der schmale Gang zwischen den Bücherregalen wurde von einem Gewirr weißer, starrer Lianen versperrt, von denen kleine mattweiße Gestalten herunterkrochen. Käfer, Ameisen, Heuschrecken – eine ganze Insektenparade war unterwegs, um ihn anzugreifen.

Hinter Mark polterte etwas. Er fuhr herum und sah, dass der Amor mittlerweile den Boden erreicht hatte. Von vorne sah er aus wie eine ganz normale Putte, aber der Rücken bot einen entsetzlichen Anblick. Er glich einer großen, zerfransten Wunde, aus der Staub wie weißes Blut rieselte und Stroh und verbogene Drahtenden herausstanden. Zwei Finger seiner linken Hand waren an der Decke zurückgeblieben, ebenso ein Teil seiner linken Schwinge.

Etwas berührte sein Bein. Mark schrie entsetzt auf und machte eine hastige Bewegung, und eine fast handlange Heuschrecke aus Gips flog in hohem Bogen davon und explodierte zu einer Staubwolke, als sie gegen eines der Bücherregale prallte.

Mark blieb kaum Zeit aufzuatmen, denn schon musste er sich unter dem nächsten Pfeil wegducken, den der Amor nach ihm schoss. Der Pfeil traf ein schweres, ledergebundenes Buch dicht neben seiner linken Schulter und durchbohrte es zur Gänze, ehe er zu Staub zerbröselte. Wieder wurde Mark klar, welch mörderische Wucht diese an sich so lächerlich anmutenden Geschosse hatten – aber das brachte ihn auch auf eine Idee …

Er packte das Buch, riss es mit beiden Händen in die Höhe und schleuderte es auf den Amor.

Die Putte versuchte dem Wurfgeschoss auszuweichen, aber es gelang ihr nicht ganz. Das Buch traf ihre rechte Schulter, zertrümmerte sie und auch den Flügel, ehe es gegen die Wand prallte.

Die Augen des Amors wurden rund. Völlig ohne Schmerz, aber vollkommen verstört blickte er seinen abgerissenen Arm an, der vor seinen Füßen lag, in größere und kleinere Teile zerbrochen. In der Hand lag noch der Bogen, auf dessen Sehne ein weiterer Pfeil wartete.

»So, du Gipskopf«, sagte Mark böse. »Jetzt wollen wir doch mal sehen, wer der Stärkere ist.« Er ballte die Fäuste und ging auf den Amor zu.

Die Putte blickte ihn an, hob den verbliebenen linken Arm und öffnete den Mund zu einem schrecklichen Grinsen. Hinter den weißen Lippen waren keine Zähne, sondern die rostigen Drahtenden des Gestells, über dem der Körper geformt war.

Aber das schreckte Mark nicht. Sein überraschender Erfolg hatte ihm Mut gemacht – die Kreaturen des Greif waren also nicht so unbezwingbar, wie er bisher angenommen hatte. Furchtlos trat er dem Amor entgegen, wich zur Seite, als dessen linke Hand nach ihm griff – und versetzte ihm einen Tritt, der ihn quer durch das Zimmer fliegen und gegen die Wand neben dem Fenster prallen ließ. Alles, was von der kleinen Gestalt übrig blieb, war eine brodelnde weiße Staubwolke und ein Gewirr aus verrosteten Drähten.

Als wäre dies das Signal zur Attacke, griffen plötzlich die Gegner von allen Seiten an. Von der Decke prasselten Insekten herunter, eine Weinrebe wand sich um seinen linken Knöchel, eine Heuschrecke sprang ihn an, und ein handtellergroßer Marienkäfer klammerte sich um sein rechtes Bein. Winzige Zähnchen und Beißzangen bohrten sich in seine Haut, vor seinem Gesicht flatterte es weiß, und kleine Stachel versuchten auf seine Augen zu zielen. Blind vor

Angst und Wut hieb Mark mit Händen und Füßen um sich, bald schmerzten seine Handkanten vom Zerschlagen der gipsernen Peiniger, und die ungeschützten Stellen seines Körpers brannten von den unzähligen winzigen Bissen und Stichen. Irgendwann hörte es auf. Als Mark spürte, dass der ihn umgebende Staub nicht mehr so dicht war, öffnete er vorsichtig die halb zugekniffenen Augen.

Der Boden war in ein knöchelhohes weißes Staubmeer verwandelt, in dem es manchmal aufzuckte, und einige wenige Gestalten krochen ziellos hin und her.

Erschöpft ließ sich Mark gegen ein Bücherregal sinken, rang nach Atem und hustete, aber er wagte es nicht, das Fenster noch einmal zu öffnen – der Wind hätte den Staub erst recht aufgewirbelt und ihn wahrscheinlich auf der Stelle ersticken lassen.

Wo blieb Thomas? Die zehn Minuten, von denen er gesprochen hatte, mussten doch längst vorüber sein. Und wieso waren die Biester eigentlich genau in dem Moment lebendig geworden, in dem er wieder allein gewesen war?

Es gab nur eine Erklärung: Sein Bruder hatte ihn verraten. Das sonderbare Telefonat am Vortag – sein Bruder hatte behauptet, wichtige Informationen aus dem Tagebuch erfahren zu haben, und plötzlich stimmte das alles nicht. Seine Beharrlichkeit, mit der er auf einem Treffen bestanden hatte. Die Fragen nach dem Lot. Und ein Hörsaal voller Dämonen, wo sein Bruder und dessen Studienkollegen sitzen sollten … Und jetzt das.

Mark ließ seinen Blick über das weiße Chaos gleiten, in das sich die Bibliothek verwandelt hatte. Es konnte kein Zufall sein, dass Thomas ihn ausgerechnet hierher gebracht hatte. Es war eine Falle.

Sein Bruder war sein Feind geworden, und Mark hatte keine Ahnung, warum.

Niedergeschlagen versuchte Mark, sich den ärgsten Staub aus Kleidern und Haar zu klopfen, und wandte sich zur Tür. Als er die Hand nach der Klinke ausstreckte, öffnete sich die Tür, und Sarn betrat die Bibliothek.

Sein Blick fiel auf die Verwüstung und den sehr lebendigen Mark, und er erstarrte mitten im Schritt und riss erstaunt den Mund auf.

Mark reagierte blitzschnell. Er bückte sich, hob eine krabbelnde Heuschrecke vom Boden auf und warf sie Sarn ins Gesicht.

Das Gipstier schlug erschrocken mit den Flügeln, und seine scharfen Zangen packten zu. Ein Schrei drang aus Sarns Mund, und plötzlich floß Blut über sein Kinn. Er wankte und schlug die Hände vor das Gesicht.

Mark versetzte Sarn einen kräftigen Stoß vor die Brust, der ihn rücklings gegen ein Regal taumeln ließ, fuhr herum und rannte auf die Tür zu.

»Viele Grüße an meinen Bruder!«, brüllte er.

Sarn brüllte ebenfalls – allerdings vor Schmerz, denn die Heuschrecke hatte sich in das weiche Fleisch unter seinem linken Auge verbissen und kniff immer heftiger zu, obwohl Sarns Finger ihren Körper schon mehr als zur Hälfte zerkrümelt hatten.

Mark knallte die Tür hinter sich zu und lief zur Treppe, als plötzlich sein Bruder vor ihm auftauchte.

Ein Ausdruck maßlosen Schreckens huschte über Thomas' Gesicht, als er Mark sah. Er scheint nicht damit gerechnet zu haben, mich noch einmal lebend vor die Augen zu bekommen, dachte Mark bitter und rannte in die entgegengesetzte Richtung. Hinter ihm hörte er Thomas laufen, aber Zorn und Angst gaben ihm schier übermenschliche Kräfte. Rasend schnell jagte er den Flur entlang und sauste eine nach oben führende Treppe hinauf, immer zwei, drei Stufen auf einmal nehmend.

Die Treppe machte einen Knick. Mark folgte ihm, setzte zu einem Sprung an …

Über ihm stand ein Gehörnter.

Klein, schwarz, hässlich, mit einem bedrohlichen Dreizack bewaffnet, grinste er ihm entgegen. Sein Quastenschwanz bewegte sich zuckend wie der Schwanz einer Katze, die ihr Opfer beobachtet.

Mark zögerte einen Moment, dann rannte er weiter, versuchte dem Gehörnten auszuweichen – und machte eine blitzschnelle Bewegung in die entgegengesetzte Richtung, als der kleine Teufel mit seinem Dreizack nach ihm stach.

Der spitze Mund des Gehörnten öffnete sich zu einem überraschten Laut, als Mark plötzlich nicht mehr dort war, wo die Spitze seines Dreizacks hinzielte, sondern auf der anderen Seite, und dann wurden auch seine Augen rund, als Mark kurz entschlossen den Dreizack packte, an sich riss und sein stumpfes Ende wuchtig zwischen seine Hörner krachen ließ.

Der Gehörnte stieß ein deutliches *Urks* aus, verdrehte die Augen und kippte stocksteif nach hinten.

Mark klemmte sich den Dreizack unter den Arm und rannte weiter. Er erreichte das Ende der Treppe und damit das oberste Stockwerk. Vor ihm lag nichts mehr als eine massive Wand, in der nur noch ein winziges Fensterchen war, das wahrscheinlich auf das Dach des Gebäudes hinausführte.

Mark sah sich gehetzt um. Er glaubte ein hartes, ungleichmäßiges Trippeln zu hören, das ihn eher an Hufe als an menschliche Füße denken ließ. Dann sah er den ersten Schatten – klein, mit einem langen peitschenden Schwanz und Hörnern.

Mark benutzte das stumpfe Ende des Dreizacks, um das Dachfenster einzuschlagen und alle scharfen Splitter aus dem Rahmen zu fegen. Er sah sich um. Der Schatten hatte sich vermehrt – kleine, kreischende Teufel waren daraus geworden, die wütend über das Ende der Treppe fluteten und ihn in spätestens wenigen Augenblicken eingeholt haben mussten.

Mark schleuderte ihnen den Dreizack entgegen, griff nach dem Fensterrahmen und zog sich mit einer kraftvollen Bewegung hindurch. Etwas packte sein Bein und bohrte sich durch die Jeans, aber er trat fest zu, spürte, dass er traf, und war plötzlich im Freien.

Es war eiskalt auf dem Dach. Der Wind verschlug ihm den Atem und zerrte an seinen Kleidern, sodass er das Gleichgewicht zu verlieren drohte.

In dem zerborstenen Dachfenster erschien ein schwarzes Babyteufelgesicht.

Mark versetzte ihm einen Tritt, der den Gehörnten kreischend wieder nach innen kippen ließ, drehte sich um und begann mit weit ausgebreiteten Armen über das Dach zu balancieren.

Es war ein lebensgefährliches Unternehmen. Unter der dünnen Schneedecke waren die Dachschindeln glatt von Eis, sodass Mark trotz aller Vorsicht immer wieder ins Schlittern kam und sich taumelnd und torkelnd vorwärts bewegte. Dazu kam der Wind, der sich mittlerweile zu einem kleinen Schneesturm ausgewachsen hatte. Mark konnte kaum noch etwas sehen.

Und das Dach war gewaltig. Die schneebedeckte Schräge unter ihm schien kein Ende zu nehmen. Mark stolperte weiter, so schnell er konnte, warf einen Blick über die Schulter zurück und lief noch schneller, als er sah, dass das Dach hinter ihm voll gehörnter Kreaturen war, die geifernd und kreischend hinter ihm herhüpften. Ab und zu verlor einer von ihnen auf dem spiegelglatten Untergrund den Halt und rutschte in die Tiefe, aber das schien die anderen nicht sehr zu interessieren. Und es waren viele solcher Gestalten, und immer mehr quollen aus dem kleinen Dachfenster.

Schließlich hatte Mark das Ende des Dachs erreicht. Vor ihm lag nur noch die Dachrinne und dahinter der Abgrund – aber es gab ein Nebengebäude, keine fünf Meter entfernt, und dessen Dach lag ein gutes Stück tiefer als das, auf dem Mark sich befand.

Er war schneller gewesen als die Gehörnten, sodass er ein paar Sekunden gewonnen hatte. Seine Gedanken überschlugen sich. Er hatte einen Sprung wie diesen schon einmal geschafft – das Ergebnis war ein verstauchter Fuß gewesen. Und damals war das Dach, auf das er gesprungen war, erstens nicht vereist und zweitens ein Flachdach gewesen … Aber dann warf er wieder einen Blick über die Schulter zurück, und der Anblick der heranstürmenden Meute heulender Miniaturteufel ließ ihn auch seine letzten Bedenken vergessen. Er trat ein paar Schritte zurück, sammelte all seine Kraft, nahm Anlauf – und sprang.

Es war leichter, als er geglaubt hatte. Er erreichte nicht nur das gegenüberliegende Dach, sondern prallte gut fünf Meter hinter dessen Kante auf und fand sofort einen festen Halt. Einige Augenblicke lang blieb er benommen liegen, ehe er sich vorsichtig auf Hände und Knie hochstemmte und zum Rand des Gebäudes hinaufsah, von dem er gesprungen war. Ein Schatten hob sich gegen den bleigrauen Himmel ab, aber es war nicht der Schatten eines Gehörnten.

Es war Sarn. Mit wehendem Haar und flatternden, weißbestäubten Kleidern stand er da, unter dem linken Auge befand sich eine tiefe Wunde, die heftig blutete. Er machte eine Bewegung, als wolle er zum Sprung ansetzen, hielt aber inne, als Mark drohend die Fäuste hob. Sarn war stärker und schneller als er, aber wenn er den Fünf-Meter-Satz über den Abgrund wirklich wagte, war er für ein paar Momente hilflos. Mark wusste nicht, ob er ihn wirklich angreifen und hinunterstoßen würde – es war eine Sache, Gipsfiguren zu zertrümmern, auch wenn sie sich lebendig gebärdeten, und eine ganz andere, einen Menschen zu töten, selbst wenn dieser Mensch sein Todfeind war.

Wie aus dem Nichts erschien eine zweite Gestalt hinter Sarn auf dem Dach. Der Sklavenherr des Schwarzen Turms schien die Bewegung zu spüren, denn er fuhr herum – zu spät!

Thomas' Arme schossen vor. Seine flachen Hände trafen Sarns Brust mit aller Gewalt und brachten ihn aus dem Gleichgewicht. Sarn taumelte, schrie auf und kämpfte für eine endlos scheinende Sekunde um sein Gleichgewicht.

Er schaffte es nicht.

Mit einem gellenden Schrei kippte er über die Dachkante und fiel wie ein Stein in die Tiefe.

Mark starrte seinen Bruder an. Thomas – ein Verräter? Zweifel stiegen in ihm auf.

Er öffnete den Mund, um Thomas etwas zuzurufen, doch in diesem Moment tauchten hinter seinem Bruder die ersten Gehörnten auf.

»Lauf, Mark!«, brüllte Thomas. Er fuhr herum, spreizte die Beine, um festen Stand auf dem abschüssigen Dach zu finden – und war in der nächsten Sekunde unter einer schwarzen, wogenden Flut aus Hörnern und Krallen und geifernden Mäulern verschwunden.

Marks Augen füllten sich mit Tränen, er blickte noch kurz auf die entsetzliche Szene, die sich hoch über ihm abspielte, dann wandte er sich um und begann zu laufen, so schnell er konnte.

Yezariael

Das Dächergewirr schien kein Ende zu nehmen.

Mark kam sich bald vor, als durcheile er eine bizarre Wüstenlandschaft, in der das Auf und Ab der Dächer die Dünen waren, nur dass sich diese Wüste nicht gelb, sondern weiß vor ihm erstreckte. Ein paar Mal erreichte er sogar eine Lücke zwischen den Gebäudeteilen, aber unter ihm erstreckten sich nur spiegelglatte Wände, an denen jeder Versuch, hinunterzugelangen, scheitern musste.

Mark war unheimlich zumute. Er musste schon mehrere Kilometer zurückgelegt haben. So eine ungeheure Dachanlage konnte es einfach nicht geben, selbst wenn die einzelnen Gebäude des wirklich riesigen Universitätsgebäudes irgendwie miteinander verbunden waren, sodass die Dächer aneinandergereiht eine hübsche Strecke ergaben.

Er blieb stehen, sah sich suchend um – und entdeckte sehr weit hinter sich einen kleinen schwarzen Punkt, den er an seinem sonderbar hüpfenden Gang als einen Gehörnten erkannte. Also hatte einer der kleinen Teufel den gefährlichen Sprung geschafft.

Diese Tatsache trieb Mark zu größerer Schnelligkeit an und ließ ihn sogar die sonderbare Endlosigkeit des Daches vergessen. Aber bald fiel ihm noch etwas Seltsames auf:

Es wurde immer wärmer.

Der Schnee verschwand zusehends, und der Wind, der

ihm noch vor Minuten wie eine eisige Hand ins Gesicht geklatscht war, fühlte sich jetzt fast lau an, wie ein sanftes Frühlingslüftchen, nicht mehr wie nasskalter Dezemberwind. Dann sah er das erste Gras.

Der Anblick war so absurd, dass Mark sogar seinen Verfolger vergaß und stehen blieb, um den kleinen grünen Fleck anzustarren.

In dem spitzen Winkel zwischen zwei Dachschrägen hatten Grashalme Halt gefunden, und zwischen den blassgrünen Büscheln wuchsen sogar Blumen!

Und dieser kleine Platz mit Gras war nicht der Einzige. Mehr und mehr grüne Flecken gewahrte Mark um sich herum. Auf den Dachpfannen musste sich Erde abgelagert haben – Gott allein mochte wissen, wie sie hier heraufgekommen war –, und die Natur hatte den Rest besorgt. Mit dem Wind mußten Gras- und Blumensamen herangeweht worden sein, die in der dünnen Humusschicht genug Nahrung gefunden hatten. Mark überquerte einen weiteren Dachgiebel, entdeckte mehr und mehr grüne Flecken und sah schließlich sogar ein paar dürre Büsche, deren Zweige aussahen wie rostiger Draht. Nach einer Weile war das Dach fast völlig unter einer grünbraunen Schicht verschwunden.

Jetzt fehlen nur noch ein paar Bäume, dachte Mark, und ich glaube wirklich an den Weihnachtsmann.

Er stieg die nächste Dachschräge hinauf, trat mit einem Schritt über den First und blieb wie vom Donner gerührt stehen.

Die Bäume, an die er eben gedacht hatte, waren da. Nur ein paar und noch weit entfernt – aber es waren eindeutig Bäume, große, dürre Umrisse wie Hände mit zu vielen Fingern, die in den Himmel hinaufdeuteten. Und das blaue Glitzern dazwischen war ein Bach, so verrückt ihm das alles auch vorkam.

Mark fuhr sich mit dem Handrücken über die Augen, drehte sich einmal im Kreis und starrte dann wieder die Bäume an. Kein Zweifel, Bäume. Auf dem Dach des Universitätsgebäudes erhob sich ein ganzer Wald schlanker, blattloser Bäume, und zwischen ihnen schlängelte sich die Miniaturausgabe eines Flusses, als wäre das das Selbstverständlichste von der Welt …

Jetzt fand Mark die ganze Angelegenheit nicht mehr unheimlich, sie machte ihm Angst.

Er drehte sich um und blickte zum Gehörnten zurück, der zwar nicht näher gekommen war, ihm aber auf der Spur blieb. Wäre er nicht gewesen, dann wäre Mark auf der Stelle umgekehrt, ganz egal, was in der anderen Richtung auf ihn warten mochte.

So ging er weiter, langsam und mit zitternden Knien.

Der Rand des bizarren Waldes war weiter entfernt, als er geglaubt hatte, aber er kam jetzt besser voran. Die Dächer wurden allmählich flacher, und das Gehen auf dem weichen Grasboden bereitete ihm sehr viel weniger Mühe. Und es wurde noch immer wärmer. Er blieb stehen und zog seine Jacke aus.

Mark begann zu ahnen, dass das, was er hier erlebte, etwas mit der unheimlichen Art zu tun hatte, auf die er aus Dr. Mertens Haus entkommen war. Auch da war er aufs Dach hinausgeklettert und hatte sich jäh in einer Umgebung wiedergefunden, die es eigentlich gar nicht geben durfte. Aber warum das so war, das lag für ihn völlig im Dunkeln. Als er den Waldrand erreicht hatte, gönnte er sich eine kurze Rast. Der Gehörnte war noch weit entfernt, und das Gelände war eben genug, dass Mark ihn deutlich sehen konnte, sodass nicht die Gefahr bestand, dass er von ihm überrascht wurde. Er kniete am Ufer des Baches nieder, schöpfte eine Hand voll Wasser und kostete vorsichtig davon. Es schmeckte köstlich: prickelnd wie Mineralwasser, aber viel süßer.

Mark trank eine gehörige Portion davon, wusch sich das Gesicht und richtete sich auf, um sich umzusehen.

Der Wald bot einen fantastischen Anblick. Die Bäume waren groß und schlank und hatten so glatte Stämme, dass sie wie poliert aussahen, und die Äste waren nicht blattlos, wie er im ersten Moment geglaubt hatte. Die Blätter waren viel kleiner als alle, die er je gesehen hatte, und von einem so dunklen Grün, dass sie aus der Entfernung fast schwarz aussahen. Und auch die Blumen und Büsche, die jetzt zahlreicher aus dem Gras hervorwuchsen, kamen ihm sehr fremd vor. Einige wenige kannte er, die meisten jedoch gehörten Arten an, die er nie zuvor zu Gesicht bekommen hatte.

Wo, zum Teufel, bin ich?, dachte er.

Teufel … er hatte völlig vergessen … Mark drehte sich erschrocken herum. Der Gehörnte war bis auf wenige Dutzend Schritte herangekommen und blickte ihn aus seinen nachtschwarzen Augen direkt an.

Mark wollte sich nicht auf einen Zweikampf einlassen, er hatte eine bessere Idee. Er drehte dem Gehörnten eine lange Nase, warf sich die Jacke über die Schultern und fiel in einen leichten Trab, weil er annahm, dass sein Verfolger nicht mithalten konnte.

Auch der Gehörnte beschleunigte seine Schritte, aber er hielt nicht sehr lange durch. Er fiel mehr und mehr zurück, und als sich Mark das nächste Mal umdrehte, konnte er ihn überhaupt nicht mehr sehen. Trotzdem behielt er sein Tempo bei, bis er in Schweiß geriet und müde wurde.

Es war mittlerweile richtig heiß geworden, und das Gelände stieg jetzt sanft, aber stetig an; hier und da waren Felsbrocken und Steine zu umgehen.

Mark blieb stehen und warf einen Blick zur Sonne hinauf.

Es war keine Sonne da.

Verdutzt blickte Mark nach rechts, nach links, vor und hinter sich und drehte sich schließlich zweimal hintereinander im Kreis, den Blick starr in den Himmel gerichtet.

Keine Sonne.

Über ihm spannte sich ein strahlend blauer, wolkenloser Himmel, und es war heiß wie im Hochsommer zur Mittagsstunde – aber es war keine Sonne da.

Wie war das möglich?

Abermals stellte er sich die Frage, wo, um alles in der Welt, er sei …

Dass er sich nicht mehr auf einem *Dach* befand, das war ihm klar, aber er hatte keine Ahnung, worauf das alles hinaus sollte. Da ihn sein Grübeln nicht weiterbrachte, beschloss er, seinen Weg fortzusetzen.

Er erreichte etwas, was die Miniaturausgabe eines Gebirges zu sein schien. Der Boden stieg immer steiler an, und nach einer Weile hatte er überhaupt kein Gras mehr unter den Füßen, sondern kletterte über spitze Steine und scharfkantige Felstrümmer. Findlinge von der Größe zweistöckiger Häuser nahmen die Stelle von Bergen ein, und ab und zu klafften tiefe, mannsbreite Risse im Boden.

Plötzlich stand der Gehörnte vor ihm.

Mark hatte keine Gelegenheit, darüber nachzudenken, wie es die Kreatur geschafft hatte, ihn nicht nur einzuholen, sondern ihm sogar entgegenzukommen, denn der Gehörnte stieß mit dem Dreizack nach ihm. Mark machte einen Sprung zur Seite, taumelte, stolperte über einen Stein und fiel der Länge nach hin.

Der Gehörnte stieß ein triumphierendes Kreischen aus und setzte ihm nach. Sein Dreizack bohrte sich dicht neben Mark in den Boden, und ein verkrüppelter Fuß mit einem gespaltenen Huf stieß nach Marks Gesicht.

Mark wich dem Tritt aus, und irgendwie gelang es ihm sogar, auf die Füße zu kommen, aber er hatte seinen Gegner wohl doch ein wenig unterschätzt – der Schwanz der Kreatur zuckte wie eine Peitsche vor, ringelte sich um seine Beine und brachte ihn aus dem Gleichgewicht. Mark fiel auf den Rücken, und sein Hinterkopf prallte so unsanft gegen einen Stein, dass er für Augenblicke nichts als bunte Sterne und Kreise sah.

Als sich sein Blick wieder klärte, hockte der Gehörnte wie eine hässliche schwarze Kröte auf seiner Brust und holte mit dem Dreizack aus.

Mark blockte den Hieb mit dem Unterarm ab, zog blitzschnell die Knie an den Körper und streckte dann mit aller Kraft die Beine. Der Gehörnte wurde regelrecht von ihm herunterkatapultiert, überschlug sich ein paar Mal und blieb benommen liegen.

Mark sprang hoch, kickte den Dreizack mit einem kräftigen Fußtritt davon und versuchte, sich auf den Gehörnten zu stürzen.

Er lief genau in einen Krallenhieb des Monsters, der seine Hemdbrust aufriss und ihn vor Schmerz keuchen ließ. Mark taumelte zurück, brach in die Knie und fühlte Blut unter den Fingern, als er die Hände gegen die Brust schlug.

In den schwarzen Augen des Gehörnten loderte ein mörderischer Triumph auf. Er stieß einen schrillen und misstönenden Pfiff aus, versetzte Mark einen Fußtritt, der ihn nach hinten schleuderte, und bückte sich, um einen enormen Felsbrocken in die Höhe zu stemmen. Es war offensichtlich, was er damit vorhatte.

Aber er kam nicht dazu.

Ein knirschender Laut erscholl, und plötzlich begann der Boden zu zittern. Der Gehörnte wankte, verlor unter der Last des Steins das Gleichgewicht und fiel mit einem entsetzlichen Pfiff nach hinten.

Und direkt in den Boden.

Er stürzte nicht etwa in ein Loch oder eine Spalte – er *verschwand* einfach. Und zwar genau dort, wo der Felsbrocken gelegen war, mit dem er Mark den Schädel hatte einschlagen wollen.

Verblüfft richtete sich Mark auf und kroch vorsichtig auf Händen und Füßen zu der Stelle hin, wo der Gehörnte verschwunden war.

Der Anblick war so unglaublich, dass es Mark den Atem verschlug.

Im Boden klaffte ein rundes, ausgezacktes Loch, aber es war nur zu sehen, wenn man sich unmittelbar darüber befand. Die Ränder bestanden nicht aus Erdreich oder Stein, sondern aus uralten Dachschindeln – und an einer von ihnen, zappelnd, sich nur noch mit einer Hand haltend und kreischend vor Angst, hing der Gehörnte. Unter ihm war nichts. *Überhaupt nichts.* Wenn der Abgrund, über dem die Beine des Gehörnten baumelten, überhaupt einen Boden hatte, dann musste er sehr weit unten liegen.

Mark sah, wie die Krallenhand des Gehörnten langsam, aber unbarmherzig abzurutschen begann. Der bröckelnde Ton gab unter dem Griff der harten Klauen nach; kleine und größere Splitter lösten sich und verschwanden in der Tiefe, und ein hörbares Knirschen verriet, dass die Schindel dem

Gewicht der kleinen Bestie nicht mehr lange gewachsen sein würde.

Und dann tat Mark etwas, was er sich weder in diesem Moment noch später einmal erklären konnte. Er hatte allen Grund, darauf zu warten, dass der Gehörnte abstürzte, aber stattdessen warf er sich vor, griff mit beiden Händen nach dem dürren Gelenk der Kreatur und hielt es mit aller Kraft fest. Beinahe in der gleichen Sekunde zerbrach die morsche Dachschindel, an der der Teufel bisher gerade noch gehangen hatte.

Der Ruck riss Mark fast die Arme aus den Gelenken. Er stieß einen Schrei aus, als er ein Stück auf den Abgrund zu gezerrt wurde, aber er ließ nicht los. Er begann sogar den Gehörnten in die Höhe zu ziehen, mit zusammengebissenen Zähnen und stöhnend vor Anstrengung. Das kleine Teufelchen fand nun endlich auch mit der anderen Hand Halt – und zwar in Marks Arm, in den er kurzerhand die Krallen hineingrub. Mark brüllte vor Schmerz auf. »Lass los, du Blödmann!«, kreischte er. »Oder wir stürzen beide ab!«

Wahrscheinlich war es ein Zufall – aber der Gehörnte löste seine Krallen wirklich aus Marks Arm und klammerte sich stattdessen am Rand des Loches fest. Mark zog und zerrte mit aller Gewalt. So klein die Gestalt war, sie schien eine Tonne zu wiegen, und ohne die Hilfe des Gehörnten hätte er es wahrscheinlich nie geschafft, sondern wäre vielleicht wirklich selbst mit in die Tiefe gezogen worden. Aber der kleine Bursche packte kräftig mit an und fand nicht nur mit der linken Hand, sondern auch mit dem Schwanz sicheren Halt an einem der Felsen, die das Loch im Boden umgaben. Mit einem letzten, entschlossenen Ruck zog er sich vollends aus der Öffnung heraus, machte einen Schritt und fiel mit einem erleichterten Pfiff auf die Knie.

Auch Mark brach erschöpft zusammen. Alles drehte sich um ihn. Seine Schultern schmerzten unerträglich, und alle Kraft schien aus seinem Körper gewichen zu sein. Er war nicht einmal in der Lage, sich herumzudrehen. Wenn der Gehörnte die Situation jetzt ausnutzte und sich auf ihn stürzte, dann war er verloren.

Sonderbarerweise tat der Gehörnte jedoch nichts dergleichen, sondern hockte sich nur mit angezogenen Knien auf der anderen Seite des Lochs hin und starrte Mark aus seinen pupillenlosen Dämonenaugen an.

Mark richtete sich mühsam auf die Ellbogen auf. Ihm fehlte die Kraft, ganz auf die Füße zu kommen, aber er wollte seinem Gegner wenigstens ins Gesicht blicken, wenn dieser ihn angriff.

Der Gehörnte starrte ihn weiter an. Und plötzlich fiel Mark etwas auf: Zwischen den Hörnern des spitzmäuligen hässlichen Gesichts prangte eine gewaltige Beule.

»Dich kenn ich doch«, murmelte Mark. »Du bist der, den ich auf der Treppe niedergeschlagen habe, stimmt's?«

Natürlich antwortete der Gehörnte nicht. Aber in seinen Augen schien so etwas wie Verstehen aufzublitzen.

»Was glotzt du so?«, fragte Mark. »Wenn du mich umbringen willst, dann tu es. Aber bilde dir nicht ein, dass ich es dir leicht machen werde.« Er hob die Fäuste und funkelte den Gehörnten herausfordernd an.

Der Gehörnte legte den Kopf auf die Seite und fragte: »Farum haßt tu taß ketan?«

»Wie bitte?«, keuchte Mark und richtete sich stocksteif auf.

Der Gehörnte deutete auf das Loch im Boden, dann auf sich selbst und schließlich auf Mark. »Tu haßt mir mein Lepen kerettet«, sagte er. »Unt tiß ßelbßt in Kefar keprat. Farum?«

Jetzt war es Mark, der sein Gegenüber sekundenlang aus hervorquellenden Augen anstarrte. Was ihn so überraschte, das war weniger die schauderhafte Aussprache des Gehörnten, sondern vielmehr die Tatsache, dass er überhaupt zusammenhängend reden konnte.

»Du sprichst meine Sprache?«, stammelte er verdattert.

Der Gehörnte schüttelte den Kopf. »Nein«, antwortete er. »Tu meine. Aper tu sprißst ßehr komiß, finde iß. Wie ißt tein Name?«

»Ma-ma-mark«, stotterte Mark.

Der Gehörnte nickte. »Tu haßt miß kerettet«, wiederholte er. »Aper fießo?«

»Das … das war eher ein Versehen«, gestand Mark verwirrt. Drohend fügte er hinzu: »Aber bilde dir bloß nichts ein. Ich gebe nicht kampflos auf.«

»Keken fen fillßt tu tenn kämpfen?«, erkundigte sich der Gehörnte.

Mark war sprachlos. Misstrauisch legte er den Kopf auf die Seite und blinzelte sein Gegenüber aus zusammengekniffenen Augen an. »Sag mal, willst du mich auf den Arm nehmen?«, fragte er.

Der Gehörnte überlegte einen Moment. Dann zuckte er in einer verblüffend menschlichen Geste mit den Schultern. »Fenn tu eß befielßt«, sagte er. »Tu ßiehßt ßiemliß ßwer auß, Mamamark, aper iß kann eß verßuchen.«

Marks Gedanken überschlugen sich. »Moment mal«, sagte er überrascht. »Willst du damit ausdrücken, dass du mir … ge*horchst?*«

»Ssißer«, antwortete der Gehörnte. »Iß kehöre tir.«

»Wie?«, machte Mark.

Der Gehörnte deutete wieder auf das Loch. »Tu haßt miß kerettet. Iß pin tot. Mein Auftrak ißt abkeßtürzt. Alßo kehöre iß tir.«

»Aha«, sagte Mark – der noch immer nicht sicher war, dass er verstanden hatte, was der Gehörnte meinte. »Und das ist kein Trick?«

»Faß ißt taß – ein Trick?«, erkundigte sich der Gehörnte.

Mark verzichtete auf eine Antwort. »Hast du einen Namen?«, fragte er.

Der Gehörnte nickte. »Yezariael«, antwortete er.

»Yewas?«

»Nißt Yewas – Yezariael«, berichtigte ihn Yezariael. »Taß klinkt auß nißt komißer als Mamamark.«

»Ich heiße Mark«, antwortete Mark belustigt.

»Kerate haßt tu kesakt, tu heißt Mamamark«, beharrte Yezariael. »Ich hape eß kenau kehört.«

»Das war ein Irrtum. Einfach nur Mark – okay?«

»Mark – okay«, bestätigte Yezariael.

»Nein – nur Mark, *bitte!*«, sagte Mark verzweifelt.

Yezariael blinzelte. Dann nickte er. »Mark.«

Mark hatte bereits tief Luft geholt, um sofort loszubrüllen, aber Yezariael tat ihm den Gefallen, das *bitte* nicht an seinen Namen anzuhängen. Mark stand auf, bewegte prüfend Arme und Hände, um sicherzugehen, dass er nicht ernsthaft verletzt war, und betrachtete missmutig die tiefen, blutigen Kratzer, die Yezariaels Krallen in seinem Unterarm hinterlassen hatten. Yezariaels Blick folgte jeder seiner Bewegungen aufmerksam.

»Du könntest dir ruhig einmal die Fingernägel schneiden«, maulte Mark. »Das tut ganz schön weh.«

Yezariael blinzelte fragend, enthielt sich aber jeder Antwort, und auch Mark wandte sich wieder wichtigeren Dingen zu. »Sag mal, Yezi...«, begann er, grinste verlegen und fragte in verändertem Tonfall: »Was dagegen, wenn ich dich einfach Yes nenne?«

»Fenn tu willßt«, antwortete Yezariael.

Mark nickte zufrieden. Er hatte keine Lust, sich jedes Mal einen Knoten in die Zunge zu machen, wenn er mit dem Gehörnten sprach.

»Du willst also damit sagen, dass wir von jetzt an so etwas wie Freunde sind?«, begann er vorsichtig.

Yezariael schüttelte den gehörnten Schädel. »Nein. Iß kehöre tir.«

Mark seufzte. »Quatsch«, sagte er. »Du bist ein lebendes Wesen, oder? Ein intelligentes Wesen. Kein denkendes Wesen kann einem anderen Wesen gehören.«

»Fießo nißt?«, fragte Yezariael ruhig.

»Nun, weil ... weil ...« Mark verstummte, blickte Yezariael verwirrt an und kratzte sich am Hinterkopf. »Weil das eben nicht geht«, sagte er schließlich. »Es ist nicht richtig.«

»Fießo?«, wollte Yezariael wissen.

Mark seufzte wieder. »Lassen wir das«, sagte er. »Im Moment haben wir Wichtigeres zu besprechen. Weißt du, wo wir hier sind?«

»Ja«, antwortete Yezariael.

Mark starrte ihn an. »Schön«, sagte er wütend. »Und hättest du dann vielleicht auch die Freundlichkeit, mir zu verraten, was das alles hier bedeutet? Was ist das für eine Gegend, und wie komme ich überhaupt hierher?«

Yezariael schien den drohenden Unterton in seiner Stimme nicht zu bemerken. Gelassen hob er den Arm und deutete über Marks Schulter.

»Sswei Takesmärße ßu Marteriß Hof«, sagte er. »Wenn wir unß peeilen.«

»Zwei Tage?«, kreischte Mark. »Das meinst du nicht ernst. Du lügst!«

»Faß ißt taß – lükßt?«, fragte Yezariael.

»Nun, du …« Mark verstummte mitten im Wort und blickte Yezariael wieder einmal zutiefst verwirrt an. »Du weißt nicht, was eine Lüge ist?«

Yezariael schüttelte den Kopf. »Ssollte iß taß wissen?«, fragte er.

»Nicht unbedingt«, murmelte Mark. »Also, es sind zwei Tagesmärsche bis zum Hof dieses Marten?«

»Mintestenß«, bestätigte Yezariael.

»Und in der anderen Richtung? Ich meine – wie weit ist es zurück?«

»Eß kipt keine antere Ritunk«, behauptete Yezariael todernst. »Tießer Fek führt nur torthin.« Er deutete wieder hinter Mark. »Unt fier ßolten palt kehen. Vielleißt kommen noß antere.«

»Andere wie du?«, fragte Mark. Yezariael nickte.

»Du meinst, sie haben noch mehr losgeschickt, um mich zu fangen?«

»Ssehr fiele«, bestätigte Yezariael.

Mark hatte es plötzlich sehr eilig, sich von diesem Platz zu entfernen.

Martens Hof

Den ganzen Tag über wanderten sie in eine Richtung, von der Mark willkürlich bestimmt hatte, dass sie Norden sei. Er hatte Yezariael ein paar Mal nach der Welt gefragt, in die es ihn verschlagen hatte, aber die Antworten waren so merkwürdig, dass ihm die Lust auf weitere Fragen verging. Es war so, als unterhielte er sich mit einem Außerirdischen, nur dass auf Yezariael wohl eher die Bezeichnung Unterirdischer gepasst hätte. Und dieser Unterirdische mit dem Gemüt eines kleinen Jungen und dem hässlichsten Gesicht, das Mark jemals untergekommen war, erwies sich auch als die gewaltigste Nervensäge aller Zeiten.

Er redete ununterbrochen und brachte es fertig, absolut nichts Sinnvolles auszusagen. Er zischelte und lispelte, und Mark ertappte sich nach einer Weile dabei, *kenaußo ßu tenken* wie er.

Als es Abend wurde, sah sich Mark nach einer Stelle zum Schlafen um. Das war schnell erledigt, denn Yezariael deutete einfach auf eine Kuhle zwischen zwei Felsbrocken und meinte, Mark solle sich jetzt ausruhen, und er würde Wache halten. Mark kam dieser Aufforderung ohne zu zögern nach. Er fühlte sich in Yezariaels Nähe vollkommen sicher, beschützt sogar, und mit der Eifrigkeit eines Dieners brachte ihm der Gehörnte ein paar Früchte, die zwar ebenso seltsam aussahen wie die Bäume, von denen sie stammten, die jedoch seinen Hunger stillten.

Langsam begann es zu dämmern. Doch es war nicht so, dass der Himmel dunkel wurde, wie Mark es gewohnt war. Der Himmel färbte sich einheitlich grau, als ließe jemand die Hochsommerfarbe allmählich verblassen, und es gab natürlich keinen Sonnenuntergang. Aber es erschien auch kein Sternenhimmel.

Es wurde nicht völlig dunkel. Eine vage, blassgraue Helligkeit blieb, und hoch über sich erkannte Mark den Himmel dieser bizarren Welt über den Dächern.

Er war aus Stein.

Weit über ihnen spannte sich ein gigantisches Gewölbe, getragen von unvorstellbar riesigen gemauerten Spitzbögen, ein Etwas, das Mark vielleicht zum ersten Mal im Leben die Bedeutung des Wortes *Himmelsgewölbe* begreifen ließ, denn genau das war es.

Der Schwarze Turm.

Ja, er befand sich wieder im Schwarzen Turm, und diese ganze Landschaft, all diese Berge und Wälder und Flüsse und Wiesen waren nicht Teil einer fremden Welt, sondern eingeschlossen in einem ungeheuren Gebäude, das so groß wie ein Berg sein musste – oder unter der Erde lag. Offensichtlich geriet er jedes Mal, wenn er auf ein Dach hinauskletterte, in die merkwürdige Welt des Schwarzen Turmes. Er glaubte wieder die Stimme seines Bruders zu hören: *Irgendwie ist unsere Familie mit den Dächern verbunden.* Ob Thomas wohl selbst wusste, wie recht er mit diesen Worten gehabt hatte?

Mit diesem Gedanken schlief er ein. Zum ersten Mal seit langer Zeit träumte er in dieser Nacht nicht, und als er erwachte, war es bereits wieder hell geworden, und er fühlte sich sehr ausgeruht. Yezariael hockte mit untergeschlagenen Beinen neben ihm, mit halbgeschlossenen Augen und die Schulter gegen den Dreizack gestützt, dessen Spitze er neben sich in den Boden gerammt hatte. Er sah aus, als wäre er wieder zu Stein erstarrt, aber Mark spürte, dass er nicht schlief, und er wusste auch, dass der Gehörnte die ganze Nacht über ihn gewacht hatte. Als er sich besorgt danach erkundigte, ob Yezariael denn nicht müde war, bekam er nur einen verwirrten Blick zur Antwort – und die Frage, was das denn sei: müte? Mark ließ sich auf keine Erklärungen ein. Sie marschierten weiter. Die Landschaft begann sich allmählich wieder zu verändern. Felsen und Geröll wurden weniger, dafür liefen sie jetzt häufiger über sanft abfallende oder ansteigende Wiesen, und auch das fiel Mark auf: So gigantisch diese unterirdische Welt sein mochte, es gab keine Ebenen. Das endlose Auf und Ab der Dächer war erhalten geblieben, nur hier und da unterbrochen von einem kleinen Plateau – so groß wie ein Flachdach – oder tiefen, klaffenden Schluchten, unter denen ein schwarzes Nichts lauerte. Mark überlegte laut, ob dort unten wohl Sarns Welt lag, der Keller des Schwarzen Turms, in dem er schon einmal gewesen war. Aber er wagte es nicht, die Frage direkt an Yezariael zu richten, aus Angst, einen zweistündigen Vortrag zur Antwort zu bekommen, der ihn mehr verwirren als aufklären würde.

Den ganzen Tag über marschierten sie weiter nach ›Norden‹, Yezariael spürte weder Hunger noch Durst, und er wurde auch nicht müde, sodass sie nicht eine einzige Rast einzulegen brauchten – außer einer kurzen Unterbrechung, als Yezariael ihn plötzlich am Arm packte und ohne Warnung grob in den Schatten eines Baumes zerrte. Als Mark ihn anfuhr, was das sollte, deutete er nur wortlos in den Himmel.

Über ihnen zog eine Anzahl kleiner, schwarzer Punkte dahin. Sie waren viel zu hoch, als dass Mark Einzelheiten erkennen konnte, und hätten ebenso gut ein paar harmlose Krähen sein können. Aber ihre Formation war fast militärisch, und ihre Bewegungen hatten nichts von der Weichheit von Vögeln. Fliegende Teufel, kein Zweifel. Also hatte Sarns Tod nicht viel geändert. Sie suchten ihn noch immer.

Danach setzten sie ihren Weg ohne weitere Zwischenfälle fort, und am späten Nachmittag erreichten sie Martens Hof. Schon seit einer geraumen Weile hatte Mark die ersten Anzeichen menschlichen Lebens entdeckt: einen schmalen Trampelpfad, der sich durch das Gras schlängelte, einen hölzernen Steg, der über einen Bach führte, oder eine erloschene Feuerstelle, sorgsam mit Steinen geschützt, sodass kein übersehener Funke das trockene Gras entfachen und zu einem Brand werden konnte. Und dann stiegen sie über einen weiteren Hang, und unter ihnen lag ein Bild, das Mark nicht zum ersten Mal sah: ein breiter, ruhig dahinfließender Strom, über den sich eine gewaltige Brückenkonstruktion aus Holz spannte. An seinem gegenüberliegenden Ufer erhob sich eine Stadt.

Der Blickwinkel war ein anderer, aber es war dieselbe Stadt, die er aus dem Garten von Mertens Villa heraus gesehen hatte. Damals war sie ihm nur wie eine Ansammlung kleiner Hütten vorgekommen, aber er sah jetzt, dass er sich getäuscht hatte: Hinter den niedrigen, mit Stroh oder Reet gedeckten Bauwerken unmittelbar am Ufer erhob sich eine mächtige Mauer mit einer Zinnenkrone, die von einem massiven, nach oben spitz zulaufenden Tor durchbrochen wurde, und hinter diesen Zinnen war das Dächergewirr einer Stadt zu erkennen, die Zehntausende Einwohner haben musste. Er sah auch Menschen – winzige dunkle Gestalten, die sich durch die große Entfernung, über die er sie betrachtete, scheinbar in Zeitlupe zu bewegen schienen.

»Was ist das?«, fragte er Yezariael.

»Martenß Hof.«

Mark blickte den Gehörnten zweifelnd an. »Martens Hof? Das ist eine Stadt!«

»Unt?«, fragte Yezariael – und ging einfach weiter.

Mark blickte ihm einen Moment verwirrt nach, ehe er ihm folgte. Seine Erfahrungen mit Yezariael hielten ihn davon ab, den Gehörnten zurückzurufen und eine weitere Frage zu stellen, aber er glaubte auch so zu begreifen – Martens Hof war offensichtlich kein Bauernhof, wie er sich automatisch vorgestellt hatte, sondern der Name dieser Stadt. Anscheinend war in dieser verrückten Welt über den Dächern wirklich alles anders als bei ihm zu Hause.

Sie brauchten noch eine gute Stunde, um sich der Stadt so weit zu nähern, dass Mark mehr Einzelheiten erkennen konnte. Der Eindruck, den er aus der Entfernung gehabt hatte, erwies sich als richtig. Martens Hof war gigantisch. Es war unzweifelhaft eine intakte mittelalterliche Stadt – Mark entdeckte auf den Dächern weder Fernsehantennen noch sah er irgendwo eine Stromleitung oder andere Zeichen des technischen Fortschritts.

Und Martens Hof gefiel ihm! Trotz ihrer Größe und der Wehrhaftigkeit ihrer Mauern machte die Stadt einen sehr freundlichen Eindruck. Das gewaltige Tor stand einladend offen, und hinter den Zinnen der Wehrgänge rührte sich nichts. Wenn jemals Wächter darauf patrouilliert hatten, dann musste das schon lange her sein.

Der Weg zur Brücke führte an einem kleinen Haus vorbei, vor dem ein Mann und eine Frau in einem kleinen Vorgarten arbeiteten. Sie trugen einfache, grobe Kleider, die sie wie mittelalterliche Bauern aussehen ließen, und Marks Herz begann zu klopfen, als er sich den beiden näherte. Die

Frau sah ihn als Erste: Sie hörte zu arbeiten auf und rief dem Mann halblaut etwas zu, worauf auch dieser seine Arbeit einstellte, und beide blickten ihn mit offenkundigem Misstrauen an. Marks Jeans, das schreiend bunte Karohemd und die schäbige Lederjacke waren auffallend und passten nicht in diese Welt. Und nach den zwei Tagen, die er über Felsen geklettert, durch Wiesen gestreift und sich mühsam durch dornige Zweige durchgearbeitet hatte, war er auch alles andere als sauber.

Zu seiner Erleichterung sprachen ihn die beiden nicht an, aber er konnte die Blicke im Rücken spüren. Er fragte sich, wie man ihn wohl in der Stadt aufnehmen würde. Dass Martens Hof einen freundlichen Eindruck machte, bedeutete noch lange nicht, dass seine Bewohner allen Fremden gegenüber auch freundlich sein mussten.

Sein Blick streifte Yezariael, und er bemerkte, dass sich auch der Gehörnte anders verhielt. Er ging leicht geduckt, und jeder Muskel in seinem Körper schien gespannt. Immer wieder wanderte sein Blick nach rechts und links, und sein Schwanz zuckte nervös.

Yezariael hatte Angst.

Abrupt blieb Mark stehen und winkte den Gehörnten heran. Yezariael gehorchte, allerdings erst, nachdem er hastig zu dem kleinen Haus und den beiden Leuten zurückgesehen hatte. Diese starrten Mark und ihm noch immer nach, rührten sich aber nicht.

»Du musst nicht weiter mitkommen, Yes«, sagte Mark.

Der Gehörnte zögerte. Seine Krallenhände bewegten sich unruhig.

»Du hast Angst vor diesen Leuten, nicht wahr?«, fuhr Mark fort. »Ich meine – wahrscheinlich werden sich die Einwohner von Martens Hof nicht vor Begeisterung überschlagen, wenn sie dich sehen.«

»Sso unkefähr«, gestand Yezariael kleinlaut. »Ssie fürßten unß.«

»Und wahrscheinlich sogar zu Recht«, vermutete Mark. Yezariael antwortete nicht, und Mark fuhr nach einer Pause fort: »Ich danke dir für deine Hilfe, Yes. Aber du hast mich jetzt wirklich weit genug begleitet. Du kannst nach Hause gehen. Ich werde mich schon allein durchschlagen.«

Yezariael schüttelte den Kopf. »Iß pleipe«, sagte er. »Tu pißt mein Herr.«

»Unsinn«, antwortete Mark. »Ich will nicht, dass du in Gefahr gerätst. Und das würdest du, wenn du mitkämst – stimmt's?«

Yezariael nickte. Er wirkte ziemlich bedrückt, und auch Mark fühlte sich alles andere als wohl. Er spürte erst jetzt, wie sehr er sich im Laufe der vergangenen beiden Tage an den kleinen Gehörnten gewöhnt hatte.

»Geh«, sagte er noch einmal. »Ich komme allein klar. Bring dich in Sicherheit, ehe etwas Schlimmes passiert.«

»Aper fo ßoll iß tenn hin?«, fragte Yezariael leise.

»Nach Hause«, antwortete Mark erstaunt. »Wohin denn sonst?«

»Tu pißt mein Ssuhauße«, antwortete Yezariael traurig. »Iß kann nißt mehr ßurück in das Perkferk. Mein Platz ißt peßetzt. Ssie hapen länkst einen anteren kemacht.«

»Einen anderen gemacht?«, wiederholte Mark überrascht. »Was soll das heißen?«

»Iß pin ein Tiener«, erklärte Yezariael. »Wenn ein Tiener ßtirpt, meißeln tie Ssteinmetze einen neuen. Ißt taß tenn pei euß nißt kenaußo?«

Mark antwortete nicht. Bestürzt sah er den Gehörnten an und versuchte vergeblich, sich eine geniale Lösung für Yezariaels Problem einfallen zu lassen. Er musste wirklich umdenken, und zwar schnell. Er hatte bisher angenommen, dass Yezariael trotz seines seltsamen Äußeren ein Lebewesen wie er war – aber das stimmte nicht! Er war nicht geboren, sondern gemacht worden, eine Statue aus Stein, die vom düsteren Zauber des Greif zum Leben erweckt worden war.

»Im Klartext, du kannst nicht zurück«, sagte er schließlich. Yezariael nickte. Mark drehte sich wieder zu den beiden Bauersleuten um. Sie hatten sich immer noch nicht gerührt, aber ihre Gesichter waren noch finsterer geworden.

Mark war ziemlich sicher, dass seine Gegenwart das Einzige war, was die beiden noch davon abhielt, ihre Hacken zu nehmen und sich auf den Gehörnten zu stürzen.

»Und du kannst auch nicht hier bleiben«, vermutete er. »Sie würden dich umbringen.«

»Ja«, antwortete Yezariael einfach.

»Dann komm mit«, sagte Mark schweren Herzens. »Irgendwie kriegen wir das schon hin. Aber bleib immer dicht bei mir, hörst du? Und halt bloß die Klappe.«

Ganz gegen seine Gewohnheit antwortete Yezariael nicht darauf, sondern nickte nur heftig, und Mark drehte sich nach einem letzten Blick zu den beiden Bauern wieder herum und ging weiter auf die Brücke zu.

Sein Mut sank, als er sah, dass sich an ihrem anderen Ende eine Art Wachhäuschen erhob, klein und aus Holz und rot und weiß gestreift, wie es sich für ein solches gehörte, und mit gleich zwei Posten bemannt. Als Yezariael und er sich ihm näherten, unterbrachen die beiden ihre Unterhaltung und traten ihnen entgegen. Mark sah, dass sie bewaffnet waren: mit langen, wimpelgeschmückten Lanzen, die allerdings eher zur Dekoration denn als Waffe dienten, denn sie hatten nicht einmal eine Spitze, und schlanken Schwertern, die sehr wohl eine Spitze hatten.

Einer der beiden Wächter blieb in einigen Schritten Entfernung stehen und starrte Yezariael und ihn voller Misstrauen an, während der andere ihnen mit erhobener Hand den Weg verwehrte. Die andere Hand hatte er auf den Schwertgriff gelegt.

Mark blieb stehen. Yezariael drängte sich schutzsuchend an ihn – was Mark unter anderen Umständen komisch vorgekommen wäre, denn der Gehörnte war zwar einen halben Kopf kleiner als er, aber mindestens zehnmal so stark.

»Was wollt ihr?«, fragte der Wächter. Zu Mark gewandt, fügte er hinzu: »Wer bist du?«

Mark deutete mit der Hand über die Schulter zurück. »Mein Name ist Mark«, antwortete er. »Ich komme aus …«

Der Mann unterbrach ihn. »Du kommst von draußen«, sagte er, wobei er das Wort *draußen* betonte. »Ich verstehe. Und jetzt willst du in die Stadt.«

»Wenn … das möglich ist«, antwortete Mark unsicher. »Braucht man einen Passierschein oder so was?«

Der Mann lächelte, wurde aber sofort wieder ernst. »Nein. Geh in die Stadt zu Anders, der wird dir alles erklären. Du kannst ihn gar nicht verfehlen – du folgst einfach der breiten Straße, bis du zu einem hohen Gebäude aus weißem Marmor kommst, dem Turm des Magistus.« Er trat zur Seite, hob aber gleich wieder die Hand und deutete auf Yezariael.

»Gehört der dir?«, fragte er.

Mark schüttelte den Kopf. »Er ist … so eine Art Freund«, sagte er. »Ich habe ihm das Leben gerettet.«

»Und jetzt wirst du ihn nicht mehr los.« Der Wächter nickte. »Ich verstehe. Du solltest ihn wegschicken.«

»Das wäre sein Tod«, antwortete Mark empört.

»Vielleicht wäre das besser für ihn«, antwortete der Mann ungerührt. »Und für dich auch. Nun, du bist neu, du kennst dich noch nicht aus. Na ja, Anders wird dir alles erklären, denke ich. Danach kannst du dich immer noch entscheiden. Trotzdem – pass gut auf deinen Freund auf. Wir sehen sie nicht gern in der Stadt. Und du bist für alles verantwortlich, was er tut, hast du das verstanden?«

Mark nickte, er war froh, dass die Unterhaltung beendet war und er seinen Weg fortsetzen konnte. Yezariael lief hastig ein paar Schritte voraus und ging erst langsamer, als sie sich ein gutes Stück von den beiden Wächtern entfernt hatten.

»Tanke«, sagte er.

»Wofür?«

»Taß tu miß nißt fekkeschickt haßt. Tie peiten hätten miß ketötet.«

Mark blickte über die Schulter zu den beiden Soldaten zurück. Diese sahen Yezariael und ihm nach, und sie sahen genauso grimmig drein wie die beiden Bauersleute auf der anderen Seite des Flusses. Dabei hatte der Mann, der mit ihm gesprochen hatte, einen sehr freundlichen Eindruck gemacht, trotz seiner Strenge. Schließlich war es sein Beruf, die Brücke zu bewachen. Mark fragte sich nur, vor wem …

Langsam näherten sie sich dem Stadttor. Es wurde von vier Männern bewacht, und die kurze Szene bei der Brückenwache wiederholte sich, sogar beinahe wörtlich. Aber nach ein paar Augenblicken wurden sie auch hier durchgelassen, und endlich betraten sie Martens Hof.

Mark blieb erstaunt stehen. Die Wehrmauer mit ihrer Zinnenkrone hatte ihn eine typisch mittelalterliche Stadt erwarten lassen, wie man sie von Bildern oder aus Filmen her kannte, eine Stadt mit kleinen geduckten Häusern und verwinkelten schmutzigen Gässchen, in denen sich ärmlich gekleidete Menschen drängelten und in denen es laut und schmutzig war – aber das genaue Gegenteil war der Fall: Vor ihnen lag eine breite Straße mit sauberem, glattem Kopfsteinpflaster und von hübschen, gepflegten Häusern flankiert, in deren unteren Stockwerken Läden oder Lokale untergebracht waren. Die Menschen trugen Kleider in fröhlichen Farben, und eine heitere, fast ausgelassene Stimmung schlug Yezariael und ihm entgegen. Er hörte Lachen, aus einer offen stehenden Tür in der Nähe drang das Klirren von Gläsern und Musik, und überall blickten ihm freundliche, offene Gesichter entgegen.

Das änderte sich aber sehr rasch. Sowie die Blicke der Menschen auf Yezariael fielen, verwandelte sich die Freundlichkeit schlagartig in Feindseligkeit, und ein paar Passanten blieben stehen und starrten Yezariael mit unverhohlenem Zorn an. Mark entging nicht, dass sich die eine oder andere Hand zur Faust ballte oder nach einem Dolch tastete.

»Komm«, sagte er hastig. »Sehen wir zu, dass wir diesen Anders finden.«

Sie schritten immer rascher aus, bis sie sich so schnell bewegten, wie sie es gerade noch konnten, ohne zu rennen. Trotzdem wurde es immer schlimmer: Mehr und mehr Menschen blieben stehen, als sie den Gehörnten erblickten, und einmal lief ihnen minutenlang eine Schar Jungen und Mädchen hinterher, die sich ganz offensichtlich kaum noch beherrschen konnten, sich auf Yezariael zu stürzen.

Trotz allem versuchte Mark, sich so gründlich umzusehen, wie er konnte, während sie die lange, schnurgerade Straße hinuntereilten.

Die meisten Häuser waren aus weißem Marmor gebaut oder in hellen Farben gestrichen, und wenn es so etwas wie eine einheitliche Mode in diesem Teil des Schwarzen Turms gab, so bestand sie offensichtlich darin, sich möglichst bunt anzuziehen. Mit Ausnahme der Uniformen, die er an der Brücke und am Tor gesehen hatte, glich kein Kleidungsstück dem anderen, und es gab fast keine dunklen Farben. Die Gesichter der Menschen waren braun gebrannt und offen. Die meisten Männer trugen Bärte, und nicht wenige waren bewaffnet, ohne dadurch allerdings einen kriegerischen Eindruck zu machen: Vielmehr schienen Schwert und Dolch zu ihrer Kleidung zu gehören wie in Marks Heimat der Schlips.

Auch die Läden, in deren Auslagen er neugierig hineinsah, bestätigten den Eindruck, den er schon von weitem gehabt hatte: Martens Hof war eine Stadt, wie sie vor fünf- oder sechshundert Jahren ganz normal gewesen wäre, nur um etliches größer und vermutlich wohlhabender. Wenn sie so alt war wie der Schwarze Turm selbst, überlegte Mark, dann schien sich seit dem Tag ihrer Gründung hier nicht allzu viel verändert zu haben.

Sie brauchten eine gute halbe Stunde, um das Gebäude zu erreichen, das der Wächter ihnen beschrieben hatte. Es befand sich am Ende der Straße, und eine breite Treppe aus weißem Marmor führte direkt zu seinem offen stehenden Tor. Mark atmete erleichtert auf, als sie durch dieses Tor schritten und die Bewohner von Martens Hof und ihr Zorn hinter ihnen zurückblieben.

Anders

Anders war ein großer, dunkelhaariger Mann von gut fünfzig Jahren und von stattlichem Umfang, dessen feistes, gutmütiges Gesicht den Eindruck machte, als ob er unentwegt lächelte, selbst wenn er ernst dreinblickte.

Mark hatte den ersten Menschen, der ihnen im Haus begegnet war, nach Anders gefragt und war eine Treppe nach oben, einen langen, düsteren Gang entlang in ein kleines Zimmer mit einem winzigen Fensterchen gebracht worden. Bis auf einen Schreibtisch, einen Stuhl dahinter und einen kleinen harten Hocker, auf dem Mark jetzt saß, war der Raum ohne Einrichtung. Yezariael war stehen geblieben. Für seinen Körperbau und den stets unruhig zuckenden Schweif mussten menschliche Sitzmöbel ziemlich unbequem sein.

Sie hatten eine geraume Weile gewartet – wie lange, wusste Mark nicht, denn seine Armbanduhr funktionierte nicht mehr, seit er den Schwarzen Turm betreten hatte –, ehe Anders endlich hereingekommen war. Er sah weder überrascht noch ärgerlich drein, als er Marks Begleiter erblickte, offensichtlich hatte man ihn bereits darüber informiert. Er musterte den Gehörnten eine Weile, setzte sich dann hinter den Schreibtisch und hörte zu, wie Mark ihm seine Geschichte erzählte – den winzigen Teil der Wahrheit, den er preisgab. Nichts von seiner wirklichen Identität. Nichts davon, wie er in den Turm gekommen war oder gar warum. Ohne dass er den Grund dafür hätten nennen können, ahnte Mark, dass es zumindest im Moment besser war, einfach den Unwissenden zu spielen.

»So«, sagte der Dicke, als Mark geendet hatte. »Dein Name ist also Mark, und du kommst von draußen.« Er notierte sich etwas aufmerksam auf einem der Zettel, die auf dem Schreibtisch lagen.

Mark nickte verblüfft. Das war eine etwas knappe Zusammenfassung der Geschichte, die er im Lauf der letzten halben Stunde erzählt hatte.

»Und du suchst Anders.«

»Der Mann an der Brücke hat mir gesagt …«

»Ich bin nicht sicher, dass Anders der Richtige für dich ist«, unterbrach ihn der Dicke.

»Sind Sie denn nicht Anders?«, fragte Mark.

Diese Frage schien den Dicken aufs Äußerste zu amüsieren, denn er lachte so heftig, dass seine Hängebacken zu wackeln begannen. Dadurch bekam er eine starke Ähnlichkeit mit einer Bulldogge, fand Mark, hütete sich aber selbstverständlich, das laut auszusprechen.

»Nein, das bin ich nicht«, antwortete der Dicke, nachdem er sich wieder beruhigt hatte. Dann fragte er: »Wie alt bist du? So um die dreizehn, vierzehn Jahre, schätze ich? Hmmm ... Ein problematisches Alter. Was machen wir denn nun bloß mit dir?«

»Machen?« Ein ungutes Gefühl begann sich in Mark auszubreiten. »Aber kann ich denn nicht ...«

»Du kannst tun und lassen, was immer du willst«, sagte der Dicke, zu dessen schlechten Angewohnheiten es zu gehören schien, seine Gesprächspartner prinzipiell niemals aussprechen zu lassen. »Aber es wäre natürlich klüger, wenn du unsere Hilfe in Anspruch nimmst. Wir haben gewisse ... Erfahrungen mit Leuten wie dir.«

»Dann bin ich nicht der Erste, der hierher kommt?«, fragte Mark. »Von draußen, meine ich?«

Wieder blitzte es in den Augen des Dicken belustigt auf, aber diesmal beherrschte er sich. »Nein«, antwortete er. »Die Frage ist – willst du allein leben, oder würdest du Familienanschluss vorziehen?«

»Wie?«, fragte Mark hilflos.

Der Dicke legte die Hände auf den Schreibtisch. »Ich sagte dir bereits – dein Alter ist ein wenig problematisch. Eigentlich bist du durchaus alt genug, für dich allein zu sorgen, wenn du das möchtest. Du scheinst nicht dumm zu sein, und ich sehe, dass du auch recht kräftig bist. Nur in der Wahl deiner Freunde«, fügte er mit einem Seitenblick auf Yezariael hinzu, »solltest du vielleicht etwas vorsichtiger sein. Aber zurück zum Thema: Es gibt natürlich immer Familien, die sich Kinder wünschen – auch welche in deinem Alter.«

»Ich glaube, ich ... ich verstehe nicht ganz, was Sie meinen«, antwortete Mark verstört.

»Ich denke, ich werde Anders rufen, und der soll dir alles erklären«, antwortete der Dicke. »Später kannst du dich dann immer noch in Ruhe entscheiden.«

»Sie missverstehen da etwas«, sagte Mark, »ich habe nicht vor, hier zu bleiben, und ...«

»Wer sagt, dass du das sollst?«, unterbrach ihn der Dicke und stand auf. »Der Turm ist groß genug, oder? Und jetzt warte hier.« Und damit wälzte er seine gewaltige Körpermasse an Mark und Yezariael vorbei zur Tür und war verschwunden.

Mark tauschte einen verwirrten Blick mit dem Gehörnten. »Verstehst du, was das soll?«

»Nein«, antwortete Yezariael. »Aper iß traue ihm nißt.«

Mark kam nicht dazu zu antworten, denn die Tür wurde wieder geöffnet, und ein dunkelhaariger Junge in Marks Alter betrat das Zimmer. Wie der Dicke zuvor, musterte er erst den Gehörnten mit einem nicht sehr freundlichen Blick, dann wandte er sich an Mark und lächelte. Ganz im Gegensatz zu seinem Vorgänger wirkte sein Lächeln ehrlich, nicht berufsmäßig.

»Ich bin Anders«, stellte er sich vor. »Hanss hat gesagt, ich soll mich um dich kümmern.« Er streckte Mark die Hand entgegen, die dieser nach kurzem Zögern ergriff. Und dann tat Anders etwas Überraschendes: Er drehte sich zu Yezariael herum, blickte ihn einen Moment lang unbewegt an – und lächelte dann abermals.

»Du siehst eigentlich ganz harmlos aus«, sagte er. »Mark ist dein Herr?«

Yezariael nickte. »Iß kehöre ihm.«

»Dann tu auch genau das, was er sagt«, meinte Anders ernst. »Verstanden?«

»Ja«, antwortete der Gehörnte.

Anders schien mit dieser knappen Antwort zufrieden zu sein, denn er wandte sich ohne ein weiteres Wort wieder um und ging zu dem Schreibtisch, hinter dem Hanss vorher gesessen hatte. Er nahm aber nicht in dem Stuhl dahinter Platz, sondern setzte sich auf die Schreibtischkante und ließ die Beine baumeln.

»Ich soll mich um euch kümmern«, begann er. »Ich will ehrlich sein – ich war nicht besonders begeistert von der Vorstellung, als ich davon hörte. Aber ich glaube, dein

Freund ist in Ordnung. Ich habe überhaupt nichts gegen sie, aber es gibt eine Menge Leute hier, die schlechte Erfahrungen gemacht haben. Vielleicht wäre es das Beste, wenn wir die Stadt verlassen.«

»Aber ich bin doch gerade erst gekommen«, antwortete Mark.

»Nur für eine Weile«, beruhigte ihn Anders. »Ich meine, später kannst du dich dann in Ruhe entscheiden, wo du leben willst – hier in der Stadt oder auf dem Land. Oder vielleicht auch oben.«

Oben?, dachte Mark. Was sollte das jetzt schon wieder bedeuten?

»Einverstanden?«

Anders war sichtlich erleichtert, als Mark nickte. Mit einem Satz sprang er von der Tischkante herunter. »Wir fahren erst einmal zu meinen Freundeltern. Sie wohnen nicht weit von hier. Kommt.« Er deutete mit einer Kopfbewegung an, ihm zu folgen, und sie verließen den Raum.

Vor der Tür warteten zwei Soldaten. Sie sagten kein Wort, und sie bemühten sich sogar, Yezariael nicht anzusehen – aber Mark hatte trotzdem das Gefühl, ein Gefangener zu sein, während er zwischen ihnen ging. Dann verließen sie das Haus, und plötzlich war er sehr froh, diese Wache zu haben. Am Fuße der Treppe hatte sich ein regelrechter Menschenauflauf gebildet. Etliche hundert Männer und Frauen waren zusammengekommen. Die Neuigkeit von Yezariaels Auftauchen schien sich wie ein Lauffeuer in der Stadt verbreitet zu haben.

»Keine Angst«, sagte Anders lächelnd. »Sie tun euch nichts. Nicht solange ich dabei bin.«

»Aha«, murmelte Mark. Yezariael schwieg, in seinen Augen stand Angst.

Tatsächlich wich die Menschenmenge auseinander, als sie sich ihr näherten; aber Mark hatte das Gefühl, einen Spießrutenlauf zu absolvieren. Er war nicht nur damit einverstanden, die Stadt wieder zu verlassen, sondern ganz versessen darauf.

Vor dem Stadttor wartete ein zweispänniger, offener Wagen. Mark blickte Anders überrascht an – der Junge hatte mit keinem Menschen gesprochen, seit sie das Gebäude im Herzen der Stadt verlassen hatten, aber irgendwie hatte er es trotzdem zuwege gebracht, ein Transportmittel für sie zu organisieren. Anders grinste, als lese er seine Gedanken und amüsiere sich über seine Verwirrung, sagte aber nichts, sondern schwang sich nur auf den Kutschbock und griff nach den Zügeln, während Mark und Yezariael in den Wagen kletterten.

Sie fuhren los, noch ehe der Gehörnte richtig Platz genommen hatte. Yezariael pfiff beleidigt, als ihn der plötzliche Ruck aus dem Gleichgewicht brachte und er mit Armen, Beinen und Schwanz zugleich um seine Balance kämpfte, aber Anders grinste nur noch breiter und gab Mark mit einer Geste zu verstehen, zu ihm nach vorn zu kommen.

Mark zögerte. Irgendwie hatte er das Gefühl, es Yezariael schuldig zu sein, bei ihm zu bleiben. Aber dann sah er, dass es auf dem Kutschbock sowieso nur Platz für zwei gab – und außerdem war seine Neugier stärker. Mit einem entschuldigenden Blick in Yezariaels Richtung kletterte er nach vorne und ließ sich auf der ungepolsterten Bank nieder.

»Dein Name ist also Mark«, sagte Anders, als versuche er das Gespräch noch einmal ganz von vorne zu beginnen. »Wie kommst du hierher? Ich meine – hast du dich einfach verirrt, oder hast du den Turm gesucht?«

»Das … das war mehr ein Zufall«, antwortete Mark vorsichtig. Anders blickte ihn zweifelnd an, und Mark fügte hinzu: »Ehrlich gesagt, weiß ich selbst nicht so genau, wie ich hierher gekommen bin.«

»Es gibt viele Wege in den Turm«, sagte Anders geheimnisvoll. »Fast jeder, der kommt, erzählt eine andere Geschichte. Vielleicht muss jeder seinen eigenen Weg finden.«

»Ich wäre schon froh, wenn ich wüsste, wie ich wieder zurückkomme«, sagte Mark leise.

Anders antwortete nicht gleich. »Darüber reden wir später«, sagte er schließlich. »Jetzt überlegen wir erst einmal, was wir mit dir machen. Kommst du aus einer Stadt oder vom Land?«

»Aus einer Stadt«, antwortete Mark. »Warum?«

»Weil du dann wahrscheinlich lieber auf dem Land leben wirst«, antwortete er. »Das ist immer so. Leute vom Land wollen in die Stadt, und die aus den Städten drängen aufs Land oder nach oben. Anscheinend suchen sie immer das, was sie nicht gehabt haben. Anfangs jedenfalls.«

»Anfangs?«

»Man wird ruhiger mit der Zeit«, antwortete Anders. »Aber ich sehe schon, das ist alles ein bisschen viel im Moment, wie? Und außerdem kannst du sowieso nicht in der Stadt leben, solange du deinen Freund bei dir hast.« Er deutete mit einer Kopfbewegung auf Yezariael.

Eine Weile fuhren sie schweigend dahin. Bald lag nicht nur die Stadt, sondern auch der Fluss hinter ihnen, und der Weg schlängelte sich bergauf und bergab, in Wirklichkeit dem endlosen Auf und Ab der Dachlandschaft folgend. Als es zu dämmern begann, sahen sie ihr Ziel vor sich: ein großer, halbkreisförmig angelegter Bauernhof aus wuchtigen Steingebäuden, der hinter einer hohen Palisade verborgen lag. Das Tor stand offen, aber auch dieses Anwesen machte einen recht wehrhaften Eindruck. Alles schien in dieser sonderbaren Welt jenseits der Realität auch nicht in Ordnung zu sein …

»Meine Freundeltern werden sich freuen, dich kennenzulernen«, sagte Anders, als sie durch das Tor rollten. »Sie werden dir gefallen.«

Es war das zweite Mal, dass Mark dieses merkwürdige Wort hörte, und diesmal fragte er Anders nach seiner Bedeutung. »Nun, wir sind eben Freunde«, erklärte Anders. »Aber gleichzeitig sind sie so eine Art Eltern für mich. Du wirst das schon noch begreifen.«

Aber Mark hatte wirklich keine Lust mehr, sich wieder mit einem ›du wirst schon alles verstehen‹ abspeisen zu lassen. »Die Leute hier sind also nicht deine Eltern«, sagte er bestimmt. »Und wo sind deine richtigen Eltern?«

Anders lächelte, als hätte er etwas sehr Naives gefragt.

»Tot, vermute ich«, sagte er leichthin. »Es sei denn, sie hätten das Kunststück fertig gebracht, fünfmal so lange zu leben wie andere.«

»Wie bitte?«, fragte Mark verdattert. Er wusste, dass hier im Schwarzen Turm die Zeit anders lief, aber jedes Mal, wenn er mit dieser Tatsache konfrontiert wurde, musste er sie sich wieder in Erinnerung rufen. Anders sah aus, als wäre er vierzehn oder fünfzehn Jahre alt, aber es hätte Mark nicht gewundert, hätte er erfahren, dass er drei- oder vierhundert Jahre alt war.

»Du kommst auch von draußen«, vermutete er.

Anders nickte zustimmend. »*Alle* kommen von draußen«, antwortete er.

Mark sah ihn überrascht an. »Alle? Du meinst, all diese Leute, die ich in der Stadt gesehen habe, sind irgendwann einmal ...«

»... in den Turm gekommen, richtig«, führte Anders den Satz zu Ende. »Hier wird niemand geboren, verstehst du?«

Nein ... Mark verstand nicht.

Sie hatten das Haus erreicht, und Anders ließ die Zügel los und sprang vom Kutschbock. Mark kletterte ebenfalls herunter und half dann Yezariael, der ungelenk aus dem Inneren des Wagens hüpfte.

Die Tür des Bauernhauses wurde geöffnet, und ein grobschlächtiger, grauhaariger Mann in derber Kleidung kam ihnen entgegen. Er sah aus, als wäre er aus einem Stück Felsen herausgehauen, aber nie ganz fertig geworden, machte aber trotzdem einen gutmütigen Eindruck. Mark war sofort klar, dass es sich um Anders' Freundvater handelte.

Jan – wie der Name des Mannes lautete – betrachtete Mark und Yezariael aus wachen Augen, während Anders mit wenigen Worten das erzählte, was er von Mark erfahren hatte, und er war der Zweite, der nicht mit Widerwillen oder Hass auf den Anblick des Gehörnten reagierte, sondern ihn nur neugierig musterte.

Sie gingen ins Haus, dessen Inneres viel heller und freundlicher war, als sein wehrhaftes Äußeres Mark hatte vermuten lassen. Jan führte ihn in einen großen Raum, der

Wohnstube und Küche zugleich zu sein schien, wies Yezariael und ihm Plätze an dem Tisch neben der Tür zu und trug ohne eine weitere Frage einige Speisen auf.

Dann stopfte er sich umständlich eine Pfeife und ging zum Kamin, um sie an einem Holzspan zu entzünden, und als er zurückkam, hatte sich irgendetwas geändert. Mark wusste nicht, was es war – Jans Blick war so offen und freundlich wie immer, und auch in Anders' Gesicht rührte sich kein Muskel; und doch war es, als fände zwischen den beiden eine Art stummes Zwiegespräch statt, das Mark nicht hören konnte, bei dem es aber offensichtlich um ihn ging.

»Weiß er es schon?«, fragte Jan plötzlich.

Anders schüttelte den Kopf, und Mark richtete sich aufmerksam hoch. »Was?«, fragte er.

»Dass du nicht in der Stadt leben kannst«, sagte Anders, und Mark spürte ganz deutlich, dass es eine Lüge war. Was immer Jan mit seiner Frage gemeint hatte – das jedenfalls nicht. Aber er tat so, als hätte er nichts gemerkt, und ging darauf ein.

»Wegen Yezariael«, vermutete er.

Anders' Blick streifte den Gehörnten, der mucksmäuschenstill in seiner Ecke saß und so tat, als wäre er wieder zu Stein erstarrt. Nur seine Ohren bewegten sich von Zeit zu Zeit und verrieten Mark, dass er sehr aufmerksam zuhörte.

»Ja«, antwortete Anders – und auch das war nicht die Wahrheit. Anders war kein sehr geschickter Lügner.

»Aber ich kann auch nicht hier bleiben«, fuhr Mark fort.

Anders lächelte schwach. »Niemand bleibt lange hier, Mark. Jan und ich … kümmern uns manchmal um die, die zu uns kommen. Viele brauchen Hilfe in der ersten Zeit, und nicht alle sind so gelassen wie du. Aber über kurz oder lang wirst auch du …«

»Du brauchst dich nicht zu entschuldigen«, unterbrach ihn Mark. »Ich hatte sowieso nicht vor, lange zu bleiben. Ich muss zurück nach Hause.«

Anders sah ihn traurig an. »Das geht nicht, Mark«, sagte er leise.

Mark verstand nicht sofort. »Wieso?«

»Du kannst nicht zurück«, antwortete Jan an Anders' Stelle. »*Das* habe ich gemeint, als ich Anders fragte, ob du es schon weißt.«

Er warf einen Blick auf Anders und runzelte die Stirn. »Es dauert sonst länger, bis wir jemandem die Wahrheit sagen. Aber ich glaube, du weißt ohnehin mehr als die meisten, die herkommen.«

»Vielleicht«, gestand Mark. »Aber was soll das heißen – ich kann nicht zurück?«

»Die Türen des Turmes führen nur in ihn hinein, Mark, niemals wieder hinaus. Keiner, der hierher gekommen ist, hat wieder den Weg zurück gefunden.«

Mark starrte den Mann ungläubig und entsetzt zugleich an. »Du meinst, ich bin hier ... gefangen?«

Jan schüttelte den Kopf. »Nicht gefangen. Viele sehen es so, am Anfang, aber das ist es nicht. Bist du dort, wo du herkamst, gefangen, nur weil du deine Welt nicht verlassen kannst?«

»Das ist ja wohl ein Unterschied«, sagte Mark empört.

Jan hob ruhig die Hand. »Wieso? Nur weil deine Welt größer ist? Der Turm ist groß genug, glaube mir. Du kannst dein Leben damit verbringen, ihn zu erforschen, ohne jemals an seine Grenzen zu stoßen. Und er wird dir gefallen, nach und nach.«

»Aber das ist unmöglich!«, sagte Mark heftig. »Ich muss zurück. Ihr versteht nicht ...«

»Du verstehst nicht«, unterbrach ihn Jan. »Du reagierst nicht anders als alle, die hierher kommen. Auch Anders hat einmal auf diesem Stuhl gesessen und fast dieselben Worte gesprochen. Ich ebenfalls. Jeder hier.«

»Du willst sagen, dass ihr euer Leben lang in diesem Turm eingesperrt seid?«, vergewisserte sich Mark. »Und dass es euch gefällt?«

»Wir sind nicht eingesperrt«, wiederholte Jan. Mark wollte widersprechen, aber diesmal schnitt ihm Jan mit einer befehlenden Geste das Wort ab. »Mir ist klar, wie wenig du mir im Augenblick glauben kannst, Mark«, sagte er.

»Und doch wirst du mich verstehen, und es wird nicht sehr lange dauern. Uns allen ist es einmal so gegangen wie dir.«

»Und ihr habt alle aufgegeben?«, fragte Mark zweifelnd. »Das kann ich nicht verstehen. Kein Einziger hat je versucht, zurückzukehren?«

»Viele«, antwortete Jan. »Manche sind weit gekommen, bis in Regionen des Turmes, von denen niemand wusste, dass sie überhaupt existieren. Die meisten kehren zurück, irgendwann, andere wandern noch heute unruhig umher und suchen einen Weg, den es nicht gibt, und wieder andere haben wir nie wieder gesehen.«

Mark blickte ihn fragend an, aber Jan sagte nichts mehr, sondern stand auf und bat Anders, Mark und seinem Begleiter ihr Zimmer zu zeigen. Danach ging er, ohne noch einmal das Wort an sie zu richten.

»Bist du müde?«, fragte Anders.

Mark nickte. »Ja. Aber ich glaube nicht, dass ich jetzt schlafen kann.«

Anders lachte leise, stand auf und machte eine Handbewegung. »Dann komm«, sagte er. »Lass uns ein bisschen spazierengehen. Ich werde dir die Geschichte des Turmes erzählen und meine eigene. Vielleicht verstehst du dann alles ein wenig besser.«

Mark warf einen Blick in Yezariaels Richtung, aber der Gehörnte hatte offensichtlich keine Einwände dagegen, allein zurückzubleiben, denn er nickte. Sie verließen das Haus.

Es war vollends dunkel geworden während ihres kurzen Gesprächs, und über dem Hof spannte sich wieder jener eigentümliche, sternlose Nachthimmel, dessen Anblick Mark selbst jetzt noch mit Staunen und Ehrfurcht erfüllte wie damals, als er ihn zum ersten Mal gesehen hatte.

Sie überquerten den Hof und gingen durch das Tor im Palisadenzaun. »Warst du glücklich, dort, wo du herkommst?«, fragte Anders plötzlich.

Mark sah ihn überrascht an. »Wieso fragst du das?«

Anders ging noch ein paar Schritte weiter, dann setzte er sich ins Gras und zog die Knie an den Körper, um das Kinn darauf zu stützen. Mark zögerte, dann setzte er sich ebenfalls. »Ich war es nicht«, fuhr Anders nach einer Weile fort. Er sah Mark an. Sein Blick ging ins Leere, und seine Stimme nahm einen eigentümlichen, fast wehmütigen Tonfall an. »Ich war ... meine Eltern waren arme Leute. Weißt du, wie es ist, arm zu sein?«

Mark dachte an Ela und die Berber und schüttelte den Kopf. »Nein.«

»Es ist nicht schön«, sagte Anders ernst. »Wir haben oft gehungert. Als ich vier Jahre alt war, erfror meine Schwester, weil der Landgraf bei Todesstrafe verboten hatte, Holz im Wald zu sammeln, und mein Vater kein Geld hatte, Feuerholz zu kaufen.«

Mark sah Anders zweifelnd an, dann rief er sich in Erinnerung, dass Anders nur so aussah, als wäre er höchstens ein Jahr älter als er. Er sprach mit einem Menschen, der nicht nur aus einem anderen Land stammte, sondern auch aus einer anderen Zeit.

»Als ich elf war, ging Vater weg«, fuhr Anders fort. »Man erzählte sich, er wäre Werbern in die Hände gelaufen, die Landsknechte für das Heer suchten, aber ich glaube das nicht. Ich glaube, er konnte all das Leid einfach nicht mehr ertragen. Ein Jahr später begann der Krieg, und wir mussten unser Haus verlassen und flüchten.« Er seufzte, schloss die Augen und fuhr mit leiser, bewegter Stimme fort:

»Es war eine schlimme Zeit. Ich hatte einen älteren Bruder, der versuchte Vaters Stelle einzunehmen und für uns zu sorgen – für Mutter, unsere beiden jüngeren Schwestern und mich. Wir flüchteten quer durch das Land wie so viele, die vor dem Krieg davonliefen. Und dann, eines Tages, gab es nichts mehr, wohin wir hätten fliehen können. Wir waren in einer Stadt. Sie wurde belagert, und sie fiel. Die Eroberer brannten sie nieder, und sie erschlugen jeden, der sich blicken ließ.«

»Auch deine Mutter und die anderen?«, fragte Mark. Er spürte, wie schwer es Anders fiel, ihm diese Geschichte zu erzählen. Es war lange her, unvorstellbar lange, auch das begriff er, aber für Anders spielte das keine Rolle. Der Schmerz war so frisch, als wäre es gestern geschehen.

»Ich nehme es an«, sagte Anders. »Ich wurde von Mutter und meinen beiden Schwestern getrennt. Alles war in Panik, und jeder versuchte zu fliehen und sein Leben zu retten. Die Menschen kämpften gegeneinander, und es spielte keine Rolle mehr, ob sie Freund oder Feind gewesen waren. Ich habe Mutter und die beiden Mädchen nie wieder gesehen. Aber ich habe gesehen, wie mein Bruder starb. Ein Landsknecht hat ihn erschlagen, vor meinen Augen. Ich versuchte ihm zu helfen, aber ich konnte es nicht. Der Mann nahm sein Schwert und schlug auch mich nieder. Ich verlor das Bewusstsein, und wahrscheinlich hat mir das das Leben gerettet, denn sie müssen mich für tot gehalten haben. Hier – siehst du?« Er hob die Hand und streifte eine Haarsträhne zurück, und Mark erkannte eine dünne, lange Narbe, die sich quer über seine Stirn zog.

»Ich lag in meinem eigenen Blut da und in dem der anderen, und als ich erwachte, war wieder Morgen. Die Stadt brannte noch immer, und neben mir lag mein erschlagener Bruder.« Er sprach nicht weiter, sondern senkte den Blick und starrte eine Zeit lang ins Leere. Schließlich fragte Mark leise:

»Und was hast du dann getan?«

»Ich wollte sterben«, antwortete Anders. »Mein Bruder war tot, und ich war sicher, auch meine Mutter und die Mädchen niemals wieder zu sehen. Und ich hatte Angst, gefangen und vielleicht gefoltert zu werden. Ich war niemals sehr mutig, musst du wissen.«

»Angst zu haben ist doch kein Beweis für Feigheit«, sagte Mark, aber Anders zuckte nur mit den Schultern.

»Damals dachte ich das jedenfalls. Der Tod erschien mir der leichteste Ausweg. Ich schlich mich davon und kletterte auf das Dach eines Hauses, um mich in die Tiefe zu stürzen.«

Mark starrte ihn aus großen Augen an. »Und … hast du es getan?«

»Nein«, antwortete Anders. »Als ich das Dach betrat, war ich nicht mehr in der Stadt. Ich war hier.«

Er atmete tief ein und zwang sich, Mark wieder anzusehen, und als er weitersprach, klang seine Stimme wieder ein wenig fester. »Weißt du, warum ich dir das erzählt habe?«, fragte er.

Mark schüttelte den Kopf.

»Weil die meisten, die hier sind, auf diese oder eine ähnliche Weise herkamen. Natürlich haben sie nicht alle versucht, sich selbst zu töten. Aber es waren Unglückliche und Unzufriedene. Die, die in ihrem Leben nicht das gefunden haben, wonach sie suchten. Oder die niemals eine wirkliche Chance bekamen, glücklich zu sein. Deshalb habe ich gefragt, ob du dort, wo du herkommst, glücklich warst.«

Mark antwortete nicht, und wieder kehrte für lange Zeit Stille zwischen ihnen ein. Anders' Geschichte hatte ihn erschüttert, obwohl es eine Geschichte war, wie sie sich schon unzählige Male auf der Welt abgespielt hatte und noch immer abspielte. Aber mehr noch erschütterte ihn das, was sie bedeutete: Nämlich dass der Schwarze Turm ein Ort der Unglücklichen war, ein Platz für die Ruhelosen und Misshandelten. Kein Paradies, sicher auch keine Hölle, sondern etwas, wofür er keinen passenden Ausdruck fand. Dann, als Anders weitersprach, begriff er, warum seine Geschichte ihn so traurig gestimmt hatte.

»Dies ist der Ort, zu dem sie gehen«, sagte Anders. »Die Unzufriedenen und Geschundenen. Vielleicht ist er nur ein Traum ... niemand weiß das. Es spielt auch keine Rolle. Es ist der Ort, an den die gelangen, die eines Tages einfach weggehen und niemals wiederkommen.«

Wie mein Vater, dachte Mark bitter.

Anders sah ihn mitleidig an, und Mark begriff, dass er den Gedanken nicht gedacht, sondern laut ausgesprochen hatte. »Er ist hier?«

»Ich weiß es nicht«, antwortete Mark, »aber ich glaube es. Vielleicht kennst du ihn?«

»Es kommen viele hierher«, antwortete Anders lächelnd. »Manche bleiben eine Weile, manche lassen sich in Martens Hof nieder oder irgendwo in der Nähe, so wie Jan und seine Familie, aber die meisten ziehen fort. Du wirst ihn sicher finden, wenn er hier ist – und wenn er will, dass du ihn findest.«

Daran hatte Mark noch gar nicht gedacht – an die Möglichkeit, dass sein Vater vielleicht gar nicht gefunden werden wollte, sondern einfach gegangen war, so wie Anders' Vater vor so langer Zeit. Er spürte, wie eine dumpfe Verzweiflung in ihm aufstieg, und zwang sich, an etwas anderes zu denken.

»All diese Leute, die ich in der Stadt gesehen habe, sind auf demselben Weg hierher gekommen wie du und ich?«, fragte er.

Anders nickte. »Ja. Niemand wird hier geboren, niemand altert.«

»Willst du damit sagen, dass ihr unsterblich seid?«, fragte Mark zweifelnd.

Anders lachte. »Ein großes Wort. Ich weiß es nicht. Aber die Zeit hat hier drinnen keine Macht über uns, wenn es das ist, was du meinst.«

»Aber was tut ihr?«, fragte Mark verwirrt.

Anders schien den Sinn seiner Frage nicht zu verstehen. »Tun?«

Mark nickte heftig. »Du sagst, sie kommen hierher – und dann?«

Anders machte eine hilflose Handbewegung. »Nun, wir leben«, antwortete er verwirrt. »Manche hier, manche in der Stadt, manche ...« Er machte eine Geste zur Decke. »... oben. Was sollen sie tun, deiner Meinung nach?« Er lachte unsicher. »Was tut ihr, in eurer Welt?«

Darauf wusste Mark keine Antwort. Aber er spürte, dass er mit seiner Frage dieser Antwort schon sehr nahe gekommen war. Er war verwirrt über seine eigene Reaktion auf die Geschichte, die Anders ihm erzählt hatte. Der Schwarze Turm schien ein Paradies zu sein, wie dieser es schilderte, ein Ort ewigen Friedens, ewigen Lebens und ewigen Glücks. Das hätte er sein müssen, und für Anders und die anderen schien er es auch zu sein. Und trotzdem erfüllte Mark die Vorstellung, auf ewig hier zu leben, mit purem Entsetzen.

»Wir können tun, was immer wir wollen«, fuhr Anders

fort. »Viele leben in Städten. Andere als Bauern. Wir bauen, handeln, reisen ... der Turm ist groß, Mark, vielleicht größer als die Welt, die du kennst.«

»Und du?«, fragte Mark.

»Das weißt du doch längst«, antwortete Anders mit einem flüchtigen Lächeln. »Ich helfe denen, die herkommen, sich zurechtzufinden. Die meisten sind anfangs recht verzweifelt.«

»Ich nicht«, sagte Mark bestimmt. »Und ich werde auch auf keinen Fall hier bleiben. Ich gehe zurück.«

»Aber das kannst du gar nicht«, erwiderte Anders sanft. »Nur die, die den Turm ihr Leben lang gesucht haben, finden ihn auch.«

»Ich nicht«, beharrte Mark.

»Doch«, erwiderte Anders ruhig. »Etwas in dir hat sich nach ihm gesehnt, auch wenn du es selbst nicht zu wissen glaubst. Und dieses Etwas will hier bleiben.« Er machte eine Handbewegung in die Richtung, aus der Mark gekommen war.

»Du willst nicht wirklich zurück«, sagte er. »Du kannst es versuchen – niemand wird dich aufhalten. Aber du wirst den Weg nicht finden. Mach es dir selbst leicht und versuche das zu begreifen. Dies ist unsere Welt, Mark. Die, in die du gehörst, so wie ich und all die anderen.«

»Das Paradies, wie?«, sagte Mark böse.

»Wenn du es so nennen willst.«

Aber das wollte Mark nicht. Für ihn war der Turm kein Paradies, sondern das Gegenteil – die Hölle. Und er sprach es aus.

Anders reagierte auch auf diese Worte nur mit einem verzeihenden Lächeln, aber Mark glaubte zu spüren, dass sie ihn auch mit einer vagen Trauer erfüllten. Vielleicht, weil er tief, tief drinnen in sich ahnte, dass Mark Recht hatte. Etwas an dieser bizarren Welt hier war falsch, so falsch, wie es nur sein konnte. Mark konnte dieses Etwas nicht in Worte fassen, aber er spürte es ganz deutlich.

»Es ist spät geworden«, sagte Anders plötzlich. »Gehen wir schlafen. Wir können ja morgen noch weiterreden.«

Mark stand auf und folgte dem Jungen ins Haus zurück, wo Yezariael noch immer geduldig auf ihre Rückkehr wartete.

Ihr Zimmer war eine einfache, aber sehr praktisch eingerichtete Kammer unter dem Dach des Bauernhauses, von deren Fenster aus man fast den gesamten Hof überblicken konnte. Es gab vier Betten, von denen zwei frisch bezogen waren, und ihr Anblick ließ Mark plötzlich spüren, dass er doch ziemlich müde war. Und nachdem er eine Weile belustigt zugesehen hatte, wie Yezariael umständlich versuchte, auf dem für ihn ungewohnten Möbel in eine einigermaßen bequeme Haltung zu rutschen, fielen ihm die Augen zu. Er schlief ein.

Abschied vom Paradies

Es war noch dunkel im Zimmer, als Mark erwachte. Im Haus herrschte absolute Stille, und Mark hatte das Gefühl, dass etwas nicht stimmte. Die einzige Bewegung kam von dem Bett, auf dem Yezariael hockte, denn der Gehörnte hatte sein Erwachen bemerkt und sich ebenfalls aufgesetzt. Mark sah, dass sich sein Kopf unruhig hin und her bewegte. Die spitzen Ohren des Gehörnten zuckten angespannt.

»Du spürst auch etwas, wie?«, fragte Mark.

Yezariael machte eine Bewegung, die wohl ein Schulterzucken sein sollte, aber er sagte nichts. Dieses für ihn ungewöhnliche Schweigen zeigte Mark, wie nervös er sein musste. Mark stand auf, schlüpfte in seine Kleider und trat ans Fenster. Der Hof lag still und völlig menschenleer unter ihm.

»Du bleibst hier«, sagte er befehlend zu Yezariael. »Ich gehe nachsehen, was los ist.«

Mark öffnete die Tür, huschte aus dem Zimmer und blieb einen Moment stehen, um zu lauschen, aber er vernahm nicht den geringsten Laut. Leise lief er die Treppe ins Erdgeschoss hinunter.

In der großen Wohnküche, in der er noch vor wenigen Stunden zusammen mit Anders und Jan gesessen hatte, war das Feuer im Herd erloschen. Ein blasser, rötlicher Schein fiel durch eines der Fenster herein, und als Mark zum Fenster ging, erkannte er ihn als den Widerschein einer Fackel, die auf der anderen Seite des Hauses brannte. Er konnte aber trotzdem nichts genau erkennen, sodass er das Haus verließ, um sich draußen weiter umzusehen.

Als Erstes fiel ihm auf, dass das Tor im Palisadenzaun geschlossen war. Die beiden Flügel wurden von einem gewaltigen Riegel versperrt. Nicht weit davon entfernt stand ein gutes Dutzend Pferde. Mark war sicher, die Tiere bei seiner Ankunft noch nicht gesehen zu haben.

Neugierig ging er hin und fand seinen Verdacht bestätigt: Die Pferde konnten noch keine zehn Minuten hier stehen. Ihr Atem ging schnell, und ihre Leiber waren noch feucht von Schweiß, obwohl die Nacht ziemlich kühl war. Ihre Reiter mussten sie bis zum Äußersten angetrieben haben. Wahrscheinlich war es ihre Ankunft gewesen, die ihn geweckt hatte.

Als er wieder zum Haus zurückgehen wollte, vernahm er plötzlich Stimmen. Er konnte die Worte nicht verstehen, aber am Klang konnte er erkennen, dass ein halblaut geführter, aber sehr heftiger Streit im Gange war. Die Stimmen drangen aus einer kleinen, fensterlosen Scheune, wenige Schritte neben dem Haupthaus. Das Tor war nur angelehnt, sodass der flackernde Schein von Fackeln auf den Hof hinausfiel. Vorsichtig näherte sich Mark und blieb so stehen, dass er durch den Türspalt nach innen blicken konnte, ohne jedoch selbst gesehen zu werden.

Er erkannte Jan und Anders, die anderen Männer waren ihm vollkommen fremd. Aber ihm fiel auf, dass sie ausnahmslos bewaffnet waren und keiner von ihnen einen sehr freundlichen Eindruck machte.

»... steht unter meinem Schutz«, sagte Jan in diesem Moment zu einem kleinen, fettleibigen Mann, der in ein rostiges Kettenhemd gehüllt war und ein Schwert an der Seite trug, das fast länger als er selbst sein musste. Trotz seines fast lächerlichen Äußeren schien er so etwas wie der Führer der Gruppe zu sein, wie Mark aus dem Verhalten der anderen zu schließen glaubte. »Du kennst die Regeln, Konrad. Niemand hat es je gewagt, sie zu brechen.«

»Es war auch noch nie so schlimm wie jetzt«, antwortete Konrad in scharfem Ton. »Vier Höfe in nur einer Woche, Jan! Wie lange wird es noch dauern, bis sie auch Martens Hof angreifen? Oder deinen Hof?«

»Das weiß ich nicht«, antwortete Jan ungerührt. »Aber ich sehe nicht ein, was das mit dem Jungen zu tun hat. Ihr werdet ihn nicht anrühren.«

Mark spitzte die Ohren. Der Junge – gar kein Zweifel, dass damit er selbst gemeint war. Die Bewaffneten waren seinetwegen gekommen.

»Niemand hat vor, ihm etwas zu tun«, antwortete Konrad beschwichtigend. »Wie wollen nur mit ihm reden, mehr nicht. Und mit seinem Begleiter.«

»Niemals«, beharrte Jan. »Nicht eher, bis er alles weiß und Zeit genug gehabt hat, nachzudenken. Diese Regel ist so alt wie der Turm, und sie wird nicht gebrochen werden, solange der Turm besteht – oder zumindest, solange ich lebe.«

»Das kann weit weniger lange dauern, als du ahnst«, sagte Konrad düster. »Erst gestern hat man eine ganze Schar Fliegender gesehen, keinen Tagesmarsch von hier. Das kann kein Zufall sein, Jan! Seit Jahren lassen sie uns in Ruhe, und plötzlich taucht der Junge hier auf und bringt einen von ihnen mit, und …«

»Er ist nicht der Erste«, fiel ihm Anders ins Wort.

»Aber es ist das erste Mal, dass sie sich so gebärden!«, fuhr ihn Konrad an. »Du …«

»Streitet ihr euch meinetwegen?« Mark stieß das Tor mit der Hand auf und betrat mit einem entschlossenen Schritt die Scheune. Auf Jans Gesicht war nicht die mindeste Regung abzulesen, während Anders ihn sehr erschrocken ansah. »Mark! Wie lange …?«

»Lange genug«, unterbrach ihn Mark. Anders wollte etwas sagen, aber Mark ging an ihm vorbei und trat Konrad entgegen. Als er dem Bewaffneten direkt gegenüberstand, stellte er fest, dass Konrad einen guten halben Kopf kleiner war als er selbst. »Sie haben eine Frage an mich?«, sagte er. »Bitte – hier bin ich.«

Konrad wirkte verwirrt. Seine Hand begann nervös am Gürtel seines Kettenpanzers zu spielen. »Es geht weniger um dich, Junge«, sagte er schließlich.

Mark nickte. »Ich verstehe. Ihr meint Yezariael.«

»Wenn das der Name deines Begleiters ist – ja«, bestätigte Konrad grimmig. »Bring ihn her. Wir verlangen seine Auslieferung.«

»Du«, sagte Jan in drohendem Tonfall, »hast hier gar nichts zu verlangen, Konrad.«

»Und ich kann das auch gar nicht bestimmen«, fügte Mark hinzu. »Yezariael ist mein Freund, nicht mein Eigentum.«

In Konrads Augen blitzte es auf, aber er beherrschte sich. Sein Blick glitt unstet zwischen Jan und den Gesichtern seiner Begleiter hin und her, als erwarte er sich von ihnen Unterstützung.

»Was wollt ihr von ihm?«, fragte Mark.

»Nichts«, sagte Anders zornig. »Sie sind kurzsichtige Narren, die sich vor Angst fast in die Hosen machen, wenn sie einen Schatten am Himmel sehen. Schick sie weg, Jan.«

Aber Mark winkte ab. Er wollte jetzt endgültig wissen, was hier los war. »Ihr habt Angst vor Yezariael?«, fragte er Konrad. »Aber das braucht ihr nicht. Glaubt mir – er hat mehr Angst vor euch als ihr vor ihm.«

»Du weißt ja nicht, wovon du sprichst, Junge«, sagte Konrad düster.

»Doch«, behauptete Mark. »Ich spreche davon, dass ich ihm mein Wort gegeben habe, auf ihn aufzupassen.«

Konrad lachte hart. »Ja, und er sicher auch auf dich, wie? Weißt du überhaupt, was es ist, was dich da begleitet?«

Mark blieb dem Bewaffneten eine Antwort schuldig. Er fühlte sich für Yezariael verantwortlich, aber er hatte auch die Furcht gesehen, die sein bloßer Anblick unter den Menschen hier verbreitete. Und dass der kleine Gehörnte bisher sein Wort gehalten und ihm nichts zuleide getan hatte – was besagte das schon? Es mochte vielleicht moralisch ehrenvoll, aber nicht unbedingt immer richtig sein, die Partei des Schwächeren, in diesem Fall Yezariaels, zu ergreifen.

Aber dann begriff er plötzlich, dass er es war, dessen Gegenwart diese Leute fürchten mussten. Hatte er sich wirklich eingebildet, der Greif würde seine Suche nach ihm aufgeben, nur weil er in den Schwarzen Turm geflüchtet war?

»Ihr habt Angst, weil ihr in letzter Zeit eine Menge Gehörnte gesehen habt und die fliegenden Teufel am Himmel«, sagte er.

Konrads Augen verengten sich. »Woher weißt du das?«

»Ich habe es gehört«, antwortete Mark. »Ihr habt ja laut genug gesprochen. Und außerdem«, fügte er hinzu, »habe ich ein paar von ihnen auf dem Weg hierher getroffen. Oder was glaubt ihr, wie ich Yezariael kennen gelernt habe?«

Zu seiner Überraschung ging Konrad nicht darauf ein, sondern wandte sich wieder an Jan. »Mir ist egal, was er redet. Oder an welche Regeln du dich klammerst. Wir gehen, aber wir kommen wieder. Und dann wirst du ihn uns ausliefern.« Er gab Jan keine Gelegenheit, auf seine Drohung zu antworten, sondern verließ die Scheune, dicht gefolgt von seinen Begleitern. Jan starrte ihm finster nach, während Anders bedrückt dreinsah.

»Mach dir keine Sorgen«, sagte Jan, als der letzte Bewaffnete die Scheune verlassen hatte. »Konrad ist ein Hitzkopf. Das war er schon immer. Aber er droht nur und tut nichts, wie ein Hund, der immer nur kläfft, ohne je zu beißen. Du bist hier sicher.«

»Das bin ich nicht«, antwortete Mark überzeugt. »Und ihr auch nicht.« Er deutete mit einer Kopfbewegung zum Tor. »Er hat Recht, weißt du? Ihr seid in Gefahr, solange ich hier bin. Aber das liegt nicht an Yezariael.«

Jan sah in zweifelnd an, während Anders wieder erschrak. »Wie meinst du das?«, fragte er.

»Du … hast mich gefragt, wie ich hierher gekommen bin«, antwortete Mark zögernd. Er war nicht sicher, ob es richtig war, Jan und Anders die Wahrheit zu erzählen – aber er wollte sie auch nicht belügen. »Ich habe dir nicht die ganze Wahrheit gesagt. Ich bin hierher geflohen.«

»Vor wem?«, fragte Jan.

»Vor dem Greif«, antwortete Mark. Er sah Jan und Anders dabei sehr aufmerksam an, und wieder war die Reaktion der beiden völlig verschieden. Diesmal war es Jan, der zutiefst erschrak, während auf Anders' Gesicht nur ein betroffener Ausdruck erschien.

»Was weißt du von ihm?«, schnappte Jan. Er war plötzlich misstrauisch und erregt, wie es vorhin Konrad gewesen war.

»Weniger als ihr, fürchte ich. Aber genug, um zu wissen, dass er nicht eher Ruhe geben wird, bis er mich gefangen hat«, antwortete Mark. »Und dass ihr alle in Gefahr seid, solange ich bei euch bin. Ich werde gehen. Jetzt sofort.«

Jan schwieg, während Anders ärgerlich fragte: »Und wohin? Wenn du die Wahrheit sagst, dann gibt es keinen Ort im Turm, an dem du sicher wärst.«

»Ich habe dir schon einmal gesagt – ich werde nicht hierbleiben«, antwortete Mark geduldig.

»Niemand kann den Turm verlassen«, sagte Anders überzeugt.

»Doch«, widersprach Mark. »Ich kann es, Anders. Ich habe es schon einmal getan.«

Anders' Augen weiteten sich erstaunt. »Du hast …«

»Ich war schon einmal hier«, sagte Mark leise. »Nicht hier bei euch. In einem anderen Teil des Turmes. Aber ich habe ihn schon einmal betreten – und ich bin zurückgegangen in die Welt, aus der ich komme.«

»Dann … dann gibt es doch einen Weg hinaus?«, fragte Anders aufgeregt. »Du lügst nicht? Du sagst bestimmt die Wahrheit, ja? Es gibt eine Möglichkeit, den Turm zu verlassen?«

»Ja«, antwortete Mark. »Ich weiß selbst nicht, wie. Aber ich habe es einmal geschafft, und ich werde es auch ein zweites Mal schaffen, das weiß ich einfach.«

Anders starrte ihn an, und obwohl er kein Wort sagte, spürte Mark, was in dem dunkelhaarigen Jungen vorging.

Alles, einschließlich seines immer währenden Lebens hätte er dafür gegeben, Mark zu begleiten, noch einmal zurückzukehren in die Welt, in der er geboren worden war, und wäre es nur für einen winzigen Moment. Und dass es unmöglich war.

Vielleicht war Mark der Einzige, für den sich die Türen des Schwarzen Turmes in beide Richtungen öffneten. Auch das schien Anders zu wissen, als wären sie für einen winzigen Moment beide in der Lage gewesen, die Gedanken des jeweils anderen zu lesen.

»Vielleicht ist es wirklich besser, wenn du gehst«, sagte Jan plötzlich. Der Zorn war aus seinem Gesicht verschwunden, und seine Stimme klang jetzt wieder freundlich.

Mark nickte traurig und wandte sich zur Tür, blieb aber dann noch einmal stehen und sah zu Anders zurück. Das Gesicht des Jungen war bleich, und in seinen Augen stand ein tiefer, körperloser Schmerz, von dem Mark jetzt zu wissen glaubte, woher er kam.

»Vielleicht sehen wir uns wieder«, sagte er, obwohl er wusste, dass das nicht geschehen würde.

»Wer … wer bist du?«, flüsterte Anders.

Mark lächelte traurig. Ich wollte, ich wüsste es, dachte er. Aber das sprach er nicht laut aus.

Die Entscheidung

Ein Gefühl tiefer Trauer überkam Mark, als er die Scheune verließ, denn er wusste, dass es ein Abschied für immer war. Er würde Anders und auch Jan und seine Familie nie wiedersehen.

Und in seine Trauer mischte sich noch ein anderes Gefühl: Zorn. Ein tiefer, unstillbarer Zorn auf den Greif, der aus dem Turm das gemacht hatte, was er war. Mark hatte das Gefühl, einen Blick in eine Welt getan zu haben, die durchaus die Voraussetzungen gehabt hätte, zum Paradies zu werden – oder zumindest zu etwas, was der Vorstellung der Menschen vom Paradies so nahe kam, wie es nur ging. Für einen Moment hatte er den Turm so gesehen, wie er hätte sein *können*. Aber etwas hatte ihn in eine Hölle verwandelt, ein Gefängnis, dessen Bewohner bei lebendigem Leib begraben waren, ohne es selbst zu wissen. Jan und Anders und die anderen hielten sich für glücklich, aber Anders' Reaktion hatte ihm bewiesen, dass auf dem Grunde ihrer Seele das verschüttete Wissen um diese Illusion ruhte. Sie waren lebendige Tote, ohne Hoffnung auf Erlösung.

Ein kalter Windzug traf sein Gesicht und ließ ihn frösteln. Mark zog die Schultern zusammen, schlug den Hemdkragen hoch und schritt schneller aus, um ins Haus zurückzukommen, wo Yezariael auf ihn wartete. Er war sicher, dass auch der Gehörnte froh sein würde, von hier wegzukommen – aber wie sollte er Yezariael in seine Welt hinübernehmen? Er hatte keine Ahnung, *wie* er überhaupt zurückkehren sollte, noch weniger, was er drüben mit ihm anfangen …

Mark blieb mitten im Schritt stehen und riss die Augen auf. Das Haus war nicht mehr da.

Der Hof auch nicht.

Über ihm spannte sich noch immer ein Himmel aus Stein, aber er war jetzt nur noch einen knappen halben Meter von seinem Kopf entfernt – ungefähr genauso weit wie die mit Schimmel bedeckten, staubverkrusteten Felswände des Ganges, in dem er sich befand.

Er erkannte ihn sofort wieder.

Der Tunnel, dessen Wände ein wenig schief waren, gehörte zu der alten Kirche, die er betreten hatte, als er auf der Suche nach Thomas gewesen war. Ein paar Schritte vor ihm erhoben sich die zusammengebrochenen Überreste einer Tür – und dahinter lag die Ruine.

Er war wieder zu Hause. Es war, als hätte der bloße Wunsch allein schon gereicht, ihn den Weg zurück aus der Welt der Träume in die Wirklichkeit finden zu lassen.

Mit klopfendem Herzen blieb er unter der Tür stehen und sah sich um. Von der ehemaligen Kirche war nicht mehr viel geblieben. Das Dach war verschwunden, sodass

Mark den Sternenhimmel sehen konnte, und die wenigen Mauerreste wirkten wie zernagt. Überall lagen Trümmer, zwischen denen sich Mond- und Sternenlicht in den Scherben der bunten Glasfenster spiegelte. Nur der Glockenturm war wie durch ein Wunder stehen geblieben – seltsam, dachte Mark. Er war fast sicher, sich zu erinnern, ihn mit eigenen Augen zusammenbrechen gesehen zu haben. Nun, in der letzten Zeit spielten ihm seine Erinnerungen ohnehin immer bösere Streiche.

Er bewegte sich vorsichtig zwischen den Trümmern. Das schmiedeeiserne Tor in der Mauer, die das Kirchengelände umgab, war verschlossen. Ein riesiges, nagelneues Vorhängeschloss verwehrte Mark den Durchgang, und es war zu stabil, um es aufzubrechen. Wider besseres Wissen rüttelte er einen Moment lang am Tor und seufzte enttäuscht. Es rührte sich nicht.

»Farte«, lispelte eine Stimme hinter ihm. »Iß helfe tir.«

Mark fuhr entsetzt herum und starrte in das spitzohrige Teufelsgesicht, das ihn aus der Dunkelheit heraus angrinste. »Was … was machst du denn hier?«, krächzte er fassungslos.

»Tir helfen«, antwortete Yezariael fröhlich. Er schob Mark mit sanfter Gewalt zur Seite, streckte die Hand aus – und zermalmte das Vorhängeschloss ohne sichtliche Anstrengung. »Pitte!«

Mark rührte sich nicht. »Du … du kannst nicht mit mir kommen«, stammelte er.

»Farum nißt?«, fragte Yezariael.

»Na weil … weil es eben nicht geht«, antwortete Mark verstört. »Du … du musst zurück.«

»Taß kann iß nißt«, antwortete Yezariael ernst. »Fo tu pißt, ta pin auß iß.«

Mark unterdrückte ein Grinsen, die Sache war viel zu ernst: Er konnte nicht in Begleitung eines leibhaftigen Teufels durch die Stadt laufen!

»Iß kann nißt ßurück«, beharrte Yezariael. »Tu haßt miß kerettet, unt jeßt kehöre iß tir. Iß muß pei tir pleipen, ßolanke iß lepe.«

Und das bedeutete nichts anderes, als dass die einzige Möglichkeit, Yezariael wieder loszuwerden, sein Tod war. Die Erkenntnis überkam Mark mit solcher Wucht, dass er nicht eine Sekunde lang daran zweifelte. Er widersprach auch nicht mehr, sondern sah Yezariael nur mit einer Mischung aus Resignation und Mitleid an. »Dann bleib meinetwegen hier«, sagte er und deutete auf die Kirchenruine. »Aber wenn ich hier sage, dann meine ich auch *hier,* klar? Versteck dich, bis ich eine Lösung gefunden habe.«

Yezariael war sichtlich enttäuscht. »Kann iß nißt mitkommen?«, bettelte er.

»Mit mir?« Mark kreischte fast. »Bist du wahnsinnig? Wir wären in fünf Minuten von einer Menschenmenge umgeben und in weiteren fünf Minuten eingesperrt hinter Schloss und Riegel.«

»Tu haßt Feinte hier?«

Mark nickte, und Yezariaels Gesicht hellte sich auf. »Tann kann iß tir helfen«, sagte er. »Iß pin stark. Iß kämpfe für tich, fenn tu fillst.«

Mark seufzte, dann musste er gegen seinen Willen lächeln. »Das ist furchtbar nett von dir, Yezariael«, sagte er. »Aber wir kämpfen nicht mit Fäusten oder Waffen.«

Yezariael sah ihn zweifelnd an, dann hob er die Hand und massierte die Stelle zwischen seinen Hörnern, wo noch immer eine gewaltige Beule prangte. »Miß haßt tu keßlaken«, sagte er. Es klang vorwurfsvoll.

»Nun, das war etwas anderes«, sagte Mark hilflos.

»Fießo?«

»Weil ... weil ...« Mark kam ins Stottern. Er hatte sagen wollen: Weil du kein Mensch bist – aber die Worte wollten ihm einfach nicht über seine Lippen. Es war absurd – er stand einem Teufel gegenüber. Und er konnte ihm nicht wehtun.

»Du bleibst hier«, wiederholte er. »Ich komme zurück, sobald ich kann, das verspreche ich.« Dann wandte er sich mit einem Ruck um und rannte davon, so schnell er konnte.

Mark lief die Straße hinunter, bog um eine Ecke, überquerte eine schmale Gasse und blieb erst stehen, als er einige Straßenzüge zwischen sich und die Kirchenruine gebracht hatte. Sein Atem ging schnell, und die Kälte brachte ihn zum Zittern. Er musste einen Platz finden, an dem er sich wenigstens aufwärmen konnte. Einen Ort zum Überlegen. Wenn einem das Gehirn einfror, ließen sich schlecht Pläne schmieden.

»Üprikenß ...«, sagte eine Stimme hinter ihm.

Mark drehte sich mit einem erschrockenen Aufschrei herum und starrte Yezariael an. »Was soll das?«, fragte er wütend. »Du sollst wegbleiben, verstehst du das nicht?«

Einen Moment lang funkelte er den Gehörnten so zornig an, dass Yezariael einen halben Schritt zurückwich, dann drehte er sich herum und lief weiter. Er rannte jetzt nicht mehr, aber er ging sehr schnell, und er sah sich immer wieder um. Von Yezariael war keine Spur mehr zu sehen. Offensichtlich hatte der Gehörnte endlich begriffen, dass Mark seine Begleitung nicht wünschte.

Er durchquerte einen kleinen Park, und der Anblick der verschneiten Wiesen und der Bäume, deren Äste sich unter ihrer weißen Last bogen, ließ ihn die Kälte doppelt schmerzhaft fühlen. Seine Hände waren blaugefroren, und jeder Atemzug schmerzte im Hals. Er würde erfrieren, wenn er nicht bald ins Warme käme.

Entschlossen lief er weiter.

Der Park war sehr dunkel. Zwischen den Bäumen nisteten schwere, schwarze Schatten, in die Marks Fantasie Bewegung hineingaukelte, die nicht da war, und das Heulen des Windes klang unheimlich. Manchmal fegte er ein wenig Schnee von den Ästen und warf damit nach Mark, wie um ihm seine Feindseligkeit zu zeigen.

Rechts von ihm raschelte etwas in den Büschen. Mark blieb erschrocken stehen. Die Zweige teilten sich, ein schwarzes, hässliches Gesicht tauchte auf, und eine wohl bekannte schrille Stimme sagte: »Faß iß tir noch saken follte ...«

»Verdammt noch mal, hau endlich ab!«, brüllte Mark. Tatsächlich verstummte Yezariael mitten im Wort und sah ihn nur betroffen an, aber Mark war nicht mehr zu bremsen. »Du sollst verschwinden, klar?«, schrie er. »Kannst du eigentlich nicht hören? Deine Ohren sind ja weiß Gott groß genug, oder?«

Yezariael hob verwirrt eine Hand an das linke, spitze Ohr und begriff ganz offensichtlich nicht, was Mark überhaupt von ihm wollte. »Natürliß kann iß hören«, sagte er beleidigt. »Ssokar peßer alß tu. Iß ...«

Mark klaubte eine Hand voll Schnee auf und warf damit nach dem Gehörnten. Yezariael kreischte erschrocken, zog den Kopf zwischen die Schultern und verschwand raschelnd im Unterholz. Mark starrte ihm wütend nach. Er verstand Yezariael sogar – aber, zum Teufel, er konnte ihn nicht mitnehmen. Nicht bevor er nicht wenigstens selbst wusste, was er tun sollte.

So schnell er konnte, durchquerte er den Park und betrat wieder eine Straße. Sie war dunkel und menschenleer, und die makellose Schneedecke verriet ihm, dass seit langer Zeit niemand mehr hier vorbeigekommen war. Offensichtlich war diesmal doch Zeit vergangen, während er sich im Turm aufgehalten hatte. Es musste tief in der Nacht sein.

Er dachte an Ela und die Berber. Sie würden nicht begeistert sein, wenn er wieder bei ihnen auftauchte, aber er wusste auch, dass sie ihn nicht fortschicken würden. Nicht mitten in der Nacht und – wieder einmal – halb erfroren, wie er war. Aber um zu ihnen zu kommen, musste er erst einmal herausfinden, wo er überhaupt war.

Nachdenklich ließ er seinen Blick über die Häuser rechts und links der Straße schweifen, dann sah er sich blitzschnell um. Kein Yezariael. Gott sei Dank, dachte Mark. Vielleicht war ihm klar geworden, dass er Mark keinen Gefallen tat, wenn er ihn begleitete.

Langsam, mit hängendem Kopf und Schultern und die Hände zu Fäusten geballt und in den Taschen seiner Jeans vergraben, ging er weiter. Der Wind blies ihm ins Gesicht, und Mark fühlte sich mit jedem Schritt, den er tat, einsamer. Er dachte an Thomas, und ein tiefer Schmerz machte sich in seiner Seele breit. Auch das war etwas, was er erst jetzt begriff – er war zwei Tage und Nächte im Schwarzen

Turm gewesen, und er hatte nicht einen Gedanken an seinen Bruder verschwendet, der jetzt wahrscheinlich wieder in einem von Sarns Gefängnissen saß – falls ihn Yezariaels Brüder nicht gleich umgebracht hatten. Mark machte sich Vorwürfe deswegen, aber er wusste, dass es nicht seine Schuld war. Es war der Turm. So wie er seinen Bewohnern alles nahm, was das wirkliche Leben ausmachte, schien er auch ihre Erinnerungen zu betäuben. Nicht vollständig, und auch nicht für immer, wie ihm die Geschichte bewiesen hatte, die Anders erzählte – aber es gab etwas dort, was verhinderte, dass man sich erinnerte. Die Erinnerungen waren noch da, aber sie hatten keinen Einfluss mehr auf die Gedanken und Taten der Menschen.

Ein Geräusch erregte seine Aufmerksamkeit. Mark sah auf und holte tief Luft dabei, um loszubrüllen, wenn Yezariael auftauchte. Aber das geschah nicht. Stattdessen erblickte er einen überlebensgroßen, verzerrten Schatten auf dem weißen Schnee hinter sich.

Den Schatten eines Engels.

Mark fuhr herum und riss den Kopf in die Höhe. »Cherub!«, rief er. »Du …«

Dann erkannte er seinen Irrtum. Der Schatten war der eines Engels, aber es war nicht der Cherub. Es war ein steinerner, gut vier Meter großer Engel, der wie ein Wächter über dem Eingang einer kleinen Kirche thronte, die zwischen die Häuser auf der gegenüberliegenden Straßenseite gequetscht war. Die Tür war geschlossen, aber drinnen brannte Licht; ein sanfter Kerzenschein, der durch die Fenster drang.

Mark überlegte nicht lange. Licht bedeutete Wärme, und auch wenn es dort drinnen vielleicht genauso kalt war wie hier draußen, so war er wenigstens aus dem Wind heraus und konnte sich setzen, um in Ruhe über alles nachzudenken. Entschlossen überquerte er die Straße und lief die wenigen Stufen zur Tür hinauf.

Die Kirche war leer, und es war viel wärmer hier drinnen, als er erwartet hatte. Auf einem eisernen Ständer neben dem Altar brannten Kerzen und verbreiteten ein mildes, gelbliches Licht. Neben ihnen erhob sich eine steinerne Engelsgestalt. Der Anblick beruhigte ihn und erfüllte ihn mit einem Gefühl des Beschütztseins.

Mark ging zu den Kerzen und hielt die Hände über die Flammen, bis die schmerzende Kälte in seinen Fingern einem fast ebenso schmerzhaften, trotzdem aber wohltuenden Prickeln gewichen war. Dann ging er zu einer der Bänke, setzte sich darauf und verbarg das Gesicht in den Händen. Plötzlich war er müde, furchtbar müde und mutlos.

Was sollte er tun? Er hatte niemanden, an den er sich um Hilfe wenden konnte.

Keinen Ort, an den er gehen konnte. Keine Möglichkeit, den Greif aufzuhalten – oder ihm wenigstens zu entkommen. Und selbst, wenn es ihm gelingen sollte – was dann? Sollte er den Rest seines Lebens auf der Flucht verbringen, immer in Angst, dass der Fluch seiner Familie ihn eines Tages doch wieder einholen würde?

Er hörte Schritte und sah erschrocken auf. Ein schlanker, blondhaariger junger Mann in schwarzen Hosen, einem schwarzen Hemd und weißem Priesterkragen kam auf ihn zu.

»Hallo«, sagte der Pfarrer.

Mark schwieg. Der Pfarrer lächelte flüchtig und blickte ihn fragend an. »Ich habe die Tür gehört«, sagte er, »und wollte nachsehen, wer da noch so spät in der Nacht gekommen ist.«

»Ist es denn so spät?«, fragte Mark.

Der Geistliche zeigte auf seine Armbanduhr. »Fast vier«, sagte er. »Spät genug, oder? Was tust du hier?«

Ich wollte, ich selbst wüsste es, dachte Mark. Laut sagte er: »Es ist kalt draußen. Ich habe Licht gesehen und wollte mich nur ein bisschen aufwärmen. Aber ich kann wieder gehen, wenn …«

Der Pfarrer unterbrach ihn mit einer Handbewegung, als er aufstehen wollte. »Bleib ruhig«, sagte er. »Dieses Haus steht jedem offen, der Hilfe braucht. Auch wenn sie nur aus ein bisschen Wärme besteht.« Dann deutete er mit einer Kopfbewegung zurück in die Richtung, aus der er gekommen war. »Ich wohne gleich nebenan«, sagte er. »Dort ist es gemütlicher. Und ich habe auch eine Tasse Tee und eine Kleinigkeit zu essen für dich. Du bist doch hungrig, oder?«

Das war Mark tatsächlich, trotzdem zögerte er, der Einladung zu folgen.

»Du brauchst keine Angst zu haben«, sagte der Pfarrer und lächelte aufmunternd. »Ich werde weder die Polizei anrufen noch sonst etwas tun, was du nicht willst. Ich möchte einfach nur mit dir reden.«

»Und warum?«, erkundigte sich Mark misstrauisch.

»Zum Beispiel, weil ich mich frage, was ein Junge in Hemd und Hose um vier Uhr morgens in dieser Gegend macht«, antwortete der Geistliche geradeheraus. »Nun – was ist mit dem Tee?«

Mark warf einen Blick zur Tür, aber dann nickte er, und es war nicht die Aussicht auf ein warmes Plätzchen und die Mahlzeit, die der Pfarrer ihm versprochen hatte, sondern vielmehr der Gedanke, mit jemandem reden zu können.

Sie verließen das Kirchenschiff durch eine kleine Nebentür. Der Pfarrer – ›du kannst mich einfach Jochen nennen, wenn du willst‹ – wohnte in einem kleinen Häuschen direkt neben der Kirche, das nur aus zwei Zimmern bestand und offensichtlich nachträglich angebaut worden war. Drinnen war es warm und hell, und auf dem Tisch stand eine Kanne mit dampfendem, frisch aufgebrühtem schwarzem Tee, daneben ein Korb mit geschnittenem Brot und ein kleiner Glasteller voll Wurst- und Käsescheiben.

»Ich war gerade dabei, mir einen kleinen Imbiss zu gönnen«, beantwortete Jochen Marks überraschten Blick.

»Isst du immer um diese Zeit?«, fragte Mark.

Jochen lachte. »Manchmal. Ich stehe gern früh auf, manchmal lege ich mich auch erst spät nieder. Setz dich – und greif zu.«

Mark ließ sich das nicht zweimal sagen. Er griff sogar gewaltig zu, er hatte Mühe, nicht alles auf einmal hinunterzuschlingen, sondern einigermaßen manierlich zu essen.

»Wie lange bist du schon von zu Hause weg?«, fragte Jochen plötzlich.

Mark spürte, dass es ziemlich sinnlos war, den Geistlichen belügen zu wollen – sein heruntergekommenes Äußeres und sein Heißhunger hätten jede Behauptung, er wäre nicht auf der Flucht, Lügen gestraft. »Ziemlich lange«, sagte er schließlich.

»Und warum?«

»Das ... kann ich nicht sagen«, antwortete Mark stockend.

»Kannst du nicht – oder willst du es nicht sagen?«, fragte Jochen.

»Beides«, gestand Mark. »Bitte, ich ...«

Jochen winkte ab und trank einen Schluck Tee. »Schon gut. Ich will dich nicht verhören. Ich dachte nur, es tut dir vielleicht gut, dich auszusprechen.«

Mark blickte den jungen Geistlichen verblüfft an. Seine Gedanken mussten ziemlich deutlich auf seinem Gesicht abzulesen sein, wenn es Jochen so leicht fiel, sie zu erraten.

»Was hast du für ein Problem?«, fragte Jochen, als er nichts sagte.

Wieder dauerte es eine Weile, ehe Mark antwortete. »Glaubst du an das Paradies?«, fragte er.

Die prompte Antwort, die Mark erwartet hatte, kam nicht. Stattdessen runzelte Jochen die Stirn. »Das ist eine sonderbare Frage«, sagte er. »Was meinst du damit? Den Garten Eden aus der Bibel oder den Ort, zu dem wir eines Tages alle gehen?« Er lächelte. »Ich glaube nicht, dass die Seelen der Gerechten am Jüngsten Tag auferstehen und durch den Garten Eden wandeln werden, wenn du das meinst.«

»Aber du bist ein Geistlicher!«, antwortete Mark.

»Und? Ich habe nicht gesagt, dass ich nicht an die Erlösung glaube, oder? Man darf die Worte der Bibel nicht wörtlich nehmen. Es sind Bilder, Gleichnisse, deren Sinn nicht immer offensichtlich ist.«

»Die Leute früher haben daran geglaubt.«

»Und sie tun es noch«, bestätigte Jochen. »Aber die Bibel

ist zweitausend Jahre alt. Sie haben an eine Welt geglaubt, die für sie die beste aller vorstellbaren Welten sein musste – ein Ort ohne Hunger, ohne Krieg, ohne Furcht.«

»Dann glaubst du nicht, dass es einen solchen Ort gibt?«, bohrte Mark weiter.

»Natürlich glaube ich das«, antwortete Jochen. »Aber ich glaube, dass er anders ist, als wir ihn uns vorstellen können.«

Mark schwieg einen Moment. Jochens Antwort hatte ihn verwirrt, denn sie war nicht das, was er erwartet hatte. Vor allem nicht von einem Geistlichen.

»Und wenn es einen solchen Ort tatsächlich gäbe?«, erkundigte er sich vorsichtig.

Jochen zog die Augenbrauen hoch und schwieg.

»Ich meine ... nur angenommen, es gäbe ihn«, fuhr Mark vorsichtig fort. »Ein Platz, zu dem alle gehen könnten, die in ihrem Leben nicht glücklich sind. Alle, die ... die nie eine Chance bekommen haben. Alle, die verzweifelt sind.«

»Suchst du einen solchen Ort?«, fragte Jochen leise.

Mark schüttelte den Kopf. »Nein. Ich überlege nur, wie es sein müsste.« Er lächelte unsicher, als er Jochens Blick bemerkte. Der Geistliche spürte genau, dass er nicht nur überlegte. Natürlich ahnte er nicht einmal die Wahrheit; aber er schien genau zu wissen, dass Marks Worte mehr bedeuteten als das, wonach sie im ersten Moment klangen.

»Ein Ort ewigen Friedens«, sagte Jochen nachdenklich. »Einfach ein Platz, an dem sie leben und frei sein können.«

Mark schüttelte den Kopf. »Ein Platz, an dem niemand stirbt«, sagte er. »Einfach ein Ort, um zu leben.«

»Ist jemand aus deiner Familie gestorben?«, fragte Jochen.

»Nein«, antwortete Mark. Er wandte den Blick ab, aber Jochen nahm den Faden von sich aus wieder auf.

»Ein Ort, an dem man einfach leben und glücklich sein kann«, wiederholte er. »Ein Ort, an dem niemand stirbt und auch niemand geboren wird, an dem es keine Unfälle, keinen Schmerz und keine Kämpfe gibt – ist es das, was du meinst?«

Mark nickte, wobei er sich Mühe geben musste, möglichst ruhig zu bleiben. Jochen beschrieb den Schwarzen Turm so genau, als wäre er schon einmal dort gewesen.

»Ja, davon träumen viele«, fuhr der Geistliche fort. »Aber der Platz, den du mir beschrieben hast, ist nicht das Paradies. Es ist die Hölle.«

»Wie bitte?«, fragte Mark überrascht.

»Solange es die Menschheit gibt, träumt sie von der Unsterblichkeit«, sagte Jochen ernst. »Aber sie wissen ja nicht einmal, wovon sie da träumen. Die Unsterblichkeit ist nicht das Paradies, mein Junge. Wir alle haben Angst vor dem Tod, ich auch, das gebe ich zu – aber das ist falsch. Der Tod ist nicht die große Katastrophe, sondern die Erlösung.«

»Das verstehe ich nicht«, gestand Mark.

»Der Mensch ist dazu bestimmt zu sterben«, sagte Jochen. »Wir sind nicht für die Ewigkeit geschaffen. Wir sind vergängliche Wesen, aber gerade das ist es, was uns stark macht. Wir haben uns diese Welt untertan gemacht – und weißt du, warum? Weil wir sterblich sind. Weil wir wissen, dass unser Leben nicht ewig währt, aus keinem anderen Grund. Wir sind Wesen, die erschaffen, die kämpfen und die Herausforderung suchen. Wir denken, wir tun es nur für uns, aber das stimmt nicht. Wir tun es für die, die nach uns kommen. Alles, was wir erschaffen, was wir errichtet und aufgebaut und verändert haben, dient im Grunde dem Zweck, der nächsten Generation das Leben zu ermöglichen und denen, die danach kommen. Der Gedanke an unseren eigenen Tod ist das Einzige, was uns dazu bringt, immer weiterzumachen, jede Herausforderung anzunehmen und zu bestehen.«

»Aber wenn das stimmt, dann ist das Leben doch sinnlos«, murmelte Mark.

»Ist es das?« Jochen lächelte verzeihend. »Ist es sinnlos, dafür Sorge zu tragen, dass das Leben als Ganzes weitergeht? Nein, du täuscht dich, mein Junge. Nimm den Menschen den Tod, und du nimmst ihnen gleichzeitig das Leben. Das Leben ist Entwicklung, Bewegung. Manchmal Rückschläge, sogar Katastrophen – aber gleich was, etwas muss geschehen. Das, wovon du gesprochen hast, hieße Erstarrung. Nicht das Paradies, Junge. Die Verdammnis.«

Und genauso war es. Mark sagte nichts mehr, aber er wusste, dass Jochen mit jedem Wort Recht hatte. Und es war auch keine neue Erkenntnis für ihn. Der junge Pfarrer hatte nur bestätigt, was Mark die ganze Zeit über schon gespürt und auch Anders gegenüber ausgesprochen hatte.

Er stand auf. »Ich muss jetzt gehen«, sagte er.

Jochen widersprach nicht. Aber er erhob sich ebenfalls und deutete zur Tür. »Ich habe den Wagen draußen«, sagte er. »Wenn du willst, fahre ich dich nach Hause.«

Aber Mark schüttelte den Kopf. Er konnte noch nicht nach Hause. Und wenn doch, so war dieses Zuhause etwas ganz anderes, als Jochen annahm. Ein Ort, den es einmal gegeben hatte, und den es wieder geben würde.

»Dann warte wenigstens einen Moment«, sagte Jochen. Er maß Mark mit einem kurzen, kritischen Blick. »Du hast beinahe meine Größe. Ich denke, mein Parka müsste dir passen. Und meine Handschuhe.«

Mark wollte widersprechen, aber Jochen ließ ihn nicht zu Wort kommen. »Du kannst mir die Kleider später wiederbringen«, sagte er entschieden. »Ich würde mich sogar freuen, dich wiederzusehen. Es war schön, mit dir zu reden.«

Mark wartete wortlos, während Jochen im Nebenzimmer verschwand und nach kurzer Zeit zurückkam, einen abgetragenen grünen Parka, ein Paar Handschuhe und einen roten Wollschal über dem Arm. Mark zog alles an, verabschiedete sich mit einem wortlosen Lächeln von dem Geistlichen und verließ das Haus auf dem Weg, auf dem er gekommen war. Jochen folgte ihm nicht.

Als er die Kirchentür hinter sich zuzog, stand der Cherub vor ihm, und Mark wusste, dass es sehr wohl sein Schatten gewesen war, den er vorhin gesehen hatte. Und er begriff jetzt auch, warum er ihn zu diesem Ort geführt hatte.

Eine Weile stand der Cherub einfach da und sah ihn an, und Mark spürte, dass er seine Gedanken las wie ein offenes Buch. Schließlich sagte er: »Du weißt es jetzt, nicht wahr?«

Mark nickte.

Jetzt endlich wusste er, was er zu tun hatte.

Drittes Buch

DER GREIF

Spuren im Schnee

Der graue Ford, der direkt vor der Tür von Marks Elternhaus parkte, war zweifellos eine Zivilstreife der Polizei, und der Schatten hinter der Windschutzscheibe war ebenso zweifellos ein Polizeibeamter, der das Haus beobachtete. Dann und wann glomm ein roter Glutpunkt in der Schwärze des Wageninneren auf. Der Mann rauchte.

Marks Blick löste sich von dem Wagen. Bräker ließ das Haus also beschatten. Wie sollte er ungesehen hineingelangen? Selbst wenn er versuchte, auf das Dach des Nachbarhauses zu steigen und von dort zu seinem Elternhaus hinüberzuklettern, würde ihn der Polizeibeamte entdecken.

Etwas raschelte hinter ihm. Mark drehte den Kopf und erkannte einen nachtschwarzen Schatten, der hastig im Gebüsch verschwand. Er hatte nicht versucht, Yezariael zurückzuschicken, als er sich von der Kirche aus auf den Heimweg machte. Aber er hatte dem Gehörnten eingeschärft, sich von niemandem sehen zu lassen, wenn er nicht noch Ärgeres erleben wollte als in Martens Hof. Und das hatte gewirkt. Er hatte Yezariael nur ein-, zweimal als flüchtigen Schemen gesehen, während er durch die einsamen Straßen gegangen war. Der Gehörnte war ein wahrer Meister im Verstecken und Tarnen.

Aber Mark hatte jetzt andere Probleme. Er musste in das Haus und auf den Dachboden, und von dort aus würden sie auf der Stelle in den Schwarzen Turm zurückkehren, und Mark würde das tun, was er gleich hätte tun sollen – den Greif suchen und sich ihm zum Kampf stellen.

Aber wenn es ihm nicht gelang, die Aufmerksamkeit des Polizisten wenigstens für einen Moment abzulenken, kam er nie ins Haus. Und das musste bald geschehen, denn es war fast sechs. Auf den Straßen begannen sich allmählich die ersten Menschen zu zeigen.

»Yezariael«, flüsterte er. »Ich brauche deine Hilfe.«

Der Gehörnte tauchte wie aus dem Nichts neben ihm auf und sah ihn aufmerksam an. »Iß veiß«, sagte er. »Tie praußt tu ßon tie kanze Sseit, aper tu …«

Mark unterbrach ihn mit einem drohenden Blick und deutete auf den Ford. »Siehst du diesen Wagen da?« Yezariael nickte. »Ich muss ins Haus«, fuhr Mark fort, »und der Mann im Wagen darf mich nicht sehen. Kannst du ihn ablenken – möglichst so, dass davon nicht die halbe Straße aufwacht?«

»Kein Proplem«, antwortete Yezariael. »Aper farum? Er kann unß nißt verfolken. Ssein Faken hat keine Pferte.«

»Er fährt trotzdem, glaube mir«, antwortete Mark, »und zwar zehnmal schneller, als du dir vorstellen kannst. Also, was ist – schaffst du es?«

Yezariael grinste. »Ja. Farte einen Moment.« Und damit war er verschwunden. Er ging nicht etwa, sondern war einfach weg, von einem Sekundenbruchteil auf den anderen. Mark starrte verdattert auf die Stelle, an der er gerade noch gestanden hatte, dann zuckte er mit den Schultern, schlug die Kapuze seines geliehenen Parka hoch und entfernte sich etwa fünfzig Schritte weit vom Haus, ehe er die Straße überquerte. Er wusste, dass der Mann in dem Polizeiwagen ihn nicht sehen konnte, denn es gab nur ein paar Straßenlampen in diesem Teil der Straße, zwischen denen große Flecken aus Dunkelheit lagen. Aber ausgerechnet vor Marks Elternhaus stand eine dieser wenigen Lampen, und er zweifelte keine Sekunde lang daran, dass der Beamte ein Bild von ihm hatte und ihn sofort erkennen würde, sobald er ins Licht hinaustrat.

Vorsichtig näherte er sich dem Rand des gelben Kreises und blieb stehen. Wo war Yezariael?

Wie auf ein Stichwort hin tauchte der Gehörnte in diesem Moment abermals wie aus dem Nichts auf. Direkt auf der Motorhaube des Ford, auf der er mit einem hörbaren Knall landete.

Der Schatten hinter der Windschutzscheibe fuhr zusammen, und die Zigarette verwandelte sich in einen funkensprühenden Miniaturmeteoriten und fiel auf den Schoß des

Mannes hinunter, und der Polizist hatte für die nächsten Sekunden genug damit zu tun, die Glut auf seiner Hose zu löschen. Yezariael begann zu kreischen und mit Fäusten, Hufen und Schwanz zugleich auf die Motorhaube des Wagens zu trommeln. Mark rannte los. Er erreichte die Tür, warf sich mit der Schulter dagegen und war im Haus. Die Tür klemmte seit Jahren, sodass niemand sich die Mühe machte, sie abzuschließen.

Mit klopfendem Herzen sah er sich um. Das Treppenhaus war still und dunkel. Es roch nach frischem Bohnerwachs, und das einzige Licht kam von dem kleinen, immer beleuchteten Schildchen der Anwaltskanzlei, die das gesamte Untergeschoss des Hauses einnahm. Keine Gefahr. Hier drinnen hatte Bräker keine weiteren Männer postiert.

Mark wollte weitergehen, wandte sich aber dann noch einmal um und sah durch den Türspalt hinaus, und was er erblickte, das ließ ihn für einen Moment den Ernst der Lage vergessen und belustigt lächeln.

Der Polizist saß stocksteif und mit leichenblassem Gesicht da und starrte die gehörnte Teufelsgestalt an, die auf der Motorhaube seines Wagens saß und ihm abwechselnd die Zunge herausstreckte und eine lange Nase drehte. Diesen Anblick würde er sein Leben lang nicht vergessen. Mark bedauerte es, dass er nicht dabei sein konnte, wenn der Polizeibeamte versuchte, diese Geschichte Kommissar Bräker zu erzählen …

Mark schloss die Tür und ging weiter. Er bewegte sich schnell, aber lautlos, auch als er das zweite Geschoss erreichte und das letzte bisschen Licht unter ihm zurückblieb. Er übersprang drei Treppenstufen, von denen er wusste, dass sie quietschten, und erreichte den dritten und schließlich den vierten Stock. Dabei wäre seine Vorsicht im Grunde gar nicht nötig gewesen. Das Haus war zu dieser Zeit so gut wie verlassen. Und bis seine Mutter von der Nachtschicht nach Hause kam, vergingen noch gut zwei Stunden. Außer der Anwaltskanzlei im Erdgeschoss gab es nur noch eine Arztpraxis und eine über gleich zwei Etagen reichende Atelierwohnung, die seit fast zwei Jahren leerstand, weil sie zu groß und zu teuer war, um sie zu vermieten.

Trotzdem hatte er das Gefühl, nicht allein zu sein. Je mehr er sich der obersten Etage näherte, in der seine eigene Wohnung lag, desto heftiger wurde das Empfinden, beobachtet zu werden.

Mark blieb stehen. Vor ihm lag die letzte Treppe in völliger Dunkelheit, nichts war zu hören oder zu sehen – aber er spürte einfach, dass irgendetwas hier war.

Er versuchte, diesen Gedanken zu verscheuchen und sich einzureden, dass er wieder einmal Gespenster sah, aber diesmal gelang es ihm nicht. Er hatte gelernt, auf seine Ahnungen zu hören.

Noch vorsichtiger ging er weiter, bis er die Wohnungstür erreichte und wieder stehen blieb. Er streckte die Hand nach dem Lichtschalter aus, und sein Herz begann zu klopfen. Als die kleine Glühbirne unter der Decke aufflammte, zitterten seine Hände.

Er war allein. Der Gang war leer und roch nach frischer Farbe. Die zerschmetterte Tür war erneuert und das Loch im Mauerwerk ausgebessert worden, und natürlich war in der neuen Tür auch ein neues Schloss – aber der Schlüssel lag da, wo er immer lag, unter der Fußmatte. Mark hob ihn auf, öffnete die Tür und betrat die Wohnung.

Auch hier drinnen roch es nach frischer Farbe und Leim. Behutsam drückte Mark die Tür hinter sich ins Schloss. Es war ein sonderbares Gefühl – es war erst ein paar Tage her, seit er das letzte Mal hier gewesen war, aber ihm kam es vor, als wären Jahre vergangen. Vielleicht, weil seither so viel geschehen war. Er war nicht mehr derselbe, als der er weggegangen war. Und er würde es nie wieder sein.

Mark schaltete das Licht nicht ein, denn es hätte von der Straße aus gesehen werden können. Die zerschmetterte Glastür zum Wintergarten war ersetzt worden, und ein neuer Fernseher hatte den Platz des alten eingenommen. Aber auf dem Teppich und der Couch waren noch kleine braune Flecken zu sehen, und er glaubte, noch einen ganz leichten Brandgeruch wahrzunehmen.

Er ging zum Wintergarten, öffnete die Schiebetür und schloss sie sorgfältig wieder hinter sich, ehe er auch die äußere Tür öffnete. Sein Blick suchte die beiden steinernen Engel, die normalerweise links und rechts vom Balkon stehen sollten.

Sie waren verschwunden. Beide.

Mark starrte die leeren Podeste einen Moment lang an, dann schloss er auch die äußere Tür, griff nach dem Rosengitter und kletterte rasch daran hinauf.

Das Dach war voll frisch gefallenem Schnee, unter dem sich eine spiegelglatte Eisdecke verbarg, und er musste sehr vorsichtig sein. Und er musste außerdem darauf achten, ob nicht eine Gestalt aus dem Schatten auftauchte ... Dies war der Ort, an dem er dem Greif das erste Mal begegnet war, und hier war seine Macht deutlich zu fühlen.

Aber er erreichte unbehelligt die schmale Luke auf der anderen Seite des Daches, öffnete sie und stieg über die Leiter aus Kisten und aufeinander gestapelten Kartons in die Tiefe. Wenige Minuten später kniete er vor der Kiste seines Vaters nieder.

Seine Hände bebten, als er den schweren Deckel öffnete. Er hatte geschworen, es nie wieder zu tun, und obwohl er wusste, dass er gar keine andere Wahl mehr hatte, war es einfach kein gutes Gefühl, sein Wort zu brechen; selbst wenn es ein Wort war, das er nur sich selbst gegeben hatte.

Mark gab sich einen Ruck und klappte den Deckel der Kiste auf.

Auf dem Boden lag nur die leere Schatulle, die das Lot seines Vaters enthalten hatte; auch ihr Deckel war aufgeklappt, auf dem blauen Samt konnte man deutlich erkennen, wo das Lot gelegen hatte. Mark nahm die Schatulle heraus, legte sie neben sich und tastete mit den Fingerspitzen über den Boden der Kiste. Ein kaum hörbares Klicken erscholl, und eines der scheinbar so massiven Bretter glitt unter seinen Fingern zur Seite.

Darunter kam ein ungleichmäßig geformtes, vielleicht einen halben Meter tiefes Loch zum Vorschein. Als er dieses Versteck entdeckt hatte, da hatte er es für ein Loch im Fußboden des Daches gehalten, so verwittert und alt, dass die Wände wie Fels aussahen. Jetzt wusste er, dass das nicht stimmte. Diese Felsengrube lag nur scheinbar auf dem Dachboden. Sie war bereits Teil des Turmes, eine der zahllosen Türen, die in die fantastische Welt des Greif hinüberführten. Und Mark war sicher, dass sie sich nur für ihn öffneten. Sein Bruder hatte garantiert nach dem Lot gesucht und es nicht gefunden.

Er nahm die schmale Silberkette mit dem kleinen Anhänger heraus. Das Metall lag kühl in seiner Hand, und trotzdem hatte er auch diesmal das Gefühl, etwas Lebendiges, Atmendes zu berühren. Seine Finger zitterten leicht, als er sich die Kette um den Hals hängte, und das Gefühl lange vermisster Stärke durchströmte ihn, kaum dass er das Lot unter sein Hemd geschoben hatte. Jetzt war er bereit. Nicht unbesiegbar, nicht unverwundbar; aber immerhin im Besitz einer Waffe, die selbst dem Greif Respekt einflößte.

Sorgfältig verschloss er das Geheimfach und anschließend die Kiste, verließ den Boden und balancierte über das Dach zurück zur Wohnung. Das Gefühl, beobachtet, aus unsichtbaren Augen angestarrt und belauert zu werden, wurde dabei immer intensiver.

Nicht einmal zehn Minuten, nachdem er auf das Dach hinaufgestiegen war, trat er wieder in den Wintergarten hinein und schloss die Tür hinter sich.

Und als er sich herumdrehte, stand er seiner Mutter gegenüber.

Mark erstarrte. Sekundenlang stand er da und sah seine Mutter an, unfähig, etwas zu sagen oder einen klaren Gedanken zu fassen, und seine Mutter stand ebenso still und wortlos da und blickte ihn an. In ihren Augen lag eine tiefe Trauer, gepaart mit einem seltsamen Ausdruck, den Mark nicht verstand, der ihm aber Angst machte.

»Ich wusste, dass du zurückkommst, um es zu holen«, sagte sie.

Diese Worte erschreckten Mark noch mehr als das plötzliche Auftauchen seiner Mutter, denn sie bewiesen ihm, dass sie alles wusste. Er hob die Hand an den Hals und ließ die Finger im letzten Moment wieder sinken, aber natürlich hatte seine Mutter die Bewegung bemerkt.

Sie lächelte sanft. »Keine Sorge, Mark«, sagte sie. »Ich werde nicht versuchen, es dir wegzunehmen. Ich hätte es vernichten sollen, als noch Zeit dazu war. Jetzt ist es zu spät.« Sie machte einen Schritt auf ihn zu und streckte die Hand aus, zögerte aber, ihn zu berühren. Und Mark erging es genauso: Alles in ihm schrie danach, sich in die Arme seiner Mutter zu werfen, und hätte er es getan, dann hätte er sich in diesem Moment wahrscheinlich an ihrer Schulter ausgeweint wie ein kleines Kind.

Aber er tat es nicht.

»Du weißt alles?«, fragte er.

Mutter nickte. »Warum halten Kinder ihre eigenen Eltern eigentlich immer für dümmer als andere Erwachsene?«, fragte sie mit einem traurigen Lächeln. »Glaubst du denn, Vater hätte mir nicht alles erzählt, als er noch bei uns war?«

»Aber du hast nie … ich meine, warum habt ihr niemals …«

»Darüber gesprochen?« Sie schwieg einen Moment. »Weil wir geglaubt haben, die Kette auf diese Weise vielleicht unterbrechen zu können«, antwortete sie schließlich. »Ich weiß jetzt, dass es falsch war, aber wir … dachten, den Fluch brechen zu können. Wir hatten Angst. Um dich und deinen Bruder, aber auch Angst um unser eigenes Leben. Es war falsch. Vielleicht haben wir den Fluch damit nicht gebrochen, sondern dem Greif den endgültigen Sieg geschenkt.«

»Wieso?«

»Weil ihr die Letzten seid, Mark«, antwortete Mutter. »Dein Bruder und du, ihr seid die letzten Nachkommen Martens. Wenn er euch in seine Gewalt bringt, dann wird es niemanden mehr geben, der ihn aufhalten kann. Und der Schwarze Turm wird für alle Zeiten das bleiben, was er jetzt ist.«

»Du kennst den Turm?«, fragte Mark fassungslos.

Seine Mutter ging ins Zimmer zurück, um das Licht einzuschalten. Sie deutete auf die Couch. »Setz dich, Mark. Ich erzähle dir alles, was ich weiß.«

Mark machte einen Schritt und blieb wieder stehen. »Ich habe nicht viel Zeit«, sagte er.

Zu seiner Überraschung nickte seine Mutter zustimmend. »Du hast sogar noch weniger Zeit, als du selbst ahnst«, sagte sie. »Der Greif ist über jeden deiner Schritte informiert. Er weiß, was du vorhast, und er weiß auch, dass du jetzt …«, sie deutete auf die Kette an seinem Hals, »… das Lot hast. Unterschätze ihn niemals, Mark. Er ist ein Ungeheuer, aber er ist intelligent. Und unsagbar böse. Was ich dir zu sagen habe, wird nicht viel Zeit in Anspruch nehmen. Und es ist vielleicht das letzte Mal, dass wir uns sehen.«

Ein Schatten huschte während dieser Worte über ihr Gesicht.

Mark setzte sich.

»Wie oft warst du im Turm?«, begann seine Mutter.

»Zweimal«, antwortete Mark. »Einmal in … in der Stadt der Dämonen und das zweite Mal in Martens Hof.«

»Dann weißt du, dass es dein Vorfahre war, der Martens Hof gründete?«

Mark schüttelte den Kopf. Dabei hätte er es eigentlich ahnen müssen. Marten – Martens Hof, das konnte kein Zufall sein.

»Er war der Erste, der dorthin kam«, fuhr Mutter fort, »und der andere mit sich brachte. Zuerst war es wirklich nur ein kleiner Hof; daher der Name. Aber nach und nach kamen mehr und mehr Menschen, und aus Martens Hof wurde eine Stadt.«

»Dann ist er noch heute da?«, fragte Mark aufgeregt. »Ich meine, wenn im Schwarzen Turm niemand stirbt, dann müsste er auch noch heute irgendwo leben! Vielleicht könnte er uns …«

»Helfen?«, unterbrach ihn seine Mutter. Sie schüttelte den Kopf. »Vielleicht lebt er wirklich noch, aber wenn, dann weiß niemand, wo. Er verschwand, nur kurze Zeit, nachdem er die Stadt gegründet und anderen das Tor in den Turm geöffnet hatte. Niemand hat je wieder von ihm gehört.« Sie schwieg einen Moment lang. Dann fuhr sie fort: »Ich war einmal dort, in Martens Hof. Dein Vater nahm mich mit, als … als er noch bei uns war. Wusstest du, dass der Schwarze Turm nicht immer der *Schwarze* Turm war?«

Die Art, wie sie das Wort betonte, ließ Mark aufhorchen.

»Es war nicht Marten, der ihn erbaut hat, wie die meisten glauben«, sagte Mutter. »Er ist viel älter. So alt wie die Welt, vielleicht sogar noch älter. Wer weiß – vielleicht kamen die Menschen, von denen wir abstammen, aus ihm, und nicht umgekehrt.«

Im ersten Moment erschien Mark die Vorstellung lächerlich – aber war der Turm nicht das, wovon die Menschheit seit Urzeiten träumte? Ein Ort ewigen Sommers, ewigen Friedens und ewigen Lebens?

Das verlorene Paradies …

»Es war der Greif, der ihn zu dem machte, was er heute ist«, sagte Mutter leise. »Und es war dein Vorfahre Marten, der den Greif erschuf. Deshalb musst du versuchen, ihn zu vernichten. Du bist der Einzige, der es noch kann.«

Ihre Worte überraschten Mark. Das, was sie sagte, war nicht neu für ihn, doch er hatte damit gerechnet, dass sie versuchen würde, ihn von seinem Vorhaben abzuhalten, dass sie ihn anflehen würde zu bleiben, nicht auch noch sein Leben aufs Spiel zu setzen. Dass sie das nicht tat, machte ihm nur umso mehr klar, wie unvorstellbar wichtig seine Mission war.

Als er seine Mutter das nächste Mal ansah, schimmerten Tränen in ihren Augen.

»Geh jetzt«, sagte sie leise. Ihre Stimme zitterte. »Geh und tu, was du tun musst. Ich … ich wollte, ich könnte dir helfen. Aber ich kann es nicht.«

Mark stand auf, und wieder waren sie beide dicht daran, sich in die Arme zu sinken. Aber sie taten es auch diesmal nicht. Hätte er seine Mutter auch nur einmal berührt, dann hätten sie sich aneinander festgehalten, und keiner von ihnen hätte die Kraft aufgebracht, den anderen noch einmal loszulassen. Ohne ein weiteres Wort verließ er die Wohnung und wenige Minuten später das Haus. Sein Hals schmerzte, und Tränen liefen über sein Gesicht.

Der Polizeiwagen war verschwunden, aber Yezariael erwartete ihn. Ein fast lausbubenhaftes Grinsen huschte über sein hässliches Gesicht, als er sich aus dem Schatten des Hauses löste und Mark entgegentrat.

»Tu hatteßt Recht«, zischelte er. »Ter Faken fährt ßehnmal ßneller alß ein Pferd. Vielleißt ßokar ßwanßikmal.« Er kicherte.

Mark blickte den Gehörnten traurig an. Zum ersten Mal, seit er Yezariael kennen gelernt hatte, brachte ihn seine lächerliche Art zu reden nicht zum Grinsen.

»Faß haßt tu?« Yezariael schien seine Trauer zu spüren, denn auch er wurde wieder ernst.

»Nichts«, sagte Mark abweisend. »Komm – lass uns gehen.« Mit einem Ruck wandte er sich um, machte ein paar Schritte auf die Straße zu und blieb abrupt wieder stehen.

Vor ihm erstreckte sich eine fast makellose Schneedecke. Nur dort, wo der Polizeiwagen gestanden hatte, klaffte ein rechteckiges dunkles Loch darin, aus dem Reifenspuren herausführten. Und neben den tiefen Gräben, die die Reifen in den Schnee gepflügt hatten, waren noch andere Spuren. Nicht die eines Wagens, auch nicht die eines Menschen.

Es waren die Spuren eines riesigen Löwen.

Eines Löwen mit einer blutenden Pranke …

»Mein Gott!«, flüsterte Mark. »Er ist hier.«

»Fer ißt hier?«, erkundigte sich Yezariael.

Mark deutete auf die Prankenabdrücke im Schnee. Sie begannen irgendwo draußen auf der Straße, jenseits des Kreises unsicherer Helligkeit, der von der Straßenlampe kam, führten dicht am Haus vorbei und hörten dann einfach auf. Und plötzlich verstand er das Gefühl, beobachtet zu werden. Er war die ganze Zeit über da gewesen, hatte ihn belauert, jeden seiner Schritte aufs Genaueste beobachtet – ganz, wie seine Mutter gesagt hatte.

»Der Greif!«, antwortete Mark aufgeregt. »Begreifst du denn nicht, Yes? Er ist hier! Ganz in der Nähe!«

Es war zwar unmöglich – aber Mark hätte in diesem Moment jeden Eid geschworen, dass auch Yezariael blass wurde. »Ter ... ter *Herr?*«, flüsterte er. »Tu meinßt, er ißt hier?«

»Ja«, antwortete Mark. »Wahrscheinlich beobachtet er uns sogar in diesem Moment.«

»Aper er ... er ferläßt niemalß ßeinen Palaßt!«, protestierte Yezariael.

»Diesmal schon«, antwortete Mark düster. »Er hat nämlich einen ganz besonderen Grund dazu.«

Etwas raschelte. Mark fuhr herum, und seine Hand glitt automatisch zu der Kette um seinen Hals. Sein Blick bohrte sich in die Dunkelheit, darauf gefasst, den Greif zu sehen. Aber statt des erwarteten Ungeheuers trug der Wind nur eine alte Plastiktüte heran.

Mark atmete erleichtert auf und wollte sich schon wieder abwenden, als ihm etwas auffiel. Diese Plastiktüte kannte er. Es war nicht einfach nur eine billige Einkaufstasche, sondern – Mark war mit einem einzigen Satz auf der Straße und riss die Tüte in die Höhe. Etwas klirrte darin, und als er sie aufriss, fielen ihm eine leere Weinbrandflasche und ein zerschrammtes Wegwerffeuerzeug entgegen.

»Ela!«, flüsterte er. »Das ist Elas Tasche! Mein Gott, Yezariael – er hat sich Ela geholt!«

Der Schatten eines Engels legte sich über den seinigen, und als er herumfuhr, blickte er in des Cherubs Gesicht. Yezariael kreischte und war blitzschnell verschwunden, aber der Cherub beachtete ihn gar nicht, sondern kam mit langsamen Schritten näher. Er sah sehr ernst drein.

»Was bedeutet das?«, sagte Mark leise. »Warum ... warum hat er das getan?«

»Das weißt du doch genau«, antwortete der Cherub. Er hob die Hand, berührte flüchtig Marks Wange und lächelte sehr traurig. »Er bestraft deine Freunde, um dich zu quälen«, sagte er. »Diese alte Frau und deine Freunde sind ihm vollkommen gleich. Aber er weiß, wie weh es dir tut, wenn er sie vernichtet.«

Mark erschrak zutiefst. »Du meinst, er … er hat sie getötet?«, flüsterte er.

»Der Greif tötet nicht«, antwortete der Cherub. »Er hat schlimmere Mittel, seine Opfer zu quälen.«

»Dann werde ich sie befreien«, sagte Mark entschlossen. »Wenn sie noch leben, werde ich ihnen helfen! Kannst du mich zu ihnen bringen?«

Der Cherub zögerte. »Das könnte ich«, sagte er. »Aber ich werde es nicht tun. Begreif doch – genau das ist es, was er will. Hier in diesem Haus und in seiner unmittelbaren Umgebung bist du stark. Selbst für ihn zu stark. Aber wenn er dich weglockt und dich zu einer Unbesonnenheit verleitet, kann er dich schlagen.« Er deutete auf die aufgerissene Plastiktüte. »Warum wohl, glaubst du, hat er dir das geschickt?«

»Ich soll sie im Stich lassen?«, sagte Mark fassungslos. »Das sagst ausgerechnet *du?* Ich soll meine Freunde verraten?«

»Nicht verraten«, antwortete der Cherub. »Besiege den Greif, und du befreist auch sie und alle anderen, die in seiner Gewalt sind. Aber jetzt …«

»Niemals!«, unterbrach Mark ihn. »Wenn ich sie jetzt im Stich lasse, dann bin ich nicht besser als er.«

Der Cherub antwortete nicht. Er sah sehr traurig drein, aber Mark glaubte zu spüren, dass seine Trauer einen ganz anderen Grund hatte, als er annahm.

»Dann geh«, sagte der Cherub einfach.

Der Engel mit dem Flammenschwert

Die Lagerhalle befand sich am anderen Ende der Stadt, aber sie hatten kaum eine Sekunde gebraucht, um sie zu erreichen. Vor einem Augenblick hat der Cherub noch dagestanden und hatte ihn mit einem traurigen Lächeln angesehen, und im nächsten Moment war er verschwunden. Nicht einmal eine Spur war zurückgeblieben, wo seine Füße den

Schnee berührt hatten. Aber als sich Mark herumdrehte, um nach Yezariael Ausschau zu halten, da befand er sich nicht mehr vor dem Haus seiner Mutter, sondern in einer ihm vollkommen fremden Gegend, in der er noch nie zuvor gewesen war.

Rechts und links von ihm erhoben sich große Lager- und Fabrikhallen, die zum Teil schon recht verfallen waren. In den frischen Geruch des Schnees mischte sich der Gestank von faulendem Wasser, und unter dem Säuseln des Windes war dann und wann ein schweres Schwappen und Platschen zu vernehmen.

Der Hafen. Mark hatte vor ein paar Monaten genau diese Straße in einem Bericht im Regionalfernsehen gesehen, in dem vom wirtschaftlichen Niedergang der Binnenschifffahrt und der mit ihr zusammenhängenden Industriezweige die Rede gewesen war. Die Straße, in der er sich jetzt befand, gehörte zu dem Teil des Hafens, der schon vor Jahren aufgegeben worden war. Die Häuser und Fabrikhallen, die das verseuchte Wasser des alten Hafenbeckens säumten, waren leer und dienten jetzt allenfalls noch den Ratten und dem Ungeziefer als Unterschlupf. Und wahrscheinlich von Zeit zu Zeit ein paar Obdachlosen und Stadtstreichern, die hierher kamen, um wenigstens ein Dach über dem Kopf zu haben.

Ein Rascheln und Wispern neben ihm zeigte Mark, dass der Cherub auch Yezariael hierher gebracht hatte. Er warf einen flüchtigen Blick auf den verängstigten Gehörnten und konzentrierte sich dann wieder auf seine Umgebung. In keinem der Häuser, vor denen sie standen, brannte Licht. Aber er wusste, dass er Ela und den Berbern ganz nahe war.

Und dem Greif.

»Fo sint fir?«, zischelte Yezariael.

Mark zuckte mit den Schultern. Wie hätte er Yezariael erklären können, was ein Hafen war? Und außerdem war die Frage nicht, wo sie waren, sondern vielmehr, wo sie hin sollten.

»Ich habe keine Ahnung«, murmelte Mark. »Aber sie müssen hier irgendwo sein.«

»Teine Freunte?« Offensichtlich hatte Yezariael sehr genau zugehört, als er mit dem Cherub gesprochen hatte. Mark nickte.

»Erinnerst du dich noch, was du gestern Abend zu mir gesagt hast, Yes?«, fragte er. »Dass du für mich kämpfen würdest, wenn es sein muss?«

Yezariael nickte. Aufmerksam sah er Mark an, sagte aber kein Wort.

Mark deutete auf die Häuser auf der anderen Seite der Straße. In der Dunkelheit wirkten sie wie eine kompakte Mauer, ein Wall aus Finsternis, der sie zu umgeben schien. »Wenn wir weitergehen, dann wirst du es wahrscheinlich müssen«, sagte er ernst. »Aber ich bin dir nicht böse, wenn du mich nicht begleitest. Ich gebe dich frei, ich entbinde dich von deinem Ehrenwort oder deinem Schwur oder Eid oder was immer du geleistet hast. Geh zurück in die Welt, in die du gehörst.«

Sekundenlang sagte Yezariael gar nichts. Dann schüttelte er den Kopf, und als er antwortete, klang seine Stimme zum ersten Mal, seit Mark ihn kannte, beinahe menschlich: »Ich gehöre zu dir«, sagte er, klar und verständlich und ohne im Mindesten zu lispeln, und Mark begriff, dass sich Yezariael mühsam zwang, auf diese für ihn ungewohnte Weise zu sprechen, um den Ernst seiner Worte noch zu verdeutlichen. »Ich bleibe bei dir, solange es sein muss.«

Gemeinsam überquerten sie die verschneite Straße und näherten sich einer leer stehenden Lagerhalle. Das große Tor stand offen, und ein Teil des Daches war eingestürzt, sodass Licht in ihr Inneres fiel. Mark erkannte Berge von Schutt und Unrat, eine dünne Schneedecke darüber. Und Spuren. Die Prankenabdrücke eines riesigen Löwen.

Yezariael fuhr erschrocken zusammen, als er die Spuren des Greif erblickte, aber er ging tapfer weiter, und auch Mark versuchte, seine Furcht zu bekämpfen oder wenigstens soweit niederzuhalten, dass sie seine Gedanken nicht zu sehr beeinflusste.

Er war sich völlig darüber im Klaren, dass er in eine Falle lief. Die Spuren vor ihnen waren kein Zufall und auch keine Nachlässigkeit, denn beides waren Begriffe, die für ein Wesen wie den Greif nicht existierten. Sie dienten dem einzigen Zweck, ihm den Weg zu weisen. Marks Hand schloss sich um die dünne Silberkette an seinem Hals, und zum ersten Mal überkamen ihn Zweifel. Was, wenn das Lot keine so unbesiegbare Waffe war, wie er bisher angenommen hatte? Der Greif wusste, dass es sich in seinem Besitz befand. Hätte er ihn hierher gelockt, wenn er keinen Weg gefunden hätte, auch damit fertig zu werden?«

Die Halle war riesig. Was von außen wie ein heruntergekommener Schuppen ausgesehen hatte, erwies sich als so hoch wie ein dreistöckiges Haus. Der Wind fing sich in den rostigen Dachträgern der durchlöcherten Decke und heulte laut und unheimlich, und unter ihren Schritten wirbelte trockener Pulverschnee auf und nahm ihnen von Zeit zu Zeit die Sicht. Überall lagen Trümmer und Abfälle herum, und am anderen Ende der Halle erhoben sich die Schatten riesiger, vor langer Zeit abgeschalteter Maschinen wie die Skelette bizarrer Urzeittiere.

Die blutige Spur des Greif führte sie quer durch die Halle bis zu einer Treppe, die steil in die Tiefe führte. Sie bestand aus Beton, und einige Stufen waren geborsten und abgebröckelt, sodass Mark aufpassen musste, wohin er seine Schritte setzte. Am unteren Ende war eine Tür aus massivem Eisen. Sie war nur angelehnt, und durch den Spalt sickerte trübes gelbes Licht.

Mark streckte die Hand nach der Tür aus, zögerte aber. Suchend sah er sich um. Auch hier unten lagen überall Trümmer. Ein Teil des eisernen Treppengeländers war eingestürzt und zerbrochen, und Mark hob einen dieser Eisenstäbe auf und wog ihn prüfend in der Hand. Es war ein ordentlicher Knüppel, der trotzdem leicht in der Hand lag. Er wusste sehr wohl, wie lächerlich diese Waffe gegenüber einem Wesen wie dem Greif – oder auch nur einem einzigen von Yezariaels Brüdern – war, aber er fühlte sich mit dem Stab in der Hand nicht mehr ganz so wehrlos.

Yezariael betrachtete ihn zweifelnd, zuckte dann mit den Schultern und bewaffnete sich ebenfalls mit einer Eisenstange. Sie war gut doppelt so lang wie die Marks und gehörte zu einem sehr viel größeren Bruchstück des Geländers, von dem sie der Gehörnte ohne sichtliche Anstrengung abbrach.

Der Anblick ließ Mark schaudern, denn er führte ihm wieder vor Augen, wie entsetzlich stark die Gehörnten waren, und gleichzeitig machte er ihm klar, wie sehr er sich in der Zwischenzeit an den Gehörnten gewöhnt hatte. Yezariael war für ihn längst kein Ungeheuer mehr, sondern nur noch ein fremdartiges Geschöpf. Er musste sich mühsam in Erinnerung rufen, was der Gehörnte in Wirklichkeit war.

Er schüttelte auch diesen Gedanken ab, drehte sich mit einem Ruck um und öffnete die Tür.

Dahinter lag ein kleiner, mit alten Möbeln und leeren blauen Plastikfässern voll gestopfter Raum. Niemand war da, aber die Spur des Greif war auch hier deutlich zu sehen und zeigte Mark den Weg. Er führte zu einer weiteren, rostigen Eisentür.

Mark atmete tief ein, ergriff seine Eisenstange fester und öffnete auch diese Tür.

Dahinter lag ein gigantischer Kellerraum. Er musste fast so groß sein wie die Halle über ihnen, war aber nur fünf oder sechs Meter hoch, was ihn noch viel größer aussehen ließ. Gewaltige, mannsdicke Betonpfeiler trugen die Decke und bildeten etwas wie einen künstlichen Wald, und auf dem Boden hatte sich Wasser in großen, schmutzigen Pfützen gesammelt. Das flackernde gelbe Licht, das sie draußen gesehen hatten, kam von einer Anzahl kleiner Petroleumlampen, die unweit der Tür an einigen der Pfeiler hingen. Daneben hockte eine Anzahl dunkler Gestalten auf dem Boden. Keine davon wandte auch nur den Kopf, als Mark und Yezariael den Keller betraten.

Mark hob seine Eisenstange und sah sich mit klopfendem Herzen um.

Nichts.

Der Keller war voller Schatten und wuchtiger Betonsäulen, hinter denen sich jederzeit eine ganze Armee verbergen konnte – aber weder der Greif war zu sehen noch eine seiner Kreaturen …

Was war hier los? Der Greif hatte ihn zu seinen Freunden geführt, das musste doch einen Grund haben.

Vorsichtig bewegte sich Mark auf die Gruppe zu, Ela und die anderen rührten sich noch immer nicht, obwohl seine Schritte laut genug zu hören waren. Ein ungutes Gefühl breitete sich in Mark aus, während er sich ihnen näherte. Er erkannte jetzt Ela selbst, das verlebte Gesicht von Berti und daneben die zerschlissene Lederjacke Schorschs, der mit untergeschlagenen Beinen dasaß und die linke Hand um eine Schnapsflasche geschlossen hatte. Keiner von ihnen bewegte sich.

»Ela?«, rief Mark. »Ich bin es – Mark.«

Er bekam keine Antwort. Ela saß da und starrte ins Leere. Ihre Augen waren geöffnet, aber obwohl ihr Blick direkt auf ihn gerichtet war, rührte sich in ihrem Gesicht kein Muskel. Mark begann zu zittern, als er sich neben der alten Berberin in die Hocke sinken ließ und die Hand nach ihrem Gesicht ausstreckte.

Es wirkte so lebendig, aber als seine Finger ihre Haut berührten, da fühlte er keine Wärme, sondern nur kalten, harten Stein.

»Mein Gott«, flüsterte Mark. »Was hat er mit euch gemacht?«

Das steinerne Gesicht vor ihm blieb stumm, und eine große, eiskalte Hand schien nach Marks Herz zu greifen und es unerbittlich zusammenzudrücken. Zum zweiten Mal an diesem Abend liefen Tränen über sein Gesicht, und er versuchte auch jetzt nicht, sie zurückzuhalten. Wie von weit, weit her glaubte er die Stimme des Cherubs zu vernehmen: *Er bestraft deine Freunde, um dich zu quälen.* Was für ein Ungeheuer hatte Marten da erschaffen?

Er wusste nicht, wie lange er dagehockt und in die für alle Zeiten erstarrten Augen in dem alten Frauengesicht geblickt hatte. Schließlich stand er wieder auf und wandte sich den anderen zu. Schorsch, Berti – sie waren alle da, alle, die er an jenem Abend getroffen hatte, zu Stein erstarrt durch den bloßen Willen eines Wesens, von dem sie nicht einmal gewusst hatten, dass es existierte. Und ihr einziges Verbrechen war gewesen, ihm, Mark, zu helfen.

»Bist du jetzt endlich zufrieden, du Narr?«, sagte eine Stimme hinter ihm.

Mark hob den Kopf – und da waren sie: Hunderte kleiner, schwarzer, gehörnter Gestalten mit peitschenden Schwänzen und lodernden roten Augen, geifernde Teufel, die plötzlich den Keller füllten und einen Kreis um Yezariael und ihn bildeten. Aber es war kein Gehörnter, der zu ihm gesprochen hatte, sondern ein großer, dunkelhaariger Mann, der ganz in Schwarz gekleidet war und einen knöchellangen schwarzen Mantel trug, der ihm das Aussehen einer menschengroßen Fledermaus gab.

»Sarn«, sagte Mark bitter. »Du bist also noch am Leben.«

Der Sklavenherr des Schwarzen Turms lachte hässlich. »Es gehört ein bisschen mehr dazu, mich zu vernichten, mein Junge«, sagte er. »Hast du wirklich gedacht, es wäre so leicht?«

Mark deutete auf Ela und die anderen. »Was hast du mit ihnen gemacht, du Ungeheuer?«, fragte er.

»Ich?« Sarn verzog in gespielter Überraschung das Gesicht. »Du verdrehst da etwas, mein Freund. Das ist *dein* Werk. So ergeht es allen, die sich dem Greif widersetzen.«

»Widersetzen?«, wiederholte Mark bitter. »Sie wussten nicht einmal, dass es ihn gibt, Sarn. Ihr einziges Verbrechen war, mir zu helfen.«

»Und das war schlimm genug.« Sarn machte eine zornige Handbewegung, als Mark antworten wollte. »Das reicht. Ich bin nicht gekommen, um mit dir zu streiten. Du hast etwas, was uns gehört. Gib es mir.«

Sarn streckte fordernd die Hand aus, und Marks Finger schlossen sich um das Lot.

»Warum holst du es dir nicht?«, fragte Mark.

Sarn zögerte. Wut und Furcht mischten sich auf seinem Gesicht, aber zumindest im Moment trug der Respekt vor der Macht des Lots noch den Sieg davon.

»Du bist gekommen, um deinen Freunden zu helfen?«,

fragte er. »Gut. Gib mir das Lot, und ich lasse sie frei. Es liegt ganz bei dir.«

»Klaup ihm nißt!«, zischte Yezariael neben Mark. »Er firt tiß töten, sopalt er eß hat!«

Sarn wandte mit einer ärgerlichen Bewegung den Kopf. Zwischen seinen Augenbrauen entstand eine tiefe Falte. Er starrte Yezariael an, als erblicke er ihn in diesem Moment das erste Mal. »Schau an«, sagte er. »Noch ein Verräter. Für dich werde ich mir eine ganz besondere Strafe ausdenken, mein kleiner Freund.«

Yezariael zischte und hob drohend seine Eisenstange, aber Sarns Antwort bestand nur in einem abfälligen Lächeln. Er wandte sich wieder an Mark.

»Nun? Ich meine es ernst – das Lot gegen das Leben deiner Freunde da.«

»Woher soll ich wissen, dass du nicht lügst?«, fragte Mark.

»Warum sollte ich?«, Sarn schnaubte. »Glaubst du wirklich, mir liegt etwas am Leben dieser Herumtreiber? Und du bist ohne das Lot keine Gefahr, denn du wirst den Turm ohne seine Hilfe nie wieder betreten können.«

»Und ihr werdet für alle Zeiten darüber herrschen, wie?«

Sarn nickte ungerührt. »Na und? Was kümmert dich das? Nichts, was bei uns geschieht, hat irgendeinen Einfluss auf eure Welt. Du hast es doch selbst gesagt – es ist nichts als ein Traum.«

Und was ist das Leben der Menschen ohne Träume?, dachte Mark. Laut sagte er: »Niemals! Wenn du das Lot haben willst, dann hol es dir! Komm und kämpfe!« Aus seinen Worten sprach nicht Mut, sondern pure Verzweiflung, und Sarn schien das sehr wohl zu merken.

»Du willst kämpfen, du Narr?«, fragte er spöttisch. »Gegen *mich?*« Seine Hand senkte sich auf den Gürtel, und Mark sah erst jetzt, dass er daran ein großes zweischneidiges Schwert trug.

Yezariael kreischte schrill, riss seine Stange über den Kopf und sprang auf Sarn zu.

Aber er erreichte ihn nicht. Sarn wich mit einer blitzschnellen Bewegung zurück, und plötzlich flammte hinter ihm ein unerträglich grelles weißes Licht auf, das Mark stöhnend die Hände vor das Gesicht schlagen ließ. Zwischen den Fingern sah er den grellen, dünnen Blitz, der wie eine gezackte Schlange aus Licht auf den Gehörnten zuraste und ihn zu Boden schmetterte. Aus Yezariaels Wutschrei wurde Schmerzgewimmer. Er taumelte zurück, fiel auf die Knie und sackte schließlich vollends in sich zusammen. Die Eisenstange entglitt seinen Fingern. Ihr unteres Ende glühte rot. Als Mark die Hände wieder herunternahm, hatte sich in der Reihe der Gehörnten eine Gasse gebildet. An ihrem Ende erhob sich eine gewaltige, weiße Gestalt, über deren Schultern sich riesige Flügel spannten.

Diesmal hielt ihn Mark nicht einmal für eine Sekunde für den Cherub, der ihn beschützte. Es war der schwarze Cherub, der ihn aus dem Haus gejagt und bis in Mertens Villa verfolgt hatte. Und er hatte jetzt auch kaum noch Ähnlichkeit mit seinem Gegenstück – Gestalt und Farbe waren gleich, aber dieses Gesicht war eine Maske aus Hass und Bosheit, im wahrsten Sinne des Wortes ein gefallener Engel, der alle Werte, für die er je gestanden hatte, ins Gegenteil verkehrte.

Langsam bewegte sich der Cherub auf ihn zu. Sein Gesicht war unbewegt, aber seine Augen brannten, und Mark wich Schritt für Schritt vor ihm zurück, bis er mit dem Rücken gegen die harte Wand stieß.

»Gib ihm das Lot!«, verlangte Sarn.

Mark griff mit zitternden Fingern nach der Kette und streifte sie ab. Der Engel blieb stehen und streckte fordernd die Hand aus – aber statt ihm das Lot zu geben, schwang Mark die Kette plötzlich hoch über den Kopf und schleuderte sie wie einen Morgenstern. Der silberne Anhänger glühte auf wie eine winzige lodernde Sonne, eine tödliche Waffe, die den schwarzen Cherub verbrennen musste, wenn sie ihn auch nur berührte, zuckte wie ein lebendiges Wesen nach seinem Gesicht und prallte ab.

Fassungslos starrte Mark den Cherub an, dann das Lot in seiner Hand. Und er begriff zu spät, warum weder Sarn noch einer seiner teuflischen Diener versucht hatten, ihn zu überwältigen. Was das Lot ihnen zufügen konnte, das hatte Mark ja mit eigenen Augen gesehen. Bei dem schwarzen Cherub versagten seine magischen Kräfte.

»Schade«, sagte Sarn kalt. »Ich hätte es lieber gesehen, wenn du freiwillig mitgekommen wärst. Pack ihn!«

Die beiden letzten Worte galten dem Cherub, und Marks Reaktion kam zu spät. Die Hände des gefallenen Engels schossen vor. Seine Linke umklammerte Marks Handgelenk, während sich die andere wie ein stählerner Schraubstock um seine Kehle legte und mit unmenschlicher Kraft zuzudrücken begann. Mark bäumte sich auf und begann mit der freien Hand und den Füßen nach dem Cherub zu schlagen und zu treten, aber es war so, als hämmere er auf einen Felsen ein. Und sein Widerstand erlahmte auch sehr schnell. Der Atem wurde ihm abgeschnürt, und er konnte spüren, wie die Kraft aus ihm wich wie die Luft aus einem Ballon, in den man ein Loch gestochen hatte.

Und dann traf ein ungeheuerlicher Schlag den schwarzen Cherub und schleuderte ihn davon.

Mark taumelte. Hilflos sank er gegen die Wand, ließ das Lot fallen und fasste mit beiden Händen seinen Hals. Er bekam noch immer keine Luft, und er ließ sich kraftlos an der Wand hinunterrutschen, bis er auf dem Boden saß.

Zum zweiten Mal erbebte der Boden unter einem ungeheuerlichen, dröhnenden Schlag, und diesmal konnte Mark fühlen, wie das gesamte Gebäude rings um ihn herum zitterte. Staub und kleine Betonstückchen rieselten auf ihn herab. Er krümmte sich, riss schützend die Arme über den Kopf und sah etwas Weißes, Strahlendes über sich emporwachsen.

Es war der echte Cherub.

Aus dem schönen, ernsten Wesen war ein Racheengel geworden, eine Gestalt mit flammenden Augen und solcher Leuchtkraft, dass es wehtat, ihn anzusehen. In seiner rechten Hand lag ein Schwert, dessen Klinge nicht aus Stahl bestand, sondern aus einer lodernden, blauweißen Flamme. Seine Schwingen waren weit ausgebreitet und schienen wie unter einem inneren, weißen Feuer zu erglühen.

Sarn und die Gehörnten waren entsetzt zurückgewichen, und der schwarze Cherub erhob sich gerade in diesem Moment unsicher auf die Beine. Der Angriff des Cherub hatte ihn mehr als zwanzig Meter weit durch die Halle und gegen einen der Betonpfeiler geschleudert, der unter seinem Anprall geborsten war.

»Packt ihn!«, brüllte Sarn mit überschnappender Stimme. »Greift an! Tötet ihn!«

Und tatsächlich wandte sich ein Teil der Gehörnten um und stürmte mit hocherhobenen Waffen auf den Cherub zu.

Keiner von ihnen überlebte den Angriff.

Das Flammenschwert bewegte sich wie ein Blitz und mähte die schwarzen Gestalten nieder, so schnell und lautlos, dass die Hälfte von Sarns Armee vernichtet war, ehe ihr Anführer auch nur begriff, was geschah. Der Rest wandte sich kreischend zur Flucht, aber der Cherub kannte kein Erbarmen: Sein Schwert zuckte hierhin und dorthin und schickte Blitze aus grellweißem, tödlichem Feuer durch den Keller, bis auch der letzte Gehörnte regungslos am Boden lag. Der Kampf hatte nicht einmal eine halbe Minute gedauert.

Aber er war keineswegs zu Ende.

Sarn war ein paar Schritte vor dem Cherub zurückgewichen, und sein Gesicht hatte deutlich an Farbe verloren. Aber er machte keine Anstalten zu fliehen, und das Schwert in seiner Hand zitterte nicht. Der Cherub bewegte sich langsam auf ihn zu, Sarn hob mit einer grimmigen Geste das Schwert und spreizte die Beine, um dem erwarteten Anprall des Cherubs gewachsen zu sein, aber plötzlich stand eine andere, strahlendweiße Gestalt zwischen ihnen. Der schwarze Cherub. Schützend breitete er die mächtigen Schwingen vor Sarn aus, und mit einem Mal lag auch in seiner Hand ein flammendes Schwert.

So standen sich die beiden so ähnlichen und zugleich völlig ungleichen Wesen gegenüber. Der mörderische Hass des einen war nicht stärker als der gerechte Zorn des anderen, aber auch dieser konnte nicht über seinen Gegner siegen.

Schließlich hob der Cherub sein Schwert und deutete auf Mark, dann auf Sarn.

»Lass ihn gehen, und ich schwöre dir, sein Leben zu verschonen, wenn ich siege«, sagte er.

Der schwarze Cherub schien zu überlegen. Dann schüttelte er den Kopf.

»Wie du willst, Bruder«, antwortete der Cherub traurig. »Dann komm. Ich habe lange genug auf diesen Tag gewartet.«

Der Kampf begann ohne weitere Vorwarnung. Der Cherub breitete die Flügel aus und stürzte sich mit einer unglaublich schnellen Bewegung auf seinen Gegner, aber auch dieser war blitzschnell und wich ihm fast spielerisch aus. Seine Schwingen schlugen, streiften den Cherub mitten in der Bewegung und ließen ihn taumeln. Mit einem triumphierenden Schrei setzte er ihm nach und schwang seine Flammenklinge.

Die beiden Schwerter prallten dicht vor dem Leib der Cherubs aufeinander. Flammen und zuckende Blitze erfüllten den Keller, und ein ungeheures Dröhnen ließ das gesamte Gebäude erzittern.

Trümmer regneten herab, und in der Decke entstand ein langer, gezackter Riss, aus dem Staub und schmutziges Wasser rieselten.

Die beiden Engel lösten sich voneinander und begannen sich zu umkreisen. Das Schwert des Cherubs zog eine flammende Spur in die Luft, aber sein Gegner stand ihm in nichts nach – er blockte den Hieb ab, sprang blitzschnell zur Seite und schwang seine eigene Waffe. Die lodernde Klinge streifte des Cherubs Flügel und versengte ihn, und fast im gleichen Moment traf dessen Waffe die Schultern des schwarzen Cherubs und grub eine tiefe Spalte hinein. Wieder lösten sich die beiden Gegner voneinander.

»Mark!«, schrie der Cherub. »Lauf! Bring dich in Sicherheit!« Für den Bruchteil einer Sekunde war er abgelenkt – und sein Gegner nutzte diese Schwäche erbarmungslos aus. Er sprang vor, breitete die Schwingen zu ihrer ganzen ungeheuerlichen Spannweite aus und schlug mit Flügeln und Schwert gleichzeitig zu. Den Schwertstreich vermochte der Cherub im letzten Moment abzuwehren, aber die riesigen Schwingen trafen ihn mit fürchterlicher Wucht und ließen ihn haltlos davontaumeln. Der schwarze Cherub setzte ihm nach und schwang seine Klinge. Der Cherub duckte sich im letzten Moment unter dem Hieb weg, aber in seinem verletzten Flügel blieb eine weitere, rauchende Spur zurück, und das Flammenschwert zerteilte noch im Rückschwung einen der mächtigen Betonpfeiler, die die Decke trugen.

»Lauf!«, schrie der Cherub noch einmal – und diesmal war Mark mit einem Satz auf den Füßen, sprintete auf den Ausgang zu – und machte eine jähe Kehrtwendung. Yezariael! Mark kniete neben dem Gehörnten nieder und drehte ihn auf den Rücken. Er lebte. Verkrümmt und wimmernd lag er da, und sein Gesicht war eine Maske der Pein, aber als Mark ihn auf die Beine zu zerren versuchte, öffnete er die Augen. »Verdammt, hilf mir!«, keuchte Mark. »Du bist zu schwer! Ich schaffe es nicht allein!«

»Kalt«, wimmerte Yezariael, »Mir ißt ßo … kalt.« Aber trotzdem bewegte er sich ein wenig, und schließlich hatte er sich mit Marks Hilfe so weit aufgerichtet, dass Mark seinen Arm um seine Schultern legen konnte, um ihn zu stützen. Yezariael zitterte am ganzen Leib. Seine Haut fühlte sich heiß und fiebrig an, und er hatte kaum die Kraft zu gehen. Irgendwie schaffte es Mark, ihn bis zur Tür zu schleifen, wo er noch einmal stehen blieb und sich umsah.

Der Keller bot ein Bild der Verwüstung. Ein großer Teil der Betonpfeiler war bereits zerstört, von den gleißenden Klingen der Flammenschwerter gefällt wie Streichhölzer, und aus dem Boden drangen knirschende Laute. Von Sarn war keine Spur mehr zu sehen. Wahrscheinlich hatte er sich schon längst in Sicherheit gebracht. Und der Kampf der Engel tobte mit unverminderter Wucht weiter.

»Kannst du allein gehen?«, fragte Mark schwer atmend. Yezariaels Gesicht drückte wie eine Tonnenlast auf seine Schultern.

Yezariael nickte. Sein Gesicht zuckte vor Schmerz, und

seine Augen waren trüb, aber er brachte trotzdem das Kunststück fertig, aus eigener Kraft weiterzutaumeln und sich die Betonstufen hinaufzuschleppen. Hinter ihnen erzitterte das gesamte Gebäude, als die beiden Engel abermals aufeinanderprallten.

Ein tiefer, grollender Laut drang aus dem Boden, noch ehe sie ganz oben auf der Treppe waren, und plötzlich bewegte sich die gesamte Halle: Mark konnte ganz deutlich sehen, wie die rostigen Stahlträger hoch über seinem Kopf hin und her schwankten wie dünne Äste im Sturm. Etwas löste sich mit einem ungeheuerlichen Krachen und Poltern von der Decke und durchschlug den Boden, keine zwanzig Meter von ihnen entfernt.

Mark zog den Kopf zwischen die Schultern, bis der Hagel aus Trümmern und scharfkantigen Metallsplittern aufgehört hatte, dann packte er Yezariaels Hand und rannte los, so schnell er nur konnte. »Lauf!«, brüllte er. »Die ganze Halle bricht zusammen!«

Und das war keineswegs übertrieben. Blitze und grelle, lodernde Flammenzungen schlugen aus dem Loch in der Kellerdecke, und das Gebäude bebte immer stärker. Die Wände bogen sich wie dünnes Stanniolpapier, armdicke Stahlträger zerbarsten knallend, und im Boden erschien plötzlich ein ganzes Spinnennetz von Rissen und ineinander laufenden Sprüngen.

Mark wurde ein paar Mal getroffen, bis sie den Ausgang erreichten, und auch Yezariael schrie mehrmals auf, wenn ein Ziegelstück auf ihn herabfiel. Aber sie hatten trotz allem Glück: Keines der Trümmerstücke war groß genug, einen von ihnen ernsthaft zu verletzen. Taumelnd rannten sie aus dem zusammenbrechenden Gebäude, überquerten die Straße und liefen noch ein paar Schritte weiter, ehe Mark endlich stehen blieb. Yezariael sank mit einem erschöpften Keuchen gegen einen Zaun und fiel auf die Knie.

Die Lagerhalle erzitterte immer heftiger. Ein unheimliches, flackerndes weißes Licht drang aus ihrem Inneren, und immer mehr und mehr Stücke lösten sich aus dem Dach und fielen polternd in die Tiefe.

Dann brach das gesamte Gebäude zusammen.

Es geschah auf seltsame Art – die riesige Lagerhalle klappte regelrecht in sich zusammen wie ein Kartenhaus, das von einem Windzug getroffen wurde: Die Wände neigten sich gegeneinander, zerbrachen in große, gezackte Stücke und fielen zu Boden, und beinahe als Allerletztes, nur noch von einigen wenigen Eisenträgern gehalten, senkte sich auch das Dach auf den Berg von Trümmern und Staub. Der Boden zitterte. Ein tiefes, mahlendes Grollen drang aus der Erde, als stürzten tief unter Marks Füßen gewaltige Hohlräume zusammen, und das flackernde Licht aus den Kellern der Halle flammte noch einmal zu greller lautloser Weißglut auf und erlosch.

Mark schloss mit einem Stöhnen die Augen und wandte sich ab. Es war vorbei. Der Kampf der Engel hatte geendet.

Endlos lange, wie es ihm schien, stand er einfach da und wartete darauf, dass etwas geschah, aber die Nacht blieb still, und die einzigen Geräusche, die er hörte, waren das Heulen des Windes und dann und wann ein gedämpftes Knacken oder Poltern aus der Ruine, wenn ein Trümmerstück seinen Halt verlor oder unter dem Druck der auf ihm lastenden Tonnen zerbrach. Ein Gefühl tiefer, schmerzhafter Leere machte sich in Mark breit.

Dann hörte er halblaute, gequälte Laute, und das erinnerte ihn daran, dass er nicht allein war. Unter Aufbietung aller Kräfte löste er sich von dem Anblick des zerstörten Gebäudes, drehte sich herum und kniete neben Yezariael nieder. Der Gehörnte wimmerte wie ein kleines Kind. Sein Gesicht war grau, nicht mehr schwarz, und er zitterte am ganzen Leib.

»Kalt«, wimmerte er. »Mir ißt ßo … kalt.«

Mark blickte den Gehörnten hilflos an. Wenn Yezariael wirklich schwer verletzt war – und alles sah danach aus –, was sollte er dann tun? Er konnte ihn ja schlecht zu einem Arzt bringen. Ganz abgesehen davon, dass auch ein Arzt dem Gehörnten wahrscheinlich nicht hätte helfen können. Das Feuer des Cherubs hatte Yezariael offensichtlich nicht verbrannt, sondern ihn mit etwas erfüllt, was für dieses

Wesen ebenso tödlich sein mochte wie Hitze für einen Menschen …

Da ihm keine bessere Idee kam, zog er seinen Parka aus und hängte ihn Yezariael über die Schultern. Der Gehörnte kroch regelrecht in das Kleidungsstück hinein, aber das Zittern hörte nicht auf. Mark glaubte zu hören, wie er mit den Zähnen klapperte.

»Wir müssen hier weg«, sagte er. »Irgendwohin, wo es wärmer ist. Kannst du gehen?«

Yezariael blickte ihn aus stumpfen, glanzlosen Augen an und nickte schwach. Seine Krallenhand fuhr scharrend über die morschen Bretter des Zaunes, vor dem er niedergesunken war, und suchte nach festem Halt.

Mark half ihm aufzustehen, und Yezariael taumelte ein paar Schritte vorwärts, ehe er abermals innehielt. »Kalt«, wimmerte er. »Iß ßterpe, Mark.«

»Quatsch!«, sagte Mark grob. »So schnell stirbt es sich nicht. Los – geh weiter!«

Der barsche Ton half. Yezariael wankte weiter – und blieb wieder stehen. Vor ihnen bewegte sich etwas. Ein Schatten erschien in der Dunkelheit, riesig und auf unheimliche Weise verzerrt, und Mark stellte sich schützend vor den Gehörnten. Dann erkannte er, wer da auf sie zukam.

»Du lebst!«, schrie Mark auf »du …« Er verstummte mitten im Wort, als er sah, auf welche entsetzliche Weise sich der Cherub verändert hatte.

Er hatte den Kampf mit dem schwarzen Cherub gewonnen – aber er hatte einen fürchterlichen Preis dafür bezahlt. Von der strahlend schönen, schneeweißen Engelsgestalt war nicht mehr viel geblieben. Sein Gewand hing in Fetzen und war über und über mit Brand- und Blutflecken übersät. Sein linker Arm hing nutzlos herunter, und ein dünner, aber beständiger Strom aus Steinstaub quoll aus seinem Ärmel und rieselte an seiner Hand herab in den Schnee, und eine seiner weißen Schwingen war verbrannt und fast zur Gänze durchtrennt. Er würde nie wieder fliegen können.

Dann blickte Mark in seine Augen. Ihr Blick war hell wie

immer, aber es war noch etwas anderes darin, und dieses Etwas ließ Mark bis ins Innerste erschauern.

Es war der Tod. Der Cherub starb. Er hatte seinen Gegner besiegt, aber mit dem eigenen Leben dafür bezahlt.

»Du …«, flüsterte er.

Der Cherub hob mühsam den verletzten Arm und machte eine Geste zu schweigen. »Sag jetzt nichts, Mark«, flüsterte er. Seine Stimme war schwach und kaum noch zu vernehmen. »Es ist gut so, wie es gekommen ist. Ich hätte es schon viel früher tun sollen.«

»Aber du stirbst!«, sagte Mark entsetzt.

»Alles kommt so, wie es kommen muss«, flüsterte der Cherub. »Mir bleibt nicht mehr viel Zeit, deshalb hör mir gut zu, Mark. Du musst in den Turm zurückkehren. Suche den Greif und vernichte ihn. Du kannst es. Es wird schwer, das Schwerste, was jemals von einem sterblichen Menschen verlangt worden ist, aber ich weiß, dass du es kannst, wenn du wirklich willst.«

»Nein!«, keuchte Mark. »Du darfst nicht sterben! Ich werde nicht weiterkämpfen ohne dich, hörst du? Lass mich nicht allein!«

Der Cherub lächelte. Es war ein sehr trauriges Lächeln, das Mark schon einmal auf seinem Gesicht gesehen hatte. Als er vor dem Haus seiner Mutter gestanden und er ihn beschworen hatte, nicht hierher zu gehen.

Tiefes Entsetzen machte sich in Mark breit.

»Du hast es gewusst«, flüsterte er. »Du wusstest, dass er hier auf dich warten würde. Und wie der Kampf enden würde.«

Es war seine Schuld ganz allein. Er hatte den Cherub zum Tode verurteilt, als er sich weigerte, Ela und die anderen im Stich zu lassen!

»Der Kampf ist auf die einzig mögliche Art entschieden worden«, antwortete der Cherub sanft. »Mach dir keine Vorwürfe. Ich hätte nicht anders gehandelt an deiner Stelle.«

Das Rauschen gewaltiger, dunkler Schwingen teilte die Luft, und ein riesiger Schatten legte sich über die Gestalt des Cherubs. Er fuhr zusammen und hob die unverletzte, rechte Hand, und plötzlich lag das Flammenschwert wieder in seinen Fingern.

»Geh!«, sagte der Cherub. »Geh, Mark, solange noch Zeit ist!«

Der Greif raste wie ein schwarzer Sturm, der direkt aus der Hölle kam, heran, fegte Mark, Yezariael und den Cherub mit einem einzigen Schlag seiner riesigen Schwingen von den Füßen und landete keine zehn Meter von ihnen entfernt. Ein schauerliches Gebrüll erklang, als er herumfuhr und die Pranken hob.

Trotz allem war der Cherub der Erste, der wieder auf den Beinen war, und trotz seiner tödlichen Verwundung stellte er sich schützend zwischen den Greif und Mark. Er versuchte die Flügel zu entfalten, aber seine verwundete Schwinge versagte ihm den Dienst.

Der Greif griff ihn nicht sofort an, sondern zögerte einen Augenblick. Seine Pranken zerwühlten den Schnee, und seine Flügel zuckten nervös. Aber er sprang nicht, sondern blickte abwechselnd den Cherub und Mark an. Dann sagte er leise: »Geh, Cherub. Es ist nicht dein Leben, das ich will.«

»Niemals«, antwortete dieser.

»Dann stirb!«, brüllte der Greif – und sprang.

Es ging ungeheuer schnell, und trotzdem schien die Zeit für einen unmessbar kurzen Moment stillzustehen, sodass Mark alles wie in einer Zeitlupenaufnahme sah und hörte: Der Greif sprang mit einem geschmeidigen Satz auf den Engel zu, und der Cherub versuchte sein Flammenschwert zu heben und ihn damit abzuwehren, aber er war nicht schnell genug. Und während der riesige Löwenkörper des Greif den verletzten Engelsleib unter sich begrub und sich seine schwarzen Schwingen wie ein Mantel um ihn schlossen, wandte der Cherub den Kopf und rief:

»Gehörnter! Bring ihn weg! Ich befehle es!«

Von plötzlicher Kraft erfüllt, fuhr der Gehörnte herum und riss Mark in die Höhe. Mark schrie und versuchte sich zu wehren, doch Yezariael rannte los und trug ihn dabei, als wäre er ohne Gewicht. Cherub und Greif blieben hinter ihnen zurück, und das Letzte, was Mark hörte, war ein entsetzlicher, berstender Laut, wie ein Felsen, der unter einer riesigen Presse zermahlen wird, aber auch den brüllenden Schmerzensschrei des Greif. Dann hatten sie die Straße verlassen, rasten über eine verschneite Kreuzung und eine weitere Straße hinab.

Schließlich erlahmten Yezariaels Kräfte. Er wurde langsamer, blieb endlich stehen und ließ Mark auf den Boden gleiten.

Mark brach schluchzend in die Knie. Schmerz und Zorn machten ihn fast rasend, aber das Schlimmste war das Gefühl der Hilflosigkeit, das Wissen, dass der letzte Kampf des Cherubs vorüber war.

Und dass es ganz allein seine Schuld war.

Als sich Mark mühsam aufrichtete, fiel ein zuckender blauer Lichtschein auf den Schnee. Mark fuhr herum, für einen winzigen Moment von der wahnsinnigen Hoffnung erfüllt, dass doch noch alles ganz anders gekommen war.

Das blaue Licht zuckte erneut auf, und erst in diesem Moment hörte er das Heulen einer Sirene. Zwei grelle, weiße Lichtkreise stachen in seine Augen. Die Reifen eines Wagens knirschten auf dem Schnee. Eine Tür wurde aufgerissen, Schritte näherten sich hastig.

Mark fand gerade noch Zeit, sich zu bücken und die Kapuze des Parkas mit einem Ruck über Yezariaels Gesicht zu ziehen, ehe Kommissar Bräker ihn selbst unsanft am Kragen ergriff und vollends in die Höhe zerrte.

Verhaftet

Draußen vor dem Fenster war es hell geworden, aber in Marks Seele herrschte noch finstere Nacht. Eine tiefe, betäubende Leere war in ihm. Er nahm kaum etwas von dem wahr, was um ihn herum vorging. Verschwommen erinnerte er sich daran, dass Bräker Yezariael und ihn unsanft auf den Rücksitz des Streifenwagens gestoßen hatte.

Jetzt waren sie in Bräkers Büro. Bräker hatte sie hierher gebracht und sorgsam die Tür hinter ihnen abgeschlossen, und seither waren sie allein. Und Mark war in den Zustand dumpfer Verzweiflung zurückgefallen.

Alles war wie ein Traum gewesen, ein böser, furchtbarer Traum, aus dem er nicht aufwachen konnte, weil er sich in der Wirklichkeit abspielte, und irgendwie hatte er das Gefühl, dass ihn das alles nichts mehr anging. Der Cherub war tot, und das allein war es, was zählte.

»Tu pißt ßer traurik, fie?«, fragte Yezariael leise in Marks Brüten hinein. »Ißt eß feken teß Kerups – oter teiner Freunte?«

Mark begriff erst nach ein paar Augenblicken, von wem Yezariael sprach – und fühlte sich abermals wie ein Verräter. Er hatte Ela und die anderen vollkommen vergessen! Seit Bräker Yezariael und ihn in den Wagen gepfercht hatte, hatte er nicht mehr einen Gedanken an sie verschwendet.

»Beides«, sagte er niedergeschlagen. Er versuchte zu lächeln, aber es misslang kläglich. »Wir sind schon ein tolles Team, wir zwei, weißt du das?«, fragte er.

Yezariael schüttelte den Kopf. »Nein. Farum?«

»Unsere Kriegserklärung an den Greif war ein voller Erfolg«, antwortete Mark spöttisch. »Vor ein paar Stunden habe ich mich entschlossen, den Kampf aufzunehmen, und jetzt sind der Cherub und die Menschen, die mir geholfen haben, tot. Wirklich – einen besseren Anfang hätte ich mir kaum wünschen können.«

Yezariael blickte ihn irritiert an. Der Begriff Sarkasmus schien für den Gehörnten nicht zu existieren. »Faß ißt taran kut?«, fragte er. »Ter Kerup hätte unß helfen können, unt teine Freunte ferten piß in alle Efikkeit in ten Perkferken arpeiten müßen.«

»Wenn es nur das wäre«, murmelte Mark. »Aber sie …« Er brach ab, starrte den Gehörnten aus aufgerissenen Augen an und fragte verwirrt: »Was hast du gesagt?«

»Iß sakte, ter Kerup ißt …«, begann Yezariael, wurde aber sofort wieder von Mark unterbrochen: »Nein, ich meine das andere. Was hast du über die Bergwerke gesagt?«

»Taß teine Freunte tort arpeiten müßen«, antwortete Yezariael. »Ter Herr hat fiele Ssklaven, aper er praußt immer mehr. Tie Arpeit tort ißt hart. Niemant hält ßie lanke turch.«

»Aber sie sind tot«, widersprach Mark. »Ich habe sie doch gesehen. Ela, Berti und die anderen. Sie sind zu Stein erstarrt, und ...«

»Taß war iß auß«, erinnerte ihn Yezariael. »Pin iß teshalp tot?«

»Du meinst, sie *leben* noch?«, vergewisserte sich Mark. »Im Schwarzen Turm?«

Yezariael kam nicht dazu zu antworten, denn in diesem Moment hörten sie das Geräusch des Schlüssels, der im Schloss gedreht wurde, und eine Sekunde später betraten Bräker und sein Assistent das Büro. Ihre Gesichter waren bleich vor Erschöpfung.

Bräker warf die Tür hinter sich zu, schlüpfte aus seinem Mantel und warf ihn in Richtung des Kleiderständers. Er fiel daneben, aber das schien er gar nicht zu bemerken. Während er zu seinem Schreibtisch ging, bückte sich Winschild seufzend nach dem Mantel, hängte ihn auf und trat dann an die Kaffeemaschine, die auf einem Schränkchen hinter Bräkers Schreibtisch stand. Seine Hände zitterten, als er einen Filter einsetzte und Kaffeepulver hineinfüllte.

Bräker ließ sich schwer auf seinen Stuhl sinken, stützte die Ellbogen auf der Tischplatte auf und verbarg das Gesicht in den Händen. Eine ganze Weile saß er so da, dann nahm er ganz langsam die Hände herunter und blickte erst Mark, dann Yezariael an. Der Gehörnte senkte den Kopf, sodass Bräker nicht unter seine Kapuze sehen konnte.

»Also«, sagte Bräker schließlich. »Was war los?«

Mark tat so, als verstünde er nicht. »Ich habe keine Ahnung«, sagte er.

Bräkers Gesichtsausdruck verfinsterte sich. »Jetzt hör mir mal genau zu, mein Junge«, sagte er drohend. »Ich habe endgültig genug, verstehst du? Ich bin ein alter Mann. Ich muss mich Tag für Tag mit Verbrechern, Gesindel und allem möglichen anderen Abschaum herumschlagen, und ich habe absolut keine Lust, mich jetzt auch noch von einem

Rotzbengel wie dir auf den Arm nehmen zu lassen, hast du begriffen?!«

Den letzten Satz hatte er geschrien, und zwar in einer Lautstärke, dass selbst Winschild erschrocken zusammenfuhr und seinen Chef verstört ansah.

»Ich sage jetzt gar nichts mehr«, antwortete Mark. »Sie dürfen mich nicht so anbrüllen. Und Sie dürfen mich wahrscheinlich nicht einmal hier festhalten.«

Bräkers Gesicht lief dunkelrot an. Er sah aus wie ein überhitzter Schnellkochtopf, der jeden Moment explodieren konnte.

»Da hast du sogar Recht«, zischte er. »Aber weißt du was? Ich tue es trotzdem! Du kannst dich von mir aus hinterher bei meinen Vorgesetzten beschweren oder mir einen Rechtsanwalt auf den Hals hetzen, wenn du schon so schlau bist. Aber im Moment bist du hier, und ich verspreche dir, du kommst hier nicht eher raus, bis du mir nicht haarklein erzählt hast, was ich wissen will. Und dasselbe gilt für deinen Freund da!«

Seine Augen funkelten zornig, als er sich an Yezariael wandte. »Nimm endlich diese blöde Kapuze ab!«, verlangte er wütend. »Wir sind hier nicht auf einem Maskenball – oder im Kindergarten!«

»Yes weiß überhaupt nichts«, sagte Mark hastig. »Er war nur zufällig dabei. Wirklich, er hat nichts damit zu tun.«

Der Trick funktionierte – Bräker wandte sich wieder Mark zu. »Womit?«, fragte er.

»Mit … mit …« Mark geriet ins Stottern. »Mit nichts«, antwortete er schnell. »Ich weiß überhaupt nicht, was Sie von mir wollen.«

»Na, vielleicht kann ich deinem Gedächtnis ein bisschen auf die Sprünge helfen«, knurrte Bräker. »Also: Du flüchtest offensichtlich in Todesangst aus der Wohnung deiner Mutter. Jemand verfolgt dich. Du rennst vor ein Auto, wirst verletzt ins Krankenhaus eingeliefert und fliehst auch von dort wieder, obwohl du kaum laufen kannst. Die Wohnung deiner Mutter sieht aus wie nach einem Tieffliegerangriff, und …«

»Aber das ist doch nicht meine Schuld!«, unterbrach ihn Mark.

Bräker fuhr unbeeindruckt fort: »Ein paar Tage später wirst du dabei beobachtet, wie du dich in die Universität einschmuggelst, an der dein Bruder studiert. Du platzt in die Vorlesung. Das Archiv, in dem du dich offensichtlich versteckt hast, wird vollkommen verwüstet, und rein zufällig ist auch dein Bruder plötzlich wie vom Erdboden verschluckt. Und du hast natürlich keine Ahnung, was das alles zu bedeuten hat, wie?«

»Nein«, antwortete Mark.

»Und du weißt auch nichts über den Tod von Professor Sarberg, wie?«

Mark horchte auf. »Ich verstehe nicht.«

»Professor Heinz Sarberg«, antwortete Winschild an Bräkers Stelle. »Er lehrte Architektur und Geschichte. Er ist tot. Vom Dach gestürzt. Gestern Vormittag.«

Sarberg?, dachte Mark. Natürlich – Sarn! Er hatte ja gesehen, wie Thomas ihn in die Tiefe gestoßen hatte. Aber wieso tot? Er hatte doch erst vor einer Stunde mit ihm gesprochen …

»Ich habe nichts damit zu tun«, sagte er verwirrt.

»Das glauben wir dir sogar.« Winschild goss Kaffee in zwei Plastikbecher, stellte einen vor seinen Chef auf den Schreibtisch und nahm den zweiten in beide Hände, wie um sich daran zu wärmen. »Du wurdest gesehen«, fuhr er gelassen fort. »Oben auf dem Dach. Aber weit genug von der Stelle entfernt, an der Sarberg abgestürzt ist, als dass du damit etwas zu tun haben könntest. Wenn wir das nicht ganz genau wüssten, dann wärst du jetzt schon nicht mehr hier, sondern in einer Zelle in der Jugendstrafanstalt.«

Er lächelte kalt, nippte an seinem Kaffee und fügte im gleichen, beinahe freundlichen Ton hinzu: »Wir wissen, dass du Sarberg nicht vom Dach gestoßen hast. Aber wir sind auch ziemlich sicher, dass du weißt, wer es getan hat. Und warum.«

»Und das wirst du uns jetzt sagen«, knurrte Bräker. »Verdammt, Junge, das ist kein Spaß mehr. Es hat einen Toten gegeben.«

»Ich kann Ihnen nichts darüber sagen«, murmelte Mark.

»Vor wem hast du Angst?«, fragte Winschild ruhig. »Du kannst es uns sagen. Niemand wird dir hier etwas tun. Hat man dich bedroht? Oder deine Mutter?«

Mark hatte sich nicht genug in der Gewalt, als dass Winschild entgehen konnte, wie nahe er mit dieser Vermutung an die Wahrheit herangekommen war.

»Du weißt viel mehr, als du zugibst«, fügte Bräker hinzu. Er drehte den Kopf und sah Yezariael an. »Und du auch. Ich glaube, ihr beide steckt bis zum Hals in der Geschichte drin. Nimm endlich diese dämliche Kapuze ab!«

»Ich glaube nicht, dass Sie das wirklich wollen«, sagte Mark.

Bräker blinzelte ein paar Mal und wurde zur Abwechslung wieder blass, aber immerhin hatte Mark erreicht, was er mit seinen Worten beabsichtigt hatte – Bräkers Zorn konzentrierte sich jetzt wieder auf ihn.

»Ach«, sagte er. »Glaubst du nicht, so?« Plötzlich ballte er die Hand zur Faust und schlug damit so kräftig auf den Tisch, dass sein Kaffeebecher einen Hüpfer machte und um ein Haar umgekippt wäre. »Dann will ich dir jetzt einmal klipp und klar sagen, was ich will, mein Junge!«, fuhr Bräker zornbebend fort. »In dieser Stadt geht irgendetwas vor. Leute verschwinden, tonnenschwere Steinfiguren lösen sich in nichts auf, und ein ehrbarer Professor, der dafür bekannt war, vollkommen unsportlich zu sein, klettert aufs Dach und bricht sich dabei den Hals! Das passt mir nicht, verstehst du? Ich bin für die Sicherheit dieser Stadt verantwortlich und für die der Leute, die in ihr leben! Und ich bin darüber hinaus ziemlich sicher, demjenigen gegenüberzusitzen, der mir mit ein paar Worten erklären könnte, was das alles zu bedeuten hat!«

Er funkelte Mark einen Augenblick lang wütend an und begann dann wieder zu brüllen: »Verdammt, heute Nacht ist ein ganzes Haus zusammengestürzt! Dass dabei niemand ums Leben gekommen ist, ist ein reines Wunder! Was muss noch passieren, damit du den Mund aufmachst? Soll die ganze Stadt niederbrennen?«

»Das wäre vielleicht das kleinere Übel«, murmelte Mark.

Bräkers Augen wurden schmal vor Zorn. »Halt mich nicht für dümmer als ich bin, mein Junge!«, sagte er drohend.

»Fießo ßakt er immer mein Junke ßu tir?«, flüsterte Yezariael irritiert. »Kehörßt tu ihm?«

Mark verdrehte die Augen und versuchte Yezariael zum Schweigen zu bringen, aber es war zu spät. So leise der Gehörnte gesprochen hatte, Bräker hatte die Worte sehr wohl verstanden.

»Was ist mit deinem Freund?«, fragte er. »Wieso spricht er so komisch?«

»Yes ist … Ausländer«, antwortete Mark kurz.

»Ausländer, so?«, sagte Bräker. »Na, wie wäre es dann, wenn er mir mal sein ausländisches Gesicht zeigen würde?«

»Wirklich, er hat nichts mit der Sache zu tun«, sagte Mark. Er war der Verzweiflung nahe. »Er war nur zufällig dabei. Ich …«

»Zieht er das Ding jetzt freiwillig aus, oder muss ich aufstehen und ihm dabei helfen?«, unterbrach ihn Bräker schneidend.

Mark seufzte tief. »Wie Sie wollen«, murmelte er. »Aber sagen Sie hinterher nicht, ich hätte Sie nicht gewarnt.«

Und damit zog er mit einem Ruck die Kapuze des grünen Parkas herunter, in den er Yezariael gehüllt hatte.

»WAAAAAAA!«, machte Bräker und sprang von seinem Stuhl in die Höhe. Winschild, der hinter ihm stand, verschluckte sich an seinem Kaffee, ließ den Plastikbecher fallen und hustete seinem Chef das brühheiße Getränk in den Nacken, was Bräker zu einem weiteren, kreischenden Schrei und einem noch höheren Hüpfer veranlasste.

Und im gleichen Moment sprang Mark mit einem Satz von seinem Stuhl und raste zur Tür.

Er hatte nicht mit Winschilds schneller Reaktion gerechnet. Bräker hockte noch da und starrte Yezariael mit offenem Mund an, aber sein Assistent überwand seine Überraschung sehr viel schneller. Mit einem erstaunlich kraftvollen Satz war er über den Schreibtisch und hätte Mark sicherlich eingeholt, wäre nicht in diesem Moment auch der Gehörnte von seinem Stuhl aufgesprungen, um Mark zu folgen. In vollem Lauf prallte er gegen Winschild, riss ihn zu Boden und verlor durch den Anprall selbst das Gleichgewicht. Kreischend und mit wild rudernden Armen torkelte er an Mark vorbei, prallte gegen die Tür und rannte einfach hindurch.

Das Holz zerriss unter seinem Gewicht wie Papier. In einem Hagel von Holz- und Glassplittern torkelte er auf den Flur hinaus, wo erst die gegenüberliegende Wand seinen Lauf endlich stoppte.

Mark duckte sich blitzschnell durch das gezackte Loch in der Tür hindurch, war mit einem Satz neben Yezariael und half ihm, sich wieder aufzurichten. »Los!«, befahl er. »Nichts wie raus hier! Wenn sie uns jetzt wieder kriegen, ist alles aus!«

Sie rannten los. Keine Sekunde zu früh, wie Mark nach einem Blick über die Schulter registrierte. Winschild war bereits wieder auf den Beinen, hechtete mit einem Satz durch das Loch in der Tür, stürzte und kam mit einer blitzschnellen Rolle wieder auf die Füße.

»Stehenbleiben!«, brüllte er. »Bleibt sofort stehen!«

Was Mark und Yezariael natürlich nicht taten. Sie rannten noch schneller, erreichten das Ende des Ganges – und wären um ein Haar zwei Polizisten in die Arme gelaufen, die durch Winschilds Gebrüll alarmiert herbeiliefen.

Wieder war es Yezariaels Anblick, der sie rettete. Einer der beiden packte Mark am Arm, aber in der nächsten Sekunde fegte Yezariael um die Ecke – und sein Anblick ließ die beiden Beamten so erschrocken zusammenfahren, dass Mark sich losreißen und weiterrennen konnte.

»Stehenbleiben!«, brüllte Winschild wieder. »Ihr kommt ja doch nicht raus! Sei doch vernünftig, Junge!«

Mark war der Meinung, dass er durchaus vernünftig handelte, wenn er weiterlief, so schnell er konnte – und dann hatte er eine noch vernünftigere Idee: Er nahm die ersten drei Treppenstufen mit einem einzigen Satz, griff nach dem Geländer und schwang sich darauf. Der Trick hatte schon einmal funktioniert, und er klappte auch jetzt. Mark raste wie der Blitz in die Tiefe und hatte das nächste Stockwerk erreicht, noch ehe seine Verfolger die Hälfte der Treppe hinter sich gebracht hatten.

Und dann versuchte es Yezariael.

Auf den ersten Metern klappte es sogar ganz gut – Yezariael raste so schnell wie Mark auf dem Geländer hinunter –, aber dann schien er Angst zu bekommen, denn er versuchte sich mit Händen, Füßen und Schwanz festzuhalten, um seine rasende Fahrt zu bremsen. Seine Krallen zerfetzten das Holz wie Papier, und die stahlharte Spitze seines Quastenschweifs ließ die Sprossen des Geländers krachend zerbersten. Inmitten von Splittern und zerbrochenem Holz landete Yezariael vor Marks Füßen, und ihre Verfolger stoppten mitten im Lauf, denn die altersschwache Treppe, mehr als der Hälfte ihres Geländers beraubt, begann wild zu zittern.

Der Einzige, der nicht innehielt, war Winschild. Immer zwei, drei Stufen auf einmal nehmend, raste er hinter Yezariael her und hatte ihn fast erreicht, ehe es Mark gelang, den Gehörnten wieder auf die Füße zu hieven.

Eine Tür flog auf, und ein halbes Dutzend Männer quoll auf den Flur.

»Aufhalten!«, brüllte Winschild hinter ihnen. »Beide!«

Mark sprang nach rechts, tauchte unter einer zupackenden Hand hindurch und sprang durch die erstbeste Tür, die vor ihm auftauchte. Wie ein Schemen huschte Yezariael hinter ihm herein, eine Sekunde später Winschilds rechte Hand – die sich sehr hastig wieder zurückzog, als Mark die Tür ergriff und mit aller Macht ins Schloss warf. Fast gleichzeitig drehte er den Schlüssel herum.

»Das war er!«, schrie eine Stimme draußen auf dem Flur. »Das war der Kerl! Ich habe euch doch gesagt, dass ich ihn gesehen habe! Ich bin doch nicht verrückt! Das war er!«

Fäuste hämmerten gegen die Tür, die aus Stahl und sehr massiv war. Das Pech war nur, dass es die einzige Tür war.

Und das Fenster war zwar breit genug, um hindurchzuklettern, aber es war vergittert und lag im zweiten Stock – selbst für einen so sportlichen Jungen wie Mark ein wenig zu hoch, um einen Sprung zu wagen.

Das Hämmern gegen die Tür wurde lauter, dann drang Winschilds Stimme hindurch: »Sei doch vernünftig, Junge. Ich verspreche dir, dass wir über alles reden werden! Dir passiert nichts! Und deinem Freund auch nicht.«

Verzweifelt sah Mark sich um. In die erste Erleichterung, seinen Verfolgern wider alle Erwartung entkommen zu sein, mischte sich Entsetzen, als er begriff, dass es nur eine einzige Möglichkeit gab, diesen Raum zu verlassen – durch die Stahltür, hinter der Winschild mit einer Gruppe Polizisten lauerte.

»Wenn du nicht freiwillig kommst, dann brechen wir die Tür auf!«, drohte Winschild. »Sei vernünftig, Junge. Mach doch nicht alles noch schlimmer, als es schon ist!«

Marks Gedanken überschlugen sich. Sie saßen in der Falle ...

»Wie du willst«, fuhr Winschild draußen auf dem Korridor fort. »Ich lasse einen Vorschlaghammer holen und die Tür aufbrechen. Du schadest dir nur selbst!«

Und was, wenn er Bräker und Winschild einfach die Wahrheit sagte? Mit Yezariael als lebendem Beweis für seine Behauptung mussten sie ihm einfach glauben, und ...

Mark erkannte den Fehler in diesem Gedanken, noch bevor er ihn ganz zu Ende gedacht hatte. Selbst wenn Bräker ihm glaubte – was sollte er schon tun? Die Bundeswehr alarmieren? Dem Greif eine Spezialeinheit des FBI auf den Hals hetzen? Eine Atombombe auf die oberste Etage des Schwarzen Turms werfen? Lächerlich.

Nein – dies war *sein* Kampf, und er musste ihn gewinnen, ganz allein. Jeder Versuch, andere um Hilfe zu bitten, führte zu einer Katastrophe für jene, das hatte ihm das Schicksal der Berber bewiesen.

»Wir müssen hier raus, Yezariael«, murmelte er.

»Na, tann keh toch«, antwortete der Gehörnte. Mark schenkte ihm einen bösen Blick und trat ans Fenster. Wenn er von dort aus nicht auf die Straße gelangen konnte, wäre es vielleicht in die umgekehrte Richtung möglich – aufs Dach. Dort oben, daran zweifelte er keine Sekunde, würde er seine Verfolger mit Leichtigkeit abhängen.

Er öffnete das Fenster und rüttelte prüfend an den Gitterstäben. Sie waren massiv, aber Yezariael würde sie zerbrechen können, daran zweifelte er nicht. Er beugte sich vor – und unterdrückte einen enttäuschten Laut. Das Haus mochte alt sein, aber es hatte eine supermoderne Fassade. Sie bestand aus Kunststoff und war so glatt wie Eis.

Mark schloss das Fenster wieder und wandte sich zu dem Gehörnten.

»Yezariael – wir müssen irgendwie fliehen! Glaubst du, dass du uns einen Weg freikämpfen kannst?«

Yezariael kratzte sich am Kopf. Es klang, als scharre Stahl über Stein.

»Vielleißt«, sagte er. »Eß ßint fiele, aper iß pin ßiemliß ßtark. Aper farum fillst tu kämpfen? Keh toß turß tie Tür!«

»Vielen Dank für den guten Rat«, schnappte Mark. »Auf die Idee …«

Er verstummte mitten im Satz, als er sah, wohin Yezariaels rechte Hand deutete.

Direkt neben der Metalltür, gegen die noch immer gehämmert wurde, befand sich eine zweite Tür. Sie war niedriger, dafür breiter, und sie bestand nicht aus Stahl, sondern aus schweren, mit großen eisernen Nägeln zusammengehaltenen Holzbalken.

Und Mark war hundertprozentig sicher, dass sie vor einer Minute noch nicht da gewesen war!

»Wie … wie hast du das gemacht?«, murmelte er verwirrt.

»Iß?« Yezariael schüttelte heftig den Kopf. »Taß faßt tu. Iß hape tamit nißtß ßu tun.«

Mark starrte den Gehörnten an. *»Ich?«*

»Natürliß«, antwortete Yezariael ernsthaft. »Tu kannßt jeterßeit in ten Turm kehen. Unt von jetem Ort aus!«

»Ich kann – was?«, keuchte Mark.

»Na, ßo pißt tu toß auß hereinkekommen, alß iß tiß kejakt hape, open auf tem Taß«, antwortete Yezariael. »Unt fieter ßurück.«

»Soll … soll das heißen, du hast das die ganze Zeit über gewusst?«, brüllte Mark.

Yezariael nickte.

»Und warum hast du nichts gesagt?«

»Tas wollte iß ja«, antwortete Yezariael beleidigt. »Aper tu haßt miß ja nißt kelassen.«

Ein dröhnender Hammerschlag traf die Metalltür, und Mark sah, dass in dem Stahl eine faustgroße Beule zurückgeblieben war. Das Mauerwerk um den Türrahmen herum hatte Risse bekommen, aus denen Kalk rieselte. Noch ein paar Hammerschläge, und die Tür musste nachgeben.

Mark verschob alles, was er Yezariael anzutun gedachte, auf später, öffnete die Tür und trat mit einem entschlossenen Schritt in den Schwarzen Turm hinein.

Zu Hause bei Yezariael

Der Tunnel war anders als der, in dem sich Mark wiedergefunden hatte, als er aus Dr. Mertens Villa geflohen war – seine Wände waren nicht gemauert, sondern offenbar mit groben Werkzeugen direkt aus dem gewachsenen Fels herausgeschlagen worden, und auf dem Boden hatte sich fauliges Wasser gesammelt, sodass sie manchmal durch knöcheltiefe Pfützen waten mussten. Der Gestank nahm Mark fast den Atem. Es war nicht vollkommen dunkel, wie überall im Turm herrschte auch hier eine vage, graue Helligkeit, die aus keiner bestimmten Quelle zu kommen schien. Aber sie war so matt, dass Mark mehr als einmal gegen ein Hindernis prallte und sich schmerzhaft Kopf oder Schultern anstieß. Nachdem sie eine Weile durch den niedrigen Gang gelaufen waren, blieb Mark stehen und sah sich um. Vor und hinter ihnen erstreckte sich nichts als graue Endlosigkeit. Für einen Moment musste er gegen den furchtbaren Gedanken ankämpfen, dass dieser Tunnel vielleicht keinen

Ausgang hatte. Was, wenn er endlos so weiterführte und sie laufen konnten, bis sie vor Hunger und Erschöpfung zusammenbrachen, ohne jemals einen Ausgang zu finden?

Er schüttelte die Vorstellung ab. Dieser Tunnel war künstlich angelegt worden. Er musste irgendwohin führen.

Sie gingen weiter. Ihre Schritte erzeugten platschende Laute in dem Wasser auf dem Boden, und die Wände warfen die Geräusche unheimlich verzerrt und hallend zurück. Mark schauderte. Das Wasser war längst in seine Schuhe geflossen, und er begann die Kälte unangenehm zu spüren. Fast bedauerte er jetzt, Yezariael den Parka gegeben zu haben. Aber natürlich brauchte der Gehörnte das Kleidungsstück im Moment viel dringender als er.

»Wie fühlst du dich?«, fragte er.

»Peßer«, antwortete Yezariael. »Ssu Hauße.«

Mark verstand. Offensichtlich erholte sich der Gehörnte schnell, wenn er in der Welt war, aus der er stammte. Mark fragte sich, ob das umgekehrt bei ihm auch funktionieren mochte. Aber diese Frage war im Grunde überflüssig; wenigstens so lange, bis er herausgefunden hatte, in welche dieser beiden Welten er überhaupt gehörte.

Sie mussten eine Stunde, vielleicht auch länger, durch den unterirdischen Gang gegangen sein, als die Tür vor ihnen auftauchte. Sie ähnelte der, durch die sie den Stollen betreten hatten, war aber um etliches größer, und helles Sonnenlicht sickerte durch die Ritzen zwischen den groben Balken. Mark ging schneller, aber dann zögerte er, die Hand nach dem Riegel auszustrecken. Die Verlockung war groß: Nur noch ein Schritt, und er war wieder in der Welt des Schwarzen Turms, jenem verlorenen Paradies, das ihm viel verlockender vorkam als seine Welt, in der er von allen nur gejagt wurde. Irgendetwas in ihm sagte ihm, dass er den Greif nur von seiner, Marks, Welt aus besiegen würde. Der Greif war ein Geschöpf des Turms. Er konnte ihn nicht schlagen, wenn er ihn auf seinem ureigensten Terrain stellte.

»Forauf fartest tu?«, fragte Yezariael. »Mir ißt kalt!«

»Mir auch«, antwortete Mark, rührte sich jedoch nicht. »Aber ich muss zurück in meine Welt.«

Erstaunlicherweise widersprach Yezariael nicht. Er nickte, und ein trauriger Schimmer erschien auf seinen Zügen. »Iß verstehe«, sagte er. »Tu kannst hier nißt lepen. Ssofenik fie iß pei euß.«

»Du …« Mark sah überrascht auf. Und plötzlich wurde ihm eine Menge klar. »Es war gar nicht der schwarze Cherub«, murmelte er betroffen.

»Nißt nur«, bestätigte Yezariael.

»Du … du stirbst, wenn du zu lange in meiner Welt bleibst«, sagte Mark betroffen. »Er hat dich verletzt, aber du wärst auch so krank geworden …«

»Nißt ßo ßnell«, sagte Yezariael. »Aper tu haßt reßt. Iß kan tort nißt lepen.«

»Aber warum hast du denn nichts gesagt?«, flüsterte Mark. »Ich meine, ich … ich hätte dich umbringen können, ohne es überhaupt zu merken!«

»Iß kehöre ßu tir«, antwortete Yezariael ruhig.

Mark seufzte innerlich. Er wusste, wie sinnlos es war, mit dem Gehörnten über dieses Thema diskutieren zu wollen. Ohne ein weiteres Wort öffnete er die Tür und trat hindurch.

Sie waren im Schwarzen Turm, aber es war nicht die Gegend von Martens Hof, die sich unter ihnen ausbreitete, sondern eine schwarze zerklüftete Felslandschaft, zerschnitten von Spalten und Rissen, aus denen rotes Licht schimmerte. Weit im Norden (Norden war immer da, wohin er gerade blickte, basta!) erhob sich etwas, was er im ersten Moment für ein gewaltiges Gebirge hielt, bis er begriff, was es wirklich war: eine Mauer. Eine Wand, die in die Unendlichkeit hinaufreichte.

»Wo sind wir?«, fragte er. Er sprach leise. Etwas an dieser unheimlichen Landschaft machte ihm Angst.

»Iß weiß nißt«, antwortete Yezariael ebenso leise – und ohne ihn auch nur anzusehen, wusste Mark, dass er log. »Aper eß kefällt mir nißt. Laß unß ßurückkehen.«

Mark antwortete nicht, sondern sah sich weiter aufmerksam um. Mit dem Wind kam ein scharfer, schwefeliger Gestank heran. Ein beständiges Grollen und Dröhnen lag in der Luft, und manchmal glaubte er etwas wie ein schweres, unendlich mühsames Atmen zu hören.

»Das ist eure Welt, nicht wahr?«, fragte er. Yezariael wandte den Blick ab. »Der Teil des Turms, in dem ihr lebt«, fuhr Mark fort.

»Hm«, machte Yezariael.

Zu Hause. Natürlich – Yezariael hatte es ja gesagt.

Mark lächelte. »Du kannst hier bleiben, wenn du willst«, sagte er. »Du hast mehr als genug für mich getan.«

»Aper iß fill mit tir kommen!«, sagte Yezariael und fasste nach seinem Arm.

»Und sterben?« Mark streifte seine Hand mit sanfter Gewalt ab. »Sei vernünftig, Yes. Ich habe dir das Leben gerettet und du mir, und jetzt sind wir quitt.«

»Unt teine Freunte?«, fragte der Gehörnte.

»Ich werde sie schon finden«, antwortete Mark. Er dachte an die zusammengebrochene Kirche und die Treppe, die unter ihren Fundamenten hindurch zu Sarns Stadt führte. Der bloße Gedanke, noch einmal dorthin zu gehen, erfüllte ihn mit purem Entsetzen – aber es war der einzige Weg. Er konnte Ela und die anderen nicht im Stich lassen. Wenn er es tat, dann wäre der Tod der Cherubs vollkommen sinnlos geworden.

»Iß kann tiß ßu ihnen prinken«, sagte Yezariael ernsthaft. »Ssie … ßie ßint hier, feißt tu?« Er machte eine vage Handbewegung nach ›Süden‹. »Tie Perkferke ßint hier unten. Aper tu kommßt allein niemalß hinein.«

»Hier?« Mark zögerte. So weit sein Blick reichte, sah er nichts als eine grauschwarze, von flackernden roten Linien durchzogene Vulkanlandschaft. Allein das Gehen auf dieser scharfkantigen Lava würde zur Qual werden.

»Ter Fek ißt feit«, bestätigte Yezariael. »Aper iß finte ihn. Pestimmt.«

»Wie weit?«, fragte Mark.

Yezariael überlegte einen Moment. »Ssehr weit«, gestand er dann. »Eine Foche, fielleißt ßwei – fenn fir Klück hapen.«

»Das schaffe ich nicht«, sagte Mark überzeugt. »Und so viel Zeit habe ich auch nicht mehr, Yes.«

»Fir können turß teine Felt kehen«, widersprach Yezariael hartnäckig. »Iß kann ßie nißt allein petreten oder ferlaßen, aper iß finte ten Fek. Pitte!«

Wieder glitt Marks Blick über das unheimliche Bild vor ihm, und das Gefühl der Bedrückung und Furcht wurde noch intensiver. Die Trostlosigkeit dieser öden von Schwefeldämpfen und Feuerschein erfüllten Landschaft schnürte ihm die Kehle zu. Schweren Herzens nickte er.

»Gut«, sagte er. »Meinetwegen – aber du musst mir etwas versprechen.«

»Unt faß?«

»Du bringst mich hin«, sagte Mark ernst, »und danach gehst du deiner Wege, ist das klar? Ich werde Ela befreien und den Greif besiegen, aber das ist ganz allein *meine* Sache. Ich will nicht, dass du auch noch stirbst. Du bist mein Freund.«

Yezariael blickte ihn auf sehr sonderbare Weise an. »Ihr Menßen ßeit komiß«, sagte er. »Tu sakst, tu pißt mein Freunt – aper farum kipst tu mir tann taß Kefühl, etfaß falß ßu maßen, fenn iß tir helfen fill?«

Darauf wusste Mark keine Antwort. Einen Moment lang hielt er Yezariaels Blick noch stand, dann öffnete er die Tür und trat hindurch.

Fahrstuhl zur Hölle

Hinter der Tür lag nicht mehr der unterirdische Gang, sondern eine schmale, von schmuddeligen Backsteinmauern gesäumte Gasse, die vom Licht des trüben Dezembermorgens schwach erhellt wurde. Sehr weit entfernt erklang ein Hupen, und ein Düsenflugzeug heulte dicht über die Dächer der Stadt hinweg, um auf dem Flughafen zur Landung anzusetzen. Es stank nach Benzin und Abfällen und zu vielen Menschen, die auf zu engem Raum zusammenlebten. Kein Zweifel, dachte Mark sarkastisch – er war wieder zu Hause. Er drehte sich herum und sah zu, wie Yezariael gebückt aus der Tür herausstieg. Sie lag ein wenig höher als das Pflaster der schmalen Gasse und bot schon einen sehr sonderbaren Anblick: eine wuchtige, alte Tür aus Holzbalken in der Rückwand eines schäbigen Mietshauses, und hinter ihr war nicht das Innere des Gebäudes, sondern die bizarre Höllenlandschaft von Yezariaels Heimat zu erkennen.

Als Yezariael durch die Tür gekommen war und sie hinter sich geschlossen hatte, verschwand sie. Von einem Augenblick zum anderen, völlig lautlos.

Der Anblick hatte etwas wirklich Unheimliches – aber er erschreckte Mark nicht. Er wusste jetzt, dass Yezariael vollkommen Recht hatte: Es lag in seiner, Marks, Macht, den Turm zu betreten und zu verlassen, wann immer und wo immer er wollte. Aber es war ihm auch klar, dass dieser Wechsel von einer Welt in die nächste nicht ganz so ungefährlich war, wie es schien: Er konnte nur Orte erreichen, die er kannte – oder sich dem Zufall überlassen, wie vorhin, als sie in Yezariaels Welt herausgekommen waren. Und es mochte möglich sein, dass er an einem Platz herauskam, von dem es kein Zurück mehr gab.

»Fo sint fir?«, fragte Yezariael.

Mark zuckte nur mit den Schultern und schlug die Kapuze von Yezariaels Parka wieder hoch. Besonders viel würde diese Vorsichtsmaßnahme jetzt bei Tageslicht nicht mehr nützen. Yezariaels Körper und Gesicht waren zwar versteckt, aber seine dürren schwarzen Beine und vor allem die Füße waren auf den ersten Blick als das zu erkennen, was sie waren – oder eben nicht waren: menschlich. Außerdem konnte er die Schultern noch so sehr hochziehen, die Klauen ragten noch immer aus den Ärmeln des Parkas hervor.

»Das geht so nicht«, sagte Mark niedergeschlagen und machte eine Kopfbewegung zur Straße hin. »Wir kommen keine drei Schritte weit, ohne aufzufallen. Wir brauchen andere Kleider für dich. Und für mich auch«, fügte er mit einem Seufzer hinzu, denn es schüttelte ihn bereits vor Kälte.

»Kipt eß keine Häntler pei euß?«, fragte Yezariael.

Mark blickte ihn fragend an.

»Häntler«, wiederholte Yezariael. »Um Kleiter ßu kaufen.«

»Natürlich gibt es die«, antwortete Mark. »Aber ich habe kein Geld. Außerdem kämen wir nicht einmal in ein Geschäft hinein, ohne dass ein Volksauflauf entsteht.« Verdammt! dachte er wütend. Warum musste alles so schwer sein? Die Helden in den Abenteuergeschichten, die er so gerne las, mussten sich nie mit solchen Problemen herumschlagen!

Er überlegte einen Moment, dann deutete er auf die Wand hinter Yezariael, in der sich die Tür befunden hatte. »Wenn ich die Tür für dich öffne«, sagte er, »kannst du dann dort drinnen auf mich warten – und wieder herauskommen, wenn ich zurück bin?«

»Ja«, antwortete Yezariael. »Aper woßu?«

»Ich werde versuchen, etwas zum Anziehen für dich zu besorgen«, antwortete Mark. »*Allein* – kapiert?«

Yezariael zuckte mit den Schultern. »Fenn tu fillst. Aper iß kann mitkommen. Niemant kann miß ßehen, fenn iß nißt fill.«

Mark war anderer Meinung. »Du bleibst hier«, sagte er. »Basta. Versteck dich meinetwegen irgendwo, wenn du nicht zurück in den Turm willst. Ich bin so schnell wie möglich wieder zurück.«

Er drehte sich um und ging, ehe Yezariael Gelegenheit bekam, abermals zu widersprechen.

Die Gasse mündete auf einer breiten, wenig belebten Straße, auf der es zu Marks Enttäuschung keinerlei Geschäfte zu geben schien. Graue, einförmige Mietskasernen bewiesen ihm, dass sie weit vom Zentrum der Stadt entfernt waren, in dem ihre Flucht begonnen hatte. Mark überlegte – sie waren länger als eine Stunde durch den unterirdischen Tunnel gelaufen, ehe sie den Ausgang erreichten; bei normalem Tempo bedeutete das vier, vielleicht fünf Kilometer, die sie zurückgelegt hatten. Und offensichtlich hatten sie dieselbe Distanz auch in der Wirklichkeit hinter sich gebracht.

Suchend sah er sich um. Er befand sich in einem Teil der Stadt, der ihm vollkommen fremd war. Er wusste nicht einmal, ob er nach rechts oder links gehen sollte. Außerdem brauchte er ein großes Geschäft, um Kleider für sich und Yezariael zu besorgen. Ein Tante-Emma-Laden nutzte ihm herzlich wenig, denn zum einen würde er dort gar nicht finden, was er brauchte, und zum anderen standen seine Chancen dort sehr schlecht – *etwas zu stehlen und nicht erwischt zu werden.*

Mark blieb mitten im Schritt stehen, als ihm klar wurde, was er da vorhatte. Er besaß weder Geld noch sonst etwas von Wert, um damit zu bezahlen, und er konnte kaum damit rechnen, dass ihm ein freundlicher Verkäufer die Dinge schenkte, die er brauchte. Er hatte gar keine andere Wahl, als sie zu stehlen …

Ein Wagen hielt neben ihm am Straßenrand. Mark fuhr erschrocken zusammen, aber dann sah er, dass es weder ein Streifenwagen noch Dr. Merten war, sondern ein klappriger, roter Fiat. Der Fahrer kurbelte das Seitenfenster herunter. Ein rotes, gutmütiges Gesicht unter einer Schirmmütze lugte zu Mark heraus, und eine freundliche Stimme sagte: »Hallo, Kleiner. Kann ich dich ein Stück mitnehmen?«

Im ersten Moment spürte Mark nichts als Misstrauen. Aber dann sagte er sich, dass der Mann nur Mitleid mit ihm gehabt hatte, als er ihn in seinem dünnen Hemd in der Eiseskälte erblickte. Schüchtern nickte er, ging um den Wagen herum und öffnete die Tür. Der Fahrer wartete, bis er Platz genommen hatte, deutete wortlos mit einer Kopfbewegung auf den Sicherheitsgurt und fuhr los, während Mark sich anschnallte.

»Ganz schön kalt für einen Spaziergang, wie?«, sagte er.

Mark nickte wortlos. Hier drinnen war es kaum wärmer als draußen. Wenn der Wagen auch nur halb so alt war, wie er aussah, musste die Heizung schon vor geraumer Weile den Geist aufgegeben haben.

»Wo willst du denn hin?«, fragte der Fahrer.

»In die Stadt«, antwortete Mark. »Ich … ich hab mich selbst ausgesperrt, wissen Sie?« Er grinste gequält, als der

Mann ihn fragend ansah. »Ich wollte nur die Katze reinlassen, aber dann ist die Tür zugefallen. Die blöde Katze ist drinnen, aber ich bin draußen.«

»Und was hast du jetzt vor?«

»Meine Mutter arbeitet im Kaufhof«, antwortete Mark, wobei er selbst ein wenig erstaunt war, wie glatt ihm die Lüge über die Lippen ging. »Sie hat die Schlüssel. Und sie gibt mir bestimmt Geld für ein Taxi.«

»Zurück hierher?« Der Fahrer verdrehte den Kopf, um den Verkehr hinter sich zu beobachten, denn einen Luxus wie einen Spiegel hatte der alte Wagen nicht, und ordnete sich auf die linke Spur ein. »Das wird ein ganz schön teurer Spaß.«

»Ich weiß«, seufzte Mark in perfekt geschauspielerter Zerknirschung. »Wahrscheinlich wird sie es mir vom Taschengeld abziehen.« Er rieb die Hände aneinander und blies hinein, um die prickelnde Kälte aus seinen Fingerspitzen zu vertreiben.

In diesem Moment sah er einen Schatten.

Es war ein riesiger, verzerrter Schatten von etwas Großem, Hässlichem, etwas mit zerfetzten schwarzen Fledermausschwingen und einem Teufelsschwanz, der über die Straße gehuscht war …

»Zum Kaufhof, hm«, sagte der Fahrer. »Das liegt eigentlich nicht auf meinem Weg, aber ich bringe dich hin.«

»Das ist nicht nötig«, antwortete Mark hastig. Plötzlich hatte er das Gefühl, dass es besser wäre, wenn er diesen Wagen verließ. Er hätte nie einsteigen dürfen. »Ich kann schon …«

»Papperlapapp«, unterbrach ihn der Fahrer. »Ich werde doch ein Kind in Hemd und Hose nicht auf die Straße werfen – bei dieser Kälte. Ich bringe dich hin, und damit basta.«

Mark widersprach nicht mehr, aber er sah nervös aus dem Fenster in den Himmel hinauf. In der nächsten Viertelstunde verwickelte ihn der Mann in eine Unterhaltung über alle möglichen Dinge, und Mark war dankbar dafür, da er wenigstens für kurze Zeit von seinen düsteren Gedanken abgelenkt wurde.

Der Verkehr nahm allmählich zu, und sie näherten sich dem Stadtzentrum. Mark hielt aufmerksam nach weiteren Schatten oder anderen Anzeichen irgendeines Verfolgers Ausschau, entdeckte aber nichts. Trotzdem war er erleichtert, als der Fahrer den Wagen endlich an den Straßenrand lenkte und eine Kopfbewegung zur Tür machte. »Wir sind da«, sagte er. »Weiter kann ich dich leider nicht bringen – die Fußgängerzone, du verstehst?«

Mark nickte. »Ich weiß«, sagte er. »Vielen Dank. Sie waren sehr nett.«

»Gern geschehen«, grinste sein Wohltäter. »Und grüß deine Katze von mir.«

Mark sah dem Wagen nach, bis er im Verkehr der Hauptstraße verschwunden war. Er hatte kein gutes Gefühl. Es hatte nichts mit dem Fahrer zu tun – er war einfach ein freundlicher Mann gewesen, dem es Freude machte, einem Jungen in Not zu helfen – und was war mit Ela und den Berbern geschehen, die ihm ebenfalls geholfen hatten? Er riss sich zusammen, warf einen letzten Blick in den Himmel hinauf, drehte sich um und ging rasch auf das fünfstöckige Kaufhausgebäude zu.

Drinnen war es laut und voll und so stickig, dass er glaubte, kaum noch atmen zu können. Trotz der frühen Stunde drängelten sich Hunderte von Menschen in den schmalen Gängen zwischen den Warenregalen, und im ersten Moment fühlte Mark sich verloren. Er war oft mit seiner Mutter hier gewesen und sollte sich eigentlich auskennen, aber es war, als erdrücke ihn die Nähe all dieser Menschen.

Irgendetwas geschah mit ihm, das spürte er. Als er in Martens Hof und später bei Anders und Jan gewesen war, da hatte er sich … verändert. Plötzlich wusste er, dass er in dieser Welt nicht mehr leben konnte, sowenig wie Yezariael oder irgendein anderer Bewohner des Schwarzen Turms. Er hatte einen Blick ins Paradies geworfen, nicht in eine Welt, die ein Paradies war, aber in eine, die ein Paradies hätte sein können, und er konnte jetzt nicht mehr zurück. Mark verstand schlagartig, warum keiner von denen, die damals den Weg in den Schwarzen Turm gefunden hatten, zurückgekehrt war. Und er fühlte sich entschlossener denn je, den Schwarzen Turm wieder zu dem zu machen, was er einmal gewesen war. Er steuerte die Schautafel neben der Treppe an, orientierte sich kurz und fuhr ins dritte Stockwerk hinauf, in dem sich die Konfektionsabteilung befand. Gottlob fiel er hier drinnen kaum auf, obwohl die meisten Kunden in dicke Wintermäntel und -jacken gehüllt waren.

Mark fand schnell, was er suchte: eine pelzgefütterte Lederjacke für sich und einen übergroßen, knöchellangen Mantel, der Yezariaels Gestalt vor neugierigen Blicken verbergen würde, dazu zwei Paar Handschuhe, einen dicken Wollschal und eine große Pudelmütze, unter der nicht einmal Yezariaels Hörner auffallen würden.

Dafür fiel er auf – und zwar einem grauhaarigen Mann, der hinter einem der Kleiderständer stand und ihn so unauffällig im Auge zu behalten versuchte, dass ihm eigentlich nur noch ein Schild in roter Leuchtschrift um den Hals fehlte, um ihn als Warenhausdetektiv zu kennzeichnen. Als er bemerkte, dass Mark ihn entdeckt hatte, gab er seine Tarnung auf und schlenderte scheinbar gemächlich auf ihn zu.

»Na, mein Junge«, sagte er. »Was suchst du denn Schönes?«

Mark deutete mit einer knappen Kopfbewegung auf die Kleidungsstücke, die er über seinen linken Arm gehängt hatte. »Das da«, sagte er kurz angebunden.

Der Detektiv betrachtete seine Beute einen Moment lang interessiert und lächelte dann so falsch, wie man überhaupt nur lächeln konnte. »Der Mantel ist dir zu groß«, stellte er dann fest.

»Ich weiß«, antwortete Mark gelassen. »Aber meinem Vater passt er bestimmt.«

»Und wo ist dein Vater?«, fragte der Detektiv, während er sich so postierte, dass Mark nicht die geringste Chance blieb, sich etwa mit einem entschlossenen Satz in Sicherheit zu bringen.

»Unten, in der Radioabteilung«, log Mark. »Er kauft nur ein paar Batterien und kommt dann nach. Es ist der letzte Mantel, wissen Sie? Ich will ihn nur festhalten, bis mein Vater hier ist.«

»Damit ihn kein anderer wegkauft, ich verstehe«, antwortete der Detektiv. Seine Augen glitzerten. »Na, dann komm mal mit, mein Freund.«

»Wohin?«, fragte Mark.

»Na, zu den Umkleidekabinen«, antwortete der Detektiv. »Ich meine, die Jacke könntest du schon mal anprobieren ...« Er grinste hässlich. »Und weißt du was? Damit dich auch wirklich keiner stört, bleibe ich vor der Kabine stehen und passe auf, okay? Könnte ja sein, dass dein Vater inzwischen auftaucht und dich sucht, nicht wahr?«

Er grinste wieder zynisch, ergriff Mark am Arm und zog ihn mit schon etwas mehr als sanfter Gewalt mit sich. Und natürlich steuerte er auch nicht die Umkleidekabinen an, sondern eine schmale graue Metalltür daneben.

Mark versuchte sich loszureißen, aber seine Kräfte reichten nicht. »He!«, protestierte er. »Was soll das?«

Der Mann öffnete die Lifttür und stieß Mark ins Innere des Fahrstuhls.

Mark wich mit einem Schritt bis an die gegenüberliegende Wand zurück und rieb sich den Arm. Der Griff des Mannes war richtig brutal gewesen.

Der Fahrstuhl setzte sich zitternd in Bewegung – aber seltsamerweise fuhren sie nicht nach oben. Die kleinen Leuchtziffern sprangen von 3 auf 2, dann auf 1.

»Wohin fahren wir?«, fragte Mark misstrauisch.

Der Detektiv grinste kalt. »Nicht in mein Büro«, sagte er. »Zur Geschäftsleitung, weißt du? Dort gibt es jemanden, der ganz wild darauf ist, mit dir zu reden.«

Die Leuchtziffern über der Fahrstuhltür sprangen von 1 auf E, und der Lift fuhr weiter.

»Und die ist im Keller untergebracht?«, fragte Mark.

»Warum nicht?« Das Lächeln des Mannes veränderte sich. Es war jetzt nicht mehr ein böses Grinsen, sondern eine Grimasse. Und etwas geschah mit seinem Gesicht. Es schien irgendwie … härter zu werden. Die Linien darin waren plötzlich tiefer, dunkler, und seine Zähne kamen Mark ein ganz kleines bisschen spitzer vor als noch vor Sekunden.

»Sie lügen!«, sagte er. Die Anzeige sprang von E auf K, aber der Lift fuhr immer noch weiter.

»Sie … Sie sind kein Warenhausdetektiv!«, sagte er stockend.

»Doch«, sagte der Mann. »Das bin ich – auch.«

Das mattleuchtende K über der Fahrstuhltür erlosch, aber die Kabine hielt keineswegs an, sondern wurde immer schneller. Gleichzeitig begann sie sich zu verändern.

Es begann mit den Wänden. Der matte Schimmer des Edelstahls flackerte, wurde blind und erlosch dann ganz, und plötzlich waren sie nicht mehr von Metall umgeben, sondern von grobem Stein, und aus dem hellen Surren des Elektromotors wurde das schwere, metallische Klirren und Rasseln einer Kette, an der sich der Aufzugkorb rasend schnell in die Tiefe bewegte!

Mark fuhr mit einem Schrei herum – und schlug entsetzt die Hände vor das Gesicht, als er sah, in welch entsetzliches Wesen sich der Detektiv verwandelt hatte: Aus seinem Gesicht war die Grimasse einer … Kreatur geworden, die nur entfernte Ähnlichkeit mit einem Menschen hatte. Sein Körper war klein, plump und kurzarmig, dafür aber so ungeheuer massig, dass er fast die Hälfte der Aufzugkabine, die jetzt wieder um sie war, ausfüllte. Der Maßanzug hatte sich in ein Kettengeflecht verwandelt, das ihn wie eine Ritterrüstung einhüllte, und an seiner Seite baumelte ein gewaltiges Schwert.

»Nein!«, schrie Mark. »Das …«

»Hast du wirklich gedacht, du könntest uns so leicht entkommen, du Narr?«, kicherte das Monstrum. Eine seiner fürchterlichen Pranken hob sich und tastete nach Marks Gesicht.

Mark schlug in blinder Panik zu. Seine Faust traf die hässliche Grimasse des Ungeheuers mit aller Kraft – aber das einzige Ergebnis war ein scharfer Schmerz, der durch seinen Knöchel schoss, und ein schrilles Lachen seines Gegners. Immerhin senkte das Ungeheuer die Hand wieder und griff nicht wieder an.

Die Fahrt schien endlos zu dauern. Es wurde wärmer, und ein beißender, übelkeiterregender Schwefelgestank begann sich nach und nach in die Luft zu mengen, während sich die Kabine quietschend und schaukelnd weiter nach unten bewegte.

Mark wich so weit von seinem fürchterlichen Mitfahrer zurück, wie es in der Enge der Kabine überhaupt möglich war. Aber das *Ding* machte jetzt keinerlei Anstalten mehr, nach ihm zu greifen, sondern beschränkte sich darauf, ihn aus seinen kleinen, tiefliegenden Augen anzustarren.

Marks Gedanken überschlugen sich. Die Fahrt dauerte noch immer an, aber irgendwann würde sie zu Ende sein, und wenn er dann noch hier drinnen war, dann war das sein Ende. Er saß in der Falle, und noch dazu in einer Falle, in die er sich selbst gebracht hatte. Es gehörte wirklich nicht viel Fantasie dazu, sich auszurechnen, wohin dieser Aufzug fuhr. Und wer ihn erwarten würde, wenn er anhielt, und außerdem – *bist du ein kompletter Idiot,* flüsterte eine Stimme hinter seiner Stirn. Die Lösung war so einfach, dass er sich am liebsten geohrfeigt hätte. Es lag doch in seiner Macht, den Turm zu betreten – und zu *verlassen!* –, wann immer und wo immer er wollte. Er musste sich die Tür nur vorstellen, und …

Sie erschien, noch bevor er den Gedanken zu Ende gebracht hatte: eine schmale, kaum anderthalb Meter hohe Tür in der Seitenwand der Kabine, die sich wie von Geisterhand zu öffnen begann, noch ehe das Ungeheuer überhaupt richtig begriff, was geschah …

Dafür reagierte Mark umso schneller. Mit einer einzigen kraftvollen Bewegung fuhr er herum, versetzte seinem dämonischen Begleiter einen Stoß vor die Brust und warf sich gleichzeitig durch die schmale Tür ins Freie.

Und um ein Haar in den Tod.

Mark spürte die Gefahr, bevor sie ihm bewusst wurde. Während seine Füße ins Leere traten und sein Körper wie von einem unsichtbaren Sog ergriffen nach vorne kippte, packte er blitzschnell zu, bekam die Oberkante der Tür zu fassen und klammerte sich mit aller Macht daran fest. Durch den Anprall noch mehr beschleunigt, schwang die Tür völlig auf und prallte mit furchtbarer Wucht gegen die Außenseite der Liftkabine. Ein dumpfer Schmerz schoss durch Marks Finger, und der Anprall war so heftig, dass er um ein Haar losgelassen hätte. Verzweifelt strampelte er mit den Beinen, fand mit dem linken Fuß irgendwo Halt und brauchte all seine Kraft, um sich festzuklammern.

Als er es endlich wagte, die Augen wieder zu öffnen, sah er, dass er über dem Nichts schwebte.

Die unbestimmte Helligkeit, die wie immer im Schwarzen Turm herrschte, ließ ihn zumindest die nächste Umgebung erkennen. Die unterarmdicken Stahlseile verschwanden irgendwo über Mark in schwarzer Unendlichkeit, und die gleiche, lichtlose Finsternis breitete sich auch tief unter ihm aus. Die Luft, die er atmete, roch fürchterlich – wie in einem Zimmer, in dem seit ungefähr einer Million Jahren nicht mehr gelüftet worden war.

Das riesige schwarze Loch, durch das er glitt, musste eine unterirdische Höhle sein, ein gigantischer Hohlraum, der möglicherweise kilometertief ins Innere der Erde hineinführte und vollkommen von der Außenwelt abgeschnitten war. Hätte er nur den Bruchteil einer Sekunde später reagiert …

Vorsichtig drehte Mark den Kopf. Die Türöffnung war gleich neben ihm, nicht einmal einen halben Meter neben seiner linken Hand. Aber sie hätte ebenso gut auf dem Mond sein können. Wenn er auch nur für den Bruchteil einer Sekunde losließ, würde er unweigerlich abstürzen.

Er versuchte, sein Körpergewicht zu verlagern, damit die Tür sich bewegte und vielleicht wieder zuschwang, erreichte damit aber nur, dass die überlasteten Scharniere bedrohlich zu knirschen begannen. Die Tür schien sich irgendwo an der Außenseite der Kabine verhakt zu haben. Sie saß bombenfest.

Ein breites Gesicht mit bösen kleinen Augen erschien in

der Türöffnung und lugte zu ihm hinaus. Die Kreatur sagte etwas, aber ihre Stimme hatte mittlerweile jede Ähnlichkeit mit der eines Menschen verloren, und zudem verlor sich ihr Klang in der schwarzen Leere, durch die der Aufzug fiel, sodass Mark die Worte ohnehin nicht verstanden hätte. Aber er begriff zumindest den Sinn der Geste, die das Geschöpf machte: eine seiner Krallenhände griff nach ihm, gleichzeitig machte das Ding eine auffordernde Bewegung mit dem Kopf.

Mark verdrehte die Augen und deutete mit einer Kopfbewegung auf seine Hände. Er konnte gar nicht loslassen, selbst wenn er gewollt hätte.

Der Dämon überlegte, dann griff er mit der linken Hand nach der Türfüllung, verhakte den linken Fuß hinter dem Rahmen – und schwang sich wie ein Trapezkünstler nach draußen. Sein muskulöser Arm umschlang Marks Taille, hielt ihn mit unvorstellbarer Kraft fest und riss ihn einfach von seinem Halt los.

Mark schrie vor Schreck und Schmerz auf. Eine einzige, aber endlose Sekunde lang schien er schwerelos über dem Nichts zu hängen, während sich der Dämon wieder zurückschwang, und für die gleiche, fürchterliche Zeitspanne war Mark hundertprozentig davon überzeugt, dass die doppelte Belastung selbst für diesen Koloss zu viel war und sie unweigerlich abstürzen mussten.

Aber sie stürzten nicht ab. So sicher, als vollführe er dieses Kunststück jeden Tag, trug der Dämon Mark zurück in die Kabine, setzte ihn unsanft ab und drehte sich dann herum, um die Tür zu schließen.

Es war die letzte Bewegung, die er machte.

Hinterher wusste Mark selbst nicht genau, wie es gekommen war – alles ging so unglaublich schnell, als wäre er plötzlich nur noch ein Gast in seinem eigenen Körper, auf dessen Tun und Handeln er keinen Einfluss mehr hatte. Der Dämon beugte sich vor und griff nach der Tür, und Mark sprang los, ballte beide Hände zu einer einzigen Faust und schlug sie dem Dämon mit aller Gewalt in den Nacken.

Der Koloss keuchte, allerdings mehr vor Überraschung als vor Schmerz. Er wankte. Seine Krallenhände gruben sich in den Türrahmen, aber er war einfach zu schwer – das Metall barst unter dem Griff seiner Pranken. Das Monstrum kreischte, drehte sich in einer grotesken Pirouette halb um seine Achse und blickte Mark aus schreckgeweiteten Augen an. Dann kippte es wie ein Stein nach hinten und verschwand lautlos in der Tiefe.

Entsetzt stand Mark da und starrte ihm nach. Er wartete auf einen Schrei, das Geräusch des an die Wände streifenden Körpers oder des Aufpralls, aber nichts von alledem drang durch die offen stehende Tür zu ihm. Vielleicht war es gerade das, was es so schlimm machte: Es war nicht einfach nur Stille, es war das absolute, endgültige Schweigen des Todes, das ihn umfing.

Warum habe ich das getan?, fragte er sich immer wieder. Warum?

Er begriff es nicht. Der Dämon war sein Feind, aber sie hatten nicht miteinander gekämpft, was zumindest eine Erklärung gewesen wäre. Aber es war kein Kampf gewesen, im Gegenteil – die Kreatur hatte ihm noch in der Sekunde zuvor das Leben gerettet, und Mark brachte ihr Tod nicht den geringsten Vorteil.

Mark merkte nicht einmal, wie der Aufzug anhielt und sich die Tür quietschend hinter ihm öffnete. Erst als flackernder blutroter Lichtschein in die Kabine fiel und er das Trappeln harter Füße auf dem Boden hörte, erwachte er aus seiner Lähmung und drehte sich herum.

Etwa ein Dutzend Gehörnter erwartete ihn. Einige von ihnen waren mit Dreizacken bewaffnet, andere nur mit Knüppeln oder kurzen, schwarzen Dolchen mit gespaltenen Spitzen, aber keine dieser Waffen war direkt auf ihn gerichtet – wozu auch? Die Übermacht der kleinen Dämonen allein reichte voll und ganz aus, ihn in Schach zu halten.

Mark wartete nicht ab, bis sie ihn aus der Kabine zerrten, sondern trat freiwillig aus dem Aufzug heraus und hob die Hände in Schulterhöhe. Zwei der Gehörnten ergriffen seine

Arme, zerrten sie grob herunter und hielten sie fest, während zwei weitere der kleinen Dämonen in die Aufzugkabine traten und sich verwirrt umsahen. Überraschtes Geschnatter und Gekreisch brach los, denn offensichtlich hatten sie nicht damit gerechnet, ihn allein aus dem Aufzug kommen zu sehen.

Verstohlen drehte er den Kopf und sah in die Kabine zurück. Die Tür ins Nichts war verschwunden; vermutlich im gleichen Moment, in dem er sie aus den Augen gelassen hatte. Er glaubte nicht, dass die Gehörnten sie überhaupt gesehen hatten.

Es dauerte eine geraume Weile, bis die Gehörnten ihre Überraschung überwunden hatten, aber dann bekam Mark einen derben Stoß in den Rücken und stolperte mehr zwischen den schwarzhäutigen Gestalten einher, als er ging.

Sie bewegten sich durch einen halbrunden Tunnel, der so niedrig war, dass Mark die meiste Zeit gebückt gehen musste und sich trotzdem einige Male schmerzhaft den Kopf stieß, dann eine schmale, wie ein Schneckenhaus gewundene Treppe hinauf, und schließlich traten sie ins Freie. Mark blinzelte, als rotes glühendes Licht wie mit Nadeln in seine Augen stach. Der Schwefelgestank, den er schon die ganze Zeit über gerochen hatte, wurde so durchdringend, dass er kaum noch Luft bekam, und der Boden, über den sie gingen, war heiß. Der gemauerte Himmel hoch über ihren Köpfen glühte in einem düsteren, unheimlichen Rot, als stünde er kurz davor, Feuer zu fangen, und am Horizont erhoben sich die gezackten Schatten gewaltiger Berge. Einige von ihnen waren wie mit einem roten Spinnennetz überzogen, aus anderen quollen graue und schwarze Rauchwolken.

Dies war das Land, in dem er schon einmal gewesen war, und zwar mit Yezariael: die Heimat der Gehörnten. Wahrscheinlich die unterste, älteste Etage des Schwarzen Turmes. Nicht wirklich die Hölle, aber doch etwas, was ihr nahe genug kam, um den Unterschied vergessen zu machen.

Er sah keinerlei Gebäude, aber als er sich im Gehen umdrehte, erkannte er, dass sie auch nicht aus einem Gebäude gekommen waren – der Gang, an dessen Ende der Aufzugschacht lag, mündete in der Flanke eines schwarzen Lavaberges, der seinerseits wieder nach einer gewaltigen Strecke, die er fast senkrecht in die Höhe strebte, in die Mauern des Schwarzen Turms überging, bis sich Marks Blick in der Ferne verlor, lange bevor er den Himmel erreichte.

Sie entfernten sich rasch von diesem Berg, und nach einer Weile sah Mark, dass es tatsächlich so etwas wie einen Weg gab, dem die Gehörnten folgten – keine gepflasterte Straße, sondern eine fast knöcheltiefe, glattpolierte Rinne, die durch den Lavaboden lief, und Mark schauderte innerlich, als er begriff, was diese Rinne in Wirklichkeit war: ein Trampelpfad, den Millionen von Hufen in unendlich vielen Jahren in die glasharte Lava hineingescheuert hatten. Er dachte an das, was ihm seine Mutter über den Schwarzen Turm erzählt hatte, und um ein Haar hätte er laut aufgelacht: Wahrscheinlich ist er viel älter, als Marten glaubte …

Viel älter?, dachte er. Das war die Untertreibung des Jahrhunderts! Zumindest dieser Teil des Turmes musste seit Millionen von Jahren bestehen – und er war seit der gleichen unvorstellbaren Zeitspanne bewohnt … *Welche Mächte hatte er da herausgefordert, als er dem Greif den Kampf ansagte?*

Seine Bewacher führten ihn den gewundenen Pfad entlang, dann kamen sie zu einem breiten Schlammfeld, in dem es kochte und brodelte und aus dem immer wieder große Blasen aufstiegen, die knallend zerbarsten und jedes Mal einen Schwall erstickender gelber Schwefeldämpfe entließen. Es gab keine Brücke, nur vereinzelt Lavabrocken, die sie zur Überquerung benützen konnten. Die Hitze, die von den schlammigen Massen aufstieg, ließ Mark stöhnen. Auf der ungeschützten Haut seiner Hände und des Gesichtes waren Brandblasen, als sie dieses Gebiet endlich überwunden hatten.

Schließlich traten sie durch ein weiteres, ausgezacktes Loch, das in der Flanke eines schwarzen Lavaberges gähnte. Der rote Schein von Fackeln und die schrillen Stimmen zahlloser Gehörnter verrieten Mark, dass sie sich ihrem Ziel näherten. Er versuchte sich den Weg einzuprägen, den sie zurücklegten, gab dieses Vorhaben aber sehr schnell wieder auf. Die Gehörnten führten ihn durch ein wahres Labyrinth von Gängen und Treppenschächten, sodass er schon nach wenigen Augenblicken die Orientierung verloren hatte. Außerdem war es sowieso sinnlos. Mark ahnte, dass er an einem Ort angelangt war, von dem nicht einmal er fliehen konnte; vielleicht an dem einzigen Platz im Schwarzen Turm, dessen Wege selbst für ihn nur in eine Richtung führten.

Mark schätzte, dass sie sich tief unter der schwarzen Lavalandschaft befanden, als seine Wächter endlich anhielten. Sie waren am Ende eines langen, düsteren Tunnels angelangt, der nur von wenigen blakenden Fackeln erhellt wurde, und die Spuren unglaublichen Alters waren hier noch deutlicher zu sehen als an der Oberfläche: Selbst die Wände waren so glatt, dass ihre Gestalten darin wie in schwarzen gekrümmten Spiegeln sichtbar waren, und der Boden schien hier und da nur noch so dünn wie Papier zu sein, denn an manchen Stellen schimmerte es in düsterem Rot durch die dünne Glasur. Die Hitze was schier unerträglich.

Vor ihnen erhob sich eine gewaltige, zweiflügelige Tür aus schwarzem Eisen, in die Symbole eingraviert waren. Mark konnte nicht erkennen, um was es sich handelte, denn alle Linien und Formen waren ihm fremd. Zwei massige, in schwarzes Kettengeflecht gehüllte Gestalten hielten beiderseits des Tores Wache, und im ersten Moment hielt Mark sie für besonders groß geratene Gehörnte. Dann erkannte er, dass es sich um Geschöpfe wie das Ding handelte, das mit ihm im Aufzug gewesen war. Die Blicke, mit denen ihn ihre kleinen, boshaften Augen musterten, waren voller Hass, als ahnten sie, was er ihrem Bruder angetan hatte.

Einer der Gehörnten sagte etwas zu einem der Türwächter. Die Kreatur antwortete mit einem Grunzen und trat beiseite, und wieder traf Mark ein hasserfüllter Blick. Er war jetzt sicher, dass sie wussten, was geschehen war. Er wünschte sich nur, dass sie auch wüssten, wie er sich hinterher gefühlt hatte. Die Tür schwang lautlos auf, und Mark erhielt einen derben Stoß in den Rücken, der ihn in den dahinterliegenden Raum taumeln ließ. Es war ein hoher, halbrunder Saal, der aus schwarzer Lava bestand wie alles hier. In mindestens fünfzig Schritten Abstand zur Tür erhob sich etwas wie ein steinerner Altar, ein Block von gut zwei mal zwei Metern Kantenlänge, und aus dem Boden des Saales wuchsen schwarze Lavasäulen, die die Decke stützten. Einige von ihnen waren mit den gleichen unheimlichen Mustern und Linien verziert wie die Tür draußen, in die Oberfläche anderer waren die Gestalten Gehörnter eingemeißelt worden oder anderer, noch bizarrerer Ungeheuer. Und ganz kurz hatte Mark das Gefühl, diesen Ort schon einmal gesehen zu haben …

»Willkommen, mein Freund«, sagte eine tiefe Stimme spöttisch. »Ich sehe, du bist ebenso angenehm überrascht wie wir, dass wir uns so rasch wiedersehen.«

In der Mitte des Saals stand Sarn, in seinen schwarzen Umhang gehüllt und mit einem breiten, blutigen Verband um die Stirn.

Neben ihm war der Greif.

Er hockte reglos da wie eine Statue, nur seine glitzernden blutroten Augen waren voll Leben und blickten auf Mark. Und Mark erwiderte schweigend seinen Blick.

Etwas geschah zwischen ihnen. Es war wie ein stummes Zwiegespräch, das nur mit Blicken geführt wurde, und noch dazu zwischen dem Greif und einem Teil von Mark, den er selbst nicht verstand. Ja, der ihm fremd war. Aber er hatte das Gefühl, dass diese riesigen, roten Augen bis auf den Grund seiner Seele blickten, und nicht nur seine Gedanken, sondern auch seine geheimsten Wünsche und Empfindungen lasen. Und umgekehrt war es, als würde auch er in diesem zeitlosen Augenblick unendlich viel über den Herrn des Schwarzen Turms lernen, als wären ihre beiden Seelen für einen winzigen Moment eins geworden, sodass keiner mehr Geheimnisse vor dem anderen haben konnte.

Der Greif war ein Geschöpf des Hasses, das begriff Mark plötzlich, eine Kreatur, die aus Zorn und Rache geboren war und Gewalt und Schrecken verkörperte, aber sie hatte sich nicht *entschlossen,* so zu werden. Sie war so *geschaffen* worden, und sie konnte gar nicht anders sein. Mark wurde plötzlich klar, dass es ihm nicht möglich war, den Greif zu hassen. Er war ein Monstrum, die entsetzlichste Kreatur, die jemals über diesen Planet gewandelt war, aber ihre furchtbare Macht war die einer Naturgewalt, die zerstörte und vernichtete, was immer ihren Weg kreuzte, und die man verfluchen und fürchten konnte, vielleicht sogar bekämpfen – aber nicht hassen.

Nach einer Ewigkeit, die in Wahrheit kaum eine Sekunde gewährt haben mochte, lösten sich ihre Blicke wieder voneinander, und das unsichtbare Band zwischen ihnen zerriss. Mark atmete hörbar auf, und auch der Greif bewegte sich. Mit einer langsamen, eleganten Bewegung setzte er sich hoch, breitete die gewaltigen Schwingen aus und faltete sie wieder zusammen, und gegen seinen Willen musste Mark sich eingestehen, dass er trotz allem ein unglaublich schönes Geschöpf war, majestätisch und edel. Was Mark spürte, das war die morbide Faszination des wirklich Bösen. Und er war nicht fähig, sich dagegen zu wehren.

Schließlich ließ sich der Greif wieder zurücksinken. »Also habe ich am Ende doch gewonnen«, sagte er. Seine Stimme war voll und dunkel. »Der letzte Nachkomme Martens ist in meiner Gewalt. Jetzt wird meine Herrschaft ewig währen.«

»Bist du sicher?«, fragte Mark trotzig. Seine Stimme bebte, und seine Hände und Knie zitterten, doch etwas in ihm glaubte diesen Worten nicht, war nicht bereit aufzugeben.

Anstelle einer Antwort erhob sich der Greif wieder und wandte sich um. Er machte einen Schritt, drehte den Kopf und sagte: »Folge mir. Ich will dir etwas zeigen.«

Zögernd setzte sich Mark in Bewegung. Sarn folgte ihm und dem Greif, hielt aber einen respektvollen Abstand, und Mark spürte, dass der Sklavenherr des Schwarzen Turms nervöser war, als es den Anschein hatte. Fürchtete er seinen Herrn selbst?

Sie durchquerten die Halle, bis sie etwas erreichten, was ein großer schwarzer Spiegel aus poliertem Glas zu sein schien. Er zeigte drei Gestalten, doch als sie näher kamen, erkannte Mark, dass es nicht er selbst, der Greif und Sarn waren, sondern er sah sich selbst, Thomas und jenes geflügelte schwarze Ungeheuer, in dessen Gestalt der Greif ihn und seinen Bruder das erste Mal angegriffen hatte.

»Damals hattest du noch die Macht, mich besiegen zu können«, sagte der Greif. »Aber du hast es nicht getan.« Im Spiegel erschien jetzt der Cherub, und noch einmal sah Mark den Kampf, in dem er den Greif in jener Nacht vor fünf Jahren bezwungen und ihm und seinem Bruder das Leben gerettet hatte.

Das Bild wechselte, und der Greif sagte jetzt nichts mehr – aber das, was Mark sah, sprach für sich.

Er sah Anders und Jan, beide in Ketten und umringt von einer Horde schwarzer Dämonen. Jans Hof brannte. Regungslose Gestalten bedeckten den geschwärzten Boden, aus dem immer wieder Flammen schlugen, und der Großteil von Jans Familie und des Gesindes war bereits überwältigt oder tot.

Dann erblickte er den Cherub, der mit einem flammenden Schwert gegen den schwarzen Cherub kämpfte, während er selbst verzweifelt um sein Leben rannte, und kaum eine Sekunde später war noch einmal der Cherub zu sehen, wie er unter einem Prankenhieb des Greif zurücktaumelte und in die Knie brach. Das letzte Bild aber, das der magische Spiegel zeigte, erschütterte Mark am meisten.

Er blickte auf die Straßen der Stadt herab, in der er noch vor einer Stunde gewesen war. Ein klappriger, roter Fiat drängelte sich durch den Berufsverkehr der City, blinkte kurz und scherte dann auf die Linksabbiegespur ein. Gleichzeitig näherte sich aus der anderen Richtung ein riesiger Tanklastwagen. Der Fahrer schien Schwierigkeiten zu haben. Der Wagen fuhr im Zickzack über zwei Fahrspuren und wurde dabei immer schneller.

»Nein!«, stöhnte Mark. »Nicht ihn! Er hat doch überhaupt nichts getan!« Er wollte sich abwenden, aber er konnte es nicht.

Aus entsetzt aufgerissenen Augen sah er zu, wie der Tanklaster endgültig ins Schlingern kam und auf der Fahrbahn umkippte.

Der rote Fiat hatte keine Chance.

Der Fahrer versuchte noch auszuweichen, aber er schaffte es nicht. Die vierzig Tonnen des Tanklasters krachten wie die geballte Faust eines zornigen, stählernen Gottes auf ihn herab und zermalmten ihn.

Der Spiegel erlosch, und Mark schloss mit einem Schluchzen die Augen.

»Warum … warum ihn?«, flüsterte er. »Er hat dir doch gar nichts getan?«

»Warum hast du den Krieger getötet, der dich zu mir brachte?«, antwortete der Greif. »Er hat nichts getan außer dem, was ich ihm auftrug. Und sein Tod brachte dir keinen Nutzen.«

Mark fuhr herum. Für einen Moment flammte rasender Zorn in ihm auf, sodass er sich beinahe mit bloßen Händen auf den Greif gestürzt hätte. Aber dann sanken seine Schultern kraftlos herab, und Tränen füllten seine Augen.

»Du hast verloren, als du begonnen hast, andere deinen Kampf kämpfen zu lassen«, sagte der Greif. »Du allein hättest die Macht gehabt, mich zu vernichten. Jetzt hast du sie vertan. Für immer.«

»Dann töte mich«, flüsterte Mark. »Bring es zu Ende.«

»Töten?« Der Greif schüttelte den Kopf. »Ich werde dich nicht töten. Du bist keine Gefahr mehr. Deine Macht ist erloschen, und die einzige Waffe, die mir schaden könnte, befindet sich in meinem Besitz.«

Marks Hand glitt zu seinem Hals. Aber die Kette, an der das Lot seines Vaters hängen sollte, war verschwunden. Natürlich – er hatte sie zwar aufgehoben, als er aus dem Keller der Lagerhalle geflohen war, aber keine Zeit mehr gehabt, sie wieder umzuhängen, sondern in die Tasche des geliehenen Parkas gesteckt. Und *den* wiederum hatte Yezariael an, der … Die Erkenntnis traf ihn wie ein Schlag.

»Yezariael!«, keuchte er. »Du hast …«

»Er hat die Strafe bekommen, die alle Verräter ereilt«, unterbrach ihn Sarn. Er lachte böse, griff unter seinen schwarzen Umhang und zog eine dünne Silberkette hervor, an der der winzige Anhänger blitzte.

»Was hast du dir eigentlich eingebildet, du kleiner Narr?«, fragte er. »Dass du einfach hierher kommen und uns davonjagen könntest?«

»Was habt ihr mit Yezariael gemacht?«, fragte Mark verzweifelt. »Was ist mit ihm?«

»Du wirst ihn wiedersehen, keine Sorge«, antwortete Sarn böse.

»Genug«, sagte der Greif streng. Sarn fuhr zusammen, senkte gehorsam den Blick und trat hastig ein paar Schritte zurück. »Du erinnerst dich an meine Worte, als wir uns das erste Mal gegenüberstanden?«, fuhr der Greif fort, jetzt wieder an Mark gewandt. »Mein Angebot von damals gilt noch immer. Der Platz an meiner Seite. Du kannst mein Vertrauter werden. Meine linke Hand, so wie Sarn meine rechte ist. Deine Macht ist erloschen, aber in dir ist noch immer das Erbe deiner Vorfahren, und ein großes Wissen, das du selbst noch nicht einmal wirklich zu entdecken begonnen hast. Beides kann mir von Nutzen sein. Aber überlege dir deine Antwort gut, denn sie wird endgültig sein. Lehnst du ab, dann bist du verdammt für alle Zeiten. Nimmst du an, dann gehörst du mir. Für immer!«

Mark zweifelte keine Sekunde lang daran, dass der Greif die Wahrheit sagte. Auch das gehörte zu jenem geheimen Wissen, das er über ihn erworben hatte, während ihre Seelen eins gewesen waren: Wenn er den dunklen Pfad des Greif einmal betrat, gab es kein Zurück mehr. Er würde sich nicht verstellen und ihn im Geheimen weiter bekämpfen können, sondern er würde unweigerlich so werden wie er.

»Nein«, sagte er mit fester Stimme.

»Das habe ich erwartet.« Der Greif nickte, sah Mark einen Moment fast bedauernd an und wandte sich dann mit einer Kopfbewegung an Sarn. »Bring ihn fort.«

Das Bergwerk

Er erfuhr niemals, wie lange er im Bergwerk blieb. Aber es musste sehr lange gewesen sein, Wochen, vielleicht Monate, in denen in der Welt, aus der Mark stammte, nur Stunden vergangen sein mochten. Der Mensch hat allem einen Namen gegeben, damit sich alles in seine Vorstellung von der Welt und des Funktionierens einfügt. So hat er es auch mit der Zeit getan, doch das Zeitgefühl ist sehr subjektiv. Ein Jahr im Paradies mag rasch vorüber sein, vielleicht nicht mehr als ein Lidzucken. Eine Stunde in der Hölle mag eine Ewigkeit dauern.

Sarn selbst hatte ihn in das Bergwerk gebracht, und es hatte lange gedauert, bis sie dort ankamen, obwohl Sarn ähnliche Fähigkeiten besaß wie Mark. Mehrmals fiel ihm auf, dass sie durch plötzlich erscheinende Türen traten und Gänge durchquerten, die um etliches länger waren als die Gebäude, in denen sie sich befanden.

Obwohl Marks Orientierungssinn in dieser unterirdischen Welt schon nach den ersten paar Schritten erlosch, war er doch hinterher sicher, dass sie mehrere Kilometer weit durch den abschüssigen Tunnel gegangen sein mussten. Mehrmals kreuzten sie andere Gänge, und einmal stiegen sie über eine gewagt aussehende Holzkonstruktion, die sich über einen gut fünfzig Meter breiten Spalt schwang, auf dessen Grund es rot loderte. Obwohl der Schacht kilometertief sein musste, nahm der glühende Hauch, der aus ihm emporwehte, Mark den Atem.

Schließlich hörte er das erste Mal andere Laute als das Knallen der Peitschen und das mühsame Schleifen ihrer eigenen Schritte: Weit vor ihnen in der ewigen Dunkelheit erklang ein monotones Hämmern und Schlagen, das allmählich lauter wurde, und als sie sich dem Ende des Tunnels näherten, sah er, woher dieser Lärm kam: Eine Gruppe Gefangener war dabei, den Stollen weiter in die Erde vorzutreiben. Sie bedienten sich dabei höchst primitiver Werkzeuge – schwerer, eiserner Keile und großer Hämmer, die allein schon ein ungeheures Gewicht haben mussten – und ansonsten nur der Kraft ihrer bloßen Hände. Und auch der Abtransport des gewonnenen Erzes wurde auf die denkbar primitivste Art bewerkstelligt: Die einen Gefangenen waren damit beschäftigt, den Tunnel weiter in die Erde zu treiben, während andere die herausgebrochenen Brocken mit den bloßen Händen davonschleppten.

Mark schauderte. Der Tunnel maß etwa zehn Meter in der Breite und war sicherlich halb so hoch. Und er war mehrere Kilometer lang! Wie viele Jahre – ach was, Jahrhunderte! – Arbeit musste nötig gewesen sein, ihn auf diese Weise zu schaffen?

Er fand niemals eine Antwort auf diese Frage, und nach kaum zehn Minuten interessierte sie ihn auch nicht mehr, denn er musste jedes bisschen Kraft, das er hatte, dazu verwenden, den schweren Hammer zu schwingen, ohne unter seinem Gewicht zusammenzubrechen oder sich selbst zu verletzen. Eine Weile später hatte er das Gefühl, seine Arme bestünden aus Blei, und schließlich war er felsenfest davon überzeugt, sein Rücken würde schlichtweg durchbrechen, wenn er versuchte, den Hammer auch nur noch ein einziges Mal zu heben.

Der Peitschenhieb eines Gehörnten, der seinen Rücken traf, überzeugte ihn davon, dass das nicht so war.

Bald begannen seine Hände zu bluten, er war in Schweiß gebadet und zitterte am ganzen Körper. Sein Herz raste wie eine kleine, aus dem Takt geratene Maschine. Die Felswand, in die er seinen Keil trieb, begann vor seinen Augen zu verschwimmen. Mit einem erstickten Laut ließ er den Hammer sinken, brach langsam in die Knie und schloss die Augen.

Er hörte das Zischen der Peitsche, und ein Schlag riss seinen Rücken auf, aber er hatte nicht mehr die Kraft, einen Schmerzensschrei auszustoßen. Sollten sie ihn doch zu Tode peitschen, wenn sie wollten! Das war immer noch besser, als auch nur eine einzige Stunde in dieser Hölle verbringen zu müssen!

Aber der nächste Hieb, auf den er wartete, kam nicht. Stattdessen hörte er plötzlich das zornige Schnattern eines

Gehörnten und dann die Stimme eines Mannes, die in einer Sprache darauf antwortete, die Mark nicht verstand.

Mühsam hob er den Blick und sah aus tränenverschleierten Augen auf. Der Gehörnte, der ihn geschlagen hatte, stand mit zornig erhobener Peitsche da, aber zwischen ihm und Mark hatte sich eine zerlumpte Gestalt aufgebaut, die heftig auf ihn einredete. Mark verstand nichts von dem, was da gesprochen wurde, aber er begriff die Bedeutung der Gesten, mit denen der Mann seine Worte begleitete. Er deutete ein paar Mal auf Mark, dann auf die Peitsche in den Krallenhänden des Dämons und dann wieder auf ihn, und schließlich geschah etwas wie ein kleines Wunder: Der Gehörnte senkte seine Peitsche, schoss noch einen giftigen Blick auf Mark ab – und trollte sich.

»Danke«, flüsterte Mark. Es fiel ihm schwer zu sprechen. Sein Hals fühlte sich an, als hätte ihn jemand mit Sandpapier glattzuschmirgeln versucht. Sie arbeiteten jetzt seit mehr als einer Stunde, aber bisher hatten sie nicht einmal einen Schluck Wasser bekommen.

»Bedank dich später«, knurrte der Mann in kaum weniger ärgerlichem Ton als dem, in dem er mit dem Gehörnten gesprochen hatte. »Wenn du es dann noch kannst. Wenn er wiederkommt und du immer noch nicht arbeitest, müssen wir alle darunter leiden!«

Mark war so erschöpft, dass ihm der Sinn dieser Worte gar nicht klar wurde. Der Mann zog ihn einfach auf die Füße, bückte sich nach seinem Hammer und drückte ihn Mark wieder in die Hand. Aber als Mark ihn heben und damit erneut auf die Wand einschlagen wollte, schüttelte er den Kopf.

»Geh dort hinüber und hilf mit, die Steine zu zerkleinern«, sagte er ruppig. »Das ist leichter. Auf diese Weise kannst du dich ein wenig erholen, bis er zurückkommt.«

Mark war viel zu müde, um irgendetwas zu sagen oder sich noch einmal zu bedanken. Taumelnd bewegte er sich auf die andere Seite des Ganges, wo eine kleine Anzahl Gefangener damit beschäftigt war, die größeren Steinbrocken mit ihren Hämmern zu zerschlagen, sodass sie abtransportiert werden konnten. Die Arbeit war tatsächlich etwas leichter – er musste den Hammer zwar immer hoch über den Kopf schwingen, aber es reichte, ihn dann einfach fallen zu lassen. Und nach einer Weile geriet er in einen Zustand, der irgendwo zwischen Trance und Betäubung lag: Er hatte nicht mehr das Gefühl, ein Mensch zu sein, sondern nur noch eine Art Maschine, deren einziger Zweck es war, den Hammer zu heben und fallen zu lassen, immer und immer wieder, ohne danach zu fragen, was sie da tat und warum.

Irgendwie schaffte er es, den Tag zu überleben, ohne zu Tode geprügelt zu werden oder vor Erschöpfung zu sterben, und nach hundert Ewigkeiten tauchte eine weitere Gruppe Sklaven aus der Tiefe des Ganges auf, um sie abzulösen.

Aber damit war ihre Qual noch lange nicht zu Ende.

Zuerst schleppten sie sich den steil ansteigenden Tunnel wieder hinauf, und danach führte der Weg durch die albtraumhafte Landschaft der Welt der Gehörnten. Schließlich gab es eine kurze Rast, als sie mit einer Art primitivem Lastenaufzug nach oben gebracht wurden – einer rechteckigen, geländerlosen Plattform, die an einem ganzen Bündel gewaltiger Eisenketten hing und sich durch einen lichtlosen Schacht bewegte.

Mark schlief vor Erschöpfung ein, kaum dass er sich zwischen den anderen Gefangenen niedergekauert hatte, und er hatte das Gefühl, dass allenfalls Sekunden vergangen sein konnten, ehe er mit einem derben Knuff wachgerüttelt wurde.

Als sie das Gebäude verließen, in dem die Fahrt des Aufzugs endete, wusste er, wo sie waren: Vor ihnen lag Sarns Reich, die Stadt mit den lebenden Häusern, in der er schon einmal gewesen war. Aber heute kam er als Gefangener, und heute gehörte er wirklich zu diesen bemitleidenswerten Jammergestalten, die ihm damals so große Rätsel aufgegeben hatten. Sie wurden in eines der unheimlichen Häuser geführt, und er sah den Pfuhl wieder, jenen runden Schacht, in dessen Wänden sich die winzigen Zellen der

Gefangenen befanden. Ein Bewacher stieß ihn grob in eine von ihnen, und er schlief ein, kaum dass er sich auf dem faulenden Stroh ausgestreckt hatte. Nach einer Weile rüttelte jemand an seiner Schulter, und als er mühsam die Augen öffnete, erblickte er eine Hand, die eine Schale mit irgendeinem undefinierbaren, scheußlich riechenden Brei unter sein Gesicht hielt.

Mark schüttelte schwach den Kopf. Er wollte nichts essen. Er wollte nur schlafen, sonst nichts.

Aber sein Mitgefangener gab nicht auf, und nach einer Weile sah Mark ein, dass es wahrscheinlich einfacher war, zu essen und hinterher zu schlafen, als nichts zu essen und nicht zu schlafen, weil der Quälgeist, mit dem er die Zelle teilte, nicht aufgab. So würgte er das Essen hinunter. Es schmeckte so widerwärtig, wie es aussah, aber es machte satt, und Mark leerte die Schale bis auf den letzten Krümel.

Als er fertiggegessen hatte, stellte er die Schale auf den Boden und lehnte sich gegen die Felswand. In seinen Gliedern war eine nie gekannte bleierne Schwere, aber er spürte auch, dass er jetzt nicht mehr einschlafen würde. Es war einfach zu viel geschehen. Außerdem, fügte er in Gedanken hinzu, muss ich mich umsehen und meine Umgebung genau kennenlernen, wenn ich hier herauswill.

Und das wollte er. Jetzt, wo er aus dem tranceähnlichen Zustand halbwegs erwacht war, wusste er, dass ihm nur dieser Gedanke helfen konnte zu überleben: das Wissen, dass er von hier fliehen würde. Nicht heute, auch nicht in dieser Woche, vielleicht nicht einmal in diesem Jahr, falls ihm diese Zeiteinteilung nicht völlig entgleiten würde, aber fliehen würde er.

Was er sah, als er sich gründlicher in seinem Gefängnis umblickte, stimmte ihn allerdings nicht optimistischer: Die Zelle war winzig, gerade zwei mal zwei Schritte im Geviert, und drei der vier Seiten bestanden aus Felsgestein, dessen Härte er schon genug zu spüren bekommen hatte. Die vierte Seite bildete ein Gitter aus gut daumendicken Eisenstäben, die so eng angeordnet waren, dass er nicht einmal einen Arm hätte hindurchschieben können.

Und das Gitter hatte weder eine Tür noch ein Schloss. Mark erinnerte sich schwach, dass einer der Gehörnten sie flüchtig mit der Hand berührt hatte, worauf sich einige der Eisenstäbe einfach zur Seite bogen wie weicher Gummi. Aber als er die Hand ausstreckte und prüfend an dem Stab rüttelte, fühlte er sich genauso an, wie er aussah: wie hartes, fast unzerstörbares Eisen.

»Du verschwendest nur deine Kraft«, sagte eine Stimme neben ihm.

Mark drehte müde den Kopf und sah den Mann an, mit dem er die Zelle teilte. Er war groß, musste früher einmal sehr muskulös gewesen sein und wirkte selbst jetzt noch imposant, obgleich er so ausgemergelt war, dass die Rippen durch die Haut stachen. Auf seinen eingefallenen Wangen waren die Stoppeln eines Bartes zu sehen, und sein Haar war schwarz bis auf eine Anzahl grauer Strähnen, die nicht dorthin gehörten, denn der Mann war keinen Tag älter als dreißig.

Und es war derselbe Mann, der Mark vor den Peitschenhieben des Gehörnten bewahrt hatte.

»Was … sagten Sie?«, fragte Mark müde.

»Dass du deine Kräfte verschwendest«, wiederholte der Mann. Er saß an der gegenüberliegenden Wand der Zelle und hatte die Knie an den Körper gezogen, und er versuchte zu lächeln, aber die Müdigkeit und Schwäche ließen eine Grimasse daraus werden. »Niemand kann jemals von hier fliehen.«

»Ich hatte nicht vor, die Stäbe durchzubrechen«, sagte Mark.

»Das meinte ich auch nicht«, antwortete der Bärtige. »Aber du verschwendest deine Kräfte, wenn du darüber nachdenkst zu fliehen. Es geht nicht.«

Mark sah den Bärtigen misstrauisch an. »Woher wissen Sie, was ich denke?«, fragte er.

»Das denken alle.« Der Bärtige hob seine Schale und fuhr mit der angefeuchteten Spitze seines Zeigefingers über ihren Grund, als hoffe er, noch einen übersehenen Brocken zu finden. »Jedenfalls in den ersten Tagen. Ich habe es auch gedacht. Ich habe sogar einmal versucht zu fliehen. Ich bin weit gekommen. Vier Schritte, glaube ich. Vielleicht auch nur drei.«

Er stellte seine Schale auf den Boden und lehnte den Kopf an den Felsen. »Du bist neu«, stellte er fest. »Heute angekommen?«

Mark nickte. »Ja. Und Sie?«

»Du«, sagte der Bärtige. »Wir sagen hier du zueinander. Keln. Mein Name ist Keln. Glaube ich.«

»Sie … du glaubst?«, fragte Mark verwirrt. »Du weißt deinen Namen nicht mehr?«

»Ist lange her, dass ihn jemand benutzt hat«, antwortete Keln. »Wir sprechen wenig miteinander. Außerdem spielen Namen keine Rolle.«

»Wie viele Meter habt ihr den Stollen denn schon weitergetrieben, seitdem du hier bist?«

»Der Stollen ist vier Meter länger geworden, seit ich angekommen bin«, sagte Keln. »Und jetzt frag mich nicht, wie lange wir für einen Meter brauchen. Ich weiß es nicht. Vielleicht ein Jahr, vielleicht zehn … ist völlig gleich.«

»Das finde ich gar nicht«, antwortete Mark.

»Und warum nicht?« Keln kicherte. »Ich werde hier unten sterben. Jeder stirbt, der hier herunterkommt. Ist egal, ob nach einem Jahr oder nach zehn Jahren.«

»Wenn das stimmt, warum bist du dann noch am Leben?«, sagte Mark.

Keln sah ihn fragend an, und Mark fügte erklärend hinzu: »Wenn es doch unmöglich ist, hier herauszukommen, gibt es eigentlich keinen Grund, diese Hölle länger als nötig durchzuhalten, oder?«

Keln wirkte für eine Sekunde verwirrt, dann kicherte er wieder. »Du bist ein kleiner Philosoph, wie? Aber das vergeht auch noch, keine Sorge. Wenn du erst einmal einen Meter hinter dir hast, interessiert dich das alles nicht mehr, Junge. Und spätestens nach dem zweiten hörst du auf, dumme Fragen zu stellen. Ich weiß nicht, warum ich noch weitermache. Vielleicht ist es eben so, dass man immer einfach weitermacht. Egal, was ist.«

»Und warum hast du mir dann geholfen, wenn doch alles so egal ist?«

Keln kniff das linke Auge zusammen. »Kleiner Schlaumeier«, sagte er. »Aber du irrst dich. Du bist mir völlig egal. Aber wenn einer Ärger macht oder zu fliehen versucht. Keine Arbeit, kein Essen. Wenn du Mist machst, leiden alle darunter. Überleg dir also, was du tust – oder *du* leidest am nächsten Tag unter den anderen. Ich habe dich nur nicht geschlagen, weil ich gemerkt habe, dass du neu bist und noch nicht weißt, wie das alles hier läuft.«

»Oh«, sagte Mark betroffen. »So ist das.«

»Ja«, bestätigte Keln kalt. »So ist das.«

Mark wusste nicht, was ihn mehr traf – Kelns scheinbar gefühllose Art oder die teuflische Absicht, die hinter dieser Vorgangsweise stand. Die Schergen des Greif hatten es nicht nötig, besonders wachsam zu sein. Das erledigten die Gefangenen von selbst. Besser, als sie es je gekonnt hätten.

Mark wandte wieder den Kopf und blickte nach draußen. Der Anblick war fast derselbe wie damals, als er das erste Mal hier gewesen war. Hunderte von Gehörnten waren mit Schmiedearbeiten beschäftigt – manche schleppten große Eisenblöcke herbei, andere hatten damit zu tun, riesige Feuer in Gang zu halten, und wieder andere schmiedeten und hämmerten, was das Zeug hielt. Aber er verstand es jetzt sehr viel besser als damals: Die Gehörnten verarbeiteten das Erz, das die Sklaven aus dem Boden gruben. Mark fragte sich nur, warum sie es selbst taten. Diese Arbeit war kaum weniger schwer als jene, die die Sklaven verrichten mussten.

Plötzlich sah er etwas, was seine Aufmerksamkeit von den schmiedenden Teufeln ablenkte.

Auf der anderen Seite des Pfuhls näherte sich eine weitere Gruppe mit Gefangenen. Und er kannte eine der ausgezehrten Gestalten, die zwischen den schwarzen Gehörnten einhertaumelten.

»Ela!«, flüsterte er. Und dann sprang er auf, rüttelte an den Gitterstäben und schrie noch einmal, so laut er konnte: *»Ela!«*

Tatsächlich hob die Berberin kurz den Kopf, und ihr Blick irrte suchend durch den Raum. Aber sie erkannte ihn nicht, und Mark kam auch nicht dazu, ein zweites Mal nach ihr zu rufen, denn plötzlich erschien ein Gehörnter vor der Zelle und schwang drohend seine Peitsche. Mark wich mit einem hastigen Schritt zurück und stellte sich auf die Zehenspitzen, um über den Kopf des Gehörnten hinwegsehen zu können.

Eine derbe Hand ergriff ihn bei der Schulter und schleuderte ihn zu Boden. »Halt sofort den Mund!«, befahl Keln. »Oder willst du, dass wir uns eine Sonderschicht einhandeln? Wir dürfen nicht miteinander reden!«

Mark blickte verdattert zu dem Bärtigen auf, traute sich aber nicht, etwas zu sagen. Keln blickte drohend auf ihn herunter, dann drehte er sich zu dem Gehörnten um und senkte demütig das Haupt. Er sagte nichts, aber der Gehörnte verstand die Geste. Er nickte grimmig, ließ noch einmal seine Peitsche knallen und verschwand schließlich. Mit einem erleichterten Aufatmen setzte sich Keln wieder und starrte finster zu Mark hinüber.

Mark rappelte sich mühsam auf, aber von Ela war nichts mehr zu sehen. Und er wagte nicht, sich noch einmal ans Gitter zu stellen und die Aufmerksamkeit auf sich zu ziehen. »Es tut mir Leid«, sagte er nach einer Weile. »Ich wusste nicht, dass wir nicht miteinander reden dürfen.«

»Normalerweise sagen sie nichts«, grollte Keln. »Aber wenn du anfängst, hier wie ein Verrückter herumzubrüllen, dann ziehen sie andere Saiten auf.« Er schwieg einen Moment und fragte dann in etwas sanfterem Ton:

»Jemand, den du kennst?«

»Eine Freundin«, bestätigte Mark.

Keln nickte. »Das tut weh, ich weiß. War sie von einem Hof, den sie überfallen haben, oder aus deiner Stadt?«

»Aus meiner Stadt«, bestätigte Mark. »Aber sie haben sie nicht überfallen. Tun sie das?«

»Woher kommst du?«, fragte Keln grob. »Natürlich tun sie das. Woher, zum Teufel, denkst du, dass wir alle kommen? Sie schleifen Höfe und Städte oder überfallen Dummköpfe, die sich zu weit in den Turm hineinwagen, und …« Er stockte. »Du kommst von *draußen,* wie?«, fragte er schließlich.

Mark nickte.

»Gerade angekommen und schon den Gehörnten in die Hände gefallen«, murmelte Keln. »Das ist hart. Die meisten leben eine ganze Weile im Turm, ehe es sie erwischt. Ich meine, wir alle sind irgendwann mal an der Reihe, aber schon nach ein paar Tagen … Wie haben sie dich erwischt?«

»Was soll das heißen – wir alle sind irgendwann einmal an der Reihe?«, hakte Mark nach, Kelns Frage absichtlich überhörend.

»Nun, irgendwann erwischen sie jeden«, sagte Keln. »Weißt du denn gar nichts über den Turm?«

»Wenig«, gestand Mark, denn über diesen Aspekt von Martens Paradies hatte er bisher wirklich kaum etwas erfahren.

Keln seufzte. »O verdammt, das ist hart. Das ist einfach nicht gerecht.«

»Ich habe nur gehört, dass ihr … ewig lebt«, sagte Mark vorsichtig.

»Quatsch«, antwortete Keln. »Keiner lebt *ewig,* weder im Turm noch *draußen.* Niemand stirbt dort oben, aber das heißt nicht, dass sie ewig leben, oder? Früher oder später fallen sie alle den Gehörnten in die Hände. Aber gleich am ersten Tag …«

»Und ihr habt nie versucht, etwas dagegen zu tun? Oder euch zu wehren?«

Keln blickte ihn an, als zweifle er an seinem Verstand, und Mark zog es vor, das Thema nicht weiter zu verfolgen. Er legte den Kopf gegen die harten Stäbe des Eisengitters und schloss die Augen, und plötzlich spürte er wieder, wie müde er war. Er schlief noch in der gleichen Sekunde ein.

Das war der erste Tag.

Der zweite war schlimmer.

Und der dritte und alles, was danach kam, war die Hölle.

In Marks Erinnerung verschmolz alles, was nach diesem ersten Tag kam, zu einem bösen Spuk, etwas, was im Nachhinein betrachtet trotz aller Furchtbarkeit kaum mehr Realität hatte als ein Traum, weil es einfach zu entsetzlich gewesen war, um wahr zu sein.

Seine Tage bestanden nur noch aus Aufwachen, dem Weg in das Bergwerk, endloser schwerer Arbeit, dem Weg zurück, einer kargen Mahlzeit und kurzem Schlaf. Mehr gab es nicht. Und irgendwann kam der erste Tag, an dem er nicht mehr an seine Flucht dachte. Und wahrscheinlich hätte es nicht mehr lange gedauert, bis er selbst so wie Keln und all die anderen Gefangenen geworden wäre, hätte er nicht seinen Bruder wiedergesehen.

Die Schicht hatte vor etwa einer Stunde begonnen, und Mark befand sich wieder in jenem tranceähnlichen Zustand, in dem er das Verstreichen der Zeit kaum mehr bemerkte und nur noch eines zählte – den Hammer zu schwingen und auf die schwarze Felswand vor sich krachen zu lassen. Und er tat es mit aller Macht, denn er hatte sich – ohne es selbst zu merken – längst die gleiche Denkweise angeeignet wie alle anderen Gefangenen: Was er hier tat, war nicht einfach nur Fronarbeit. Der schwarze, eisenharte Fels, in den sie sich hineinwühlten, war zu seinem Feind geworden, und der einzige Zweck seines Lebens bestand darin, ihn zu vernichten, den Stollen immer weiter und weiter voranzutreiben, bis nichts mehr von ihm übrig war. Keln arbeitete dicht neben ihm, und ihre beiden Hämmer hatten schon nach Augenblicken in einen gemeinsamen Takt gefunden, in dem sie Stunde um Stunde weiterschlugen.

Dann geriet Keln für einen Moment aus dem Takt. Mark sah nicht hin, aber sein Hammer krachte einige Male hintereinander allein auf den eisernen Keil, ohne dass Kelns Werkzeug das Echo zu seinem eigenen Schlag schuf, und er spürte, wie sie ins Hintertreffen zu geraten begannen. Vielleicht dass sie am Ende der Schicht nur einen Zentimeter weniger geschafft haben würden als die anderen. Aber man konnte nie wissen – unter den wechselnden Bewachern, die ihre Arbeit beaufsichtigten, gab es immer welche, die nur auf einen Vorwand warteten, um sie zu bestrafen. Er sah hoch – und hätte um ein Haar aufgeschrien.

Die Gestalt neben ihm war nicht Keln.

Es war sein Bruder.

»Thomas!«, rief er erstaunt. »Du …«

Sein Bruder ließ den Hammer niedersausen und warf ihm einen beschwörenden Blick zu. »Still!«, zischte er. »Willst du, dass sie mich erwischen?«

Mark blickte zu den Gehörnten hinüber. Tatsächlich hatte eine der kleinen Gestalten den Kopf gedreht und spähte aus misstrauisch funkelnden Augen zu ihm und Thomas herüber.

Hastig sah Mark weg und wandte sich wieder seiner Arbeit zu, und auch Thomas schwang sein Werkzeug mit aller Kraft.

»Wie kommst du hierher?«, stammelte Mark. »Ich meine, wieso …?«

»Ich noch lebe?« Thomas lachte bitter. »Eine gute Frage, kleiner Bruder. Wenn ich die Antwort herausgefunden habe, sage ich sie dir, okay?«

»Aber wie … ich meine, was …« Mark brach ab. Er war viel zu überrascht, um einen klaren Gedanken zu fassen. Thomas lebte! Das war unglaublich. Er hatte doch gesehen, wie die Gehörnten ihn überwältigt hatten.

»Hör mir zu«, wisperte Thomas. »Wir haben wenig Zeit – und es gibt verdammt viel, was ich mit dir besprechen muss. Also stell keine überflüssigen Fragen, sondern hör einfach zu!«

»Ja«, sagte Mark und fügte hinzu: »Aber wie kommst du hierher? Du warst verschwunden, und …«

»Ich habe einen der Wächter bestochen, um den Platz mit deinem Zellengenossen zu tauschen«, unterbrach ihn Thomas. »Aber das geht nicht für lange. Die kleinen Teufel sind nicht dumm. Wenn sie merken, dass ich nicht Keln bin, dann sind wir beide dran, Brüderchen.«

Mark musterte seinen Bruder verstohlen. Thomas hatte

sich verändert. Er war schlanker geworden, und auf seinem Gesicht lag ein harter Zug, den er vorher noch nie an ihm bemerkt hatte, aber er war nicht so ausgezehrt, wie Mark erwartet hatte. Seine Kleidung war derb, aber nicht zerrissen, und auf seinem nackten, schweißglänzenden Oberkörper war keine einzige Wunde zu sehen. Marks Rücken und Schultern waren längst von den Narben zahlloser Peitschenhiebe zerfurcht.

In Thomas' Augen blitzte es auf. »Starr mich nicht so an«, sagte er. »Du fällst auf.«

Mark sah schnell wieder weg. »Dir scheint es ja nicht schlecht zu gehen«, sagte er.

»Stimmt«, antwortete sein Bruder. »Und? Höre ich da einen Unterton von Neid in deiner Stimme, kleiner Bruder? Ich habe mich arrangiert.«

»Ja«, knurrte Mark. »Das konntest du ja schon immer besser als ich.«

»Stimmt«, sagte Thomas wieder. »Und wenn du nicht so ein verdammter Dickschädel wärst, könnte es dir ebenso gehen. Aber du wolltest ja schon immer mit dem Kopf durch die Wand, nicht wahr?« Er lachte leise. »Jetzt wirst du Gelegenheit dazu bekommen. Hör zu. Als sie in der Uni über mich herfielen, dachte ich, mein letztes Stündchen hätte geschlagen. Wäre Sarn nicht gewesen ...«

»Sarn?«

Thomas nickte. »Ja, verdammt, ich weiß, was du sagen willst. Ich verstehe es immer noch nicht richtig, aber ich glaube, dass er irgendwie ... zweimal lebt. Ich weiß, es klingt verrückt – aber manche Turmbewohner scheinen sozusagen zweimal zu existieren. Der Sarn, den ich vom Dach gestoßen habe, ist tot. Aber hier lebt er irgendwie weiter. Die kleinen Teufel haben mich weggeschleppt und begonnen, auf mich einzuschlagen. Sie hätten mich umgebracht, aber dann ist plötzlich Sarn aufgetaucht und hat sie weggescheucht. Und seitdem bin ich hier. Er hätte mich umbringen können, aber er zog es vor, mich ins Bergwerk zu schicken.«

»So wie mich«, bestätigte Mark traurig. Natürlich hatte Thomas Recht – Sarns Gnade, Thomas und ihn am Leben zu lassen, war in Wahrheit nur eine umso größere Grausamkeit, denn ein ewiges Leben im Bergwerk war hundertmal schlimmer als der Tod.

»Du hättest auf mich warten sollen«, sagte Thomas vorwurfsvoll. »Als ich in die Bibliothek zurückkam, warst du weg, und plötzlich wimmelte es überall von Gehörnten. Verdammt, ich wollte nur das Buch holen!«

»Ich weiß«, knurrte Mark. »Aber es gab da ein paar Gestalten, die was dagegen hatten, weißt du?«

Thomas seufzte. »Wir waren ganz schöne Idioten«, flüsterte er. »Aber es ist nun mal geschehen – also pass auf. Ich habe einen Plan.«

»Was für einen Plan?«

»Was für einen Plan?«, äffte Thomas seine Worte nach. »Um von hier zu verschwinden, was denn sonst? Ich hau ab, aber das schaff ich nicht allein. Ich brauche deine Hilfe.«

»Fliehen?« Mark sah seinen Bruder zweifelnd an. »Aber das ist unmöglich.«

»Ist es nicht«, knurrte Thomas. »Ich habe Zeit gehabt, darüber nachzudenken, und der Moment ist günstig wie nie. Sie haben die Wachmannschaft verkleinert. Es sind jetzt nur vier oder fünf Wächter bei jeder Gruppe. Wir könnten sie überwältigen.« Er machte eine Kopfbewegung in den Gang hinunter. »Meine eigene Gruppe arbeitet dort hinten, im nächsten Stollen. Wenn wir gleichzeitig zuschlagen ...«

»Du meinst ... ein Aufstand?«

»Was für ein martialischer Ausdruck«, sagte Thomas spöttisch. »Aber wenn du so willst – genau das meine ich. Wir könnten es schaffen. Wenn du mitmachst.«

»Und wieso ich?«

Thomas verdrehte die Augen. »Hast du denn nichts begriffen?«, fragte er. »Der Greif hat es dir selbst gesagt, oder nicht? Du hast die Macht, ihn zu vernichten. Du hast also auch die Macht, die Menschen dazu zu bringen, sich zu wehren. Von allein kämen sie nicht auf die Idee. Deshalb hat er solche Angst vor dir, Kleiner. Du hast die einzige Art von Macht, die er fürchtet. Diese Leute hier folgen dir. Du kannst sie zwingen zu tun, was du verlangst.«

»Woher weißt du das?«, fragte Mark. »Aus dem Buch?«

Thomas nickte. »Ich habe dir doch erzählt, dass ich es zu Ende übersetzt habe. Wärst du nicht weggelaufen ...« Er seufzte, schwang seinen Hammer hoch über den Kopf und ließ ihn so kraftvoll auf den Eisenkeil niedersausen, dass ein ganzes Stück der Felswand abbrach und um ein Haar auf ihre Füße gefallen wäre.

»Wusstest du, dass der Turm ursprünglich ihnen gehört hat?«, fragte er mit einer Kopfbewegung in Richtung der Gehörnten. »Sie sind seit Millionen von Jahren hier. Vielleicht seit Milliarden. Hast du dich eigentlich nie gefragt, was sie mit all dem Erz machen, das wir schürfen?«

»Doch«, antwortete Mark. »Ich glaube ...«

»Waffen«, fuhr sein Bruder ungerührt fort. »Sie schmieden Waffen, Mark.«

»Aber wozu denn?«

»Sie führen irgendwo in einem anderen Teil des Turms Krieg. So weit fort, dass die Leute oben in Martens Hof und den anderen Welten nicht einmal etwas davon ahnen. Der Greif hat Feinde, Mark. Er führt Krieg, seit er über den Turm herrscht, und ich glaube, im Moment ist der Sieg nicht gerade auf seiner Seite.«

»Was soll das heißen?«

»Das soll heißen, dass die Steinmetze immer mehr und mehr Gehörnte erschaffen und immer weniger als Wachmannschaften im Bergwerk bleiben. Und gleichzeitig fertigen sie so viele Schwerter und Speere wie nie zuvor. Deshalb ist der Moment zum Zuschlagen so günstig wie nie. Und dazu kommt noch etwas. Es hat lange gedauert, bis ich es begriffen habe, aber es gibt da ein kleines Geheimnis, das vor uns streng gehütet wird. Und es betrifft die Gehörnten.«

»Was ist mit ihnen?«

»Sie sind Sklaven wie wir.«

»Was?!«

Mark ließ vor Überraschung seinen Hammer sinken, und Thomas fuhr erschrocken zusammen. »Nicht so laut, du Narr!«, zischte er.

Mark nahm hastig seine Arbeit wieder auf, aber es fiel

ihm schwer, sich zu konzentrieren. Seine Hände zitterten. Es war offensichtlich, dass die Gehörnten Untertanen des Greif und von Sarn waren, aber Sklaven, das hieße …

»Als der Greif hierher kam, vor über fünfhundert Jahren«, sagte Thomas leise, »da fand er den Turm so vor wie diese Welt hier – die der Gehörnten. Sie wussten nichts von der Existenz unserer Welt. Und ich glaube, sie verhielten sich auch nicht feindselig. Hätten sie gegen ihn gekämpft, dann hätte er sie kaum überwältigen können. Aber das hat er. Sie waren die Ersten, die er versklavt hat.«

Mark begriff, worauf sein Bruder hinauswollte. »Und du glaubst, sie würden sich uns anschließen?«, fragte er zweifelnd. »Ich meine, bei einem Aufstand …«

»Es wäre möglich, nicht?«, antwortete Thomas eindringlich. »Bisher hat noch niemand versucht, sich gegen den Greif zur Wehr zu setzen. Vielleicht schließen sie sich uns an, wenn sie sehen, dass diese Bestie nicht so unbesiegbar ist, wie sie es darstellt.«

»Und wenn nicht?«, fragte Mark.

Thomas lachte böse. »Wenn nicht? Vielleicht gewinnen wir trotzdem. Sarns verdammte Stadt ist beinahe leer. Fast alle Gehörnten sind in die Schlacht gezogen. Sie haben im Moment zehnmal mehr Gefangene als Wächter, begreifst du? Wir können es schaffen. Und wenn nicht, dann sterben wir eben. Verdammt, das ist immer noch besser, als hier zu arbeiten, bis wir verrecken! Also – machst du mit?«

Mark zögerte. Thomas' Worte klangen verlockend – aber es war nicht damit abgetan, einfach hier hinauszuspazieren. Sie würden sich ihren Weg freikämpfen müssen. Durch eine Horde schwer bewaffneter Teufel und Dämonen.

»Wir haben keine Waffen«, gab er zu bedenken.

Thomas grinste. »So?«, fragte er. »Haben wir nicht?« Und dabei schwang er seinen Hammer so wuchtig, dass der Eisenkeil fast zur Gänze in der Wand verschwand. Mark sagte nichts mehr.

»Und wann?«, fragte er schließlich.

»Heute«, flüsterte Thomas. »Wenn die Ablösung kommt.«

»So schnell!« Mark erschrak ein bisschen.

»Gibt es irgendeinen Grund, noch zu warten?«, erwiderte sein Bruder und warf einen verstohlenen Blick zu den Wächtern hinüber. »Ich muss hier weg. Also, du machst mit?«

Mark nickte zögernd.

»Dann verlasse ich mich auf dich«, sagte Thomas ernst. »Wir schlagen los, sobald die nächste Schicht eintrifft. Und ihr müsst im gleichen Moment ausbrechen. Wenn wir es schaffen, können wir die anderen Gruppen befreien. Und lass mich nicht hängen, Bruder. Wenn du mich im Stich lässt, dann bin ich tot. Und diesmal *wirklich.*«

Der Aufstand der Sklaven

Die Zeit bis zum Ende der Schicht schien kein Ende zu nehmen. Thomas war so schnell und lautlos wieder verschwunden, wie er aufgetaucht war, und Keln hatte seinen gewohnten Platz wieder eingenommen, aber von seinem bärtigen Gesicht war nicht der geringste Hinweis abzulesen, ob er von Thomas' Plan wusste.

Mark war, als hätte Thomas ihn aus einem tiefen Fiebertraum geweckt. Zum ersten Mal seit langer, langer Zeit war er sich seiner Situation wieder völlig bewusst. Er sah die schwitzenden, ausgezehrten Gestalten seiner Mitgefangenen ringsum, er hörte ihr Stöhnen und Seufzen und begriff, dass er der wohl schlimmsten Form von Grausamkeit gegenüberstand, die Menschen ersinnen konnten: der Erniedrigung. Was Sarn und der Greif mit ihren Gefangenen taten, das war nicht nur, sie zu quälen. Sie nahmen ihnen ihre Menschlichkeit und machten sie zu Dingen, mit denen sie nach Belieben verfuhren.

Trotzdem sträubte sich alles in ihm gegen die Vorstellung, sich mit Gewalt seinen Weg hier heraus zu erkämpfen. Doch gleichzeitig spürte er, dass er gar keine andere Wahl mehr hatte, wollte er nicht den Rest seines Lebens im Bergwerk verbringen.

Es gab keine andere Möglichkeit. Marks magische Fähigkeit, die Türen zum Turm in beide Richtungen durchschreiten zu können, nutzte ihm hier unten rein gar nichts. Die Stollen lagen tief unter dem Turm und das hieß auch, tief unter der Erde. Er hatte es versucht, mehr als einmal, und es stand noch immer in seiner Macht, ein Tor in die reale Welt zu erschaffen, ganz einfach, indem er es sich wünschte. Aber alles, was er dahinter gesehen hatte, seit Sarn ihn in dieses unterirdische Labyrinth gebracht hatte, war massiver Felsen gewesen und einmal ein gewaltiges, bodenloses Loch, aus dem ihm Hitze und das rote Glühen von Lava entgegenschlug. Auf dem Weg, auf dem er den Turm betreten hatte, kam er jedenfalls aus dem Bergwerk nicht heraus, denn die Macht, sich auch innerhalb des Turmes nach Belieben hin und her bewegen zu können, wie sie Sarn zur Verfügung stand, hatte er nicht.

Wenn du mich im Stich lässt, bin ich tot. Und diesmal wirklich. Natürlich wusste er, dass Thomas diese Worte mit Bedacht gewählt hatte, um sicher zu sein, dass er tat, was er von ihm erwartete. Dummerweise änderte das überhaupt nichts daran, dass sie genau die beabsichtigte Wirkung hatten. Er hatte es schon einmal zugelassen, dass Thomas sein Leben für ihn opferte; er konnte es kein zweites Mal tun.

Sein Blick irrte nervös über die Gesichter der anderen Gefangenen. Er war plötzlich gar nicht mehr so sicher, dass all diese Männer und Frauen wirklich tun würden, was er von ihnen verlangte, wenn er sie aufforderte, sich endlich zur Wehr zu setzen. Was hatte Thomas damit gemeint, als er sagte, er hätte die Macht, sie schlimmstenfalls zu zwingen? Mark lauschte in sich hinein. Aber da war nichts. Keine verborgene Macht, keine Kraft, die nur darauf wartete, loszubrechen, nichts von der Stärke, von der Thomas gesprochen hatte. Nichts, außer einem schwachen, aber beharrlichen Gefühl von Widerwillen, als wäre da etwas in ihm, das vergeblich versuchte, ihm zu erklären, dass er sich nicht auf diesen Kampf einlassen durfte. Er ignorierte diese Stimme. Wahrscheinlich hatte er nur Angst.

Mit einer Mischung aus Furcht und Ungeduld fieberte er dem Ende der Schicht entgegen. Seine Gedanken schweiften hierhin und dorthin, sodass er immer unkonzentrierter arbeitete und sich schließlich einen Peitschenhieb einhandelte, als er Keln um ein Haar mit seinem Hammer verletzt hätte. Er wusste einfach nicht, was er tun sollte. Das klang so leicht – einen Aufstand beginnen. Aber wie? Er konnte ja schlecht einfach seinen Hammer nehmen und dem nächsten Gehörnten den Schädel einschlagen.

Viel später sollte er begreifen, dass nichts von all dem, was die nächsten Stunden brachten, Zufall gewesen war. Aber als es geschah, traf es ihn vollkommen unvorbereitet.

Die Schicht endete, wie sie seit dem ersten Tag endete, an dem Mark hier heruntergekommen war: Aus der Tiefe des Bergwerkstollens tauchte eine Kolonne Gefangener auf, begleitet von einem halben Dutzend Gehörnter und einem menschlichen Aufseher, und Mark, Keln und die anderen lehnten erschöpft die Hämmer gegen die Wand und traten beiseite, um der Ablösung Platz zu machen.

Marks Gedanken begannen zu rasen. *Jetzt,* dachte er. Sein Bruder rechnete damit, dass er *jetzt* etwas tat – aber was bloß? Er konnte …

Sein Blick blieb an einer der Gestalten hängen, die zwischen den Gehörnten dahinschlurfte, und für einen Moment vergaß er Thomas und den geplanten Aufstand und alles andere.

»Ela!«, rief er überrascht.

Die grauhaarige Frau hob den Blick, denn er hatte laut genug gesprochen, dass seine Stimme überall zu hören war. Ihre Augen waren leer, aber als sie Mark sah, leuchtete Erkennen in ihrem Blick auf, und für einen Moment verflüchtigte sich die dumpfe Betäubung, in die sie versunken war.

»Junge!«, rief sie. »Du bist hier?«

Sie hob die Hände, löste sich aus der Reihe der anderen Gefangenen und trat auf ihn zu.

Ein scharfer Knall erklang. Ela taumelte, zerbiss einen Schmerzenslaut auf den Lippen und fiel auf die Knie, während der Gehörnte seine Peitsche zu einem zweiten Hieb schwang.

Und in diesem Moment schien etwas in Mark zu zerbrechen. Mit einem Wutschrei machte er einen Sprung nach vorn, stieß einen Gehörnten, der ihm in den Weg treten wollte, einfach beiseite und stürzte sich auf den Dämon mit der Peitsche.

Der Gehörnte war viel zu überrascht, um an Gegenwehr auch nur zu denken. Mark entriss ihm die Peitsche, schlug der dämonischen Kreatur den Stiel ihrer eigenen Waffe ins Gesicht und verpasste ihm noch einen Hieb mit der Faust. Der Gehörnte kreischte, torkelte zurück und fiel schwer auf den Rücken, während Mark die erbeutete Peitsche schwang und sich breitbeinig vor Ela aufbaute.

»Bleibt ihr vom Leib!«, schrie er. »Kommt nicht näher, ich warne euch!«

Für eine Sekunde schien die Zeit stehen zu bleiben. Drei, vier Gehörnte, die sich auf ihn hatten werfen wollen, erstarrten mitten in der Bewegung, und auch aus den Reihen der Gefangenen war plötzlich nicht mehr der mindeste Laut zu hören. Etwas Unvorstellbares war geschehen: Einer von ihnen hatte sich zur Wehr gesetzt, mehr noch – er hatte die Gehörnten angegriffen, das war etwas, was noch nie da gewesen war, seit der Schwarze Turm und das Bergwerk bestanden! Aber die Lähmung hielt nur Sekunden an. Dann bewegten sich einige Gehörnte auf Mark und Ela zu, und auch der menschliche Bewacher griff nach seiner Waffe und kam mit vorsichtigen Schritten näher.

»Zurück, sage ich!« Mark ließ die Peitsche knallen. Die beiden Gehörnten, die sich ihm zu nähern versucht hatten, wichen hastig wieder zurück, aber Mark begriff trotzdem, dass er auf verlorenem Posten stand. Thomas hatte Recht – die Zahl ihrer Bewacher war kaum halb so hoch wie normal. Mit der Gruppe neu eingetroffener Gefangener waren sie an die hundert, gegen kaum zwanzig Gehörnte. Aber keiner der anderen Gefangenen machte auch nur eine Bewegung, ihm zu helfen. Im Gegenteil – sie starrten ihn an, als wäre er ihr Feind.

Dann stürzte einer der Gehörnten vor, so schnell, dass Mark die Bewegung nur im letzten Moment wahrnahm. Blitzschnell schwang er seine Peitsche und schlug zu, aber er hatte seinen Gegner unterschätzt: Die lange, geflochtene Peitschenschnur traf den Gehörnten zwar und riss seine schwarze Haut auf, und über die Lippen des kleinen Teufels kam ein spitzer Schmerzensschrei – aber er griff trotzdem im gleichen Moment zu, packte die Peitsche und riss mit solcher Macht daran, dass Mark unwillkürlich das Gleichgewicht verlor und der Länge nach hinstürzte, ehe er den Peitschenstiel losließ.

Sofort waren sie über ihm.

Schläge und Tritte prasselten auf ihn herab, messerscharfe Krallen zerrten an seinem Haar und seinen Kleidern und rissen seine Haut auf. Mark schrie vor Schmerz und Angst und versuchte sich zu wehren, aber seine Hiebe prallten wirkungslos an der eisenharten Haut der Gehörnten ab. Einer von ihnen hockte sich auf seine Brust und begann auf ihn einzuschlagen.

»Lasst ihn in Ruhe, ihr Bestien!«

Mark vernahm die Stimme nur von weit her, aber plötzlich war das Gewicht von seiner Brust verschwunden, und er hörte einen überraschten, kreischenden Schrei, als der Gehörnte davongeschleudert wurde.

Es war Ela. Wie eine Furie war sie unter die Gehörnten gefahren und hatte sie allein durch die ungestüme Wucht ihres Angriffs zurückgetrieben. Und wieder zögerten die Gehörnten einen Augenblick lang, sich auf diesen neuen Gegner zu stürzen. Mark war nicht sicher – aber er glaubte in den schwarzen Teufelsgesichtern so etwas wie Angst zu erkennen, auf jeden Fall aber eine maßlose Überraschung, dass es nun ein zweiter Gefangener wagte, sich ganz offen gegen sie zu stellen.

Ela fuhr herum, versetzte einem Gehörnten, der sich von hinten an sie heranpirschen wollte, einen derben Stoß vor die Brust und wandte sich an die anderen Gefangenen: »Was steht ihr da so herum? Wehrt euch! Ihr seht doch, dass sie nicht unbesiegbar sind! Verdammt, dieser Junge hat mehr Mumm in den Knochen als ihr alle zusammen! Wollt ihr eine alte Frau und ein Kind um euer aller Freiheit kämpfen lassen?«

Für einen Moment sah es wirklich so aus, als wirkten ihre Worte. Zwei, drei Hände senkten sich zu den Hämmern, die sie gerade erst losgelassen hatten, und ein paar Gestalten bewegten sich zögernd auf sie zu. Aber dann ließ einer der Gehörnten seine Peitsche knallen, und der gerade erst im Aufkeimen begriffene Widerstand erlosch so schnell, wie er gekommen war.

Mark stemmte sich stöhnend hoch. Der Ring der Gehörnten schloss sich enger um Ela und ihn, und er wusste, dass jetzt das Ende kam. Und nicht nur für ihn, sondern auch für Thomas, der irgendwo in einem der anderen Gänge dieses unterirdischen Rattenlochs fest darauf vertraute, dass sein Bruder ihm gleich mit einer kleinen Armee revoltierender Gefangener zu Hilfe kam.

Ela lächelte grimmig, half ihm auf die Beine und ergriff ihre Peitsche fester. Wenigstens sie schien entschlossen, ihr Leben so teuer wie möglich zu verkaufen.

Einer der Gehörnten stieß einen schrillen Pfiff aus, hob einen Knüppel und stürmte auf Ela und Mark los.

Er erreichte sie nie.

Aus dem Hintergrund des Stollens kam ein schwerer Hammer angeflogen und zerschmetterte ihn. Und dann brach in dem unterirdischen Gang die Hölle los.

Die Gefangenen stürzten sich wie ein Mann auf die Gehörnten. Es war kein Kampf, wie Mark ihn jemals gesehen hätte oder ihn sich hätte vorstellen können. Die Gehörnten waren stark, und sie waren bewaffnet, aber sie standen einer fünffachen Übermacht gegenüber, und die Gefangenen hatten nicht nur ihre Hämmer und Brecheisen. In den versklavten Menschen hatte sich jahrzehntelang Hass, Schmerz und Erniedrigung aufgestaut.

Mark wandte sich schaudernd ab. Er verstand die Reaktion der Menschen, aber das hieß nicht, dass er sie billigte. Auch er hatte die Gehörnten gefürchtet und manchmal auch gehasst. Doch er hatte das Gefühl, in jedem der schwarzen Gesichter das Antlitz Yezariaels zu erblicken. Sie sind Sklaven wie wir, hatte Thomas gesagt. Es war einfach nicht richtig, dass sie sich gegenseitig umbrachten.

Wenn es jemanden gab, auf den sich ihr Zorn entladen sollte, dann auf den, der die wirkliche Schuld an alledem hier trug.

Erst als alles vorbei war, erwachte Mark wieder aus seiner Erstarrung. Müde hob er den Blick und sah zu Ela auf. Die alte Berberin lächelte, aber es war ein bitteres Lächeln und Mark begriff, was es bedeutete.

»Es tut mir Leid«, sagte er leise. »Das ... das wollte ich nicht.«

»Es ist schon gut, Junge«, antwortete Ela. »Du hättest es nicht verhindern können.« Ihr Lächeln wurde plötzlich echt. »Wie kommst du eigentlich hierher? Ich habe nicht geglaubt, dich noch einmal wiederzusehen.«

»Ich auch nicht«, gestand Mark. »Als ich in die Lagerhalle kam und gesehen habe, was passiert ist, dachte ich, ihr seid tot. Was ist mit Schorsch und den anderen?«

Ela zuckte mit den Schultern. »Sie sind alle hier. Irgendwo. Sie haben uns getrennt. Diese Dreckskerle mit den spitzen Schwänzen sind gekommen und haben uns weggeschleppt, kaum dass wir hier waren. Keiner hat uns irgendwas erklärt. Verflucht, Kleiner, kannst du mir vielleicht sagen, was das alles hier überhaupt bedeutet?«

»Das kann ich«, antwortete Mark. »Aber nicht jetzt, Ela. Jetzt ist keine Zeit dafür.« Er drehte sich um, hielt nach Keln Ausschau und entdeckte ihn bei einer Gruppe Gefangener, die dabei waren, die Kleider vom regungslosen Körper des menschlichen Bewachers zu ziehen. Er ging zu ihnen hinüber, und Keln sah ihm entgegen, aber in seinem Blick war nichts von dem, was Mark erwartet hatte. Sein Gesicht war leer. Was er darauf sah, das war allenfalls eine dumpfe Verzweiflung.

»Ich danke dir, Keln«, sagte Mark mit fester, weithin hörbarer Stimme. »Und euch anderen auch. Ihr habt uns das Leben gerettet.«

»Ja«, sagte Keln ebenso laut. »Und uns alle umgebracht.«

Mark antwortete nicht gleich. Er ahnte, wie wichtig jedes einzelne Wort war, das er jetzt sprach. Und er hatte nur eine einzige Chance, es zu versuchen.

»Das habt ihr nicht«, antwortete er. »Im Gegenteil. Ihr habt sie besiegt, oder?«

Keln lachte bitter. »Und? Was glaubst du, wie lange es dauert, bis sie zu Hunderten über uns herfallen?«

»Das stimmt nicht«, widersprach Mark. Er spürte, wie sich Stille im Tunnel auszubreiten begann. Alle Blicke richteten sich auf ihn und Keln. »Ihr müsst nicht sterben«, fuhr er fort. »Mit ein wenig Glück kommen wir hier heraus, begreif das doch!«

»Du bist verrückt«, antwortete Keln. »Niemand entkommt aus den Stollen.« Aber seine Stimme klang nicht ganz so überzeugend wie noch vor Augenblicken.

»Weil es noch niemand versucht hat!«, widersprach Mark. Verdammt, was sollte er nur tun? Sein Bruder hatte gut reden – du hast die Macht dazu! Er konnte diese Menschen doch nicht zwingen, offenen Auges in den sicheren Tod zu rennen!

»Überlegt doch!«, fuhr er fort. »Vielleicht stimmt es, dass noch niemand aus dem Bergwerk entkommen ist, aber wenn, dann liegt das nur daran, dass noch keiner den Mut hatte, es zu versuchen! Ihr haltet die Gehörnten für unbesiegbar, aber das sind sie nicht! Ihr selbst habt es bewiesen! Sie sind sterbliche Wesen wie wir! Und sie kommen gar nicht auf den Gedanken, dass wir sie jemals angreifen könnten!«

Keln sagte nichts, war aber sichtlich verwirrt. Die anderen Gefangenen kamen jetzt einer nach dem anderen näher und umringten ihn. Und auf nicht wenigen Gesichtern begann sich eine vage, verzweifelte Hoffnung breit zu machen.

»Der Junge hat vollkommen Recht«, sagte Ela laut. »Ich weiß ja nicht, wie das bei euch so läuft, aber in der Gegend, aus der ich komme, schlagen wir jeden auf die linke Wange, der uns auf die rechte schlägt. Und zwar kräftig.«

Mark lächelte flüchtig. Keln sah nicht so aus, als begriffe er, was Ela mit diesem leicht abgewandelten Bibelzitat sagen wollte, aber er wirkte auch nicht mehr ganz so niedergeschlagen.

»Uns wehren?«, fragte er zweifelnd. »Du meinst, wir sollten … ausbrechen?«

»Nicht wir allein«, antwortete Mark. »Da hast du Recht – allein hätten wir keine Chance. Aber hier unten müssen Hunderte von Gefangenen sein. Wenn wir es schaffen, zwei, drei von den anderen Gruppen zu befreien …«

»Wir kämen niemals hier heraus«, behauptete Keln. »Und selbst wenn – sie würden uns erschlagen, kaum dass wir aus dem Berg heraus wären. Weißt du, wie weit der Weg bis Martens Hof ist?«

»Nein«, antwortete Mark ehrlich. »Aber das finden wir auch niemals heraus, wenn wir es nicht versuchen, oder? Überlege, Keln – vielleicht sterben einige von uns. Doch selbst dann hat es sich gelohnt. Wenn wir hier bleiben, ist uns der Tod auf jeden Fall sicher.«

Keln blickte ihn durchdringend an – und dann nickte er. Langsam, aber entschlossen nahm er seinen Hammer wieder auf und hielt ihn mit beiden Händen.

»Du hast Recht«, sagte er. »Wir haben nichts mehr zu verlieren. Also versuchen wir es.«

Mark musste sich beherrschen, um nicht hörbar aufzuatmen. Er war bis zum letzten Moment nicht sicher gewesen, auch die richtigen Worte gewählt zu haben.

»Die Gruppe, in der mein Bruder ist, arbeitet hier in der Nähe«, sagte er. »Weißt du, wo wir sie finden?«

»Ich kenne deinen Bruder nicht«, antwortete Keln. »Aber der nächste Stollen ist nicht weit. Nur wenige Minuten.« Er wies mit einer Kopfbewegung in den Stollen hinauf. »Du führst uns.«

»Ich?«, sagte Mark verwirrt.

»Natürlich du. Du hast mit alldem angefangen, oder?«

Dem wusste Mark nichts entgegenzusetzen. Und er war auch viel zu erleichtert, um jetzt noch irgendwelche Einwände zu haben. Mit einem wortlosen Nicken drehte er sich herum, ging zu Ela zurück und wartete, bis die Gefangenen sich alle bewaffnet und zu einer Art improvisierter Marschordnung zusammengefunden hatten.

Ohne ein weiteres Wort brachen sie auf, Mark ging ein

Stück voraus, gerade weit genug, dass die zerlumpte Armee hinter ihm für jeden, der ihm zufällig entgegenkommen sollte, nicht sofort sichtbar war. Schließlich war keiner von ihnen jemals zurückgegangen, bevor ihre Schicht zu Ende war. Sie hatten keine Garantie, nicht plötzlich einem Gehörnten oder auch einer ganzen Meute von ihnen gegenüberzustehen. Und wenn auch nur ein Einziger der kleinen Dämonen entkam und Alarm schlug, dann war ihr Aufstand zu Ende, ehe er wirklich begonnen hatte.

Aber diesmal war das Glück auf ihrer Seite. Mark erreichte mit seiner Schar unbehelligt den ersten Seitengang, der von ihrem Stollen abzweigte, und trat hinein. Er war sehr viel schmaler als der Stollen, den sie in den Berg getrieben hatten, kaum zwei Meter breit und so niedrig, dass er sich bücken musste, um nicht mit dem Kopf an die Decke zu stoßen. Aber an seinem Ende glomm ein rötlicher Lichtschein, und nach einer Weile hörte Mark auch wieder das vertraute Klingen der Hämmer.

Er blieb stehen, als er das Ende des Ganges erreichte und spähte vorsichtig um die Ecke.

Der Stollen, den die Gefangenen hier in die Erde trieben, war nicht so lang wie der, in dem er selbst gearbeitet hatte. Sein Ende befand sich kaum fünfzig Meter von Marks Standpunkt entfernt. Und von irgendeiner Revolte war keine Spur zu sehen. Die Gefangenen arbeiteten stumm und gehorsam wie immer.

Angespannt hielt er nach seinem Bruder Ausschau, konnte ihn aber nirgends entdecken. Was nicht viel besagte – die Gruppe war weitaus größer als die ihre, und es mussten gut fünfzig Gehörnte sein, die sie bewachten. Und dazu kam noch ein gutes halbes Dutzend scheußlicher Wesen wie jenes Geschöpf, in das sich der Warenhausdetektiv verwandelt hatte. Ihre gedrungenen Gestalten überragten die der Gehörnten deutlich.

Mark überlegte einen Moment, dann richtete er sich auf und blickte zu Keln und den anderen zurück. Nach ein paar Sekunden sah er, wonach er suchte: Einer der Männer, die den erschlagenen Wächter ausgeraubt hatten, trug dessen schwarzen Umhang über seine Schultern geworfen.

»Du da«, sagte Mark. »Gib mir den Mantel. Und ich brauche sein Schwert. Hat das jemand?«

Der Mantel wurde ihm gereicht, einen Augenblick später ein schwerer lederner Waffengurt, an dem eine zerschrammte Lederscheide hing. Mark legte beides an, fuhr sich glättend mit den Fingern durch das Haar und atmete noch einmal tief ein.

»Ich werde versuchen, sie abzulenken«, sagte er. »Ihr wartet hier. Wenn es mir gelingt, dann greift ihr sie an, sobald sie an diesem Stollen vorbei sind. Und wenn irgendetwas schiefgeht, dann folgt Ela. Sie ist die Einzige, die euch hier herausbringen kann.«

Keln nickte.

Mark zögerte noch eine Sekunde, kratzte jedes bisschen Mut, das er noch in sich fand, zusammen und trat mit einem entschlossenen Schritt aus dem Seitengang hinaus.

Einige der Gehörnten sahen zwar auf, als er sich der Gruppe am Ende des Ganges näherte, aber ihre Blicke verrieten nicht sonderlich viel Interesse. Mark straffte die Schultern, versuchte möglichst gelassen zu wirken und ging mit festen, weit ausgreifenden Schritten weiter.

Es mochten weit mehr als zweihundert Gefangene sein, wie er im ersten Moment geschätzt hatte, und Thomas war nicht unter ihnen. Was war geschehen? Hatte sein Bruder im letzten Moment seinen Plan geändert und keine Gelegenheit mehr gefunden, ihn zu informieren, oder befand er sich im falschen Stollen? Wie auch immer, er konnte jetzt nicht mehr zurück.

Mark ging ein wenig langsamer und steuerte einen der Detektiv-Dämonen an, der ein wenig abseits stand. Das Licht war hier besonders schwach. Vielleicht würde seine Verkleidung nicht gleich auffallen.

Das Wesen blickte ihm mit einer Mischung aus Neugier und Zorn entgegen, und im allerersten Moment war Mark fast sicher, dass es ihn als das erkannte, was er war. Aber es rührte sich nicht. Vielleicht galt der dumpfe Hass in seinem

Blick allen menschlichen Wesen, die es sah. Es war der gleiche Ausdruck, den Mark in den Augen der Türwächter oben im Palast des Greif erblickt hatte.

»Sarn schickt mich«, sagte er. Er war selbst überrascht, wie sicher seine Stimme klang. »Es gibt Probleme. Ich brauche die Hälfte deiner Leute.«

»Wozu?«, knurrte der Dämon.

Mark hatte sich bereits eine Erklärung zurechtgelegt – aber wieder war es jenes fremde, geschenkte Wissen tief in seinen Gedanken, das ihn dazu brachte, sie nicht vorzubringen, sondern den Dämon herrisch anzufahren:

»Was geht dich das an, Kerl? Ich brauche fünfundzwanzig deiner Männer. Wenn dir das nicht passt, dann geh selbst zu Sarn und beschwere dich.«

Der grobe Ton wirkte. Der Hass in den Augen des Dämonenwesens loderte noch ein bisschen heftiger, aber es widersprach nicht mehr, sondern senkte demütig das Haupt und begann in einer unverständlichen Sprache Befehle zu brüllen. Gut die Hälfte der Gehörnten rollte ihre Peitschen zusammen und begann sich in der Mitte des Stollens zu sammeln. Mark atmete innerlich auf. Das war leichter, als er sich vorgestellt hatte. Er wartete, bis sich die Gehörnten paarweise formiert hatten, dann hob er die Hand und deutete in die Richtung, in der Keln und die anderen in der Dunkelheit warteten. »Geht!«, sagte er. »Ich komme gleich nach.«

Gehorsam setzten sich die Gehörnten in Bewegung, und Mark wandte sich wieder an den Dämon. »Wie soll ich die Gefangenen antreiben, mit so wenig Leuten?«, murrte dieser. »Sie werden ihr Pensum nicht schaffen, und ich muss darunter leiden!« Er musterte Mark feindselig.

»Das geht schon in Ordnung«, sagte Mark gleichmütig. »Noch etwas. Ich suche einen bestimmten Gefangenen. Sein Name ist Thomas. Er ist etwas größer als ich und hat schwarzes Haar. Und er ist sehr kräftig. Weißt du, wo ich ihn finde?«

»Hier nicht«, grollte der Dämon. »Warum fragst du? Du musst doch wissen, dass ...« Er brach ab. In seinen Augen blitzte es misstrauisch auf, und Mark begriff, dass er einen Fehler begangen hatte.

Mit einem Satz sprang er zurück, zog sein Schwert und setzte dem Dämon die Spitze an die Kehle.

»Keine Bewegung!«, sagte er drohend. »Und keinen Laut! Ich will dich nicht töten, aber ich tue es, wenn du mich zwingst!«

Ein Gehörnter stürzte sich von hinten auf ihn und riss ihn zurück. Mark schlug unsanft mit dem Hinterkopf gegen die Wand, und das Schwert fiel klirrend zu Boden. Benommen versuchte er sich zu wehren, sah Schatten auf sich zufliegen und wurde wieder gegen die Wand geschmettert, als drei Gehörnte gleichzeitig auf ihn lossprangen.

Aus der Tiefe des Stollens erklangen Schreie, und die Gehörnten, die Mark erst vor ein paar Augenblicken weggeschickt hatte, stürmten heran. Viele von ihnen waren verletzt, und sie wurden von einer brüllenden Menge gejagt, die Hämmer und Eisenkeile drohend schwangen. Die Gehörnten, die Mark niedergerungen hatten, starrten vollkommen fassungslos auf dieses unglaubliche Bild.

Mark machte sich mit einer blitzschnellen Bewegung frei, nahm sein Schwert wieder auf und hieb damit so wild in die Luft, dass die Gehörnten angstvoll und verwirrt von ihm abließen.

»Wehrt euch!«, schrie Mark, so laut er konnte, den Sklaven zu. »Wir können sie schlagen! Kämpft mit uns, und wir werden siegen!«

Die Sklaven hatten zum größten Teil ihre Arbeit an der Felswand eingestellt und starrten Keln und die anderen Männer und Frauen ebenso fassungslos an, wie es die Gehörnten taten. Und tatsächlich hoben einige von ihnen wieder ihre Hämmer und bewegten sich zögernd auf die Dämonen zu, wenn auch verwirrt und nicht sehr kampfbereit. Aber was zählte, das war die Tatsache, dass sie es überhaupt taten. Mark konnte regelrecht sehen, wie der letzte Mut aus den Gehörnten wich. Der Gedanke, dass die Menschen, die sie jahrhundertelang wie gehorsames Vieh beaufsichtigt hatten, plötzlich ihr Werkzeug aufnehmen und sich gegen sie wenden könnten, war ihnen nie gekommen. Als ihnen nun bewusst wurde, was das bedeutete, und sie plötzlich keinen Ausweg mehr sahen, warfen die meisten ihre Waffen fort und pressten sich zitternd gegen die Wände.

Nun rückten Keln und seine Leute, bereits verstärkt durch mehr als ein Dutzend der Sklaven aus diesem Tunnel, vor. Mark trat mit einem hastigen Schritt zwischen sie und die verängstigten Dämonen und hob die Hand.

Zwischen Kelns Augenbrauen entstand eine steile Falte. »Was soll das?«, fragte er.

»Tut ihnen nichts«, antwortete Mark.

Einer der Männer neben Keln hob wütend seinen Hammer. »Lasst sie uns erschlagen!«

»Nein«, sagte Mark eindringlich. »Sie sind nicht unsere Feinde. Sie sind Sklaven wie wir, versteh doch! Der Greif zwingt sie wie uns, für ihn zu arbeiten.« Er wandte sich an einen der Gehörnten und machte eine auffordernde Geste. »Das stimmt doch, oder?«

Das Wesen antwortete nicht. Sein Blick irrte unsicher zwischen Mark und der Mauer zorniger, zu allem entschlossener Gestalten hinter ihm hin und her.

»Verdammt, antworte mir!«, schrie Mark. »Ich weiß, dass du unsere Sprache verstehst!«

»Tu ... haßt reßt«, zischelte der Gehörnte.

»Dann gibt es keinen Grund für uns, euch zu töten«, sagte Mark. »Im Gegenteil! Schließt euch uns an. Gemeinsam kommen wir hier heraus.«

Der Gehörnte blinzelte verwirrt. Mark konnte regelrecht sehen, wie sich die Gedanken hinter seiner Stirn jagten. Dann schüttelte er den Kopf.

»Ihr ßeit unßere Feinte«, lispelte er.

»Das sind wir nicht!«, rief Mark verzweifelt. »Der Greif ist euer Feind!«

»Er ißt auß unßer Feint«, sagte der Gehörnte. »Aper ihr ßeit auß unßere Feinte.«

Mark hätte am liebsten aufgeschrien. Wie sollte er die Dämonen und die Sklaven überzeugen, dass es besser wäre, den Ausbruch gemeinsam zu wagen, statt sich gegenseitig zu bekämpfen?

»Lasst sie uns erschlagen!«, verlangte einer der Gefangenen wieder.

»Nein!«, sagte Mark zornig. »Wenn wir sie töten, dann sind wir nicht besser als der Greif!« Er funkelte den Mann an, und es war etwas in seinem Blick, was den Gefangenen erschrocken zurückweichen und hastig seine Waffe senken ließ.

»Und wenn wir sie am Leben lassen, dann werden sie Alarm schlagen oder uns verfolgen, um uns in den Rücken zu fallen«, knurrte Keln.

Mark antwortete nicht, sondern wandte sich an den Gehörnten.

»Wenn wir euch am Leben lassen«, sagte er, »versprecht ihr dann, nichts gegen uns zu unternehmen?«

Der Gehörnte starrte ihn an. »Taß färe Ferrat«, sagte er. »Ssarn fürte unß töten.«

»Dann fesseln wir euch«, sagte Mark. »Ich will nur euer Wort, dass ihr nicht allzu sehr versucht, euch zu befreien. Wir brauchen nur einen kleinen Vorsprung. Zwei oder drei Stunden – gegen eure Leben. Ist das ein Geschäft?«

Es dauerte lange, aber schließlich nickte der Gehörnte. Offensichtlich hingen diese Wesen doch an ihrem Leben.

Mark atmete erleichtert auf. »Gut«, sagte er. »Die Männer werden euch fesseln, und ihr versucht nicht zu entkommen, bis die nächste Schicht eintrifft und euch findet.«

»Du glaubst diesen Ungeheuern doch nicht etwa!«, keuchte Keln aufgeregt. »Sie werden sich losreißen, kaum dass wir weg sind!«

»Nein, das werden sie nicht«, behauptete Mark. »Ich kenne sie, Keln. Ich war … mit einem von ihnen befreundet. Er hat mir das Leben gerettet.«

Das war der gefährlichste Moment bisher überhaupt, das spürte er genau. Keln war nahe daran, seinen Befehl zu missachten und sich einfach auf die Gehörnten zu stürzen, und wenn er es tat, dann würden alle anderen Gefangenen seinem Beispiel folgen. Aber schließlich nickte Keln zögernd, und Mark konnte spüren, wie auch aus den meisten anderen die Anspannung wich. Er atmete innerlich auf. Offensichtlich hatten die Jahre als Sklaven, die diese Männer und Frauen hinter sich hatten, noch nicht alle Menschlichkeit aus ihren Seelen herausgebrannt.

Einige der Gefangenen gingen daran, die Gehörnten mit ihren eigenen Gürteln und herausgerissenen Streifen aus ihren Kleidern zu fesseln. Das Ganze hatte nur wenige Minuten gedauert. Mit etwas Glück hatte noch niemand bemerkt, was sich in den Tiefen der Stollen abspielte.

»Und was tun wir jetzt?«, fragte Keln finster. »Wir können nicht einfach hier hinausspazieren.« Er deutete in den Stollen. »Der Ausgang wird bewacht.«

»Wir müssen meinen Bruder finden«, sagte Mark. »Weißt du, wo seine Gruppe arbeitet?«

»Dein Bruder?«, wiederholte Keln fragend.

»Du kennst ihn«, behauptete Mark. »Der junge Mann, mit dem du vorhin den Platz getauscht hast.«

Keln starrte ihn verständnislos an. »Ich habe mit niemandem den Platz getauscht«, sagte er.

Mark blickte ihn an, aber er sagte nichts mehr. Er spürte, dass Keln die Wahrheit sagte. Was, um alles in der Welt, ging hier vor?

Zum ersten Mal, seit der Kampf gegen die Gehörnten begonnen hatte, verspürte Mark wieder Angst.

Der Schacht

Das Glück blieb ihnen vorläufig treu. Sie überrumpelten drei weitere Arbeitstrupps, ohne auf nennenswerten Widerstand zu stoßen, und als sich Mark – begleitet von Keln und Ela, die sich mittlerweile wie er in erbeutete schwarze Umhänge gehüllt hatten – dem Aufzugschacht näherte, war ihre Zahl auf über fünfhundert angewachsen. Marks Bruder hatten sie allerdings nicht gefunden.

»Hast du eine Idee, wie wir dort hinaufkommen, wenn

irgend etwas schief geht?«, fragte Keln, als sie nebeneinander in das gewaltige Felsgewölbe traten, das die Endstation des Aufzugs bildete. Wo die Decke sein sollte, gähnte ein nachtschwarzes, rechteckiges Loch, aus dem ein Gewirr von Ketten und geflochtenen Seilen herabhing. Von der Aufzugplattform war nichts zu sehen.

»Nein«, antwortete Mark. »Es darf eben nichts schief gehen.«

Sie sprachen leise, denn das gigantische Gewölbe fing jeden Laut auf und warf ihn als verstärktes Echo zurück. Es gab nur eine kleine Wachmannschaft: Drei oder vier Gehörnte, die ihre Zeit damit verbrachten, dem unablässigen Kommen und Gehen der Gefangenen zuzusehen, und die den drei Gestalten, die sich langsam auf sie zubewegten, nur äußerst flüchtige Blicke zuwarfen. Aber was zählte, war nicht die Menge der Gegner. Mark war oft genug mit dem Aufzug gefahren, um zu wissen, dass die hier unten irgendeine Methode hatten, mit ihren Kameraden oben zu sprechen, vor allem mit denen, die die gewaltige Winde bedienten, an der die Aufzugplattform hing. Wenn es ihnen nicht gelang, sie in Bruchteilen von Sekunden zu überwältigen, dann war alles vorbei. Der Schacht stellte den einzigen Zugang zu den Stollen dar. Ohne den Aufzug hatten sie keine Chance, jemals hier herauszukommen.

Auf einmal begannen sich die Halteseile und Ketten zu bewegen. Ein schweres, mahlendes Geräusch drang aus der Höhe zu ihnen herab, und einer der Gehörnten hob gelangweilt den Blick und spähte in den Schacht hinauf. Mark wusste, dass es noch eine geraume Weile dauern würde, ehe die Plattform in Sicht kam. Der Weg in die unterirdische Welt der Stollen war weit.

Seine Hand glitt zu seinem Gürtel. Er hatte die schwere Waffe gegen eine viel leichtere, kleinere Klinge ausgetauscht, die sie einem der Gehörnten abgenommen hatten; kaum mehr als ein etwas zu lang geratener Dolch, aber für Mark genau richtig.

Langsam näherten sie sich der Stelle, an der die Plattform ankommen würde. Wieder blickte einer der Gehörnten in ihre Richtung, und diesmal glaubte Mark seine roten Augen misstrauisch aufblitzen zu sehen. Er blickte hastig weg und versuchte sich einzureden, dass er nur nervös war.

Trotzdem hämmerte sein Herz zum Zerspringen, als sie sich den vier kleinen Gestalten bis auf wenige Schritte genähert hatten und stehen blieben. Keln hob gelangweilt die Hand und machte eine grüßende Bewegung, während Elas Gesicht einen hochmütigen Ausdruck annahm und sie so tat, als sehe sie die kleinen Scheusale gar nicht. Dieses Verhalten war genau richtig. Mark hatte die wenigen menschlichen Aufseher, die es in den Stollen gab, oft genug beobachtet, um zu wissen, wie sehr von oben herab sie die Gehörnten behandelten.

Sein Herz machte einen erschrockenen Hüpfer, als sich eine der kleinen schwarzen Gestalten plötzlich von ihrem Platz erhob und auf ihn zutrippelte. Er versuchte, möglichst gelassen auszusehen, konnte aber nicht verhindern, dass seine Hände leicht zu zittern begannen. Um seine Nervosität zu verbergen, hakte er die Daumen hinter seinen Gürtel und betrachtete scheinbar interessiert das langsame Gleiten der gewaltigen Eisenketten, die vor ihnen von der Decke hingen. Von der Plattform war noch nichts zu sehen.

»He«, sagte der Gehörnte.

Mark drehte langsam den Kopf und maß das kleine, schwarze Wesen mit einem bewusst abfälligen Blick. Sein Gesicht war hässlich, aber es erinnerte ihn auch an das Yezariaels. Allerdings bedeutete das nicht viel – alle Gehörnten sahen irgendwie gleich aus für einen Menschen. Mark hoffte nur inständig, dass umgekehrt alle Menschen auch für die Gehörnten gleich aussahen.

»Was willst du?«, fragte er schließlich.

»Fer ßeit ihr?«, lispelte der Gehörnte. »Iß kenne euß nißt.«

»Und?«, schnappte Mark. Keln warf ihm einen beschwörenden Blick zu, und Mark fügte in etwas versöhnlicherem Ton hinzu: »Wir sind das erste Mal hier. Sarn hat uns heruntergeschickt. Wir sollen uns umsehen. Ab morgen dürfen wir hier die Aufpasser spielen.«

»Faß hapt ihr ketan?«, erkundigte sich der Gehörnte.

Mark überlegte blitzschnell, und er antwortete mehr intuitiv logisch – und vielleicht gerade deshalb richtig. »Nichts«, antwortete er. »Jedenfalls nichts, um das hier zu rechtfertigen. Wie lange braucht denn dieser verdammte Aufzug?«

Der Gehörnte warf einen prüfenden Blick auf die Kette, die sich langsam vor ihnen drehte. »Nißt mehr ßehr lanke«, antwortete er. »Fie ißt eß open?«

Mark sah ihn fragend an. Der Gehörnte war kein bisschen misstrauisch – aber dafür umso neugieriger. »Woher weißt du, woher wir kommen?«, fragte er.

Das schmale Teufelsgesicht verzog sich zur Gehörnten-Version eines Grinsens. »Iß kenne alle Ssoltaten aus ter Sstat. Ihr müßt fon open kommen.«

Keln warf ihm einen verstohlenen, warnenden Blick zu, und auch in Mark selbst wurde eine mahnende Stimme laut, den Bogen nicht zu überspannen – aber er spürte auch, dass das Gespräch mit dem Gehörnten eine Gelegenheit war, wichtige Informationen zu bekommen. »Wie soll es schon sein? Es wird immer schlimmer.«

Der Gehörnte nickte. »Fielleißt hapt ihr ßokar Klück kehapt, hierher ferßetßt ßu ferten«, sagte er. »Iß far nißt open, aper mein Ssteinpruter. Er hat fiele Sslaßten mitkemaßt. Haßt tu in einer Sslacht gekämpft?«

»Nein«, antwortete Mark. »Ich …«

»Halt endlich den Mund«, unterbrach ihn Keln grob. »Verdammt, es ist schon schlimm genug, die gleiche Luft wie diese Kriecher atmen zu müssen! Ich habe keine Lust, mir auch noch ihr bescheuertes Gelisple anzuhören!«

Der Gehörnte warf Keln einen hasserfüllten Blick zu, aber er sagte nichts mehr, sondern drehte sich mit einer ruckartigen Bewegung um und ging zu seinen Kameraden zurück.

»Bist du wahnsinnig?«, flüsterte Keln, als er außer Hörweite war. »Noch eine Minute, und du hättest irgendetwas gesagt, was uns verrät.«

Mark sah ihn zornig an, verbiss sich aber die patzige Antwort, die ihm auf den Lippen lag. Stattdessen wandte er sich um und blickte wieder zu den Gehörnten hinüber. Der, mit dem er geredet hatte, sah Keln und ihn aufmerksam an, und Mark lächelte flüchtig. Dann zuckte er mit den Schultern und deutete eine Kopfbewegung auf Keln an. Der Gehörnte grinste.

Langsam bewegte sich die Kette weiter, und nach einer kleinen Ewigkeit kam die Unterseite der Aufzugplattform in Sicht: ein gewaltiges Rechteck aus roh zusammengefügten Eichenbohlen, groß genug, um hundert Männer auf einmal aufzunehmen. Die Gehörnten sprangen von ihren Plätzen auf und griffen nach den Tauen, die von den vier Ecken der Plattform herabhingen, um sie sicher die letzten dreißig, vierzig Meter zu Boden gleiten zu lassen. Oben im Schacht, dessen Durchmesser genau der Größe des Aufzugs entsprach, bewegte sich die Plattform wie auf Schienen, aber hier, wo sie frei unter der Decke hing, bestand die Gefahr, dass sie ins Pendeln geriet.

Die Plattform war nicht leer. Etwa zwei Dutzend Sklaven und einige Gehörnte stiegen von dem hölzernen Rechteck, als es mit einem unsanften Ruck aufsetzte, und Mark und die beiden anderen traten zurück, um den Neuankömmlingen Platz zu machen. Schweigend setzte sich der Trupp in Bewegung, direkt auf den Stollen zu, aus dem Mark und die beiden anderen gekommen waren. Hinter seinem Eingang, nur wenige Schritte tief in der Dunkelheit verborgen, wartete der Rest der Gruppe. Mark fluchte lautlos in sich hinein. Die wenigen Gehörnten würden kaum ein Problem für die fünfhundert Männer sein, die dort standen – aber die Zeit, die ihnen hier blieb, um die Wachmannschaft zu überwältigen, verkürzte sich dadurch. Verdammt, dachte er. Es gibt fast ein halbes Dutzend Stollen, die in dieser Halle münden – müssen sie ausgerechnet diesen nehmen?

Mark begann sich ohne sichtbare Hast auf die Plattform zuzubewegen, aber einer der Gehörnten winkte ihn zurück.

»Farte«, sagte er. »Tas hat noß Sseit. Eß kommt noß eine Kruppe.« Er zog die spitze Nase hoch und blickte angespannt in einen der Tunnel hinein. »Ssi müßten länkst ta ßein«, sagte er. »Iß ferßtehe nißt, fo ßie pleipen.«

»Vielleicht wurden sie aufgehalten.« Mark sah ganz bewusst in eine andere Richtung, als er aus den Augenwinkeln heraus bemerkte, wie sich Keln verstohlen zwei der Gehörnten von hinten näherte. Auch Ela schlenderte scheinbar ziellos am Rande der Plattform entlang, wobei sie dem dritten Dämon ganz zufällig immer näher kam. Marks Blick streifte den gewissen Stollen. Die ersten Gefangenen hatten die Dunkelheit dahinter fast erreicht.

»Aufkehalten?«

Mark grinste. »Vielleicht haben die Gefangenen revoltiert«, sagte er. »Wäre ja immerhin möglich, oder?«

Der Gehörnte starrte ihn an, blinzelte verwirrt – und begann schrill zu lachen. In der gleichen Sekunde erscholl aus dem Stollen ein gellender Schrei, und etwas Dunkles, Massiges kam herausgeflogen und traf einen der Dämonen, die die Sklaven begleiteten, mit tödlicher Wucht. Aus dem Lachen des Gehörnten wurde ein entsetztes Keuchen.

Mark sprang, breitete die Arme aus und riss den kleinen Gehörnten durch die pure Wucht seines Anpralles von den Füßen. Gleichzeitig packte Keln die beiden Gehörnten, an die er sich angeschlichen hatte, und schlug ihre Köpfe mit aller Kraft zusammen, und ein kreischender Schrei aus der anderen Richtung zeigte an, dass auch Ela angegriffen hatte.

Der Kampf am Tunneleingang war bereits vorbei. Die Handvoll Gehörnter, die mit den Gefangenen waren, hatte keine Chance gegen die Übermacht gehabt, die plötzlich aus der Dunkelheit vor ihnen auftauchte. Die meisten von ihnen waren tot.

Der Anblick versetzte Mark einen scharfen Stich. Er versuchte vergeblich, sich einzureden, dass sie keine andere Wahl hatten. Jeder Tote in diesem Kampf war zu viel. Etwas in ihm sagte ihm, dass sie nicht töten *durften.* Jeder Schwerthieb, der von ihnen geführt wurde, war ein Hieb für den Greif und gegen sie selbst, ganz gleich, wen er traf.

Er verscheuchte den Gedanken und ging auf die beiden Gehörnten zu, deren Köpfe Keln gegeneinander geschlagen hatte. Sie hockten benommen auf dem Boden und wimmerten leise. Irgendwie war er erleichtert, als er in einem von ihnen den Dämon erkannte, mit dem er zuvor gesprochen hatte.

Das kleine Geschöpf sah auf, als es seine Schritte hörte. In seinem Blick war eine Mischung aus Zorn und grenzenloser Überraschung – und Angst.

»Machen wir es kurz«, sagte Mark bewusst hart. »Wir brauchen den Aufzug. Zeigst du uns, wie er funktioniert, oder sollen wir dich umbringen und selbst versuchen, es herauszufinden?«

Der Gehörnte schluckte. »Tu … töteßt miß toß ßofißo«, sagte er stockend.

»Nein«, antwortete Mark ernst. »Das tue ich nicht. Ich gebe dir mein Wort, dass wir dich und deine Kameraden am Leben lassen, wenn du uns hilfst, hinaufzukommen.«

»Tu lükßt!«, behauptete der Gehörnte. »Alle Menschen lüken! Ihr ßeit unßere Feinte!«

»Wir sind Gefangene wie ihr«, antwortete Mark.

Die Augen des Gehörnten wurden mit einemmal groß. »Tu … tu weißt …«

»Ich weiß, dass das alles hier eigentlich euch gehört«, unterbrach ihn Mark. »Und ich weiß, dass ihr dem Greif ebenso wenig freiwillig dient wie wir. Aber im Unterschied zu euch wehren wir uns gegen die, die uns die Freiheit genommen haben. Und wir bekämpfen niemanden, der nicht wirklich unser Feind ist. Also?«

Der Gehörnte schwieg verwirrt, und Mark gab ihm einige Augenblicke Zeit, mit dem Gehörten fertig zu werden, während sich die Halle allmählich mit Männern und Frauen zu füllen begann. Es dauerte nicht lange, und alle fünfhundert Sklaven – verstärkt durch den Trupp, der gerade neu eingetroffen war – drängten sich um die Aufzugplattform, sodass Keln alle Hände voll zu tun hatte, um wenigstens noch den Anschein von Ordnung aufrechtzuerhalten. Mark betrachtete das Chaos voller Sorge. Der Anblick machte ihm klar, dass sie alles andere als eine ordentliche Armee waren. Die meisten dieser Männer und Frauen waren von dem Geschehen noch viel zu benommen, um wirklich begriffen zu haben, was sie eigentlich taten. Und dazu kam, dass bisher alles so leicht gewesen war. Sie hatten gekämpft, und einige von ihnen waren verletzt, ein paar sogar getötet worden, aber im Grunde waren sie noch nicht auf ernsthaften Widerstand gestoßen. Das würde sich ändern, wenn sie erst oben waren und Sarn und einem ganzen Heer seiner schwarzen Krieger gegenüberstanden. Mark fragte sich, was dann geschehen mochte.

Mit einem Zorn in der Stimme, den er in Wahrheit gar nicht empfand, wandte er sich wieder an den Gehörnten und legte drohend die Hand auf den Schwertgriff. »Entscheide dich, Schwarzgesicht«, sagte er. »Du kannst schweigen und sterben oder uns verraten, wie dieses Ding funktioniert, und leben.«

»Foher fillst tu wißen, taß iß euß nißt pelüke?«, fragte der Gehörnte.

»Gar nicht«, antwortete Mark. »Aber du wirst uns begleiten. Und wenn du uns in eine Falle lockst, dann schicken wir dich zurück – allerdings ohne Aufzug.«

Der Gehörnte schluckte ein paar Mal und blickte nach oben. »Kut«, sagte er. »Iß prinke euß rauf. Aper ihr müßt miß mitnehmen. Ssarn läßt miß ßu Tote peltßen, wenn er erfährt, taß iß euß keholfen hape.«

»Wie du willst.« Mark stand auf und hob die Hand, um Keln herbeizuwinken.

»Er hilft uns«, sagte er, als sein ehemaliger Zellengenosse neben ihm stand. »Such die hundert kräftigsten Männer aus. Dort oben erwarten uns sehr viel mehr Wachen als hier.«

»Das ist schon geschehen«, antwortete Keln. Misstrauisch blickte er auf den Gehörnten hinunter. »Du glaubst ihm?«

»Ja«, antwortete Mark. »Das tue ich. Und du solltest es auch tun. Wir haben nämlich gar keine andere Wahl.«

Keln antwortete nicht, sondern wandte sich mit einem Ruck um und ging. Ein paar Minuten später setzte sich die hölzerne Plattform quietschend und schaukelnd wieder in Bewegung.

Die Zeit schien stillzustehen, während der Aufzug durch den dunklen Schacht nach oben rumpelte. Trotz des beständigen Mahlens und Knirschens der gewaltigen Kette, der knarrenden Laute, die die Taue verursachten, dem Rumpeln und Poltern, mit denen die Ränder der Holzplatte immer wieder gegen die Schachtwände stießen, und der Geräusche, die gut hundert Menschen trotz aller Bemühungen, sich still zu verhalten, unweigerlich verursachten, hatte Mark das Gefühl, sich durch ein Meer vollkommenen Schweigens zu bewegen. Keiner dieser Laute schien wirklich zu sein. Es waren Geräusche wie aus einer anderen Wirklichkeit, die zwar zu ihnen durchdrangen, aber keinerlei Bedeutung hatten.

Aus der Schwärze über ihnen begann sich ein graues Rechteck herauszuschälen. »Gleich«, flüsterte Keln neben ihm. Seine Hand glitt zum Schwert und zog es aus der Scheide. Mark fiel auf, dass er dabei die Klinge zwischen Daumen und Zeigefinger der linken Hand hindurchgleiten ließ, damit das Metall keinen verräterischen Laut verursachte.

Auch Mark zog seine Waffe, wobei er sich bemühte, Kelns Beispiel zu folgen. Unsicher sah er sich nach Ela um, konnte sie aber nirgends entdecken. Das graue Licht, das von oben in den Schacht fiel, reichte nicht sehr weit. Alle Gesichter, die weiter als zwei, drei Schritte entfernt waren, verschmolzen zu einer einzigen grauen Masse. Marks Herz klopfte. Er hatte Angst. Auch wusste er, dass wieder Blut fließen würde. Auf seine Bitte hin hatte Keln den Männern zwar Anweisung gegeben, die Gehörnten nach Möglichkeit gefangenzunehmen und nicht zu töten, aber Mark war klar, dass sich nicht alle an diese Weisung halten würden, und das machte ihn traurig.

Die ersten Männer sprangen über den Schachtrand, als die Plattform noch fast einen Meter darunter war, und der ganze Aufzug begann zu schwanken. Die Ketten und Seile knirschten, als sich das Gewicht auf eine Seite verlagerte, und für eine Sekunde war Mark fest davon überzeugt, dass sie einfach zur Seite kippen und abstürzen mussten. Dann ergriff ihn der Sog der Menge und zog ihn mit sich.

Das riesige, auf einer Seite offene Felsengewölbe wimmelte nur so von Gehörnten. Sie waren im ersten Moment wie gelähmt vor Überraschung, und damit hatten Mark und Keln gerechnet. Binnen Sekunden fielen ihre Männer über die Dämonen her.

»Die Winde!«, schrie Keln durch das Getümmel. »Besetzt die Winde!«

Mark wandte sich um und versuchte, auf die andere Seite des Schachtes zu gelangen, wo sich auf einem gewaltigen hölzernen Dreibein eine komplizierte Mechanik aus zahllosen Schlaufen, Ringen und Zahnrädern erhob, mit der die Mannschaft – die nur aus drei Gehörnten bestand – in der Lage war, den tonnenschweren Aufzug mit einer Kurbel hinunterzulassen und wieder heraufzuziehen. Aber im Moment waren sie damit beschäftigt, die mannsdicke Kette durchzusägen, an der die Plattform hing!

Gemeinsam mit Mark stürmten zwanzig oder dreißig Männer los, die den Ernst der Situation ebenso rasch erkannt hatten wie er. Ohne den Aufzug waren sie verloren. Sie mussten Verstärkung von unten holen, denn allein hatten sie keine Chance, mit der Wachmannschaft fertig zu werden. Als sie die Gehörnten erreichten, ließ einer der kleinen Teufel die Säge fahren und ergriff seinen Dreizack, um sich ihnen entgegenzuwerfen. Mark duckte sich und rannte den Gehörnten einfach über den Haufen. Als das Geschöpf zurücktaumelte, rammte ihm einer von Kelns Kriegern sein Schwert in den Rücken.

Mark wandte sich entsetzt ab, und tief in seinem Inneren glaubte er den Greif lachen zu hören. Doch er versuchte, nicht darauf zu hören, und beugte sich über die Kette, um den Schaden zu begutachten, den die Gehörnten angerichtet hatten. Es war schlimm, aber die Kette war außerordentlich stark, denn ihre Glieder waren schließlich für die Ewigkeit geschmiedet.

»Ob sie hält?«, fragte einer der Männer neben ihm.

Mark sah auf. Er erkannte den Mann. Es war der, der den Gehörnten hinterrücks niedergestochen hatte. Für einen Moment packte ihn kalter Zorn, aber dann sagte er sich, dass er kein Recht hatte, dem Mann Vorwürfe zu machen. Schließlich war er es gewesen, der diesen Aufstand begonnen hatte. Was hatte er erwartet? Dass die Gefangenen mit ihren Folterknechten Mensch-ärgere-dich-nicht um ihre Freiheit spielten? »Das werden wir sehen«, sagte er. »Los, helft mir!«

Sie packten zu. Die Kette rasselte, stöhnte und knarrte, aber die Plattform setzte sich gehorsam in Bewegung, und nachdem sie erst einmal einen gemeinsamen Rhythmus gefunden hatten, glitt sie zehnmal schneller in die Tiefe, als Mark es je erlebt hatte. Nach ein paar Minuten zeigte ein sanfter Ruck an, dass sie ihr Ziel erreicht hatte.

Mark ließ aufatmend die Kurbel los und trat einen Schritt zurück. Sie mussten den Männern dort unten etwas Zeit geben, auf die Plattform zu steigen, ehe sie darangehen konnten, sie wieder in die Höhe zu ziehen.

Er hoffte nur, dass ihnen soviel Zeit blieb. Der Kampf auf der anderen Seite des Gewölbes tobte mit unverminderter Heftigkeit weiter. Die Männer wurden langsam, aber unbarmherzig zum Schacht zurückgetrieben. Der Moment, in dem hinter ihnen nichts mehr war und sie die Wahl hatten, in die Schwerter und Dreizacke ihrer Gegner zu laufen oder den gnädigeren Tod durch einen Sturz ins Nichts zu wählen, war abzusehen.

»Los!«, sagte Mark und griff nach der Kurbel.

»Es ist zu früh!«, protestierte der Mann neben ihm, aber Mark schüttelte entschieden den Kopf.

»Wir haben keine Wahl. In ein paar Minuten sind sie hier!« Sie drehten die Kurbel, so schnell sie konnten, aber das war noch immer zu langsam, außerdem schien die Plattform um Tonnen schwerer geworden zu sein. Mark dachte voller Angst an das angesägte Kettenglied.

Es wurde zu einem Wettlauf mit der Zeit, und sie gewannen ihn um Haaresbreite. Von Kelns Gruppe waren allerhöchstens noch zwanzig Männer auf den Beinen, und die Gehörnten schickten sich bereits an, einen Stoßtrupp zu bilden, um endgültig durchzubrechen und den Aufzug wieder in Besitz zu nehmen, als die Plattform aus der Finsternis auftauchte. Sie war voller Männer und Frauen, die sich sofort in den Kampf warfen.

Das Auftauchen dieser zweiten Gruppe sollte den Kampf entscheiden. Bald waren es die Dämonen, die vor den Menschen zurückwichen und sich verzweifelt zur Wehr setzten.

»Los!«, sagte Mark. »Noch einmal! Vielleicht haben die Gehörnten Verstärkung angefordert!«

Wieder glitt die Plattform in die Tiefe, aber Marks Kräfte versagten, noch ehe sie sie ein zweites Mal heraufziehen konnten. Jeder Muskel in seinem Körper tat weh, und selbst das Atemholen bereitete ihm Mühe. Er protestierte nicht, als einer der Männer ihm die Hand auf die Schulter legte und mit einer Kopfbewegung andeutete, dass er sich ablösen lassen sollte.

Der Kampf auf der anderen Seite des Schachtes näherte sich seinem Ende. Die wenigen Gehörnten, die noch lebten, versuchten verzweifelt zu flüchten. Mark stellte erleichtert fest, das Kelns Männer sie nicht ernsthaft verfolgten. Das hatte jetzt keinen Sinn mehr, die eine Seite des Felsengewölbes war offen, und das rote Licht, das von draußen kam, war der unheimliche Schein von Sarns Dämonenstadt. Spätestens jetzt musste sich die Nachricht von ihrem Aufstand wie ein Lauffeuer herumsprechen. Der Gedanke an das, was sie dann erwartete, machte ihm Angst.

Ein kratzendes Geräusch ließ ihn aufsehen. Er blickte in ein schwarzes, ausdrucksloses Gesicht. Seine Hand wollte zum Dolch greifen, aber dann erkannte er den Gehörnten, den sie gezwungen hatten, ihnen die Funktionsweise des Aufzugs zu erklären. Der Dämon sagte nichts, sondern blickte Mark nur an, und etwas in diesem Blick ließ Mark schaudern.

»Was willst du?«, fragte er ruppig.

»Ihr hapt kefonnen«, sagte der Gehörnte leise.

»Ja.« Mark nickte. »Ich habe dir doch gesagt, dass du nichts zu befürchten hast«, fügte er bitter hinzu.

Die Augen des Gehörnten schienen zu brennen. »Tu haßt

nißt keßakt, taß ihr meine Prüter erßlaken fertet!«, zischelte er.

Mark fuhr auf. Ein Teil von ihm krümmte sich unter den Worten des Gehörnten wie unter einem Hieb, aber ein anderer Teil empfand nur Zorn, und dieser andere Teil war im Moment entschieden stärker. »Verdammt, was hast du denn erwartet?«, brüllte er. »Dass wir sie freundlich bitten, uns gehen zu lassen? Das hier ist ein Aufstand, du Narr!«

»Nein«, antwortete der Gehörnte in überraschend ruhigem Ton. »Taß ißt Ferrat! Unt iß pin schult an ihrem Tot. Tu haßt miß peloken, Menß. Tu haßt kesakt, iß ßoll euß peim Aufßuk helfen. Tu haßt nißt keßakt, taß iß euß helfen ßoll, meine Prüter ßu ermorten.«

»Hör zu«, sagte Mark beinahe flehend. »Ich weiß, was du empfindest. Aber es …«

»Taß klaupe iß nißt, Menß«, unterbrach ihn der Gehörnte. Plötzlich klang seine Stimme traurig. »Aper vielleißt haßt tu reßt. Iß hätte wißen müßen, was paßiert. Iß war tumm. Unt felke. Iß hatte Ankst vor tem Tot, und tarum mußten alle tieße hier sterpen. Iß werte tafür beßahlen.«

Mark begriff nicht sofort, was diese Worte bedeuteten. Dann aber sprang er auf und streckte mit einem Schrei die Hände nach ihm aus, doch es war zu spät.

Der Gehörnte lächelte traurig, drehte sich herum und machte einen Schritt in die Leere des Aufzugschachtes hinaus.

Die Stadt der Dämonen

Über der Stadt lag rotes Licht, und wenn man genau hinsah, so konnte man ein schwaches, rhythmisches Pulsieren in diesem unheimlichen Schein ausmachen. Und auch die einzelnen Gebäude schienen sich ganz sacht zu bewegen; nie so, dass diese Bewegung klar zu sehen war, aber doch deutlich genug, um zu zeigen, dass sie nicht aus festem Material bestanden.

Mark schauderte. Er war schon einige Male hier gewesen, aber er hatte noch nie die Fremdartigkeit dieser unheimlichen Stadt so stark empfunden wie jetzt. Sie erschien ihm noch fremder und unwirklicher als die Lava- und Schwefellandschaft, die Yezariaels Heimat war; als hätte jemand einen Teil seiner Welt und einen der Gehörnten genommen und versucht, etwas Neues, vollkommen Fremdes daraus zu machen.

»Dort hinten.« Keln hob sein Schwert und deutete mit der Spitze auf eine bucklige, schwarze Scheußlichkeit, die sich auf der anderen Seite des asymmetrischen Platzes erhob. Obwohl die Entfernung nicht sehr groß war, konnte Mark kaum etwas erkennen. Die Umrisse schienen zu flimmern, als läge es hinter einer Barriere kochend heißer Luft. »Das ist Sarns Palast.«

»Bist du sicher?«, flüsterte Mark.

Keln nickte. »Ich hatte ein paar Mal die Ehre, zu einer Audienz zu ihm geladen zu werden«, sagte er sarkastisch. »So etwas vergisst man nicht.« Er bedeutete Mark mit einer Kopfbewegung, auf ihn zu warten, drehte sich um und ging zu den anderen zurück. Seit dem Kampf um den Aufzug hatte er stillschweigend das Kommando über die kleine Armee übernommen, und Mark war darüber erleichtert.

Sie waren keinem lebenden Wesen mehr begegnet, seit sie das Bergwerk verlassen hatten. Nur kurz nach ihrem Aufbruch hatte Mark einen Schwarm winziger schwarzer Punkte am Himmel ausgemacht, der sie eine Weile begleitet hatte, ehe er abschwenkte und zur Stadt zurückflog. Sarn weiß genau, dass wir kommen, dachte Mark. Wahrscheinlich bereitet er gerade eine hübsche kleine Falle für uns vor.

Kelns Rückkehr unterbrach seine Gedanken. In der Begleitung des Kriegers befanden sich jetzt an die hundert Männer, mit Hämmern und Schwertern und erbeuteten Dreizacken bewaffnet. Mark würde gemeinsam mit diesem Trupp Sarns Palast stürmen, während sich der Rest ihrer kleinen Armee in drei gleich große Gruppen aufteilen und die übrigen Gebäude angreifen würde, um die dort gefangengehaltenen Sklaven zu befreien, das war ihr Plan.

Marks Nervosität wuchs, während sie sich dem buckligen schwarzen Gebäude näherten. Immer wieder sah er sich um und ließ den Blick auch über den Himmel schweifen. Er wusste, wie gefährlich die fliegenden Teufel waren, die Sarn dienten. Wenn sie von hundert – oder auch nur von fünfzig – dieser Geschöpfe angegriffen wurden, solange sie sich unter freiem Himmel befanden, dann standen ihre Chancen nicht besonders gut.

Aber sie erreichten das Gebäude unbehelligt. In der ledrigen schwarzen Wand vor ihnen klaffte ein gewaltiges Maul auf, als sie sich ihm näherten, und dahinter war die riesige Halle zu sehen, durch die Mark vor so langer Zeit schon einmal gegangen war.

Alles war ruhig. Nichts rührte sich, weder als die Männer nacheinander durch die Tür traten noch nachdem sich das Tor mit einem schmatzenden Laut hinter ihnen wieder geschlossen hatte.

Mark sah sich in der riesigen, unregelmäßig geformten Halle um, und nach ein paar Sekunden gewahrte er das, wonach er suchte: den Gang, der nach unten zu den Zellen und zu Sarns Räumen führte. Es war nur einer von zahllosen Stollen, die in den Saal mündeten, aber Mark erkannte ihn mit absoluter Sicherheit wieder.

»Dorthin«, sagte er. Er ging los, zog vorsichtshalber seine Waffe und blieb wieder stehen, kaum dass er ein paar Schritte weit in den Tunnel eingedrungen war. Vor ihm erhob sich eine Mauer aus absoluter Schwärze. Unheimliche Geräusche hallten aus der Tiefe zu ihm herauf.

Keln trat neben ihn, wandte sich um und hob fordernd die Hand. Einer der Männer reichte ihm eine Fackel, und die Dunkelheit wich einem flackernden, roten Schein, in dem die Wände des gekrümmten Stollens aussahen, als bluteten sie. »Zehn Mann bleiben hier!«, befahl Keln. »Der Rest kommt mit! Los!«

Sie stießen auch weiterhin auf keinerlei Widerstand, als sie den abschüssigen Tunnel hinuntergingen. Das gewaltige schwarze Rund der Dämonenschmiede war jetzt leer. Hier und da brannte noch ein Feuer, und verstreute Werkzeuge und Waffen verrieten, in welcher Hast die Gehörnten den Kessel verlassen hatten. Das Ganze stank geradezu nach einer Falle.

Keln schien ebenso zu denken, denn er hob abwehrend die Hand, als die Männer sich auf der Galerie verteilten und die Treppen hinunterstürmen wollten. »Wartet«, sagte er. »Das gefällt mir nicht.«

Misstrauisch sah er sich um. Nirgends rührte sich etwas. Die Gefangenen in den winzigen Zellen tief unter ihnen saßen apathisch und stumm da; der eine oder andere hob den Blick und sah verwundert zu den bewaffneten Gestalten auf der Galerie hinauf, aber keiner sagte etwas oder rührte sich. Nicht der geringste Laut war zu hören.

»Ihr wartet hier«, befahl Keln. Dann deutete er nacheinander auf drei Männer. »Ihr kommt mit. Der Rest rührt sich nicht von der Stelle!«

Mark schloss sich wortlos der Vierergruppe an. Keln runzelte missbilligend die Stirn, sagte aber nichts, und sie erreichten den Grund der runden Halle, ohne angegriffen oder aufgehalten zu werden.

»Da stimmt doch etwas nicht«, flüsterte Keln. Zögernd näherte er sich einer der Zellen, rüttelte mit der Hand an den Gitterstäben und hob schließlich sein Schwert. Die Klinge prallte Funken sprühend gegen den Stahl, ohne auch nur einen Kratzer darin zu hinterlassen. Der Gefangene im Inneren der Zelle sah auf, musterte Keln mit einem kurzen Anflug von Verwunderung und senkte wieder den Blick.

Keln fuhr sich nachdenklich mit der Zungenspitze über die Lippen. »Wir brauchen einen deiner kleinen schwarzen Freunde«, sagte er. »Die wissen, wie man die Zellen öffnet.«

Mark schwieg. Für eine Sekunde glaubte er noch einmal den stummen Vorwurf in den Augen des Gehörnten zu sehen, als dieser sich herumdrehte und in den Tod stürzte. Er war trotzdem sicher, dass es ihm gelingen würde, noch einmal das Vertrauen eines dieser Wesen zu erringen – aber er stand schon zu tief in der Schuld dieses Volkes. Keln sah ihn erwartungsvoll an, dann zuckte er mit den Schultern und seufzte. »Irgendwie schaffen wir es schon«, murrte er. »Schließlich ist genug Werkzeug hier.« Er drehte sich um, hob die Arme und winkte den Männern oben auf der Galerie zu. »Kommt herunter! Wir brauchen Hilfe!«

Während sich das gewaltige Rund allmählich mit Männern zu füllen begann und Keln weiter verbissen versuchte, die Zellen zu öffnen, näherte sich Mark vorsichtig der kleinen, schwarzen Eisentür neben der Treppe. Sie war nicht verschlossen, und durch einen Spalt fiel das zuckende rote Licht einer Fackel. Mark blieb stehen, lauschte – nichts.

Vorsichtig öffnete er die Tür und lugte in den dahinterliegenden Gang. Er war leer.

Mit klopfendem Herzen ging Mark den Gang hinunter und blieb schließlich unter der Tür zu Sarns Gemach stehen. Auch hier rührte sich nichts. Alles war verlassen und in heilloser Unordnung, und die beiden Türen zu den Zellen auf der anderen Seite standen offen. Behutsam näherte sich Mark einer davon, schob sie vorsichtig auf und …

Der Anblick traf ihn wie ein Schlag.

Mark taumelte benommen zurück, ließ seine Waffe fallen und schlug beide Hände vor das Gesicht. Er wollte schreien, aber er konnte es nicht. Was er sah, schnürte ihm schier die Kehle zu.

Es was Yezariael.

Du wirst deinen Freund wiedersehen, hörte er Sarns Stimme wieder.

Marks Augen waren voll von Tränen, als er die Hände wieder sinken ließ. Entsetzlich war die Strafe, die der Greif über den kleinen Gehörnten verhängt hatte.

Er hatte ihn aber nicht getötet. O nein, ganz und gar nicht …

Wo bei Marks erstem Besuch eine Mauer aus groben Steinblöcken gewesen war, da erhob sich jetzt eine kompakte, schwarze Wand, ein einziger, riesiger Basaltklotz, in dessen Vorderseite die Gestalt des kleinen Gehörnten hineingemeißelt worden war. Und Yezariael lebte! Seine Augen standen offen und blickten Mark voll unsagbarer Pein an. Er regte sich nicht. Das konnte er nicht, denn er war zu einem Teil des Steines geworden, der seine Gestalt umgab.

»Yezariael«, flüsterte Mark. Er machte einen Schritt, hob die Hand, aber er wagte es nicht, den schwarzen Stein zu berühren. Fassungslos stand er da und starrte das furchtbare Bild an. Er versuchte vergeblich, sich vorzustellen, was es bedeuten musste, für alle Ewigkeit erstarrt zu sein, zu schwarzem Felsen versteinert, aber lebendig, dazu verurteilt, für alle Zeiten zu leben und das Verstreichen der Äonen zu spüren, ohne einen Muskel rühren zu können, ohne irgendetwas zu fühlen als nie endende Qual. Yezariaels Augen blickten auf ihn herab, und ihm war, als höre er ein lautloses, verzweifeltes Weinen tief in seinen Gedanken, das stumme Flehen, ihn von seiner Qual zu befreien.

Aber das konnte er nicht. Das verborgene Wissen seiner Vorfahren sagte ihm, dass er nichts tun konnte, um Yezariael zu erlösen. Was er hier sah, das war das Wirken schwarzer, verbotener Magie; Kräfte, über die er niemals verfügt hatte und die er auch nicht kennen wollte.

Und langsam wuchs etwas in ihm heran.

Hass.

Mark hatte ihn das erste Mal gespürt, als er mit Sarn und dem Greif im schwarzen Palast vor dem Lavaspiegel gestanden und begriffen hatte, dass der Greif all seine Freunde und Verbündeten an seiner Stelle bestrafte. Er hatte das Gefühl damals nicht als das erkannt, was es war, aber es war mit jeder Stunde gewachsen, die er im Bergwerk gearbeitet hatte, mit dem Anblick jedes Menschen, der in der Schlacht gegen die Gehörnten gefallen war, mit jedem Schritt auf dem Weg hierher. Er dachte an den Greif, und ein brodelnder Hass erfüllte ihn. Er wollte dieses Ungeheuer vernichten, ganz gleich, was es ihn oder irgendeinen anderen kostete.

Hilf mir!, flehte Yezariaels Blick.

»Das kann ich nicht«, antwortete Mark laut. Seine Stimme zitterte. Tränen des Zorns liefen über sein Gesicht. »Ich kann dich nicht befreien«, fuhr er fort. »Aber ich verspreche dir, dass ich dich rächen werde, Yezariael! Er wird dafür bezahlen! Für alles, was er dir und den anderen angetan hat. Das schwöre ich!«

Die für alle Zeiten erstarrten Augen des Gehörnten schienen ihm traurig zuzulächeln, und plötzlich ertrug Mark diesen Blick nicht mehr. Er schloss die Augen und ballte die Hände so fest zu Fäusten, dass sich seine Fingernägel tief in die Handballen gruben. Es tat weh, aber er lockerte seinen Griff nicht, sondern drückte im Gegenteil noch fester zu, bis der körperliche Schmerz so heftig wurde, dass er wenigstens für einen Moment den anderen und noch viel schlimmeren Schmerz in seiner Seele überdeckte.

»Es ... es tut mir Leid, Yezariael«, flüsterte er. »Das wollte ich nicht. Aber er wird dafür bezahlen, das verspreche ich dir.«

»Man sollte niemals etwas versprechen, von dem man nicht weiß, ob man es halten kann, mein junger Freund«, sagte eine Stimme hinter ihm.

Mark erkannte sie, noch ehe das erste Wort zu Ende gesprochen war. Er war noch immer wie gelähmt vor Schreck und dem unbeschreiblichen Grauen, mit dem Yezariaels Anblick ihn erfüllt hatte. Nur langsam vermochte er sich herumzudrehen und die Augen wieder zu öffnen.

Sarn lächelte kalt. »Gefällt dir, was du siehst?«, fragte er mit einer Geste auf die Wand hinter Mark. »Das ist dein Werk.«

»Du ... Ungeheuer«, flüsterte Mark. »Warum hast du das getan? Er war unschuldig! Ich bin euer Feind, er war es nie.«

Sarn lachte. »Er war ein Verräter«, antwortete er achselzuckend, und der beiläufige Ton schürte die Wut in Mark so sehr, dass sie den Schmerz verscheuchte. Zum ersten Mal im Leben spürte er, was es hieß, einen Menschen so zu hassen, dass man ihn töten wollte. Seine Hände zitterten. Sarns Gestalt verschwamm vor seinem Blick.

»So wird es allen ergehen, die sich gegen uns stellen«, fuhr Sarn fort. »Deinen närrischen Freunden draußen, dir selbst – o ja, und nicht zu vergessen, deinem Bruder.«

»Thomas?« Mark fuhr erschrocken zusammen. »Was hast du mit Thomas …«

»Keine Angst«, unterbrach ihn Sarn. »Ihm ist kein Leid geschehen. Noch nicht.« Seine Stimme wurde schneidend. »Aber das kann sich sehr schnell ändern. Er befindet sich in unserer Gewalt.«

Mark starrte ihn an. »Ich glaube dir nicht«, sagte er.

»Es wäre besser, wenn du es tätest«, antwortete Sarn. »Besser für *ihn*.« Er machte eine Bewegung, und Mark sah, dass sich die Wand hinter ihm verändert hatte. In dem grauen Stein befand sich jetzt ein mannshohes Rechteck aus ebenfalls grauem Holz, durch das winzige Punkte hellgelben Sonnenlichts fielen. Eine Tür. So also war Sarn hierher gekommen. Marks Zorn legte sich allmählich und machte logischer Überlegung Platz. Die Tür war da; eine Tür, die es vor wenigen Minuten noch nicht gegeben hatte. Wenn es ihm gelang, sie zu erreichen und offen zu halten, bis Keln oder einige der anderen Männer hier waren …

»Versuch es nicht«, sagte Sarn, der seinen Blick bemerkt hatte. »Ich weiß, dass du nicht so harmlos bist, wie du aussiehst. Aber ich bin noch immer stärker als du, weißt du? Und es würde mir ein Vergnügen sein, dir die Kehle durchzuschneiden, glaube mir.«

»Warum tust du es dann nicht?«, fragte Mark trotzig.

»Weil ich es nicht darf«, gestand Sarn. Seine Stimme klang bedauernd. »Der Greif hat andere Pläne mit dir. Ich persönlich halte das für einen Fehler – aber leider gibt er nicht immer viel auf meine Meinung.«

»Warum bist du hier?«, fragte Mark.

Sarn schwieg einen Moment. Sein Gesicht verfinsterte sich. »Um dir ein Angebot zu machen«, sagte er. »Gib diesen Unsinn auf und komm zu uns. Ich biete dir dafür dein Leben und das deines Bruders.«

»Oh«, sagte Mark. »So viel? Ich meine, nicht dass mich Keln und diese paar Männer und Frauen dort draußen wirklich interessierten, aber …«

»Du bist kaum in der Lage, dir Spott leisten zu können«, unterbrach ihn Sarn ärgerlich. »Ich kann nichts für sie tun – selbst wenn ich das wollte. Sie kennen die Strafe, die auf Ungehorsam steht. Der Greif ist kein gnädiger Herrscher.«

»Danke«, sagte Mark ruhig. »Ich verzichte.«

»Überleg es dir«, antwortete Sarn. »Sie werden ohnehin sterben. Ihr könnt nicht gewinnen, und wenn ihr zehnmal so viele wärt. Ihr könnt diese Stadt erobern, aber es gibt keinen Weg für euch hier heraus.«

»Bist du da so sicher?«, fragte Mark und schleuderte seinen Dolch.

Sarn wich der Waffe mit einer blitzschnellen Bewegung aus. Die Klinge verfehlte ihn um fast einen Meter – aber der Wurf hatte auch gar nicht ihm gegolten. Das fast unterarmlange Messer fuhr mit einem splitternden Laut in das Holz der Tür hinter ihm und spaltete es. Mark hatte alle Kraft in diesen einen Wurf gelegt: Der Dolch drang fast bis zum Heft in die morschen Bretter, ehe er stecken blieb, und stieß die Tür auf, die zitternd nach hinten schwang.

»Keln!«, brüllte Mark. »Hilf mir!«

Gleichzeitig warf er sich nach vorne. Sarn fluchte wild und versuchte, durch die Tür zu entkommen, aber diesmal war er nicht schnell genug. Mark prallte gegen ihn, umschlang seine Hüften mit den Armen und riss ihn zu Boden.

»Keln!«, schrie er noch einmal. »Schnell!«

Und da begriff Sarn, was Mark vorhatte. Der Sklavenherr des Schwarzen Turms schrie wütend auf und begann mit den Fäusten auf ihn einzuschlagen.

Mark zog den Kopf zwischen die Schultern, klammerte sich so fest an Sarn, wie er nur konnte, und versuchte durchzuhalten. Irgendwo, scheinbar unendlich weit entfernt, hörte er das Schlagen einer Tür und aufgeregte Stimmen, die näher kamen. Schließlich wich alle Kraft aus ihm, er ließ Sarn los und wurde zur Seite geschleudert. Alles drehte sich um ihn. Er sah, wie Sarn aufsprang und zornig nach seiner Waffe griff, und er war fest davon überzeugt, dass er ihn jetzt töten würde.

Aber stattdessen rannte Sarn auf die Tür zu. Hellgelber Sonnenschein fiel in das winzige Verließ, als er sie vollends aufstieß. Dahinter erstreckte sich die malerische Hügellandschaft von Martens Ebene.

Und dieser Anblick gab Mark noch einmal Kraft. Irgendwie schaffte er es, auf die Füße zu kommen, und sprang zur Tür. Sarn durfte nicht entkommen. Wenn er diese Tür schloss, dann würde sie sich nie wieder öffnen, das wusste er. Sie würden für alle Zeiten Gefangene der Dämonenstadt sein, und sein Bruder und alle, die auf ihn vertraut hatten, waren verloren. Er sah, wie Sarn sich im Laufen herumdrehte und ihm einen hasserfüllten Blick zuwarf, dann nach der Tür griff und sie mit aller Macht ins Schloss schmetterte – und ließ sich mit weit ausgestreckten Armen nach vorne kippen. Seine Hände umklammerten den Türrahmen, den Bruchteil einer Sekunde, ehe die Tür ins Schloss fallen und einrasten konnte. Ein riesiger Berg traf seine Hände und zermalmte sie.

Der Schmerz war unerträglich. Mark schrie gellend auf und wand sich in unbeschreiblicher Pein, aber irgendwoher nahm er die Kraft, trotzdem nicht loszulassen. Schritte näherten sich. Jemand schrie etwas, und aus seinen Händen wich plötzlich jedes Gefühl. Er spürte es nicht mehr, aber er sah, wie seine Finger langsam vom Türrahmen abzurutschen begannen, und so sehr er es auch versuchte, es war ihm nicht möglich, sich noch einmal festzuklammern. Sarns Gesicht erschien über ihm, riesig und wutverzerrt, eine Grimasse, die in rotem Nebel aufkommender Bewusstlosigkeit eingehüllt war; dann fühlte sich Mark gepackt und zurückgeschleudert, während Sarn ein zweites Mal herumfuhr und die Tür ergriff, um sie endgültig zu schließen. Mark wurde übel. Alles verschwamm, begann unwirklich und leicht zu werden.

Ein Schatten erschien über ihm. Der Ausdruck von Zorn auf Sarns Gesicht verwandelte sich in jähen Schreck, und dann flog etwas Großes, Dunkles quer durch den Raum und traf die Tür mit solcher Macht, dass sie zu Splittern zerbarst.

Und Mark verlor endgültig das Bewusstsein.

Sonnenlicht kitzelte sein Gesicht, als Mark erwachte, und unter seinem Kopf war nicht mehr der harte Stein des unterirdischen Verlieses, sondern weiches Erdreich und Gras. Seine Hände taten weh.

Das waren die ersten bewussten Eindrücke, die er hatte.

Dann sprang ihn der Schmerz an wie ein Tiger und grub mit einem einzigen Biss seine Zähne bis auf die Knochen seiner Hände. Mark stöhnte leise, öffnete die Augen und schloss sie gleich darauf wieder, da das Licht in seinen Augen brannte.

»Nicht bewegen«, sagte eine Stimme über ihm. »Es wird gleich besser. Nur einen Moment noch.«

Der Schmerz in seinen Knöcheln wurde unerträglich, kroch seine Arme hinauf bis in seine Schultern – und erlosch so plötzlich, als hätte jemand einen Schalter in seinem Nervensystem umgelegt. Mit einem tiefen erleichterten Seufzen öffnete er die Augen.

»Besser?«, fragte Keln.

Mark nickte leicht, trotzdem löste diese Bewegung einen wahren Wirbelsturm von Übelkeit und Schwindel in ihm aus. Keln lächelte, als er sah, wie sich sein Gesicht zu einer Grimasse verzog, aber der Ausdruck in seinen Augen blieb ernst. Und sehr besorgt.

Vorsichtig versuchte Mark sich aufzurichten. Keln half ihm, sich in eine halb sitzende, halb liegende Position hochzustemmen.

Ein warmer Windzug streifte Marks Gesicht. Er sah nach oben und blinzelte wieder, als das grelle Tageslicht unangenehm in seine Augen stach. Dabei war es nicht sehr hell, aber seine Augen waren jetzt seit Monaten an das rote Dämmerlicht der Dämonenebene gewöhnt. Keln schien es übrigens nicht anders zu ergehen. Auch er blinzelte ununterbrochen.

»Du warst verdammt tapfer, weißt du das?«, sagte er mit Nachdruck. »Aber auch verdammt leichtsinnig. Er hätte dir beide Hände brechen können!«

Mark hob mit einem gequälten Lächeln die Arme und blickte auf seine Hände. Sie waren so dick bandagiert, dass er sie kaum bewegen konnte, und obwohl der Verband gerade erst angelegt worden und somit noch frisch war, bildeten sich über seinen Knöcheln bereits wieder dunkle, feuchte Flecken.

»Hat er das denn nicht?«, fragte er.

Keln schüttelte den Kopf. »Ich glaube nicht«, sagte er. »Ich bin natürlich kein Arzt, aber ich denke, du hast Glück gehabt. Wir haben alle Glück gehabt«, fügte er nach einer kurzen Pause und mit leicht veränderter Stimme hinzu. »Meinst du nicht, dass du mir eine Erklärung schuldest?«

»Es war Sarns eigene Dummheit«, antwortete Mark ausweichend. »Er hat die Tür hierher geöffnet. Ich habe ihn nur daran gehindert, sie wieder zu schließen.«

»Nur das«, wiederholte Keln nickend. »Mehr nicht, wie?«

»Du hast es doch selbst gesehen«, sagte Mark. »Wenn du nicht gekommen wärst …«

»Dann hättest du beide Hände verloren«, unterbrach ihn Keln. »Ich weiß. Aber das meine ich nicht, und das weißt du verdammt gut. Keiner von uns hätte diese Tür gegen Sarns Willen offen halten können. Er ist nicht nur die rechte Hand des Greif. Er ist ein Magier. Und du? Bist du auch ein Magier?«

»Nein«, antwortete Mark. »Das bin ich nicht. Ich bin …« Er zögerte und richtete sich etwas weiter auf. »Ich bin Martens Nachkomme«, sagte er schließlich.

Keln war so überrascht, wie Mark erwartet hatte. »So ist das also«, sagte er. »Jetzt verstehe ich manches. Deshalb ist Sarn das Risiko eingegangen, noch einmal zurückzukommen.«

»Ja«, antwortete Mark. »Und er wird nicht eher lockerlassen, bis er mich wieder gefangen hat – oder getötet. Es ist besser, wenn ich mich von euch trenne.«

»Unsinn«, sagte Keln, aber diesmal unterbrach Mark ihn.

»Das ist kein Unsinn«, sagte er überzeugt. »Er wird zurückkommen – und diesmal ganz bestimmt nicht allein. Er hat immer noch Angst vor mir. Und ich glaube, der Greif auch, obwohl ich nicht einmal sicher bin, dass ich noch irgendetwas gegen ihn unternehmen kann.«

Keln schien etwas sagen zu wollen, beschränkte sich aber dann auf ein Achselzucken. Er sah besorgt drein, und Mark war sicher, dass diese Sorge nicht nur ihm allein galt.

Sie befanden sich irgendwo auf der Ebene, auf der Martens Hof lag; Mark erkannte die sanftgrünen Hügel und den sonderbar sonnenlosen, strahlend blauen Himmel sofort wieder, und vor allem – er fühlte es. Irgendwie war es, als wäre er nach Hause gekommen. Aber er hatte keine Ahnung, wo in diesem Teil des Schwarzen Turms sie waren. So weit sein Blick auch reichte, er sah nur das Auf und Ab der Hügel, auf denen Hunderte von Menschen lagerten. Das Fehlen einer Sonne machte es unmöglich, irgendeine Richtung zu bestimmen.

»Wo etwa liegt Martens Hof?«, fragte Mark.

Kelns Antwort bestand abermals aus einem Achselzucken. »Wie soll ich das wissen, wenn nicht einmal du es weißt?«, fragte er. »Ich weiß nur, dass es weit ist. Und es ist sehr fraglich, ob wir es schaffen.« Ganz leise, fast im Flüsterton und mehr zu sich als zu Mark fügte er hinzu: »Ich bin nicht einmal sicher, ob wir es auch schaffen sollten.«

Mark sagte nichts darauf. Er wusste, dass ihr Sieg in zweierlei Hinsicht fraglich war: Erstens würde er vielleicht nicht sehr lange anhalten, denn über kurz oder lang würde Sarn mit einer ganzen Horde von Dämonen hier auftauchen. Und zweitens …

Der Gedanke war irgendwie die ganze Zeit über in ihm gewesen, und er war Teil jenes fremden, uralten Wissens, das er zusammen mit seiner Macht über den Greif von Marten geerbt hatte. Aber er war so schwer nachzuvollziehen, dass er sich bis jetzt stets geweigert hatte, ihn zu akzeptieren: Keiner von all diesen Männern und Frauen hatte das Recht, zurückzukehren. Es gab im Schwarzen Turm keinen Tod wie in der Welt Marks – die Leute hier alterten nicht, und wenn sie starben, dann nur infolge irgendeines Unfalls oder durch Gewalt.

Dafür gab es die Bergwerke. Irgendwann einmal war jeder an der Reihe, und die Menschen hier akzeptierten die Tatsache, eines Tages den Häschern des Greif in die Hände zu fallen, ebenso wie Mark und die Menschen seiner Welt den Tod akzeptieren mussten.

Jetzt begriff er, warum Keln ihn damals so fassungslos angesehen hatte, als er ihn fragte, ob sie denn nie auf die Idee gekommen waren, sich zu wehren. Warum sollten sie? Das Leben hier lief nach anderen Regeln ab als das, das Mark kannte, und was ihm grausam erschien, das war für Keln und die anderen vollkommen normal. Und das bedeutete nichts anderes, als dass Mark eine Armee von Toten führte, Männer und Frauen, die gar nicht hätten zurückkehren dürfen; ebenso wenig wie sich in seiner Welt die Gräber hätten öffnen dürfen, damit die Gestorbenen wieder auferstanden.

Lebende Tote, dachte er. Genau das waren sie. Eine Armee lebender Toter. Und zumindest Keln schien das sehr wohl zu wissen. Traurig und bestürzt sah Mark ihn an. Keln wich seinem Blick aus, als wüsste er genau, was hinter Marks Stirn vorging.

Deshalb sah er wohl auch auf keinem der Gesichter ringsum Freude oder auch nur Erleichterung. Die wenigen Männer und Frauen, die nicht erschöpft zusammengesunken waren und schliefen oder mit weit offenen Augen ins Leere starrten, sahen nur verwirrt und verängstigt drein.

Um auf andere Gedanken zu kommen, stand Mark auf und begann den Hügel hinunterzugehen. Er hörte, dass Keln ihm folgte, drehte sich aber nicht um, und der Mann beschränkte sich darauf, ihm in zwei oder drei Schritten Abstand zu folgen.

Plötzlich erblickte Mark ein bekanntes Gesicht. Es war Ela. Sie hockte mit untergeschlagenen Beinen und vor der Brust verschränkten Armen da, in ein zerfetztes graues Gewand gehüllt, und das Gesicht voll Schmutz und Blut wie alle anderen hier, aber es gab einen Unterschied – sie sah ihn an, und in ihren Augen war nichts von der Leere und Bitterkeit, wie er sie in Kelns Blick gesehen hatte.

Mark ging zu ihr. Sie sagte nichts, sondern folgte seiner Bewegung nur mit Blicken, und nach ein paar Sekunden ließ sich Mark neben ihr nieder. Ein sonderbares Gefühl von Vertrautheit breitete sich zwischen ihnen aus, sodass das Schweigen, in dem sie eine ganze Weile dasaßen, nichts Unangenehmes hatte.

»Hast du deinen Bruder gefunden?«, fragte Ela schließlich.

Mark schüttelte den Kopf. »Nein. Er war nicht mehr im Bergwerk.«

Ela sah ihn fragend an.

»Sarn hat ihn in seiner Gewalt«, erklärte Mark bitter, und als er weitersprach, erschrak er vor dem nur mühsam unterdrückten Hass in seinen Worten. »Er muss ihn gefangen genommen haben, noch ehe wir losschlagen konnten. Wahrscheinlich hat er die ganze Zeit über von unserem Plan gewusst. Aber ich werde ihn befreien, Ela. Das schwöre ich.«

Die Berberin ging nicht darauf ein.

»Aber das ergäbe keinen Sinn«, sagte sie. »Wenn er wusste, was ihr vorhattet, warum hat er euren Plan dann nicht vereitelt? Unten in den Stollen wäre es doch ein Leichtes für ihn gewesen, uns zu überwältigen.«

»Ich weiß es nicht«, gestand Mark. »Vielleicht hat er nicht geglaubt, dass wir es schaffen. Wir wären niemals aus der Stadt herausgekommen, wenn er nicht so dumm gewesen wäre, uns selbst die Tür zu öffnen.«

Ela sah ihn zweifelnd an. »Ich weiß nicht viel über diesen Sarn«, sagte sie. »Aber ich glaube nicht, dass ein solcher Mann einen solchen Fehler begehen sollte.«

»Das hat er aber«, antwortete Mark heftig, und er wusste auch, warum. Weil nämlich die einzige andere Erklärung, dass auch ihr Entkommen aus der Stadt der Dämonen beabsichtigt war und somit zu dem Plan gehörte, den Sarn und der Greif verfolgten, einfach nicht wahr sein durfte!

Ela schien genau zu spüren, was in ihm vorging, denn sie berührte dieses Thema nicht weiter, sondern lächelte nur traurig und sah weg.

»Und du?«, fragte Mark. »Ich meine – hast du Schorsch wiedergesehen oder einen der anderen?«

»Ein paar von ihnen«, sagte Ela ausweichend. »Berti kümmert sich um die am schlimmsten Verwundeten. Er war einmal Arzt.«

»Arzt«, wiederholte Mark nachdenklich. »Das ist gut. Wir werden einen Arzt brauchen, wenn wir Martens Hof erreichen wollen.«

Elas Augen wurden schmal. »Du hast dich verändert, Junge«, sagte sie. »Weißt du das?«

»Ja«, antwortete Mark. Er hielt seine bandagierten Hände in die Höhe. Seine verletzten Knöchel hatten in den letzten Minuten wieder zu schmerzen begonnen. »Die Erholungskur im Bergwerk hat mir richtig gut getan. Wie den meisten hier.«

»Das meine ich nicht«, antwortete Ela ruhig. »Du bist hart geworden. Innen drin bist du hart geworden. Du bist nicht mehr der Junge, den ich kannte.«

»Glaubst du, der Greif gibt auf, wenn ich ihn nur recht brav darum bitte?«, fragte Mark bitter. »Du hast Recht, Ela. Aber ich habe gar keine andere Wahl. Was weißt du über diese Welt?«

»Den Turm?« Ela lächelte matt. »Nicht viel. Nur was ich von den anderen erfahren und selbst gesehen habe. Aber mir scheint, dass alles irgendwie eine Ordnung hatte, trotz allem.«

»Nichts ist in Ordnung«, widersprach Mark heftig. »Du weißt nichts von all diesen Menschen hier. Du weißt nichts vom Greif! Dieses Ungeheuer hat meinen Vater getötet und dessen Vater und alle anderen vor ihm. Es hätte um ein Haar mich umgebracht, und es hat meinen Bruder verschleppt. Es hat den Cherub getötet, und es ist schuld an dem, was dir und deinen Freunden zugestoßen ist. Und das findest du in Ordnung?«

Die letzten Worte hatte er fast geschrien, aber sein Zorn prallte an Ela ab. Als sie antwortete, klang ihre Stimme ruhig: »Natürlich nicht. Und es ist auch richtig, dagegen zu kämpfen. Ich glaube, jeder tut das. Jede Welt hat ihren Greif, in der einen oder anderen Form. Du bist es, um den ich mir Sorgen mache.«

»Unsinn«, sagte Mark scharf, aber Ela sprach unbeeindruckt weiter. »Als ich dich kennen gelernt habe, Mark, da warst du ein verängstigter Junge, der auf der Flucht war. Ich will nicht an deinem Mut zweifeln – du warst sehr tapfer und bist es noch. Aber du hattest Angst, und das war gut so. Jetzt spüre ich nur noch Hass in dir. Gib Acht, dass du nicht genauso wirst wie die, die du bekämpfen willst.«

»Bestimmt nicht«, antwortete Mark heftig. »Und selbst wenn – es ist gleich, wenn ich sie nur vorher besiege. Glaubst du, mir liegt etwas an meinem Leben? Ich will Sarn, und ich will den Greif, und wenn es das Letzte ist, was ich tue!«

»Du wirst ihn besiegen«, sagte Ela überzeugt. »Ich weiß es. Du wirst Sarn schlagen, du wirst deinen Bruder befreien, und du wirst am Ende selbst den Greif besiegen. Und vielleicht«, fügte sie nach einer Pause hinzu, »wird der Turm danach wirklich zu einem Paradies. Aber vielleicht wird er auch einen neuen Greif haben, mein Junge.«

Sekundenlang starrte Mark sie an, er spürte eine immer heftigere Wut in sich aufsteigen. Aber er hatte sich noch in der Gewalt. Er stand auf und ging mit schnellen Schritten davon, ehe er Ela antworten und vielleicht etwas sagen konnte, was ihm später Leid tun würde.

Sie verbrachten den Rest des Tages und die Nacht in diesen Hügeln, und obwohl Keln wenig später zu Mark kam und es viel zu besprechen und zu tun gab, ehe der nächste Morgen dämmerte, konnte er diesen einen Satz die ganze Zeit über nicht vergessen: *Vielleicht wird er auch einen neuen Greif haben, mein Junge.*

Sie marschierten mit dem ersten Licht des neuen Tages los. Eine flüchtige Zählung hatte ergeben, dass sie weit mehr als zweitausend waren, obwohl viele im Bergwerk oder in Sarns Stadt zurückgeblieben waren, weil sie nicht genug Mut gehabt hatten, sich ihnen anzuschließen, oder weil sie die körperlichen Kräfte verließen.

Mark marschierte wieder an der Spitze. Seine Hände

klopften und stachen, und jeder noch so kleine Versuch, sie zu bewegen, wurde sofort mit schier unerträglichen Schmerzen bestraft. Kämpfen würde er mit diesen Händen nicht können. Aber das musste er.

»Da vorne ist etwas«, sagte Keln plötzlich.

Mark blickte in die Richtung, in die der ausgestreckte Arm des Mannes deutete. Im ersten Moment sah er nichts, aber dann glaubte auch er eine Bewegung wahrzunehmen – ein schattenhaftes Huschen von Schwarz ganz in der Ferne.

»Du hast Recht«, sagte er. »Da bewegt sich etwas.«

»Sehen wir es uns an«, knurrte Keln. Er hob den Arm und gab das Zeichen zum Anhalten, dann winkte er einige Männer herbei, die sie begleiten würden. Gleich darauf bewegten sie sich, die schmalen Täler zwischen den grünbewachsenen Hügeln geschickt als Deckung nutzend, auf den Punkt zu, an dem sie die Bewegung wahrgenommen hatten.

Nach einer Weile hielten sie wieder an. Keln legte den Zeigefinger auf die Lippen, deutete den Männern, zurückzubleiben und wies dann auf den Grat des nächsten Hügels. Mark nickte, als er ihn fragend ansah.

Die ersten Meter bewegten sie sich noch aufrecht, dann gebückt und schließlich fast kriechend weiter. Marks Herz begann aufgeregt zu schlagen, als sie sich der nächsten Hügelkuppe näherten.

Vorsichtig hoben sie den Kopf, um darübersehen zu können. Auf der anderen Seite des Hügels war ein Lager. Eine Anzahl niedriger Zelte aus braunen und grauen Stofffetzen und zahlreiche niedergebrannte Feuer bewiesen, dass die kleine Armee von Gehörnten und Detektiv-Wesen schon eine ganze Weile hier lagerte. Stimmengemurmel und ein raues, unmenschliches Gelächter drangen zu ihnen herauf, und Mark hörte das Schnauben eines Pferdes, ohne das Tier jedoch sehen zu können.

Keln berührte ihn an der Schulter und deutete nach links. Marks Blick folgte der Geste.

Am anderen Ende des Lagers, angebunden an einem Pfahl und nur noch von den Ketten, die ihn fesselten, am

Zusammenbrechen gehindert, stand ein Mann. Seine Kleider hingen in Fetzen, verschorftes Blut und Schmutz machten sein Gesicht unkenntlich, und rechts und links des Pfahles, an den er gekettet war, brannten kleine Feuer; nicht sehr hoch, aber so nahe an seinen Beinen, dass ihm die Hitze unerträgliche Schmerzen bereiten musste.

Keln tippte Mark abermals auf die Schulter und gab ihm mit einer Geste zu verstehen, wieder zurückzukriechen. Mark gehorchte, obwohl ihn der Anblick des gemarterten Gefangenen dermaßen in Zorn versetzte, dass er fast aufgesprungen und ins Tal hinuntergestürmt wäre.

»Wir müssen ihn befreien«, stieß er hervor, als sie in Deckung waren.

Keln antwortete nicht, sondern wandte sich an einen der Männer. »Geh zurück und sag Bescheid, dass wir auf eine Gruppe von Gehörnten gestoßen sind. Ungefähr fünfzig, schätze ich. Zweihundert Mann sollen den Hügel umgehen und auf mein Zeichen warten. Die anderen kommen hierher, aber vorsichtig. Sie haben einen Gefangenen. Und ich bin sicher, dass sie ihn töten werden, wenn sie uns bemerken. Schnell!«

Er wartete, bis der Mann davongehastet war, dann wandte er sich wieder an Mark. »Und was dich angeht – du bleibst hier und wartest, bis alles vorbei ist und ich dich rufe.«

»Aber ich …«

»Du wärest nicht einmal in der Lage, dich zu wehren, wenn du angegriffen würdest«, unterbrach ihn Keln in bestimmtem Ton. »Du bist zu wichtig, um dein Leben in Gefahr zu bringen.«

Mark fiel auf, wie sehr Keln sich verändert hatte. An ihm war nichts Niedergeschlagenes oder Mutloses mehr. Plötzlich war er wieder das, was Mark schon ein paar Mal vermutet hatte, als sie gemeinsam gegen die Gehörnten gekämpft hatten: ein Krieger, der völlig kalt und emotionslos ihre Lage erfasst hatte und danach handelte. Mark widersprach nicht, sondern hockte sich ein paar Schritte abseits ins Gras und wartete.

Die Zeit verstrich quälend langsam, bis die ersten Krieger bei ihnen auftauchten. Und dann dauerte es noch einmal so lange, bis sich das Tal endlich mit Männern zu füllen begann.

»Also los«, befahl Keln grimmig. »Und denkt daran …« Er unterbrach sich kurz und sah Mark an, aber der wandte rasch den Blick ab. »… keine Gefangenen. Wir können es uns nicht leisten, uns auch noch mit den schwarzen Teufeln abzuschleppen.«

Mark schloss sich den Männern an, als sie sich zu einer weit auseinander gezogenen, dreifachen Kette formierten und den Hügel hinaufliefen. Aber er blieb auf der Kuppe stehen und beobachtete den Kampf aus sicherer Entfernung.

Kelns Männer stürmten den Hang hinunter und brachen wie eine Lawine über die total überraschten Dämonen herein, und fast im gleichen Augenblick erschienen auch auf der Kuppe des gegenüberliegenden Hügels Hunderte von bewaffneten Gestalten. Kaum einer der Dämonen kam auch nur dazu, seine Waffe zu heben und sich zu wehren – die Krieger überrannten sie einfach. Der ganze Kampf dauerte kaum eine Minute. Als die Männer, die Keln auf die andere Seite des Hügels geschickt hatte, ins Tal hinuntergestürzt kamen, war er bereits vorbei. Nicht einer von Sarns Häschern lebte noch.

Mark spürte, dass ihn jemand beobachtete, und drehte sich um.

Es war Ela.

Sie stand wenige Schritte hinter ihm, und der Ausdruck auf ihrem Gesicht verriet, dass sie die ganze Zeit dort gestanden und alles mit angesehen hatte. In ihrem Blick flackerte Entsetzen. Aber es dauerte eine ganze Weile, bis Mark begriff, dass dieses Entsetzen gar nicht dem fürchterlichen Anblick des Schlachtfeldes galt – sondern ihm.

»Ela!«, sagte er.

Sie fuhr zusammen. Für einen Moment war es, als erwache sie aus einem tiefen, von schrecklichen Albträumen geplagten Schlaf, dann wirbelte sie herum und rannte mit wehenden Haaren davon.

Mark blickte ihr betroffen nach. Er hätte sie gern zurückgerufen, aber er wusste, dass sie nicht hören würde. Und selbst wenn – es wäre sinnlos. Sie konnte nicht verstehen, was in ihm vorging.

Schweren Herzens drehte er sich herum und ging den Hügel hinunter zu der Stelle, wo Keln und einige seiner Männer gerade damit beschäftigt waren, den Gefangenen von seinen Ketten zu befreien.

Der Mann war so schwach, dass er in Kelns Armen zusammenbrach, und als Mark sich näherte, fürchtete er schon, dass sie zu spät gekommen waren. Das Gesicht des Gefangenen sah aus wie das eines Toten. Seine Haut hatte kein bisschen Farbe mehr, und sein Atem ging so flach, dass sich sein Brustkorb kaum mehr hob. Aber er stöhnte leise, als Keln ihn berührte, um das Haar aus seiner Stirn zu streichen, und als einer der Männer eine Wasserflasche an seine Lippen hielt, öffnete er die Augen und trank, zuerst vorsichtig, dann mit immer größeren, gierigeren Schlucken, bis Keln dem Krieger schließlich ein Zeichen gab, die Flasche fortzunehmen.

»Danke«, flüsterte der Mann. »Ich dachte schon, es wäre um mich geschehen.«

»Sprich nicht, wenn es dir Mühe bereitet«, sagte Keln. »Du bist in Sicherheit.« Er wandte sich an den Mann, der dem Verletzten Wasser gegeben hatte. »Geh und suche diesen Fremden, der sich auf die Heilkunst versteht«, sagte er. »Rasch!«

Der Krieger verschwand, und Keln sah den Gefangenen wieder an. »Nur eine Frage: Sind noch mehr von ihnen in der Nähe?«

»Gehörnte?« Der Mann schüttelte den Kopf. »Ich weiß es nicht«, flüsterte er. »Es ist alles verloren. Sie werden uns alle töten. Ich bin … der Einzige, der entkam. Ich dachte, ich hätte sie abgeschüttelt, aber dann … dann waren sie plötzlich wieder da. Sie haben alle erschlagen. Oder gefangen genommen.«

»Alle erschlagen?«, fragte Keln. »Wovon sprichst du?«

»Martens Hof«, stöhnte der Mann. Sein Blick irrte zwischen Keln und Mark hin und her. »Sie kamen vor zwei Tagen. Tausende. Tausende und Tausende und Tausende. Wir haben gekämpft, aber sie ... es waren einfach zu viele. Sie haben die Stadt überrannt und Marten gefangen, und ...«

»Wen?«, schrien Keln und Mark gebannt wie aus einem Mund. Auch die Männer in ihrer unmittelbaren Nähe waren mitten in der Bewegung erstarrt und blickten den Verletzten ungläubig an.

»Marten«, antwortete der Mann. »Aber wisst ihr denn nicht, dass ...« Er brach ab, als er den fassungslosen Ausdruck auf Kelns Gesicht sah. »Wer ... wer seid ihr überhaupt?«, fragte er. Trotz seines bemitleidenswerten Zustandes richtete er sich auf und schüttelte Kelns Hand ab. Plötzlich lag Misstrauen in seinen Augen.

»Wir waren lange fort«, antwortete Keln ausweichend. »Und ziemlich weit. Was hast du gerade über Marten gesagt?«

»Er ist zurückgekehrt«, antwortete der Mann. »Vor drei Monaten schon. Aber alle wissen es doch!«

»Wir wussten nichts Genaues«, antwortete Mark an Kelns Stelle. »Deswegen haben wir uns auch auf den Weg gemacht.«

Der Mann blickte ihn eindringlich an, und es fiel Mark mit jeder Sekunde schwerer, dem Blick standzuhalten. Aber irgendwie gelang es ihm, und nach einer Weile spürte er, wie das Misstrauen des Mannes wich. Vielleicht lag es einfach an seiner Jugend, dass er ihm eher vertraute als dem bärtigen Krieger, der ihn befreit hatte.

»Er ist zurückgekommen«, sagte er noch einmal. »Vor drei Monaten etwa. Zuerst waren es nur Gerüchte. Es hieß, einige Bauern hätten ihre Höfe befestigt und sich gewehrt, als die Gehörnten kamen, um Sklaven zu holen. Der Magister schickte Reiter los, um zu ergründen, was an diesen Gerüchten wahr sei, aber sie kamen lange nicht zurück. Und dann, als sie wiederkamen, waren sie nicht allein. Marten war bei ihnen.«

»Der Marten?«, fragte Keln zweifelnd. »Bist du sicher?«

Der Mann nickte. »Er ist da. Keiner hat es geglaubt, aber

er war es wirklich. Und er brachte ein ganzes Heer mit sich. Männer von den Höfen und aus den anderen Städten.«

»Aber warum?«, fragte Keln.

»Wir haben angefangen, uns zu wehren!«, antwortete der Verwundete. Obwohl seine Stimme zitterte, war sie voll Stolz. »Seit fünfhundert Jahren leben wir in Angst vor den Gehörnten. Aber das ist vorbei. Wir haben ein Heer aufgestellt und es ihnen zurückgezahlt! Diesmal haben wir sie gejagt. Sie haben endlich einmal gespürt, was es heißt, Angst zu haben!«

Zwischen Kelns Augenbrauen entstand eine schmale, senkrechte Falte. »Allzuweit scheint ihr damit nicht gekommen zu sein«, sagte er leise.

Das triumphierende Glitzern in den Augen des Verwundeten erlosch und machte einem niedergeschlagenen Ausdruck Platz. »Du hast Recht«, sagte er. »Aber es war nicht Martens Schuld. Wir ... wir haben gesiegt. Die Gehörnten haben uns angegriffen, aber wir haben sie geschlagen, wo immer wir sie trafen. Es gab schon Pläne, einen Weg in Sarns Reich zu suchen und auch ihn zu vernichten. Wir hätten gewonnen. Mit Marten an unserer Spitze hätten wir sie geschlagen. Aber dann kam vor zwei Tagen ein riesiges Heer, von Sarn selbst angeführt. Wir erwarteten sie auf den Feldern vor Martens Hof. Die Schlacht dauerte den ganzen Tag, aber am Ende trugen wir den Sieg davon. Wir begannen sie in den Fluss zu treiben, doch dann erschien der Greif selbst. Es war entsetzlich.«

»Und?«, fragte Mark leise, als der Gefangene abbrach und mit zusammengebissenen Lippen ins Leere starrte.

»Wir flohen zurück in die Stadt«, antwortete der Mann. »Sie verfolgten uns. Wir ... konnten die Tore schließen, und wir hätten das Feld behaupten können, aber der Greif selbst durchbrach die Mauern und tötete Hunderte von uns. Wer überlebte, der flüchtete in die Häuser, aber sie waren plötzlich überall. Ich ... ich weiß nicht, wie viele noch am Leben sind. Aber die, die sie nicht erschlagen haben, die sind in Gefangenschaft geraten.«

»Und Marten?«, fragte Mark.

»Es heißt, der Greif selbst hätte ihn überwältigt und würde ihn gefangen halten«, antwortete der Verwundete. »Manche sagen, dass er tot ist, aber das glaube ich nicht. Er kann nicht tot sein.«

Marten!, dachte Mark erschüttert. Das war unvorstellbar. Und doch gab es einen Sinn. Schließlich – wenn die Bewohner des Turms nicht alterten, warum sollte dann Marten selbst nicht noch am Leben sein? Niemand hatte ihn gesehen, seit er die Stadt gegründet hatte und eines Tages verschwunden war, aber das wiederum überraschte Mark nicht im Mindesten. Wenn es einen Menschen auf der Welt gab, den der Greif noch mehr verfolgte als ihn selbst, dann war es Marten. Er musste sich all die Zeit über versteckt haben, ständig auf der Flucht vor dem Greif und seinen Häschern und ständig auf den Moment wartend, in dem er seine Tarnung aufgeben und das Joch des Greif abschütteln konnte. Und als er, Mark, aufgetaucht war, da hatte er diesen Moment kommen sehen und gehandelt.

Irgendetwas stimmte nicht an dieser Theorie, aber Mark konnte nicht sagen, was. Er beschloss, später noch einmal in Ruhe darüber nachzudenken – und vor allem, sich mit Keln zu besprechen –, und wandte sich wieder an den Verwundeten.

»Wie weit ist es bis Martens Hof?«, fragte er.

»Nicht mehr sehr weit«, antwortete der Mann. »Vielleicht einen halben Tagesmarsch.« In seinem Blick glomm eine wilde Hoffnung auf, die sich jedoch sofort in Entsetzen wandelte.

»Aber ihr könnt nichts tun«, sagte er. »Es ist der Greif selbst!«

»Ich weiß«, sagte Mark.

»Du verstehst nicht«, behauptete der Mann. »Kein lebendes Wesen kann den Greif besiegen! Es ist egal, wie viele ihr seid oder wie tapfer! Wir waren Tausende, und er hat uns geschlagen, er ganz allein!«

Mark antwortete nicht darauf, sondern erhob sich langsam und trat zurück. Keln beugte sich wieder vor und begann mit leiser Stimme auf den Verwundeten einzureden, aber Mark hörte nicht mehr hin.

Er hatte verstanden.

Nichts von alldem, was er erlebt hatte, war Zufall oder sinnlos. *Kein lebendes Wesen.* Aber die Männer und Frauen, die er anführte, kamen aus dem Bergwerk, und nach den Gesetzen dieser Welt waren sie tot, denn sie kehrten von einem Ort zurück, von dem es keine Rückkehr mehr gab.

Kein lebendes Wesen kann den Greif besiegen.

Ein böses Lächeln stahl sich auf Marks Lippen, als er sich herumdrehte und in die Richtung sah, in der Martens Hof lag. Er wusste, dass der Greif auf ihn wartete. Aber er wusste auch, dass sie siegen würden, ganz gleich, welch düsteren Zauber der Greif aufgeboten haben mochte. Denn es war eine Armee lebender Toter, die Mark folgte.

Die Schlacht um Martens Hof

Auf dem gemauerten Himmel wich die Dunkelheit der Nacht dem ersten noch zaghaften Grau eines neuen Tages, als sie Jans Hof erreichten – oder das, was davon übrig war. Es war nicht lange her, dass Mark selbst hier gewesen war, aber hätte ihm Frank – der Mann, den sie aus der Gewalt der Gehörnten befreit hatten – nicht eindringlich versichert, dass der Kreis schwarzverbrannter, zertrampelter Erde genau dort lag, wo sich einmal Jans Anwesen erhoben hatte, so hätte er es nicht geglaubt. Er hatte geahnt, dass sie den Hof geschleift vorfinden würden; schließlich hatte er die Zerstörung im magischen Spiegel im Palast des Greif selbst mit angesehen.

Aber dieser Hof war nicht überfallen und ausgeplündert worden. Er war vernichtet, im wahrsten Sinn des Wortes. Nichts stand hier mehr. Es gab keine Ruine, keine verbrannten Wände oder verkohlten Dachsparren, keine Trümmer oder qualmende Überreste – einfach nichts.

Der Linie folgend, wo der Palisadenzaun gestanden hatte, erstreckte sich vor ihnen ein unregelmäßiger Kreis geschwärzter Erde, auf der eine fast knöcheltiefe Ascheschicht lag. Das Feuer der Hölle selbst schien hier gewütet zu haben.

»So sieht es überall aus«, sagte Frank leise. Sie alle bewegten sich vorsichtiger, je näher sie dem zerstörten Bauernhof kamen, und hatten selbst ihre Stimmen gesenkt, als fürchteten sie, allein durch zu lautes Sprechen die Dämonen wieder herbeizurufen, die für diese Verheerung verantwortlich waren. Trotzdem war das Grauen deutlich in der Stimme des jungen Mannes zu hören, und auch auf den Gesichtern der anderen stand das Entsetzen geschrieben.

Mark selbst fühlte nichts von alldem, sondern nur Entschlossenheit, Sarn und den Greif zu besiegen, und Hass.

Seine Augen sahen den Kreis aus verkohlter Erde, er spürte den verbrannten Geruch, der in der Luft lag, und er hörte das geisterhafte Rascheln und Wispern, mit dem der Wind durch die grauschwarze Aschenschicht auf dem Boden fuhr und kleine, vergängliche Formen schuf, die wie die Geister derer, die hier erschlagen worden waren, wirkten. Aber vor seinem inneren Auge sah er etwas anderes: Er sah den Cherub, der unter einem Prankenhieb des Greif zerbrach. Er sah ein kleines rotes Auto, das von einem umstürzenden Lastwagen zermalmt wurde, und er sah Yezariael, für alle Zeiten zu Stein erstarrt und doch am Leben, gefangen in einer Qual, die so lange andauern würde, wie diese Welt bestand.

Franks Erzählung hatte ihnen klargemacht, was sie erwarten würde, wenn sie sich der Stadt näherten. Zerstörung hätten sie akzeptieren können. Aber dieses Gehöft war völlig dem Erdboden gleichgemacht worden, als hätte es niemals existiert, und Mark war sicher, dass es nicht nur ein Akt sinnloser Willkür war. Dieser Anblick hier galt ihm ganz allein. Er war eine Demonstration der Macht, über die der Greif gebot.

Mühsam löste er seinen Blick von der verbrannten Erde und wandte sich dorthin, wo Martens Hof lag. Es war noch nicht ganz hell, sodass er die Stadt nur als verschwommenen Schatten am Horizont erkennen konnte. Aber über diesem Schatten bewegte sich ein anderer, um vieles größerer in der Luft, und eine erschreckende Anzahl winziger auf und ab hüpfender Punkte.

»Wie lange brauchen wir bis zur Stadt?«, wandte er sich an Frank.

»Eine halbe Stunde«, antwortete der junge Mann. »Aber sie werden euch sehen, ehe ihr auch nur den Fluss erreicht. Und der Greif ...«

»Der Greif«, unterbrach ihn Mark mit Nachdruck, »ist ganz allein mein Problem. Und er wird auch nicht in den Kampf eingreifen, keine Angst.« Wenigstens hoffte er, dass es so war. »Die Verwundeten und Kranken sollen hier zurückbleiben«, sagte er zu Keln. »Wie wir es heute Nacht besprochen haben.«

Keln nickte und ging, um Befehle zu erteilen, und Mark trat auf Ela zu. Sie wollte sich umwenden und weggehen, wie sie es seit ihrem letzten Gespräch immer getan hatte, wenn Mark zu ihr gekommen war, aber diesmal war er schneller und verstellte ihr den Weg.

»Was willst du?«, fragte sie barsch.

Der Ton, in dem sie sprach, tat Mark mehr weh, als wenn sie ihn geschlagen hätte. Aber er beherrschte sich und versuchte, seine Stimme ruhig klingen zu lassen. »Bitte geh und suche Berti und die anderen«, sagte er. »Wir marschieren weiter, aber ich möchte, dass ihr hier bleibt.«

»Warum?«, fragte Ela misstrauisch.

»Das hier ist nicht euer Kampf«, antwortete Mark. »Er geht euch nichts an. Wenn wir siegen, dann lasse ich euch nachkommen. Und sollten wir geschlagen werden, dann versucht, irgendwie allein durchzukommen. Ich bin sicher, dass ihr es schafft.«

Wäre dies ein Film oder eine erfundene Geschichte, dachte Mark, dann müsste Ela jetzt den Kopf zurückwerfen und voller Stolz erklären, dass sie die Sache schließlich gemeinsam begonnen hätten und auch gemeinsam zu Ende bringen würden. Aber dies war keine erfundene Geschichte, sondern die Wahrheit, und nach einigen Sekunden nickte Ela stumm und ging, ihre Freunde zu suchen.

Es dauerte nicht lange, bis Keln zurückkam. Sie hatten während der Nacht Zeit genug gehabt, alles Nötige zu besprechen, und hatten längst entschieden, welche Männer und Frauen zurückbleiben sollten. Es waren viele – gut ein Drittel ihrer Streitmacht, und sie würden jede Hand, jedes fehlende Schwert schmerzhaft vermissen. Aber ihnen war nicht mit Menschen gedient, die kaum noch in der Lage waren, einen Fuß vor den anderen zu setzen.

Erneut kam Mark zu Bewusstsein, dass er längst begonnen hatte, wie ein Krieger zu denken. Er hatte nicht einmal Angst, wenn er an die bevorstehende Schlacht dachte. Er musste nur an Yezariael denken, und alle Furcht wich einem kochenden Hass, den nur der Tod dieses Ungeheuers würde stillen können. Vielleicht hat Ela Recht, dachte er. Vielleicht wurde er wirklich so wie die, die er bekämpfen wollte, denn die Kräfte, die er in sich spürte, waren böse Kräfte. Aber das war ihm gleich. Es spielte keine Rolle, was mit ihm geschah. Er würde den Greif besiegen und dabei sterben oder wieder in seine Welt zurückkehren, wenn er es getan hatte.

Langsam näherten sie sich dem Fluss. Es wurde heller, und gleichzeitig wich die Kühle der Nacht einer unnatürlichen Wärme. Der Wind trug Brandgeruch heran.

Als sie fast am Fluss waren, sahen sie, dass Martens Hof nicht ganz so schlimm zerstört war, wie sie befürchtet hatten. In der Mauer klaffte eine gewaltige Bresche, und einige der Dächer, die sich bisher stolz über die Zinnenkrone der Stadtmauer erhoben hatten, waren jetzt nur mehr geschwärzte Gerippe, von denen noch grauer Rauch aufstieg. Martens Hof konnte noch gerettet werden.

Doch sie sahen noch etwas anderes – eine Gruppe von einigen hundert Gehörnten und Detektiv-Wesen, die die Brücke besetzt hielten. Über ihnen kreiste eine gewaltige Anzahl geflügelter Teufel.

Mark blieb stehen, tauschte einen wortlosen Blick mit Keln und hob langsam die Hände. Der bärtige Krieger blinzelte überrascht, als er sah, wie Mark bedächtig die Verbandstreifen abzuwickeln begann, sagte aber nichts.

Auf Marks Knöcheln hatte sich ein dicker, braunroter Panzer aus geronnenem Blut gebildet, und allein der Gedanke, die Finger zu bewegen, weckte schon eine leise Übelkeit in seinem Magen. Aber er biss die Zähne zusammen und versuchte es, und zu seiner Überraschung gelang es ihm, die Hände zu Fäusten zu ballen und sogar sein Schwert zu ziehen. Er musste nur an den Greif denken, und es war wie eine Zauberformel: Der Schmerz erlosch nicht, aber er wurde nebensächlich. Es gab nur noch eines, was zählte – die Vernichtung des Ungeheuers.

Er drehte sich zu Frank um, der Keln und ihm in geringem Abstand gefolgt war. »Bleib in unserer Nähe«, sagte er. »Wir brauchen dich. Wenn wir in der Stadt sind, dann führst du uns dorthin, wo Marten gefangen gehalten wird.«

Dann marschierten sie los. Je näher die Brücke kam, desto schneller gingen die Männer an der Spitze, und schließlich begannen sie zu rennen. Unter Marks Füßen waren plötzlich keine Wiesen mehr, sondern die harten Bohlen der Brücke und darunter die tosenden Fluten des namenlosen Flusses.

Die Schlacht entbrannte, als sie die Mitte der Brücke erreicht hatten. Plötzlich war die Luft voll peitschender Flügel und horniger, reißender Krallen und Schnäbel, und aus den anfeuernden Rufen der Männer wurden Schmerz- und Schreckensschreie, als die fliegenden Teufel auf sie herabstießen. Aber die Krieger waren vorbereitet und taten das, was Keln ihnen in der Nacht zuvor eingeschärft hatte: Die, die nur mit Hämmern bewaffnet waren, knieten blitzschnell nieder, während ihre Kameraden die erbeuteten Dreizacke und die Schwerter in die Höhe stießen. Kaum ein paar Augenblicke, dann hatten die Ungeheuer begriffen, dass ihre Opfer nicht so wehrlos waren, wie es schien, und zogen sich hastig wieder zurück.

Dann trafen die Krieger auf die Hauptmacht der Dämonen. Die Brücke zitterte und wankte bedrohlich wie bei einem Erdbeben, als die Schlacht entbrannte. Auch Mark wollte sich in das Getümmel stürzen, aber Keln hielt ihn zurück. Gleichzeitig wich er einem heranzischenden Speer aus, und drängte Mark ein Stück zurück. Mark sah eine Bewegung aus den Augenwinkeln und duckte sich im letzten Moment. Etwas Dunkles sauste über ihn hinweg, dann traf ihn der Krallenhieb eines Gehörnten und schleuderte ihn zu Boden.

Mark schrie, riss sein Schwert in die Höhe und schrie ein zweites Mal vor Schmerz, als ihm die Waffe aus der Hand geschlagen wurde. Ein Gehörnter erschien über ihm, die rechte Hand erhoben und zu einer mörderischen Kralle verkrümmt, aber der tödliche Hieb kam nicht, denn plötzlich war Keln da, packte den Gehörnten wie ein Kind bei den Schultern und schleuderte ihn kurzerhand über das Geländer. Mit einem schrillen Kreischen verschwand der kleine Dämon in den kochenden Fluten des Flusses.

Mühsam stemmte sich Mark in die Höhe, bückte sich nach seinem Schwert und sah schweratmend zu Keln auf. »Danke«, sagte er. »Du hast mir das Leben gerettet.«

Keln lächelte – und für einen Moment erkannte Mark dieses Lächeln. Er wusste nicht, wann und wo, aber er hatte dieses Lächeln schon einmal gesehen, und es erfüllte ihn mit einem Gefühl von Wärme und Zutrauen, wie er es noch nie in der Nähe dieses bärtigen Riesen verspürt hatte.

Ihm blieb keine Zeit, weiter darüber nachzudenken, denn sie wurden wieder angegriffen, und diesmal gleich von einem halben Dutzend Gehörnter, aber auch von zwei der großen, menschenähnlichen Dämonen. Keln versetzte Mark einen Stoß, der ihn zurücktaumeln ließ, hob sein Schwert und ging auf zwei der kleinen schwarzgesichtigen Angreifer los, die unter seinen ungestümen Hieben zurückwichen – die vier anderen fielen wie ein Mann über ihn her und rangen ihn nieder.

Die beiden Detektiv-Wesen stürzten sich auf Mark.

Es gelang ihm, den Schwerthieb des ersten Dämons zu parieren. Die Klinge des zweiten traf mit der flachen Seite seinen Oberarm und lähmte ihn. Mit einem Schmerzensschrei sank Mark in die Knie, ließ seine Waffe fallen und erwartete zum zweiten Mal binnen weniger Augenblicke den sicheren Tod.

Der Dämon schrie triumphierend auf, packte sein Schwert mit beiden Händen und schwang es hoch über den Kopf zu einem Hieb, der Mark einfach in zwei Teile spalten musste, und riss die Bewegung im letzten Augenblick zurück.

Seine Augen wurden groß, als sein Blick Marks Gesicht traf, und anstelle des lodernden Hasses erschien bodenloses Entsetzen darin. Für eine endlose Sekunde stand er einfach da und starrte Mark an, und auch sein Begleiter, der eine gewaltige eiserne Stachelkugel schwang, schien mitten in der Bewegung eingefroren zu sein. Dann schleuderten beide ihre Waffen fort und wandten sich schreiend zur Flucht.

Mark war so verwirrt, dass er ihnen regungslos hinterherstarrte. Aber dann hörte er Kelns Schreie neben sich und erwachte jäh aus seiner Erstarrung. Mit einem einzigen Satz war er auf den Füßen, packte einen der Gehörnten, die Keln niedergerungen hatten und mit Fäusten und Krallen auf ihn eindroschen, und zerrte ihn mit der Kraft der Verzweiflung von seinem Opfer herunter. Der Gehörnte kreischte, wischte Marks Hand mit einer zornigen Bewegung beiseite und fuhr herum, um sich seinem neuen Gegner zuzuwenden.

Und das Unheimliche wiederholte sich – die furchtbaren Krallenhände des Gehörnten waren zum Schlag erhoben, mörderische Dolche, die ihn ohne Anstrengung zerreißen konnten. Aber auch er tat es nicht. Wie bei den beiden anderen Dämonen erschien in den Augen des Gehörnten ein Ausdruck tödlichen Erschreckens, ehe er mit einem Schrei aufsprang und davonraste. Auch die anderen Gehörnten ließen von Keln ab und ergriffen die Flucht, mit ihren schrillen, lispelnden Stimmen unentwegt ein einziges Wort kreischend, das Mark nicht verstand.

»Alles in Ordnung?«, fragte Mark, als sich Keln zitternd erhob.

Der Krieger antwortete nicht sofort, sondern fuhr sich

mit den Händen über Gesicht und Oberkörper. Er bot einen erschreckenden Anblick: Seine Kleider hingen vollends in Fetzen, und es schien keinen Quadratzentimeter auf seinem Gesicht, seinen Armen und seiner Brust zu geben, der nicht zerkratzt und blutig war. Aber zumindest schien keine seiner Verwundungen ernsthaft zu sein.

Zögernd nickte er. »Ich denke schon«, sagte er unsicher.

Mit einem flüchtigen Lächeln fügte er hinzu: »Danke. Jetzt hast du mir das Leben gerettet.«

Mark erwiderte sein Lächeln, blieb aber gleichzeitig ernst dabei. »Ich wollte nur, ich wüsste selbst, wie«, sagte er.

Keln sagte nichts, sondern griff nach seinem Schwert und dann nach Marks ausgestreckter Hand, um sich auf die Beine helfen zu lassen. Er wankte, und für einen Moment verzerrte sich sein Gesicht. Aber als Mark abermals die Hand ausstrecken wollte, um ihn zu stützen, schüttelte er nur wortlos den Kopf.

Mark wandte sich wieder dem Kampfgeschehen zu. Die Schlacht tobte nach wie vor mit verbissener Wut, und die Krieger drangen jetzt Schritt für Schritt vor. Die Dämonen bildeten längst keine einheitlichen Schlachtreihen mehr, sondern waren in viele unterschiedlich große Gruppen zersplittert, die die Angreifer vergeblich aufzuhalten versuchten. Aber Mark war klar, dass dieser Sieg noch nichts entschied. Zweifellos standen sie nur einem kleinen Teil des Dämonenheeres gegenüber.

Kelns Überlegungen schienen in die gleiche Richtung zu gehen, denn seine Miene wurde immer düsterer, während er das verbissene Ringen der Krieger und Dämonen musterte. Er ballte die Faust, murmelte etwas und fuhr mit einem Schreckensschrei zusammen und herum. Sein Arm schoss vor und versuchte Mark zu Boden zu stoßen.

Er war nicht schnell genug.

Ein gewaltiger, dreieckiger Schatten stürzte vom Himmel und prallte mit furchtbarer Wucht gegen Marks Schulter. Scharfe Klauen rissen sein Hemd und die Haut darunter auf, und ein verzerrtes Dämonengesicht erschien vor dem seinen, den Schnabel weit aufgerissen, sodass Mark die fürchterlichen Zähne sehen konnte, die dahinter bleckten.

Keln schrie auf und hob sein Schwert, doch wäre seine Hilfe zu spät gekommen – hätte der Dämon Mark wirklich töten wollen.

Aber er wollte es nicht.

Seine Krallen lösten sich aus Marks Schulter. Das grässliche Gebiss, zum Zuschnappen bereit, drehte sich im letzten Moment zur Seite, und die Fänge klappten mit einem Geräusch wie eine zuschlagende Bärenfalle zusammen, nur Millimeter von seiner Kehle entfernt. Zuckend und in einem letzten Reflex mit den Flügeln schlagend, fiel der geflügelte Teufel dicht neben Mark auf die Brücke herab und blieb regungslos liegen.

»Mein Gott«, murmelte Keln. »Was … was war das?«

»Sie tun mir nichts«, antwortete Mark. »Es war kein Zufall, Keln. Sie tun mir nichts. Das …« Er stockte, hob sein Schwert und sah wortlos Keln, den toten Geflügelten und die Waffe in seiner Hand an. »Das ist unsere Chance, Keln«, sagte er.

Und stürmte los.

Keln versuchte ihn zurückzuhalten, aber umsonst. Mark schlüpfte geschwind unter seinen zupackenden Händen hindurch und stürzte sich mit einem gellenden Schrei ins Kampfgetümmel.

Seine Erinnerungen an das, was danach geschah, an die Schlacht auf der Brücke und wie sie die Dämonen zurück zur Stadt trieben, waren nebelhaft, verschwommen, ein rasendes Durcheinander von Bildern und Geräuschen, verzerrten Gesichtern der Männer und Dämonen, von Schreien der Sterbenden und den fürchterlichen Lauten, mit denen Stahl auf Fleisch und Knochen prallte.

Und von der roten Farbe des Hasses.

Mit jedem Schwerthieb, jedem Schlag, jedem Schritt wuchs der Hass in Mark stärker heran. Er geriet in eine Art Trance, einen bösen, unstillbaren Blutrausch, in dem nichts mehr zählte als die Waffe in seiner Hand und die Feinde, in deren Körper er sie schlagen konnte.

Doch wo immer er auftauchte, wandten sich die schwarzen Ungeheuer zur Flucht, versuchten nicht, sich zu wehren oder ihn gar anzugreifen, sie schleuderten ihre Waffen fort und rannten oder flogen davon oder stürzten sich über das Brückengeländer in den Fluss, als wäre die bloße Vorstellung, ihn zu berühren, für sie schlimmer als der Gedanke an den Tod. In rasender Geschwindigkeit näherten sie sich Martens Hof. Die Tore waren geschlossen, aber wenige Meter daneben klaffte eine gewaltige Öffnung in der Stadtmauer. Noch einmal kam es zum Kampf, als sich die wenigen Dämonen, die das Gemetzel auf der Brücke überstanden hatten, hinter den zerborstenen Steinen zum Widerstand formierten und das angreifende Heer aufhalten wollten, aber der Kampf dauerte nur Minuten.

Als er vorüber war, lebte keiner der Gehörnten mehr.

Mark blieb erst stehen, als sie ein gutes Stück weit in die Stadt vorgedrungen waren. Er taumelte vor Erschöpfung. Vor seinen Augen bewegten sich rote Nebelschleier, und in seinen Ohren war ein dumpfes Hämmern und Rauschen. Ihm war, als erwache er aus einem tiefen, von schrecklichen Albträumen geplagten Schlaf – und als hätte er etwas aus diesem Albtraum mit in die wirkliche Welt hinübergebracht, ein körperloses tobendes Ungeheuer, das sich nur unwillig wieder in die Tiefen seines Inneren zurückzog, ein rotes Monster aus Hass und Zorn, von dem er nicht wusste, wie oft er es noch zurückdrängen konnte.

Keln musste ihn heftig an der Schulter rütteln, bevor Mark seine Umgebung wieder klar erkannte. Unwillig schüttelte er Kelns Hand ab, schob das blutige Schwert unter seinen Gürtel und sah zu dem Krieger auf. »Ja?«

Kelns Blick verdüsterte sich – aber was Mark zuerst für Zorn hielt, das war in Wahrheit Sorge. Und Furcht.

Furcht vor ihm.

»Wach auf, Junge!«, sagte Keln beschwörend. »Es ist vorbei!«

Mark schwieg. Das Ding in ihm war noch da, ein kochender Ball aus Hass und Zorn, der seine Gedanken vergiftete. Nur mit Mühe konnte er sich beherrschen, nicht abermals sein Schwert zu ziehen und auf Keln loszugehen, ganz einfach, weil dieser das Pech hatte, ihn im falschen Moment anzusprechen.

Dann verging es. Das Ungeheuer in ihm verstummte endgültig, und plötzlich machte sich eine tiefe, lähmende Erschöpfung in Mark breit. Aber er wusste, dass es noch da war, wie ein lauerndes Raubtier irgendwo in einem Winkel seines Bewusstseins verborgen und auf eine Gelegenheit wartend, abermals über ihn herzufallen.

»Es … es geht schon wieder«, sagte er mühsam. »Danke, Keln.«

Keln schien nicht ganz überzeugt zu sein. Aber er sagte nichts, sondern drehte sich um und hob die Hand, um einen der Männer herbeizuwinken, die hinter ihnen über die Ruinen der Stadtmauer kletterten.

Als Mark wieder in Kelns Gesicht sehen konnte, hatte er abermals das Gefühl, irgendetwas darin … zu erkennen. Er war plötzlich sicher, Keln schon früher einmal begegnet zu sein. Aber wenn das so war, wieso hatte er es nicht gemerkt in all den Monaten, die sie gemeinsam gearbeitet hatten und die sie zusammen in einer winzigen Zelle eingesperrt gewesen waren?

»Wer bist du, Keln?«, fragte er.

Keln drehte sich herum und sah ihn stirnrunzelnd an, und Mark fügte erklärend hinzu: »Ich meine, wo hast du gelebt, bevor du in den Turm gekommen bist?«

»Glaubst du, dass jetzt der richtige Moment für diese Art von Fragen ist?«, antwortete Keln auf eine Art, die Mark klarmachte, dass ihm seine Frage unangenehm war.

»Vielleicht ist es der letzte Moment«, sagte er ernst.

»Möglich.« Keln machte eine unwillige Geste. »Wenn ja, spielt es keine Rolle, nicht? Und wenn nicht, beantworte ich dir die Frage später.«

Mark biss sich enttäuscht auf die Unterlippe. Er spürte, dass sich hinter Kelns Schweigen mehr verbarg. Aber er spürte ebenso deutlich, dass Keln seine Fragen jetzt nicht beantworten würde. Schweigend wartete er, bis der Mann, dem Keln gewinkt hatte, herangekommen war.

Es war Frank. Sein Gesicht war bleich und voll Schmutz und Blut, und in seinen Augen lag die gleiche Mischung aus Unglauben und Furcht wie in denen Kelns, als er neben ihnen anlangte und Mark ansah. Mark wandte rasch den Blick ab, und obwohl er nicht einmal aus den Augenwinkeln hinsah, konnte er regelrecht spüren, wie Frank aufatmete.

»Das Haus, in dem Marten gefangen gehalten wird«, sagte Keln rasch. »Wo ist es?«

Frank deutete mit einer Kopfbewegung die Straße hinunter. »Der Turm des Magisters«, sagte er. »Jedenfalls hieß es, dass Marten noch dort wäre, als ich aus der Stadt geflohen bin. Wenn der Greif ihn nicht fortgebracht hat – oder getötet ...«

»Finden wir es heraus«, sagte Keln grimmig.

Sie gingen weiter. Etwa zweihundert Männer folgten ihnen; der weitaus größere Teil des Heeres blieb zurück, um ihnen den Rücken zu decken, sollte sich die scheinbar so verlassene Stadt doch als Falle erweisen.

Unbehelligt drangen sie immer weiter vor, und Keln schickte immer wieder Männer in die Gebäude, an denen sie vorüberkamen, oder in Nebenstraßen, um nach Überlebenden oder Dämonen Ausschau zu halten. Aber die Krieger kamen stets allein zurück, und Kelns Miene verdüsterte sich immer mehr. Es war gespenstisch – nach dem Kampf an der Brücke hatte Mark alles Mögliche erwartet – nur eines nicht: eine vollkommen leere Stadt.

Natürlich war es eine Falle.

Sie schnappte zu, als sie sich dem Turm des Magisters näherten, jenem großen, aus weißem Marmor errichteten Gebäude im Herzen der Stadt, das kein Turm war, sondern nur so hieß. Mark und Keln hatten gemeinsam mit Frank, der zwischen ihnen ging, die Führung übernommen, und sie hörten auch weiter keinen Laut außer dem Widerhall ihrer eigenen Schritte und der der ihnen folgenden Männer. Aber plötzlich blieb Keln stehen und hob die Hand, und auch Mark hielt an und lauschte mit klopfendem Herzen. Er hörte nichts.

»Was ist?«, fragte er leise.

Keln antwortete nicht, sondern gebot ihm mit einer hastigen Geste zu schweigen, und Mark gehorchte.

Nichts außer den Geräuschen, die sie selbst verursachten, und dem unheimlichen Heulen und Wimmern des Windes, der sich an den hohen Dächern und den Zinnen der Wehrmauer brach. Und das dumpfe Hämmern des eigenen Pulsschlages.

Kelns Blick glitt rasch und aufmerksam über die Türen und Fenster der Gebäude, die den Platz flankierten, und seine Hand senkte sich auf den Griff seines Schwertes, ohne dass er es selbst zu bemerken schien.

»Ich weiß nicht«, gab er flüsternd zur Antwort. »Aber …«

Einer der Männer hinter ihnen stieß einen Schrei aus, andere Stimmen fielen ein, und eine erschrockene Bewegung lief durch das Heer.

Und dann schrie auch Mark auf.

Die Straße, die sie heruntergekommen waren, war voller Dämonen. Es mussten Tausende sein.

Sie versperrten die Straße auf ganzer Breite, und auch in Türen und Fenstern, auf Dächern und in Toren erschienen plötzlich schwarze, lederhäutige Gesichter, Detektiv-Wesen, aber auch Dutzende Kreaturen von einer Art, wie Mark sie nie zuvor gesehen hatte. Und er musste sich nicht eigens herumdrehen, um zu wissen, dass auch vor ihnen eine gewaltige Armee aller vor- und unvorstellbaren Scheußlichkeiten der Hölle aufgetaucht war. Und sie hatten sich eingebildet, die Heerscharen des Greif schlagen zu können! Lächerlich!

»Das ist das Ende«, flüsterte Frank. »Sie werden uns alle töten!«

»Ja«, stimmte ihm Keln zu. »Aber vorher nehme ich noch ein paar von diesen Monstern mit, das schwöre ich. Noch einmal gehe ich nicht in die Stollen.«

Mark schwieg. Die Ungeheuer rückten näher, und auch aus den Häusern quollen immer mehr und mehr Dämonen, aber sie bewegten sich sehr langsam. Einige der Männer, die am Rande der kleinen Armee standen, schlugen mit ihren Waffen nach ihnen, und Mark fiel auf, dass die Dämonen vor ihren Hieben zurückwichen.

Natürlich entging dieser Umstand auch Keln nicht – aber er deutete ihn falsch.

»Sie versuchen uns zusammenzutreiben«, sagte er. »Wenn es ihnen gelingt, sind wir verloren.«

»Warte«, sagte Mark hastig, als Keln mit den Händen einen Trichter vor dem Mund bilden wollte, um den Menschen Befehle zuzurufen.

Keln zögerte tatsächlich. Fragend sah er Mark an. »Sie wollen mich«, sagte Mark. »Nicht euch.«

Keln zog eine Grimasse. »Unsinn«, schnappte er. »Glaubst du wirklich, der Greif würde sich …«

»Der Junge hat Recht«, unterbrach ihn Frank. Seine Stimme bebte. Er schien fast wahnsinnig vor Angst zu sein, aber er war kein Krieger wie Keln, und er sah die Dinge von einem anderen Standpunkt und in diesem Fall vielleicht von einem richtigeren aus. »Sie hätten uns längst niedermachen können, wenn sie das wollten. Sie sind zehnmal so viele wie wir!«

Keln zögerte noch immer. Nervös irrte sein Blick zwischen der näher rückenden Front der Ungeheuer und Marks Gesicht hin und her.

»Selbst wenn«, sagte er schließlich. »Sie haben keinen Grund, uns am Leben zu lassen.«

»Doch«, widersprach Mark. »Der Greif braucht euch, Keln.« Er lächelte flüchtig, als Keln ihn verwundert ansah. »Welchen Sinn hat es, um die Herrschaft zu kämpfen, wenn keiner da ist, den man beherrschen kann?«

Er wandte sich wieder dem Turm des Magisters zu. Die Tür des riesigen, weißen Marmorgebäudes hatte sich geöffnet, und zwei Gehörnte waren herausgetreten und hatten rechts und links des Eingangs Stellung bezogen. Sie waren unbewaffnet.

»Tu es nicht«, sagte Keln beschwörend. »Du gehst in den Tod!«

Aber Mark schüttelte nur den Kopf und steckte sein Schwert ein. Er hatte Angst, aber seine Schritte waren fest, und von seinem Gesicht war nicht die mindeste Regung abzulesen, während er die breite Treppe aus Marmor emporschritt, auf die Tür zu, hinter der der Greif ihn erwartete.

Marten

Die Stille im Inneren des Gebäudes war mehr als unheimlich. Es war nicht nur die Abwesenheit von Geräuschen, sondern noch etwas anderes, etwas unsagbar Fremdes und Düsteres. Als Mark die Tür durchschritt, da war es ihm, als würde ihn ein Odem lähmender Kälte umhüllen, der Atem eines unsichtbaren düsteren Gottes.

Es war die Nähe des Greif, die er spürte. Aber niemals zuvor hatte er sie so intensiv gefühlt wie jetzt. Niemals zuvor hatte er begriffen, was es wirklich für ein Wesen war, dem er die Stirn zu bieten versucht hatte. Kein Ungeheuer, kein Monster, durch eine Laune des Zufalls und einen unbeschreiblichen Fehler eines sterblichen Menschen erschaffen, sondern ein finsteres, böses Ding, vielleicht das Prinzip des Bösen an sich, das einen Körper gefunden hatte.

Mark blieb nicht einmal stehen auf seinem Weg nach oben. Er kam an der Tür zu dem Raum vorbei, in dem er Anders kennen gelernt hatte, ging den Gang bis zu dessen Ende und eine weitere Treppe hinauf, als wisse er genau, wo der Greif ihn erwartete. Die beiden Gehörnten, die ihn unten an der Tür empfangen hatten, folgten ihm in geringem Abstand, aber Mark drehte sich nicht um. Er hatte auch keine Angst mehr. Jetzt, da ihm klar war, dass es kein Zurück mehr gab, war seine Furcht einfach von ihm abgefallen, als hätte sie die unsichtbare Barriere aus Kälte und Fremdartigkeit unten nicht passieren können, weil sie Teil einer anderen Welt war, die hier keinen Bestand hatte. Das Universum des Greif hatte keinen Platz für menschliche Empfindungen wie Wärme oder Freundschaft und auch nicht für Furcht. Hier gab es nur die Kälte des Hasses.

Er erreichte das oberste Stockwerk. Von der Pracht und

Großzügigkeit des Gebäudes war hier nicht mehr viel zu sehen. Der Gang war niedrig, und unter der Decke zogen sich rohe, kaum bearbeitete Holzbalken entlang. Auf dem Boden hatte sich Staub und Unrat angesammelt. Seitlich von der Tür, vor der er stand, stapelten sich alte Kisten.

Er streckte die Hand aus, öffnete die Tür und schloss sie wieder hinter sich, noch ehe die Gehörnten Gelegenheit hatten, ihm zu folgen. Das hier war eine Sache zwischen dem Greif und ihm, niemandem sonst.

Der Raum war ein weitläufiger Dachboden, und er war so dunkel, dass Mark im ersten Moment kaum etwas wahrnahm. Aber eines sah er sogleich – nämlich, dass der Greif nicht da war.

Dafür erkannte er einen menschlichen Umriss in einem hochlehnigen Stuhl, ganz am anderen Ende des Dachbodens, einen Schatten, der so regungslos dasaß, als wäre kein Leben mehr in ihm. Aber dann bewegte der Schatten den Kopf und sah in seine Richtung.

Mark machte einen Schritt und blieb wieder stehen.

»Marten?«, sagte er unsicher. »Sind Sie ... das?«

Die Gestalt antwortete nicht, aber sie hob die Hand und winkte ihm, näher zu treten, und nach einem letzten Zögern gehorchte Mark. Sein Herz hämmerte. Der Gedanke, dass er Marten gegenüberstand, dem Mann, der all das hier erschaffen hatte, nahm ihm den Atem.

»Komm näher, Mark«, sagte die Gestalt. »Lass mich deine Hände sehen.«

Diese Stimme!, dachte Mark verwirrt. Er kannte diese Stimme!

Als er sich nicht von der Stelle rührte, erhob sich die Gestalt und kam auf ihn zu. Schmale, schlanke Hände griffen nach Marks Armen und hielten sie fest, während die wieder aufgebrochenen, blutenden Wunden auf seinen Knöcheln untersucht wurden.

»Das sieht nicht gut aus«, sagte der schlanke Mann. »Aber ich denke, das kriegen wir wieder hin.« Er lächelte und strich mit den Fingerspitzen behutsam über Marks geschundene Knöchel.

Für einen Moment spürte er einen grellen, quälenden Schmerz, aber er erreichte kaum wirklich sein Bewusstsein, da erlosch er bereits wieder, und als er auf seine Hände hinuntersah, da waren sie unversehrt.

»Trotzdem«, fuhr der Mann fort, »solltest du ein bisschen besser auf dich aufpassen, mein Freund. Ich habe keine Lust mehr, dich jedes Mal, wenn wir uns begegnen, erst wieder zusammenzuflicken.«

Mark sah verwirrt in das schmale, von grauem Haar umgebene Gesicht. »Aber … wieso?«, stammelte er.

»Ich bin Arzt«, sagte Dr. Merten lächelnd. »Hast du das schon vergessen?«

»Sie?!«, hauchte Mark. »Sie sind … Marten?«

Mark starrte ihn an. Wie hatte er nur so blind sein können? Marten – Merten. Es war so offensichtlich gewesen, dass er es einfach hätte erkennen müssen!

»Sie sind …«

»Du«, unterbrach ihn Marten mit sanftem Spott. »Unter Blutsverwandten sagt man du, wenn ich mich richtig erinnere.«

»Du bist Marten?«, fuhr Mark fassungslos fort. »Mein Vorfahre?«

»Ja, das bin ich«, antwortete Marten. »Und du bist Mark, mein Erbe. Einer meiner vielen, vielen Nachfahren, die gekommen sind, um den Greif zu vernichten. Keiner vor dir ist so weit gekommen, weißt du das?«

Mark hörte seine Worte gar nicht. Er versuchte noch immer vergeblich zu begreifen, was er sah – und vor allem, was es bedeutete.

»Aber warum … warum hast du es mir nicht gesagt?«, flüsterte er. »Warum hast du die ganze Zeit über geschwiegen? Wieso …?«

Marten unterbrach ihn mit einer Handbewegung. »Das konnte ich nicht«, sagte er. »Es wäre zu gefährlich gewesen. Für dich, aber auch für mich.«

»Der Greif.« Mark nickte. Natürlich, wenn es einen Menschen auf der Welt gab, hinter dem der Greif noch mehr her war als hinter ihm selbst, dann musste es Marten sein.

»Vielleicht war es ein Fehler«, sagte Marten. »Aber man wird misstrauisch, wenn man zu lange auf der Flucht lebt. Und ich habe mich sehr lange verborgen gehalten.«

Mark war noch immer nicht fähig, den Blick von dem schmalen Gesicht zu lösen. Sein Verstand hatte begriffen, wer es war, dem er da gegenüberstand, aber etwas in ihm weigerte sich noch immer, die Vorstellung zu akzeptieren, dass er mit einem Mann sprach, der aussah, als wäre er fünfzig und zehnmal so alt war. Und trotzdem – irgendwie hatte er es gespürt, damals, als er in Dr. Martens Villa gewesen war und ihn in seiner Nähe dieses Gefühl von Sicherheit überkommen hatte.

Und plötzlich erinnerte er sich wieder an alles.

Mit einem Ruck löste er seine Hände aus denen Martens und trat einen Schritt zurück. »Du hast mich verraten«, sagte er. »Damals, in deinem Haus. Du hast Sarn gerufen, und …«

»Sarberg, nicht Sarn«, korrigierte ihn Marten.

»Sarberg?«

»Ich dachte, dein Bruder hätte es dir erzählt«, sagte Marten. »Es gibt Menschen, einige wenige Menschen – und zu denen gehöre ich und auch der Mann, den du als Sarn kennen gelernt hast –, die in beiden Welten leben können. Die Türen des Schwarzen Turms stehen ihnen offen, so wie dir. Hier drinnen war er Sarn, der Statthalter des Greif und Herr des Bergwerks, aber draußen, in eurer Welt, da war er Sarberg, der einzige Mensch, dem ich vertrauen konnte, Baron von Sarberg, der Mann, um dessentwillen ich den Greif erschuf.«

Mark atmete erschrocken ein. »Der …«

»Er hat bezahlt«, unterbrach ihn Marten. »Hundertmal. So wie auch ich.«

»Aber ich … ich verstehe nicht …«, stammelte Mark. »Der Greif ist …«

»Nicht das, was alle glauben, dass er ist«, fiel ihm Marten abermals ins Wort. »Ich wusste nicht, was ich tat, damals, Hass und Schmerz machten mich blind. Und als ich es erkannte, da war es zu spät. Aber vielleicht haben wir noch eine Chance, alles zum Besseren zu wenden. Du und ich gemeinsam, Mark.«

»Gegen den Greif?« Um Mark schien sich alles zu drehen. Alles war anders, als er gedacht hatte. Und er ahnte, dass er nicht einmal jetzt die volle Wahrheit kannte. Etwas fehlte noch.

»Wo ist er?«, fragte er.

»Der Greif?« Marten lächelte. »Oh, er wird kommen. Bald. Dass ich hier mit dir reden kann, ist eine letzte Gnadenfrist, die ich ihm abtrotzen konnte, mehr nicht. Er wird kommen und dich töten wollen, wie alle anderen vor dir.«

»Und dich?«

»Mich?« Marten lächelte belustigt. »Nein«, sagte er. »Mich nicht. Er kann mich nicht töten. Vernichtet er mich, vernichtet er sich selbst. Und das weiß er. Du bist der Letzte, der ihm noch gefährlich werden kann, Mark. Zusammen mit mir.«

»Und du denkst, das würde uns gelingen?«

»Es gibt Dinge, die ich selbst vor ihm habe verbergen können, all die Jahrhunderte über«, antwortete Marten. »Aber nun ist der Augenblick der Entscheidung gekommen. Du und ich, wir können ihn besiegen, Mark. Uns beiden ist er nicht gewachsen. Kein lebendes Wesen kann den Greif besiegen, so hieß es, aber du bist mit einem Heer von Toten hierher gekommen und hast ihn geschlagen. Alle seine Dämonen können nichts gegen uns ausrichten, wenn wir unsere Kräfte vereinen. Wir werden sie besiegen, und wir werden den Greif besiegen, und der Schwarze Turm wird endlich zu dem Paradies werden, das ich erschaffen wollte.«

Seine Stimme hatte einen beschwörenden Ton angenommen, und für einen kurzen Moment wollte Mark nichts mehr, als ja zu sagen. Aber dann begriff er, was Marten von ihm verlangte.

»Du meinst, der Krieg würde weitergehen«, sagte er leise. »Das Töten würde nicht aufhören, nicht wahr? Und auch das Bergwerk würde weiterbestehen, nur dass es keine Menschen mehr wären, die darin arbeiten müssten.«

»Tun dir diese kleinen Teufel etwa Leid?«, fragte Marten. Und plötzlich war ein unangenehmer, schneidender Ton in seiner Stimme. Mark wich einen Schritt vor ihm zurück.

»Du hast nichts dazugelernt«, sagte er bitter. »Fünfhundert Jahre. Fünfhundert Jahre, Marten – und nichts hat sich geändert. Du hast nicht einmal begriffen, was du falsch gemacht hast.«

Ein Ausdruck von Trauer machte sich auf Martens Gesicht breit. »Du bist es, der nichts begriffen hat«, sagte er.

Und verwandelte sich.

Sein Körper verlor an Substanz, wurde dunkel und schien auseinanderzutreiben wie ein flüchtiger Schemen aus dunklem Rauch, und dann, von einem Augenblick auf den anderen, stand Mark dem Greif gegenüber.

»Aber das wirst du, du kleiner Narr«, fuhr das riesige Geschöpf fort. »Du bist der Letzte. Nach dir wird es keinen mehr geben, der mir gefährlich werden könnte. Ich wollte dein Leben schonen, denn trotz allem ist es mein Blut, das in deinen Adern fließt. Dies ist deine letzte Möglichkeit, dich zu entscheiden!«

Es war nur Trotz, der Mark dazu bewegte, das Schwert aus dem Gürtel zu ziehen. Er bildete sich keine Sekunde ein, diesem Giganten gewachsen zu sein. »Dann versuch doch, mich umzubringen!«, sagte er.

»Du bist schon verloren«, antwortete der Greif und sprang. Mark kam nicht dazu, sein Schwert zu heben. Ein Prankenhieb traf ihn, schmetterte ihm die Waffe aus der Hand und schleuderte ihn quer durch den Raum. Er schrie vor Schmerz und Schreck, taumelte und prallte mit entsetzlicher Wucht gegen die Wand.

Der Greif setzte ihm nach. Mark riss die Arme vor das Gesicht, aber ein zweiter, noch fürchterlicherer Prankenhieb schmetterte seine Hände beiseite und warf ihn vollends auf den Rücken. Dann war der Greif über ihm, setzte die linke Tatze auf seine Brust, presste ihn damit auf den Boden und hob die andere, blutende Pranke. Aus der riesigen Katzenpfote glitten fingerlange, gebogene Krallen.

Mark versuchte zu schreien, aber er konnte es nicht. Er

konnte nicht einmal atmen, denn das Gewicht des Greif presste seinen Brustkorb und seine Lungen zusammen. Rote Nebel aus Schmerz und Zorn wogten vor seinem Blick, und er hörte die Stimme des Greif nur noch wie aus weiter Entfernung.

»Du warst ein würdiger Gegner«, sagte der Greif. »Der Beste von allen. Aber jetzt ist es vorbei.«

»Da wäre ich nicht so sicher, Marten«, sagte eine Stimme hinter ihm.

Der Greif fuhr herum, und Mark öffnete mühsam die Augen.

Hinter dem Greif war eine hoch gewachsene, in einen schwarzen Mantel gehüllte Gestalt erschienen – Sarn! In seiner rechten Hand blitzte ein Dolch, und in der anderen hielt er eine dünne Silberkette mit einem funkelnden Anhänger. Der Greif schrie zornig auf und wirbelte herum, aber trotz seiner Schnelligkeit konnte er den Angriff nicht verhindern. Sarn sprang vor und rammte ihm den Dolch bis ans Heft in den Nacken. Gleichzeitig machte seine linke Hand eine blitzschnelle Bewegung, die die Kette mit Martens Lot in Marks Richtung schleuderte.

Der Greif brüllte vor Schmerz und Zorn. Seine gewaltigen Schwingen entfalteten sich, trafen Sarn wie ein Hammerschlag und schleuderten ihn beiseite. Mit einem ungeheuerlichen Schrei richtete er sich auf die Hinterläufe auf und versuchte, die tödliche Klinge zu erreichen, die aus seinem Nacken ragte. Dunkles Blut färbte sein Fell rot, und seine Muskeln zuckten wie im Krampf.

»Das Lot!«, schrie Sarn. »Nimm das Lot, Mark!«

Und dann ging alles unvorstellbar schnell.

Der Greif wirbelte abermals herum. Seine Augen loderten vor Hass, die Pranken waren zum tödlichen Schlag erhoben, und seine Schwingen peitschten so wild, dass sie die Dachbalken über seinem Kopf zerschlugen. Sarn richtete sich mit schmerzverzerrtem Gesicht auf und war plötzlich nicht mehr Sarn, und Marks Hand griff nach dem Lot und schleuderte es dem Greif entgegen.

Das kleine Silberstück verwandelte sich in einen Blitz

aus weißem, blendend grellem Licht und fuhr in die Stirn des Greif.

Das Ungeheuer brüllte. Das Haus erbebte in seinen Grundfesten, und plötzlich erlosch das rote Glühen in den Augen des Greif. Noch einmal richtete sich die Bestie zu ihrer vollen Größe auf, die gewaltigen Schwingen trafen das Dach und zerschmetterten es vollends – und dann wich alle Kraft aus dem riesigen Löwenkörper.

Der Greif stürzte. Aber er war plötzlich kein lebendes Wesen aus Fleisch und Blut mehr, sondern eine riesige Statue, ein Koloss aus grauem Marmor, der mit solcher Wucht neben Mark niederkrachte, dass der hölzerne Boden unter seinem Gewicht barst. Einer der gewaltigen Flügel brach ab und zerplatzte in größere und kleinere Teile.

Mark blieb sekundenlang schweratmend liegen und starrte den Greif an. Er sollte Erleichterung verspüren, Triumph, Siegesfreude, aber alles, was er fühlte, war eine tiefe, lähmende Benommenheit. Das Unvorstellbare war geschehen. Er hatte den Greif besiegt. Er – sie hatten das Ungeheuer getötet, Sarn und er, der …

Plötzlich erinnerte er sich an die unheimliche Veränderung, die im letzten Moment mit Sarn vor sich gegangen war. Mit einem Ruck stand er auf, sah eine verkrümmte, schwarzhaarige Gestalt in einem schwarzen Mantel hinter dem Leib des Greif auf dem Boden liegen und war mit einem einzigen Satz bei ihr.

Thomas stöhnte. Blut lief über sein Gesicht, und sein linker Arm lag in einem unnatürlichen Winkel unter seinem Körper eingeklemmt. Als Mark versuchte, ihn auf den Rücken zu drehen, keuchte er vor Schmerz und schlug seinen Arm mit der unverletzten Hand beiseite. Aber eine Sekunde später richtete er sich aus eigener Kraft auf.

»Thomas!«, flüsterte Mark ungläubig. Er verstand überhaupt nichts mehr. Irgendwie begriff er, dass Thomas Sarn und Sarn Thomas gewesen war, nicht erst jetzt, sondern die ganze Zeit über, seit dem Moment, in dem sein Bruder den wirklichen Sarn vom Dach gestoßen hatte – aber das alles ergab keinen Sinn.

Nicht, wenn …

Er fuhr hoch, starrte den Greif an, dann wieder seinen Bruder.

»Du?«, flüsterte er. »Du warst … Sarn? Aber wieso … wieso hat er es nicht gemerkt?«

Sein Bruder lächelte gequält. In den Schmerz in seinem Blick mischte sich etwas anderes. Triumph. Und noch etwas, was Mark erkannte, aber was er einfach nicht wahrhaben wollte. Und was ihn fast in den Wahnsinn trieb.

»Es war zu leicht«, flüsterte er. »Ich … ich hätte ihn niemals besiegen können! Es war viel zu leicht!«

»Ja, kleiner Bruder«, antwortete Thomas. »Das war es.«

Mark sah die Bewegung. Aber selbst, wenn er nicht verletzt und erschöpft gewesen wäre, hätte er sich wahrscheinlich nicht gewehrt. Er war viel zu entsetzt, um auch nur einen Finger zu rühren.

Thomas' Faustschlag traf ihn mit erbarmungsloser Kraft und löschte sein Bewusstsein auf der Stelle aus.

Erwachen

In seinem Mund war der bittere Geschmack von Blut, und er hatte rasende Kopfschmerzen, als er erwachte. Sein Kiefer tat weh. Er versuchte die Hände zu bewegen, dann die Füße. Er spürte, dass er nicht mehr auf dem Dachboden war, sondern in einem weichen Bett lag. Und er war nicht allein: Er hörte Geräusche, Schritte, Atemzüge, ein hastiges Hantieren, ein schwaches, an- und abschwellendes Rauschen.

Mark öffnete die Augen und schloss sie gleich wieder, als grelles Licht wie mit dünnen Nadeln in seine Augen stach. Langsam zählte er in Gedanken bis fünf, ehe er es wagte, die Augen abermals zu öffnen, diesmal aber nur halb.

Obwohl er es bereits geahnt hatte, war es im ersten Moment doch ein Schock.

Er war nicht mehr auf dem Dachboden des Magisterturmes.

Er war auch nicht mehr in Martens Hof.

Er befand sich nicht einmal mehr im Schwarzen Turm.

Die hellbeige gestrichene Raufasertapete über seinem Kopf gehörte zur Decke seines Zimmers in der Wohnung seiner Mutter. Der grelle Schein, der in seinen Augen so wehgetan hatte, kam von der Neonlampe, und das dumpfe Raunen und Brausen, das er hörte, war der Lärm der Stadt draußen vor dem geöffneten Fenster.

Er war wieder zu Hause.

Vorsichtig hob er den Kopf. Sein Bruder versuchte, so gut er es mit nur einer Hand konnte, Marks Fußgelenke noch fester zusammenzubinden. Seine Hände hatte er bereits so gründlich verschnürt, dass es selbst einem Houdini schwer gefallen wäre, die dutzendfach verknoteten Stricke zu lösen, und als wäre all dies noch nicht genug, spannte sich auch um seine Brust ein daumendickes Seil, das ihn ans Bett fesselte und das es ihm fast unmöglich machte, sich zu bewegen.

»Du musst ja eine ganz schöne Angst vor mir haben«, sagte Mark.

Thomas hielt in seiner Tätigkeit inne und sah ihn mit gerunzelter Stirn an. »Du bist schon wach?«, sagte er. »Ich dachte, ich hätte fester zugeschlagen.«

Mark fuhr sich mit der Zungenspitze über die aufgeplatzte, geschwollene Unterlippe und zog eine Grimasse. Sein Kiefer war taub. Er fühlte sich an, als käme er vom Zahnarzt und die Spritze hätte ihre Wirkung noch nicht verloren.

»Danke«, sagte er zornig. »Mir hat es gereicht.«

Sein Bruder betrachtete ihn aufmerksam. »Es tut mir sogar Leid, dass ich dich niederschlagen musste«, meinte er, »aber ich hatte keine andere Wahl.«

»Bestimmt nicht«, sagte Mark böse. »Und wie lange soll ich hier so liegen bleiben? Bis ich verhungert bin?«

»Ich brauche nur einen kleinen Vorsprung«, antwortete Thomas ernsthaft. »Eine Stunde, höchstens anderthalb. Ich sorge dafür, dass man dich findet, ehe ich … gehe.«

Mark entging die winzige Pause in seinen Worten nicht, und im selben Moment, in dem er begriff, was sie bedeutete, verschwand der Zorn, den er auf seinen Bruder verspürte. Stattdessen machten sich Verbitterung und Trauer in ihm breit. »Du hast mich die ganze Zeit zum Narren gehalten, nicht wahr?«, fragte er leise.

Thomas antwortete nicht, sondern drehte sich mit einem Ruck herum und zog die Stricke um seine Fußgelenke zusammen. Er benutzte nur den rechten Arm. Der linke hing in einer improvisierten Schlinge. Mark fiel jetzt auf, dass Thomas noch immer dieselben, zerrissenen Kleider trug wie auf dem Dachboden. Und sein Gesicht war schmutzig und voll eingetrocknetem Blut. Es konnte also nicht sehr viel Zeit vergangen sein.

»Verdammt noch mal, antworte mir wenigstens!«, sagte Mark. »Das bist du mir schuldig!«

»Schuldig!« Thomas fuhr mit einer zornigen Bewegung herum. Seine Augen blitzten. »Schuldig? Ich bin dir gar nichts schuldig, kleiner Bruder, hörst du? Gar nichts!« Wütend ballte er die Faust und schlug damit so heftig auf die Matratze, dass das ganze Bett zitterte.

Thomas' plötzlicher Wutausbruch überraschte Mark, er verstand ihn nicht. Er war es, der hintergangen und belogen worden war, nicht Thomas.

Sein Bruder riss sich zusammen, aber das zornige Funkeln in seinen Augen blieb, und Mark überlegte sich seine nächsten Worte sehr genau.

»Warum hast du das alles getan, Thomas?«, fragte er. »Ich verstehe es einfach nicht.«

Thomas lachte, aber es klang bitter. »Du verstehst es einfach nicht!«, wiederholte er. »O nein, sicher nicht. Du hast ja nie etwas verstanden. Du … du warst ja immer der Unschuldsengel, nicht wahr? Vaters Liebling. Du warst immer der, der alles richtig gemacht hat. Auf den er gewartet hat! Wenn dein Bruder älter ist, dann … Wenn Mark soweit ist … Wenn ich es deinem Bruder erklären kann!« Sein Gesicht verzerrte sich zu einer Grimasse, die Mark erschauern ließ. »Du verstehst es nicht?«, fuhr sein Bruder fort. »Natürlich nicht. Du hast unseren Vater ja gar nicht gekannt! Aber ich, Mark. Ich habe ihn gekannt. Ich habe ihn angefleht, mir sein Geheimnis zu verraten! Ich habe gebettelt, aber er hat mir nie auch nur ein Wort gesagt! Nie!«

»Aber du … du hast mir doch den Weg auf die Dächer gezeigt!«, antwortete Mark verwirrt. »Du hast mir doch selbst erzählt, dass …«

»Das war gelogen«, unterbrach ihn Thomas. »Das wenige, was ich wusste, habe ich ganz allein herausgefunden. Er hat mir nichts erzählt. Nur ein einziges Mal, als ich gedroht habe, fortzulaufen. Und weiß du, was er mir gesagt hat? Er hat mir gesagt, dass es mich nichts anginge. Er hat gesagt, dass in einer Generation immer nur einer Martens Erbe antreten könne und dass du dieser eine bist, nicht ich! Aber das lasse ich nicht zu! Ich bin der ältere Sohn, Martens Erbe steht mir zu, nicht dir!«

»Aber davon … davon wusste ich doch gar nichts«, sagte Mark leise. »Vater hat mir nie etwas erzählt.«

»Natürlich nicht«, antwortete sein Bruder. Er hatte sich wieder beruhigt, aber in seinen Augen lag eine tiefe Verbitterung. »Du warst ja noch ein Kind, als er verschwand. Und Mutter wollte dir nichts sagen, aus Angst, dich zu verlieren.«

»Aber warum hast du denn nichts gesagt?«, fragte Mark verzweifelt. »Ich hätte doch …«

»Was?«, unterbrach ihn sein Bruder. »Mir Martens Erbe geschenkt? Mir den Weg in den Turm geöffnet und gesagt: Bitte, lieber Bruder, bedien dich nur, ich will es nicht?« Er lachte. »Bestimmt hättest du das getan. Ich bin ganz sicher.«

»Aber wir … wir hätten zusammen dorthin gehen können.«

»O ja, natürlich«, sagte Thomas hart. »Der kleine Bruder, der seinen großen Bruder an der Hand nimmt und ihm ein paar Brosamen hinwirft, wie? Ein kleines Stückchen des Throns, nicht zu viel, aber gerade genug, damit er beruhigt ist. Danke. Ich will keine Almosen. Und ich will nicht geschenkt, was mir zusteht. Der Turm gehört mir!«

»Der Turm gehört niemandem«, antwortete Mark ernst. »Warum hast du nur nie etwas gesagt? Ich will doch nicht über den Turm herrschen. Glaubst du wirklich, ich hätte Martens Hof befreit, um mich auf den Thron zu setzen?«

»Nein«, antwortete Thomas. »Das glaube ich nicht. Du bist wirklich dumm genug, alles zu verschenken. Aber das lasse ich nicht zu.«

»Und was willst du jetzt tun?«, fragte Mark traurig. »Zurückgehen und die Herrschaft über den Schwarzen Turm an dich reißen? Das wird dir niemals gelingen.«

»Bist du da so sicher?«, erwiderte Thomas. »Du wirst nicht mehr dort sein, um mich daran zu hindern. Und auch Marten nicht. Es ist überhaupt niemand mehr da, kleiner Bruder. Der Greif ist tot, und Marten und du, ihr seid verschwunden. Zweifellos habt ihr beide euer Leben geopfert, um den Greif zu vernichten. Und nach dir bin ich Martens unwiderruflich letzter Erbe. Sie werden mich mit offenen Armen empfangen, keine Sorge. Ich habe alles gründlich vorbereitet.«

»Daran zweifle ich nicht«, antwortete Mark scharf. »Und ich habe dir auch noch dabei geholfen. Ich Idiot!«

»Jetzt beleidigst du mich«, sagte sein Bruder lächelnd. »Es ist kein Kompliment, einen Idioten überlistet zu haben, weißt du? Nein, nein, du warst schon gut. Aber ich war besser.«

»Wie lange hattest du das geplant?«, fragte Mark. »Von Anfang an oder erst, nachdem du Sarn getötet und seine Rolle übernommen hattest?«

»Von Anfang an«, gestand Thomas. Er sprach wieder ruhig, in dem überlegenen, immer etwas belustigt klingenden Ton, den Mark an ihm früher so bewundert hatte. Jetzt widerte er ihn fast an.

»Natürlich nicht in allen Einzelheiten«, fuhr Thomas fort. »Ich hatte vor, Sarn zu beseitigen und seinen Platz einzunehmen, schon das erste Mal, als du mit diesem Cherub aufgetaucht bist. Um ein Haar hättet ihr alles zunichte gemacht. Aber ich konnte Marten überreden, mir noch eine Chance zu geben. Danach musste ich ein wenig improvisieren, das gebe ich zu – vor allem, nachdem ich Sarn ausgeschaltet hatte. Marten war nicht besonders erfreut darüber.« Er lächelte. »Aber am Schluss hat sich ja dann doch noch alles zum Guten gewendet, wie du gesehen hast.«

»Warum hast du mich nicht gleich umgebracht?«, fragte Mark.

»Umgebracht?«, wiederholte Thomas in übertrieben entsetztem Ton. »Wofür hältst du mich? Du bist mein Bruder, Mark! Ich wollte nie deinen Tod. Außerdem hättest du mir tot nichts genutzt. Und Marten auch nicht.«

»Aber warum dann dieses ganze grausame Spiel?«, fragte Mark verzweifelt. »Warum all diese Toten? Warum der Krieg? Wenn Marten der Greif war, warum … warum ist er dann zurückgekommen, um gegen sich selbst zu kämpfen? Ich verstehe das nicht!«

»Weil du die Natur des Schwarzen Turms nicht verstehst«, antwortete Thomas. »Der Greif hat Marten zuletzt doch erwischt und versucht, dich in seiner Gestalt zu überlisten. Denn in dir schlummern große Kräfte, Mark. Größere als in mir, das gebe ich zu. Vielleicht größere als in Marten selbst. Kräfte, die er sich zunutze machen wollte, um den ganzen Turm unter seine Herrschaft zu bringen. Aber du musstest rasend vor Zorn und Hass sein, um sie zu entfesseln. Und um ein Haar wäre es ihm sogar gelungen.«

Er trat einen Schritt näher an das Bett heran, beugte sich über Mark und lächelte böse. »Du solltest mir dankbar sein, Mark«, sagte er. »Ohne mein Eingreifen hätte er dich getötet. Ich bin das kleinere von zwei Übeln, glaub mir.«

»Du bist ja wahnsinnig«, murmelte Mark.

»Vielleicht«, sagte Thomas gleichmütig. »Und jetzt, herzallerliebstes Brüderchen, schlägt die Stunde des Abschieds. Ich fürchte, wir werden uns nie wiedersehen.« Er verbeugte sich spöttisch, drehte sich herum und machte dann noch einmal kehrt.

»O ja«, sagte er. »Ehe ich es vergesse: Mutter ist nicht mehr hier. Aber du kannst dir die Mühe sparen, nach ihr zu suchen. Du wirst sie nicht finden. Keine Sorge, es geht ihr gut.«

»Mutter?« Mark riss erstaunt die Augen auf. »Was hast du mit ihr gemacht?«

»Wofür hältst du mich eigentlich?«, antwortete Thomas. »Sie ist an einem Ort, an dem sie glücklicher ist als hier.«

»Du hast sie … in den Turm geholt?«, fragte Mark fassungslos.

»Das Leben hier hat ihr nie gefallen«, antwortete Thomas. »Sie ist nur unseretwegen geblieben, weißt du das denn nicht? Hätte es dich und mich nicht gegeben, dann wäre sie Vater schon vor Jahren gefolgt. Ich habe dafür gesorgt, dass sie den Weg jetzt findet. Mach dir keine Sorgen um sie, Mark. Sie wird sehr lange und sehr glücklich leben.«

Thomas wollte sich umdrehen, aber Mark hielt ihn zurück. »Thomas, bitte! Da ist noch so viel, was ich nicht …«

»Nein, nein«, unterbrach ihn Thomas. »Genug ist genug. Weißt du«, fügte er spöttisch hinzu, »ich kenne solche Situationen aus dem Kino. Der Böse scheint gewonnen zu haben und prahlt vor dem Guten mit seiner Schlauheit, und dann befreit sich der gute Junge doch noch und benutzt diese Information, um den Bösen zu vernichten. Das muss nicht sein, oder?«

»Hast du keine Angst, dass ich zurückkommen könnte, um mich zu rächen, wenn ich wirklich über solche gewaltigen Kräfte verfüge, wie du behauptest?«, fragte Mark zornig.

Thomas lachte. »Aber wie denn? Hier, in dieser Welt, bist du nichts als ein normaler Junge. Und was mich betrifft – ich werde jetzt aus diesem Zimmer und zurück in den Turm gehen. Und glaube mir, ich habe dafür gesorgt, dass du ihn niemals wieder betreten kannst. Ich bin nicht ganz machtlos.« Damit drehte er sich endgültig um und ging, und Mark starrte ihm hinterher, bis seine Augen brannten.

Sein eigener Bruder hatte ihn belogen und verraten, von Anfang an, er hatte ihn benutzt, wie man eine Schachfigur auf einem Brett hin und her schiebt!

Mark wusste nicht, wie lange er gefesselt dalag, in ihm war nichts als Verzweiflung, Schmerz und Trauer und rasender Zorn.

Erst als er hörte, wie die Wohnungstür aufgesperrt wurde, fand er wieder in die Wirklichkeit zurück. Draußen dämmerte es schon, und schwere Schritte näherten sich seiner Zimmertür.

Soweit es die Fesseln zuließen, richtete er sich auf und sah zur Tür, von wilder Hoffnung erfüllt.

Aber natürlich war es nicht seine Mutter, die hereinkam.

Es war ein älterer Mann in einem abgewetzten Wintermantel, und auf seinem Gesicht zeigte sich Betroffenheit, als er Mark verschnürt wie ein Weihnachtspaket auf dem Bett liegen sah. Dann aber begann er hämisch zu grinsen.

»Hallo!«, sagte Kommissar Bräker fröhlich, zog den Mantel aus und warf ihn achtlos auf einen Stuhl. »Ich wusste doch, dass wir uns noch einmal sehen würden!« Er trat an das Bett, beugte sich über Mark und löste seine Fesseln. Dann zog er den Stuhl heran und setzte sich. Mark richtete sich auf und rieb stöhnend seine Hand- und Fußgelenke, auf denen die Stricke rote Spuren hinterlassen hatten.

»So, mein Junge«, sagte Bräker und schlug die Beine übereinander. »Und jetzt erzählst du mir einmal, wieso du gefesselt in deinem Bett liegst. Und wo sich dein Bruder aufhält.«

»Das könnte ich«, antwortete Mark. »Aber Sie würden mir nicht glauben.«

»Ganz wie du willst, mein Junge«, sagte Bräker und lehnte sich zurück. »Wir haben viel Zeit. Und ich bin ein sehr geduldiger Mann.«

Mark starrte die Wand hinter dem Kommissar an. Wie einfach wäre es doch, sich jetzt nur eine Tür in den Schwarzen Turm wünschen zu müssen, um sie zu erschaffen. Aber das konnte er nicht. Er hatte es sofort versucht, nachdem Bräker ihn losgebunden hatte, aber es war so, wie sein Bruder behauptet hatte – seine Macht, den Schwarzen Turm betreten zu können, war dahin.

»Du willst es lieber auf die harte Tour, wie?«, fragte Bräker, der Mark die ganze Zeit nicht aus den Augen gelassen hatte. »Das kannst du haben, mein Junge. Du wirst mir jetzt erzählen, was passiert ist, hier und jetzt und von Anfang an. Vorher verlasse ich dieses Zimmer nicht, das schwöre ich dir!«

»Also gut«, sagte Mark. »Ich erzähle es Ihnen. Aber Sie werden mir nicht glauben.«

»Das werden wir sehen. Also, wo warst du in den letzten beiden Wochen?«

»In den letzten beiden Wochen?«, wiederholte Mark betont.

»Seit du weggelaufen bist«, bestätigte Bräker. »Es sind genau dreizehn Tage.«

»Und wie lange ist … ist meine Mutter schon fort?«, fragte Mark.

»Ebenso lange«, antwortete Bräker. »Wir haben natürlich sofort nach ihr suchen lassen, aber sie ist wie vom Erdboden verschluckt. Und dein Bruder ebenfalls. Er … He!« Er richtete sich auf seinem Stuhl auf und sah Mark ärgerlich an. »Wer verhört hier eigentlich wen?«

Mark antwortete nicht. Zwei Wochen! Für ihn waren in dieser Zeit Monate vergangen, wenn nicht ein Jahr, aber das war es nicht, was ihn so entsetzte. Wenn seine Mutter seit der gleichen Zeit verschwunden war, dann bedeutete das nichts anderes, als dass Thomas auch dies von Anfang an geplant hatte. Sein Zorn auf seinen Bruder stieg ins Unermessliche. Er würde hier herauskommen, das schwor er sich. Und irgendwie würde er den Weg in den Schwarzen Turm finden, um Thomas zur Rechenschaft zu ziehen. Und wenn es das Letzte war, was er in seinem Leben tat!

»Ich gebe dir die allerletzte Chance, mein Junge«, sagte Bräker. »Deine Mutter ist verschwunden, und dein Vater lebt schon lange nicht mehr. Das bedeutet, dass du zumindest vorübergehend eine Waise bist, solange deine Mutter nicht auftaucht. Ich kann dich nicht allein zu Hause lassen.«

»So?«, sagte Mark. »Und was wollen Sie tun? Mich einsperren, bis ich achtzehn bin?«

»Nein«, antwortete Bräker. »Es gibt staatliche Stellen, die sich um elternlose Kinder kümmern, wie du sicher weißt. Du kommst in ein Heim. Aber es gibt da gewisse … Unterschiede. Das eine Heim ist angenehm, das andere weniger. Es liegt ganz bei dir, in welches ich dich bringen lasse.«

»Ich bin nicht wählerisch«, antwortete Mark ruhig.

Bräkers Miene verdüsterte sich. »Sei doch vernünftig, Junge!«, sagte er beschwörend. »Muss ich dir wirklich sagen, dass du in großer Gefahr bist, nach allem, was du erlebt hast? Vielleicht sogar in Lebensgefahr. Die Männer, die deine Mutter und deinen Bruder entführt haben, könnten zurückkommen.«

Mark schwieg beharrlich.

Mit einer wütenden Bewegung stand Bräker auf, trat ans Fenster und verschränkte die Arme vor der Brust. Leise sagte er:

»Sie haben deine Mutter und deinen Bruder entführt und drohen, ihnen etwas anzutun, wenn du mit mir sprichst, nicht wahr?« Er drehte sich um, und seine Stimme war jetzt freundlich, fast väterlich. »Du kannst mir vertrauen, Mark«, sagte er. »Ich würde nie etwas tun, wenn ich damit das Leben deiner Mutter und deines Bruders gefährden würde. Aber diese Leute werden dich nie in Ruhe lassen, glaub mir. Ich habe Erfahrung mit Verbrechern. Solange du lebst, bist du eine Gefahr für sie. Und das wissen sie. Denk darüber nach, okay? Ich bringe dich jetzt an einen Ort, an dem du sicher bist. Und ich schreibe dir meine Telefonnummer auf.« Er zog eine Visitenkarte aus der Jackentasche und kritzelte etwas mit einem Kugelschreiber auf die Rückseite. »Das ist meine Privatnummer. Du kannst mich jederzeit anrufen, wenn du mir etwas sagen willst. Auch mitten in der Nacht. Und jetzt komm.«

Mark nahm die Karte und steckte sie achtlos in die Tasche seiner Jeans. Er wusste, dass er im Augenblick keine Chance hatte zu entkommen, und er wehrte sich nicht dagegen, als Bräker die Hand auf seine Schulter legte und ihn aus dem Zimmer führte.

Viertes Buch

DIE KAPELLE

Das Heim

Das Heim befand sich in einem Außenbezirk der Stadt. Bräker fuhr ihn in seinem Privatwagen hin, und sie brauchten eine gute halbe Stunde, obwohl auf den Straßen kaum Verkehr herrschte. Nach einer Weile wichen die Wohn- und Geschäftsblocks kleineren Ein- und Zweifamilienhäusern, und schließlich fuhren sie durch ein kleines Wäldchen, und die Straße verwandelte sich in eine zwar asphaltierte, aber erbärmliche Holperstrecke, auf der sie gründlich durchgerüttelt wurden.

Während sich Bräker ganz auf die Straße konzentrierte, sah sich Mark verstohlen, aber aufmerksam um. Er hatte nicht vor, länger als ein paar Tage in dem Heim zu bleiben, nur so lange, um sich ein wenig zu erholen, Klarheit in seine Gedanken zu bringen und einen Plan für seine weitere Zukunft zu entwerfen.

Vor einem großen, schmiedeeisernen Tor hielt Bräker an. Er stieg aber nicht aus, sondern kurbelte nur das Fenster herunter und drückte die Taste der Gegensprechanlage, die im Betonpfeiler neben dem Tor eingebaut war. Eine verzerrte, von knisternden Störgeräuschen überlagerte Stimme meldete sich aus dem winzigen Lautsprecher: »Ja?«

»Kommissar Bräker«, antwortete Bräker. »Ich hatte angerufen.«

»Einen Moment bitte.«

Bräker drehte die Scheibe wieder hinauf und schauderte. In den wenigen Augenblicken, die das Fenster geöffnet gewesen war, war es eiskalt im Wageninneren geworden.

Ein lautes, metallisches Schnappen erscholl, und das Tor begann sich mit einem leisen Summen zu öffnen. Bräker legte den Gang ein und fuhr los. Mark beobachtete das Tor aufmerksam im Rückspiegel. Es begann sich zu schließen, kaum dass der Wagen hindurchgefahren war, eine Sekunde, bevor der Weg eine Biegung machte und es außer Sicht kam, erkannte er die kleine Videokamera, die an einem Baumstamm angebracht war. Offensichtlich war dies eines der weniger angenehmen Heime, von denen Bräker gesprochen hatte.

Es war ein großes, altes Herrenhaus, auf das sie zufuhren, mit zahlreichen Anbauten und Nebengebäuden, mitten im Wald gelegen und von einem parkähnlichen Garten umgeben. In einiger Entfernung konnte Mark einen Fußballplatz erkennen, daneben eine flache Halle mit einer Lichtkuppel und noch ein Stück weiter entfernt eine kleine Koppel, auf der zwei Pferde grasten. Das Ganze machte eher den Eindruck eines Ferienhotels als eines Heimes – aber es gab ein paar Dinge, die diesen Eindruck wieder verwischten: die Gitter vor den Fenstern, zum Beispiel. Oder die zahlreichen Videokameras, die Mark nach und nach entdeckte, nachdem er die Erste gesehen hatte und anfing, nach weiteren zu suchen. Oder auch die Tatsache, dass auf dem ganzen weitläufigen Gelände keine Menschenseele zu sehen war.

»Gefällt es dir?«, fragte Bräker, während er den Wagen langsam in einem weiten Bogen vor den Eingang lenkte.

Mark sah zu ihm hoch. »Machen Sie Witze? Das ist ein Gefängnis.«

Bräker seufzte. »So würde ich es nicht nennen«, sagte er. »Aber ich gebe zu, es ist ein ziemlich sicherer Ort.«

»Sie müssen ja eine fürchterliche Angst haben, dass ich wieder verschwinde«, murmelte Mark.

»Es ist das sicherste Heim, das ich kenne«, antwortete Bräker ungerührt. »Niemand kommt hier heraus. Und niemand hinein.« Er schaltete den Motor ab, machte aber noch keine Anstalten, die Tür zu öffnen und auszusteigen, sondern drehte sich schwerfällig in seinem Sitz herum, um Mark ansehen zu können.

»Es liegt ganz an dir, wie lange du hier bleibst«, sagte er. »Wirklich, ich habe keine besondere Freude daran, dich hier einzusperren. Aber ich werde dafür sorgen, dass du hier bleibst, bis ich weiß, was passiert ist. Das hier ist kein Fernsehkrimi, Junge. Die Leute, mit denen ihr euch eingelassen habt, verstehen verdammt wenig Spaß.«

»Das ist mir nicht entgangen«, sagte Mark und öffnete die Tür. Er stieg aus, schlang fröstelnd die Arme um den Oberkörper und wartete, bis Bräker ebenfalls aus dem Wagen geklettert war.

Nebeneinander gingen sie auf die große, zweiflügelige Tür zu. Sie sah massiv genug aus, selbst einem Kanonenschuss standzuhalten. Die Fenster daneben waren vergittert, und als wäre dies noch nicht genug, bestanden die Scheiben nicht nur aus normalem Fensterglas, sondern waren mit einem geriffelten Drahtgeflecht versehen. Selbst mit einem Vorschlaghammer würde es schwer sein, diese Scheiben einzuschlagen, dachte Mark.

Bräker hob die Hand, um zu klingeln, aber in diesem Moment wurde die Tür von innen geöffnet, und ein kleiner, in einen dunklen Zweireiher gekleideter Mann erschien. »Inspektor Bräker?«, fragte er.

»Kommissar, aber sonst ist es richtig«, korrigierte Bräker.

Der kleine Mann ignorierte die Antwort und wandte sich Mark zu. »Dann musst du Mark sein«, sagte er. »Ich habe schon von dir gehört. Kommt herein. Es ist kalt draußen.«

Sie traten ein. Der kleine Mann schloss die Tür wieder hinter ihnen, und Mark brauchte ein paar Sekunden, bis sich seine Augen an das dämmrige Licht hier drinnen gewöhnt hatten. Auch das Innere des Gebäudes erinnerte auf den ersten Blick eher an ein Hotel als an ein Waisenhaus; wahrscheinlich war es das früher auch einmal gewesen. An der Wand rechts neben dem Eingang stand eine wuchtige Theke aus poliertem Holz, auf dem Boden lag ein weicher, knöcheltiefer Teppich, und die Luft roch nach Desinfektionsmitteln. Der Raum war Mark auf den ersten Blick unsympathisch.

Der kleine Mann übrigens auch, wie er feststellte, als er sich umdrehte und ihn wieder ansah. Wie das Gebäude wirkte er auf den ersten Blick fast nett, aber bei genauem Hinsehen hatte das leise Lächeln, das auf seinem Gesicht lag, etwas Verkniffenes, und seine Hände befanden sich in beständiger, unbewusster Bewegung. Irgendwie hatte er etwas von einem Wiesel, fand Mark. Er sah freundlich aus, wenn man ihn nur oberflächlich betrachtete, aber er konnte zweifellos sehr schmerzhaft zubeißen.

»Sieh dich nur um«, sagte das Wiesel. »Ich hoffe, es gefällt dir bei uns. Den meisten unserer Kinder gefällt es sehr gut.«

»Mark wird vermutlich nicht allzu lange hier bleiben«, sagte Bräker. Er wirkte ein bisschen nervös, fand Mark, und er sprach, als hätte er das Bedürfnis, sich zu entschuldigen. »Wir sprachen ja schon am Telefon darüber. Er muss leider für eine Weile an einem Ort bleiben, an dem er sicher ist.«

»Ich verstehe«, sagte Wiesel. »Aber machen Sie sich keine Sorgen. Hier kommt niemand rein, den wir nicht reinlassen.« *Und niemand raus, den wir nicht rauslassen,* fügte sein Blick hinzu. Mark sah weg. »Aber das können wir alles in Ruhe in meinem Büro besprechen, Herr Kommissar. Da ist sowieso noch das eine oder andere, das wir erledigen müssen. Sie wissen ja, der leidige Papierkrieg ... Und Mark kann sich in der Zwischenzeit ein bisschen umsehen. Klaus!«

Das letzte Wort hatte er gerufen, und kaum eine Sekunde später erschien ein hoch gewachsener, blonder Junge auf der Treppe, der offensichtlich nur auf Wiesels Befehl gewartet hatte.

»Bring unseren jungen Freund in sein Zimmer. Und erkläre ihm, wie hier alles läuft«, sagte Wiesel.

Bräker machte eine Bewegung, als ob er sich herumdrehen und sich von Mark verabschieden wollte, aber Mark wandte sich mit einem Ruck ab und ging rasch auf die Treppe und den wartenden Jungen zu.

Klaus ging schweigend vor ihm die Treppe hinauf. Erst als sie im ersten Stockwerk angekommen waren und Bräker und das Wiesel nicht mehr sehen konnten, blieb er stehen und musterte Mark mit einem langen, abschätzenden Blick.

»Du bist also der Neue«, sagte er. »Wie heißt du?«

»Mark«, antwortete Mark.

»Und was hast du getan?«

Mark sah ihn fragend an. »Getan?«

»Getan, ja«, wiederholte Klaus, und seine Stimme klang schon ein bisschen unwillig.

»Automaten geknackt oder Wagen. Oder seid ihr irgendwo eingestiegen?«

»Ich verstehe überhaupt nicht, was du meinst«, sagte Mark.

Klaus runzelte die Stirn, und dann überzog ein spöttisches Grinsen sein Gesicht. »Oh, ich verstehe«, sagte er höhnisch. »Du bist völlig unschuldig, nicht wahr? Dass du hier bist, ist eine schreiende Ungerechtigkeit. Von der Sorte haben wir schon ein paar.«

Mark schluckte die scharfe Antwort hinunter, die ihm auf der Zunge lag. Es hatte wenig Sinn, seinen ersten Tag gleich mit einem Streit zu beginnen. Das hier war alles andere als ein Waisenhaus, sondern eine Art Erziehungsanstalt; offensichtlich für ganz schwere Fälle – schon fast so etwas wie ein Gefängnis. Deshalb also die Gitter vor den Fenstern und die Videokameras.

Klaus wartete eine Zeit lang vergeblich darauf, dass er eine Antwort bekam, dann zuckte er mit den Schultern und ging weiter. Mark sah sich aufmerksam um, während er dem hoch gewachsenen Jungen durch den nur schwach erhellten Korridor folgte.

Die Einrichtung war hier nicht ganz so prachtvoll wie unten in der Halle, aber noch immer sehr viel luxuriöser, als er es in einem Gefängnis erwartet hätte. Auf dem Boden lag ein weicher Teppich, und an den Wänden hingen große Bilder in alten, verzierten Rahmen. Alles war sauber und hell.

Und das Zimmer, in das er ihn führte, passte dazu: Es war klein, gerade ausreichend für das Bett, den eingebauten Schrank und einen winzigen Tisch. In einer Ecke befand sich ein weißes Porzellanwaschbecken, und hinter einem bunten Plastikvorhang, den Klaus mit einem spöttischen Grinsen beiseite zog, stand eine Toilette. Vor dem Fenster waren natürlich Gitter.

»Das ist … mein Zimmer?«, fragte Mark zweifelnd.

»Nur am Anfang«, antwortete Klaus. »Alle Neuen kommen zuerst in ein Einzelzimmer. Später, wenn Frettchen entschieden hat, was mit dir geschieht, kommst du in eine Gruppe.«

»Frettchen?«

»Du hast ihn kennen gelernt«, sagte Klaus mit einer Kopfbewegung zur Tür. »Er heißt eigentlich Fredermann, aber jeder nennt ihn Frettchen – natürlich nur, wenn er es nicht hört«, fügte er hinzu. Dann deutete er auf das Bett. »Bettzeug bringe ich dir nachher. Kannst du Betten machen?«

Mark nickte, und Klaus lächelte erleichtert. »Gut. Frettchen legt Wert darauf, dass wir unsere Zimmer allein in Ordnung halten. Einmal die Woche kommt zwar eine Putzfrau, aber die beschwert sich sofort bei Frettchen, wenn sie auch nur einen Krümel auf dem Boden findet, und dann gibt's Druck. Ist alles nicht so einfach hier, aber nach einer Weile gewöhnt man sich daran.«

»So lange werde ich nicht bleiben«, sagte Mark.

Klaus lachte. »Du denkst doch nicht etwa daran, abzuhauen? Das hat noch keiner geschafft. Obwohl immer wieder mal einer dumm genug ist, es zu versuchen. Aber es ist unmöglich. Der Schuppen ist eine Festung. Alle Fenster sind vergittert, und die Türen werden nachts elektronisch überwacht. Und selbst, wenn du rauskommst – der ganze Park ist mit Videokameras und Lichtschranken gespickt.«

»Was ist das hier?«, fragte Mark. »Ein Gefängnis?«

Klaus lachte wieder. »Offiziell ein Heim für schwer erziehbare Jugendliche«, sagte er abfällig. »Und sogar ein ganz modernes. Irgend so ein Experiment, das sich irgendein Eierkopf ausgedacht hat. Aber in Wahrheit ist es ein Knast. Der Laden ist ausbruchsicherer als Alcatraz, glaub mir. Und wenn sie dich schnappen, kriegst du jede Menge Ärger.«

»Ich habe nicht vor, wegzulaufen«, log Mark. »Aber ich werde trotzdem nicht lange hier bleiben. Ich habe wirklich nichts verbrochen, wenn du es mir auch nicht glaubst.«

»Dann bist du nur zur Erholung hier, ich verstehe«, sagte Klaus spöttisch.

Mark gab keine Antwort.

»Ich gehe dann und bringe dir deine Wäsche – und die Hausordnung«, sagte Klaus. »Besser, du liest sie dir in Ruhe durch und prägst dir jedes Wort ein. In den ersten Tagen hast du noch Schonfrist, aber dann nach einer Woche wird es Ernst.«

Er drehte sich um und schlug die Tür hinter sich zu, und Mark sah erst jetzt, dass sie auf der Innenseite keinen Griff hatte. Also doch, dachte er. Es war ein Gefängnis.

Niedergeschlagen ging er zum Bett, legte sich auf die nackte Stahlmatratze und verschränkte in Ermangelung eines Kissens die Hände unter dem Kopf. Er sollte Zorn auf Bräker verspüren, der ihn so belogen hatte, aber alles, was er spürte, war Erleichterung, ja Resignation, und die Erkenntnis, verloren zu haben.

Die Zeit verging. Als Mark wieder das Geräusch der Tür hörte und aufsah, stand die Sonne bereits hoch am Himmel, und ihr Schein malte ein Schachbrettmuster aus Gold und den dunklen Schatten der Gitterstäbe auf den Boden.

Es war Klaus. Er schleppte eine dünne Matratze, ein Kissen und ein Federbett, aber als Mark aufspringen und ihm helfen wollte, schüttelte er nur den Kopf und ließ seine Last auf das Bett fallen. Hinter ihm betrat Fredermann das Zimmer.

Mark blickte Frettchen nur eine Sekunde lang an, dann trat er trotz Klaus' abwehrender Geste neben ihn und half mit, das Bett zu beziehen und die Kissen aufzuschütteln. Sie waren frisch, trotzdem rochen sie ein wenig muffig.

»Kommissar Bräker ist wieder gefahren«, begann Frettchen das Gespräch, als Mark keinerlei Anstalten machte, ihn zur Kenntnis zu nehmen. »Ich soll dich von ihm grüßen.«

Mark tat weiter so, als wäre Fredermann gar nicht da. Er konnte die Blicke des kleinen Mannes direkt in seinem Rücken fühlen; ebenso , wie er fühlte, dass Frettchen nicht halb so freundlich war, wie er zu erscheinen versuchte.

»Ich nehme an, Klaus hat dir erzählt, wo du hier bist«, fuhr Frettchen fort. Seine Stimme klang noch immer freundlich, aber Mark entging der leicht verärgerte Ton darin nicht. Er beschloss, den Bogen nicht zu überspannen, und wandte sich langsam um.

»So ungefähr«, sagte er. »Das hier ist ein Gefängnis, nicht? Eine Art Jugendstrafanstalt.«

Frettchen machte ein Gesicht, als hätte er unversehens in eine saure Zitrone gebissen. »Das Wort hören wir hier nicht gern«, sagte er. »Sagen wir, es handelt sich um einen Ort, an dem Gestrauchelte die Chance bekommen, sich zu rehabilitieren.«

»Dann bin ich hier falsch«, sagte Mark. »Ich habe nichts getan.«

»Ich weiß«, antwortete Fredermann. »Aber ...« Er stockte, sah Klaus an und machte eine knappe Kopfbewegung. Klaus drehte sich auf der Stelle um und verschwand.

Frettchen wartete noch einen Moment, trat dann auf den Gang hinaus und sah nach rechts und links. Vielleicht fürchtete er, dass Klaus stehen geblieben war, um sie zu belauschen. Erst als er sich davon überzeugt hatte, dass sie allein waren, kam er zurück und ließ sich auf die Kante von Marks Bett sinken.

»Du hast natürlich Recht«, sagte er. »Es ist ein Gefängnis. Die meisten unserer Jungen haben ganz schön was auf dem Kerbholz. Aber du bist nicht deswegen hier, sondern weil dies der sicherste Ort ist, den ich kenne. Kommissar Bräker hat mir erzählt, was passiert ist. Du bist in Gefahr.«

»Das bin ich nicht«, antwortete Mark. Was sollte das?

»Bräker war da anderer Meinung«, beharrte Fredermann. »Und ich muss gestehen, ich auch, nach allem, was er mir erzählt hat. Aber du musst dir keine Sorgen machen. Um hier hereinzukommen, würde man eine Armee brauchen.«

Wenn du wüsstest, dass *er* die hat, dachte Mark ärgerlich. Aber er schwieg. Fredermann wollte auf irgendetwas hinaus, das spürte er.

»Ich habe lange nachgedacht, was ich mit dir mache«, fuhr Fredermann fort. »Und ich bin zu dem Schluss gekommen, dass es das Beste ist, dich wie einen ganz normalen

Zögling zu behandeln. Versteh mich nicht falsch – ich weiß, dass du nichts getan hast. Du bist auch nicht zur Strafe hier. Aber es wäre falsch, dir irgendeine Sonderbehandlung zuteil werden zu lassen. Die anderen würden nur eifersüchtig werden. Du würdest … nun ja, sagen wir, darunter leiden, wenn ich dich besser behandeln würde. Bist du einverstanden?«

Mark nickte erneut. Welche Wahl hatte er schon?

»Gut«, sagte Fredermann und stand auf. Er griff in seine Jackentasche und zog ein kleines Heftchen heraus. »Das hier ist unsere Hausordnung. Wenn du dich danach richtest, dann kann dir nichts passieren. Lies es dir in Ruhe durch.« Er sah auf die Uhr. »In drei Stunden gibt es Abendessen, bis dahin solltest du alles wissen. Ich lasse dich von Klaus abholen.«

Er legte das Heftchen auf den Tisch und ging ohne ein weiteres Wort. Die Tür schlug hinter ihm zu und rastete mit einem hellen Klicken ein. Mark machte sich gar nicht erst die Mühe, daran zu rütteln. Er wusste, dass sie verschlossen war.

Da er nichts Besseres zu tun hatte, legte er sich wieder aufs Bett und begann in der Hausordnung zu blättern.

Das Heftchen war recht dünn. Aber das lag nicht etwa daran, dass in diesem Heim besonders lockere Regeln herrschten – ganz im Gegenteil. Mark war sehr bald klar, dass die normale Ordnung der Welt, wie er sie kannte, hier auf den Kopf gestellt war. Draußen war alles, was nicht ausdrücklich verboten war, erlaubt. Hier drinnen war alles verboten und nur das, was ausdrücklich in dem Heftchen aufgeführt war, erlaubt.

Die Jungen hatten ihre Zimmer selbst in Ordnung zu halten, was auch die Pflege ihrer Kleidung und Wäsche mit einschloss. Der Tag begann um sieben. Sie hatten eine halbe Stunde Zeit, sich anzuziehen und ihre Betten zu machen, dann war Frühstück bis acht, und anschließend folgte der erste Unterrichtsblock. Es folgte eine Stunde Mittagspause, dann der zweite Unterrichtsblock bis fünf. Eine weitere Stunde Freizeit und dann so genannte Arbeitsgruppen, was immer darunter zu verstehen war, bis neun. Schließlich eine Stunde Freizeit, von der das Heft behauptete, dass sie sie nach Belieben im Fernseh- oder Spielzimmer oder auf den Sportanlagen verbringen durften, und um zehn war Zapfenstreich, und das Licht wurde gelöscht.

Die Lektüre des Heftchens hinterließ eine düstere Ahnung in Mark, und als Klaus drei Stunden später kam und ihn zu seiner ersten Mahlzeit in seinem neuen Zuhause abholte und er den Speisesaal betrat, in dem an die hundert Jungen in Jeans und gleichfarbigen Hemden saßen, da wurde diese Ahnung zur bitteren Gewissheit.

In dem großen, hellerleuchteten Saal herrschte eine fast unnatürliche Ruhe. Niemand sprach, und selbst das Klappern der Messer und Gabeln war gedämpft, als bemühe sich jedermann, so leise wie nur möglich zu essen. Hier und da blickte einer der Jungen auf und sah Mark neugierig an, aber er senkte hastig wieder den Kopf, sobald dieser versuchte, den Blick zu erwidern. Mark konnte die Angst, die in diesem Raum hing, regelrecht riechen.

Klaus führte ihn wortlos zu einem Tisch am Ende des Saales, an dem noch ein einzelner Platz frei war. Mark setzte sich. Er wollte etwas sagen, ein einfaches ›Hallo‹ zu den Jungen, aber als er in ihre verkniffenen, starren Gesichter blickte, da wagte er es nicht mehr.

Jemand stellte einen Teller mit Fleisch, Kartoffeln und Soße vor ihn auf den Tisch und legte ein Campingbesteck aus Kunststoff dazu, und als er aufblickte, da sah er direkt in Frettchens Gesicht. Der Mann lächelte wie immer – aber seine Freundlichkeit wirkte noch falscher und aufgesetzter als bisher.

Und dann schien sein Gesicht auseinanderzulaufen wie eine Maske aus weichem Wachs in der Sonne. Die Züge wurden breiter, eckiger. Die Haut war plötzlich dunkel und wie ein grobes Sandpapier, die Nase flachgedrückt und aufgeworfen, und hinter den dünnen fast blutleeren Lippen bleckte ein fürchterliches Haifischgebiss. Pupillenlose, blutrote Augen starrten voller düsterem Hass auf Mark herab. Und da wusste er, was Fredermann wirklich war.

Die Vision verging, und in der nächsten Sekunde war Frettchen wieder Fredermann, ein kleiner, unsympathischer Mann, der vergeblich versuchte, freundlich dreinzuschauen, und Mark war auch sicher, dass niemand außer ihm die fürchterliche Veränderung gesehen hatte. Aber er war auch ebenso sicher, dass es keine Einbildung gewesen war.

»Lass es dir schmecken, mein Junge«, sagte Fredermann, der gar nicht Fredermann war, sondern ein Dämon, der sich nur die Maske eines Menschen übergestülpt hatte. »Und willkommen zu Hause.«

Er lachte leise und ging, und Mark starrte ihm mit einer Mischung aus Entsetzen und ohnmächtiger Wut nach. Und er begriff, wieso Thomas so sicher gewesen war, dass er ihm ganz bestimmt keine Schwierigkeiten mehr bereiten würde. Hatte er wirklich geglaubt, seine Macht beschränke sich nur auf den Schwarzen Turm? Das war ein Irrtum gewesen.

Willkommen zu Hause, wiederholte er Frettchens Worte in Gedanken. Um ein Haar hätte er aufgelacht, denn von allen Jungen hier war er der Einzige, der verstand, wie diese Worte wirklich gemeint gewesen waren.

Er war wieder zu Hause. Das Bergwerk hatte ihn wieder.

Der Hilferuf

Die dumpfe Verzweiflung, in die Mark in den nächsten Wochen verfiel, hatte er noch niemals zuvor im Leben gefühlt, nicht einmal, als er als Sklave im Bergwerk des Greif gearbeitet hatte. Dort hatte er zumindest noch Hoffnung gehabt und ein Ziel, ganz gleich, wie unerreichbar es auch schien.

Hier hatte er nichts von alledem.

Er hatte verloren, endgültig und unwiderruflich, und mit jedem Tag, der verstrich, wurde diese Gewissheit immer mehr gefestigt.

Es fiel ihm erstaunlich leicht, sich in das streng geregelte

Leben des Heims einzufügen. Er leistete keinen Widerstand, widersprach niemals und tat wortlos und nach Kräften alles, was man von ihm verlangte. Er hatte kaum noch Kontakt mit den anderen Jungen, obwohl sich vor allem Klaus in der ersten Zeit sehr darum bemühte, seine Freundschaft zu erringen. Aber Mark wollte keine Freundschaft. Er wollte überhaupt keinen Kontakt mit irgendjemandem, er wollte ... sterben?

Mehr als einmal erwog er diesen Gedanken ganz ernsthaft. Er sah keinen Sinn mehr darin, weiterzuleben. Er hatte seine Familie verloren, seine Zukunft, seine Welt. Er hatte das Paradies geschaut, und die Tür dorthin war ihm wieder vor der Nase zugeschlagen worden. Und – was vielleicht das Schlimmste überhaupt war – er hatte die Hoffnung zahlloser Menschen enttäuscht, die ihr Leben in seine Hand gelegt hatten. Sie alle hatten ihm vertraut, und sie alle waren auf die eine oder andere Weise zugrunde gegangen. Doch um sich wirklich umzubringen, dazu lähmte ihn der Zustand, in dem er sich befand, zu stark.

Aber er zog sich auf andere Weise vom Leben zurück. Mark kapselte sich so gründlich ab, wie es nur ging: Er stand morgens auf, besuchte die Unterrichtsstunden – die sich als nicht sehr schwer erwiesen –, aß mit den anderen zu Mittag – meist ohne ein einziges Wort mit einem der anderen Jungen zu wechseln –, und in den Arbeitsgruppen, in denen sie die Nachmittage und Abende verbrachten, gelang es ihm häufig, eine Beschäftigung zu finden, die ihm das Alleinsein sicherte. Und nach einer Weile hörten die anderen Jungen auf, ihn anzusprechen, und selbst Klaus wurde zurückhaltender, wenn er auch immer noch ein freundliches Lächeln für Mark übrig hatte. Mark war sich klar darüber, dass er den Ruf eines Sonderlings hatte und als überheblich und eingebildet galt, aber das war ihm nur recht. Wäre es nach ihm gegangen, dann hätte er überhaupt nie wieder ein Wort gesprochen.

Und vielleicht hätte dieses Heim sogar geschafft, was dem Bergwerk des Schwarzen Turms nicht gelungen war, hätte ihn nicht ein Hilferuf aus der Welt jenseits der Wirklichkeit erreicht und ihn an ein Wort erinnert, das man meistens viel zu leichtfertig benutzt und dessen wahre Bedeutung er erst durch ein so genanntes Ungeheuer wirklich kennen gelernt hatte: Freundschaft.

Es gab eine Zeitspanne am Tag, die Mark hasste: die abendliche Freistunde. In den ersten Tagen hatte er sich immer sofort in sein Zimmer zurückgezogen und war in dumpfes Brüten verfallen. Aber nach einer Weile war Fredermann zu ihm gekommen und hatte darauf bestanden, dass Mark zumindest diese Stunde in der Gemeinschaft der anderen verbrachte, und Mark hatte sich, wenn auch widerwillig, gefügt. Aber er ging niemals hinaus auf den Fußballplatz oder in die Sporthalle, sondern verbrachte diese Stunden damit, sich ins Fernsehzimmer zu setzen und ins Leere zu starren. Bald hatte er seinen Stammplatz an einem kleinen Tisch in der hintersten Ecke des großen Zimmers, an dem er stets allein saß.

So auch an diesem Abend.

Der Wald draußen war unter einer Schneedecke verschwunden, die das Sternenlicht zum Glitzern brachte. Im Fernsehen lief ein alberner Zeichentrickfilm, und Mark sah zwar hin, aber die Bilder flimmerten an ihm vorüber, ohne dass er sie wirklich wahrnahm: Kater Tom jagte Maus Jerry zum wahrscheinlich fünfhundertstenmal quer durch das Haus, und natürlich zog er wie immer den Kürzeren. Jedes seiner Missgeschicke wurde von den zuschauenden Jungen mit schadenfrohem Grölen und Gelächter kommentiert.

Der Bildschirm flackerte. Für eine Sekunde erlosch das Bild, dann füllte sich die Mattscheibe mit knisternden Pünktchen, und aus dem Lautsprecher drang nur noch ein statisches Rauschen. Die Jungen gaben enttäuschte oder zornige Ausrufe von sich, und Klaus stand auf und begann an den Knöpfen des Fernsehers zu drehen. Mark sah ohne Interesse zu, wie sich das Bild wieder stabilisierte.

Und dann fuhr er wie elektrisiert zusammen.

Die Störungen waren verschwunden, aber auf der Mattscheibe waren nicht mehr Tom und Jerry zu sehen. Es war überhaupt kein Zeichentrickfilm mehr, sondern das Bild einer schmalen, verschneiten Seitenstraße, in der sich Unrat und Müll sammelten.

Es war die Straße, in der er Yezariael das letzte Mal gesehen hatte.

»Verdammt, was ist den jetzt los?«, maulte Klaus. Er drehte weiter an der Sendereinstellung, aber das Bild änderte sich nicht.

»Nun mach schon!«, verlangte einer der anderen Jungen. »Der Film ist gleich zu Ende. Schalt den Mist aus!«

»Ich versuch es ja«, antwortete Klaus gereizt. Er schaltete auf einen anderen Kanal, dann auf einen dritten, vierten – aber das Ergebnis war immer dasselbe. Der Bildschirm zeigte die verlassene Seitenstraße am anderen Ende der Stadt. Und plötzlich war die Mauer nicht mehr leer. Langsam erschienen die Umrisse einer Tür auf der vereisten Backsteinwand …

»Schalt endlich wieder um!«, rief einer der Jungen ärgerlich. »Den Quatsch will keiner sehen!«

Mark sprang auf, war mit einem Satz neben Klaus und versetzte ihm einen so derben Stoß, dass dieser das Gleichgewicht verlor und gestürzt wäre, hätte er nicht im letzten Moment Halt an einem Tisch gefunden.

»Lass die Finger davon!«, schrie er. »Rühr ihn nicht an, hörst du?«

Klaus starrte ihn mit offenem Mund an, und auch die anderen Jungen verstummten vor Verblüffung, aber Mark achtete gar nicht darauf, sondern ging vor dem Fernseher in die Hocke und starrte gebannt auf das Bild. Die Tür war mittlerweile ganz deutlich geworden, und das Bild wirkte sonderbar … plastisch. Gar nicht wie ein Fernsehbild, sondern so, als brauche er nur die Hand auszustrecken, um die Wand zu berühren.

»He!«, sagte eine Stimme hinter ihm. »Bist du jetzt völlig übergeschnappt, oder was?«

Die Tür auf dem Bildschirm öffnete sich langsam, und dahinter kam ein rechteckiger, von düsterrotem flackerndem Licht erhellter Raum zum Vorschein. Ein Saal voll gewaltiger Säulen aus schwarzer Lava – der Thronsaal des Greif.

»Was soll das, Blödmann?« Eine Hand legte sich auf Marks Schulter und versuchte ihn in die Höhe zu ziehen. Mark packte sie grob, drehte sich mit einem Ruck herum und schleuderte den Jungen von sich, ohne nur aufzusehen. Ein dumpfes Poltern und ein zorniger Schrei erklangen hinter ihm, und wieder packte eine Hand seine Schulter, und diesmal so fest, dass er es war, der aus dem Gleichgewicht geriet und nach hinten fiel. Aber er löste den Blick nicht vom Fernsehschirm, und bevor ihn ein Schlag traf und ihn vollends zu Boden schleuderte, blickte er direkt in Yezariaels Gesicht.

Hilf mir, Mark.

Er spürte den Schlag, der sein Gesicht dicht unterhalb des linken Auges traf und seine Haut aufriss, aber der Schmerz war irgendwie irreal. Sein Blick hing wie gebannt an Yezariaels Augen, die nur für ihn sichtbar waren und in denen eine unendliche Pein stand, eine Verzweiflung, die tiefer und unvorstellbarer war als alles, was er selbst in den letzten Wochen erlebt und erlitten hatte.

Warum lässt du mich im Stich?, fragte Yezariaels Blick. *Warum tust du mir das an, Mark?*

»Nein«, stammelte Mark. »Ich ... ich kann doch nichts tun! Ich ...«

Der Junge, der ihn niedergeschlagen hatte, riss ihn grob in die Höhe und holte zu einem weiteren Hieb aus. Mark fing den Schlag mit dem Unterarm ab, riss sich blitzschnell los und schleuderte den Jungen fort. Dieser stürzte und riss einen Tisch und zwei Stühle mit sich. Mark achtete nicht darauf. Er sah nur Yezariaels Augen, die den Bildschirm ausfüllten, und Mark konnte den Schmerz, der darin geschrieben stand, fast körperlich fühlen.

Tu mußt unß helfen, Mark! flüsterte Yezariaels Stimme in seinen Gedanken. *Eß ißt ßlimmer, alß eß far. Ssie töten unß! Ssie töten meine Prüter!*

Marks Augen füllten sich mit Tränen. Yezariael bewegte sich, lief mit mühsamen, torkelnden Schritten auf die Kamera zu wie auf ein Fenster in die Wirklichkeit, aber da war noch etwas, etwas Dunkles, Schattenhaftes, das mit dem Gehörnten im Raum war und das ihn zurückhielt, als dehne sich die Entfernung zwischen ihm und dem Fernsehschirm in gleichem Maße, in dem er sich vorwärts bewegte.

»Yezariael!«, schrie Mark verzweifelt. »Ich …«

Hände griffen nach ihm, zerrten ihn zurück. Mark stemmte sich mit verzweifelter Kraft dagegen und versuchte, weiter auf den Fernsehschirm zu blicken, doch die Körper einiger Jungen hatten sich dazwischengeschoben. Und trotzdem spürte er Yezariaels Blick, und das Schlimmste daran war jetzt nicht mehr der Schmerz, sondern der stumme, unausgesprochene Vorwurf, die Frage, warum er ihn im Stich gelassen hatte.

Einer der Jungen schaltete den Fernseher aus.

Mark schrie so gellend, als hätte man ihm einen glühenden Dolch in den Leib gestoßen, bäumte sich auf, schüttelte die Hände ab, die ihn hielten, und trat wild um sich.

»Verdammt noch mal, haltet den Kerl fest!«, schrie eine Stimme. »Der ist ja völlig übergeschnappt!«

Ein Faustschlag traf seine Schulter und ließ ihn zurücktaumeln, und dann waren sie endgültig über ihm, rangen ihn nieder und begannen auf ihn einzuschlagen. Er spürte, wie seine Unterlippe aufplatzte und Blut über sein Kinn lief. Er bekam kaum noch Luft, und jemand packte seinen linken Arm und verdrehte ihn brutal.

»Was, zum Teufel, geht hier vor?«

Die Stimme war so schneidend, dass sie den Lärm übertönte. »Lasst ihn los!«

Das erstickende Gewicht, das Mark bisher niedergedrückt hatte, verschwand, und die Schläge hörten auf.

Mark rang nach Atem. Sein ganzer Körper tat weh, und am liebsten wäre er einfach liegen geblieben, aber da war Yezariael und etwas, was er ihm hatte sagen wollen, etwas, was ungeheuer wichtig war, wichtiger als die paar blauen Flecken, wichtiger als sein Leben vielleicht. Mit letzter Kraft stemmte er sich auf die Hände und Knie hoch und kroch auf den Fernseher zu. Er hörte, wie Fredermann etwas sagte und wie seine Schritte näher kamen, aber er achtete nicht darauf. Zitternd ergriff er den Stecker und streckte den Arm nach der Steckdose aus. Seine Hände bluteten, und seine Finger waren steif und pochten vor Schmerz.

»Verdammt noch mal, Mark, was tust du da?«, fragte Fredermann aufgebracht. Er bückte sich, ergriff Mark an der Schulter und versuchte ihn in die Höhe zu zerren, aber Mark schüttelte seine Hand ab und versuchte mit verzweifelter Kraft, den Stecker in die Steckdose zu kriegen.

»Jetzt reicht es mir aber!«, sagte Fredermann wütend. »Du wirst mir jetzt auf der Stelle antworten!«

Brutal riss er Mark in die Höhe. Aber da hatte Mark den Stecker schon eingesteckt, und der Fernseher erwachte rauschend wieder zum Leben.

Fredermann zerrte Mark an der Schulter herum und begann ihn zu schütteln. »Was hier vorgeht, will ich wissen!«, schrie er. »Was ist passiert? Wieso prügelt ihr euch?«

»Der ist völlig übergeschnappt!«, sagte einer der Jungen. »Hat sich plötzlich auf Klaus und Stephan gestürzt und einfach auf sie eingeschlagen.«

»Stimmt das?«, fragte Fredermann herrisch.

Mark antwortete nicht. Sein Blick war auf die Mattscheibe geheftet. Aber das Bild zeigte jetzt nicht mehr den Palast des Greif, sondern Tom und Jerry bei einem ihrer endlosen Wettrennen. Mark stöhnte. Es war vorbei. Wie immer Yezariael es geschafft hatte, mit ihm in Verbindung zu treten, sie waren unterbrochen worden.

Fredermann hörte auf, an seiner Schulter zu rütteln. Sein Blick folgte dem Marks, blieb für einen Moment am Fernseher hängen, und ein sonderbarer, fast lauernder Ausdruck trat in seine Augen.

»Ist irgendetwas mit dem Fernseher?«, fragte er.

Mark antwortete auch jetzt nicht, aber einer der anderen deutete auf das Gerät und sagte: »Er ist wie ein Verrückter auf jeden losgegangen, der das Ding auch nur anfassen wollte! Der ist völlig durchgedreht.«

»Halt den Mund, Peter«, sagte Fredermann ruhig. Zu Mark gewandt, fuhr er fort: »Was ist los mit dir? Warum erzählst du mir nicht, was passiert ist?« Er lächelte sogar bei diesen Worten, aber sein Grinsen war so falsch wie das einer Schlange, die ihr Opfer mustert und überlegt, an welcher Stelle sie es am besten packen kann. Mark wich einen halben Schritt zurück, aber Fredermann hielt ihn mit unerbittlicher Kraft fest.

»Gut«, sagte er schließlich. »Du willst mir nicht antworten. Dann gehen wir am besten in mein Büro und unterhalten uns dort weiter. Klaus, Stephan – ihr kommt mit. Die anderen räumen das Durcheinander hier auf, und dann geht ihr in eure Zimmer. Für heute ist Schluss.«

Mark wehrte sich nicht, als Fredermann ihn grob am Arm ergriff und vor sich herstieß. Er fühlte sich äußerlich wie betäubt, und dabei war ihm, als erwache er aus einem unendlich tiefen, traumlosen Schlaf. Yezariaels Hilferuf hatte ihn wachgerüttelt, und er begriff mit jähem Schrecken, wie dicht er daran gewesen war, vollends in dumpfe Verzweiflung und Selbstmitleid zu versinken. Hatte er wirklich die letzte Zeit mit nichts anderem verbracht, als das Verstreichen der Tage zu beobachten und sich selbst leid zu tun und mit der ganzen Welt zu hadern?

Der Vorgang des Erwachens ging weiter, während er Fredermann zu seinem Büro folgte, jenem Ort, den er noch nie betreten, von dem er die anderen Jungen aber manchmal hinter vorgehaltener Hand hatte flüstern hören, als handle es sich um eine Art Vorhof zur Hölle.

Sie betraten das Büro. Es war ein kleines, düster eingerichtetes Zimmer ohne Fenster, voll gestopft mit Aktenschränken und -regalen, sodass gerade Platz für einen Schreibtisch und einen Stuhl war, auf dem Fredermann Platz nahm. Mark, Klaus und Stephan mussten stehen bleiben.

Fredermann musterte sie alle drei der Reihe nach. Als er Mark ansah, trat etwas Verschlagenes, aber auch Misstrauisches in seine Augen. Sie kamen Mark dunkler vor als bisher. Stechender. Und von etwas Brodelndem, Unheimlichem erfüllt.

»Also«, begann Fredermann. »Was war los? Und ich will jetzt die ganze Geschichte hören, ist das klar?«

Mark sah weg, und auch Klaus senkte betreten den Blick, und schließlich war es Stephan, der zu erzählen begann:

»Ich weiß wirklich nicht, was in ihn gefahren ist, Herr Fredermann. Es … es war nicht unsere Schuld. Er ist einfach auf uns losgegangen – erst auf Klaus und dann auf mich. Irgendwas war mit dem Fernseher los. Das Bild fiel aus, und dann … war irgendwas anderes da.«

Das Erschrecken auf Fredermanns Gesicht war nicht zu übersehen. »Etwas anderes?«, schnappte er. »Was?«

Stephan zuckte unglücklich mit den Achseln. »Nichts Besonderes. Eine Straße oder so. Muss eine Bildstörung gewesen sein. Jedenfalls wollte Klaus den Apparat neu einstellen, und da ist Mark wie ein Wahnsinniger auf ihn los. Ich hab nur versucht, ihn zurückzuhalten, aber er hat sofort auf mich eingeschlagen.«

»Ist das wahr?«

Die Frage galt Mark, aber dieser schwieg.

Fredermanns schwarze Augen musterten ihn voll Feindseligkeit, und seine Lippen wurden zu dünnen, blutleeren Strichen. Es war deutlich zu sehen, wie schwer es ihm fiel, sich noch zu beherrschen.

»Es ist gut«, sagte er schließlich. »Klaus und Stephan – ihr könnt gehen. Wir unterhalten uns morgen über die Strafe für euer Verhalten.«

»Aber wir haben doch gar nichts …«

»Ihr könnt gehen«, wiederholte Fredermann scharf.

Die beiden Jungen drehten sich hastig herum und verschwanden, und Mark blieb allein mit Fredermann zurück. Wieder verging eine geraume Weile, in der Fredermann ihn nur ansah, und Mark begann sich unter seinem Blick immer unbehaglicher zu fühlen.

»Also«, sagte Fredermann schließlich in völlig verändertem, freundlichem Ton. »Was war wirklich los?« Er lächelte. »Du kannst es mir ruhig erzählen. Wir sind allein, und ich gebe dir mein Wort, dass es unter uns bleibt.«

»Nichts«, sagte Mark ausweichend. »Ich … Es tut mir Leid. Wirklich. Ich weiß selbst nicht, was plötzlich in mich gefahren ist. Es war allein meine Schuld. Sie dürfen die anderen nicht bestrafen. Sie sagen die Wahrheit – ich habe mit dem Streit angefangen.«

»Ich denke, wen ich wofür und wie bestrafe, das kannst du getrost mir überlassen, mein Junge«, antwortete Fredermann kalt. »Wir sprechen jetzt über dich.« Er lehnte sich in seinem Stuhl zurück. Seine Finger begannen unbewusst mit einem Kugelschreiber zu spielen, während er Mark erneut mit einem langen, nicht besonders angenehmen Blick maß.

»Ich weiß wirklich nicht, was ich mit dir machen soll, mein Junge«, sagte er. »Du machst es mir nicht leicht. Ich habe dich so gut behandelt, wie ich es nur konnte, aber mir scheint, das war nicht der richtige Weg. Du bist jetzt seit mehr als fünf Wochen hier, und du hast nicht einmal den Versuch gemacht, dich zu integrieren. Weißt du, dass du bei den anderen nicht besonders beliebt bist?«

Fünf Wochen? Mark erschrak zutiefst. Er hatte nicht gemerkt, wie viel Zeit vergangen war, seit Bräker ihn hergebracht hatte. Fünf Wochen – das bedeutete, dass im Schwarzen Turm Jahre verstrichen sein mussten!

»Fünf Wochen!«, wiederholte Mark entsetzt. »Großer Gott, dann ...« Er fuhr auf. »Ich muss hier raus!«, sagte er. »Sofort!«

Fredermanns Miene verdüsterte sich. »Ich kann auch anders, mein Junge«, sagte er. »Bisher habe ich Rücksicht auf dich genommen, weil du mir leid getan hast und weil ich immer noch glaube, dass du anders bist als die meisten Jungen hier. Aber du ...«

»Sie verstehen mich nicht!«, unterbrach ihn Mark erregt. »Ich muss hier raus! Das ... das Leben tausender Unschuldiger steht auf dem Spiel. Vielleicht ist es sogar schon zu spät!«

Fredermann starrte ihn verdattert an. »Wie?«

»Ich weiß, dass es verrückt klingt«, antwortete Mark. »Aber ich sage die Wahrheit. Bitte, ich muss Kommissar Bräker anrufen. Ich muss ihm alles erzählen, und er muss mich hier herausholen. Sofort!«

Das letzte Wort hatte er geschrien. Aber Fredermann blieb ganz ruhig. Er stand auf und sah Mark nachdenklich an. »Du lässt mir keine Wahl«, sagte er. »Es tut mir Leid. Aber bis du dich entschlossen hast, dich normal zu benehmen, wirst du in deinem Zimmer bleiben. Keine Freistunden mehr, keine Arbeitsgruppen, kein Fernsehen.«

»Ich will doch nur telefonieren«, unterbrach ihn Mark verzweifelt.

Fredermann lächelte. »Ich denke darüber nach«, antwortete er in fast freundlichem Ton. »Und wenn ich zu dem Schluss komme, dass es richtig ist, Kommissar Bräker oder sonst jemanden anzurufen, dann werde ich das tun. Bis es soweit ist, darfst du in dein Zimmer gehen und darüber nachdenken, ob es nicht besser wäre, wenn du dich wie ein normaler Mensch benimmst und nicht wie ein Verrückter.«

»Aber Sie …«

»Geh auf dein Zimmer und lass dich nicht mehr blicken!«, unterbrach ihn Fredermann.

Ohne ein weiteres Wort drehte sich Mark herum und verließ das Zimmer. Dabei steckte er die Hände in die Gesäßtaschen seiner Jeans. Etwas aus Papier kam ihm zwischen die Finger, und als er in seinem Zimmer war, zog er es heraus. So unglaublich es ihm selbst vorkam, er hatte sie in all der Zeit vergessen. Er hielt die zerknitterte Visitenkarte Bräkers mit seiner Telefonnummer in der Hand!

Ein nächtliches Telefonat

Der Moment zur Flucht kam schneller, als Mark erwartet hatte. Denn dass er fliehen würde, stand für ihn fest, nachdem er Fredermanns Büro verlassen hatte und in seine Zelle zurückgegangen war, wie Frettchen ihm befohlen hatte. Er blieb nicht lange allein – nach ein paar Minuten hörte er, wie die Tür geöffnet wurde, und Fredermann betrat den winzigen Raum. In der Hand hielt er einen weißlackierten Metallkoffer mit einem roten Kreuz. Die Tür ließ der Heimleiter nachlässig einen Spalt breit offen stehen.

Mark setzte sich auf und schwang die Beine vom Bett, als

Fredermann eine auffordernde Geste machte. Der Anblick des Rot-Kreuz-Kastens erinnerte ihn wieder daran, wie miserabel er sich fühlte – im wahrsten Sinne des Wortes. Er war mit unzähligen Kratzern und blauen Flecken übersät, und wenn er Luft holte, verspürte er einen dünnen, quälenden Stich in der Brust. Aber er war so tief erschüttert gewesen, dass er all dies bisher gar nicht richtig zur Kenntnis genommen hatte.

»Lass mal deine Hände sehen«, sagte Fredermann. Mark streckte gehorsam die Hände aus und biss tapfer die Zähne zusammen, als Fredermann seinen Kasten aufklappte und eine kleine Flasche herausnahm, aus der er eine scharf riechende, höllisch brennende Flüssigkeit über Marks aufgeplatzte Knöchel goss.

»Tut weh, nicht?«, sagte er, wobei sich Mark nicht ganz klar war, ob die Worte nun schadenfroh oder wirklich mitfühlend gemeint waren. »Aber das muss sein. Und ich glaube, du hältst es aus.« Er schraubte das Fläschchen wieder zu, legte es in den Kasten und begann schmale Streifen von einer langen Rolle Verbandspflaster zu schneiden, die er reichlich unsanft, aber mit bemerkenswertem Geschick über die Wunden klebte.

»Du bist ein ganz schön harter Bursche, wie?«, fragte Fredermann.

Mark sah überrascht auf. Was sollte das? Wollte ihm Fredermann ein Friedensangebot machen, indem er ihm schmeichelte?

»Ich habe gesehen, wie du dich gewehrt hast. Das war nicht schlecht«, fuhr Fredermann fort, während er weitere Heftpflasterstreifen von der Rolle schnitt. »Ein paar der anderen haben mehr abgekriegt als du. Wo hast du gelernt, so zu kämpfen?«

»Im Bergwerk«, antwortete Mark. Er behielt Fredermann dabei scharf im Auge, aber wenn den Heimleiter diese Antwort überhaupt überraschte, dann beherrschte er sich meisterhaft. In seinem Gesicht regte sich kein Muskel. Er begann schweigend die Heftpflaster auf Marks Unterarme, Handrücken und Gesicht zu verteilen.

Und in diesen Moment hatte Mark eine Idee. Er hatte nicht die blasseste Ahnung, ob sie funktionieren würde – er hatte diesen Trick nur ein einziges Mal gesehen, und das war in einem Film gewesen. Aber im Moment erschien ihm alles besser, als tatenlos herumzusitzen und darauf zu warten, was Fredermann als Nächstes tat. Seine plötzliche Freundlichkeit täuschte Mark keine Sekunde.

Als Fredermann einen Heftpflasterstreifen auf einen besonders tiefen Kratzer auf seiner Wange kleben wollte, tat er so, als zucke er schmerzhaft zurück, und stieß dabei die Schere vom Bett. Fredermann bückte sich, um sie aufzuheben, und Mark nutzte den Augenblick, um eines der Pflaster zu nehmen und in der geballten Faust zu verbergen. Die Bewegung war so schnell, dass Fredermann sie nicht bemerkte.

»So«, sagte Fredermann, als er fertig war – Mark vermutete nicht ganz zu Unrecht, dass sein Gesicht mittlerweile eine gewisse Ähnlichkeit mit dem einer Mumie aufweisen musste, bei all den Pflastern, die er bekommen hatte. »Ich denke, für heute ist das genug. Sieht so aus, als hättest du Glück gehabt. Oder denkst du, dass du einen Arzt brauchst?«

Mark schüttelte den Kopf, und Fredermann klappte seinen Kasten zu, machte aber noch keine Anstalten, aufzustehen. Er blickte Mark nachdenklich an, dann griff er in die Jackentasche, zog eine Zigarettenpackung heraus und bot Mark eine Zigarette an.

»Danke – ich rauche nicht.«

Fredermann lächelte. »Das ist sehr vernünftig. Ich tue es auch nur selten. Aber ich glaube, jetzt ist eine gute Gelegenheit dazu. Darf ich?«

Mark nickte. Fredermann zündete sich umständlich eine Zigarette an, blies den Rauch gegen die Decke und starrte eine Weile an Mark vorbei ins Leere. »Es tut mir Leid, wenn ich vorhin etwas grob zu dir war«, sagte er plötzlich. »Es war nicht so gemeint, wie es sich vielleicht angehört hat. Ich bin selbst ziemlich erschrocken, als ich euch im Fernsehzimmer kämpfen sah. Was ist passiert?«

Mark war sicher, dass Fredermanns plötzlicher Stimmungswechsel nur gespielt war. Der Heimleiter war nicht hier, um sich mit ihm zu versöhnen, sondern um ihn auszuhorchen. Und nun erinnerte er sich wieder an Fredermanns überraschten Blick, als er auf den Fernseher gesehen hatte. Er hatte etwas gesehen, aber er war nicht sicher, was, und er war jetzt hier, um es herauszubekommen.

»Ich weiß nicht, was in mich gefahren ist«, log Mark. »Ich war …«

»Du benimmst dich ziemlich seltsam, findest du nicht?«, unterbrach ihn Fredermann. »Ich meine: Es ist völlig normal, dass die, die hierher kommen, in der ersten Zeit schweigsam und verstockt sind. Aber du bist schon lange genug hier, um dich wieder zu fangen, meine ich. Du kannst nicht die nächsten Jahre allein in deinem Zimmer hocken und mit niemandem sprechen.«

»Glauben Sie denn, dass ich noch ein paar Jahre hier bleiben werde?«, fragte Mark.

Fredermann zuckte mit den Schultern und blies eine Rauchwolke in seine Richtung. »Das kommt nur auf dich an«, sagte er.

Mark hustete. »Sobald ich mit Kommissar Bräker telefoniert habe, bin ich heraus«, sagte er überzeugt.

Fredermann lächelte dünn. »Es liegt einzig und allein an mir, wann du telefonierst.«

»Oder ob überhaupt?«, fragte Mark.

»Oder ob überhaupt«, antwortete Fredermann ungerührt. »Du sagst es.« Er zog wieder an seiner Zigarette und verpestete die Luft mit einer weiteren, grauen Rauchwolke. Mark hustete demonstrativ, stand auf und ging zur Tür. Fredermann straffte sich ein bisschen, bis er begriff, dass Mark die Tür nur aufschob, um frische Luft in die Zelle zu lassen.

»Keine Sorge«, sagte Mark. »Ich versuche nicht wegzulaufen.«

»Das hätte auch gar keinen Sinn«, antwortete Fredermann. »Niemand kommt aus dem Gebäude heraus. Und selbst wenn, kämst du nicht aus dem Park. Also vergiss es besser gleich – du hattest doch vor, wegzulaufen, oder?«

»Natürlich«, sagte Mark ruhig und klebte den Heftpflasterstreifen über das Schloss. Fredermann merkte es nicht. Mark schickte ein Stoßgebet zum Himmel, dass der Trick auch wirklich funktionieren möge, entfernte sich unauffällig wieder von der Tür und nahm auf der Bettkante Platz, und zwar so weit entfernt von Fredermann wie nur möglich.

»Du würdest dir deine Lage sehr erleichtern, wenn du mir alles erzählen würdest«, sagte Fredermann.

»Ich rede nur mit Bräker«, beharrte Mark.

»Und der erzählt mir hinterher sowieso, was du gesagt hast«, fügte Fredermann hinzu. »Also, was soll das? Wo willst du überhaupt hin, wenn du hier herauskommst – falls du herauskommst. Deine Mutter und dein Bruder sind verschwunden, und andere Verwandte hast du nicht mehr, wenn ich richtig informiert bin.«

»Es gibt einen Ort, an den ich kann«, behauptete Mark.

»So?« Fredermanns Blick wurde lauernd. »Welchen?«

Mark schwieg und starrte an ihm vorbei auf die Wand. Er hätte nicht antworten sollen, vielleicht hatte er schon mehr verraten, als gut war. Er war jetzt völlig sicher, dass er sich an seinem ersten Abend hier nicht getäuscht hatte. Fredermann war nicht Fredermann. Er war überhaupt kein Mensch. Wie hatte er nur jemals so leichtgläubig sein können, sich auf das zu verlassen, was er zu sehen glaubte? Spätestens seit seiner unheimlichen Begegnung im Warenhaus hätte er wissen müssen, dass sich die dunklen Mächte nicht auf den Schwarzen Turm allein beschränkten. Das Beste ist, dachte er, wenn ich überhaupt nichts mehr sage.

Fredermann schien den letzten Gedanken erraten zu haben, denn er stand plötzlich auf, drückte seine Zigarette im Waschbecken aus und nahm den Erste-Hilfe-Kasten vom Bett. »Ganz wie du willst«, sagte er. »Vielleicht unterhalten wir uns morgen noch einmal. Du weißt ja, wo du mich findest, wenn du dich entschließen solltest, doch noch Vernunft anzunehmen.«

Fredermann nickte ihm zum Abschied mit einem spöttischen Lächeln zu und verließ die Zelle. Mark lauschte mit angehaltenem Atem auf das Geräusch, mit dem sich die Tür schloss – aber das vertraute, helle Klicken blieb aus. Das Schloss war nicht eingerastet.

Mit einem Satz war Mark bei der Tür und hielt die Hände dagegen, damit sie nicht von selbst wieder aufschwang und ihn verriet. Dann wartete er – zwei, drei Sekunden ... nichts. Offensichtlich war Fredermann nicht aufgefallen, dass die Zellentür zwar zu, aber keinesfalls abgeschlossen war. Trotzdem blieb er länger als fünf Minuten vollkommen regungslos stehen und lauschte, ehe er es wagte, die Tür behutsam etwas zu öffnen und auf den Gang hinauszusehen.

Alles war still. Aus der Tiefe des Gebäudes drangen gedämpfte Geräusche an sein Ohr, aber hier auf dem Korridor regte sich nichts – Fredermann hatte die Jungen ja selbst alle in ihre Zimmer geschickt, und keiner von ihnen hätte es gewagt, seine Zelle zu verlassen, auch wenn er es gekonnt hätte. Mark war überzeugt, dass er unbehelligt hinausgekommen wäre. Aber es war noch zu früh.

Mark machte sich nichts vor – es war vielleicht ziemlich einfach, aus dem Zimmer zu entkommen, das Haus zu verlassen war eine ganz andere Sache. Fredermann hatte in diesem Punkt keineswegs übertrieben: Es war nicht nur schwierig, es war schlichtweg unmöglich, unbemerkt von hier zu fliehen. Selbst wenn er das Kunststück fertig brachte, irgendwie hier herauszukommen, war da immer noch der Park mit seinen Videokameras und Alarmanlagen.

Aber er hatte auch nicht vor, auf eine Art und Weise zu fliehen, wie sie Fredermann erwarten mochte. Alles, was er brauchte, waren ein Telefon und zwei Minuten Zeit.

Mark überzeugte sich davon, dass das Heftpflaster noch sicher an seinem Platz klebte und das Schloss daran hinderte, seinen Dienst zu tun, dann schob er die Tür wieder zu, ging zum Bett zurück und wartete. Er wusste nicht, wie lange Fredermann wach in seinem Büro bleiben würde, aber er wusste, dass der Heimleiter sehr früh aufstand, noch vor sechs; wenn er bis Mitternacht abwartete, konnte er ziemlich sicher sein, ihm nicht aus Versehen in die Arme zu laufen.

In den nächsten Stunden hatte Mark über vieles nachzudenken. Immer mehr hatte er das Gefühl, die letzten fünf Wochen wie im Schlaf verbracht zu haben, und je länger er darüber nachgrübelte, desto sicherer war er, dass es kein Zufall gewesen war. Er war fest entschlossen gewesen, von hier zu fliehen, als Bräker ihn hergebracht hatte, und bereits am nächsten Morgen … hatte er es vergessen gehabt!

Und das war unmöglich.

Es war etwas in diesem Gebäude, was seine Gedanken beeinflusst hatte, unmerklich, aber mit großem Erfolg. Wäre Yezariaels Hilferuf nicht gewesen, davon war Mark felsenfest überzeugt, dann hätte er in wenigen weiteren Wochen vollends vergessen, warum er überhaupt hergekommen war. Und irgendwann hätte er sich vermutlich nicht mehr an den Schwarzen Turm erinnert; vielleicht nicht einmal mehr an seine Mutter.

Thomas.

Das war die einzige Erklärung. Irgendwie war es Thomas' Werk, der Einfluss seines Bruders, der über den Abgrund der Träume hinweg seine Gedanken lenkte oder dafür sorgte, dass es irgendjemand tat. Ganz so sicher, dass er ihn nie wieder erreichen konnte, schien sein Bruder wohl doch nicht zu sein.

Schließlich berührten sich die beiden Zeiger seiner Armbanduhr auf der Zwölf, und Mark stand wieder auf. Er war nervös, als er die Tür öffnete und vorsichtig auf den Gang hinausspähte. Sein Herz klopfte so laut, dass er sich fast einbildete, man müsse es überall im Haus hören, und seine Handflächen waren feucht von Schweiß.

Der erste Teil seiner Flucht verlief ohne Zwischenfälle. Er erreichte die Treppe, blieb einen Moment stehen, um zu lauschen, und schlich auf Zehenspitzen die Stufen hinunter. Das Haus war still, nur hier und da knackte oder raschelte etwas, auf der Rückseite des Hauses klapperte ein loser Fensterflügel im Wind hin und her. Ganz normale Geräusche, die in jedem Haus zu hören waren. Alle lebenden Wesen, die es beherbergte, schienen zu schlafen. Wenigstens betete er, dass es so war.

Er erreichte Fredermanns Büro, drückte die Klinke herunter und unterdrückte einen enttäuschten Ausruf, als er begriff, dass die Tür abgeschlossen war.

Mark verfluchte sich lautlos für seine Kurzsichtigkeit. Er war nicht einmal auf den Gedanken gekommen, dass der Direktor eines Heimes für schwer erziehbare Jugendliche die Tür seines Büros abschloss, wenn er es verließ – obwohl diese Überlegung wahrlich nahe genug lag.

Mark griff noch einmal nach der Klinke und presste gleichzeitig die Schulter gegen die Tür. Die Tür rührte sich nicht, aber er hörte, wie das dünne Holz unter der Belastung knackte. Der Gedanke, die Tür aufzubrechen, behagte ihm nicht sonderlich, aber er musste ans Telefon gelangen.

Mit aller Macht warf er sich gegen die Tür.

Das Holz zerbarst mit einem Knall, der wie ein Pistolenschuss in Marks Ohren widerhallte, und der Schwung seiner eigenen Bewegung war so groß, dass er haltlos vorwärts taumelte und fast gegen Fredermanns Schreibtisch rannte.

Mit klopfendem Herzen lauschte er, aber das Haus blieb still. Niemand schien etwas gehört zu haben.

Mark ging zurück, warf einen Blick auf den Gang hinaus und drückte die Tür so leise wie möglich wieder ins Schloss – oder dem, was davon übrig war. Mark konnte ein flüchtiges Lächeln nicht unterdrücken, als er sah, dass er nicht nur das Schließblech, sondern auch gleich einen Teil des Türrahmens mit herausgerissen hatte. Fredermann hätte sich gewundert, wenn er gewusst hätte, wie kräftig ihn die Monate im Bergwerk hatten werden lassen.

Er verscheuchte den Gedanken und ging zum Schreibtisch, wo das Telefon stand. Als er die Hand danach ausstreckte, fiel sein Blick auf eine graue Kunststoffmappe, auf der in sauberen Druckbuchstaben sein Name stand. Mark konnte der Versuchung nicht widerstehen und öffnete sie.

Ein ganzes Bündel von Formularen war darin abgeheftet, die in der gleichen pedantischen Druckschrift ausgefüllt waren, einige maschinegeschriebene Seiten, deren Inhalt Mark in dem schwachen Licht nicht entziffern konnte – und als Letztes ein Stück Pergament, auf dem fremdartige Schriftzeichen in groben Tuschebuchstaben standen.

Also doch, dachte Mark. Das alles hier hätte keinen Sinn ergeben, wäre es anders gewesen.

Er riss das Pergament heraus, faltete es dreimal zusammen und schob es in die Hosentasche, zögerte noch einmal und riss dann auch die drei ersten Blätter aus der Mappe und steckte sie ein. Dann nahm er die Visitenkarte heraus, drehte sie um und versuchte mit zusammengekniffenen Augen, Bräkers fast unleserliche Handschrift zu entziffern.

Seine Hände zitterten, als er die Nummer wählte. Es schien endlos zu dauern, bis das Freizeichen aus dem Hörer drang, und Mark stand Höllenqualen aus, während er auf das monotone Tut-tut lauschte. Was, dachte er, wobei er alle Mühe hatte, nicht in Panik zu geraten, wenn Bräker gar nicht zu Hause ist oder das Telefon nicht hört, weil er schläft, oder …

»Bräker«, meldete sich die Stimme des Polizeibeamten aus dem Hörer. Mark atmete erleichtert auf und wollte seinen Namen nennen, doch Bräkers Stimme fuhr fort: »Sie sind leider nur mit meinem Anrufbeantworter verbunden. Ich bin im Moment nicht im Haus, aber Sie haben die Möglichkeit, eine Nachricht beliebiger Dauer auf Band zu hinterlassen.«

»Nein!«, stöhnte Mark. »Bitte nicht!« Verzweifelt starrte er den Telefonhörer in seiner Hand an und hatte Mühe, die Tränen zurückzuhalten. Nach allem, was er riskiert hatte, um dieses Gespräch zu führen, war das einfach nicht fair!

»Bitte, sprechen Sie jetzt«, drang Bräkers elektronisch aufgezeichnete Stimme aus dem Hörer, gefolgt von einem hellen Piepston.

»Kommissar Bräker, hier ist Mark«, rief Mark eindringlich in den Hörer. »Sie müssen mich abholen, bitte. Ich erzähle Ihnen alles, aber ich kann nicht hier bleiben. Fredermann gehört dazu, und ...«

Ein helles Klicken wurde hörbar, und dann Bräkers Stimme, reichlich verschlafen und alles andere als gut gelaunt. »Wer, zum Teufel, ist da?«

»Kommissar Bräker?«, rief Mark aufgeregt. »Sind Sie es?«

»Nein«, sagte Bräker ärgerlich. »Der Weihnachtsmann. Verdammt, wer ist da überhaupt?«

»Ich bin es«, sagte Mark. »Mark. Hören Sie, ich habe nicht viel Zeit. Ich ...«

»Mark?«, unterbrach ihn Bräker. Und dann schrie er: »Mark? Wo bist du? Von wo rufst du an?«

Das verwirrte Mark so sehr, dass er nicht gleich antworten konnte. Dann stammelte er: »Aber ... aber Sie haben mich doch selbst hergebracht. Ich bin im Heim, und ...«

»Was habe ich?«, fragte Bräker. »Zum Teufel, ich habe keine Ahnung, wovon du sprichst. Wenn das wieder einer deiner blöden Scherze ist, mein Junge, lernst du mich kennen! Von welchem Heim sprichst du?«

»Ich ... ich weiß nicht, wie es heißt«, antwortete Mark verstört. Was, um alles in der Welt, ging hier vor? »Draußen, am Stadtrand, bei Fredermann. Sie ...«

»Du bist *wo?*«, unterbrach ihn Bräker. »Sag das noch mal? Du bist draußen im alten Heim?«

»Natürlich bin ich hier«, antwortete Mark. »Bitte, Kommissar, ich kann es Ihnen nicht am Telefon erklären, aber Sie ... Sie müssen mich abholen. So schnell wie möglich!«

»Darauf kannst du Gift nehmen, mein Junge«, knurrte Bräker. »Ich bin in einer halben Stunde bei dir. Und bleib, wo du bist, verstanden?«

Um ein Haar hätte Mark gelacht. Er sollte bleiben, wo er war? Aber er sagte nur: »Bestimmt«, und Bräker hängte ein. Was, um alles in der Welt, hatte das nun wieder zu bedeuten? Bräker hatte ihn doch selbst hergebracht und hatte selbst mit Fredermann gesprochen, während Klaus ihm sein Zimmer zeigte! Er verstand überhaupt nichts mehr. Verwirrt legte er den Hörer auf die Gabel zurück.

Es war noch immer still im Haus, als Mark das Zimmer verließ und zur Treppe ging – zu still für den Lärm, den er verursacht hatte, als er die Tür zu Fredermanns Büro aufbrach, und auch das Gespräch mit Bräker hatte er nicht mit gedämpfter Stimme geführt. Und bei der Ruhe, die nach Einbruch der Dunkelheit in diesem Haus herrschte, hätte jedes lautere Geräusch unbedingt gehört werden müssen. Aber nichts rührte sich.

Mark ging immer langsamer und blieb schließlich stehen, als er die Treppe erreicht hatte. Er war unschlüssig, wohin er gehen sollte: Bräker würde eine gute halbe Stunde brauchen, um hierher zu kommen, wenn nicht mehr, und Mark hatte keine Chance, das Haus zu verlassen, um dem Polizeibeamten entgegenzugehen.

Fast ohne dass Mark es selbst bemerkte, lenkten ihn seine Schritte zurück ins Fernsehzimmer – vielleicht weil dies der einzige nicht verschlossene Raum war, von dessen Fenster aus er auf die Zufahrt hinaussehen konnte, vielleicht auch, weil hier alles begonnen hatte.

Der Raum wirkte in der Dunkelheit kalt und abweisend. Das blasse Mondlicht, das durch die vergitterten Fenster hereinfiel, ließ die Umrisse der Stühle und Tische sonderbar weich und irgendwie … falsch erscheinen, und der Fernseher selbst kam ihm wie ein Fremdkörper vor, etwas, was einfach nicht hierher gehörte.

Und der unheimliche Eindruck wurde immer stärker, je länger Mark dastand und sich umsah. Alles kam ihm fremd vor, hatte die Unwirklichkeit einer Kulisse, als wäre er jäh in eine Spalte zwischen den Wirklichkeiten gestürzt, die weder zu dieser noch zur Welt des Greif gehörte und in der alle Dinge – er selbst eingeschlossen – einfach fehl am Platze waren. Um sich selbst abzulenken, drückte er vorsichtig die Tür hinter sich ins Schloss und ging zum Fenster, um hinauszusehen. Natürlich konnte Bräker noch lange nicht hier sein – wahrscheinlich war er gerade erst dabei, sich den Schlaf aus den Augen zu reiben und nach seinen Kleidern zu suchen, während er Mark verfluchte. Und selbst wenn er herkam – Mark erinnerte sich wieder an das elektronisch betriebene Tor vorne an der Straße und an die Videokamera daneben. Was, dachte er voll Schreck, wenn Fredermann ihn einfach nicht hereinlässt?

Mark begriff zum ersten Mal im Leben, was es bedeutete, alles auf eine Karte zu setzen – genau das hatte er getan. Er konnte gar nicht mehr zurück. Was immer Fredermann in Wahrheit sein mochte, eines war er ganz bestimmt nicht: so dumm, die aufgebrochene Tür nicht richtig zu deuten.

Voll wachsendem Unbehagen sah er sich um, und wieder blieb sein Blick auf dem ausgeschalteten Fernseher haften. Langsam bewegte er sich auf ihn zu, ging vor dem Gerät in die Hocke und streckte die Hand aus. Er führte die Bewegung nicht gleich zu Ende. Seine Finger zitterten, und er erinnerte sich wieder daran, dass seine erste Erfahrung mit dieser Art der Geisterbeschwörung um ein Haar mit seinem Tod geendet hatte.

Aber irgendetwas war in der Welt auf der anderen Seite der Träume geschehen, etwas, was so wichtig war, dass sein eigenes Leben nicht mehr viel zählte. Irgendwie war es Yezariael gelungen, den Zauber zu brechen, aber statt sich in Sicherheit zu bringen, hatte er sein Leben abermals riskiert, um Mark um Hilfe zu bitten. Hilfe wobei? Wovor?

Er zögerte noch einmal, sah kurz zur Tür zurück und lauschte, dann schob er seine letzten Bedenken beiseite, schaltete den Fernseher ein und drehte hastig den Ton herunter, als knisterndes Rauschen aus den Lautsprechern drang.

Es war ein sehr alter Fernseher. Die Bildröhre brauchte lange, um sich aufzuheizen und mehr als weißes Flimmern zu zeigen – und dann hätte Mark vor Enttäuschung am liebsten aufgeschrien, als er statt der erwarteten Albtraumlandschaft aus schwarzer Lava und Flammen nur das Testbild des ZDF sah. Aber was hatte er erwartet?

Trotzdem schaltete er nacheinander sämtliche Kanäle ein. Das Ergebnis war überall dasselbe. Und seine Logik sagte ihm auch, dass Yezariael gar nicht mehr dort sein konnte, wo immer dieses Dort auch war. Die Zeit im Schwarzen Turm gehorchte anderen Gesetzen als hier. In den wenigen Stunden, die hier seit Yezariaels Hilferuf vergangen waren, mussten in der Welt des Schwarzen Turms Tage verstrichen sein, wenn nicht Wochen.

»Yezariael«, flüsterte er. »Ich weiß nicht, ob du mich hörst. Aber wenn, dann … dann musst du mir helfen. Ich muss hier heraus, und ich weiß nicht, ob Bräker es schafft zu kommen. Antworte mir – bitte. Versuch irgendwie, mir zu antworten. Sag mir, wie ich zu euch kommen kann!«

Aber natürlich bekam er keine Antwort. Der Fernseher blieb stumm, und sein blasses blaues Licht ließ das Zimmer und seine Einrichtung noch bedrohlicher erscheinen als bisher. »Bitte, Yes«, flüsterte Mark. »Ich … ich weiß, dass ich dich verraten habe. Ich hätte dich nicht im Stich lassen dürfen, dort unten, aber ich … ich wusste nicht, was ich tun sollte. Ich wusste nicht, dass …«

»Und ich glaube, das weißt du auch jetzt noch nicht, mein Junge«, sagte eine Stimme hinter ihm. Mark fuhr mit einem halb unterdrückten Aufschrei herum.

Ohne dass er es gehört hatte, hatte sich die Tür geöffnet. Draußen auf dem Flur brannte jetzt Licht, und in dem hellerleuchteten Rechteck stand Fredermann. Er blickte erst Mark an, dann den laufenden Fernseher und fuhr fort:

»Jedenfalls weißt du ganz bestimmt nicht, was gut für dich ist, scheint mir. Das war nicht sehr klug von dir, mein Junge. Wirklich nicht sehr klug. Ich fürchte, ich muss dich dafür bestrafen.«

Mark stand auf. Fredermanns Blicke folgten der Bewegung voll Misstrauen, aber er rührte sich nicht. Trotzdem glaubte Mark zu spüren, wie sich sein Körper spannte. Und jetzt kam er ihm gar nicht mehr wie ein kleiner alter Mann vor. Etwas wie eine unsichtbare düstere Aura umgab Fredermann. Das letzte Mal, dass er dieses unheimliche Gefühl gehabt hatte, war in Sarns Gegenwart gewesen.

»Sie werden überhaupt nichts tun«, sagte Mark trotzig. »Sie kommen zu spät. In ein paar Minuten wird Kommissar

Bräker hier sein, und dann werden Sie ein paar ziemlich unangenehme Fragen beantworten müssen.« Trotz dieser herausfordernden Worte wich er bis an die gegenüberliegende Wand zurück. Und sie verfehlten auch völlig ihre Wirkung, denn das Lächeln auf Fredermanns Gesicht wurde nur noch breiter. Mit wiegenden Schritten kam er näher und hob die Hände, und Mark sah, dass irgendetwas damit nicht stimmte.

»Das glaube ich nicht«, sagte Fredermann ruhig. »Er wird nichts fragen, und du wirst nicht mehr da sein, um noch mehr Dummheiten zu machen, du Narr.«

Wieder kam er einen Schritt näher, und jetzt fiel Mark auf, dass auch sein Gesicht anders wurde. Die Züge schienen aufzuweichen, ineinanderzufließen, als ... ja, als bewegten sich Ameisen oder kleine Raupen unter seiner Haut, dachte er erschrocken.

»Du hättest am Leben bleiben können«, fuhr Fredermann fort. »Aber du willst es anders. Was jetzt geschieht, ist allein deine Schuld.«

Die schreckliche Veränderung ging weiter. Fredermanns Gesicht wurde breiter, die Lippen verblassten, gleichzeitig wuchs sein Mund, bis er ein schreckliches Haifischmaul wurde, in dem kleinfingerlange Zähne bleckten. Seine Augen waren dunkle Tümpel voll kochendem Blut. Er kicherte, aber es war kein Laut mehr, wie ihn eine menschliche Kehle hervorbringt.

Mark warf mit einem Stuhl nach ihm, den Fredermann mit einer fast nachlässigen Geste aus der Luft wegwischte, und gleichzeitig schoss seine andere Hand vor und traf Marks Schulter wie ein Hammer. Hilflos fiel Mark zu Boden, versuchte sich aufzurappeln und keuchte vor Schmerz, als das Fredermann-Ding ihn brutal an Schultern und Haar packte und in die Höhe riss.

Mark schlug blind vor Angst und Schmerz zu. Er traf, aber das einzige Ergebnis war ein scharfer Schmerz, der durch seine Knöchel schoss, und ein neuerliches, irres Kichern. Eine verzerrte Dämonenfratze tauchte vor seinem Gesicht auf, Augen wie glühende Kohlen starrten ihn voll unersättlicher Gier an, und das fürchterliche Haifischmaul klaffte auf, um ihm die Kehle zu durchbeißen.

Mark bäumte sich mit einem gellenden Schrei auf und warf den Kopf in den Nacken. Die Haifischzähne verfehlten seine Kehle, aber so knapp, dass eine Reihe winziger blutender Kratzer in seiner Haut zurückblieben, und der Griff des Ungeheuers wurde plötzlich so stark, dass Mark glaubte, seine eigenen Knochen knacken zu hören.

Die Todesangst gab ihm noch einmal Kraft. Mit einer fast übermenschlichen Anstrengung riss er sich los, versetzte dem Ungeheuer einen Stoß vor die Brust, torkelte nach hinten und prallte abermals gegen die Wand.

Er wusste, dass er jetzt sterben würde. Das Monstrum vor ihm war klein und dünn, aber es hatte schier unvorstellbare Körperkräfte – und mit seinem Aussehen schien es auch jedes bisschen Menschlichkeit abgeschüttelt zu haben. In den kochenden, pupillenlosen roten Blutaugen war kein Platz für Mitleid oder irgendein anderes Gefühl. Dieses Ungeheuer war der schlimmste aller Dämonen, die ihm bisher begegnet waren. Er war geschaffen, um zu töten, zu keinem anderen Zweck.

Die Bestie spannte sich. Ihre Krallen blitzten wie gebogene, rasiermesserscharfe Dolche, und in den unheimlichen Blutaugen flammte eine mörderische Vorfreude.

In diesem Moment explodierte der Fernseher.

Ein grellweißes Licht drang aus der Mattscheibe und verwandelte das Zimmer für Bruchteile von Sekunden in ein surrealistisches Schwarzweißgemälde, dann erscholl ein peitschender Knall, und Glassplitter und kleine, blaue Flammen überschütteten das Ungeheuer. Und fast in der gleichen Sekunde sprang etwas Kleines, Schwarzes aus dem berstenden Fernseher, riss das Fredermann-Monster durch die Wucht seines Anpralls von den Füßen und begann mit Fäusten, Krallen und Schwanz auf sein Gesicht einzuschlagen. Das wütende Knurren der Bestie verwandelte sich in Schmerzensschreie, als Yezariaels Klauen seine Haut aufrissen und schwarzes Dämonenblut über sein Gesicht lief.

Doch der kleine Gehörnte war dem Ungeheuer nicht gewachsen. Plötzlich bäumte sich das Monster auf, schüttelte Yezariael wie ein lästiges Insekt einfach ab und legte gleichzeitig eine seiner fürchterlichen Krallenhände um seine Kehle. Yezariael kreischte, dann wurde sein Schreien zu einem erstickten Keuchen.

Mark fand endlich aus seiner Überraschung und stürzte vor. Blindlings griff er nach dem erstbesten Gegenstand, den er fand, einem Stuhl, schwang ihn hoch über den Kopf und ließ ihn mit aller Wucht auf die Schultern des Fredermann-Ungeheuers herunterkrachen.

Der Stuhl zerbarst. Das Monster stieß einen Grunzlaut aus, warf Yezariael mit einer zornigen Bewegung gegen die Wand und versuchte sich schwerfällig in die Höhe zu stemmen. Mark schwang die Überreste seines Stuhles ein zweites Mal, und auch Yezariael war wieder auf den Beinen. Er riss kurzerhand die qualmenden Überreste des Fernsehgerätes in die Höhe und schleuderte sie auf die Bestie.

Und das war selbst für dieses Ungeheuer zu viel. In einem wahren Schauer aus Trümmern und Glassplittern und kleinen zischenden Kurzschlüssen ging es zu Boden und rührte sich nicht mehr.

Mark richtete sich schweratmend auf und sah Yezariael an. »Danke«, keuchte er, das war …«

Yezariael packte ihn grob am Arm und zerrte ihn so heftig auf die Tür zu, dass Mark haltlos hinter ihm drein stolperte. »Petank tiß ßpäter!«, lispelte der Gehörnte. »Fenn tu eß noß kannßt!«

Sie stürzten durch die Tür – und Mark erlebte den zweiten Schock dieses Abends.

Der Korridor, auf dem sie sich befanden, hatte nichts, aber auch rein gar nichts mehr mit dem Haus zu tun, das Mark kannte. Die Wände bestanden aus nacktem, schimmeligem Mauerwerk, aus dem hier und da große Stücke herausgebrochen waren. Die Fußbodenbretter waren verfault und so morsch, dass Mark jeden Moment damit rechnete, durch den Boden zu brechen, und die Decke war beinahe verschwunden, sodass man in die darüberliegende Etage blicken konnte. Überall lagen Schutt und Trümmer herum, und es war bitterkalt. Die Treppe, die sie Augenblicke später hinunterrasten, hatte kein Geländer, und hätte Yezariael ihn nicht einfach mit sich gezerrt, dann hätte sich Mark wahrscheinlich sämtliche Knochen im Leib gebrochen, denn eine der morschen Stufen gab tatsächlich unter seinem Gewicht nach und brach ein.

Erst als sie das Erdgeschoss erreicht hatten und von dem unheimlichen Verfolger noch immer nichts zu sehen war, wagte es Yezariael, einen Moment stehen zu bleiben und sich umzublicken. Er war nervös. Sein Schweif peitschte unentwegt, und seine spitzen Ohren bewegten sich wie kleine lederne Radarschirme hin und her.

Auch Mark sah fassungslos in die Runde. Er erkannte die Halle jetzt doch wieder – es war die Empfangshalle des Heims: aber eine Version davon, die mindestens zehn Jahre lang unbewohnt und dem Verfall preisgegeben war. Wo die große Theke gestanden hatte, erhob sich ein verfaultes Etwas aus zersplittertem Holz. Die Wände waren geschwärzt und da, wo sie nicht die Spuren eines Brandes aufwiesen, von Schimmelpilz und Moder überzogen, und der Teppich hatte sich in eine stinkende Masse verwandelt, die wie Schlamm an Marks Schuhen klebte.

»Großer Gott«, flüsterte er. »Was ist hier passiert?«

»Taß feiß iß nißt«, antwortete Yezariael. »Aper iß feiß, faß paßieren firt, fenn fir nißt ßofort ferßfinten!«

Mark begriff erst nach einer Sekunde, was der Gehörnte meinte. Eisiger Schreck durchfuhr ihn. »Du … du meinst, das Ding lebt noch?«, ächzte er.

Yezariael gab ein Geräusch von sich, das wie ein Lachen klang. »Sso leißt ißt ein Man-Iht nißt umzuprinken«, sagte er. »Manße behaupten ßokar, taß man ßie kar nißt töten kann. Loß!« Und damit zerrte er Mark abermals hinter sich her.

Die Verwandlung begann, als sie die Halle bis zur Hälfte durchquert hatten. Plötzlich schienen Schatten über die Wände zu huschen, und ein unheimliches Wispern und Raunen erklang – und vor Marks ungläubig aufgerissenen Augen verwandelte sich die ausgebrannte Ruine wieder in ein intaktes, gepflegtes Gebäude zurück! Unter seinen Füßen war plötzlich wieder ein Teppich, kein klebriger Schlamm mehr, sanftes, gelbes Kunstlicht erhellte den Raum – und vor den Fenstern lagen wieder schwere eiserne Gitter.

»Er faßt auf!«, kreischte Yezariael. Und zum ersten Mal, seit Mark den kleinen Gehörten kannte, hörte er Panik in seiner Stimme.

Sie erreichten die Tür, die jetzt wieder aus massivem Holz mit einem äußerst stabilen Schloss bestand. Mark rüttelte vergebens an der Klinke. Yezariael packte ihn und schubste ihn grob zur Seite. Die Faust des Gehörnten schoss vor und zerschmetterte die Tür, als bestünde sie aus dünner Pappe, und ein zweiter, noch heftigerer Schlag riss das Schloss heraus. Yezariael versetzte Mark einen Stoß, der ihn durch die zerborstene Tür nach draußen taumeln ließ.

Hinter ihnen erscholl ein ungeheuerliches Brüllen. Mark drehte im Laufen den Kopf, und was er sah, das ließ ihn alles andere vergessen und sich ganz darauf konzentrieren, ungefähr dreimal so schnell zu rennen, wie er überhaupt konnte.

Auf dem oberen Ende der Treppe war das Monstrum aufgetaucht, zu dem Fredermann geworden war. Es hatte jetzt jede Ähnlichkeit mit einem Menschen verloren. Es war noch immer klein und dürr, und es hatte noch immer einen Kopf, zwei Arme und zwei Beine, aber das war auch schon alles. Seine Glieder waren zu lang und bewegten sich, als hätten sie ein paar Gelenke mehr, als richtig war, und aus seinen Schultern wuchsen kleine, verstümmelte Flügel, die zu missgestaltet waren, um damit zu fliegen. Sein Gesicht war eine widerwärtige, verzerrte Fratze, über die Ströme von Blut und Geifer liefen.

Überall im Haus begannen Lichter aufzuflammen, während sie durch den knöcheltiefen Schnee auf den Waldrand zurasten, und als sie die Hälfte der Strecke hinter sich gebracht hatten, heulte eine Alarmsirene los. Fast gleichzeitig flammte ein gewaltiger Scheinwerfer auf dem Dach des Gebäudes auf und badete Yezariael und Mark in grellweißes Licht.

Yezariael kreischte und begann wild hin und her zu hüpfen, als bereite ihm das Licht Schmerzen, und auch Mark duckte sich, rannte aber noch schneller.

Und er tat gut daran, denn als er sich herumdrehte, konnte er sehen, wie die zerborstene Tür abermals wie von einem Kanonenschuss getroffen nach außen geschleudert wurde und in mehrere Teile zerbrach. Aus den Trümmern raste eine schwarze Chimäre hervor. Der Man-Iht sah vielleicht ungelenk aus, aber er war es nicht. Er bewegte sich um etliches schneller als Mark und Yezariael. Als sie den Waldrand erreichten, war ihr Vorsprung bereits auf die Hälfte zusammengeschmolzen – und das Ungeheuer kam mit erschreckender Schnelligkeit näher.

Yezariael machte plötzlich eine blitzschnelle Bewegung nach links und zerrte Mark mit sich. Rücksichtslos brachen sie durch Unterholz und Gestrüpp. Dornen zerkratzten Marks Gesicht und Hände, und von den tiefliegenden Ästen der Bäume rieselte Schnee auf sie herab. Mark versuchte sich loszureißen, aber Yezariael zerrte ihn unerbittlich mit sich, bis sie vielleicht fünfzig Meter tief in den Wald eingedrungen waren. Dann stieß er ihn einfach in den Schnee hinunter und legte ihm die Hand auf den Mund.

»Sstill!«, zischelte er. »Ssie ßehen nißt ßehr kut, aper ßie hapen Ohren fie Fletermäuße!«

Mark erstarrte, so schwer es ihm auch fiel. Sein Herz raste, und er zitterte am ganzen Leib. Zudem drang der eisige Schnee durch sein Hemd und ließ ihn vor Kälte mit den Zähnen klappern. Aber Yezariaels Warnung hinderte ihn daran, auch nur einen Muckser von sich zu geben.

Es dauerte eine geraume Weile, bis Yezariael endlich die Hand von seinem Mund nahm und es wagte, vorsichtig den Kopf zu heben. Das Gesicht des Gehörnten war nur wie ein Schatten in der Dunkelheit des Waldes zu erkennen, aber Mark konnte trotzdem sehen, wie seine Augen aufmerksam die Umgebung absuchten. Seine Ohren bewegten sich unentwegt.

»Iß klaupe, er hat unßere Sspur ferloren«, flüsterte er schließlich. »Aper fir müßen forßißtik ßein. Fenn er unß erfißt, prinkt er unß um!«

Mark richtete sich vorsichtig auf. »Was war das für ein Vieh?«, flüsterte er.

Yezariael warf ihm einen schrägen Seitenblick zu. »Der Man-Iht?«, fragte er. Wieder gab er dieses sonderbare Nicht-Lachen von sich. »Ssie freßen Menßen«, sagte er. Und fügte etwas leiser hinzu: »Unter anterem.«

»Hat … mein Bruder uns dieses Ungeheuer auf den Hals gehetzt?«, fragte Mark.

Die Frage war so überflüssig, dass Yezariael sich nicht einmal die Mühe machte, sie zu beantworten. Stattdessen stand er langsam auf, sah sich noch einmal um und deutete dann mit der Hand in die Richtung zurück, aus der sie gekommen waren. »Feißt tu, fie fir hier herauskommen?«, fragte er.

Mark nickte. »Ich hoffe es«, sagte er. »Das ganze Gelände ist eingezäunt. Und das Tor sieht verdammt massiv aus.«

»Taß finten fir beßtimmt nißt herauß, fenn fir hier einfak ßitßen pleipen und farten, piß er unß fintet«, sagte Yezariael spitz. »Komm.«

Mark rührte sich nicht. »Gleich«, sagte er. »Aber erst musst du mir ein paar Fragen beantworten.«

Yezariael schien auffahren zu wollen, beließ es aber dann bei einem zischelnden Seufzen und setzte sich wieder in den Schnee. »Fielleißt haßt tu reßt«, sagte er. »Ter Man-Iht ißt ßo tumm, fie er ßtark ißt. Unt er ißt mäßtik ßtark. Fielleicht kipt er eß auf, fenn er unß nißt kleiß fintet.«

»Wie kommst du hierher?«, fragte Mark. »Ich meine, du … du warst verwandelt, als ich dich das letzte Mal gesehen habe, und …« Er brach ab. *Als ich dich im Stich gelassen habe,* dachte er. *Als ich den einzigen Freund verraten habe, den ich jemals hatte.*

»Als ter Kreif ßtarp, ta ferkink auß ßein Ssauper«, sagte Yezariael. »Alle, tie er ferßaupert hatte, furten fieter lepentik, nißt nur iß.«

»Dann ist … ist es doch vorbei?«, fragte Mark. »Ich meine, der Schwarze Turm …«

»Eß ißt ßlimmer, alß eß far«, unterbrach ihn Yezariael leise. Plötzlich klang seine Stimme traurig. »Tein Pruter hat tie

Maßt an ßiß keribßen. Er herrßt jeßt üper ten Turm – unt er ißt huntertmal ßrecklißer, alß eß ter Kreif jemalß keweßen ißt.«

»Du meinst, es ist … alles beim Alten geblieben?«, flüsterte Mark ungläubig. »Das Bergwerk, die Überfälle … Er hat nichts geändert?«

»Toch«, sagte Yezariael. »Taß hat er. Iß veiß nißt, faß in Martenß Hof for ßiß keht. Keiner fon unß feiß taß. Aper iß feiß, taß ßie unß töten, fo immer ßie unß treffen. Tein Pruter hat ein Heer aufkestellt, unt es firt jeten Tak krößer. Ssie hapen alle meine Prüter erßlaken, tie tie Sslaßt üperlept hapen. Und jeßt trinken ßie in unßere Felt for und töten unß auß tort.«

»Sie tun – was?«, fragte Mark fassungslos.

»Iß feiß nißt, farum er taß tut«, sagte Yezariael bitter. »Iß klaupe, er fill ten kanzen Turm für ßiß. Ter Kreif far ßreckliß, aper unter ßeiner Herrßaft far ter Turm kroß kenuk für unßere peiten Völker. Jetßt ißt er eß nißt mehr. Ssie ferten unß alle vernißten, Mark.«

»Aber ihr könnt euch wehren«, sagte Mark. »Ihr seid stark, und ihr …«

»Fir ßint nur noß fenige«, unterbrach ihn Yezariael. »Früher, lanke pevor ter Kreif kam, ta faren fir fiele. Aper heute kipt es nur noch fenike von unß, unt ihr Menßen ßeit ßo fiele. Ssie ferten unß außlößen, fenn tu unß nißt hilfst, Mark.«

»Ich?«

Yezariael nickte. »In teinen Atern fließt taßelpe Blut«, sagte er. »Tu kannßt ihn peßieken. Nur tu.«

»Ich fürchte, das kann ich nicht«, sagte Mark traurig. »Es sei denn, du weißt, wie ich zurück in den Turm komme. Ich kann den Weg dorthin nicht mehr allein finden.«

Yezariael schwieg.

»Ich nehme an, ich kann nicht auf dem Weg dorthin zurückkehren, auf dem du gekommen bist«, sagte Mark nach einer Weile.

Yezariael schüttelte stumm den Kopf. »Ssie hat kesakt, taß tu einen Fek finten fürteßt«, sagte er leise.

»Sie?«

»Tie Frau«, antwortete Yezariael.

»Welche Frau?«

»Tie Frau, tie ßu mir kam«, sagte der Gehörnte. »Iß hape tiß keßucht, naßtem iß tem Ssauper tes Kreif entkommen war, aper iß hape tiß nißt kefunten. Tann hape iß miß verßteckt. Iß konnte nißt ßurück in meine Felt, aper iß konnte auch nißt ßu teinen Leuten. Ssie hätten miß ketötet. Dann hape iß tie Frau ketroffen. Ssie hat nach mir kesußt. Ssie wußte fon tir, und ßie wußte auß fon mir. Ssie hat keßakt, iß ßoll tiß ßußen.« Seine Stimme wurde fast flehend. »Ssie hat keßakt, tu könnteßt unß helfen.«

»Sie sah mir ein bisschen ähnlich, nicht?«, vermutete Mark. »Dunkles Haar, schlank …«

Yezariael nickte. »Tu kennßt ßie?«

»Sie ist meine Mutter«, sagte Mark düster. »Also hat Thomas sie wirklich entführt.«

»Teine Mutter?«, fragte Yezariael neugierig. »Faß ißt taß – eine Mutter?«

»Eine Mutter ist …« Mark stockte. Einen Moment lang suchte er vergeblich nach den richtigen Worten. Wie sollte er einem Wesen, das niemals geboren worden war, erklären, was eine Mutter ist. »So etwas wie eure Steinmetze«, sagte er. »Ganz ähnlich, weißt du? Nur völlig anders.«

»Aha«, sagte Yezariael. Dann hellte sich sein Gesicht auf. »Tu meinßt, ßie hat tiß kemaßt?«

»So … könnte man es ausdrücken«, antwortete Mark verlegen. »Sie und mein Vater. Nur nicht mit Hammer und Meißel.«

»Fomit tann?«, erkundigte sich Yezariael.

»Unterhalten wir uns später darüber, ja?«, schlug Mark vor. »Jetzt sollten wir machen, dass wir hier wegkommen. Ich glaube, wir haben ihm jetzt Zeit genug gelassen, sich kalte Füße zu holen.« Er stand auf, bevor Yezariael auf die Idee kommen konnte, das Thema weiterzuverfolgen, und schlich gebückt in die Richtung zurück, aus der sie gekommen waren.

Yezariaels Behauptung, was das Sehvermögen des Man-

Iht anging, schien zuzutreffen – selbst in der fast vollkommenen Dunkelheit hier im Wald konnte Mark die Spuren deutlich erkennen, die Yezariael und er hinterlassen hatten. Es kam ihm wie ein kleines Wunder vor, dass das Ungeheuer sie nicht aufgespürt hatte. Aber irgendetwas sagte ihm auch, dass er gut daran tat, jetzt nicht zu leichtsinnig zu werden. Die Bestie mochte andere Mittel und Wege kennen, ihre Opfer zu finden.

Sie erreichten den Weg und blieben abermals stehen. Mit klopfendem Herzen sah Mark zum Haus zurück. Alles sah so aus, wie er es kannte: Das Gebäude lag unversehrt in der Mitte der großen Lichtung, dahinter erstreckten sich die Sportanlagen und die Koppel. Und doch war es noch keine Viertelstunde her, da hatte er das Haus als verfallene, brandgeschwärzte Ruine gesehen.

»Dort entlang«, flüsterte er mit einer Kopfbewegung zum Tor hin. »Aber pass auf. Hier sind überall Videokameras und Lichtschranken installiert.«

»Faß?«, fragte Yezariael verständnislos.

Mark setzte zu einer Erklärung an und ließ es dann bei einem Achselzucken. »Sei einfach nur vorsichtig«, sagte er. So leise wie möglich gingen sie weiter. Yezariael blieb immer wieder stehen und sah aufmerksam in den Wald rechts und links des Weges, während Mark seine Aufmerksamkeit mehr auf die Baumwipfel konzentrierte.

Und seine Vorsicht war nicht übertrieben – sie hatten vielleicht die Hälfte des Weges zurückgelegt, als Mark plötzlich stehen blieb und auf einen kleinen, schwarzen Umriss deutete, der sich im Grunde nur durch seine streng geometrische Formgebung von den Ästen abhob, zwischen denen er angebracht war. Die winzige Linse glitzerte wie ein kaltes Auge im Sternenlicht. Aber sie deutete nicht direkt in ihre Richtung.

»Siehst du?«, flüsterte er. »Das habe ich gemeint.«

Yezariael folgte seinem Blick und nickte grimmig. »Taß ißt ein Hchra-Kii«, sagte er.

Mark versuchte vorsichtshalber nicht, das Wort auszusprechen. Er brauchte seine Stimmbänder noch. Stattdessen nickte er nur und schlich gebückt unter dem Baum vorbei, auf dem Fredermanns elektronisches Auge angebracht war. Die Kamera bewegte sich beständig von rechts nach links und wieder zurück, aber es gab einen schmalen, toten Winkel, den ihr Aufnahmebereich nicht erfasste, sodass sie unbehelligt weiterkamen.

Der Wald war kalt und dunkel und voll unheimlicher Geräusche, aber niemand hielt sie auf, bis sie das Ende des Weges erreichten und das Tor vor ihnen lag. Und eine zweite, etwas geschickter angebrachte Videokamera. Mark sah sofort, dass ihn seine Erinnerung in diesem Punkt nicht getäuscht hatte: Es war unmöglich, das Tor zu öffnen oder zu übersteigen, ohne von der Kamera erfasst zu werden.

»Farum klettern fir nißt einfaß an einer anteren Sstelle üper ten Ssaun?«, fragte Yezariael.

Einen Moment lang erwog Mark den Gedanken ganz ernsthaft – aber er verwarf ihn schnell wieder. Zum einen war garantiert der ganze Zaun elektronisch gesichert, sodass drinnen im Haus eine ganze Batterie von Alarmsirenen zu schrillen beginnen würde, wenn sie ihn auch nur berührten. Und zum anderen …

Er sah sich suchend um, entdeckte einen abgebrochenen Ast, dessen Ende halb aus dem Schnee dicht neben dem Weg ragte, und warf ihn ohne ein weiteres Wort gegen den Zaun. Ein wahres Gewitter aus grellblauen Funken stob auf. Etwas zischte. Der Ast blieb eine Sekunde an dem elektrisch geladenen Zaun kleben und fiel dann rauchend zu Boden.

»Oh«, sagte Yezariael nur.

Sie näherten sich dem Tor. Mark sah immer wieder zu der Videokamera hoch, und das sonderbare Wort, mit dem Yezariael das Gerät bezeichnet hatte, geisterte ihm durch den Kopf. Er hatte nicht die mindeste Ahnung, was es bedeutete – aber es klang nicht besonders gut, fand er.

Da kam der Moment, in dem ihnen keine Wahl mehr blieb. Vor ihnen lagen nur knapp drei Meter, aber um diese zu überwinden, mussten sie durch den Aufnahmebereich der Kamera. Er blieb stehen.

»Wie schnell ist dieser Man-Iht?«, fragte er.

Yezariael sah ihn verwirrt an, und Mark machte eine erklärende Geste zum Tor, dann zur Kamera. »Ich habe jetzt keine Zeit, es dir zu erklären«, sagte er, »aber sobald uns das Ding erfasst, weiß er, dass wir hier sind. Wie viel Zeit bleibt uns?«

»Nißt fiel«, sagte Yezariael leise. »Unt faß meinßt tu mit erfaßt? Ssopalt eß unß frißt, meinßt tu?«

»Videokameras fressen niemanden«, antwortete Mark. Er seufzte. »Also gut – riskieren wir es einfach. Versuch das Tor aufzubrechen.«

Sie rannten los. Yezariael war mit einem Satz an ihm vorbei und am Tor. Seine Hände schlossen sich um die daumendicken Gitterstäbe, und Mark konnte sehen, wie sich die Muskeln unter der schwarzen Haut des Gehörnten spannten, als er mit aller Kraft versuchte, sie zu verbiegen oder zu zerbrechen. Die Gitterstäbe knirschten – und begannen sich zu verbiegen. Aber es ging langsam voran, und Yezariael brauchte seine ganze Kraft – nur wenn diese nicht versagte oder der Man-Iht nicht zu schnell hier war, dann hatten sie eine Chance.

Die Videokamera bewegte sich mit einem kaum hörbaren Summen. Ihr kaltes Glasauge richtete sich auf Mark und Yezariael, und über der Linse begann ein winziges rotes Licht zu glühen. Spätestens jetzt, dachte Mark, weiß Fredermann – der Man-Iht! –, wo wir sind und was wir tun. Wie viel Zeit blieb ihnen? Zwei Minuten? Drei? Mehr kaum.

In diesem Moment geschah etwas vollkommen Überraschendes.

Die Videokamera war keine Videokamera mehr.

Statt des schlanken Metallkastens hockte plötzlich eine schwarze, geflügelte Scheußlichkeit auf den Ästen, ein Ding wie eine Fledermaus, aber so groß wie ein Hund mit spitzen Zähnen und Klauen und einem einzigen, blutrot leuchtenden Auge auf der Stirn. Eine Sekunde lang starrte es Mark und Yezariael voll stummer Bosheit an, dann entfaltete es ein Paar zerfetzter, lederner Schwingen, stieß einen krächzenden Schrei aus und schwang sich mit einer kraftvollen Bewegung in die Luft.

Yezariael kreischte vor Schreck, und Mark bückte sich hastig nach dem Stock, mit dem er nach dem Gitterzaun geworfen hatte. Die Fledermaus kreiste einmal über ihnen, betrachtete abwechselnd Yezariael und ihn aus ihrem einzigen, rotleuchtenden Auge – und stieß wie ein angreifender Raubvogel auf Yezariael herunter. Der Gehörnte schrie auf, zog den Kopf zwischen die Schultern und drehte sich blitzschnell zur Seite. Die Krallen der Fledermaus verfehlten sein Gesicht und schlugen mit einem metallischen Laut gegen die Gitterstäbe, und Mark sah entsetzt, dass sie tiefe, schimmernde Kratzer in dem Metall hinterließen.

»Halt ihn mir fom Leip!«, schrie Yezariael. »Lenk ihn ap, irkentfie!«

Mark schwang seine Keule, wich ein paar Schritte zur Seite und begann aus Leibeskräften zu brüllen, um die Aufmerksamkeit der Fledermaus auf sich zu lenken. »Ich bin hier!«, schrie er. »Hier! Komm, du Mistvieh! Komm doch her!«

Tatsächlich änderte die Fledermaus plötzlich ihre Flugrichtung – und stürzte wie ein rasender Schatten auf Mark herab, mit weit ausgebreiteten Schwingen und aufgerissenem Maul, in dem spitze Zähne blitzten.

Mark sprang zur Seite, wich den zuschnappenden Krallen des Ungeheuers im letzten Moment aus und schlug mit dem Ast zu.

Er traf. Das Holz prallte mit fürchterlicher Wucht gegen den Schädel der Fledermaus und zerbrach, und die Fledermaus begann zu torkeln und flatterte hastig mit den Flügeln, um sich wieder zu fangen.

Mark starrte entsetzt auf den zersplitterten Stumpf in seinen Händen, dann auf die schwarze Scheußlichkeit, die bereits wieder an Höhe gewann, um Anlauf für einen neuen Sturzflug zu nehmen. Er hatte mit aller Kraft zugeschlagen, aber sein Hieb schien dem Monstrum nicht einmal wehgetan zu haben!

Als das Ungeheuer das nächste Mal herabstieß, gelang

es Mark nur noch mit äußerster Mühe, ihm auszuweichen. Eine der großen ledernen Schwingen traf sein Gesicht und versetzte ihm einen solchen Schlag, dass er rücklings zu Boden stolperte – und um ein Haar gegen den elektrisch geladenen Zaun gefallen wäre!

Marks Herz machte einen entsetzten Hüpfer, als er die so harmlos aussehenden Stäbe nur noch Zentimeter von seinem Gesicht entfernt sah – und gleichzeitig kam ihm eine völlig wahnsinnige Idee. Aber vielleicht auch die einzige, die sie noch retten konnte. Die Fledermaus kreiste über Yezariael und setzte gerade zum Angriff an.

»He, du Miststück!«, brüllte Mark. »Hier bin ich!«

Tatsächlich drehte das Ungeheuer den Kopf und starrte ihn an, schien aber unschlüssig, auf welches der beiden Opfer es sich stürzen sollte. Mark half seiner Entscheidung ein wenig nach, indem er eine Hand voll Schnee zu einem Ball zusammenpresste und ihn der Fledermaus mitten ins Gesicht schleuderte.

Das kleine Ungeheuer pfiff wütend, schwenkte mitten in der Bewegung herum und stürzte sich wieder auf ihn herab. Mark machte eine Bewegung nach links, warf sich mitten im Sprung herum und entging den gierig vorgestreckten Krallen des Fledermaus-Monsters um Haaresbreite. Mit einem wütenden Kreischen rauschte das Ungeheuer an ihm vorbei und prallte gegen den Zaun.

Ein grellblaues, unheimliches Licht flammte auf. In die kreischenden Pfiffe der Fledermaus mischte sich ein helles, zischendes Geräusch, und plötzlich schien blaues Elmsfeuer über den Körper des fliegenden Killers zu laufen. Die Luft stank nach verschmortem Haar und brennendem Leder.

Mark wandte sich schaudernd ab.

Der Gehörnte hatte die Lücke im Tor mittlerweile so sehr erweitert, dass sie ausreichen mochte, um hindurchzukriechen. Jetzt trat er erschöpft zurück und rang keuchend nach Atem. Selbst für seine unvorstellbaren Körperkräfte schien es fast zu viel gewesen zu sein.

»Ssnell!«, sagte er keuchend. »Er firt kleiß hier ßein!«

»Dann los«, sagte Mark.

Yezariael schüttelte den Kopf. »Tu ßuerßt«, widersprach er. »Iß kann miß fenikstenß ein pißen fehren, fenn er kommt. Außertem fill er tiß, nißt miß.«

Die Öffnung reichte gerade, um hindurchzukommen, und Mark war ein paar Mal nahe daran, stecken zu bleiben. Yezariael musste ihn kräftig schieben und stoßen, und es kam Mark endlos lange vor, bis er auf der anderen Seite des Tores war. Hinter ihm begann Yezariael durch die Lücke zu kriechen. Da er kleiner und schlanker war als Mark, kam er rascher voran.

Doch da tauchte hinter Yezariael ein rotäugiges Etwas aus der Dunkelheit auf. Der Man-Iht stürmte mit weiten Sprüngen heran, wobei er ein gackerndes Kichern hören ließ. Wo seine Füße den Schnee berührten, begann dieser zu dampfen. Mark war mit einem Satz neben Yezariael, packte ihn an den Schultern und zog und zerrte, was er nur konnte. Der Man-Iht war jetzt noch zehn Meter vom Tor entfernt, dann noch fünf – und dann kam Yezariael mit einem Ruck frei und prallte so heftig gegen Mark, dass sie beide zu Boden fielen. Der Man-Iht machte sich nicht die Mühe, das Tor zu öffnen. Er rannte einfach hindurch.

Die daumendicken Eisenstäbe zerbrachen wie Strohhalme, und der Schwung seiner eigenen Bewegung trug das Ungeheuer meterweit an Mark und Yezariael vorbei, ehe es zum Stehen kam.

Mark und der Gehörnte kamen gleichzeitig auf die Füße. Der Man-Iht wirbelte herum. Seine Augen flammten wie glühende Kohlen, und die Krallen waren zum tödlichen Schlag erhoben. Ein grelles, weißes Licht flammte plötzlich auf und verwandelte seinen Körper in einen flachen, schwarzen Schatten.

»Lauf!«, brüllte Yezariael, versetzte Mark einen derben Stoß und stürzte sich mit weit ausgebreiteten Armen auf den Man-Iht und versuchte ihn zu Boden zu reißen.

Aber diesmal war das Monster auf den Angriff vorbereitet. Mit einem schrillen Kichern wich es einen Schritt zur Seite, ließ Yezariael an sich vorüberstürmen und schlug ihm die Faust in den Nacken. Der Gehörnte keuchte, torkelte noch einen Schritt weiter und brach hilflos zusammen. Dann wirbelte der Man-Iht herum und auf Mark zu.

Mark blinzelte. Das grelle Licht war unerträglich: zwei weiß glühende, flammende Kreise, die ihm die Tränen in die Augen trieben. Er konnte kaum noch schauen. Ein dumpfes Dröhnen erklang, dann ein Knirschen und Krachen, und eine Stimme rief etwas, was er nicht verstehen konnte. Und dann erscholl ein peitschender Knall, und etwas surrte knapp an seinem Ohr vorbei und ließ den Schnee vor den Füßen des Man-Iht explodieren.

Die grellen Lichtspeere verwandelten sich in die aufgeblendeten Scheinwerfer eines Wagens, der mit laufendem Motor auf dem Weg gehalten hatte. Die Fahrertür war aufgeflogen, und daneben stand ein untersetzter Mann, der nur einen Trenchcoat und darunter einen geblümten Schlafanzug trug. Seine Füße waren nackt. Und in seinen Händen lag die größte Pistole, die Mark jemals gesehen hatte. Dünner Rauch kräuselte sich aus ihrem Lauf. Der Knall war ein Schuss gewesen und das Summen nichts anderes als das Geräusch der Kugel, die Bräker kaum einen Zentimeter an Mark vorbei vor die Füße des Man-Iht gefeuert hatte.

»Keine Bewegung!«, sagte Bräker. »Polizei! Sie sind verhaftet!«

Mark hätte um ein Haar laut aufgelacht, trat aber dann schnell zurück, um Bräker freies Schussfeld zu gewähren. Und auch der Man-Iht schien Bräkers Worte eher komisch zu finden, denn er stieß wieder dieses schrille, wahnsinnige Kichern aus, hob die Arme und ging mit wiegenden Schritten auf den Polizeibeamten zu.

Bräker trat nervös von einem Fuß auf den anderen. »Stehenbleiben, habe ich gesagt!«, rief er. »Ich meine es ernst!«

Der Man-Iht auch. Und Bräker begriff dies fast zu spät. Das Ungeheuer zischte wie eine wütende Schlange, duckte sich ein wenig und sprang mit einem blitzschnellen Satz auf den Polizeibeamten los.

Bräker prallte zurück, schwenkte seine Pistole und drückte ab.

Der Knall war ohrenbetäubend. Mark sah, wie die Kugel den Arm des Ungeheuers traf und glatt durchschlug, aber das Geschoss vermochte den Ansturm des Monsters nicht einmal zu verlangsamen. Seine Krallen verfehlten Bräker nur um Zentimeter und rissen ein Stück aus dem Blech des Wagendaches. Bräker keuchte vor Überraschung, verlor das Gleichgewicht und fiel rücklings zu Boden. Das Ungeheuer stieß ein triumphierendes Kichern aus und stürzte sich auf ihn.

Und Bräker feuerte ihm seine verbliebenen Kugeln aus allernächster Nähe in die Brust.

Der Waffenstillstand

Es überstieg beinahe seine und selbst Yezariaels Kräfte, den Koloss von Bräkers Körper herunterzuzerren. Wie alle Geschöpfe des Greif war der Man-Iht im Augenblick seines Todes wieder zu dem geworden, woraus ihn die schwarze Magie des unheimlichen Wesens erschaffen hatte: Stein. Dass das zusammenbrechende Monster Bräker nicht schwer verletzt oder gar getötet hatte, kam einem Wunder gleich.

Bräker setzte sich mühsam auf und lehnte Kopf und Rücken an den hinteren Kotflügel seines Wagens – aber irgendwie sah er noch immer aus, als wäre er betäubt: Seine Augen standen zwar offen, aber sein Gesicht war erstarrt, und seine Hände, die noch immer die leergeschossene Pistole hielten, waren so verkrampft, dass die Knöchel weiß durch die Haut schimmerten.

Vorsichtig beugte sich Mark vor und nahm Bräker die Waffe aus der Hand. Er hatte niemals zuvor eine echte Pistole in der Hand gehabt – schon gar nicht so eine –, und ihr Gewicht überraschte ihn, sodass er sie um ein Haar fallen gelassen hätte. Behutsam legte er die Waffe neben sich in den Schnee und berührte Bräker an der Schulter.

Der Polizeibeamte fuhr zusammen wie unter einem elektrischen Schlag, riss die Hände in die Höhe – und erkannte

Mark im letzten Augenblick. Sein Blick klärte sich. Er wirkte noch immer benommen, aber zumindest schien er seine Umgebung wieder bewusst wahrzunehmen.

»Was…?«, stammelte er. »Wo …?«

»Ich bin es«, sagte Mark. »Mark. Es ist vorbei. Sie haben ihn erledigt.«

Bräker nickte, aber er schien die Worte nicht wirklich verstanden zu haben. Sein Blick löste sich von Marks Gesicht und tastete unstet über den Körper des Man-Iht. Das Ungeheuer war beim Aufprall in zwei Teile zerbrochen, und überall lagen kleine, scharfkantige Brocken aus zerborstenem Granit herum. Grauer Staub war wie Blut aus der zerrissenen Brust der Statue gerieselt und bedeckte Bräkers Hosenbeine. »Mein Gott …«, flüsterte er. »Ich … ich habe ihn … erschossen.«

»Sie haben mir das Leben gerettet«, sagte Mark. Vergeblich suchte er nach passenden Worten, um Bräkers Verwirrung zu mildern. Er konnte sich lebhaft vorstellen, was in diesem Moment in dem Kriminalbeamten vorging – er selbst hatte ja am Anfang an seinem Verstand gezweifelt, und er war nicht so plötzlich mit der fantastischen Welt des Greif konfrontiert worden. Für Bräker, der ein Mensch war, für den nur Tatsachen und Fakten zählten, musste eine Welt zusammenbrechen, wenn er sich gestattete, wirklich zu glauben, was er gerade erlebt hatte.

»Was … was war das?«, stammelte Bräker. Seine Lippen zitterten. Er sah Mark beinahe flehend an. »Was … was ist … passiert?«

»Fir ßollten nißt hierpleipen«, lispelte Yezariael hinter ihm. »Eß könnten noß mehr ta ßein.«

Bräker sah auf – und fuhr abermals zusammen. Seine Augen quollen aus den Höhlen, als er Yezariaels schwarzes Teufelsgesicht erblickte. Ein quiekender Laut kam über seine Lippen.

»Keine Angst«, sagte Mark hastig. »Das ist nur Yezariael. Ein Freund. Sie kennen ihn doch schon.«

Bräker nickte und begann hysterisch zu kichern. »Das träume ich doch nur«, sagte er. »Das ist alles nicht wahr.«

»Ich fürchte, doch«, antwortete Mark ernst, zögerte und fügte hinzu: »Und ich fürchte, Yezariael hat Recht. Wir müssen hier weg. Wo dieses Ungeheuer herkommt, könnten noch mehr sein.«

Wieder starrte Bräker den Man-Iht an, und es war, als erkenne er erst jetzt wirklich, was da vor ihm im Schnee lag. Sein Gesicht verlor auch noch das letzte bisschen Farbe. Er versuchte aufzustehen, glitt mit den nackten Füßen im Schnee aus und griff automatisch nach Marks ausgestrecktem Arm, bis er begriff, was er tat, und seine Hand wieder zurückzog.

Und dann konnte Mark regelrecht sehen, wie er sich innerlich einen Ruck gab und von einer Sekunde zur anderen wieder zu dem Menschen wurde, den er kannte. Sein Gesicht verfinsterte sich. Mit einer hölzernen Bewegung bückte er sich nach seiner Pistole, steckte sie in die Manteltasche und starrte Mark und Yezariael düster an.

»Du da«, sagte er zu Yezariael. »Komm her!«

Yezariael rührte sich nicht, bis Mark ihm einen auffordernden Blick zuwarf. Zögernd trat der Gehörnte auf Bräker zu und blieb dicht vor ihm stehen.

Bräker streckte die Hand aus und kniff ihn kräftig in die linke Wange. Yezariael kreischte und machte einen erschrockenen Hüpfer, aber Bräker ließ sich davon nicht im Geringsten beeindrucken, sondern packte im Gegenteil noch kräftiger zu und zog Yezariael erst am rechten, dann am linken Ohr und schließlich an beiden Hörnern. Da wurde es Yezariael zu viel: Mit einem zornigen Hieb fegte er Bräkers Hände beiseite und zog sich ein paar Schritte weit zurück. Sein Quastenschwanz peitschte den Schnee auf.

»Sie können sich die Mühe sparen«, sagte Mark. »Ganz gleich, wie lange Sie ziehen, sie gehen nicht ab.«

Bräker starrte ihn an, und Mark fügte – nicht ohne eine gewisse Schadenfreude – hinzu: »Sie sind echt, wissen Sie?«

Bräker schwieg.

»Bitte, Herr Kommissar«, sagte Mark, so ruhig er konnte. »Wir müssen hier weg. Wir sind in Gefahr.«

Der Polizeibeamte reagierte auch jetzt nicht sofort, sondern starrte wieder abwechselnd Mark, Yezariael und den zerborstenen Man-Iht an. Dann nickte er so ungelenk wie eine lebensgroße Marionette, an deren Fäden ein nicht sonderlich begabter Spieler zog.

»Steigt ein«, sagte er mit einer Geste auf den Wagen. »Beide.«

Mark atmete erleichtert auf, kletterte in den Wagen und gab Yezariael ein Zeichen, ihm zu folgen. Der Gehörnte zögerte. Offensichtlich erfüllte ihn der Anblick des Wagens mit ebensolchem Unbehagen, wie Mark ihn vielleicht bei dem Gedanken empfunden hätte, auf den Rücken eines Geflügelten aus Yezariaels Welt zu klettern.

»Nun komm schon«, sagte er ungeduldig. »Der Wagen tut dir nichts.«

Yezariael wirkte nicht überzeugt – aber er trippelte trotzdem um den Wagen herum, kletterte ungeschickt auf der anderen Seite hinein und rollte hastig seinen langen Schweif unter dem Hinterteil ein, als sich Mark vorbeugte und die Tür heftig zuzog. Als Letzter stieg Bräker ein – allerdings erst, nachdem er einen weiteren, irritierten Blick auf Yezariael geworfen hatte.

Mark atmete erst auf, als sie den Waldweg verließen und auf die Schnellstraße einbogen. Und selbst dann sah er so lange durch die Heckscheibe zurück, bis der Wald vollends in der Dunkelheit verschwunden war. Er hatte das Gefühl, einem Albtraum entronnen zu sein.

Eine gute Viertelstunde lang fuhren sie in raschem Tempo in Richtung Stadt zurück, ohne dass Bräker auch nur ein Wort sagte. Aber weder Mark noch Yezariael entgingen die nervösen Blicke, die der Kriminalbeamte ihnen über den Innenspiegel hinweg immer wieder zuwarf.

Allmählich wurde der Verkehr wieder dichter. Aus den vereinzelten Fahrzeugen, die ihnen am Anfang entgegenkamen, wurden mehr und mehr, und schließlich näherten sie sich dem Lichtermeer der City, die auch zu dieser fortgeschrittenen Stunde noch vor Leben überzuquellen schien.

Dann begriff Mark, wie falsch dieser Eindruck war. Es

war spät, lange nach Mitternacht, und auch die Stadt schlief – nur hier und da war noch ein Fenster erleuchtet. Aber er hatte fast schon vergessen, was es hieß, in einer Stadt zu sein, einer Stadt voller Menschen noch dazu, nicht voller Ungeheuer. Und es war ein durchaus erleichterndes Gefühl. Zumindest gaben ihm all diese Lichter und Menschen das Gefühl, in Sicherheit zu sein, auch wenn er wusste, dass das nicht stimmte. Und Bräker wirkte in seiner gewohnten Umgebung nicht mehr ganz so fahrig wie bisher.

Der Einzige, der sich sichtlich immer unbehaglicher fühlte, war Yezariael. Nervös begann er auf seinem Sitz hin und her zu rutschen.

»Wohin fahren wir?«, fragte Mark nach einer Weile.

Bräker starrte ihn im Rückspiegel feindselig an. »Zu mir nach Hause«, antwortete er dann knapp.

Bräker wohnte in einem dreigeschossigen, unauffälligen Mietshaus, zu dem auch eine Tiefgarage gehörte, sodass sie den Wagen ungesehen verlassen konnten. Als sie in den Aufzug traten, schlüpfte Bräker aus seinem Trenchcoat, nahm die Pistole aus der Manteltasche und hielt Yezariael das Kleidungsstück wortlos hin. Der Gehörnte streifte es ebenso wortlos über.

Aber sie begegneten niemandem. Das Haus war so dunkel und still, wie es sich für ein normales Mietshaus um drei Uhr nachts gehörte, und nach kaum zwei Minuten betraten sie Bräkers Wohnung, die im obersten Stockwerk lag.

Bräker schloss die Tür hinter ihnen ab und führte sie ins Wohnzimmer. »Setzt euch«, sagte er. »Ich ziehe mich nur schnell um. Und rührt euch nicht.«

Sie gehorchten. Yezariael setzte sich unbehaglich auf die kleine Couch unter dem Fenster, während Mark sich so dicht wie möglich an die Heizung kuschelte und die Hände unter den Achseln verbarg. Er spürte erst jetzt richtig, wie durchgefroren er war. Obwohl es hier drinnen behaglich war, hatte er das Gefühl, innerlich langsam zu Eis zu erstarren.

»Traußt tu ihm?«, fragte Yezariael plötzlich.

Mark drehte sich um und sah den Gehörnten an. »Bräker?«

Yezariael nickte. »Taß leßte mal far er nißt ßer nett ßu unß«, sagte er.

»Das war etwas anderes«, antwortete Mark.

»Fießo?«

Ja, wieso eigentlich?, dachte Mark. Er wusste nur, dass Bräker im Augenblick der einzige Mensch war, den er überhaupt noch kannte und von dem er wenigstens sicher wusste, dass er nicht sein Feind war.

»Ich weiß es nicht«, gestand er schließlich. »Ich wollte einfach da raus. Ich weiß nicht, was ich ihm erzählt hätte, aber irgendwie …«

»Wie wäre es mit der Wahrheit, nur so, zur Abwechslung?«, Bräker war zurückgekommen, ohne dass Yezariael oder Mark es gemerkt hätten. Er trug noch immer den Schlafanzug, darüber jedoch einen dicken Hausmantel aus Wolle und an den Füßen pelzgefütterte Hausschuhe. In den Händen balancierte er ein Tablett mit einer Glaskanne voll heißer Milch und drei Gläsern. Ohne Marks Antwort auf seine Frage abzuwarten, stellte er die Kanne auf den Tisch, goss die drei Gläser voll und machte eine auffordernde Bewegung. Mark griff dankbar zu. Yezariael zögerte.

»Was ist mit dir?«, fragte Bräker lächelnd. »Hättest du lieber ein Glas heißes Pech?«

Yezariaels Gesicht verfinsterte sich, und Bräkers Lächeln verschwand. »Entschuldige«, sagte er. »Das war wirklich taktlos. Aber ich weiß nicht genau, was du so … ähm … zu dir nimmst.«

»Sson kut«, knurrte Yezariael und griff nach dem Glas. Er schnupperte vorsichtig, nippte und kippte den Inhalt in einem Zug hinunter. Dann biss er kräftig in das Glas hinein, kaute die Scherben gründlich und schluckte sie ebenfalls.

»Nißt ßleßt«, sagte er. »Kann iß noß …?«

Bräker griff hastig nach der Kanne, als Yezariael ihr einen gierigen Blick zuwarf. »Dein Freund hat komische Essgewohnheiten«, sagte er. Mark lächelte. Er war ziemlich sicher, dass es normalerweise nicht zu Yezariaels Gewohnheiten gehörte, Glas zu essen. Wahrscheinlich war dies seine ganz persönliche Art, es Bräker heimzuzahlen.

»Lass das«, sagte er mit gespielter Strenge. »Wir haben Wichtigeres zu tun.«

»Das finde ich auch«, sagte Bräker. »Also? Du hast mir am Telefon gesagt, dass du mir alles erzählen wirst.«

»Zuerst muss ich wissen, auf welcher Seite Sie stehen«, beharrte Mark. Bräker wollte auffahren, aber Yezariael mischte sich ein und sagte:

»Ssie müßen ihn verßtehen. Er kämpft um ßein Lepen. Unt um taß meiner Prüter.«

Bräker seufzte. »Also gut«, sagte er. »Ich sage euch, wie ich die Sache sehe. Ich bin um zehn zu Bett gegangen und sofort eingeschlafen. Zwei Stunden später hat mich ein Junge angerufen, den ich seit Wochen verzweifelt suche, und mir erklärt, dass er in einem Haus ist, das es seit fünf Jahren gar nicht mehr gibt. Ich bin sofort losgesaust und finde ihn in Begleitung eines leibhaftigen Teufels und einer Kreatur, für die ich nicht einmal einen Namen habe. Besagte Kreatur verwandelt sich in Stein, als ich sie in Notwehr erschieße. Und jetzt sitze ich hier, unterhalte mich mit einem lebendigen Wasserspeier und sehe dabei zu, wie er meine besten Muranogläser zum Frühstück verputzt. Was schließen wir daraus?« Er sah Yezariael und Mark abwechselnd an, bekam aber keine Antwort.

»Ganz einfach«, fuhr er fort. »Ich bin gar nicht aufgewacht. Ich liege noch immer im Bett und träume das alles nur. Also kann mich auch nichts mehr überraschen, was ich höre, klar? Ich verspreche euch nicht, das ich alles glaube. Aber ich biete euch einen Waffenstillstand an.« Er lächelte flüchtig. »Wenn ihr mich überzeugt, helfe ich euch weiter. Wenn nicht, gehe ich wieder ins Bett und warte einfach ab, bis dieser verrückte Traum vorbei ist und ich aufwache.«

»Einverstanden«, sagte Mark. Dann begann er zu erzählen …

Bräker hörte die ganze Zeit über schweigend zu, und er schwieg auch weiter, als Mark mit seinem Bericht zu Ende gekommen war und sich erschöpft auf der Couch zurücksinken ließ. Bräker sah Mark an, aber sein Blick schien geradewegs durch ihn hindurch und ins Leere zu gehen. Ein sehr nachdenklicher, aber auch betroffener Ausdruck war auf seinem Gesicht erschienen. Er sieht eigentlich nicht aus wie jemand, der mir nicht glaubt, dachte Mark.

»Das ist die mit Abstand verrückteste Geschichte, die ich je gehört habe«, sagte Bräker schließlich.

Mark nickte. »Ich weiß. Aber soll ich Ihnen was sagen? Das ist auch die mit Abstand verrückteste Geschichte, die ich je erlebt habe.«

Bräker lachte leise. »Und das soll ich jetzt glauben?«

Statt zu antworten, drehte Mark den Kopf und sah Yezariael an. Der Gehörnte lag zu einem Ball zusammengerollt neben ihm auf der Couch und schnarchte leise. Irgendwann während seines Berichtes war er eingeschlafen.

»Schick deinen Freund ins Bett«, sagte Bräker. »Ich habe ein Gästezimmer – gleich die erste Tür auf dem Gang.«

Mark rüttelte so lange an Yezariaels Schulter, bis der Gehörnte verschlafen die Augen aufschlug und ihn ansah. Wortlos führte er ihn in das Zimmer, das Bräker ihm gezeigt hatte, bugsierte ihn ins Bett und breitete eine Decke über ihn, ehe er zu Bräker zurückging und wieder Platz nahm. Auch er war müde, aber er wusste, dass er jetzt keinen Schlaf finden würde.

»Was mich am meisten interessiert«, begann Bräker, kaum dass er zurückgekommen war, »ist, wie du in dieses Heim gekommen bist.« Er hob die Hand, als Mark antworten wollte, und fügte hinzu: »Ich weiß, du behauptest, ich selbst hätte dich hingebracht. Aber ich schwöre dir, dass ich das nicht getan habe. Ich habe dich und deinen Freund das letzte Mal gesehen, als ihr beide aus dem Polizeipräsidium geflohen seid. Und das ist Monate her.«

»Aber Sie haben mich doch selbst aus der Wohnung geholt«, widersprach Mark.

»Das habe ich ganz bestimmt nicht«, sagte Bräker. »Jedenfalls kann ich mich nicht daran erinnern. Das Heim, von dem du sprichst, ist seit fünf Jahren geschlossen, Mark. Es war ein Experiment, das aufgegeben wurde, nachdem herauskam, dass Fredermann seine Zöglinge misshandelte. Und das ist nicht alles.«

»Es ist abgebrannt«, vermutete Mark.

Bräker nickte. »Fredermann selbst steckte das Haus in Brand, als er verhaftet werden sollte. Aber woher weißt du das?«

»Ich habe es gesehen«, antwortete Mark. »Ich glaube, es war der Man-Iht – das Ding, das Sie erschossen haben. Irgendwie … hing alles mit ihm zusammen. Yezariael und ich haben ihn niedergeschlagen. Und solange er bewusstlos war, wurde das Haus wieder zur Ruine.«

Mark griff in die Tasche und zog die Papiere heraus, die er von Fredermanns Schreibtisch entwendet hatte, und reichte sie Bräker.

Der Polizist blätterte sie durch, und der Ausdruck auf seinem Gesicht wurde immer verblüffter. Verwirrt drehte er die Visitenkarte in der Hand.

»Das ist meine Handschrift«, sagte er.

»Sie haben Sie mir selbst gegeben«, bestätigte Mark. »Woher sonst hätte ich wohl Ihre Nummer?«

Bräker antwortete nicht, sondern betrachtete die anderen Blätter etwas genauer. »Weißt du, was das hier ist?«, fragte er schließlich und hielt eine der maschinengeschriebenen Seiten hoch. »Deine Einlieferungspapiere. Von mir unterschrieben – und ich schwöre dir, dass diese Unterschrift nicht gefälscht ist. Aber ich schwöre auch, dass ich niemals dort war.« Er reichte Mark das Papier. Mark überflog es, schüttelte den Kopf und gab es Bräker zurück.

»Schauen Sie sich das Datum an.«

Bräker tat es und wurde bleich. »Das ist … mehr als fünf Jahre her«, flüsterte er. »Aber das ergibt doch keinen Sinn! Ich meine, selbst wenn ich dir glaube und einfach unterstelle, dass ich alles vergessen habe – warum hätte ich das tun sollen?«

»Weil Thomas es so wollte«, sagte Mark. »Er hat Sie gezwungen, das zu tun. Ich glaube, er wollte sichergehen, dass ich auch wirklich ausgeschaltet bin. Kennen Sie einen sichereren Ort als einen, den es gar nicht mehr gibt?«

Bräker sah fast hilflos drein. »Du meinst, er … er beherrscht die Zeit?«

»Das kann sein«, antwortete Mark. »Im Turm müssen seit dem Aufstand Monate vergangen sein. Wenn nicht Jahre. Thomas hatte eine Menge Zeit, um zu lernen. Und er ist nicht dumm. Ich fürchte, seine Macht steht der des Greif nicht nach. Wenn sie nicht überhaupt größer ist.«

»Er hätte dich umbringen können«, sagte Bräker ernst, »wenn er wirklich solche Angst vor dir hat.«

»Er ist mein Bruder«, antwortete Mark. »So schnell bringt man seinen eigenen Bruder nicht um.«

Bräker sah ihn an. Etwas ging in seinem Blick vor. Mark konnte regelrecht sehen, wie er mit einer Entscheidung rang. Dann legte er die Blätter vor sich auf den Tisch und sah Mark sehr ernst an.

»Er ist nicht dein Bruder, Mark«, sagte er.

»Wie?«

»Ich habe eine Menge herausgefunden, während du verschwunden warst«, fuhr Bräker fort. »Ich weiß eine Menge über deine Familie. Vieles hat bisher für mich keinen Sinn ergeben. Aber jetzt, nach dem, was du mir erzählt hast … dein Vater war schon einmal verheiratet, bevor er deine Mutter traf.«

»Aber davon habe ich gar nichts gewusst«, sagte Mark verblüfft.

»Viele Eltern verschweigen so etwas ihren Kindern«, sagte Bräker. »Ich finde es falsch, aber es ist gar nicht so selten. Vielleicht wollte er es dir auch später sagen und verschwand, ehe du alt genug warst, um es zu verstehen. Thomas' Mutter starb bei seiner Geburt, und dein Vater hat den Jungen die ersten beiden Jahre allein aufgezogen. Dann traf er deine Mutter und heiratete sie, und du kamst auf die Welt.«

Mark schwieg eine Weile. Plötzlich fror er wieder – und mit einem Mal wurde ihm alles klar. »Deshalb hasst er mich so«, murmelte er. »Aber natürlich – er hat mir vorgeworfen, dass ich ihm sein Erbe gestohlen habe.«

»Und von seinem Standpunkt aus hat er sogar Recht«, sagte Bräker. »Er ist der erstgeborene Sohn. Aber er hat auch einen Fehler gemacht, weißt du? Und nicht nur einen.«

»So?«

Bräker nickte. »Es wäre klüger gewesen, dich nicht in dieses Heim zu schicken, Mark. Denn das beweist, dass er noch immer Angst vor dir hat.«

»Das verstehe ich nicht.«

»Nein? Aber es ist doch ganz einfach«, erklärte Bräker. »Ich will dir sagen, wie ich die Sache vom Standpunkt eines Kriminalisten aus sehe. Nach dem, was du mir erzählt hast, muss dein Bruder alles von Anfang an genau geplant haben. Wahrscheinlich schon bevor er dich das erste Mal mit hinauf auf das Dach genommen hat. Und er ist verdammt klug vorgegangen. Wenn das stimmt, dann war es ein brillanter Plan, angefangen von seiner scheinbaren Hilfe, als Sarberg hinter dir her war, bis zu deiner Flucht aus dem Bergwerk.«

»Scheinbar?«

Bräker nickte. »Ich schätze, dass er dir zur Flucht verhalf, war nicht einmal beabsichtigt. So wie ich die Sache sehe, hat dein Bruder von Anfang an vorgehabt, Sarn zu töten, um seinen Platz einzunehmen.«

»Und das sollte der Greif nicht gemerkt haben?«

»Vielleicht hat er es gemerkt«, sagte Bräker. »Vielleicht war er doch nicht ganz so allmächtig, wie du geglaubt hast.«

»Aber Thomas hat mir aus dem Bergwerk herausgeholfen!«, widersprach Mark.

»Das musste er ja wohl auch. Als Sklave hättest du ihm wenig genutzt. Er hat diesen ganzen Aufstand angezettelt, damit du entkommen konntest. Und aus diesem Grund hat er euch auch den Weg nach Martens Hof geebnet, indem er scheinbar versehentlich ein Tor dorthin erschaffen hat. Er brauchte dich, um den Greif unschädlich zu machen. Aber gleichzeitig hatte er auch mehr Angst vor dir als vor Dr.

Merten – oder Marten, wenn dir das lieber ist. Und die hat er noch.«

»Unsinn«, widersprach Mark.

»Warum sollte er sich wohl sonst solche Mühe geben, jemanden unschädlich zu machen, der gar keine Gefahr mehr darstellt?«, sagte Bräker. Er lachte leise. »Für mich ist die Sache ganz klar. Er fürchtet dich noch immer. Und er hat alles getan, um dich für alle Zeiten loszuwerden. Alles, außer dich zu töten.«

»Bis jetzt«, sagte Mark düster. »Vielleicht ändert sich das noch. Der Man-Iht wollte bestimmt nicht Schach mit mir spielen.«

»Du hast es selbst gesagt, Mark – so schnell bringt man niemanden um. Schon gar nicht seinen eigenen Bruder, auch wenn es nur ein Halbbruder ist.«

»Aber wie kann ich ihm gefährlich werden?«, fragte Mark. »Ich kann nicht einmal mehr in den Schwarzen Turm zurück. Meine Kräfte sind fort. Thomas hat sie mir genommen.«

»Es muss noch einen anderen Weg geben. Er hat es auch geschafft, oder?«, fragte Bräker. »Ich meine, als du ihn aus der Kerkerzelle befreit hast, da hatte er den Weg dorthin aus eigener Kraft gefunden, oder? Wie ist er hingekommen?«

»Das weiß ich nicht«, antwortete Mark. »Ich habe ihn nie danach gefragt. Außerdem hatte Thomas das …«

Er brach ab, starrte Bräker aus großen Augen an und hatte plötzlich das dringende Bedürfnis, sich selbst zu ohrfeigen. »Das Tagebuch«, flüsterte er.

»Welches Tagebuch?«

»Das Tagebuch meines Vaters!«, sagte Mark aufgeregt. »Mein Gott, wieso bin ich nicht gleich darauf gekommen? Das Tagebuch! Thomas hat mir doch selbst erzählt, dass er es übersetzt hat.«

»Dein Vater hat ein Tagebuch geführt?«, vergewisserte sich Bräker.

»Ich habe es nur einmal kurz gesehen, aber Thomas hat es übersetzt!«, antwortete Mark. »Er hat behauptet, es stünde nichts Besonderes darin, aber das stimmt nicht. Ich bin sicher, dass er dort den Weg in den Schwarzen Turm gefunden hat!«

»Und wo ist dieses Tagebuch jetzt?«, fragte Bräker.

»Ich weiß es nicht«, gestand Mark. »Aber ich habe eine Ahnung, wo wir suchen könnten.«

Die Spur

Es war noch immer dunkel, als sie vor dem Studentenheim anhielten, und die Uhr am Armaturenbrett von Bräkers Wagen verriet Mark, dass es knapp vor fünf war. Trotzdem brannte hinter einigen Fenstern schon Licht – oder noch immer.

»Hoffen wir, dass der Kollege deines Bruders auch zu Hause ist«, sagte Bräker und unterdrückte ein Gähnen, während er den Wagen unter das Halteverbotsschild neben dem Eingang des zehnstöckigen Hauses lenkte und den Motor abstellte. Sie stiegen aus. Das Haus war einer jener riesigen, anonymen Betonklötze, wie sie diesen Teil der Stadt beherrschten, und es gab nur wenige Straßenlampen, die ein schwaches Licht verbreiteten. Etwas Unheimliches lag in der Luft. Mark fühlte sich von tausend unsichtbaren Augen angestarrt und belauert.

Er schüttelte den Gedanken ab. Wahrscheinlich war er nach allem Erlebten übernervös. Rasch folgte er Bräker, der bereits das Haus erreicht hatte, sein Feuerzeug aufflammen ließ und im flackernden Schein der Flamme die Namensschilder zu entziffern versuchte.

»Wie heißt der junge Mann noch, mit dem dein Bruder zusammengewohnt hat?«, fragte er.

»Palberg«, antwortete Mark. »Klaus Palberg.«

Bräker suchte noch einen Moment, entdeckte dann die entsprechende Klingel, legte den Daumen auf den Knopf und ließ ihn darauf.

Es verging sicherlich eine Minute, bis der winzige Lautsprecher der Rufanlage knisternd zum Leben erwachte und sich eine noch reichlich verschlafene, dafür aber umso wütendere Stimme meldete: »Ja, zum Teufel noch mal! Ich bin doch nicht taub!«

»Aber noch ziemlich müde, wie?«, antwortete Bräker grinsend. »Machen Sie auf! Polizei!«

»Wer?«, erkundigte sich die Stimme verwirrt.

»Polizei«, wiederholte Bräker etwas lauter und nicht mehr so fröhlich. »Ich kann es auch mit einem Megafon quer durch das Haus brüllen, wenn Ihnen das lieber ist.«

Der Türsummer wurde so hastig gedrückt, dass Bräker, der sich halb gegen die Tür gelehnt hatte, um ein Haar die Balance verloren und der Länge nach in den Hausflur gestürzt wäre. Mark unterdrückte ein schadenfrohes Grinsen und beeilte sich, hinter Bräker in den Hausflur zu huschen, ehe die Tür wieder zufallen konnte.

Sie betraten den Aufzug und fuhren in den fünften Stock hinauf. Eine der zahllosen, einförmigen Türen rechts und links des schmalen Korridors wurde geöffnet, kaum dass sie aus dem Lift herausgekommen waren, und ein verschlafenes Gesicht zeigte sich. Die müden Augen hellten sich ein wenig auf, als sie Mark erkannten, dann richteten sie sich wieder auf Bräker, und Mark konnte sehen, wie Thomas' ehemaliger Zimmergenosse innerlich zu kochen begann.

»Polizei?«, fragte er verärgert. »Was, zum Teufel, wollen Sie schon wieder? Ich habe Ihnen doch schon ...«

»Wollen wir uns hier draußen auf dem Flur unterhalten oder lieber drinnen?«, unterbrach ihn Bräker.

Klaus starrte ihn mit unverhohlener Feindseligkeit an, dann trat er widerwillig einen Schritt zurück und knurrte etwas, von dem Bräker es vorzog, es nicht zu verstehen. Geduldig wartete er, bis Klaus die Tür geschlossen hatte, dann sagte er in sachlichem Ton: »Es tut mir Leid, dass wir Sie um diese Zeit aus dem Bett werfen müssen, aber es haben sich ein paar neue Gesichtspunkte ergeben. Wir müssen noch einmal die persönlichen Sachen von Marks Bruder durchsehen.«

Der Ausdruck von Unwillen in den Augen wich jähem

Zorn. »Und deswegen kommen Sie mitten in der Nacht hierher?«, fragte er aufgebracht. »Sie … Sie …« Er bemerkte das warnende Funkeln in Bräkers Augen und zog es vor, den Rest des Satzes, der ihm auf der Zunge lag, hinunterzuschlucken. Mühsam beherrscht drehte er sich um, stieß die Tür zum Wohnzimmer mit dem Fuß auf und deutete mit einer Kopfbewegung hinein. »Bedienen Sie sich!«

Bräker tauschte einen raschen, verwirrten Blick mit Mark und trat an dem Studenten vorbei.

Das Wohnzimmer war winzig, und es sah aus, als wäre ein Wirbelsturm durchgefegt: Die Möbel waren umgeworfen und zum Teil zerstört. Sämtliche Schubladen waren herausgerissen und ihr Inhalt über den Fußboden verstreut. Und als wäre das noch nicht genug, hatte jemand jedes einzelne Buch aus den Regalen gezerrt, die meisten Seiten herausgerissen und im ganzen Raum verstreut.

»Hübsch haben Sie's«, sagte Bräker spöttisch. »Aber ich an Ihrer Stelle würde meiner Putzfrau kündigen.«

»Sehr witzig«, knurrte Klaus. »Wirklich, sehr witzig. Ich lache später darüber, wenn Sie gestatten.«

»Was ist hier passiert?«, fragte Mark.

»Ich dachte, das könnte dein neuer Freund mir sagen«, antwortete Klaus mit einem feindseligen Blick in Bräkers Richtung. »Ich bin schließlich kein Bulle.«

Bräker atmete hörbar ein, und der junge Mann wich vorsichtshalber einen Schritt von ihm zurück. »Verdammt noch mal, es ist eingebrochen worden, das wissen Sie doch!«, sagte er.

»Das weiß ich nicht«, widersprach Bräker. »Woher denn?«

»Ich dachte, Sie sind Polizist?«

»Aber nicht allwissend«, knurrte Bräker verärgert. »Ich bin nicht beim Einbruchsdezernat. Wann war der Einbruch?«

»Das weiß ich nicht genau«, antwortete Klaus. »Ich war ein paar Tage weg. Als ich gestern zurückkam, da habe ich die Schweinerei vorgefunden, wie Sie sie jetzt sehen.«

»Und was wurde gestohlen?«

»Nichts! Sie haben alles nur zerschlagen und durcheinander gebracht. Ich verstehe das nicht.«

»Aber ich«, antwortete Bräker. »Wo sind die persönlichen Sachen von Marks Bruder?«

Klaus lachte. »Das ist eine gute Frage«, antwortete er. »Warum fangen Sie nicht an zu suchen?«

Bräker stemmte die Arme in die Hüften. »Hören Sie mir mal zu, junger Mann«, sagte er in einem Tonfall, den man nur noch als gefährlich leise bezeichnen konnte. »Ich bin nicht zum Spaß hier, sondern weil ich ein Verbrechen aufzuklären habe. Und ich würde genau wie Sie um diese Zeit lieber im Bett liegen. Ich habe also weder Lust, mir Ihre dummen Sprüche anzuhören, noch ...«

»Ist schon gut«, sagte Klaus hastig. »Das Zeug muss hier irgendwo sein. Warten Sie.« Er quetschte sich an Bräker vorbei, watete mit weit ausgreifenden Schritten durch das Durcheinander und bückte sich nach etwas, was wie die Überreste eines zertrümmerten Schrankes aussah. Eine der Türen brach knirschend aus den Scharnieren, als er sie öffnete.

»Hier ist das Zeug«, sagte er. »Ich weiß zwar nicht, was Sie damit anfangen wollen, aber bedienen Sie sich. Und wenn Sie mir einen Gefallen tun wollen, dann nehmen Sie den ganzen Kram am besten gleich mit. Thomas hat seinen Krempel einfach hier gelassen, aber mir nimmt er nur Platz weg. Ich bin schließlich keine Müllkippe.«

Damit drückte er Bräker einen Stapel von Papieren, Heften, losen Notizzetteln und Broschüren in die Hand. Bräker sah sich suchend um, fegte schließlich mit dem freien Arm den Tisch leer und ließ alles, was Klaus ihm gegeben hatte, darauf fallen. Dann winkte er Mark heran.

Rasch, aber sehr sorgfältig begann Mark den Papierberg zu sichten. Er brauchte fast eine Viertelstunde dazu, denn er besah sich jedes Blatt und drehte jedes noch so kleine Papierfetzchen sorgfältig um, damit ihm auch nicht die kleinste Kleinigkeit entging, und Bräker sah die ganze Zeit über wortlos zu. Klaus war aus dem Zimmer gegangen und kam nach einer Weile mit Jeans und Pullover bekleidet zurück.

Er wollte etwas sagen, aber Bräker brachte ihn mit einem eisigen Blick zum Verstummen, ehe er auch nur ganz den Mund aufgemacht hatte.

»Nun«, fragte Bräker, nachdem Mark fertig war und auch den letzten Zettel dreimal herumgedreht und gelesen hatte. Mark schüttelte enttäuscht den Kopf. »Nichts«, sagte er.

»Auch keine Aufzeichnungen?«, vergewisserte sich Bräker. »Keine Notizen? Nicht der kleinste Hinweis?«

»Vielleicht kann ich euch ja helfen«, sagte Klaus. »Wenn ihr mir sagt, wonach ihr eigentlich sucht?«

»Mein Bruder besaß ein ziemlich altes Buch«, antwortete Mark. »Es war dick ...«

»Und in schwarzes Leder gebunden?«, fragte Klaus.

Mark nickte. »Du weißt, wo es ist?«

»Nein«, antwortete Klaus. »Aber ich habe es oft genug gesehen. Er hat ja wochenlang nichts anderes getan, als darin zu lesen. Ich glaube, er hat versucht, es zu übersetzen.« Er zog eine zerknitterte Zigarettenpackung aus der Tasche. Sie war leer. Klaus knüllte sie zu einem Ball zusammen und sah überrascht auf, als Bräker eine Packung aus der Manteltasche nahm und ihm eine Zigarette anbot.

»Das Buch«, erinnerte Bräker, nachdem er Klaus Feuer gegeben hatte.

»Ich habe es ein paar Mal gesehen, aber immer nur von weitem«, antwortete Klaus. »Er hat sich aufgeführt, als wollte ich den englischen Kronschatz stehlen, sobald ich dem Ding auch nur nahe gekommen bin. Er hat es nie hier zurückgelassen, sondern immer mitgenommen. Übrigens auch an dem Tag, an dem er verschwand.«

Mark war enttäuscht. Er hatte nicht ernsthaft damit gerechnet, tatsächlich das Tagebuch seines Vaters zu finden – wohl aber irgendeinen Hinweis, und sei es nur ein Zettel, auf dem Thomas versucht hatte, Teile daraus zu übersetzen.

»Du hast nichts mehr von Thomas gehört, wie?«, sagte Klaus plötzlich.

Mark schüttelte stumm den Kopf, und auf Klaus' Gesicht

erschien ein mitfühlendes Lächeln. »Tut mir Leid«, sagte er. »Aber es hätte auch nicht viel genutzt, wenn er das Buch zurückgelassen hätte. Wer auch immer hier war, er hat verdammt gründliche Arbeit geleistet. Dass die Burschen mir nicht die Tapeten von den Wänden gerissen haben, ist auch schon alles.« Er lachte, aber es hörte sich nicht besonders lustig an. »Die Kerle haben sogar meine Festplatte gelöscht.«

»Wie?«, fragte Bräker.

Klaus deutete mit einer Kopfbewegung auf die traurigen Überreste eines Personalcomputers, die inmitten des Chaos zu sehen waren. »Ist alles weg«, sagte er bitter. »Es hat ihnen nicht gereicht, das Ding zu zerschlagen. Sie haben vorher sämtliche Programme gelöscht.«

Mark blickte nachdenklich auf den zerstörten Computer hinunter.

»Thomas!«, sagte er dann. »Das war Thomas! Jetzt bin ich ganz sicher!«

»Wieso«, fragten Bräker und Klaus wie aus einem Mund.

»Der Computer!« Mark war ganz aufgeregt. »Er hat es mir doch selbst gesagt! Er hat versucht, das Buch mit Hilfe des Computers zu übersetzen!«

»Und alles, was er herausbekommen hat, ist in dem Ding gespeichert ...«, murmelte Bräker. »Ich verstehe.« Plötzlich war er sehr aufgeregt. »Wir nehmen das Ding mit!«

»Das ist völlig sinnlos«, sagte Klaus. »Er ist hin. Nur noch Schrott.«

»Wir haben einen Spezialisten für so was«, antwortete Bräker unwillig.

»Nicht für formatierte Festplatten«, antwortete Klaus trocken. »Glauben Sie mir – der beste Computerspezialist der Welt holt aus dem Ding da nichts mehr raus. Die Daten sind weg. Nicht nur einfach gelöscht, sondern vernichtet.«

»Das heißt, wir sind genauso schlau wie vorher«, sagte Bräker resigniert.

»Nicht ganz«, sagte Mark. Und plötzlich grinste er. »Thomas hat zwar auf Klaus' Computer versucht, das Tagebuch meines Vaters zu übersetzen«, sagte er, »aber die Hauptarbeit hat er auf einem anderen Apparat gemacht. Er hat es einmal erwähnt. Und es dürfte selbst ihm schwer fallen, den zu demolieren.«

»Und wo steht dieses Gerät?«, fragte Bräker.

»In der Universität«, antwortete Mark. »Es ist der Großrechner der Uni. Und an den kommt nicht einmal er ran.«

»Er vielleicht nicht«, sagte Bräker grimmig. »Aber wir. Komm!«

»He!«, mischte sich Klaus ein. »Darf ich mal fragen, was ihr beide vorhabt?«

»Sicher«, knurrte Bräker. »Fragen dürfen Sie.«

»Aber ich krieg keine Antwort, wie?«, vermutete Klaus.

»Ganz recht.« Bräker legte Mark die Hand auf die Schulter und schob ihn vor sich her durch das Zimmer, und Klaus wartete in aller Seelenruhe ab, bis sie die Tür fast erreicht hatten, ehe er sie abermals zurückrief:

»Falls Sie das vorhaben, was ich glaube, dann wünsche ich Ihnen viel Vergnügen, Herr Inspektor.«

Bräker erstarrte mitten im Schritt und drehte sich dann langsam wieder zu Klaus um. »Ja?«

Klaus zuckte fröhlich mit den Schultern. »Oh, nichts«, sagte er. »Gehen Sie ruhig. Viel Spaß auch noch.«

Bräkers Blick wurde drohend. »Falls Sie uns etwas zu sagen haben, junger Mann«, sagte er eisig, »dann tun Sie es vielleicht besser jetzt. Es sei denn«, fügte er mit perfekt betonter, falscher Freundlichkeit hinzu, »Sie möchten es mir heute Nachmittag auf dem Polizeirevier erzählen.«

Klaus grinste noch immer, aber es wirkte jetzt nicht mehr ganz echt.

»Verstehen Sie etwas von Computern?«, fragte er. Bräker schüttelte den Kopf, und Klaus wandte sich mit einem fragenden Blick an Mark: »Oder kennst du zufällig Thomas' privaten Zugangscode?«

»Nein«, gestand Mark. »Ich weiß nicht einmal, was das ist.«

»Das Passwort«, antwortete Klaus. »So eine Art elektronischer Ausweis, wenn du verstehst, was ich meine. Eine Nummer oder auch ein bestimmtes Wort, das eingegeben werden muss, wenn man an die gespeicherten Daten heran will.«

»Und Sie kennen dieses Wort?«, fragte Bräker.

»Nein«, sagte Klaus. »Aber ich kenne Thomas. Ich bin sicher, dass ich den Code knacken kann. Ich kann Ihnen helfen.«

Bräker überlegte einen Moment, dann nickte er. »Worauf warten Sie dann noch? Kommen Sie!«

»Um diese Zeit ist der Computersaal noch abgeschlossen«, sagte Klaus ruhig. »Und außerdem helfe ich Ihnen nur unter einer Bedingung.«

»So«, sagte Bräker. »Und welcher?«

Klaus deutete mit einer Kopfbewegung auf das Chaos zu seinen Füßen. »Dass Sie mir sagen, was das alles hier zu bedeuten hat.«

»Pfff!«, machte Bräker. »Wie komme ich dazu, mich erpressen zu lassen? Und außerdem – wenn Sie den Computercode knacken können, können das unsere Spezialisten auch.«

»Ganz bestimmt sogar«, erwiderte Klaus ungerührt. »Und sicher auch ganz schnell. Ich glaube nicht, dass sie länger als drei, allerhöchstens vier Wochen brauchen werden. Vielleicht sogar nur zwei, wer weiß.« Sein Grinsen wurde noch breiter, als er sah, wie der Ausdruck auf Bräkers Gesicht sich von Zorn in Betroffenheit wandelte.

»Also?«

Bräker überlegte einen Moment. »Ich mache Ihnen einen Vorschlag«, sagte er schließlich. »Wir versuchen es. Wenn Sie Erfolg haben, dann gebe ich Mark die Erlaubnis, Ihnen die ganze Geschichte zu erzählen. Wenn nicht …«

»Das ist nicht besonders fair, finde ich.«

»Fänden Sie eine Anzeige wegen Behinderung polizeilicher Ermittlungsarbeit vielleicht fairer?«, erkundigte sich Bräker. Klaus seufzte. Aber er besaß immerhin genug Klugheit einzusehen, dass er beim besten Willen nicht mehr erreichen konnte. »Okay«, sagte er. »Ich bin einverstanden. Wir haben noch gute …« Er sah auf die Uhr »… zweieinhalb Stunden Zeit, ehe der Lesesaal aufgemacht wird. Ich kenne da ein kleines Café ganz in der Nähe, das die ganze Nacht über geöffnet hat. Wie wäre es, wenn Sie einen armen Studenten zum Frühstück einladen?«

Diesmal lächelte sogar Mark. Aber wohlweislich so, dass Bräker es nicht sehen konnte.

Das Tagebuch

Obwohl es gerade erst Viertel vor acht Uhr war, herrschte im großen Lesesaal der Uni bereits ein reges Kommen und Gehen. Mark war noch nie hier gewesen, aber er hatte Thomas des Öfteren davon erzählen hören, und er hatte natürlich auch gewisse Vorstellungen von der Bibliothek einer großen Universität gehabt – die völlig falsch waren. Statt der andächtigen Ruhe, die er erwartet hatte, herrschte in dem riesigen, sich über vier Stockwerke erstreckenden Saal ein enormer Lärm, und es gab zwar die kilometerlangen Bücherregale, die er erwartete, aber die meisten Studenten, die um diese frühe Stunde bereits hier arbeiteten, saßen nicht über irgendwelche Bücher gebeugt da, sondern hockten vor flimmernden Computerbildschirmen.

Klaus deutete auf einen Tisch in der hintersten Ecke des Raumes. »Vielleicht dort?«, schlug er vor. »Dort sind wir ungestörter.«

Bräker nickte. Er war ziemlich schweigsam geworden, seit sie das Universitätsgelände betreten hatten. Ganz offensichtlich fühlte sich der Polizeibeamte in seiner Haut nicht sehr wohl. Mark erging es übrigens kein bisschen anders. Als er das letzte Mal hier gewesen war, wäre er beinahe ums Leben gekommen. Und dazu kam noch etwas: Der elektronische Datenspeicher des Universitätscomputers stellte sozusagen seine letzte Chance dar, den Weg in den Schwarzen Turm noch einmal zu finden. Wenn auch sie sich als falsch erwies, dann war alles aus.

Klaus setzte sich, schaltete den Computer ein, zog einen zweiten Stuhl für Mark heran und winkte Bräker. »Besorgen Sie sich was zum Sitzen«, sagte er. »Das kann dauern.«

Bräker schüttelte nur den Kopf und stellte sich hinter ihn und Mark, und zwar so, dass er für jeden, der zufällig vorbeikommen sollte, den Monitor verdeckte.

»Also, ihr sucht die Übersetzung, die Thomas gemacht hat?«, begann Klaus. »Dann fangen wir mal an.«

Seine Finger begannen so schnell über die Tasten zu huschen, dass Marks Blicke ihnen kaum noch folgen konnten. Auf dem Bildschirm erschienen in grünen Leuchtbuchstaben Thomas' Name, seine komplette Adresse und eine sechsstellige Zahl. Der Bildschirm wurde für einen Moment dunkel, dann erschienen wie von Geisterhand geschrieben die Worte:

WELCOME TO UNICOM III – USER-SECTION
PLEASE TYPE PASSWORD

>A: ?

Klaus tippte noch einmal ›Thomas‹, und plötzlich füllte sich der Bildschirm mit einer ganzen Kolonne verwirrender, achtstelliger Zahlen- und Buchstabenreihen. »So«, sagte er fröhlich. »Wonach suchen wir denn nun genau?«

Bräkers Augen wurden groß. »Das … das war alles?«, ächzte er. »Sie wollen mir erzählen, dass Sie nur seinen Namen eingegeben haben, und …«

»Gewusst wie«, unterbrach ihn Klaus grinsend – aber er wurde sofort wieder ernst, als er sah, wie sich Bräkers Augenbrauen zusammenzogen. »Das war natürlich nicht alles«, sagte er hastig. »Aber ich bin so ziemlich der Einzige, der Thomas' Zugangscode kennt. Jetzt sind wir jedenfalls schon mal im Computer drin.«

»Aha«, sagte Bräker.

»Ist die Übersetzung noch da«, fragte Mark aufgeregt.

»Woher soll ich das wissen?«, antwortete Klaus. »Ihr müsst euch das so vorstellen: Normalerweise darf nicht jeder nach Herzenslust am Computer herumfummeln. Das gäbe ein schönes Chaos. Nur die Studenten, die Informatik oder ein verwandtes Fach belegt haben, kriegen eine kleine

Ecke des Computers für sich eingerichtet. Und in dieser Ecke wiederum hat jeder Student seine eigene kleine Schublade, laienhaft ausgedrückt. Um da reinzukommen, braucht man eine Kennnummer, klar?«

Mark nickte, und Klaus fuhr mit einem Lächeln fort: »Also, in Thomas' Schublade sind wir jetzt erst einmal drin.«

»Und die Übersetzung?«

Klaus warf einen Blick auf das Durcheinander von Zahlen und Buchstaben auf dem Monitor. »Wenn sie überhaupt noch da ist, dann ist sie versteckt. Wahrscheinlich noch einmal extra verschlüsselt – mit einem Code, den nur dein Bruder kennt. Aber keine Bange – ein paar Tricks habe ich auch noch drauf. Suchen wir einfach ein bisschen herum, okay?« Mark seufzte. Bräker sagte gar nichts, aber sein Gesichtsausdruck war düster.

Und er blieb es für die nächsten dreißig Minuten, denn mindestens so lange dauerte es, bis Klaus sich mit einem erleichterten Seufzen zurücklehnte und sich den Schweiß von der Stirn wischte.

»Hast du es?«, fragte Mark.

»Vielleicht«, antwortete Klaus.

»Was heißt das: vielleicht?«, blaffte Bräker. »Haben Sie es, oder haben Sie es nicht?«

»Ich weiß es nicht«, antwortete Klaus ungerührt. »Der Text ist verschlüsselt.« Er sah Mark fragend an. »Gibt es irgendetwas, was nur für deinen Bruder von besonderer Bedeutung ist? Ohne dass ein anderer davon weiß, meine ich.«

»Wieso?«

»Weil Passwörter fast immer einen persönlichen Bezug haben«, sagte Klaus. »Auf diese Weise vergisst man sie nicht so schnell.« Er seufzte. »Versuchen wir es einfach mal.«

Weder Mark noch Bräker wurden schlau aus dem, was er in den nächsten zwei oder drei Minuten in die Computertastatur hämmerte, aber schließlich tat sich etwas auf dem Bildschirm.

»Mist!«, schimpfte Klaus. »Das war die falsche Eingabe.«

»Dann versuchen Sie etwas anderes. Wie wäre es mit Thomas' Geburtsdatum?«, schlug Bräker vor.

Klaus schüttelte den Kopf. »Sie verstehen nicht«, sagte er. »Ich bin ziemlich sicher, dass wir auf etwas Wichtiges gestoßen sind. Jedenfalls hat sich Thomas eine Menge Mühe gegeben, es zu verstecken. Und es zu sichern.«

»Vielleicht hören Sie endlich auf, Computerchinesisch zu sprechen, und erklären mir einfach, was los ist?«, schnappte Bräker.

»Es ist ganz leicht«, sagte Klaus. »Was immer in diesem Textfile steht, es ist geschützt. Ich brauche das Passwort, um ranzukommen. Und ich kann eben nicht einfach so lange herumprobieren, bis ich das richtige durch Zufall finde. Damit hat Thomas offensichtlich gerechnet.« Er zog eine Grimasse. »Der Bursche hat was drauf, das muss der Neid ihm lassen. Wir haben genau drei Versuche. Und einer ist schon danebengegangen.«

»Und was passiert danach?«

»Danach«, antwortete Klaus, »werden sämtliche gespeicherte Daten gelöscht. Und zwar völlig.«

Sekundenlang schwiegen sie alle betroffen.

»Und es gibt keine andere Möglichkeit?«, vergewisserte sich Mark. »Keinen Trick?«

Klaus schüttelte den Kopf. »Keinen. Dein Bruder war schlauer, als ich es ihm zugetraut hätte.«

»Tja«, sagte Bräker ernst. »Jetzt liegt es an dir, Mark. Denk genau nach. Wie könnte das Wort lauten?«

Woher, zum Teufel, soll ich das wissen? Mark hätte heulen können vor Enttäuschung. Und sie waren der Lösung so nahe! Er wusste einfach, dass das, wonach sie suchten, in diesem versteckten Datenfile im Computer stand.

»Greif«, sagte er nach einer Weile. »Versuch: Greif.«

Klaus sah ihn zweifelnd an, aber Mark nickte, und schließlich tippte er das Wort in den Computer – vorsichtshalber im Einfinger-Suchsystem, um sich auch ja nicht zu verschreiben. Der Bildschirm wurde für eine Sekunde schwarz und leuchtete dann wieder auf.

»Daneben«, sagte Klaus düster. »Jetzt haben wir noch einen Versuch.«

»Und wenn Sie das Ding abschalten und ganz von vorne anfangen«, fragte Bräker.

Klaus schüttelte den Kopf. »Sinnlos. Die Zugriffe werden einzeln gezählt. Dreimal hintereinander das falsche Wort und Peng.«

Er sah plötzlich ein wenig traurig drein. »Was immer da drin steht, muss verdammt wichtig für dich sein, wie?«

Mark nickte. »Lebenswichtig«, antwortete er.

»Dann solltest du dir den nächsten Vorschlag sehr gründlich überlegen«, sagte Klaus. »Es ist der letzte Versuch.«

Mark starrte mit einer Mischung aus Verbitterung und Zorn auf die flimmernden grünen Buchstaben auf dem Computermonitor. Er gab es ungern zu, aber er hatte Thomas unterschätzt. Für einen Moment glaubte er das hämische Grinsen auf dem Gesicht seines Bruders direkt vor sich zu sehen. Woher, zum Teufel, sollte er wissen, welches Wort Thomas verwendet hatte, um die Übersetzung vor allzu neugierigen Blicken zu schützen? Es konnte alles sein, angefangen von Merten bis zu Schwarzer Turm oder irgendwelchen Fantasiewörtern, und …

»Erbe«, sagte er plötzlich. Im ersten Moment war er selbst überrascht; das Wort war ihm im selben Moment eingefallen, in dem er es ausgesprochen hatte. Und trotzdem war er völlig sicher.

»Bestimmt?«, fragten Klaus und Bräker fast gleichzeitig. Mark nickte. »Versuch es.«

»Wie du willst.« Klaus drehte sich auf seinem Stuhl herum und tippte *E. R. B. E.* in den Computer.

Wieder wurde der Bildschirm dunkel, und Mark spürte einen flüchtigen Hauch eiskalten Entsetzens – und dann leuchtete der Monitor wieder auf, und eine wunderschöne Computergrafik des verschollenen Tagebuchs füllte den Bildschirm.

»Volltreffer!«, jubelte Klaus so laut, dass Bräker erschrocken zusammenfuhr und sich einige der anderen Studenten an den benachbarten Tischen neugierig herumdrehten. Fast in der gleichen Sekunde verschwand die Grafik des Tagebuchs vom Bildschirm, und ein ellenlanges Inhaltsverzeichnis flimmerte über die Mattscheibe. Klaus stieß einen leisen, überraschten Pfiff aus.

»Das scheint ja eine ganze Menge zu sein«, sagte er.

»Ganz recht«, knurrte Bräker. »Sie können also getrost in Ihre Vorlesung gehen, junger Mann. Zeigen Sie uns nur, wie wir den Text weiterlaufen lassen können. Dann kommen wir schon allein zurecht.«

Klaus wollte protestieren, aber irgendetwas in Bräkers Gesicht schien ihn davon zu überzeugen, dass er damit nur seinen Atem verschwendete.

»Wir hatten eine Abmachung«, sagte er vorwurfsvoll.

»Ich weiß.« Bräker zog ihn mit sanfter Gewalt vom Stuhl hoch. »Sie können Mark ja später anrufen – oder ihn zu Hause besuchen. Das hier geht jedenfalls nur ihn etwas an.« Eine Sekunde lang starrte Klaus ihn ärgerlich an, dann deutete er auf eine der vielen Tasten, drehte sich mit einem Ruck um und ging.

Währenddessen hatte Mark zu lesen begonnen.

… es gibt eine welt hinter den dingen, die ich noch nicht verstehe und vielleicht niemals verstehen werde, die aber …

»Nun«, fragte Bräker. »Ist es das, wonach du suchst?«

»Ja«, antwortete Mark. Vor lauter Aufregung fiel es ihm schwer, dem grünen Flimmern auf dem Bildschirm überhaupt einen Sinn abzugewinnen. Er begann auf seinem Stuhl herumzuzappeln und drückte dreimal die falsche Taste, ehe es ihm endlich gelang, in dem elektronisch gespeicherten Text weiterzublättern.

»Immer mit der Ruhe, Junge«, sagte Bräker hinter ihm. »Wir haben Zeit. Begeh jetzt keinen Fehler.«

Zeit? Mark war da nicht so sicher. Das Tagebuch seines Vaters war lang gewesen, zumindest daran erinnerte er sich. Und er hatte keine Ahnung, wonach er genau suchte. Geschweige denn, ob das, was er zu finden hoffte, überhaupt in dem Buch stand oder in der Übersetzung, die Thomas angefertigt hatte …

Er sprach nichts von all seinen Befürchtungen aus, sondern zwang sich selbst zur Ruhe und rutschte mit dem Stuhl ein Stück zur Seite, damit auch Bräker sich setzen und über seine Schulter hinweg auf den Bildschirm sehen konnte, um den Text zu lesen. Und was sie lasen, das faszinierte sie beide schon nach wenigen Augenblicken, sodass sie alles um sich herum vergaßen.

Wie es schien, hatte auch Marks Vater erst spät von seinem magischen Erbe erfahren – mit vierzehn oder fünfzehn Jahren, später also als Mark selbst – und unter Umständen, die zwar nicht näher in dem Tagebuch beschrieben wurden, die aber offensichtlich kaum weniger dramatisch gewesen waren als die, die Mark und Thomas erlebt hatten.

> … die geschehnisse jener nacht haben mich in meiner überzeugung bestärkt, dass es richtig war, meine aufzeichnungen in dieser heute fast unbekannten sprache zu verfassen, die ich von meinem großvater erlernte.
> was immer sich hinter den geheimnissen jenseits der mauer des schlafs verbirgt, es ist gefährlich. gefährlich für den wissenden wie erst recht für den unwissenden, und es darf niemals in falsche hände geraten. ich weiß nicht, was der schwarze turm in wahrheit ist, und ich weiß nicht einmal, ob ich es wirklich wissen will – und zugleich spüre ich, wie mich das geheimnis immer mehr und mehr anzieht, als wäre da etwas in mir, das weiß …

»Das ist verrückt«, murmelte Mark. »Genau dasselbe habe ich auch gespürt.« Er sah hoch, aber Bräker nickte nur kurz und gab ihm mit einer Geste zu verstehen, er solle weiterblättern.

> … gibt es so etwas wie angeborenes wissen? es klingt verrückt, aber trotzdem scheint mir dies die einzige erklärung zu sein. meinem vater blieb keine zeit mehr, mir mehr über die welt des greif zu erzählen, und doch scheint es mir, als würde ich sie kennen. manchmal glaube ich gesichter zu erkennen, gesichter von menschen,

die ich nie zuvor getroffen habe, oder orte, von deren existenz ich niemals hörte …

Mark bedauerte es zutiefst, dass sie nicht genug Zeit hatten, um die Aufzeichnungen in Ruhe zu studieren, denn die Geschichte seines Vaters war kaum weniger abenteuerlich und aufregend wie seine eigene. Auch er hatte den Turm nach und nach kennen gelernt, und auch für ihn war es ein schmerzhafter Prozess gewesen, erkennen zu müssen, dass er im Grunde weder in die eine noch in die andere der beiden Welten gehörte. Aber er hatte auch viel erfahren, mehr und vor allem Wichtigeres als Mark. Und wie es schien, hatte er sich Jahre Zeit gelassen, den Schwarzen Turm zu erforschen.

… ich glaube nicht, dass marten den turm wirklich erschaffen hat, wie die bewohner von martens hof und den anderen städten glauben. er muss älter sein, viel, viel älter, und wenn auch nur ein teil dessen zutrifft, was ich seit meiner letzten reise befürchte, dann beherbergt er noch viel entsetzlichere kreaturen als die gehörnten teufel und ihre fliegenden brüder, die im dienst des greif stehen …

»Damit hat er Recht«, sagte Mark. »Yezariael hat es mir bestätigt. Marten hat den Turm entdeckt, aber nicht erschaffen. Wie um die Antwort auf seine Worte zu geben, die Bräker ihm schuldig blieb, erschienen auf dem Bildschirm folgende Zeilen:

… da marten schon lange verschwunden ist und es wohl auch bleiben wird, bin ich auf vermutungen angewiesen. aber wahrscheinlich scheint mir doch dies: nicht martens magie ist der ursprung des schwarzen turms, sondern umgekehrt – der turm ist der ursprung seiner magischen kräfte. er muss schon früh in seinem leben den weg hierher gefunden haben, wie, wird wohl niemals ein mensch erfahren, denn eines ist unbestritten: dass er der erste mensch war, der hierher kam. es war der turm, der ihm in unserer welt, die die meisten menschen für die wirkliche welt halten, ohne auch nur zu ahnen, wie anmaßend diese behauptung ist, jene fast magischen kräfte gab, auf die sich sein ruhm begründete. er fand den weg hierher, und er fand etwas hier, was ihm die macht gab, bauwerke und skulpturen von fast lebendiger qualität zu erschaffen. er kam hierher und fand diese welt öde und leer, und er nahm sie für sich in anspruch. erst später stieß er auf die gehörnten teufel, aber da war seine macht schon gefestigt. er hatte schon andere hierhergebracht und sich zu ihrem herrscher aufgeschwungen …

»Jetzt gibt das alles schon ein bisschen mehr Sinn«, sagte Bräker. Mark sah verwirrt zu ihm hoch, und Bräker fügte mit einem fast verlegenen Lächeln hinzu: »Ich habe absichtlich bisher nichts gesagt, aber ganz ehrlich: So hundertprozentig überzeugt war ich nicht.«

»Und jetzt glauben Sie mir?«

»Wenn das alles ein Jux ist, dann der aufwendigste, von dem ich je gehört habe«, antwortete Bräker. »Zumindest ist er sehr fantasievoll ausgedacht.« Er seufzte. »Aber leider hilft uns das alles nicht weiter.«

Trotzdem machte er nicht den Versuch, Mark zur Eile anzutreiben, sondern beugte sich neugierig vor und las gebannt den Text mit, der weiter über den Bildschirm abrollte.

Marks Vater berichtete sehr ausführlich von den verschiedenen ›Expeditionen‹, die er in den Schwarzen Turm unternommen hatte. Anders als Mark hatte er sich nicht sofort in den Kampf gegen den Greif gestürzt, sondern hatte Jahre damit zugebracht, die fantastische Welt auf der anderen Seite der Träume zu erforschen, vor allem in der Zeit zwischen dem Tod seiner ersten Frau und dem Tag, an dem er Marks Mutter kennen lernte. Und er hatte sehr viel über den Turm gelernt.

… gewisse parallelen zur dämonologie des christlichen glaubens fallen mir immer stärker ins auge, je länger ich an diesem sonderbaren ort weile. es kann kein zufall sein, dass die wesen, die vor marten und seinen nachfolgern hier lebten, hörner, einen schweif und hufe an den füßen tragen – die parallelität zum biblischen teufel ist unübersehbar, und auch das bergwerk erinnert mich bei näherer betrachtung immer mehr an das biblische fegefeuer, die vorhölle, die dem leben folgt und dem eigentlichen ende vorausgeht …

»Eine interessante Theorie«, sagte Bräker. Er wirkt irritiert, fand Mark. Was er liest, verwirrt ihn mehr, als er zuzugeben bereit ist. Vielleicht, dachte Mark, weil er spürt, dass es mehr als ein Jux ist. Bräker wirkte erleichtert, als sich dieser Passage eine ganze Reihe von Seiten anschlossen, bei deren Übersetzung Thomas offensichtlich größere Schwierigkeiten gehabt hatte: Der Text war verstümmelt und bestand teilweise nur aus Fragezeichen und unverständlichen Symbolen. Erst nach langem Suchen stießen sie wieder auf die nächste lesbare Seite:

… ich glaube, dass der turm völlig anderen gesetzmäßigkeiten gehorcht als die welt, wie ich sie bisher kannte. manche unserer naturgesetze scheinen hier keinerlei gültigkeit mehr zu besitzen, ja, regelrecht ins gegenteil verkehrt zu sein. der wichtigste unterschied aber scheint mir dieser zu sein: der turm ist eine kleine welt, und eine, die viel mehr mit den wesen, die in ihr leben, verbunden ist als die unsere. nichts, was jemand hier tut oder unterlässt, bleibt ohne wirkung auf sie selbst. in gewissem sinne erinnert er mich an einen spiegel, wenngleich einen, der bewohnt ist – es ist ein heller, freundlicher ort, solange die, die ihn bewohnen, freundlich sind. und er wird zur hölle, kehren habgier und gewalt in ihn ein. aber – ist das wirklich so anders als bei uns? …

»Was meint er damit?«, sagte Mark. »Das verstehe ich nicht.«

»Ich schon«, antwortete Bräker. »Es macht mir sogar einiges klar.«

»Und was?« Mark löste fast widerwillig den Blick vom Bildschirm und sah Bräker an. »Was soll das heißen, ein Spiegel?«

»Das ist nur ein Vergleich – aber kein schlechter.« Bräker runzelte die Stirn. »Bei deiner ganzen Geschichte habe ich eines bis jetzt nicht verstanden«, sagte er. »Du sagst, der Greif und Marten waren ein und dieselbe Person?«

Mark nickte.

»Aber dann wäre es völliger Unsinn gewesen, wenn Marten zurückgekehrt wäre, um die Bewohner seiner Stadt in den Kampf gegen die Gehörnten zu führen – seine eigenen Diener.«

»Das stimmt nicht«, widersprach Mark. »Er hat es getan, um mich ...«

»Um dich wütend genug zu machen, dich der negativen Seite deines Erbes zu bedienen, ich weiß«, unterbrach ihn Bräker und schüttelte den Kopf. »Okay, das mag richtig sein, aber das allein rechtfertigt wohl kaum einen solchen Aufwand. Das da ...«, er deutete auf den Monitor, »... schon. Zusammen mit dem, was dir dein Bruder erzählt hat. Und dein Freund. Der Greif versuchte, den ganzen Turm zu erobern. Aber um Krieg zu führen, braucht man Soldaten. Er musste ein Heer aufstellen, und euer kleiner Aufstand hat ihm genau den Vorwand geliefert, den er brauchte. Menschen, die in einem Paradies leben, halten normalerweise nichts davon, Soldaten zu spielen. Es sei denn, sie müssen dieses Paradies verteidigen.«

Mark nickte nachdenklich. »Und allein dadurch, dass sie zu den Waffen griffen ...«

»... veränderten sie sich«, führte Bräker den angefangenen Satz zu Ende. »Es ist ein Teufelskreis – sie wollten sich vor der Gewalt schützen und haben Gewalt dazu verwendet. Und dadurch wurden sie wie die, die sie eigentlich bekämpfen wollten. Und wahrscheinlich haben sie es nicht einmal gemerkt.«

Mark schwieg betroffen. Es fiel ihm schwer, Bräkers Gedanken zu folgen – aber er spürte, dass der Polizeibeamte Recht hatte. Als Yezariael ihm erzählte, dass Thomas' Heer in die Welt der Gehörnten eingefallen sei, hatte er es kaum geglaubt. Sich die Bewohner von Martens Hof als Armee vorzustellen, die über ein – fast – wehrloses Volk hereinbrach, war ihm sehr schwer gefallen.

»Wissen Sie, was das bedeutet?«, fragte er.

Bräker sah ihn an. »Ich glaube schon. Aber ich bin nicht sicher, ob du es weißt.«

Mark lachte bitter. »Das heißt, dass es beinahe sinnlos ist, Thomas bekämpfen zu wollen. Wenn ich ihn besiege, werde ich so wie er.«

»Nicht unbedingt«, antwortete Bräker. Aber Mark spürte, dass er unsicher geworden war. Vielleicht hatte er das nur gesagt, um ihn zu trösten. Wortlos wandte er sich wieder dem Bildschirm zu und las weiter.

… es gibt andere welten im turm! ich habe es gewagt! ich bin bis zum ende der ebene martens vorgedrungen und habe die himmelstreppe gefunden – aber wie soll ich mein erstaunen beschreiben, als ich erkannte, dass es sich wirklich um eine treppe handelt! wie hoch sie ist? ich habe versucht, die stufen zu zählen, es aber nach drei tagen aufgegeben.

ich brauchte eine woche, den himmel zu erreichen, und dann noch einmal drei tage, die ich durch vollkommene finsternis ging, nur umgeben von stein, in den die stufen der treppe eingemeißelt waren. darüber liegt eine weitere welt. eine ebene, so groß wie die martens und vollkommen fremdartig, erschreckend und betörend schön zugleich. ich habe es nicht gewagt, weit in sie vorzudringen, aus Angst, den weg zurück nicht mehr zu finden. eines tages, sollte es mir gelingen, den greif zu besiegen, werde ich dorthin zurückkehren und auch diese ebene erforschen. und dies ist nicht das einzige wunder. ich meine, in der ferne die stufen einer weiteren treppe gesehen zu haben, die zu einer neuen ebene hinaufführt. über dieser welt scheint es eine andere zu geben und darüber vielleicht noch eine und noch eine. wie viele mögen es sein? zehn? hundert? unendlich viele? ich habe mich getäuscht – der turm ist größer, als ich annahm. vielleicht hat er kein ende. wer hat jemals bewiesen, dass unser universum das einzige ist? …

Ein Schatten huschte plötzlich über den Bildschirm. Mark fuhr zusammen und sah erschrocken auf. Der Raum war fast leer. Nur an einem der Tische fast am anderen Ende des Saales saßen noch zwei Studenten und redeten leise miteinander.

»Was hast du«, fragte Bräker.

»Nichts«, antwortete Mark. Verwirrt fuhr er sich mit dem Handrücken über die Augen und sagte noch einmal »Nichts. Ich fange schon an, Gespenster zu sehen.«

»Das Lesen auf diesen Bildschirmen ist reichlich anstrengend«, sagte Bräker. »Mir flimmern auch schon die Augen. Ist mir ein Rätsel, wie es manche aushalten, den ganzen Tag an diesen Dingern zu arbeiten.«

Mark sagte nichts. Er hoffte, dass Bräker Recht behielt. Und seine Augen brannten tatsächlich ein wenig. Die grünen Leuchtbuchstaben begannen allmählich zu verschwimmen. Er hätte viel darum gegeben, eine kleine Pause einlegen zu können. Aber dazu hatten sie jetzt keine Zeit. Es war kaum zu glauben, dass bisher noch niemand aufgetaucht war und sie gefragt hatte, was, zum Teufel, sie hier überhaupt machten.

Mark hob die Hand vor den Mund und gähnte, dann tippte er auf die Taste, um zur nächsten Seite umzublättern.

… das erste mal habe ich den greif gesehen. es war entsetzlich. dass ich ihm entkommen bin, ist ein wunder. ohne die hilfe des cherubs hätte er mich unweigerlich getötet – oder schlimmeres. ich bedauere sehr, dass der steinerne engel nicht blieb, denn es gibt so viele fragen, die ich ihm stellen wollte. wer ist er? wo kommt er her? was ist er? wenn der teufel nicht der teufel, sondern abbild des bewohners einer fremden welt ist, was sind dann die engel? und was ist gott?
und weiter:

sind unsere träume vielleicht nicht nur träume, sondern visionen fremder welten, die wirklich existieren, wie der turm? ist martens welt nur eine von unendlich vielen welten, wie unser universum nur eines von zahllosen universen ist, die gleichzeitig nebeneinander existieren? sind unsere träume nicht nur illusion, wie die ärzte und psychologen behaupten, sondern einblicke in andere, bizarre und manchmal erschreckende welten? oder ist es vielleicht genau umgekehrt – ist das, was wir für unser leben halten, vielleicht nur der traum eines anderen, unvorstellbaren wesens?

»Das führt doch zu nichts«, sagte Bräker laut, doch Mark konnte deutlich merken, wie sehr ihn das Gelesene verwirrte. »Sieh zu, dass du irgendetwas von Interesse findest.«

»Ich finde es interessant«, sagte Mark.

Bräker grunzte. »Du kannst dich gerne später zu einem Philosophiekurs anmelden, wenn du willst«, sagte er. »Gleich hier. Aber jetzt suchen wir nach etwas anderem, nicht wahr? Willst du vielleicht warten, bis jemand kommt und uns rauswirft?«

Mark antwortete nicht. Außerdem hatte Bräker Recht – auch die beiden letzten Studenten waren mittlerweile gegangen, wie er mit einem raschen Blick bemerkte. Sie waren völlig allein in der riesigen Bibliothek.

Und abermals hatte er das Gefühl, eine rasche, flüchtige Bewegung aus den Augenwinkeln heraus wahrzunehmen. Diesmal beherrschte er sich. Vielleicht war es nur ein Lichtreflex auf dem Bildschirm gewesen.

Er suchte weiter. Für endlose Seiten bestand das Tagebuch aus nichts als weiteren, philosophischen Betrachtungen seines Vaters, von denen einige selbst ihm zu hoch waren. Dann folgten Berichte von weiteren Reisen in die unerforschten Tiefen des Turms, die sie nur überflogen, und Mark blätterte rasch weiter.

Schließlich fanden sie wieder etwas Interessantes: den Bericht des Kampfes zwischen Marks Vater und dem Greif.

Er nahm fast das gesamte letzte Drittel des Buches ein. Anders als Mark war sein Vater nicht so ungeschickt gewesen, sich fast sofort gefangen nehmen zu lassen, sondern hatte sein Vorgehen sehr genau geplant, und er hatte nicht andere mit ins Verderben gerissen, sondern den Greif allein gestellt. Aber:

… ich habe versagt. der greif hat gewonnen. der weg in den schwarzen turm ist mir verwehrt, für alle zeiten, und sein sieg war so total, dass er es nicht einmal nötig hatte, mich zu töten. aber es ist mir gelungen, meine söhne vor seinem zorn zu schützen. er weiß nicht, dass sie existieren, und das wird auch so bleiben, bis einer von ihnen alt genug ist, das zu tun, was ich vergeblich versuchte. ich glaube, dass es mark sein wird. martens erbe in ihm ist stark, stärker sogar als in mir. aber er ist noch jung …

»Wenn dein Bruder das gelesen hat«, sagte Bräker, »verstehe ich, dass er ausgerastet ist. Es muss ihm vorgekommen sein, als hätte er von Anfang an keine Chance gehabt.«

»Aber das ist doch nicht meine Schuld«, sagte Mark.

Bräker lachte ohne die geringste Spur von Humor. »Und? Die meisten Verbrechen werden aus Gier begangen, mein lieber Junge. Ich könnte dir Sachen erzählen …«

»Er hätte mich fragen können«, sagte Mark und kam sich selbst albern bei diesen Worten vor. Es war purer Trotz, der aus ihm sprach. »Oder wenigstens …«

Der Bildschirm flackerte. Für Sekunden liefen weiße und grüne Streifen über den Monitor, dann stabilisierte sich das Bild wieder – aber statt des Textes erschien plötzlich ein vollkommenes Durcheinander von Zahlen, Buchstaben und grafischen Symbolen auf dem Schirm.

»Verdammt noch mal, was ist denn jetzt«, fragte Bräker erschrocken.

»Ich … ich weiß es nicht«, stammelte Mark. Hilflos starrte er den Bildschirm an, dann die Computertastatur vor sich. Was immer da vorging – er konnte gar nichts tun.

»Dieses elende Ding gibt doch wohl nicht ausgerechnet jetzt seinen Geist auf?«, fauchte Bräker.

Mark antwortete nicht. Wie gebannt starrte er auf den Monitor, auf dem sich das Bild langsam wieder änderte. Aus den Buchstaben und Zahlen wurde wieder ein wenigstens halbwegs lesbarer Text:

> Ts w9rd T∮arksein, deä ∐ssen bin H1ich q⌉▦ar ge‖r}, och i½h ka, ▮ʊ nie ∏eder zu ihm ‖‖gck, u der▦ gedanke, weder ihn noch tho▦ ▦???▦ ▦eliebte frau ⦃ðζζ££s wieder zu sehen,

»Mist!«, schimpfte Bräker. »Tu doch irgendetwas!«

»Ich verstehe überhaupt nichts davon!«, verteidigte sich Mark. »Können wir nicht Klaus holen?«

»Wenn du weißt, wo er ist ...« Bräkers Gesicht verdunkelte sich. Dann beugte er sich vor, ballte die rechte Hand zur Faust und schlug damit kräftig auf den Monitor. Der Bildschirm flackerte – und zeigte wieder ein einwandfreies Bild. »Siehst du?«, sagte Bräker grinsend. »Die alten Hausmittel wirken noch immer Wunder.«

Mark zog es vor, seinen Kommentar hinunterzuschlucken.

> ... es bricht mir fast das herz, aber ich habe keine wahl. ich weiß, dass der greif jeden meiner schritte beobachtet. habe ich wirklich geglaubt, es wäre mitleid, aus dem heraus er mich am leben ließ und mir sogar die freiheit schenkte? lächerlich. dieses geschöpf weiß nicht einmal, was das ist, mitleid. es ließ mich am leben, damit ich ihm den weg zu meiner familie zeige und damit zu den einzigen lebenden wesen, die ihm noch gefährlich werden können, denn solange die kette nicht unterbrochen ist und unsere familie fortbesteht, wird es immer einen geben, der den greif besiegen kann. ich kann nie wieder zu ihnen zurück, ja, ich kann ihnen nicht einmal ein lebenszeichen zukommen lassen. vielleicht ist es besser, wenn sie mich für tot halten.

Der Bildschirm flimmerte wieder.

⇅ ÄQy ≢ { ∑,....,äö √½ Pt"╢├ ⇅║├ q⁞⁞ = z∠ «Ω
Øü'098 ⦚⦚ ∉ £a^M∫ ↑⌊Y⟨?ÖQ; Ill,

»Aha«, sagte Bräker und ballte die Faust. »Nicht«, sagte Mark hastig. Das Bild flackerte wieder, und für einen Moment glaubte Mark etwas wie eine bizarre Landschaft zu erkennen, eine Welt aus Schwarz und Weiß und harten Formen, aber der Augenblick verging zu schnell, als dass er sicher sein konnte. Noch einmal flackerte das Bild, dann konnten sie weiterlesen:

> … ich weiß jetzt, was ich zu tun habe. es gibt noch einen weg in den schwarzen turm, und er ist so offensichtlich, dass ich mich frage, wie ich ihn all die jahre hindurch übersehen konnte. es war das studium von martens eigenen aufzeichnungen, das mir die augen öffnete. die tür in den schwarzen turm, vielleicht der einzige ort auf der welt, an dem es eine verbindung zwischen unserer und der welt der träume gibt: es ist die kapelle, die er für sarberg baute. und sie existiert noch immer.
> wahrscheinlich werde ich sterben bei dem versuch, den greif zu besiegen, denn eine zweite chance wird er mir nicht gewähren. aber es spielt keine rolle mehr. welchen sinn hat ein leben, wenn man seine welt verloren hat? ich muss es tun, und sei es nur, damit der schmerz, den mein verschwinden meiner familie zugefügt hat, nicht ganz umsonst gewesen ist. ich werde zd ⎰f÷╫ —║║ ║║ff-P_tP_t?? dieser Kapelle gehen und ⎱FGff÷¼▮CC ■ [[schwarzen turm ein I-P_t▮ΓΓ▮√ mal ╫ ║ beschreiten. er liegt in ■ [)) ?

»Nein!«, flehte Bräker. »Nicht ausgerechnet jetzt! Halt noch fünf Sekunden durch!«

Der Computer antwortete

▮√½ ╫ ╫ µ''Ω98} ∑ IIIIII√ ▮ØΩ½║.

und ging aus. Eine Sekunde später erwachte er erneut zum Leben. Aber auf dem Bildschirm stand jetzt nur noch:

>A:

»Und jetzt?«, fragte Bräker. Es klang hilflos und zornig zugleich.

Mark hob zögernd die Hände und tippte: E. R. B. E. Der Bildschirm antwortete:

>A: E. R. B. E. – file not found

»Aha«, sagte Bräker. »Und was heißt das?« Mark zuckte mit den Schultern. »Genau weiß ich es nicht. Aber ich fürchte, es ist alles gelöscht.«

»Weg?«, vergewisserte sich Bräker.

»Sieht so aus«, antwortete Mark kleinlaut. »Wir sollten doch noch einmal Klaus um Hilfe bitten.«

Er lehnte sich zurück und schloss die Augen. Sie waren so dicht vor dem Ziel gewesen! Noch einen Augenblick – ach was, eine halbe Sekunde! –, und er hätte gewusst, wo der Eingang in den Schwarzen Turm zu finden war.

»Ich werde diesen Klaus suchen«, sagte Bräker grimmig. »Irgendwas muss doch noch zu retten sein.«

Mark seufzte. Er spürte nur tiefe Enttäuschung, ein Gefühl von solcher Intensität, dass es schon fast körperlich wehtat. Niedergeschlagen sah er Bräker an, streckte die Hand aus, um den Computer abzuschalten – und erstarrte mitten in der Bewegung.

Der Bildschirm war nicht mehr leer. Die Nachricht des Computers, den Text E. R. B. E. nicht gefunden zu haben, war einem wirbelnden Durcheinander von Farben und Formen gewichen, und … irgendetwas war in diesen Farben …

Mark konnte es nicht beschreiben: Aber es war, als wären sie … lebendig. Es war unmöglich, das wusste er, aber er hatte plötzlich das sichere Empfinden, nicht länger einer seelenlosen Maschine gegenüberzustehen, sondern einem bewussten, denkenden, atmenden Etwas, als wäre aus dem Gebilde aus Glas und Kunststoff und Computerchips etwas Lebendiges geworden, das ihm etwas zu sagen versuchte.

»Was ist das?«, flüsterte Bräker. Seine Stimme war kaum noch mehr als ein Flüstern, und es lag Furcht darin. Er spürt es auch, dachte Mark. Etwas ging hier vor. Er wusste nicht, was, aber es war nichts Gutes.

Das Wogen von Formen und Farben auf dem Monitor wurde schneller, und dann geschah etwas, was ganz und gar unmöglich war: Eine verschwommene, noch nicht klar erkennbare Form bildete sich in der Tiefe des Computerbildschirmes und begann sich auf sie zuzubewegen!

Sie wurde nicht einfach größer. Sie wuchs, nicht wie ein Bild, sondern wie ein plastischer Körper, als wäre der Bildschirm plötzlich kein Bildschirm mehr, sondern ein Fenster, durch das sie in eine fremdartige und erschreckende Welt blickten. Nicht er, sondern Bräker erwachte als Erster aus der Erstarrung – vielleicht einfach, weil er viel weniger als Mark begriff, was das unheimliche Geschehen zu bedeuten hatte. Er warf sich über den Tisch und zog den Stecker heraus; so heftig, dass die Steckdose halb aus der Wand gerissen wurde und die blauen Funken eines Kurzschlusses aufzischten. Es stank durchdringend nach verschmortem Kunststoff.

Aber der Bildschirm erlosch nicht.

Bräkers Augen quollen vor Entsetzen fast aus den Höhlen. »Aber das ist doch … unmöglich!«, stammelte er, während er fassungslos abwechselnd das Kabel in seiner Hand und den Bildschirm anstarrte. »Das … das kann doch nicht sein!«

Und plötzlich wurde es kalt.

Es war nicht so, als hätte jemand ein Fenster aufgemacht oder die Heizung abgestellt – die Temperaturen fielen binnen Sekunden auf den Nullpunkt und weiter. Aus Marks Atem wurde grauer Dampf, der vor seinem Gesicht schwebte, und auf den Fensterscheiben und den zahllosen Bildschirmen erschien dünner, glitzernder Raureif.

Bräker sprang auf, ließ mit einem Schrei das Kabel fallen

und taumelte ein paar Schritte zurück, ehe er fassungslos stehen blieb.

Mark sah, wie sich die Buchrücken in den Regalen mit dünnen, knisternden Eispanzern überzogen; gleichzeitig wurde es merklich dunkler – nicht etwa, weil die Lampen ausgegangen wären, sondern weil sich über ihre Glaskörper eine immer dicker werdende Eisschicht legte.

Marks Blick hing wie hypnotisiert an dem Monitor, der allen Gesetzen der Natur zum Trotz noch immer leuchtete.

Der wesenlose Schatten tief in seinem Inneren hatte mittlerweile deutlichere Formen angenommen. Es waren die Umrisse eines Gesichts. Und Mark wusste, wessen Gesicht es war, noch bevor es so deutlich wurde, dass er es wirklich erkannte.

»Hallo, kleiner Bruder«, sagte Thomas lächelnd.

Bräker ächzte. Er sagte etwas, aber Mark hörte nicht hin. Er blickte Thomas an, und Thomas sah ihn an, und für endlose Sekunden sprach keiner von ihnen ein Wort – und es war auch nicht nötig. Was ihre Blicke sich sagten, das war beredter als alles, was Worte hätten ausdrücken können.

Thomas hatte sich verändert.

Es war nicht so, dass er gealtert wäre. Zeit bedeutete nichts im Schwarzen Turm. Er hätte Thomas nach tausend Jahren wieder sehen können, ohne dass er sich in dieser Zeit verändert hätte. Es war etwas anderes. Obwohl sich in Thomas' Antlitz in Wahrheit nicht das Mindeste geändert hatte, hatte Mark das Gefühl, einem Fremden gegenüberzustehen, einem Menschen, der kaum noch Ähnlichkeit mit seinem Bruder zu haben schien. Was er erblickte, das war eine Maske, leblos und kalt, wie aus Stein oder bemaltem Eis. Selbst die Augen waren kalt, ohne die geringste Spur eines echten Gefühls, Imitationen, in denen kein Leben mehr war. Der Anblick dieser Augen machte ihm Angst. Mehr, tausendmal mehr, als es der Greif jemals vermocht hatte.

»Es sieht so aus, als wäre ich gerade noch rechtzeitig gekommen, wie«, fragte Thomas spöttisch. »Meinen Glückwunsch, kleiner Bruder – ich hätte nicht gedacht, dass du so weit kommst.«

»Was willst du«, fragte Mark abweisend. Das ist nicht Thomas, dachte er, und er spürte, wie Panik in ihm aufstieg. Das ist eine Puppe. Eine leere Hülle, die nur noch aussieht wie ein Mensch.

»Was ich will?« Thomas tat so, als müsse er einen Moment überlegen. »Vielleicht dich warnen«, sagte er dann. »Ich habe dir jede erdenkliche Chance gegeben, Mark. Aber auch meine Geduld hat Grenzen. Und die sind erreicht.«

»Du willst mir drohen?«, fragte Mark, und es gelang ihm, sich wenigstens seine Furcht nicht anmerken zu lassen, wenn er es auch nicht so weit brachte, einen herausfordernden Ton in seine Stimme zu legen.

Thomas nickte. »Ja«, sagte er gelassen. »Ich habe dir gesagt, dass ich nicht zulassen werde, dass du jemals in meine Welt zurückkommst.«

»Deine Welt?«, wiederholte Mark. »Jetzt ist es schon deine Welt?«

Thomas' Augen wurden schmal. »Treib es nicht zu weit, Mark«, sagte er. »Ich warne dich, und ich tu es ein allerletztes Mal. Ich habe dir das Leben geschenkt, und du hast deine Freiheit zurückerlangt – und beides ist mehr, als du erwarten konntest. Du solltest meine Großzügigkeit nicht zu sehr auf die Probe stellen.«

»Sonst«, fragte Mark trotzig. »Willst du mich umbringen?«

»Wenn du mich dazu zwingst«, antwortete Thomas.

»Du bist ja verrückt«, sagte Mark.

»Von deinem Standpunkt aus vielleicht«, sagte Thomas ungerührt. »Aber es ist mir gleich, was du über mich denkst oder sagst. Aber merk dir meine Worte: Dies ist die unwiderruflich letzte Warnung. An dich und auch an diesen Narren neben dir. Versucht nie wieder, in meine Welt einzudringen.«

»Das … das ist alles nicht wahr«, flüsterte Bräker. »Das träume ich. Das …«

Thomas' Kopf ruckte mit einer abgehackten Bewegung herum, und für einen Moment verzerrte sich sein Gesicht zu einer Grimasse aus Hass und Mordlust. Dann nahm es wieder seinen leblosen Ausdruck an, nur das böse, heimtückische Funkeln seiner Augen blieb.

»Sie glauben zu träumen?«, fragte er. »Nun, vielleicht stimmt das sogar. Aber wenn, dann werden Sie herausfinden, dass Träume so tödlich sein können wie die Wahrheit.«

»Verrückt«, flüsterte Bräker. »Das ist einfach verrückt. Ich glaube es nicht.«

»Sie sind ein Idiot, Bräker«, sagte Thomas kalt. »Aber vielleicht braucht es einen Idioten, um einen anderen Idioten zur Vernunft zu bringen. Mark hat Ihnen alles erzählt, nicht wahr? Aber da Sie ihm offensichtlich noch immer nicht glauben, werde ich Ihnen eine Demonstration der Mächte bieten, mit denen Sie sich eingelassen haben. Hören Sie mir zu, Bräker: Wenn es Ihnen gelingt, diesen Raum lebend zu verlassen, dann vergessen Sie nie, nie wieder, dass dies nur eine Warnung war. Und erinnern Sie meinen Bruder dann und wann daran. Er hat ein schlechtes Gedächtnis, wissen Sie?«

»Raus hier!«, schrie Mark und fuhr herum. Er hatte das intensive Gefühl einer entsetzlichen Gefahr, das ihn sich blindlings zurückwerfen ließ, sodass er gegen Bräker prallte und ihn mit sich riss.

Der Computer explodierte.

Aber es waren keine Flammen, die aus dem berstenden Schirm brachen, es war Eis. Millionen von winzigen, scharfen Eiskristallen, vermischt mit den Bruchstücken der zersplitterten Bildröhre, die wie tödliche Schrapnellgeschosse über Bräker und ihn hinwegpfiffen und Tische und Stühle, die Rücken der Bücher in den Regalen und die Wände zerfetzten. Ein ungeheures, nicht enden wollendes Klirren und Bersten erfüllte den Lesesaal, und wie zur Antwort explodierten einige der langen Neonröhren unter der Decke und überschütteten sie mit Scherben.

Mark spürte einen brennenden Schmerz im Gesicht, verbarg den Kopf zwischen den hochgerissenen Armen und taumelte blind in die Richtung, in der er die Tür vermutete. In das Klirren und Reißen mischte sich ein neuer Laut, den Mark erst nach Sekunden erkannte: ein Lachen.

Das schrille, wahnsinnige Lachen seines Bruders.

Der Explosion folgte ein unheimliches, dumpfes Brausen und Rauschen, wie das Heulen des Windes, aber in einer

Tonlage, wie sie Mark nie zuvor im Leben gehört hatte – und vermutlich auch noch nie ein Mensch vor ihm.

Und dann wurde es kalt.

Unvorstellbar kalt.

Mark konnte spüren, wie sich seine Haut mit einer dünnen Eisschicht überzog. Die Temperaturen sanken nicht, sie fielen mit einem Schlag, und plötzlich konnte er nicht mehr atmen, denn die Luft schnitt wie mit Messern in seine Kehle. Seine Kleider erstarrten, wurden hart wie Metall und zerbrachen, als er sich mit aller Kraft dazu zwang, weiterzulaufen. Er konnte nicht mehr richtig sehen, denn auch seine Augen überzogen sich mit einer dünnen, grausam schmerzenden Eisschicht. Die Tür war unendlich weit entfernt, vielleicht auch knapp vor ihnen – aber er wusste nicht, ob sie es schaffen würden.

Trotzdem drehte er im Laufen den Kopf und warf einen Blick zurück.

Was er sah, hätte ihn am liebsten aufschreien lassen, hätte er seine Kehle zwingen können, auch nur ein Geräusch hervorzubringen.

Hinter ihnen gefror die Luft.

Wo der Computer und der Tisch gestanden hatten, erhob sich eine schimmernde Halbkugel aus wasserklarem Eis, die sich mit rasender Geschwindigkeit ausdehnte und alles verschlang, was auf ihrem Weg lag. Tische und Stühle wurden krachend zermalmt oder explodierten, als die Feuchtigkeit im Inneren des Holzes schlagartig gefror und sich ausdehnte. Und die Grenze tötender Kälte bewegte sich rasend schnell auf Bräker und ihn zu!

Sie waren noch einen Meter von der Tür entfernt, als Mark plötzlich das Gefühl hatte, von einer weiß glühenden Hand in den Rücken getroffen zu werden. Seine Jacke und ein Teil seines Haares zerbrachen wie Glas, das von einem Hammerschlag getroffen wurde, und er spürte, wie die Luft rings um ihn herum zu erstarren begann.

Und sprang.

Keiner von ihnen wusste hinterher zu sagen, ob nun Mark Bräker mit sich gerissen hatte oder Bräker Mark – zugleich stießen sie sich beide ab und flogen auf die Glastür zu, die unter ihrem Aufprall auseinander platzte. In einem gigantischen Hagel von großen und kleinen Glassplittern segelten sie in die große Halle der Universität hinaus und fielen nebeneinander zu Boden.

Mark verlor beinahe das Bewusstsein. Er fühlte sich für einige Sekunden sonderbar leicht und losgelöst von allem, sich seiner Lage noch immer bewusst, aber frei von jeder Furcht. Dann hörte er Bräker neben sich stöhnen, und das zwang ihn ins Wachsein zurück.

Er lag auf dem Rücken, nur einen halben Meter von Bräker entfernt. Auf dem Boden glitzerten Tausende und Abertausende Glas- und Eissplitter.

Wo die Tür zum Lesesaal gewesen war, erhob sich eine kompakte Mauer aus Eis.

Unsicher stand Mark auf. Es gab keine Stelle an seinem Körper, die nicht wehtat, aber der Anblick, den die Bibliothek bot, ließ ihn das völlig vergessen. Es war noch immer eisig, aber die Wand gefrorener Kälte strömte jetzt nicht mehr diesen tödlichen Hauch aus, den Mark für den Bruchteil einer Sekunde gespürt hatte. Und sie hatte auch aufgehört, sich auszudehnen. Wie eine Mauer aus spiegelglatt poliertem Glas füllte sie den zerborstenen Türrahmen aus, und sie war auch so durchsichtig wie Glas.

Dahinter …

schien die Zeit stehen geblieben zu sein. Der Kälteangriff hatte die Bibliothek in ein heilloses Chaos verwandelt: Lampen und Bildschirme waren explodiert, Bücher von den zusammenbrechenden Regalen gestürzt, Tische und Stühle umgefallen oder auseinander geplatzt – aber die gefrierende Luft hatte all dies genau an dem Platz festgebannt, an dem sie sie erreicht hatte. Die halb aufgeklappten Bücher, Sesselbeine und andere Trümmer hingen scheinbar schwerelos in der Luft. Es war unheimlich und auf entsetzliche Weise schön zugleich.

Es gelang Mark erst, sich von dem Anblick zu lösen, als ihn eine Hand an der Schulter berührte. Es war Bräker. Aber der Polizeibeamte sah Mark nicht an, sondern starrte auf das unglaubliche Bild, das sich hinter der Eiswand abzeichnete, und in seinen Augen stand Grauen.

Aber auch noch etwas anderes. Auch Bräker war nicht mehr derselbe, als den er ihn kennen gelernt hatte, wenn auch diese Veränderung nichts mit der zu tun hatte, die mit Thomas vor sich gegangen war. Jetzt, das wusste Mark, hatte Bräker begriffen, was Mark ihm die ganze Zeit über zu erklären versucht hatte. Er würde nie wieder derselbe Bräker sein, der er vor diesem Moment gewesen war.

Sie sagten kein Wort, und sie hätten vermutlich noch lange so dagestanden und die gläserne Hölle angestarrt, der sie mit knapper Not entkommen waren, hätten sie nicht Schritte gehört, die sich ihnen näherten, und aufgeregte Stimmen.

»Lass uns verschwinden«, sagte Bräker leise.

Mark zögerte. »Wir können doch nicht einfach …«

»Hast du vielleicht Lust, *das da* zu erklären?«, unterbrach ihn Bräker mit einer Geste auf die Bibliothek. Er wartete seine Antwort gar nicht ab, sondern drehte sich um und lief auf den Ausgang zu. Und Mark beeilte sich, ihn einzuholen.

Die Frist läuft ab

Was Mark sich nicht hatte vorstellen können, war, sich nach diesem fürchterlichen Ereignis ins Bett zu legen und zu schlafen. Aber genau das geschah: Nach einer Nacht ohne Schlaf, der Flucht aus dem Heim und dem Kampf mit dem Man-Iht und dann noch dem Vorfall in der Bibliothek, forderte sein Körper einfach sein Recht, und zwar mit Nachdruck.

Kaum, dass sie wieder in Bräkers Wohnung waren, scheuchte ihn der Kommissar ins Bett, und Mark schlief tatsächlich binnen Sekunden ein.

Es war hell, als er langsam munter wurde. Bräker hatte die Jalousien im Gästezimmer heruntergelassen, sodass nur schmale Streifen aus grau gefärbtem Sonnenlicht in den

Raum drangen, und im ersten Moment hatte er das Gefühl, überhaupt nicht geschlafen zu haben: Seine Augen brannten, in seinem Mund war ein schlechter Geschmack, und seine Glieder fühlten sich sonderbar taub an.

Dann erwachte er vollständig, und die Taubheit wich einem unangenehmen Brennen und Jucken. Erschrocken schob er die Hände unter der Decke hervor und betrachtete sie im schwachen Licht – seine Haut war mit kleinen roten und grauen Flecken bedeckt, und wo ihn Eis- und Glassplitter getroffen hatten, entdeckte er kleine Schrammen und Risswunden. Wenn er noch einen Beweis gebraucht hätte, dass ihr Erlebnis in der Bibliothek kein Albtraum gewesen war, dann hatte er ihn jetzt.

Er fühlte eine intensive Wärme, als läge er nicht unter einem dünnen Federbett, sondern einer elektrischen Heizdecke, aber es dauerte ein paar Sekunden, bis er begriff, dass es nicht etwa hier im Zimmer so heiß war – es war Yezariaels Wärme, die er spürte. Verwirrt richtete er sich halb im Bett auf, streckte die Hand aus und ließ vorsichtig die Fingerspitzen über den Rücken des Gehörnten gleiten.

Yezariaels Haut fühlte sich heiß und rau an, wie grobes Sandpapier, das in der Sonne gelegen hatte.

Mark runzelte die Stirn. Er hatte nicht gewusst, dass die Körpertemperatur der Gehörnten so hoch lag. Beunruhigt rüttelte er an Yezariaels Schulter. Der Gehörnte bewegte sich unwillig im Schlaf, nuschelte irgendetwas Unverständliches und versuchte seine Hand abzustreifen.

Sein Anblick gefiel Mark nicht. Yezariaels Gesicht sah eher grau als schwarz aus, und auf seiner Stirn perlte feiner, eiskalter Schweiß. Mark griff behutsam nach seinen Händen und fuhr erschrocken zusammen. Yezariaels Körper glühte wie ein kleiner Heizofen – aber seine Hände waren eiskalt. Irgendetwas stimmte nicht mit dem Gehörnten.

Und plötzlich erinnerte er sich daran, wie verständnislos Yezariael ihn damals angesehen hatte, als er ihn fragte, ob er denn niemals müde würde … Für ein Wesen, das angeblich nicht einmal wusste, was Müdigkeit war, dachte er, hatte Yezariael einen reichlich festen Schlaf.

Mark gab seine Versuche, den Gehörnten zu wecken, auf, stieg aus dem Bett und zog sich an. Er öffnete leise die Tür und hörte das Klappern von Geschirr und gedämpfte Radiomusik aus der Küche.

Kommissar Bräker saß an einem winzigen Tischchen beim Fenster, rauchte eine Zigarette und blätterte scheinbar gelangweilt in einer Zeitung. Er sah nur flüchtig auf, als Mark die Küche betrat, deutete mit einer Kopfbewegung auf den zweiten freien Stuhl beim Tisch und wandte eine weitere Seite um. Draußen in der Diele begann das Telefon zu klingeln. Bräker reagierte nicht.

»Du bist schon wach?«, fragte er, ohne Mark anzusehen.

»Ich wollte nicht den ganzen Tag verschlafen«, antwortete Mark zögernd. Warum ging Bräker nicht ans Telefon?

»Das hast du aber«, antwortete der Polizeibeamte mit einem flüchtigen Lächeln. Als Mark überrascht zum Fenster sah, fügte er hinzu: »Die Sonne geht gleich wieder unter. Es ist fast sechs.«

»Warum haben Sie mich nicht geweckt?«, fragte Mark.

»Warum sollte ich?«, entgegnete Bräker. »Junge, du hättest dich sehen sollen – ich hatte schon Angst, dass du mir unter den Händen wegstirbst.«

Das war vermutlich übertrieben, aber im Grunde hatte Bräker Recht. Mark konnte kaum ernsthaft damit rechnen, seinem Bruder oder sonst irgendjemandem die Stirn bieten zu können, wenn er vor lauter Erschöpfung und Müdigkeit kaum mehr aus den Augen sehen konnte.

Das Telefon klingelte immer noch. Und Bräker reagierte immer noch nicht darauf.

»Mit Yezariael stimmt etwas nicht«, sagte Mark nach einer Weile.

Bräker sah nun doch von seiner Zeitung auf. »So?«

»Ich mache mir Sorgen«, gestand Mark. »Er scheint Fieber zu haben.«

»Ach?«, machte Bräker und blätterte wieder raschelnd in der Zeitung. »Tatsächlich? Und wie hoch ist die Körpertemperatur von kleinen Teufeln – normalerweise, meine ich?«

Mark setzte zu einer ärgerlichen Antwort an, als ihm aufging, was Bräker mit dieser scheinbar spöttischen Frage meinte. Er wusste so erbärmlich wenig über Yezariael. Selbst wenn der Gehörnte wirklich krank war – es gab nichts, was er für ihn tun konnte! Sie konnten ja nicht gut mit ihm zu einem Arzt gehen …

»Wieso sind Sie eigentlich nicht im Büro?«, fragte Mark, um sich abzulenken.

Bräker seufzte und legte endlich die Zeitung aus der Hand. »Das fragte sich mein Chef vermutlich auch«, antwortete er. Mit einer Kopfbewegung deutete er auf die Tür, durch die immer noch das aufdringliche Schrillen des Telefons drang. »Das da dürfte er sein.«

»Und warum gehen Sie nicht ran?«

Bräker lächelte schief. »Gute Idee. Und was soll ich ihm erzählen, nach dem, was in der Uni passiert ist?«

»Wieso?«, murmelte Mark. »Ich meine, er kann doch gar nicht wissen, dass Sie …«

»Du vergisst Klaus«, unterbrach ihn Bräker. »Er weiß, wer wir sind, nicht wahr?« Er seufzte. »Ich bin vorhin an der Uni vorbeigefahren – ich kann dir sagen, da ist im wahrsten Sinn des Wortes der Teufel los. So viele Polizeiwagen habe selbst ich noch nicht auf einem Haufen gesehen.« Sein Gesicht nahm einen betrübten Ausdruck an. »Sie waren auch schon hier, aber ich habe nicht aufgemacht.«

»Das heißt, Sie … Sie werden eine Menge Ärger kriegen«, sagte Mark betroffen.

Bräker lachte. »Formulieren wir es so: Wir beide dürften im Moment die am heißesten begehrten Personen in dieser Stadt sein – vorausgesetzt, Klaus hat geredet. Und ich bin ziemlich sicher, dass er es getan hat.«

»Vielleicht nicht«, sagte Mark. »Ich meine er hofft doch immer noch, dass ich ihm alles erzähle, oder?«

Bräker zuckte mit den Schultern. »Wirst du es tun?«

»Ganz bestimmt nicht«, antwortete Mark rasch. »Aber das weiß er ja nicht.«

Bräker lächelte. »Möglicherweise hast du sogar Recht«, sagte er. »Vielleicht suchen sie mich einfach nur, weil ich kommentarlos nicht zum Dienst gekommen bin. Wenn sie wüssten, dass ich etwas mit der Sache zu tun habe, hätten sie vermutlich bereits die Tür aufgebrochen. Die Bibliothek ist vollkommen zerstört.« Er schauderte. »Ich darf gar nicht daran denken, wie knapp wir davongekommen sind. Könnte es sein, dass du mir nicht ganz die Wahrheit gesagt hast, was deinen Bruder angeht?«

»Doch«, antwortete Mark. »Aber ich … ich habe selbst nicht gewusst, wie viel Macht er schon besitzt.«

»Das kann man sagen«, meinte Bräker trocken. »Ich fürchte, er ist stärker, als es Marten jemals war, nach allem, was du mir erzählt hast. Das, was wir beide heute Morgen erlebt haben, war Magie! Oder zumindest etwas, was so nahe an wirkliche Magie herankommt, dass der Unterschied für uns völlig bedeutungslos ist. Hätte Marten diese Macht besessen, dann wärst du ihm niemals auch nur nahe gekommen. Mein Gott, ich glaube, dein Bruder könnte die Welt erobern, wenn er das wollte.«

Seine Worte jagten Mark einen Schauer über den Rücken. Das Wort Magie aus dem Mund eines Mannes wie Bräker zu hören war schon unheimlich genug. Aber das war nicht das Schlimmste.

»Vielleicht wird er das eines Tages sogar tun«, murmelte er. Bräker sah ihn ernst an, schwieg aber. Sie wussten beide, wie wenig Worte jetzt noch nutzten. Und sie wussten auch beide, dass Marks Befürchtungen vielleicht nicht so ganz unbegründet waren, wie sie im ersten Moment klangen. Mark war ganz und gar nicht mehr sicher, dass sich Thomas mit der Herrschaft über den Schwarzen Turm allein begnügen würde. Wenn ihn niemand aufhielt, dann würde er ihn eines Tages vollkommen beherrschen – und dann? Wie viele Welten standen ihm zur Verfügung, um sie zu erobern?

»Ich werde ihn aufhalten«, sagte er. Die Worte klangen selbst in seinen eigenen Ohren hoffnungslos verzweifelt.

»Du weißt, dass er dich töten wird, wenn du das versuchst«, sagte Bräker. »Das heute Morgen war nur eine Warnung.«

»Und was soll ich tun?«, fragte Mark. »Nichts? Einfach dasitzen und …«

Er brach mitten im Wort ab, als ihm klar wurde, dass er Bräker anschrie. »Entschuldigung«, sagte er.

Bräker lächelte. »Schon gut. Ich habe nicht erwartet, dass du irgendetwas anderes sagst. Ich wollte nur sichergehen, dass du auch weißt, worauf wir uns da einlassen.«

»Wir?«

»Hast du gedacht, ich lasse dich allein gegen dieses Monster antreten?«

»Aber das muss ich«, antwortete Mark. »Ich meine, ich … ich bin Ihnen wirklich dankbar, aber Sie – würden sich nur in Gefahr begeben, und …«

»Das ist mein Job«, sagte Bräker.

»Aber es wäre sinnlos«, widersprach Mark. »Sie können gar nichts gegen Thomas unternehmen. Ich bin der Einzige, der ihn aufhalten kann.«

»Es gibt trotzdem eine Menge, was ich für dich tun kann«, behauptete Bräker. »Und das werde ich – ob es dir nun passt oder nicht, mein Junge.«

»Warum tun Sie das?«

Bräker sah ihn fragend an.

»Sie riskieren Ihr Leben«, sagte Mark erklärend. »Vielleicht mehr. Der Tod ist längst nicht das Schlimmste, was Thomas Ihnen antun kann. Und das alles nur, um mir zu helfen?«

Bräker schüttelte den Kopf. »Nein«, sagte er. »Nicht nur. Auch, das stimmt, aber es ist nicht der einzige Grund.«

»Und warum dann?«

»Wegen dem, was dein Bruder getan hat«, antwortete Bräker. »Er ist ein Verbrecher, Mark, auch wenn du das vielleicht nicht gerne hörst. Er hat versucht, dich und mich umzubringen, und er hat Sarberg getötet.«

»Sarberg war …«

»Es spielt keine Rolle, was Sarberg in Wahrheit war oder was nicht«, fiel ihm Bräker ins Wort. »Er war ein Mensch, und es ist mir herzlich egal, ob er fünfzig oder fünfhundert Jahre alt war und was er selbst verbrochen hat. Dein Bruder hat ihn getötet, kalt und berechnend. Dafür werde ich ihn zur Verantwortung ziehen. Das ist mein Beruf, Mark. Und ich habe diesen Beruf nicht nur ergriffen, um Geld zu verdienen.«

Mark sagte nichts mehr. Er hatte verstanden, was Bräker meinte. Und für einen Moment erfüllte ihn ein warmes, starkes Gefühl von Sicherheit, auch wenn er wusste, dass Bräkers Nähe ihn nicht vor den Mächten, über die Thomas gebot, schützen konnte.

Er lächelte. »Also?«, sagte er. »Was sollen wir tun?«

»Zuerst einmal verdammt vorsichtig sein«, antwortete Bräker. »Dein Bruder beobachtet uns, da bin ich sicher. Allein das ist schon Grund genug, warum du gar nichts tun kannst. Aber ich.«

»So? Und was, zum Beispiel?«

»Ich kann zum Beispiel herausfinden, wo diese Kapelle ist, von der in dem Tagebuch deines Vaters die Rede war«, antwortete Bräker.

»Das können Sie?« Mark setzte sich kerzengerade auf.

Bräker nickte. »Ich kann es wenigstens versuchen. Aber ich bin ziemlich sicher, dass es mir gelingt.«

»Und wie?«

»Ich bin Polizist«, antwortete Bräker, als wäre dies Erklärung genug. Als er an dem Ausdruck auf Marks Gesicht erkannte, dass dem nicht so war, fügte er hinzu:

»Marten hat einmal als ganz normaler Mensch hier in unserer Welt gelebt, und auch wenn es lange her ist, er hat Spuren hinterlassen. Und wenn er ein so berühmter Mann war, wie du sagst, wahrscheinlich eine ganze Menge Spuren. Lass mich mit ein paar Leuten reden und ein paar Telefonate führen, und ich finde heraus, wo diese Kapelle steht. Und auch, wie wir hinkommen.«

Mark sprang aufgeregt von seinem Stuhl hoch. »Worauf warten wir dann noch?«

»Immer mit der Ruhe«, sagte Bräker. »Im Moment können wir gar nicht viel tun. Ich muss erst herausfinden, wie viel dieser Klaus erzählt hat. Und außerdem wäre es nicht besonders hilfreich, wenn ich auf der Stelle verhaftet werde, sobald ich das Haus verlasse.« Er lächelte aufmunternd. »Keine Sorge. Irgendwie kriegen wir das alles schon hin. Aber du musst ein bisschen Geduld haben. In meinem Beruf«, fügte er hinzu, »erreicht man gar nichts ohne Geduld.«

Es hätte noch tausend Dinge gegeben, die Mark besprechen wollte – aber er wusste, dass Bräker Recht hatte. Sie brauchten Zeit, wenigstens eine kleine Erholungspause. Und vor allem: Sie mussten sich jeden weiteren Schritt gut überlegen, ehe sie ihn taten. Noch eine Chance würde ihnen Thomas nicht geben.

Bräker faltete die Zeitung sorgfältig zusammen, stand auf und warf sie in den Mülleimer. »Ich muss ein paar Anrufe erledigen«, sagte er. »Warum siehst du inzwischen nicht nach deinem kleinen Freund?«

Mark verließ die Küche und ging ins Gästezimmer zurück. Er hatte nicht vor, Yezariael zu wecken, deshalb bewegte er sich sehr leise, aber der kleine Gehörnte schien seine Anwesenheit zu spüren, denn Mark hatte das Zimmer kaum betreten, da öffnete er die Augen und blinzelte verschlafen zu ihm hoch.

»Faß ißt tenn?«, fragte er müde.

»Nichts«, antwortete Mark. »Ich wollte nur nachsehen, ob du schon wach bist.«

»Natürliß pin iß faß«, sagte Yezariael und schlug übertrieben heftig die Decke zurück. Mark sah, dass von seinem Körper ein dunkler Fleck auf dem Gewebe zurückgeblieben war, und jetzt fiel ihm auch der Geruch auf – obwohl es im Zimmer eher kühl als warm war, hatte Yezariael geschwitzt, als käme er direkt aus der Sauna. Um nicht zu sagen: er stank. »Was ist los mit dir?«, fragte Mark geradeheraus.

Yezariael sah Mark nicht an. »Nißts«, sagte er. »Fass ßoll tenn los ßein?«

»Du bist krank, nicht wahr?«, fragte Mark.

»Plötßinn«, antwortete Yezariael – ein bisschen zu schnell, um noch überzeugend zu wirken. »Iß feiß kar nißt, faß taß Fort peteutet.«

»Du weißt ja auch nicht, was das Wort Müdigkeit bedeutet, ich weiß«, antwortete Mark. »Ich will dir doch nur helfen.«

»Tann pesork mir faß ßum Eßen«, knurrte Yezariael. »Iß ßterpe for hunker. Unt hör auf, miß mit plöten Fraken ßu nerven.«

»Du hast dich schon ganz gut angepasst, wie?«, fragte Mark belustigt. »Komm mit.«

Bräker hatte sein Telefongespräch beendet, als sie in die Küche kamen. Er sah nicht sehr fröhlich drein.

»Nun?«, fragte Mark.

Bräker hob mit einem unwilligen Knurren die Schultern und zündete sich eine Zigarette an. »Nun, nichts«, sagte er zornig. »Es ist nicht ganz so leicht, wie ich dachte. Weiß der Teufel, wie Marten seine Spuren verwischt hat.«

»Tat weiß er epen nißt«, sagte Yezariael. Bräker warf ihm einen ärgerlichen Blick zu, schob mit einer raschen Bewegung Tassen und Gläser zur Seite und stellte zwei Pappbecher vor Yezariael und Mark hin; Mark grinste, weil Yezariael der Versuchung einfach nicht widerstehen konnte, einen der beiden Becher kurzerhand aufzufressen, ehe er sich in den zweiten kalten Tee aus der Kanne eingoß.

»Übertreib es nicht«, sagte Mark, als Yezariael die Kanne nicht sofort wieder wegstellte, sondern sich ihren Schnabel mit gierigen Blicken ansah. Yezariael grinste, wobei er ein Gebiss zeigte, dessen bloßer Anblick Bräker bleich werden ließ, stellte die Kanne aber gehorsam weg und nippte an seinem Tee.

»Aber das ist alles kein Grund, gleich aufzugeben«, knüpfte Bräker an das unterbrochene Gespräch an. »Schließlich kann man auch nicht erwarten, dass er unter dem Stichwort Magier im Branchentelefonbuch steht, oder? Ich spreche heute Abend mit einem Freund, der in der Stadtverwaltung arbeitet. Vielleicht finden wir in den Unterlagen des Katasteramtes etwas. Diese Kathedrale ist ein Gebäude, und Gebäude haben die Eigenart, auf Grundstücken zu stehen – und die sind säuberlich kartografiert und aufgelistet. Auch wenn sie fünfhundert Jahre alt sind.«

»Aber das kann dauern«, sagte Mark.

»Und?« Bräker zuckte mit den Schultern. »Wir haben Zeit, oder?«

»Nein«, sagte Yezariael, »tie hapen fir nißt«, verdrehte die Augen und fiel von der Bank.

»Mein Gott«, flüsterte Mark. »Yezariael.« Und stürzte mit einem Satz zu dem Gehörnten.

»Yes!«, rief er. »Was hast du denn?« Verzweifelt begann er an Yezariaels Schultern zu rütteln, erreichte damit aber nichts weiter, als dass Yezariaels Kopf haltlos hin und her zu rollen begann und gegen das Tischbein stieß.

Bräker ergriff ihn mit sanfter Gewalt bei den Schultern, zog ihn zur Seite und beugte sich über den Gehörnten. Seine Finger betasteten Yezariaels Hals und Stirn und glitten anschließend über seinen Nacken. Dann ergriff er Yezariaels Handgelenk und lauschte mit geschlossenen Augen auf den Pulsschlag des Gehörnten.

»Was hat er?«, fragte Mark, als Bräker Yezariaels Arm losließ.

»Sein Puls geht sehr schnell«, antwortete Bräker. »Aber ich weiß nicht, ob das normal ist. Und er fühlt sich sehr heiß an.«

»Wir müssen etwas tun!«, sagte Mark.

»Und was?«, unterbrach ihn Bräker. »Willst du ihn zu einem Arzt bringen?«

Mark biss sich verzweifelt auf die Unterlippe. Natürlich war das nicht gut möglich. Aber ebenso natürlich konnten sie nicht einfach dastehen und tatenlos zusehen, wie Yezariael vielleicht starb.

»Wenn es sein muss, ja«, sagte er.

Bräker seufzte. »Ich glaube nicht einmal, dass ein Arzt ihm helfen könnte«, sagte er. »Andererseits …« Er brach ab und überlegte. »Vielleicht gibt es noch einen Ausweg. Ich kenne da einen Arzt …«

»Dann rufen Sie ihn an!«

»So einfach ist das nicht«, antwortete Bräker. »Er ist ein ziemlich schräger Vogel, weißt du? Und seine Zulassung hat er schon vor Jahren verloren. Ich habe ihn ein paar Mal bei kleineren Vergehen erwischt, aber immer ein Auge zugedrückt. Er ist mir einen Gefallen schuldig. Ich werde ihn anrufen«, fügte er nach einer neuerlichen Pause entschlossen hinzu.

Yezariael schlug die Augen auf, als Bräker die Tür erreicht hatte, und Mark schrie vor Erleichterung auf. Bräker blieb stehen und sah den Gehörnten an. Zwischen seinen Augenbrauen entstand eine steile Falte.

»Faß ißt tenn?«, fragte Yezariael, als er Marks und Bräkers Blicke bemerkte. »Farum ßtarrt ihr miß tenn ßo an?«

»Das fragst du noch?«, ächzte Mark. »Du bist einfach umgekippt.«

»Ach, Quatsch«, antwortete Yezariael. »Umkekippt – Plötßinn! Iß hape taß Kleißgewißt verloren, taß ißt alleß. Sso waß kommt for.«

»Sicher«, antwortete Bräker ruhig. »Andauernd kippen irgendwelche Leute von Stühlen. Das ist ganz normal.«

Yezariael, der von der Welt der Menschen viel gelernt hatte, entging der beißende Spott in seinen Worten keineswegs, aber er antwortete nicht, sondern beschränkte sich darauf, dem Polizeibeamten einen bitterbösen Blick zuzuwerfen, ignorierte Marks helfend ausgestreckte Hand und angelte nach der Tischkante, um sich in die Höhe zu ziehen. Er griff daneben und wäre fast ein zweites Mal gestürzt. Diesmal erhob er keine Einwände, als Mark zugriff, um ihm auf die Beine zu helfen.

»Also, was ist jetzt?«, fragte Bräker von der Tür her. »Soll ich den Arzt anrufen oder nicht?«

»Ja«, sagte Mark, und Yezariael sagte im selben Moment: »Nein.«

Bräker runzelte die Stirn. Aber er sagte nichts mehr, sondern ging zu seinem Platz zurück, und auch Mark schwieg, bis sich der Gehörnte gesetzt hatte. Yezariael sah blass aus – soweit man das bei einem Wesen sagen konnte, dessen Haut von der Farbe frisch geschürfter Kohle war.

»Du bist krank, nicht wahr?«, fragte Mark den Gehörnten.

»Nein«, antwortete Yezariael einsilbig.

»Was ist es dann?«, fragte Bräker. »Fehlt dir vielleicht irgendetwas? Ich meine, gibt es vielleicht etwas, was du zum Gesundbleiben brauchst und was wir in unserer Welt nicht haben?«

Yezariael antwortete noch immer nicht – aber Mark hatte plötzlich das Gefühl, einen eiskalten Wasserguss bekommen zu haben. Er riss die Augen auf.

»Ich Idiot«, flüsterte er. »Mein Gott – er hat es mir doch selbst gesagt!«

»Was?«, fragte Bräker. Yezariael sah weg.

»Er … er kann hier nicht leben«, flüsterte Mark stockend. »Er hat es mir selbst gesagt, als ich in seinem Teil des Schwarzen Turms war. Sein Volk kann nicht in unserer Welt leben. Nicht für lange, verstehen Sie?«

Bräkers Augen wurden schmal. »Und was heißt das?«, fragte er.

Mark blickte Yezariael an. Der Gehörnte wich seinem Blick aus, aber Mark kannte ihn mittlerweile gut genug, um den Ausdruck auf seinem Gesicht als das zu deuten, was er war: Angst.

»Das heißt, dass er sterben wird«, sagte er leise. Seine Stimme zitterte, und plötzlich füllten sich seine Augen mit Tränen die er nicht mehr zurückhalten konnte.

Bräker schwieg eine ganze Weile. Dann sah er den Gehörnten an und fragte: »Ist das wahr?«

Yezariael nickte.

»Und wie lange …«, begann Bräker, stockte und setzte neu an und fragte mit kräftiger Stimme: »Und wie viel Zeit bleibt dir noch?«

Yezariael nippte an seinem Tee. Sein Blick ging ins Leere, und Mark dachte schon, dass er gar nicht antworten würde. Dann seufzte er und drehte den Kopf, um Mark anzusehen.

»Nißt fiel«, sagte er leise.

»Wie lange genau?«, beharrte Bräker.

Yezariael schluckte trocken. Seine Hand zerdrückte den Pappbecher, ohne dass er es selbst merkte.

»Fenn iß Klück hape«, sagte er, »fielleißt noß einen Tak.«

Yezariaels Zustand verschlechterte sich rasend schnell. Obwohl er heftigst dagegen protestierte, steckten Mark und Bräker ihn wieder ins Bett, und noch während er sie beide beschimpfte und ihnen vorhielt, sie stellten sich zimperlich an, schlief er ein.

Bräker bot sich an, bei dem Gehörnten Wache zu halten, was Mark natürlich ablehnte. Und Bräker versuchte nicht, ihn davon abzuhalten – obwohl er Mark einen Blick zuwarf, der deutlich machte, dass er der Meinung war, Mark brauche selbst nichts so dringend wie ausreichend Schlaf und Ruhe. Aber er schien zu spüren, dass es sinnlos wäre, Mark von seinem Entschluss abbringen zu wollen. Ohne ein weiteres Wort verließ er das Zimmer. Mark hörte ihn noch eine Weile draußen rumoren und schließlich gute zehn Minuten lang telefonieren, dann fiel die Haustür ins Schloss, und sie waren allein.

Als es draußen allmählich zu dunkeln begann, setzte sich Mark auf einen Stuhl neben Yezariaels Bett, ergriff seine Hand und blickte in das Gesicht seines kleinen Freundes. Yezariael schlief, aber es war kein guter Schlaf – die Augen hinter den geschlossenen Lidern rollten unablässig hin und her, und manchmal stammelte er abgehackte Worte in einer düsteren, Mark unverständlichen Sprache. Zwei- oder dreimal zuckte er im Schlaf zusammen, und seine Hand schloss sich so fest um die Marks, dass er am liebsten vor Schmerz aufgeschrien und sich losgerissen hätte.

Er machte sich schwere Vorwürfe. Er hatte gewusst, dass Yezariael in seiner Welt nicht leben konnte. Und dass der Gehörnte von sich aus gekommen war, ohne dass er ihn gerufen hatte, änderte überhaupt nichts daran, dass er sich die Schuld an dem gab, was mit Yezariael geschah. Der Gehörnte starb, und es war ganz allein seine Schuld.

Yezariael war sein Freund. Vielleicht der einzige wirkliche Freund, den er je gehabt hatte – und er saß an seinem Bett, hielt seine Hand und sah zu, wie er starb.

Es war schlimmer als damals in Sarns Stadt. Auch da hatte er geglaubt, Yezariael verloren zu haben – und doch hatte Yezariael noch gelebt, und es hatte eine winzige Hoffnung gegeben, ihn irgendwann zu befreien. Jetzt hatte er keine Hoffnung mehr. Sie hatten ganz genau einen Tag, den Weg in den Schwarzen Turm zu finden – und das war unmöglich. Stunden vergingen, in denen Mark vor Zorn und Verzweiflung weinte, während sich Yezariael von Fieberträumen geplagt hin und her warf. Endlich war das Geräusch der Tür zu hören. Bräker war zurück.

Behutsam löste Mark seine Hand aus der Yezariaels und schlich auf Zehenspitzen aus dem Zimmer.

Bräker warf Hut und Mantel mit einer zornigen Bewegung in Richtung Garderobe, stapfte in die Küche und goss sich eine Tasse kalten Kaffee ein, ohne auch nur ein einziges Wort zu sagen. Mark folgte ihm. Bräker brachte keine guten Nachrichten, das konnte man ihm ansehen. Und trotzdem klammerte sich Mark noch ein paar Sekunden lang an die verzweifelte Hoffnung, dass vielleicht doch ein Wunder geschehen war.

»Haben Sie etwas herausbekommen?«, fragte er, da Bräker noch immer schwieg.

»Mein Freund konnte mir auch nicht weiterhelfen«, sagte Bräker übellaunig. »Um an die Unterlagen heranzukommen, die wir brauchen, muss er in einer anderen Abteilung nachfragen.«

»Und?«, fragte Mark. »Tut er es?«

»Sicher«, antwortete Bräker einsilbig.

»Und?«, sagte Mark noch einmal. »Das ist doch fantastisch.«

»Ja, das ist es. Und noch fantastischer ist, dass es mindestens eine Woche dauert, bis wir die gewünschte Auskunft bekommen.«

»Eine Woche!« Mark riss entsetzt die Augen auf. »Aber soviel Zeit …«

»… haben wir nicht, ich weiß«, fiel ihm Bräker ins Wort. »Genau das habe ich ihm auch gesagt. Aber es geht einfach nicht schneller. Das Katasteramt ist noch nicht gänzlich auf Computerbetrieb umgestellt. Die Woche ist schon ein

Freundschaftsdienst. Normalerweise dauert so etwas vier bis sechs Wochen.«

»Eine Woche!«, sagte Mark noch einmal. Ganz leise fügte er hinzu: »Bis dahin ist Yezariael tot.«

»Ich weiß«, antwortete Bräker, kaum lauter als er. In seiner Stimme schwang ein sonderbarer Unterton mit, einer, den Mark bisher noch nie an dem ruppigen Polizeibeamten gehört hatte. Und ihm wurde klar, dass Bräker den kleinen Gehörnten ebenso mochte wie er. Und dass ihm sein Schicksal beinahe ebenso nahe ging.

»Aber Thomas hat die Kapelle doch auch gefunden«, protestierte Mark. »Und ich glaube nicht, dass er sechs Wochen auf eine Auskunft gewartet hat.«

»Er hatte ja das Tagebuch«, antwortete Bräker. »Aber wir haben nur Teile der Übersetzung gelesen.« Er schnaubte wütend. »Wenn wir nur wüssten, wie diese Kapelle aussieht! Und wo sie ungefähr liegt. Ich kenne noch ein paar Leute, die …«

Er sprach weiter, aber Mark hörte kaum noch hin. Seine letzten Worte hallten wie ein Echo durch Marks Bewusstsein, und irgendetwas in ihm antwortete darauf. Etwas, was er vergessen hatte, aber was ungeheuer wichtig war, lebenswichtig für Yezariael, aber auch für ihn selbst und vielleicht Bräker.

»Die Kapelle«, murmelte er. Bräker sah ihn fragend an. Und plötzlich war es, als würde hinter Marks Stirn ein Schalter umgelegt, der das verschüttete Wissen wie ein helles Licht in seiner Erinnerung aufleuchten ließ.

»Aber ich weiß doch, wie sie aussieht!«, sagte er. »Ich war sogar schon einmal dort!«

»Was?«, sagte Bräker verblüfft.

»Der Palast des Greif!«, sagte Mark aufgeregt. »Im Schwarzen Turm ist die Kapelle der Palast des Greif! Verstehen Sie doch!«

»Und?«, sagte Bräker. »Was nutzt uns das?«

»Aber ich habe sie auch hier gesehen! An … an dem Tag, als mich die Gehörnten zu Hause angegriffen haben! Es war der Palast, da bin ich ganz sicher!«

»Moment mal«, unterbrach Bräker seinen Redefluss. »Du meinst, der Film, der damals im Fernsehen lief ...«

»Es war der Palast des Greif«, sagte Mark überzeugt. »Ich habe ihn wiedererkannt, als ich später selbst dort war.«

»Was war das für ein Film?«, fragte Bräker.

»Irgendein Film über alte Kirchen und Bauwerke«, antwortete Mark. »Ich weiß nicht mehr, wie er hieß. Ich weiß nicht einmal mehr, auf welchem Programm er war.«

»Das kriegen wir raus«, sagte Bräker. »Bist du ganz sicher?«

»Völlig«, antwortete Mark. »Ich muss mich nur an das genaue Datum erinnern.«

»Kein Problem.« Bräker griff in die Jackentasche und nahm ein abgewetztes Notizbuch heraus. »Es war der Abend, an dem du vor das Auto gelaufen bist, nicht wahr?«, fragte er, während er zu blättern begann. Mark nickte und ein paar Sekunden später deutete Bräker mit einem triumphierenden Laut auf eine Seite des kleinen Buches. »Da hätten wir es ja schon. Keine Sorge, Mark – ein, zwei Telefonanrufe, und ich weiß, wie die Sendung hieß. Warte hier.«

Mit weit ausgreifenden Schritten verließ er die Küche und stürzte zum Telefon, während Mark ins Gästezimmer zurückeilte, um Yezariael zu wecken.

Das war gar nicht so leicht. Yezariael öffnete die Augen, als er ihn an der Schulter berührte, aber sein Blick blieb trüb. Im ersten Moment schien er Mark gar nicht zu erkennen. Dann stemmte er sich wackelig auf die Ellbogen hoch.

»Wie fühlst du dich?«, fragte Mark besorgt.

»Kut«, log Yezariael. »Unt iß fürte miß noß peßer fühlen, fenn miß nißt tauernt irkkentwelße läßtigen Leute wecken fürten.«

Mark lächelte flüchtig und wurde sofort wieder ernst. »Kannst du aufstehen?«, fragte er.

»Iß tenke ßon. Farum?«

»Ich glaube, wir haben die Kapelle gefunden«, antwortete Mark. »Vielleicht ist es doch noch nicht zu spät.«

Für einen Moment leuchteten Yezariaels Augen in jäher Hoffnung auf. »Taß fürte nißts nützen«, antwortete er dann traurig. »Tein Bruter fürte unß nie ßurück in ten Turm laßen. Tu haßt eß mir toß ßelpßt kesakt – er tötet unß, fenn fir ihm auß nur nahe kommen.«

»Willst du lieber hier liegen bleiben und sterben?«, fragte Mark.

»Iß rete nißt fon mir«, antwortete Yezariael.

»Aber ich!«, sagte Mark wütend. »Und jetzt sag bloß nicht, dass du Angst um mich hast. Ich kann schon ganz gut auf mich selbst aufpassen, keine Sorge.«

»Iß kehe nißt«, sagte Yezariael stur. »Er prinkt tich um.«

Mark setzte zu einer wütenden Antwort an, besann sich aber dann und stand auf. »Wie du meinst«, sagte er. »Dann gehe ich eben allein.«

Yezariael sah auf. »Tu ...«

»Was hast du denn gedacht?«, unterbrach ihn Mark. »Dass ich hier sitzen bleibe und auf meine Rente warten werde, während Thomas sich im Turm breit macht? Bestimmt nicht! Ich werde gehen, ob du nun mitkommst oder nicht.«

»Taß ßakst tu nißt nur, um miß zu üperreten?«, vergewisserte sich Yezariael.

Mark schüttelte den Kopf. »Bestimmt nicht.« Und das war auch nicht gelogen – er war entschlossen, sich seinem Bruder zu stellen. Aber er war ebenso entschlossen, vorher Yezariaels Leben zu retten, wenn er es nur irgend konnte.

»Tann komme iß mit«, sagte Yezariael.

Mark half Yezariael, aus dem Bett zu klettern und die Kleider anzuziehen, die Bräker für ihn bereitgelegt hatte, für den Fall, dass sie die Wohnung verlassen mussten. Als sie damit fertig waren, hätte vermutlich nicht einmal mehr seine Mutter – sein Steinmetz, verbesserte sich Mark in Gedanken – den Gehörnten wiedererkannt: Yezariael trug eine um mindestens fünf Nummern zu große Winterjacke, deren Ärmel so lang waren, dass sie selbst seine Krallen verbargen, fast hüfthohe Stiefel und eine dunkelblaue Skifahrermütze, die sein Gesicht bis dicht über die Augen bedeckte. Die untere Gesichtshälfte verschwand unter einem dicken wollenen Schal. Er sieht jetzt alles andere als unauffällig aus, dachte Mark, aber zumindest ist er nicht mehr als das zu erkennen, was er wirklich ist. Und immer noch besser, sie wurden schräg angesehen, als dass irgendjemand Yezariaels wahre Gestalt erblickte.

Bräker hatte seine Telefonate beendet und war bereits wieder in Hut und Mantel, als sie aus dem Zimmer kamen. Als er Yezariael erblickte, erstarrte er mitten in der Bewegung. Seine Augen wurden groß, und eine Sekunde war er nahe daran, vor Lachen herauszuplatzen. Dann beschränkte er sich auf ein flüchtiges Grinsen.

»Ich weiß, wie die Sendung hieß«, sagte er. »Und wir haben doppeltes Glück.«

»So?«

Bräker nickte aufgeregt, zerrte Marks Jacke vom Haken und warf sie ihm zu. »Es war eine Produktion des hiesigen Senders«, sagte er. »Das heißt, ich muss nicht stundenlang herumtelefonieren, um am Ende vielleicht doch nichts herauszubekommen. Zieh dich rasch an, Mark. Wir fahren zum Sender.«

»Um diese Zeit?«, fragte Mark, schlüpfte aber gehorsam in die Jacke.

»Der ist rund um die Uhr besetzt«, behauptete Bräker. »Und wenn nicht, dann klingeln wir eben jemanden aus dem Bett. Ich habe ja noch immer …« Damit zog er seine Dienstmarke aus der Tasche und wedelte damit in der Luft herum wie mit einer Waffe »… das da. Kommt.«

Keine fünf Sekunden später verließen sie die Wohnung. Und der Albtraum begann.

Der Unsichtbare

Bräker blieb an der Haustür abrupt stehen. Mark bemerkte das noch rechtzeitig, nicht aber der Gehörnte, der mit gesenktem Kopf und hängenden Schultern hinter ihnen herschlurfte. Er prallte gegen Mark, und dieser stolperte vorwärts und verpasste Bräker einen derben Knuff in den

Rücken. Bräker streckte rasch die Hand aus und hielt sich am Türrahmen fest.

»Was ist?«, fragte Mark.

»Still!« Bräker legte den Zeigefinger der anderen Hand über die Lippen; gleichzeitig gab er Mark mit einer Kopfbewegung zu verstehen, dass er wieder ins Haus zurückgehen sollte.

Mark gehorchte wortlos und zog Yezariael mit sich zurück in den dunklen Korridor. Irgendetwas stimmte nicht. Bräker stand völlig regungslos da und blickte konzentriert auf die Straße hinaus. Dann wich er mit einer raschen Bewegung wieder ins Haus zurück und schloss die Tür.

»Was ist los?«, fragte Mark alarmiert. »Thomas?«

Bräker schüttelte den Kopf und öffnete die Haustür einen Spaltbreit. »Siehst du den Wagen da drüben?«

Auf der anderen Seite der Straße standen ungefähr ein Dutzend Wagen. Dann aber begriff Mark, was Bräker meinte: Hinter der Scheibe eines weißen VW Golf glomm ein winziger roter Funke auf und erlosch sofort wieder. Das brennende Ende einer Zigarette, die ein Mann im Wageninneren rauchte.

»Diese Knallköpfe«, sagte Bräker ärgerlich. »Setzen einen Wagen aus meiner Abteilung ein, um mich zu beschatten. Für wie blöd halten die mich eigentlich?«

»Beschatten?«, wiederholte Mark überrascht.

»Das ist Meier«, knurrte Bräker. »Ich hab ihm tausendmal gesagt, er soll nicht rauchen, wenn er jemanden observiert. Der lernt das nie.«

»Aber weshalb werden Sie beschattet?«, fragte Mark.

Bräker zuckte mit den Schultern. »Vermutlich hat der Freund deines Bruders doch geredet«, antwortete er. »Auf diesem Weg kommen wir hier jedenfalls nicht raus.« Er drückte die Tür wieder ins Schloss.

»Ssie ßint hinter unß her, fie?«, fragte Yezariael. Mark nickte. Bräker sagte nichts.

»Wieso gehen wir nicht durch die Tiefgarage?«, erkundigte sich Mark.

»Weil ich den Wagen auf der Straße geparkt habe«, antwortete Bräker. »Ich wollte ihn schnell erreichen können, für den Fall, dass wir rasch weg müssen. Verdammt!«

»Wir wären sowieso nicht weit gekommen«, sagte Mark. »Das Loch im Dach ist ein bisschen zu auffällig.«

»Unt kalt«, fügte Yezariael schaudernd hinzu.

»Zu Fuß gehen ist noch kälter«, grollte Bräker. »Und jetzt wäre ich euch dankbar, wenn ihr für einen Moment die Klappe halten könntet, damit ich in Ruhe nachdenken kann – es sei denn, einer von euch beiden Schlaumeiern hat eine Idee, wie wir hier herauskommen.« Er drehte sich einmal im Kreis und ließ seinen Blick aufmerksam durch den Korridor schweifen, als suche er die Antwort auf diese Frage irgendwo in nächster Nähe. Dann nickte er, als hätte er sie tatsächlich gefunden.

»Ihr wartet hier«, sagte er. »Ich bin in zwei Minuten zurück.« Er ging zum Lift, drückte den Knopf und quetschte sich durch die Tür, noch ehe sie ganz aufgeglitten war.

»Faß hat er for?«, lispelte Yezariael.

Mark hob die Schultern. »Woher soll ich das wissen? Aber ihm wird schon was einfallen.«

»Iß ferßtehe üperhaupt nißt, waß eikentliß loß ißt«, sagte Yezariael. »Taß ta traußen ßint nißt Leute teines Pruters?«

»Nein. Das sind Bräkers Leute. Sie beobachten ihn.«

»Aper fießo tenn?«

»Überleg mal selbst«, antwortete Mark. »Erst verschwinde ich, dann verschwindet Thomas, dann meine Mutter und schließlich noch Dr. Merten. Und zu allem Überfluss noch die Katastrophe heute Morgen in der Uni – Bräkers Chef müsste schon blind und blöd auf einmal sein, um nicht zwei und zwei zusammenzuzählen. Und wahrscheinlich hat Klaus doch geredet. Als ob wir noch nicht genug Ärger hätten! Jetzt haben wir auch noch die Polizei am Hals!«

»Iß könnte ßie erßrecken«, schlug Yezariael vor. »Sso fie tamals ten Mann for eurem Hauß. Taß hat auß hervorrakent keklappt.«

Einen Moment lang erwog Mark diesen Gedanken ganz ernsthaft – aber dann schüttelte er den Kopf. »Das würde nicht noch einmal funktionieren«, sagte er. »Damals hast du ihn überrascht. Aber jetzt sind sie gewarnt. Und man hat dich gesehen, als wir aus der Polizeistation geflohen sind.« Yezariael blinzelte enttäuscht, sagte aber nichts mehr, und auch Mark schwieg. Endlich kam der Aufzug zurück, und beide schauten erwartungsvoll auf die sich öffnende Tür.

Doch statt des Kommissars trat eine ältere, etwas merkwürdig gekleidete Frau aus dem Lift. Sie trug eine blaue Steppjacke und einen knöchellangen, rotkarierten Rock. Ihr Gesicht war fast unter einem weit in die Stirn gezogenen buntgemusterten Kopftuch verborgen. In der rechten Hand schwenkte sie eine Einkaufstasche.

»Wenn einer von euch auch nur lächelt«, sagte Bräkers Stimme drohend, »erschlage ich ihn.«

Mark lächelte nicht. Er grinste über das ganze Gesicht. Unter Yezariaels Schal drangen glucksende Laute hervor.

»Sie suchen einen Mann und einen dreizehnjährigen Jungen, nicht wahr?«, fuhr Bräker fort. »Vielleicht haben wir Glück, und sie achten nicht auf eine alte Frau und zwei Kinder, die das Haus verlassen.«

»Ssie ßehen nißt auß fie eine alte Frau«, behauptete Yezariael. »Eher fie …«

»Wenn ich du wäre«, unterbrach ihn Bräker mit einem zuckersüßen Lächeln, »würde ich die Klappe halten. Und zwar auf der Stelle.«

»Aper …«

»Sei still, Yes«, sagte Mark. Yezariael verstummte und blickte beide beleidigt an.

»Es wird bestimmt klappen«, versicherte Bräker. »Ich kenne doch Meier. Der ist so blöd, dass er seine eigene Mutter nicht erkennen würde, wenn sie sich einen falschen Bart anklebt und auf einem Hochrad an ihm vorbeifährt. Ich sollte eigentlich beleidigt sein, dass sie so einen Deppen auf mich ansetzen. Aber vielleicht rettet uns das den Hals.«

»Worauf warten wir denn?«, fragte Mark.

»Auf das Taxi«, antwortete Bräker. »Oder willst du vielleicht zu Fuß zum Sender gehen? Er liegt am anderen Ende der Stadt.«

Ihre Geduld wurde auf eine harte Probe gestellt. Der

Mann in dem weißen Golf auf der anderen Straßenseite schnippte den Zigarettenstummel aus dem Fenster und rauchte zwei weitere Zigaretten, bis das bestellte Taxi endlich kam, und Mark und Bräker entdeckten in dieser Zeit einen weiteren Wagen, der ihnen verdächtig vorkam, und einen dritten, der ein wenig zu regelmäßig und zu langsam am Haus vorbeifuhr, als dass es noch Zufall sein konnte.

Marks Herz begann aufgeregt zu klopfen, als sie aus dem Haus traten und auf das Taxi zugingen, das mit brummendem Motor am Straßenrand anhielt. Der Fahrer starrte Bräker entgeistert an, als dieser die hintere Tür aufmachte und auf den Rücksitz kletterte, enthielt sich aber jeden Kommentars. Wahrscheinlich, dachte Mark, ist er in seinem Beruf Verrückte gewöhnt. Aber vielleicht lag seine Diskretion auch an dem zusammengefalteten Hundertmarkschein, den Bräker ihm zuschob, während er ihm das Fahrziel nannte.

Obwohl es bereits auf Mitternacht zuging, waren noch viele Autos unterwegs, und vor allem in der Stadtmitte herrschte reger Verkehr. Sie kamen nur langsam voran, und Mark bückte immer wieder nervös in den Rückspiegel, um nach eventuellen Verfolgern Ausschau zu halten.

Aber sie wurden nicht behelligt. Bräker hatte als Fahrziel nicht direkt den Fernsehsender angegeben, sondern eine Adresse, die einen Block davon entfernt war. Er stieg als Letzter aus und wartete, bis das Taxi außer Sicht war. Dann verschwand er mit ein paar raschen Schritten in einer dunklen Ecke. Als er nach ein paar Augenblicken zurückkam, hatte er Kopftuch und Rock abgestreift und rollte im Gehen die Hosenbeine hinunter.

Sie überquerten schweigend die Straße, kamen an einer Telefonzelle mit eingeschlagener Tür vorbei und gingen durch einen kleinen, verlassenen Park. Knapp bevor sie wieder auf die Straße kamen, blieb Bräker stehen.

»Ihr beide wartet hier«, sagte er. »Und rührt euch nicht von der Stelle. Ich bin so schnell wie möglich zurück.«

Während Yezariael und Mark in den Schutz eines schneebedeckten Gebüsches zurückwichen, überquerte

Bräker mit weit ausgreifenden Schritten die Straße und verschwand im hellerleuchteten Eingang des Fernsehsenders. Mark konnte ihn nur noch als verschwommenen Schatten hinter der Glasscheibe erkennen, aber er sah, dass er einige Worte mit dem Pförtner wechselte und dann im Inneren des Gebäudes verschwand.

»Sieht so aus, als wäre jemand da«, flüsterte Mark dem Gehörnten zu. »Vielleicht haben wir wirklich Glück.«

Er bekam keine Antwort. Überhaupt war Yezariael schon seit längerer Zeit ungewöhnlich schweigsam gewesen, und als Mark sich jetzt zu ihm umwandte, bemerkte er, dass sich Yezariael gegen einen Baum gelehnt hatte. Er zitterte so heftig, dass es selbst durch seine dicke Kleidung zu sehen war. »Was hast du?«, fragte er.

»Nißts«, wisperte Yezariael. »Mir ißt nur kalt. Ssehr kalt.« Das war gelogen, und Mark wusste es. Trotzdem hatte Yezariael in einem Punkt Recht – es war kalt. Mark schätzte, dass mindestens zehn Minusgrade herrschten, wenn nicht mehr. Die Luft, die er einatmete, prickelte in seiner Kehle, und die zahllosen kleinen Schnitte auf den Händen und im Gesicht brannten wie Feuer. Aber wahrscheinlich war das nichts gegen das, was Yezariael durchmachte.

»Kann ich irgendetwas für dich tun?«, fragte Mark. Yezariael schüttelte stumm den Kopf.

»Wir schaffen es«, versprach Mark. »Ich weiß es. Er wird herausfinden, wo die Kapelle liegt.«

»Ssißer«, murmelte Yezariael und sah weg.

Auch Mark wandte betroffen den Blick ab. Seine Kehle war wie zugeschnürt, und es war nicht nur die Kälte, die ihm die Tränen in die Augen trieb.

Um sich abzulenken, sah er sich um. Der Park war winzig, eigentlich nur ein kleiner Fleck mit drei oder vier Bäumen und einigen Büschen, der zwischen den Häuserblocks eingepfercht war. Schnee bedeckte Gras und Gebüsch, und die Kronen der knorrigen Bäume bogen sich unter der Schneelast. Auch die Straße war weiß.

Von demselben, leuchtenden Weiß wie der VW-Golf, der in diesem Moment um die Ecke gebogen kam und in eine

Parklücke einscherte. Scheinwerfer und Motor erloschen. Niemand stieg aus, aber hinter der Windschutzscheibe leuchtete ein winziges rotes Auge auf.

»O verdammt!«, sagte Mark.

Yezariael blickte aus trüben Augen zu ihm hoch. »Faß ißt?«, fragte er.

»Sie sind wieder da!«, antwortete Mark und deutete auf den Wagen.

»Präkers Leute?«

Mark nickte wütend. »Der Taxifahrer muss gequatscht haben«, sagte er ärgerlich. »Oder sie sind erst gar nicht auf Bräkers Verkleidung reingefallen.«

Aufmerksam spähte er zu dem weißen Golf hinüber. Der Wagen war so abgestellt, dass seine Insassen zwar den Eingang der Sendeanstalt im Auge behalten, von dort aus aber selbst nicht gesehen werden konnten. Bräker würde ihnen direkt in die Arme laufen, wenn er das Gebäude verließ.

»Wir müssen ihn warnen«, sagte Mark. Er überlegte. Zum Sender hinübergehen und Bräker selbst warnen kam nicht in Frage – er würde das Gebäude nicht einmal erreichen. Da fiel ihm die Telefonzelle ein, an der sie vorübergekommen waren. Hastig begann er in seinen Taschen nach Kleingeld zu suchen, fand aber nichts.

»Ich brauche dreißig Pfennig«, sagte er. »Sieh in deinen Taschen nach, ob vielleicht Geld darin ist!«

Yezariael schien nicht zu wissen, was Geld war, denn er blickte ihn nur verständnislos an, sodass Mark kurzerhand in die Taschen der Jacke griff und sie durchwühlte. Er fand zwei Einmarkstücke, einen Fünfer – und drei Groschen.

»Du wartest hier«, sagte er. »Ich bin gleich zurück.«

Er rannte los. Die Telefonzelle war weiter entfernt, als er geglaubt hatte, und die Glastür war nicht das Einzige, was zerstört war. Offensichtlich war die Telefonzelle von Vandalen heimgesucht worden – das Telefonbuch lag zerfetzt am Boden, die Wählscheibe des Apparats war zerschlagen worden, und jemand hatte das Kabel abgeschnitten und den Hörer kurzerhand mitgenommen.

Enttäuscht wandte sich Mark um und ging zu dem kleinen Park zurück. Seine Gedanken rasten. Er musste Bräker irgendwie warnen – aber wie nur? Er sah sich um. Wo war Yezariael?

»Yes?«, rief er. »Yes! Wo bist du?«

Keine Antwort. Seine Spuren und die Yezariaels waren deutlich im Schnee zu sehen, aber es waren nur Marks Spuren, die in den Park herein und wieder hinaus und ein zweites Mal hereinführten. Yezariaels Abdrücke liefen bis zu dem Baum, an den er sich gelehnt hatte, und brachen dann ab.

Aber das war doch unmöglich!

Verblüfft sah Mark noch einmal hin. Aber es blieb dabei: Da waren nur seine eigenen Spuren und …

Seine Spuren?!

Das waren nicht nur seine Fußspuren. Neben seiner eigenen, dreifachen Fährte waren noch andere Abdrücke, größer und sehr viel tiefer als die seinen, als wäre dort etwas sehr Schweres gegangen. Und noch während er hinschaute, wurde die Spur länger und bewegte sich langsam, aber sicher auf ihn zu … und Mark begriff, dass das, was auch immer da auf ihn zukam, unsichtbar war.

Sofort ließ er sich zur Seite fallen. Etwas zischte knapp an seinem Gesicht vorbei und prallte mit unvorstellbarer Wucht gegen den Baum. Ein dumpfes Knirschen erscholl, Holzsplitter flogen durch die Luft, und Mark hörte ein Knurren, das ihn schaudern ließ.

Blitzschnell wälzte er sich herum, war mit einem Satz auf den Füßen und sprang im Zickzack davon. Wieder verfehlte ihn etwas um Haaresbreite, und diesmal spürte Mark deutlich einen kochend heißen Luftzug, der seinen Hinterkopf streifte. Er sprang nach links, warf sich jäh nach rechts und machte wieder einen Satz nach links, da traf ihn ein Schlag an der Schulter und ließ ihn zu Boden stürzen. Er rollte sich herum und sah, wie der Schnee unmittelbar neben ihm von einem ungeheuren Gewicht niedergedrückt wurde. Ganz deutlich zeichneten sich die Umrisse gewaltiger Krallen in der weißen Decke ab, allerdings nur für eine halbe Sekunde, dann begann der Schnee zu schmelzen, denn was immer ihn berührte, es war heiß.

Mark riss schützend die Hände vor das Gesicht und spannte jeden Muskel, um den erwarteten Hieb zu überstehen. Aber der Schlag kam nicht. Stattdessen fühlte sich Mark plötzlich von einer unsichtbaren Hand gepackt und in die Höhe gerissen.

Etwas Dunkles, Kreischendes stürzte aus dem Baumwipfel herunter, prallte gut zwei Meter über Mark auf einen unsichtbaren Widerstand und klammerte sich daran fest. Die Hand, die Mark hielt, verschwand, und neue Spuren entstanden im Schnee, als der Unsichtbare herumfuhr, um Yezariael abzuschütteln.

Es war ein fast grotesker Anblick: Offensichtlich war es Yezariael gelungen, dem Angreifer genau auf den Rücken zu springen und sich dort festzuklammern, aber da der Angreifer unsichtbar war, schien Yezariael schwerelos in der Luft zu schweben. Mit der linken Hand hielt er sich an etwas fest, was das Gesicht des Unsichtbaren sein musste, während er mit der anderen darauf einschlug. Der Unsichtbare seinerseits warf sich wütend hin und her, um den kleinen Teufel abzuschütteln. Yezariael schien einen grotesken Tanz zweieinhalb Meter über dem Boden aufzuführen.

Mark rappelte sich auf, sah sich nach etwas um, was er als Waffe benutzen konnte, und brach einen Ast von einem der Bäume. Mit aller Kraft schwang er ihn und ließ ihn einen knappen halben Meter unter Yezariael auf das unsichtbare Geschöpf sausen.

Der Ast zersplitterte. Ein wütendes Brüllen ertönte, und plötzlich wurde Yezariael davongeschleudert. Hilflos flog er durch die Luft, fiel in den Schnee und kugelte ein paar Meter weiter, ehe er liegen blieb.

Mark ließ den nutzlosen Aststumpf fallen und rannte zu dem Gehörnten. Yezariael setzte sich benommen auf und schüttelte den Kopf. Seine Kleider schwelten, und auf seinem Gesicht – aber auch auf seinen Krallen! – glitzerte frisches Blut. Und noch immer erklang dieses Brüllen.

Mark warf einen Blick zurück. Fünf Meter hinter ihnen schien der Schnee zu explodieren. Weiße, dampfende Fontänen stoben auf, und die Zweige der Büsche ringsum bogen sich wie unter einem unsichtbaren Sturm. Und fast zweieinhalb Meter über dem Boden, wie aus dem Nichts, erschien ein Gesicht.

Genauer gesagt der Teil eines Gesichts.

Es war dunkles Dämonenblut, das über das Antlitz des Unsichtbaren rann und die Umrisse einer Visage nachzeichnete, von der Mark sehr froh war, sie nicht genauer zu sehen – riesig, breit und beherrscht von gewaltigen Kuppelaugen, die wie die eines Insekts millionenfach unterteilt zu sein schienen. Einige Blutstropfen liefen über etwas, was wie die Kauwerkzeuge einer Ameise aussah – nur eben, dass sie einen guten halben Meter lang waren –, und tropften in den Schnee. Ohne ein weiteres Wort riss Mark Yezariael in die Höhe und raste los. Wieder erscholl hinter ihnen dieses fürchterliche Brüllen, begleitet von dem trockenen Krachen und Bersten, mit dem ein gewaltiger Körper durch das Gebüsch brach.

Blindlings rasten sie auf die Straße hinaus. Hinter der Glastür des Senders erschien ein Schatten, und im selben Moment erklang das Jaulen eines Anlassers, gefolgt vom Brummen eines VW-Motors. Ein Scheinwerfer leuchtete auf und tauchte Mark und Yezariael in blendend weißes Halogenlicht.

Als sie die Straße fast hinter sich hatten, trat Bräker aus der Tür des Sendegebäudes und erstarrte mitten im Schritt. Ein erschrockener Ausdruck erschien auf seinem Gesicht. Der Wagen kam näher.

»Laufen Sie weg!«, schrie Mark, so laut er konnte. »Sie haben uns gefunden!«

Aber Bräker missverstand ihn. Statt das Einzige zu tun, was ihn vielleicht noch retten konnte – nämlich die Beine in die Hand zu nehmen und zu rennen, so schnell er konnte –, blickte er auf den näher kommenden Golf und lief direkt auf Mark und Yezariael zu.

Und den unsichtbaren Verfolger.

Mark sah sich gehetzt um. Er konnte auf der Straße noch keine Spuren des Unsichtbaren erkennen, aber er spürte, wie der Asphalt unter seinen Füßen zu zittern begann.

Dann quietschten plötzlich Bremsen, und der weiße Golf kam weniger als einen Meter hinter ihm und Yezariael zum Stehen. Die Beifahrertür flog auf, und ein junger Mann in Trenchcoat und Hut sprang auf die Straße.

»Stehenbleiben!«, rief er befehlend. »Poli...«

Das ›zei‹ sprach er nicht mehr aus, denn in diesem Moment wurde die Fahrertür des VW von einer unsichtbaren Riesenfaust getroffen. Die Fensterscheibe zerbarst, und eine Sekunde später erschien eine gewaltige Beule im Wagendach, dann eine zweite – und etwas packte den jungen Polizisten und schleuderte ihn meterweit davon.

Yezariael kreischte vor Schreck, versetzte Mark einen Stoß, der ihn nach links taumeln ließ, und sprang gleichzeitig nach rechts. Die Spuren, die jetzt im Schnee auf dem Bürgersteig wieder deutlich zu sehen waren, schwenkten herum und rasten hinter dem Gehörnten her.

Mark rappelte sich hoch. Der Gehörnte rannte, so schnell er konnte – aber die Spuren, die ihn verfolgten, waren rascher. Und Yezariael hatte nicht mehr viel Kraft. Er wurde langsamer. Noch Sekunden, und der Unsichtbare hatte ihn eingeholt.

Mark fühlte sich plötzlich gepackt und hochgerissen, aber es war kein weiterer dämonischer Angreifer, sondern Bräker, der ihn erreicht und seine Pistole gezogen hatte. Hilflos sah er dem Gehörnten nach, der im Zickzack über die Straße tanzte.

»Was ist das?«

»Ein lieber Gruß von meinem Bruder«, sagte Mark. »Helfen Sie ihm, Kommissar! Schießen Sie!«

»Aber worauf?«, antwortete Bräker hilflos.

Mark war mit einem Satz bei dem demolierten Golf. Er riss die Tür auf und beugte sich über den Beifahrersitz. »Einen Feuerlöscher!«, herrschte er den Mann an, der kreidebleich hinter dem Steuer saß. »Haben Sie einen Feuerlöscher?«

Der Polizist antwortete nicht – er schien Marks Worte gar nicht gehört zu haben. Sein Blick war unverwandt auf Yezariael gerichtet. Und auf die Spuren, die sich hinter ihm im Schnee abzeichneten. Jetzt wurde auf der anderen Seite des Wagens die demolierte Tür aufgerissen, und Bräker zerrte den Polizisten vom Sitz herunter. Mit einem Satz schwang sich der Kommissar hinter das Steuer und knallte die Tür zu. Sie zitterte einmal kurz und fiel dann auf die Straße.

»Steig ein!«, herrschte Bräker Mark an.

Mark gehorchte, und Bräker schlug den Gang hinein, noch ehe er Zeit fand, die Tür zu schließen. Mit durchdrehenden Reifen schoss der Golf los, drehte sich beinahe auf der Stelle und raste hinter Yezariael her.

»Ich hab doch immer gesagt, dass Meier ein Trottel ist«, knurrte Bräker. »Der Feuerlöscher ist unter dem Sitz. Aber jetzt halt dich fest.«

Mark tat, was Bräker verlangte, ohne zu wissen, warum. Bräker grinste böse, trat das Gaspedal bis zum Boden durch und spannte die Hände mit aller Kraft um das Lenkrad. Mit aufbrüllendem Motor schoss der Golf hinter Yezariael her, schwenkte ein Stück nach links, bis sich die Spuren des Unsichtbaren genau zwischen seinen Vorderrädern befanden – und prallte mit fürchterlicher Wucht gegen ein unsichtbares Hindernis.

Obwohl er sich mit aller Kraft festhielt, wurde Mark nach vorne geschleudert. Unsanft prallte er gegen das Armaturenbrett und fiel zurück in den Sitz. Der Wagen schlitterte. Die Motorhaube war eingedrückt, als hätten sie einen Baum gerammt, und einer der Scheinwerfer war zerbrochen. Ein Spinnennetz von haarfeinen Rissen und Sprüngen überzog die Windschutzscheibe.

Bräker brachte den Wagen wieder unter Kontrolle, trat hart auf die Bremse und vollführte eine Hundertachtzig-Grad-Drehung, die einen Rennfahrer vor Neid hätte erblassen lassen. Dass er dabei einen Briefkasten und ein Bushaltestellenschild vom Bürgersteig rasierte, schien er kaum zu bemerken. In einer Wolke aus hochstiebendem Schnee und Dampf kam der Wagen zum Stehen und schoss gleich wieder los, als Bräker wild aufs Gas trat. Sie schlingerten auf Yezariael zu und machten abermals eine Vollbremsung.

»Steig ein!«, schrie Bräker. Gleichzeitig zerrte er eine Pistole aus der Manteltasche und sah sich wild nach dem unsichtbaren Angreifer um.

Die Spur brach da ab, wo sie das Monster angefahren hatten. Aber fast fünf Meter weiter begann der Schnee zu dampfen, und die riesigen Spuren zeichneten sich dunkel auf dem verschneiten Asphalt ab.

Mark hatte endlich den Feuerlöscher gefunden. Während Yezariael keuchend über Bräker hinwegkletterte, riss er die Beifahrertür auf, sprang aus dem Wagen und rannte auf die Spuren zu.

»Bist du wahnsinnig?«, brüllte Bräker hinter ihm. »Komm sofort zurück!«

Mark blieb stehen, hob den Feuerlöscher und drückte auf den Auslöser. Eine Wolke aus weißem, scharf riechendem Löschschaum schoss aus dem Schlauch und hüllte das unsichtbare Monster ein.

Mark zählte in Gedanken bis fünf, dann warf er den Feuerlöscher mit aller Gewalt in die weiße Wolke hinein, hörte ein metallisches Klappern, das von einem zornigen Grunzen gefolgt wurde, und wirbelte herum. Er brauchte kaum zwei Sekunden, um den Wagen wieder zu erreichen und einzusteigen. Und erst dann nahm er sich die Zeit, zurückzublicken. Die Schaumwolke hatte sich auf die Straße gesenkt und begann den Schnee zu schmelzen. Doch um das Ungeheuer hatte sie sich wie eine zweite Haut geschmiegt und ließ es als verzerrtes, weißes Scheinen sichtbar werden.

Es war ein insektenhaftes Wesen mit acht Gliedern, auf deren hinteren beiden es aufrecht stand, sodass ihm sechs Arme – jeder einzelne mit fürchterlichen Krallen versehen – zur Verfügung standen. Und es war beinahe drei Meter groß. Mehr als faustgroße, glotzende Insektenaugen starrten Mark und die beiden anderen an. Die armlangen Kauwerkzeuge klappten auf und zu wie tödliche Scheren.

»Großer Gott!«, flüsterte Bräker. Aber so sehr ihn der Anblick des Monsters auch entsetzte – er hinderte ihn nicht daran, seine Pistole zu heben und rasch hintereinander drei Schüsse abzufeuern.

Sie trafen alle drei.

Doch die Kugeln prallten Funken sprühend von dem gepanzerten Leib des Rieseninsekts ab und heulten als Querschläger davon, und als hätten ihn die Schüsse erst richtig wütend gemacht, begann der Unsichtbare jetzt auf sie zuzulaufen. Bräker verschwendete keine weitere Kugel mehr, sondern trat aufs Gas. Mit durchdrehenden Reifen jagte der Golf los, schlingerte wild hin und her und wurde immer schneller.

Der Unsichtbare auch. Und so unmöglich es Mark erschien – er holte auf!

»Verdammt!«, brüllte Bräker. »Das ist doch nicht möglich! Wie schnell ist dieses Vieh! Ich fahre fast siebzig!«

Mark und Yezariael starrten dem heranrasenden Ungeheuer gebannt entgegen. Der Schaum begann sich von der glatten Hornpanzerung bereits wieder zu lösen – eines seiner Glieder verschwand, dann ein Teil des Kopfes, dann ein zweites Glied. Bräker trat noch heftiger aufs Gas. Der VW beschleunigte auf achtzig Stundenkilometer. Der Unsichtbare auch. Bräker fluchte und gab noch mehr Gas. Sie fuhren neunzig, dann hundert, und endlich begann das Ungeheuer zurückzufallen.

Aber Marks Erleichterung währte nur Sekunden. Sie hatten das Ende der Straße erreicht, und Bräker musste auf die Bremsen treten, damit sie nicht aus der Kurve getragen wurden. Der Verfolger holte wieder auf.

»Festhalten!«, schrie Bräker.

Mit kreischenden Reifen schlitterte der Wagen auf die Querstraße hinaus, rammte einen Bus, der am Straßenrand geparkt stand, und drohte für einen Moment umzukippen. Dann fiel er mit einem fürchterlichen Ruck wieder zurück, und Bräker gab neuerlich Gas.

Mark richtete sich hastig wieder auf und sah durch die zerplatzte Heckscheibe.

Das Monster war noch hinter ihnen – wenigstens zum Teil. Es war ein absurder Anblick: Immer mehr und mehr Schaum löste sich von der Chitinhaut des Rieseninsekts, sodass es bereits wieder zum größten Teil unsichtbar war.

Sie wurden jetzt nur noch von einem Bein, zwei Armen, einer Schulter und ungefähr einem Drittel eines Auges verfolgt.

Und endlich wurde ihr Vorsprung größer. Bräker beschleunigte rücksichtslos, und das Monster fiel weiter und weiter zurück, während sie mit aufbrüllendem Motor durch den abendlichen Verkehr schossen, gefolgt von einem wahren Hupkonzert und einer Kielspur aus schleudernden Wagen, deren Fahrer in verzweifelter Hast versuchten, ihnen auszuweichen.

Das Auge verschwand, und das einzelne, rennende Bein und die beiden Arme fielen weiter zurück. Schließlich waren sie überhaupt nicht mehr zu sehen.

Mark lehnte sich aufatmend zurück und schloss für einen Moment die Augen. Sie waren entkommen.

Für diesmal.

Aber es war reines Glück gewesen, nichts anderes. Irgendwann, das wusste er, endete selbst die unwahrscheinlichste Glückssträhne. Und er hatte das Gefühl, dass dieser Moment sehr bald kommen würde.

Straße ins Nichts

»Wohin fahren wir?«, fragte Mark.

Bräker antwortete erst nach einer Weile und in so beleidigtem Ton, als hätte Mark nach seinen intimsten Geheimnissen geforscht. »Frag lieber, wie weit wir kommen«, sagte er. »Ich schätze, genauso weit, bis wir der nächsten Streife über den Weg laufen. Wenn dieser Schrotteimer nicht vorher auseinander fällt.«

Mark musste ihm Recht geben. Das gesamte vordere Drittel des Wagens war eingedrückt, die Fahrertür fehlte – die Scheiben waren zerbrochen, nur noch einer der Scheinwerfer brannte, und irgendetwas schleifte an einem der Räder; Mark glaubte verbrannten Gummi zu riechen. Außerdem gab der Motor entsetzliche klappernde und jaulende

Geräusche von sich, als wolle er jeden Augenblick auseinander fallen. Ja – er konnte Bräkers Sorge durchaus verstehen.

Statt weiter in ihn zu dringen, drehte er sich zu Yezariael um und sah besorgt auf ihn hinunter. Der Gehörnte war auf der Rückbank zusammengesunken und wimmerte leise. Seine Hände hatten sich in die Kunstlederbezüge gekrallt, und aus seinem halb offenen Mund lief Speichel.

Ängstlich streckte Mark die Hand aus und berührte Yezariael an der Schulter. Der Gehörnte schrie leise auf, wischte seine Hand mit einer erschrockenen Bewegung zur Seite und entspannte sich erst, als er Mark erkannte.

»Alles in Ordnung?«, fragte Mark. Seine Worte kamen ihm selbst wie böser Hohn vor, aber Yezariael lächelte trotzdem. »Ja«, behauptete er. »Iß prauße nur ein pißßen Ruhe.« Und sank auf der Stelle zurück und schlief wieder ein.

Mark wandte sich an Bräker. »Haben Sie herausgefunden, wo die Kapelle liegt?«, fragte er.

Bräker nickte. »Ich hoffe.«

»Ich hoffe? Was soll das heißen – wissen Sie es nun oder nicht?«

»Verdammt, ich bin doch kein Hellseher!«, schimpfte Bräker. »Der für die Sendung verantwortliche Redakteur war natürlich nicht da. Und der Mann vom Journaldienst wusste nicht richtig Bescheid. Er hat in irgendwelchen Unterlagen nachgesehen und meinte, er glaubt es zu wissen. Aber sicher war er nicht.«

»Und wenn er sich nun getäuscht hat?«

»Dann sind wir tot, Junge«, antwortete Bräker grimmig. »Und zwar alle drei. Es standen zwei Kirchen zur Auswahl. Bete zu Gott oder woran sonst du auch immer glaubst, dass er mir die richtige genannt hat.«

Mark schwieg betroffen. Natürlich wusste er, dass Bräker alles getan hatte, was in seiner Macht stand. Und eine Chance fünfzig zu fünfzig war verdammt viel mehr, als sie vor wenigen Stunden auch nur zu träumen gewagt hatten.

»Wie weit ist es?«, fragte er leise.

»Bis zur Kapelle?« Bräker überlegte. »Sechzig, siebzig

Kilometer«, sagte er dann. »Normalerweise eine Stunde, allerhöchstens. Aber mit dieser Kiste kommen wir keine zehn Kilometer mehr.«

»Noch läuft der Wagen.«

»Ja«, brummte Bräker. »Fragt sich nur, wie lange.« Er sah in den Rückspiegel, betätigte den Blinker, der wahrscheinlich sowieso nicht mehr funktionierte, und lenkte den Wagen auf die Überholspur. Weit vor ihnen tauchte ein blaues Autobahnschild auf.

Sie überholten einen grünen Mercedes, dessen Fahrer sie mit offenem Mund anstarrte und beinahe auf seinen Vordermann auffuhr, weil er nicht glauben konnte, was er sah. Mark lächelte schwach – aber nur für einen Augenblick. Dann wurde ihm klar, wie recht Bräker hatte. Selbst wenn ein Wunder geschah und der Wagen nicht schlichtweg an der nächsten Ecke auseinander fiel, sie würden nicht mehr allzu weit damit kommen. Sie fielen auf – vorsichtig ausgedrückt. »Können wir nicht ein Taxi nehmen – oder einen Mietwagen?«, fragte er.

»Mit Yezariael im Schlepptau?«, erwiderte Bräker. »Und nach dem, was gerade passiert ist?« Er lachte bitter. »Junge, wahrscheinlich haben sie jetzt schon eine Ringfahndung nach uns ausgelöst. Jeder Polizist im Umkreis von hundert Kilometern ist scharf auf unseren Skalp, Taxiunternehmen, Mietwagen, Bahnhöfe – das wird alles überwacht.«

»Aber die beiden Polizisten haben doch gesehen, was passiert ist!«, sagte Mark. »Ich meine, jetzt müssen sie uns doch glauben!«

»Ach?«, sagte Bräker spöttisch. »Müssen Sie das? Kein Mensch wird Meier glauben – falls er überhaupt so dumm ist zu erzählen, was er wirklich gesehen hat.«

»Und der andere?«

»Der hat gar nichts gesehen. Das Vieh war unsichtbar, schon vergessen?« Er deutete mit einer Kopfbewegung auf das Handschuhfach. »Klapp es bitte auf.«

Mark gehorchte. Hinter der Kunststoffklappe befand sich jedoch kein Handschuhfach, wie er vermutet hatte, sondern er sah die Bedienungsknöpfe eines Funkgeräts.

Auf Bräkers Bitte hin schaltete er es ein und reichte ihm das Mikrofon. Bräker drückte einen Knopf, und auf dem kleinen Gerät leuchtete eine grüne Lampe auf. Knisternde Störgeräusche und verzerrte Stimmen drangen aus dem Lautsprecher. Mark verstand kein Wort – das wenige, was das Gerät verständlich wiedergab, schien in einem Code abgefasst zu sein. Er hörte beinahe nur Zahlen und Straßenangaben.

Bräker hörte eine Weile gebannt zu, dann entspannte sich sein Gesichtsausdruck ein wenig. »Bis jetzt wissen sie anscheinend noch nichts«, sagte er. »Gut, eine kleine Chance haben wir also noch.« Er legte das Mikrofon weg, bog in die Autobahneinfahrt ein und schlug fröstelnd den Jackenkragen hoch. Durch das Loch, wo einmal die Fahrertür gewesen war, strömte kalte Luft ins Wageninnere. Dazu kam, dass das Heulen des Fahrtwindes jetzt so laut wurde, dass eine Verständigung fast nicht mehr möglich war.

Bräker beschleunigte weiter. Die Tachonadel kletterte auf siebzig, dann auf hundert Kilometer, und dann mischte sich ein mahlendes Knirschen in das Brummen des Motors. Bräker fluchte und ließ den Wagen wieder auf achtzig Kilometer zurückfallen. Das Geräusch wurde leiser, erstarb aber nicht mehr ganz.

»Kletter nach hinten!«, schrie Bräker über das Heulen und Pfeifen des Fahrtwindes hinweg. »Versuch ein bisschen zu schlafen! Ich wecke dich, wenn wir da sind!«

»Ich soll schlafen? Jetzt?«, schrie Mark zurück.

»Dann kümmere dich meinetwegen um deinen Freund!«, schrie Bräker. »Hinten ist es vielleicht ein bisschen wärmer. Und hier vorne kannst du doch nichts tun! Ich wecke dich, sobald wir die Autobahn verlassen!«

Mark gab es auf, Bräker widersprechen zu wollen. Er löste den Sicherheitsgurt, kletterte über die Lehne nach hinten und quetschte sich vorsichtig neben Yezariael. Der Gehörnte stöhnte im Schlaf, wachte aber nicht auf.

Es war tatsächlich ein wenig wärmer hier hinten. Nicht viel – aber bei der grausamen Kälte, die mittlerweile im Wageninneren herrschte, glaubte Mark jeden zusätzlichen

Grad zu spüren. Dazu kam, dass Yezariaels fiebernder Körper eine Hitze ausstrahlte, die er selbst durch ihre beiden Jacken hindurch fühlen konnte. Wäre Yezariael ein Mensch gewesen, dann wäre er längst an diesem Fieber gestorben. Mark beugte sich zur Seite, stemmte Yezariaels Körper behutsam hoch und bettete den Kopf des Gehörnten an seine Schulter. Yezariael stöhnte leise im Schlaf. Seine Hand bewegte sich, kroch auf die Marks zu und hielt sie fest.

Und nach wenigen Sekunden schlief Mark ein.

Und wachte wieder auf, als eine Hand an seiner Schulter rüttelte. Erschrocken fuhr er hoch, hob die Arme wie um einen Angreifer abzuwehren – und ließ sie wieder sinken, als er Bräker erkannte.

Der Motor lief noch, aber der Wagen stand, und im Licht des noch verbliebenen Scheinwerfers erkannte Mark das schneebedeckte Skelett eines Baumes statt der Autobahn.

»Sind wir da?«, fragte er.

Bräker schüttelte den Kopf. »Nein«, sagte er ernst. »Aber es geht los.« Er deutete auf das Funkgerät. »Sie haben gerade die Fahndung durchgegeben.«

»Wissen sie, wo wir sind?« Mark richtete sich erschrocken auf.

»Noch nicht«, antwortete Bräker. »Aber das ist nur eine Frage der Zeit. Ich schätze, dass wir mit dieser Kiste etlichen anderen Autofahrern aufgefallen sind.«

Mark löste behutsam Yezariaels Finger von seiner Hand, ließ den Gehörnten auf das Polster zurücksinken und kletterte wieder nach vorne.

»Und wo sind wir?«, fragte er.

»Es ist nicht mehr weit«, antwortete Bräker. »Ich kenne mich zwar nicht in dieser Gegend aus, aber nach der Karte dürften wir höchstens noch zehn Kilometer entfernt sein. Wenn es die richtige Kirche ist. Ich …«

Das Funkgerät knackte. »Bräker!«, sagte eine verzerrte Stimme. »Konrad eins an Konrad zweiundzwanzig. Kommissar Bräker, melden Sie sich! Hier spricht Könichsbacher! Ich weiß, dass Sie mich hören können!«

»Könichsbacher?«, fragte Mark stirnrunzelnd.

Bräker zog eine Grimasse. »Mein Chef«, sagte er. »Ein Ekel.«

»Oh«, sagte Mark nur. Jemanden, den Bräker als Ekel bezeichnete, wollte er lieber nicht kennen lernen. Was würde Bräker wohl tun?

»Bräker, zum Teufel!«, fuhr die Stimme im Funkempfänger fort. »Melden Sie sich wenigstens! Machen Sie doch alles nicht noch schlimmer.«

Bräker seufzte, hob das Mikrofon an die Lippen und drückte den Knopf.

»Konrad zweiundzwanzig hört«, sagte er.

»Bräker, wo sind Sie?«, fragte Könichsbacher in herrischem Ton.

»Tut mir Leid – aber das kann ich Ihnen nicht sagen«, antwortete Bräker.

»Was soll das heißen?«, brüllte Könichsbacher. »Hören Sie mir zu Bräker! Sie sind mit sofortiger Wirkung vom Dienst suspendiert, haben Sie das verstanden? Sie geben mir jetzt Ihre Position durch, oder ...«

»Das kann ich nicht«, unterbrach ihn Bräker ruhig, aber in so entschlossenem Ton, dass es Sekunden dauerte, bis die Antwort kam. Und plötzlich schrie Könichsbacher auch nicht mehr, sondern sprach beinahe freundlich.

»Was ist los mit Ihnen, Fred?«, fragte er. »Sie waren bis jetzt einer meiner zuverlässigsten Leute. Und nun ...«

»Ich kann Ihnen das im Augenblick nicht erklären«, fiel ihm Bräker erneut ins Wort. »Ich kann auch nicht zurückkommen. Jedenfalls jetzt nicht. Aber es ist alles ganz anders, als Sie glauben.«

»Seien Sie vernünftig, Bräker«, antwortete Könichsbacher. »Sie sollten am besten wissen, dass Sie keine Chance haben. Geben Sie auf. Wir können über alles reden, Mann. Ich verspreche Ihnen, dass ich mich für Sie einsetzen werde.« Seine Stimme wurde fast flehend. »Mensch, nehmen Sie doch Vernunft an! Was ist denn nur in Sie gefahren? Bis heute Morgen waren Sie mein bester Mann, und jetzt entführen Sie zwei Kinder, stehlen einen Polizeiwagen und schlagen zwei Ihrer Kollegen krankenhausreif – von der Geschichte in der Universität ganz zu schweigen.«

»Entführt?«, sagte Mark verblüfft. »Wovon redet der überhaupt?«

Bräker schwieg einen Moment. Nachdenklich sah er Mark an, dann Yezariael, der zusammengerollt auf dem Rücksitz schlief. Dann drückte er wieder auf den Knopf des Funkmikrofons. »Können wir ein Geschäft machen?«, fragte er.

»Was für ein Geschäft?«, erkundigte sich Könichsbacher misstrauisch.

»Ich komme zurück und bringe die beiden Jungen mit, wenn Sie mir eine halbe Stunde Zeit lassen«, sagte Bräker. »Keine Fahndung, keine Verfolger, keine Beschattung, dreißig Minuten.«

»Das kann ich nicht machen«, sagte Könichsbacher. »Und das wissen Sie besser als ich. Geben Sie auf.«

»Nein«, sagte Bräker.

»Dann haben Sie sich die Konsequenzen selbst zuzuschreiben«, antwortete Könichsbacher.

Bräker zuckte mit den Achseln, schaltete das Funkgerät ab und hängte das Mikrofon zurück. Er zog seinen Dienstausweis aus der Jackentasche, sah ihn mit einem wehmütigen Lächeln an und warf ihn in hohem Bogen aus dem Wagen. »Was tun Sie da?«, fragte Mark fassungslos.

»Ich habe soeben gekündigt«, antwortete Bräker.

»Aber das ist doch Unsinn«, protestierte Mark. »Sie haben uns doch nicht entführt! Und das mit den beiden Polizisten, das war doch ganz anders!«

»Und wer soll mir das glauben?«, fragte Bräker ruhig. Er schnitt Mark mit einer Handbewegung das Wort ab. »Lass gut sein, Junge. Ich weiß schon, was ich tue.« Er seufzte und legte den Gang ein. Klappernd und quietschend setzte sich der VW wieder in Bewegung.

Fast eine Viertelstunde lang fuhren sie schweigend durch die Dunkelheit. Die Straße war lang und gerade und düster wie ein Tunnel, denn sie führte geradewegs durch einen Wald, und die verschneiten Kronen der Bäume vereinigten sich über ihnen zu einem fast lückenlosen Dach. Bräkers Gesicht war starr. Er schien sich ganz auf das Fahren zu konzentrieren. Mark ahnte, was in dem Polizisten vorging. Er entschuldigte sich in Gedanken bei dem Polizisten für alles, was er je über ihn gedacht hatte. Was Bräker jetzt gerade getan hatte, war mehr, als die allermeisten anderen Menschen fertig gebracht hätten. Er hatte nicht nur einfach seinen Dienstausweis fortgeworfen, sondern sein ganzes Leben.

»Ich … ich werde alles aufklären«, sagte Mark. »Falls ich es überlebe.«

»Schon gut«, sagte Bräker. »Das ist jetzt egal. Weck lieber deinen Freund. Wir sind gleich da.«

Mark sah auf.

»Die Kapelle liegt mitten im Wald«, erklärte Bräker. »Wenn die Karte stimmt, noch ungefähr einen Kilometer weit. Aber das letzte Stück müssen wir laufen. Glaubst du, dass dein Freund das schafft?«

»Bestimmt«, sagte Mark. »Und wenn nicht, trage ich ihn.«

Bräker lachte. »Du siehst zu viele schlechte Filme«, sagte er trocken. »Wenn ihn irgendjemand trägt, dann ich.«

»Sie müssen nicht mitkommen«, sagte Mark ernst. »Ich glaube nicht, dass Sie mir helfen können. Sie wären nur in Gefahr.«

»Das bin ich sowieso«, erwiderte Bräker achselzuckend. »Entweder gerate ich drüben in Gefangenschaft oder hier.« Er lachte plötzlich laut und trat leicht auf die Bremse, als im Licht des Scheinwerfers ein bereits halbverblichenes Straßenschild vor ihnen auftauchte.

»Das ist es«, sagte er. »In zehn Minuten wissen wir, ob wir die richtige Kirche gefunden haben oder nicht.«

»Eß ißt tie rißtike«, sagte Yezariael vom Rücksitz aus.

Mark drehte überrascht den Kopf, und Bräker fragte: »Wieso kannst du das wissen?«

»Iß ßpüre eß«, antwortete Yezariael. »Er ißt hier. Unt er feiß, taß fir kommen.«

Bräker bremste, schaltete in den ersten Gang zurück –

das Getriebe knirschte hörbar – und sah in den Rückspiegel. Auch Mark drehte sich im Sitz herum und warf einen Blick zurück.

Hinter ihnen, noch weit entfernt, waren zwei grelle, stecknadelkopfgroße Lichtpunkte in der Dunkelheit aufgetaucht. Die Scheinwerfer eines Wagens. Und ein Stück darüber und genau zwischen ihnen flackerte ein blaues Licht.

»Verdammt«, murmelte Bräker. »Die haben mir gerade noch gefehlt!«

»Ihre Kollegen?«, fragte Mark.

Bräker nickte grimmig. »Wo kommen die denn plötzlich her? Ich möchte wissen, wie die so schnell unsere Spur aufgenommen haben.«

»Vielleicht haben Sie Ihr Funkgespräch mit Könichsbacher angepeilt«, vermutete Mark.

Bräker lachte. »So was klappt nur in Kriminalfilmen«, sagte er. »Halt dich fest.«

Er schaltete das Licht aus und gab Gas. Der Wagen machte einen Satz und raste von der Hauptstraße hinunter. Der Weg, der sie aufnahm, war wie ein schwarzes Loch in der Nacht, rechts und links der schmalen asphaltierten Spur standen die Bäume so dicht, dass sie wie eine Mauer wirkten. »Die sind schneller als wir«, sagte Mark besorgt, der die sie verfolgenden Lichtpunkte beobachtete.

Bräker zuckte mit den Schultern. »Möglich – aber mir macht im Moment etwas ganz anderes Sorgen. Wenn dein Bruder weiß, dass wir kommen, dann hat er mit Sicherheit ein paar kleine Überraschungen für uns vorbereitet«, sagte er. »Greif mal unter das Armaturenbrett, Junge.«

Mark tat, was Bräker verlangte, und beugte sich vor. Seine Finger ertasteten hartes, kaltes Metall.

»Nimm es raus. Rechts ist ein kleiner Hebel.«

Mark tastete weiter, fand den Hebel und zog daran. Zwei Sekunden später hielt er eine große, schwarzglänzende Maschinenpistole in den Händen. Er stieß einen anerkennenden Pfiff aus.

»Sei vorsichtig damit«, warnte ihn Bräker. »Sie ist geladen.«

»Gehört so was zur Standardausrüstung der Polizei?«, fragte Mark.

»Offiziell nicht«, antwortete Bräker, »aber ...«

Irgendetwas traf den Wald, den Wagen und die Straße, Bäume splitterten. Das ohnehin zerbeulte Dach des VW wurde gänzlich eingedrückt, und auch die letzten Glasreste spritzten aus den Fenstern. Der Wagen schlingerte, stellte sich quer, und eines der Räder brach ab und flog davon. Bräker schrie vor Schreck, während Mark nach vorne geschleudert wurde und halb unter das Armaturenbrett rollte. Der Wagen schlitterte weiter und prallte mit fürchterlicher Wucht gegen einen Baum.

Sekundenlang wagte Mark nicht, sich zu rühren. Er lag einfach mit geschlossenen Augen da und lauschte in sich hinein. Aber er schien zumindest ohne größere Verletzungen davongekommen zu sein.

Mühsam rollte er sich herum, versuchte sich aufzurichten und stieß sich dabei kräftig den Kopf an einem Teil des Wagendaches an, das nicht mehr da war, wo es eigentlich sein sollte, sondern einen guten halben Meter tiefer. Er hörte Geräusche: Bräkers Stimme, die gedämpft vor sich hin fluchte, und zornige Worte in einer unverständlichen Sprache, die nur aus lispelnden und zischelnden Lauten zu bestehen schien. Also waren die beiden anderen zumindest noch am Leben.

Mark drehte und wand sich so lange unter dem zusammengedrückten Wagendach, bis er einen Weg ins Freie gefunden hatte. Auf Händen und Knien kroch er ein Stück von dem Autowrack weg und richtete sich auf.

Yezariael stand nur ein paar Meter neben ihm und blickte mit finsterem Gesicht auf das, was von dem VW übrig geblieben war, und Bräker schien aus dem Wagen geschleudert worden zu sein, denn er lag etliche Meter entfernt in einem stacheligen Busch. Wald und Wagen boten einen fürchterlichen Anblick: Auf einer Länge von gut hundert Metern waren die Baumwipfel von jeglichem Schnee und dem Großteil ihrer Äste befreit, als hätte sie ein unsichtbarer Hammer getroffen. Derselbe Hammer war auch auf die

Straße niedergefahren – aus dem schmalen Asphaltband war ein Muster aus mehr oder weniger großen Trümmerstücken geworden. Und der Wagen selbst …

Je länger Mark ihn betrachtete, desto unwahrscheinlicher kam es ihm vor, dass überhaupt einer von ihnen lebend herausgekommen war, geschweige denn alle drei. Der VW sah aus, als hätte ein Riese von der Größe des Kölner Doms ihn als Fußabstreifer benutzt: Das Dach war fast bis auf die Sitze heruntergedrückt worden und zerknüllt wie dünnes Stanniolpapier. Beide Achsen waren gebrochen, und die beiden Räder, die er noch hatte, fast bis zur Radnabe in den Boden hineingehämmert. Dampf stieg aus der auseinander geplatzten Motorhaube.

»Na?«, fragte Yezariael spitz. »Klaupst tu mir jetßt, taß fir auf tem rißtiken Wek ßint?«

Mark antwortete nicht, sondern stand auf, ging zu Bräker und streckte die Hand aus, um ihm auf die Füße zu helfen. Bräker bedachte ihn mit einem bitterbösen Blick, ignorierte seine Geste und stand aus eigener Kraft auf. Er wurde bleich, als sein Blick den zermalmten Golf streifte.

Aber er sagte kein Wort, sondern ging zu dem Autowrack, wo er eine Zeit lang murmelnd in den zertrümmerten Überresten des Wagens herumsuchte. Endlich richtete er sich mit einem zufriedenen Laut wieder auf und hielt etwas Schwarzes, Glänzendes in der Hand. Die Maschinenpistole. Plötzlich erfüllte dieser Anblick Mark mit großem Unbehagen. In die Geräusche des Waldes mischte sich plötzlich ein neuer, jaulender Laut. Mark sah erschrocken auf. Nach ein paar Augenblicken gewahrte er ein zuckendes blaues Licht, das sich ihnen näherte.

»Taß ßint Ihre Freunte«, sagte Yezariael an Bräker gewandt. Der Polizeibeamte runzelte die Stirn und deutete dann in die entgegengesetzte Richtung. »Los. Es ist nicht mehr weit. Das hier wird sie sicher eine Weile aufhalten. Vielleicht schaffen wir es noch.«

Sie rannten los, so schnell sie konnten. Das Heulen der Sirene kam rasch näher und brach dann plötzlich ab. Offensichtlich hatte der Streifenwagen den zerschmetterten Golf entdeckt und angehalten. Wahrscheinlich würde der Anblick des völlig zertrümmerten Wagens die Männer eine Zeit lang beschäftigen. Vielleicht verzichteten sie sogar ganz darauf, sie zu verfolgen. Und wenn, dann mussten sie wohl oder übel zu Fuß gehen, wie sie selbst. Die Straße war so zerschmettert, dass man sie höchstens noch mit einem Kettenfahrzeug befahren konnte, nicht mehr mit einem Personenwagen.

Wie auf ein Stichwort hin stolperte Mark. Er fiel nicht, sondern fand mit einem hastigen Schritt sein Gleichgewicht wieder, aber er hatte es kaum geschafft, da geriet Yezariael ins Stolpern und prallte so heftig gegen Bräker, dass er ihn fast mit sich zu Boden gerissen hätte.

»He!«, beschwerte sich Bräker. »Was be…«

Er brach mitten im Wort ab, als er sah, dass Yezariael nicht zufällig gestolpert war – ebenso wenig wie Mark.

Aus dem Boden kroch etwas heraus.

Im ersten Moment dachte Mark, es wäre eine Schlange, dann erkannte er, dass es dazu zu unbeweglich war und außerdem mehrfach verästelt, und auch die Farbe stimmte nicht. Es waren Wurzeln. Vermutlich die Wurzeln der Bäume, die rechts und links der Straße wuchsen. Sie mussten sich geduldig unter dem Asphalt weitergeschoben haben, und jetzt, als Thomas' Magie diese künstliche, erstickende Decke endlich zerschmettert hatte, quollen sie ans Tageslicht.

»Da ist noch mehr von dem Zeug«, sagte Bräker und deutete den Weg hinunter. Marks Blick folgte der Geste, und tatsächlich entdeckte er jetzt überall dünne, gebogene Wurzelstränge, die sich zwischen den Trümmern der Asphaltdecke hervorschlängelten und ein ganzes Labyrinth gefährlicher Fallen bildeten. »Seid vorsichtig«, sagte Bräker. »Und beeilt euch. Wir kriegen gleich lieben Besuch.«

Damit meinte er zweifellos seine Kollegen in dem Streifenwagen, nur ein paar hundert Meter hinter ihnen. So schnell es der Teppich aus Wurzeln zuließ, eilten sie weiter.

Das braune Gewirr wurde immer dichter, und sie mussten immer öfter gefährlichen Schlingen ausweichen, sodass sie am Vorwärtskommen erheblich gehindert wurden.

Marks einziger Trost war, dass die ihnen folgenden Polizisten mit denselben Schwierigkeiten zu kämpfen haben würden.

Und es wurde immer schlimmer. Mark war sicher, dass der Wurzelteppich vorhin, als er das erste Mal hingeblickt hatte, nicht halb so dicht gewesen war wie jetzt. Und auch der Weg kam ihm merklich schmaler vor.

Er schien nicht der Einzige zu sein, der diesen Eindruck hatte. Bräker fluchte lautstark, während er mit grotesken, weit ausgreifenden Storchenschritten durch das Gewirr aus Wurzeln und Unkraut schritt, das die Straße jetzt fast völlig verschlang. »Verdammt, wo kommt dieses elende Zeug plötzlich her?«, schimpfte er. »Das scheint ja mit Lichtgeschwindigkeit zu wachsen!«

Mark lächelte flüchtig – und dann gefror sein Lächeln zu einer Grimasse, als ihm klar wurde, dass Bräkers Worte der Wahrheit näher kamen, als dieser auch nur ahnte.

Denn genau das war die Erklärung.

Die Wurzeln wuchsen.

Mark blieb stehen, ging in die Hocke und besah sich einen der dünnen, knorrigen Wurzelstränge genauer – und was er sah, das ließ ihn ungläubig die Luft anhalten.

Die Wurzel wuchs tatsächlich. Und zwar so schnell, dass man im wahrsten Sinne des Wortes dabei zusehen konnte. Und als er aufschaute und Bräker zuwinkte, um ihm von seiner Entdeckung zu berichten, da sah er, dass sich auch der Wald beiderseits der Straße verändert hatte: Er war viel dichter geworden. Zwischen den einzelnen Bäumen, die die Straße säumten, war jetzt kaum noch Platz, und das Unterholz wirkte wie eine Mauer.

»Was ist das?«, flüsterte Bräker. Auch er war stehen geblieben und sah sich nervös um. Mark konnte sein Gesicht nicht erkennen, aber seine Stimme zitterte vor Furcht. »Mein Gott, was geht hier vor?«

»Er veräntert tie Sseit«, lispelte Yezariael.

»Was?«, Bräker fuhr herum und starrte den Gehörnten aus ungläubig geweiteten Augen an. Er versuchte zu lachen, aber es misslang kläglich. »Das ist doch Unsinn!«

Aber Yezariael hatte Recht. Der Wald alterte. Millionen Mal schneller, als normal gewesen wäre. Die Straße war bereits jetzt auf weniger als die Hälfte ihrer ursprünglichen Breite zusammengeschrumpft, und sie wurde mit jedem Augenblick schmaler. Mark sah, wie sich Wurzeln und dürre, zitternde Äste auf den Weg hinausschoben wie tastende Hände. Und erst jetzt fiel ihm ein Geräusch auf, das neu war: ein gedämpftes Rascheln und Wispern, das aus den Baumkronen hoch über ihren Köpfen drang. Erschrocken legte er den Kopf in den Nacken.

Der Himmel war verschwunden. Die schmale Lücke, die noch zwischen den Baumkronen gewesen war, hatte sich geschlossen, sodass sie nun wirklich durch einen Tunnel gingen; einen Tunnel, dessen Wände lebten und sich langsam, aber unaufhaltsam auf sie zubewegten.

Mark schätzte, dass ihnen allerhöchstens noch Minuten blieben, bis der wachsende Wald den Weg vollends verschlungen haben würde. Er wusste nicht, was dann geschah – vielleicht würden sie einfach zerquetscht werden oder ersticken ...

Ohne ein Wort rannte er los, und Yezariael und Bräker folgten ihm.

Der Wald schob sich noch weiter auf die Straße hinaus, und auch das Dach aus sich berührenden und ineinander wachsenden Baumkronen senkte sich ganz langsam durch die Zeit – binnen Sekunden verstrichen Jahrtausende rings um sie herum. Mark war sicher, dass sie es nicht schaffen würden. Er sollte Recht behalten. Sie waren noch keine Minute gelaufen, als sich die künstlich geschaffene Lücke zwischen den Bäumen geschlossen hatte. Es gab keine Straße mehr.

Doch wer immer in die Zeit eingegriffen hatte, seine Rechnung ging nicht auf. Der Wald alterte mit fantastischer Schnelligkeit, doch fast ebenso schnell verrotteten Buschwerk und Pflanzen, und die Baumstämme überschritten nie einen gewissen Umfang, sodass es immer wieder ein Lücke gab, durch die sie hindurchschlüpfen konnten.

Sie waren alle drei blutig und zerkratzt und am Ende ihrer Kräfte, als sich der Wald endlich wieder zu lichten begann und es vor ihnen hell durch die Bäume schimmerte. Yezariael machte Mark große Sorgen. Der Gehörnte taumelte mehr, als er ging und blieb immer wieder schwer atmend und zitternd vor Erschöpfung stehen.

Mark trat rasch auf ihn zu, ergriff ihn wortlos bei beiden Armen und legte ihn sich über die Schultern. Yezariael protestierte nicht, sondern lächelte im Gegenteil dankbar.

Sie näherten sich dem Waldrand, und Bräker gab Mark und Yezariael mit einer Geste zu verstehen, dass sie anhalten und einen Moment auf ihn warten sollten. Geduckt verschwand er im Unterholz, kehrte nach wenigen Augenblicken zurück und deutete mit finsterer Miene hinter sich. »Wir sind da«, sagte er. »Und wenn ihr mich fragt, dann ist es die Richtige.« Er wollte noch mehr sagen, aber er verstummte plötzlich.

Ein bleicher, runder Lichtfleck mit einem dunklen Zentrum huschte über die Blätter und Zweige neben ihnen. Für den Bruchteil einer Sekunde streifte er Yezariael, glitt weiter und kehrte noch einmal zu der Stelle zurück, an der er auf das Gesicht des Gehörnten gefallen war. Mark ließ sich hastig in die Hocke sinken und zog Yezariael mit sich. Der Lichtstrahl riss diesmal nichts als dorniges Gestrüpp und Schnee aus der Nacht.

»Faß iß taß?«, wisperte Yezariael.

Bräker lächelte schief. »Heute Morgen waren es noch meine Freunde«, sagte er grimmig. »Was sie jetzt sind, weiß ich nicht. Kommt!«

Vorsichtig schlichen sie weiter. Sie hörten jetzt murmelnde Stimmen – es mussten vier oder fünf Männer sein, die nicht mehr allzu weit hinter ihnen waren, und immer wieder glitt der Lichtkegel einer Taschenlampe in ihrer Nähe vorbei.

Endlich erreichten sie den Waldrand. Und als Mark die Kapelle sah, da begriff er mit einem Schlag, was Bräker gemeint hatte, als er sagte: »Wenn ihr mich fragt, dann ist es die Richtige.«

Es gab überhaupt keinen Zweifel. Es war die Kapelle.

Aber es war auch gleichzeitig ein Albtraum.

Sie war sehr klein, und obwohl es Nacht war und Mark sie nur undeutlich erkennen konnte, strahlte sie etwas Majestätisches, unbeschreiblich Ehrfurchtgebietendes aus.

Und den Atem des Greif.

Er lag wie ein Pesthauch über der unregelmäßig geformten Lichtung, auf der sich die Kapelle erhob, ein dunkler, brodelnder Odem, der so deutlich zu spüren war, dass sich etwas in Mark wie unter einem Hieb zusammenzog.

Er hatte so etwas noch nie zuvor erlebt: Der dunkle Umriss dort drüben schien gleichzeitig das Schönste wie das Abstoßendste zu sein, das er jemals erblickt hatte, er strahlte etwas unbeschreiblich Verlockendes, aber auch eine eindeutige Warnung aus, nicht näher zu kommen. Vielleicht lag es daran, dass diese Kapelle der einzige Ort auf der Welt war, der gleichzeitig in zwei Wirklichkeiten lag, Teil seiner eigenen, aber auch Teil der Welt der Albträume war, Licht und Schatten, die sich zu etwas vollkommen Neuem und vielleicht Gefährlichem vermischten.

»Ich danke Ihnen«, sagte Mark zu Bräker. »Ohne Sie hätten wir es niemals geschafft.«

Bräker schien nicht ganz zu begreifen, was er damit meinte. Er sah ihn fragend an.

»Sie können nicht mitkommen«, fügte Mark hinzu.

»Und ob ich das kann«, behauptete Bräker. »Soll ich es dir beweisen?«

»Thomas würde Sie töten«, sagte Mark ernst. »Er wartet auf uns, das spüre ich.«

»Unt er ißt nißt allein«, fügte Yezariael hinzu.

»Du meinst, da sind noch mehr …« Bräker suchte nach Worten und sagte schließlich in einem Ton, als wäre ihm allein diese Formulierung schon unangenehm, »… Geschöpfe?«

»Worauf Sie sich verlassen können«, bestätigte Mark. »Er hat eines von seinen Monstern zu uns in die Stadt geschickt

– was glauben Sie, was er hier tun kann?« Er deutete auf die Kapelle. »Hier ist er im Zentrum seiner Macht.«

»Und du willst es allein auskämpfen?«

»Wir«, verbesserte ihn Mark. »Yezariael und ich.«

Bräker zögerte. Es dauerte lange, bis er antwortete, und Mark spürte, wie schwer es ihm fiel, die Worte auszusprechen. »Ich kann nicht hier bleiben, Junge«, sagte er. »Nicht nach dem, was passiert ist. Wie soll ich das alles erklären?«

»Gar nicht«, antwortete Mark. »Ich hole Sie nach – wenn ich es schaffe.«

»Und wenn nicht?«

Darauf antwortete Mark nicht. Er lächelte Bräker zum Abschied zu, fasste Yezariaels Hand fester, die von seiner Schulter hing, und rannte los.

Die Lichtung war nicht groß, und selbst mit Yezariael auf den Schultern hätte er normalerweise nicht einmal eine Minute gebraucht, um das kurze Stück zu überwinden. Aber etwas Sonderbares geschah: Je weiter er lief, desto länger schien die Strecke zu werden, die noch vor ihm lag. Und das Gehen wurde immer schwerer. Unter dem schneebedeckten Gras verbargen sich Wurzeln und Mauerreste, sodass er immer öfter stolperte oder sich schmerzhaft Zehen und Schienbeine anstieß, und jeder Schritt kostete ihn plötzlich soviel Kraft, als schleppe er sich einen steilen Berghang hinauf. Sein Atem ging keuchend. Yezariaels Körper schien mit einem Mal Tonnen zu wiegen.

Nach ein paar Augenblicken blieb er stehen und drehte sich schweratmend um.

Sie waren nur ein paar Schritte vom Waldrand entfernt, noch immer so nahe, dass er Bräkers Schatten erkennen konnte, der geduckt zwischen zwei Büschen hockte. Und als er sich wieder zur Kapelle herumdrehte, stellte er fest, dass sie kaum näher gekommen war. Und noch etwas fiel ihm auf: Es war zu still. Der Wind war erloschen, und im Wald und in den Baumkronen rührte sich kein einziges Blatt. Alles schien erstarrt, als liefe die Zeit nun umgekehrt wie vorhin Millionen Mal langsamer ab, als normal war. Auch Bräkers Schatten rührte sich nicht.

»Meinetwegen, Brüderchen«, knurrte Mark wütend. »Greif nur ruhig tief in deine Trickkiste. Ich krieg dich ja doch.«

»Mit fem ßprißt tu ta?«, fragte Yezariael verwundert.

»Mit niemandem«, antwortete Mark knapp.

Er schleppte sich weiter. Die Kapelle kam jetzt näher, aber nur mit quälender Langsamkeit – Mark blieb von Zeit zu Zeit stehen und sah zum Waldrand zurück, um sich zu orientieren: Ganz allmählich entfernten sie sich von der Stelle, von der sie aufgebrochen waren. Es war nur eine weitere Illusion, mit der Thomas ihn zu narren versuchte.

Mark schätzte, dass sie ungefähr die halbe Strecke zur Kapelle zurückgelegt hatten, als Yezariael plötzlich einen spitzen Schrei ausstieß. Erschrocken fuhr er hoch.

Mit einem einzigen Schlag war alles wieder normal. Sie befanden sich mitten auf der Lichtung, der Kapelle schon etwas näher als dem Waldrand, und plötzlich bewegte sich auch Bräkers Schatten wieder, und Mark hörte, dass er ihnen etwas zurief, konnte die Worte aber nicht verstehen.

Nur ein kleines Stück neben Bräkers kauerndem Schatten riss etwas das Unterholz auseinander. Schnee und pulvriges Eis stoben hoch, Äste wurden mit brutaler Kraft zur Seite gebogen und zerfetzt – aber nichts war zu sehen. Dafür spürte Mark umso deutlicher, wie sich ihnen etwas näherte.

»Er hat unß einkeholt!«, schrie Yezariael mit überschnappender Stimme, und auch Mark erkannte, was geschah: Es war der Unsichtbare, dem sie mit Müh und Not entkommen waren. Im unberührten Schnee der Lichtung waren seine Spuren deutlich zu sehen. Sie bewegten sich auf ihn und Yezariael zu. Rasend schnell.

In einer einzigen Bewegung ließ Mark Yezariael zu Boden gleiten und warf sich gleichzeitig in die entgegengesetzte Richtung. Etwas Gewaltiges bewegte sich mit unvorstellbarer Schnelligkeit an ihm vorüber, ein höllisch heißer Luftzug streifte ihn, und etwas riss den rechten Ärmel seiner Jacke von der Schulter bis zum Ärmel auf. Mark stürzte, sprang blitzschnell wieder auf die Füße und sah, wie die

Spuren des Unsichtbaren noch ein Stück weit auf die Lichtung hinausführten und dann mit fantastischer Schnelligkeit kehrtmachten.

»Hinlegen!«, brüllte eine Stimme hinter ihm.

Mark gehorchte ganz instinktiv, und Bräker begann zu schießen. Eine Salve aus der Maschinenpistole donnerte über die Lichtung. Funken sprühten in alle Richtungen, als die Kugeln auf den unsichtbaren Körper trafen und davon abprallten. Ein fürchterliches Brüllen und Kreischen erscholl, und wo die Funken gewesen waren, wuchsen plötzlich dunkelrote, glitzernde Flecke in der Luft.

Der Unsichtbare taumelte. Zwei seiner Arme, durch sein eigenes Blut in Umrissen sichtbar geworden, peitschten weniger als einen Meter vor Marks Gesicht hilflos durch die leere Luft, und sein Brüllen klang plötzlich nicht mehr drohend. Er torkelte, wankte ziellos an Mark vorbei und blieb schwankend stehen.

Aber die Gefahr war keineswegs gebannt. Mark sah, dass sich die Wunden des Monsters offenbar fast so schnell wieder schlossen, wie sie entstanden waren, denn die dunklen Flecke in der Leere verblassten einer nach dem anderen. Es war wohl so, wie er die ganze Zeit über vermutet hatte: Mit Waffen aus ihrer Welt war den Ungeheuern aus dem Schwarzen Turm nicht beizukommen.

Hastig sprang er hoch und lief zu Yezariael hinüber. Der Gehörnte hatte Mühe, sich aus eigener Kraft zu erheben. Mark griff unter seine Achseln und zerrte ihn keuchend in die Höhe. Yezariael Körper schien mit jedem Augenblick schwerer zu werden. Mark hätte schwören können, dass er vorhin, als er ihn über die Lichtung getragen hatte, nicht die Hälfte wog.

Und genauso war es.

Mark erkannte die Wahrheit, als seine Hand die des Gehörnten streifte.

Yezariaels Haut war nicht mehr heiß. Sie war kalt und rau und hart wie Stein.

Der Gehörnte erstarrte. Yezariael verwandelte sich in das zurück, waraus er entstanden war: in Stein.

»Nein!«, schrie Mark erschrocken. »Nein, Yezariael. Nicht jetzt! Wir sind gleich dort! Nur noch ein paar Meter!«

Yezariaels Lippen bewegten sich, aber Mark hörte keinen Laut. Das Gesicht des Gehörnten wurde grau, und das Leben wich aus seinen Augen. Das Gewicht in Marks Händen wurde unerträglich. Er wusste, dass er es nicht schaffen würde.

»Bräker!«, schrie er. »Helfen Sie mir!«

Der Polizist löste sich aus seinem Versteck am Waldrand, gab im Laufen noch zwei weitere Schüsse auf den Unsichtbaren ab und stieß ein neues Magazin in seine Waffe, ehe er neben Mark stehen blieb. Er schien die Lage mit einem einzigen Blick zu erfassen, denn er ergriff Yezariaels linken Arm und zerrte mit aller Kraft, während Mark die rechte Hand des Gehörnten gepackt hielt. Yezariael war jetzt so schwer, dass sie ihn selbst gemeinsam nicht mehr tragen konnten, sondern ihn zwischen sich herschleiften.

»Schnell!«, schrie Mark verzweifelt. »Er stirbt!«

Sie waren noch fünf Meter vom Eingang der Kapelle entfernt, dann noch drei – und dann wich die Nacht einem gleißenden, unerträglich grellen Licht, das wie mit Messern in ihre Augen stach. Ein dumpfes Heulen und Brüllen erklang, als hätte Thomas nun sämtliche Dämonen der Hölle entfesselt, um sie zu vernichten. Aus dem Nichts heraus flammte eine grellweiße Sonne über der Lichtung auf, begleitet von einem wahren Tornado, der sie fast von den Füßen riss.

»Keine Bewegung!«, erklang eine dröhnende Stimme. »Bleiben Sie stehen, wo Sie sind, oder wir machen von der Schusswaffe Gebrauch!«

Mark hob den Kopf und blinzelte aus tränenden Augen in das unerträgliche Licht. Der Dämon, der sich fauchend und brüllend auf die Lichtung herabsenkte, bestand aus Metall und Glas und Kunststoff, und die grelle Sonne war ein Suchscheinwerfer, dessen Kegel sie erfasst hatte. Ganz schwach konnte Mark die weiße Beschriftung ›Polizei‹ auf dem Heck des Hubschraubers erkennen. Die Maschine hing einen Moment lang regungslos über ihnen, schwenkte dann langsam herum und sank gleichzeitig tiefer, ohne dass sich der Suchstrahl auch nur einen Sekundenbruchteil von Bräker, Yezariael und ihm löste – und prallte gegen ein unsichtbares Hindernis.

Einen Moment lang hatte Mark Angst, der Hubschrauber würde einfach explodieren. Er schwankte so wild, als wäre er von einem Kanonenschuss getroffen worden, näherte sich bedrohlich auf und ab hüpfend dem Waldrand – und setzte mit einem fürchterlichen Ruck auf. Die Rotoren begannen heulend auszulaufen, als der Pilot mit verzweifelter Hast den Motor abschaltete, ehe er sich mit einem Satz aus der Maschine warf und in Sicherheit brachte.

Der Unsichtbare hatte weniger Glück. Er hatte den Anprall des Wagens überstanden, Bräkers Schüsse und sogar die MP-Salve – aber der Helikopter war zu viel. Er blieb auch im Tode unsichtbar, aber über die Lichtung flog eine Wolke von Horn- und Chitinsplittern, und der Schnee färbte sich in weitem Umkreis rot, wo Monster und Maschine aufeinander geprallt waren.

Und endlich hatten sie die Tür erreicht. Mark und Bräker zerrten den jetzt fast völlig versteinerten Gehörnten hindurch. Mit einem erschöpften Seufzen ließ Mark Yezariaels Arm los, wankte und fand im letzten Moment am Türrahmen Halt. Alles drehte sich um ihn. Er registrierte kaum, dass Bräker etwas zu ihm sagte. Erst als der Polizeibeamte ihn unsanft an der Schulter rüttelte, wurde ihm der drängende Ton in Bräkers Stimme bewusst.

Es war immer noch nicht vorbei. Der Hubschrauber stand ein wenig schräg vor dem Waldrand. Der große Rotor drehte sich noch langsam, während das Heck mit dem kleinen Stabilisierungspropeller nur noch ein Wust aus Trümmerstücken und Schrott war – aber nun kamen Gestalten in grünen Uniformen aus dem Wald und rannten auf die Kapelle zu. »Lauf!«, schrie Bräker. »Ich versuche sie aufzuhalten!« Mark blickte auf Yezariael hinunter. Seine Augen waren leblos, und seine Haut hatte noch immer einen ungesunden, grauen Schimmer. Aber Mark sah, dass der Versteinerungsprozess zum Stillstand gekommen war.

»Er wird dir folgen, sobald er kann«, sagte Bräker hastig. »Los!«

Mark drehte sich herum. Er hatte noch keine drei Schritte gemacht, als Bräker ihn noch einmal zurückrief: »He!«

Mark wandte sich um. Bräker grinste wie ein Schuljunge. »Viel Glück, Kleiner«, sagte er. »Hier, das kannst du bestimmt besser brauchen als ich.«

Mark streckte die Hand aus. Etwas Dunkles, Glänzendes flog auf ihn zu, und als er es auffing, war es so schwer, dass er ein paar Schritte zurücktaumelte. Und irgendwoher nahm er das Wissen, dass es ihm überhaupt nichts helfen würde, dort, wo er hinging.

Trotzdem lächelte er Bräker dankbar zu und ergriff die Maschinenpistole mit beiden Händen, als er sich umwandte und mit festen Schritten losging.

Der Palast des Ungeheuers

Es wurde sehr still. Mit jedem Schritt, den Mark weiter in die Kapelle hineintrat, blieben die Geräusche hinter ihm zurück, als hätte er nicht gerade einen Meter, sondern die hundertfache Strecke hinter sich gebracht. Auch mit dem Licht geschah etwas. Es veränderte sich, es schien ihm klarer, reiner zu sein.

Nach einer Weile blieb er stehen und sah sich um. Vor ihm, in der Richtung, in der er sich bisher bewegt hatte, lag anstelle des Altars ein schwarzer, düsterer Block, der nicht so recht in diese Umgebung passen wollte und von verzierten Säulen flankiert wurde; dahinter ein winziges Fenster, durch das das blasse Licht des Mondes und der helle Widerschein des Schnees hereinfielen, und das alles war keine zehn Schritte von ihm entfernt. Aber als er sich herumdrehte, da erkannte er die Tür der Kapelle nur noch als winzigen Lichtfleck, in dem Bräker und seine Kollegen, die ihn umringten und festhielten, mehr zu erahnen als wirklich noch zu erkennen waren.

Er ging weiter auf den Altar zu. Obwohl er rasch ausschritt, kam der Altar nicht sichtbar näher – es war der gleiche unheimliche Effekt wie draußen auf der Lichtung –, er bewegte sich von der Stelle, aber sein Ziel schien sich im gleichen Tempo von ihm zu entfernen, in dem er darauf zuging. Aber irgendwie spürte er, dass es diesmal nicht die finstere Magie seines Bruders war, sondern etwas Natürliches, etwas, was so zu diesem Ort gehörte wie die Schwärze und die sonderbare Klarheit der Luft.

Als er sich endlich dem Altar näherte und noch einmal stehen blieb, um zu Bräker und Yezariael zurückzublicken, da war der Ausgang der Kapelle vollends verschwunden – hinter ihm waren nur noch die einfachen, aus Holz gezimmerten Bänke, vier, fünf Reihen, und dahinter ... Es war ihm unmöglich, in Worte zu fassen, was er sah. Da war etwas, ganz eindeutig, aber es entsprach nichts, was er jemals gesehen hatte, sondern war Teil einer Welt, die so fremd und bizarr sein musste, dass der menschliche Geist und menschliche Worte nicht ausreichten, sie zu beschreiben. Aber sie hatte nichts Bedrohliches oder Unheimliches. Vielleicht war das, was er jetzt sah, das, was die Universen voneinander trennte. Als er sich wieder herumdrehte, war der Altar verschwunden. An seiner Stelle erhob sich eine glatte, endlos hohe Wand aus Steinen von der Farbe der Nacht, in die eine schwere Eisentür eingelassen war. Ein mächtiger Riegel versperrte sie, aber er bewegte sich wie von Geisterhand, als Mark den Arm ausstreckte. Lautlos schwang die Tür auf. Rotes Licht und ein unheimlicher, warmer Hauch schlugen ihm entgegen.

Zögernd trat er durch die Tür. Düsteres, rotes Licht erfüllte den endlosen Gang, in den er hineinblickte. Weit entfernt glaubte er Bewegung auszumachen und unheimliche, schwere Laute drangen an sein Ohr. Es klang wie das Atmen eines Riesen, aber auch wie Herzschlag, dann wie das Stöhnen eines ungeheuerlichen Wesens, das sich in grauenvoller Pein wand.

Mark erkannte diesen Gang, denn er war schon einmal hier gewesen – es war der Gang, der zum Thronsaal des

Greif führte. Und er wusste, dass es kein Zurück mehr gab, wenn er jetzt vollends durch diese Tür trat.

Obwohl er wusste, dass sie ihm hier nichts nützen würde, ihm aber das Gewicht in seinen Händen die Illusion von Sicherheit gab, hob er die Maschinenpistole und legte den Zeigefinger um den Abzug. Wenn dieser Stollen eine Falle war, dann war sie so geschickt aufgestellt, dass er sie nicht erkannte. Aber Mark war gar nicht mehr so sicher, dass er in eine Falle lief. Das war etwas, was er die ganze Zeit über gespürt hatte, aber die Ereignisse hatten sich einfach zu schnell überschlagen, als dass er Zeit gefunden hätte, den Gedanken in sein Bewusstsein dringen zu lassen:

Es war zu leicht gewesen.

Trotz aller Hindernisse, die ihnen Thomas in den Weg gelegt hatte, trotz aller Magie und aller Monster, war es zu leicht gewesen. Thomas hatte bewiesen, dass er die Magie des Turmes mittlerweile sogar besser beherrschte als der Greif – hätte er wirklich gewollt, dann hätte er ihnen nicht ein, sondern tausend Ungeheuer entgegenwerfen können, alle Dämonen der Hölle. Nein, dachte Mark, wenn ich so weit gekommen bin, dann nur aus einem einzigen Grund: weil mein Bruder es zugelassen hat.

Der Gedanke erfüllte ihn mit Misstrauen, aber auch mit Zorn, denn er bedeutete nichts anderes, als dass Thomas die ganze Zeit über nur mit ihm gespielt hatte wie eine Katze mit einer Maus. Aber warum?

Die Antwort lag vor ihm, am Ende dieses Ganges. Mit einem entschlossenen Schritt trat Mark in den Stollen hinein. Hinter ihm schlug die Tür mit dumpfem Dröhnen zu, und er musste sich nicht einmal herumdrehen, um zu wissen, dass sie verschwunden war. Es gab jetzt kein Zurück mehr. Vorsichtig, mit klopfendem Herzen ging er weiter.

Der Gang führte hundert Meter gerade und leicht abfallend in die Tiefe, dann kam Mark an eine Abzweigung. Instinktiv spürte er, in welche Richtung er gehen musste. Es war, als riefe ihn etwas; eine Stimme, die ihm lautlos zuflüsterte, wohin er seine Schritte zu lenken hatte, und die nicht aus ihm selbst kam. Es war lange her, dass er dieses Wissen das letzte Mal gespürt hatte, aber jetzt war es wieder da: der vielleicht unheimlichste Teil seines Erbes, das angeborene Wissen um den Turm und seine Geheimnisse, das ihn seinen Weg mit der gleichen Sicherheit finden ließ wie damals, als er das erste Mal in Sarns Sklavenstadt gewesen war.

Er erreichte eine weitere Abzweigung, wandte sich nach rechts und blieb stehen, als eine Tür in der Wand des Stollens neben ihm auftauchte. Es war nicht die Tür zum Thronsaal, aber er spürte, dass er sie öffnen sollte. Dahinter lag etwas, was wichtig war. Nicht nur für ihn.

Zögernd drückte er die Tür mit der freien Hand auf und trat in den winzigen Raum dahinter hinein. Es war nur eine Kammer, kaum fünf Schritte groß und vollkommen leer. Aber in ihrer gegenüberliegenden Wand lag ein oben spitz zulaufendes Fenster, und als Mark hinüberging und hinausblickte, begriff er, warum ihn die lautlose Stimme gedrängt hatte, hier hereinzukommen.

Unter ihm lag Sarns Stadt. Er konnte die lebenden Häuser sehen und die rot glühenden Risse und Schründe dazwischen, aus denen das Feuer der Hölle hervorwaberte. Aber das war nicht alles.

Zwischen den Häusern war Bewegung: winzige, dunkle Punkte, die mit hektischen Bewegungen hin und her flitzten, Staub und schwarzer Qualm, das Aufblitzen von Metall, Schreie und dumpfe, krachende Laute, die er nur zu gut kannte …

In der Stadt der Dämonen tobte eine erbitterte Schlacht. Und es waren nicht nur Menschen, die kämpften. Zwischen den Gestalten in silbern schimmernden Rüstungen erblickte er andere Umrisse, Geschöpfe, die weder Menschen noch Gehörnte waren, sondern finstere Kreaturen von bizarrer Form, deren bloßer Anblick ihm Übelkeit bereitete und die wie Berserker unter ihren menschlichen Gegnern wüteten. Was geschieht hier?, dachte Mark entsetzt. Welche Gewalten hat Thomas in seinem Wahn herausgefordert?!

Mit einem Ruck wandte er sich vom Fenster ab.

Er war nicht mehr allein. Ohne dass er es bemerkt hatte, hatten zwei Detektiv-Wesen die Kammer betreten, zwei besonders große, muskulöse Exemplare dieser erschreckenden Kreaturen, deren furchtbare Kraft er schon mehr als einmal am eigenen Leib zu spüren bekommen hatte. Sie waren bewaffnet – einer trug ein schartiges Schwert in der Rechten, in der Hand des anderen pendelte ein Morgenstern, dessen Kugel fast so groß wie Marks Kopf war. Mit plötzlichem Schreck begriff er, dass die beiden Dämonen ihn spielend hätten überwältigen können, während er aus dem Fenster geblickt hatte.

Aber sie wollten es nicht.

Sie machten auch jetzt keine Anstalten, ihn anzugreifen, sondern starrten ihn nur an. Zögernd machte er einen Schritt, und die beiden Dämonen wichen vor ihm zurück. Sie beobachteten ihn weiter aufmerksam, aber in ihren Blicken war jetzt keine Spur von Feindseligkeit oder Hass mehr. Sie sahen ihn an, als erwarteten sie etwas von ihm. Und Mark glaubte zu wissen, was es war. Ganz langsam senkte er die Maschinenpistole und legte sie auf den Boden. Die Blicke der beiden Dämonen folgten seiner Bewegung aufmerksam, und wieder geschah etwas, was er nicht zu deuten vermochte. Sie wirkten … zufrieden? Nein, eher erleichtert, dachte er verwirrt. Dabei war er sicher, dass sie keine Angst vor der Waffe gehabt hatten. Er wusste mittlerweile, dass er diese Wesen damit hätte kaum verletzen können.

Ganz langsam hob Mark die Arme und streckte den beiden Dämonen die leeren Handflächen entgegen. Er war nicht sicher, dass sie seine Worte verstanden, bestimmt aber die Bedeutung der Geste. »Ich bin unbewaffnet«, sagte er. »Und ich bin nicht hier, um zu kämpfen. Lasst mich durch.«

Einer der beiden Dämonen trat zur Seite und machte eine einladende Handbewegung. Der andere rührte sich nicht. Er stand einfach da und starrte Mark an, und es war, als dringe sein Blick bis in die tiefsten Tiefen seiner Seele. Für einen kurzen, fürchterlichen Moment hatte Mark das Gefühl, von innen nach außen gekehrt zu werden, diesem unheimlichen Geschöpf seine intimsten Geheimnisse anzuvertrauen, seine geheimsten Gedanken und Wünsche. Er wurde durchleuchtet, geprüft – und er bestand diese Prüfung. Nach einer Weile erschien etwas wie ein Lächeln auf den verzerrten Zügen des Geschöpfs, und dann trat es ebenfalls beiseite und gab Mark den Weg frei. Es war das letzte Hindernis gewesen, das begriff Mark plötzlich. Die letzte Hürde, die nicht Thomas, sondern er selbst sich in den Weg gelegt hatte. Er war mit einer Waffe in der Hand hierher gekommen, und er hätte diesen Raum nicht lebend verlassen, hätte er sie nicht weggelegt.

Als er den Raum verließ, lag der Thronsaal vor ihm. Die riesigen Eisentüren mit den fremdartigen Symbolen standen offen, und dahinter bewegten sich unheimliche, schwarze Schatten. Wieder hörte er dieses qualvolle Stöhnen, und jetzt war er sicher, es sich nicht nur einzubilden. Er machte einen Schritt, blieb wieder stehen und sah sich um. Die beiden Dämonen waren verschwunden, so schnell und lautlos, wie sie aufgetaucht waren, und er war wieder allein. Er hatte Angst. Es war nicht Thomas, der ihn hinter dieser Tür erwartete. Wenn er diese Tür durchschritt, dann würde er etwas Entsetzliches sehen, das wusste er.

Langsam, wie gegen unsichtbare Ketten ankämpfend, die ihn halten wollten, trat er auf die Tür zu. Das Herz schlug ihm bis zum Hals. Seine Hände zitterten. Und er fühlte sich so allein und hilflos wie niemals zuvor im Leben.

Der Thronsaal war dunkel. Das bisschen Licht, das ihn erhellte, wirkte falsch und düster und drohend und schien einzig dazu geschaffen, die Schatten noch dunkler zu machen. Etwas bewegte sich vor ihm, etwas Riesiges, Missgestaltetes, und wieder hörte er dieses fürchterliche Stöhnen und Röcheln.

Und dann hörte er die Stimme.

Es war das Fürchterlichste, was er jemals erlebt hatte. Es war die Stimme seines Bruders, aber zugleich auch nicht, eine Stimme, die auf entsetzliche Weise verzerrt und verändert war, als hätte sie versucht, sich in etwas anderes, Unbeschreibliches zu verwandeln.

Du bist also wirklich gekommen.

Mark versuchte, das Dunkel vor sich mit Blicken zu durchdringen. Der verkrüppelte Schatten vor ihm bewegte sich, und ein Laut wie von scharrendem Stein auf Stein erklang. *Ich hätte nicht geglaubt, dass du den Mut aufbringst, kleiner Bruder. Komm näher.*

Mark rührte sich nicht. Der Schatten vor ihm war nicht Thomas. Er konnte nicht Thomas sein. Er war zu groß dafür, viel zu groß für den Umriss eines Menschen und zu verzerrt. Es war …

Hilf mir, Mark. Du bist der Einzige, der es noch kann.

Die Dunkelheit wich.

Und Mark schrie gellend auf.

Er stand seinem Bruder gegenüber. Aber auch dem Greif. Was er sah, das sah wie eine Kreuzung zwischen einem Menschen und einem gigantischen, geflügelten Lebewesen aus, ein furchtbares Etwas mit dem Gesicht seines Bruders, dem Körper eines Löwen und mit einem langen, peitschenden Schweif und schmalen, verkrümmten Händen, die sich in einer flehenden Geste nach ihm ausstreckten …

Hilf mir, Mark, flehte Thomas' Stimme in seinen Gedanken. Sein Gesicht war eine Grimasse der Qual, und in seinen Augen loderte unbeschreibliches Leid. *Er hat mich überlistet! Er hat nur mit mir gespielt, wie ich mit dir! Hilf mir!*

Mark taumelte wie unter einem Schlag zurück, und nun ergab alles einen Sinn. Es war der Greif gewesen, der Thomas' Handeln lenkte, von Anfang an, so wie er Dr. Merten beherrscht hatte und alle anderen. Der Greif, der gespürt hatte, dass seine Zeit ablief und das Einzige tat, was ihm blieb: sich besiegen ließ, um in der Gestalt derer, die ihn geschlagen hatten, zu neuer Macht aufzuerstehen. Er begriff plötzlich, dass es nicht dieser steinerne Löwenkörper war, der den Greif ausmachte, sondern das Prinzip des Bösen an sich, die negativen Kräfte der Schöpfung, die in dieser Welt durchaus Gestalt annehmen konnten. Thomas hatte von Anfang an keine Chance gehabt, sowenig wie Marten oder irgendein anderer, der mit der Absicht zu erobern hierher kam. All dies stand plötzlich so klar vor seinen Augen, als hätte er es die ganze Zeit über gewusst und nur vergessen. Aber das Entsetzen, mit dem ihn diese Erkenntnis erfüllte, war unbeschreiblich. Denn er begriff mit ebensolcher Klarheit, dass es nichts gab, was er gegen dieses Geschöpf tun konnte. Wenn er nichts tat, dann würde Thomas zum Greif werden wie Marten vor ihm. Und wenn er ihn tötete – *wenn er seinen eigenen Bruder tötete!* –, dann würde er selbst zum Greif werden … *Hilf mir, Mark,* flehte Thomas' Stimme in seinen Gedanken. Mühsam, wie unter unbeschreiblicher Qual, hob er die Hand und deutete auf eine Stelle neben der Tür. Mark wandte den Kopf und erblickte eine Silberkette mit einem kleinen Anhänger, die dort hing, und gegen seinen Willen wandte er sich um, nahm sie von der Wand und trat wieder auf seinen Bruder zu.

Der riesige Löwenkörper bewegte sich. Die gewaltigen Schwingen spreizten sich, bis sie den Thronsaal fast zur Gänze ausfüllten, und ein Schauer lief über den Leib der Bestie. Sein Gesicht … veränderte sich. Es hatte jetzt kaum noch Ähnlichkeit mit dem seines Bruders. Der Greif war fast wieder geboren.

Aber noch war ein winziger Rest seines Bruders in dem Geschöpf, in seinen Augen, die Mark mit stummer Verzweiflung anblickten. *Hilf mir! Lass mich nicht zu ihm werden!*

Mark hob das Lot. Der Greif regte sich erneut. Sein Schweif peitschte nervös, und die fürchterlichen Krallen an seinen Vorderpfoten rissen Funken aus dem Stein. Aber er war noch hilflos.

Warum tust du es nicht?, flüsterte eine Stimme hinter Marks Stirn. *Tu, was er sagt. Dein Bruder hat Recht. Er verhilft mir zu neuem Leben, und nichts wird von ihm bleiben. Tu es! Erlöse deinen Bruder, und ich werde durch dich wieder geboren! Es gibt nichts, was du gegen mich tun könntest, du Narr! Nichts!* Marks Hände begannen zu zittern. Hinter seiner Stirn erscholl ein lautloses, unbeschreiblich böses Lachen.

Noch einmal flackerte es in den Augen des Greif, und Mark sah sich seinem Bruder gegenüber.

Hilf mir!, flehte Thomas.

Mark hob die Hand mit der Kette, holte zum Wurf aus – und ließ das Lot wieder sinken.

»Ich kann es nicht«, sagte er. »Du bist mein Bruder. Ich kann es nicht. Verzeih mir, Thomas.«

Er trat einen Schritt zurück. Tränen füllten seine Augen, und der riesige Körper des Greif begann vor ihm zu verschwimmen. Eine Hand legte sich auf seine Schulter, und als Mark aufblickte, sah er in ein dunkles, bärtiges Gesicht mit sonderbar vertrauten Augen.

»Keln?«, flüsterte er überrascht. »Du?«

»Gib mir das Lot, mein Junge«, sagte der Mann. Seine Hand tastete nach der Marks und löste die schmale Silberkette aus seinen Fingern. Er lächelte, und dieses Lächeln erfüllte Mark für einen Moment mit einem Gefühl von Geborgenheit und Wärme. Er ließ den Tränen freien Lauf, während Keln ihn sanft, aber mit Nachdruck an den Schultern ergriff und aus dem Thronsaal schob.

Der dunkle Gang draußen war nicht mehr da.

Er hatte sich in eine gewaltige Halle verwandelt, deren Decke von riesigen steinernen Säulen getragen wurde.

Und diese Halle war nicht leer. Sie waren alle gekommen – jeder einzelne Einwohner von Martens Hof, jeder Mann, jede Frau, die Mark aus dem Bergwerk befreit hatte, jeder einsame Siedler oder Bauer, der irgendwo im Turm gelebt hatte ... Und alle anderen. Gehörnte, Detektiv-Wesen, Hunderte, wenn nicht Tausende von Geflügelten, und andere, bizarrere Geschöpfe, wie sie Mark noch nie zuvor zu Gesicht bekommen hatte. Und sie alle sahen ihn an.

Und mit einem Mal wurde ihm klar, dass dies hier längst nicht mehr sein Kampf war. Er war es wahrscheinlich nie gewesen. In dem Thronsaal hinter ihm würde sich nicht nur sein und Thomas' Schicksal entscheiden, sondern das einer ganzen Welt, das Schicksal jedes einzelnen lebenden Wesens, das er vor sich sah; gleich, ob Freund oder Feind. Es war die endgültige Entscheidung, welche Seite für die nächsten hundert oder auch hunderttausend Jahre die Macht über den Turm erringen würde: Licht oder Schatten, Gut oder Böse. Und sie wurde nicht auf dem Schlachtfeld errungen, wie Marten ihm hatte Glauben machen wollen. Es waren nicht die Armeen, die entschieden, sondern er allein.

Plötzlich entdeckte er zwischen all diesen Menschen und Geschöpfen des Schwarzen Turms eine schlanke Frauengestalt, deren Anblick ihn aus seinen Gedanken riss. Mit einem Satz war Mark bei ihr und warf die Arme um sie. Seine Mutter sagte nichts, sondern hielt ihn fest, bis er sich von ihr löste und einen halben Schritt zurücktrat. Sein Blick suchte Keln, aber er fand ihn nicht. »Wo ist er?«, fragte er. In das Lächeln auf dem Gesicht seiner Mutter mischte sich Trauer.

»Er tut, was getan werden muss«, sagte sie.

»Aber das kann er nicht!«, flüsterte Mark. »Niemand kann den Greif vernichten! Nur sein eigenes Blut!«

»Ja«, antwortete seine Mutter.

Mark durchrieselte ein Schauer. »Keln?«, flüsterte er.

»Nicht Keln.« Seine Mutter schüttelte den Kopf. Trotz aller Trauer war ihr Lächeln ein glückliches. »Diesen Namen hat er nur angenommen, damit ihn niemand findet.«

»Aber wer … ist er dann?«, stammelte Mark. Doch er wusste die Antwort. Er hatte sie in Kelns Augen gelesen, in seinem Lächeln, das ihm immer so eigentümlich vertraut vorgekommen war.

»Dein Vater«, antwortete Mutter. »Und der deines Bruders.« Ihre Augen füllten sich mit Tränen, als sie aufsah und die Tür zum Thronsaal anblickte, und dann schloss sie Mark in die Arme und hielt ihn mit solcher Kraft fest, als wollte sie ihn nie, nie wieder loslassen.

Epilog I

Die Zelle war so klein, dass Mark die Tür nicht ganz aufbekam. Mit einem dumpfen Laut schlug sie gegen die Kante der Pritsche, und die Erschütterung war heftig genug, die Gestalt zu wecken, die darauf lag. Mark hörte ein unwilliges Schnauben, gefolgt von einem grunzenden Laut, dann setzte sich die Gestalt mit einem Ruck auf, und ein vom Schlaf verquollenes Gesicht blinzelte müde zu ihm hoch.

Dann fuhr Bräker mit einem Schrei in die Höhe und fiel vor lauter Schreck fast von der Pritsche.

»Hallo«, sagte Mark grinsend.

Der Polizist starrte abwechselnd ihn und die schmale Tür hinter Mark an, öffnete den Mund, klappte ihn wieder zu und rieb sich mit den Händen die Augen. Es fiel ihm offensichtlich schwer zu glauben, was er sah – was Mark ihm auch nicht besonders verübeln konnte. Immerhin gehörte der Anblick einer aus rohen Balken gezimmerten Tür nicht unbedingt zum Alltäglichen. Nicht wenn sie wie aus dem Nichts in der Wand einer Arrestzelle erschienen war, in die sie nicht gehörte. Und vor allem nicht, fügte er in Gedanken hinzu, wenn hinter dieser Tür nicht die danebenliegende Zelle zu erkennen ist, sondern eine weite, sonnenbeschienene Ebene, über der sich ein blauer Himmel spannt, der zwar keine Sonne hat, dafür bei genauerem Hinsehen aber auch nicht aus Leere, sondern aus zyklopischen Felsquadern besteht.

»Wo … wo kommst du denn her?«, fragte Bräker verdutzt. Mark deutete mit dem Daumen über die Schulter zurück und grinste noch breiter. »Daher.«

Bräker starrte ihn weiterhin an. Er schien etwas sagen zu wollen, schüttelte aber dann nur den Kopf, rappelte sich mühsam von der unbequemen Liegestatt hoch und trat neben Mark an die Tür. Seine Augen weiteten sich vor Staunen, als er die Landschaft rings um Martens Hof betrachtete.

»Es ist also alles wahr«, flüsterte er schließlich.

Mark lächelte. »Sie haben mir doch nicht ganz geglaubt, wie?«, fragte er.

Bräker druckste sekundenlang herum, ehe er sich in ein verlegenes Lächeln rettete. »Ehrlich gesagt«, gestand er. »Ich weiß selbst nicht, was ich noch geglaubt habe.« Er sah Mark neugierig an. »Du hast es geschafft?«, fragte er. »Du hast deinen Bruder besiegt?«

»Nein«, antwortete Mark. Bräker hob verwirrt die Augenbrauen, und Mark fügte hastig hinzu: »Nicht so, wie ich dachte. Aber das erzähle ich Ihnen alles später. Jetzt sollten wir machen, dass wir hier wegkommen – meinen Sie nicht auch?«

»Weg?«, wiederholte Bräker verständnislos. »Du meinst, ich soll … mitkommen?« Er deutete auf die Landschaft, und er sah eigentlich mehr erschrocken als erfreut drein. »Dorthin?«

»Sie haben es selbst gesagt«, antwortete Mark. »Sie können nicht gut hier bleiben, nach allem, was passiert ist. Ich bin sicher, es wird Ihnen drüben gefallen.« Er dachte flüchtig an das lange Gespräch, das er mit seinem Vater geführt hatte, ehe er hierher zurückkam, und plötzlich lächelte er. »In Martens Hof läuft zwar einiges anders als hier, aber ich denke, einen guten Polizisten kann man überall gebrauchen.«

Bräker zögerte noch immer. Aber dann nickte er, und plötzlich trat ein Ausdruck in seine Augen, der Mark an den Blick eines Kindes erinnerte, das zum ersten Mal im Leben einen geschmückten Weihnachtsbaum sieht. »Du … du meinst, ich kann wirklich … mitkommen?«, vergewisserte er sich.

Mark nickte. »Es hat sich einiges geändert«, sagte er ernst. »Der Turm ist nicht mehr das, was er unter der Herrschaft des Greif war. Ich kann Ihnen keine Unsterblichkeit versprechen. Die Leute altern und sterben jetzt dort genauso wie hier. Aber sie leben sehr viel länger als bei uns«, fügte er hinzu, als er sah, wie sich etwas wie Enttäuschung auf Bräkers Zügen breit zu machen begann. »Und es werden Kinder geboren.«

Bräker schwieg eine Sekunde, trat dann auf die Tür zu und blieb wieder stehen, als er sah, dass Mark ihm nicht folgte. »Und du?«

»Gehen Sie ruhig«, sagte Mark. »Ich komme nach. Es gibt da noch etwas, was ich tun muss.«

Er wartete, bis Bräker durch die Tür gegangen war, dann schloss er sie und sah sich noch einmal in der winzigen Zelle um. Es tat ihm fast ein wenig Leid, dass er nicht dableiben und die dummen Gesichter der Beamten bewundern konnte, wenn sie sich eingestehen mussten, dass ihr Gefangener aus einer ausbruchssicheren Zelle entkommen war.

Mark lächelte flüchtig über diese Vorstellung, dann streckte er die Hand aus und öffnete die Tür ein zweites Mal.

Epilog II

Der Friedhof lag am Rande der Stadt, und es war keiner jener großen, protzigen Friedhöfe, wie man sie manchmal in Filmen oder Zeitschriften abgebildet sah, sondern ein kleiner Gottesacker mit bescheidenen Gräbern. Und die Beerdigungsgesellschaft, die an dem offenen Grab stand und den Worten des jungen Geistlichen lauschte, passte dazu. Es waren nur wenige Menschen – eine grauhaarige Frau, in einen abgetragenen Mantel gehüllt, zwei oder drei Nachbarn, ein paar Freunde …

»Ist sie das?«

Mark fuhr ein wenig erschrocken zusammen, als er die Stimme hinter sich hörte. Verstohlen blickte er sich um, und obwohl er im Umkreis von gut dreißig Metern der einzige Mensch war, wagte er es nicht, laut zu antworten, sondern flüsterte nur: »Ja.«

Die Stimme antwortete nicht, und Mark trat mit einem hastigen Schritt wieder in die Deckung der schneebedeckten Büsche zurück, aus der er hervorgetreten war.

Zwischen den tiefhängenden Zweigen hatte sich eine fast mannshohe, rechteckige Öffnung aufgetan, eine Tür, die ohne Angeln oder Rahmen scheinbar im Nichts zu schweben schien und hinter der das sonnenbeschienene Land rings um Martens Hof sichtbar war; ein Gegensatz zu der tristen Winterlandschaft ringsum, wie er krasser kaum mehr vorstellbar war. Mark konnte sogar den lauen Windhauch spüren, der drüben im Turm wehte und die grimmige Winterkälte hier verhöhnte, und für einen Moment überkam ihn eine sonderbar melancholische Trauer. Obwohl er diese fantastische neue Welt gerade erst zu entdecken begonnen hatte, verspürte er doch gleichzeitig ein Gefühl des Verlustes, das viel tiefer war, als er erwartet hatte. Er hatte seinen Vater gerade erst wieder gefunden, nachdem er sein Leben bisher in dem Glauben verbracht hatte, er sei tot …

Er verscheuchte den Gedanken und gab sich einen Ruck. Etwas lauter als zuvor sagte er: »Ihr könnt herauskommen. Es ist niemand da.«

In der Tür mitten im Nichts erschienen die Gestalten zweier Menschen – seines Vaters und seiner Mutter. Marks Mutter lächelte, während Kelns Gesicht (es fiel Mark selbst in Gedanken noch schwer, ihn nicht so zu nennen, sondern sich daran zu erinnern, dass dieser Mann sein Vater war) so ruhig und ernst blieb wie immer.

Aber dann blickte er in seine Augen, und was er in diesen lesen konnte, war neu und verwirrend – und es ließ ihn mit einem Mal begreifen, dass es überhaupt keinen Grund gab, traurig zu sein.

Kelns Augen leuchteten. Ihr Blick huschte über die schneebedeckten Zweige des Busches, den Boden, der voller Morast und Schneematsch war, und den tiefhängenden, grauen Himmel, aber es war, als sähe er etwas völlig anderes, ein wunderbares, verloren geglaubtes Paradies. Den Garten Eden, nicht einen Friedhof. Im ersten Moment verwirrte dieser Gedanke Mark, dann begriff er, dass sein Vater nichts verloren, sondern im Gegenteil eine neue Welt dazugewonnen hatte. Sie hatten oft über seinen Entschluss geredet, während der beiden Wochen, die in der anderen Gesetzen gehorchenden Zeit des Turms vergangen waren, und Mark wusste, dass Vaters Entschluss richtig war und vielleicht das Einzige, was er überhaupt tun konnte. Trotzdem hatte Mark bis jetzt das Gefühl gehabt, dass es einem Hinauswurf aus dem Paradies, das er gesehen und sogar gerettet hatte, in dem er aber gerade deswegen nicht leben durfte, gleichkam. Keln hatte getan, wozu der Greif Mark hatte verleiten wollen – er hatte Gewalt angewendet und den Tod ins Land jenseits der Träume getragen, und ganz egal, aus welchen Gründen er es getan hatte: Würde er dort drüben bleiben, dann würde er zum Greif werden, nicht sofort, nicht so schnell wie Thomas, aber irgendwann mit Sicherheit. Nein – er musste den Turm verlassen, und er durfte ihn nie wieder betreten.

Aber er war glücklich. Mark hatte geglaubt, dass er diesen Verlust bedauerte, aber das stimmte nicht. Sein Vater kam nicht als Vertriebener hierher, o nein. Er kam *nach Hause.* Und trotzdem blieb ein kleiner Rest von Trauer in Marks Herzen. Er hatte alles riskiert, um dort drüben, auf der anderen Seite der Träume, leben zu dürfen. Aber er hätte noch mehr gegeben, um es zusammen mit seiner Familie zu tun. Sein Vater schien genau zu spüren, was in Mark vor sich ging, denn er lächelte plötzlich, hob die Hand und zerstrubbelte Marks Haar, als wäre er ein kleines Kind. »Sei nicht traurig«, sagte er. »Es ist kein Abschied für immer. Du kannst uns besuchen, sooft du willst.«

»Ich weiß«, sagte Mark. Vergeblich versuchte er, so glücklich auszusehen wie sein Vater und seine Mutter. Sein Vater hatte natürlich Recht – schließlich war er, Mark, durchaus in der Lage, sooft von einer Welt in die andere zu wechseln, wie er wollte, und er würde sie besuchen, sehr oft sogar, das hatte er sich geschworen. Aber es war nicht dasselbe.

»Die Frau dort am Grab?«, drang Vaters Stimme in seine Gedanken.

Mark nickte, und im selben Moment verspürte er eine andere, aber fast ebenso schmerzhafte Art von Trauer. Er hatte über sie Erkundigungen eingezogen, bevor er hierher gekommen war. Sie hatte keine Kinder, und die Freunde, die sie hatte, waren Freunde ihres Mannes gewesen. Die wenigen Menschen, die die Frau begleiteten, waren im Grunde wahrscheinlich nur aus Pietät mitgekommen, bloß damit sie nicht allein am Grab stand.

Vor seinem inneren Auge tauchte das Bild eines kleinen, roten Wagens auf, der plötzlich aus der Bahn geriet und von einem umkippenden Tankwagen zerquetscht wurde, und noch einmal spürte er jene Mischung aus Schmerz und ohnmächtigem Zorn wie damals im Thronsaal des Greif. Es war seine Schuld, ganz egal, wie viele gute Gründe für das Gegenteil er sich auch selbst zurechtlegen mochte. Ja, dachte er, es ist richtig, was ich tue. Sie würde auch in Martens Hof keinen Ersatz für ihren Mann finden, denn nichts konnte einen geliebten Menschen ersetzen, der einem gewaltsam genommen wurde – aber vielleicht ein Leben, das ein wenig lebenswerter war als das, das sie hier erwartete.

Sie warteten geduldig, bis der Geistliche zu Ende geredet und die Frau die übliche Schaufel voll Erde in das offene Grab hinabgeworfen hatte, dann lösten sie sich aus dem Schatten des Busches. Ein vierter, etwas kleinerer Schatten wollte ihnen folgen, aber Mark scheuchte ihn mit einer raschen Handbewegung zurück. Yezariaels Anblick war sicher nicht dazu angetan, das Vertrauen der Frau zu erringen.

Wie er erwartet hatte, löste sich die Trauergemeinde auf, noch während er sich dem Grab näherte, und die grauhaarige Frau blieb allein zurück. Doch dann geschah etwas, was er nicht erwartet hatte: Der Geistliche sah auf, und als sich ihre Blicke trafen, erkannte ihn Mark.

»Jochen?«, fragte er. Natürlich war es kein Zufall. Wenn Mark eines gelernt hatte in all der Zeit, dann dies: dass es so etwas wie Zufall nicht gab.

Auch der junge Geistliche hatte ihn erkannt. Eine Sekunde lang blickte er ihn überrascht an, dann löste er sich fast hastig von seinem Platz und kam mit schnellen Schritten auf Mark zu.

»Du?«, sagte er überrascht. Sein Blick irrte zwischen Mark und seinen Eltern hin und her, und schließlich sah er die Frau am Grab an. »War das ein Verwandter von dir?«, fragte er schließlich.

Die Verlockung zu lügen und damit alles einfacher zu machen, war für einen Moment groß. Aber Mark widerstand ihr. Die Welt, in der er in Zukunft leben würde, ließ keine Lügen zu, auch nicht solche aus Barmherzigkeit. »Nein«, sagte er. »Aber ich kannte ihren Mann flüchtig.«

»Dann solltest du dich ein bisschen um seine Frau kümmern«, sagte Jochen leise. »Sie tut mir Leid. Sie hat jetzt niemanden mehr, weißt du?« Er zögerte einen Moment, dann fügte er leise hinzu: »Ich mache mir Sorgen um sie. Ich fürchte, sie wird sich etwas antun, wenn ihr niemand hilft.«

»Das wird sie nicht«, versprach Mark. »Nicht, wenn ich sie überreden kann, mich zu begleiten.«

»Begleiten?«

»Es gibt einen Ort, der alle Schmerzen heilt«, sagte Mark. »Und ich glaube, sie wird mitkommen.«

Jochen sah ihn nachdenklich an. »Das klingt, als hättest du dein Paradies gefunden«, sagte er.

»Das habe ich«, antwortete Mark. Er lächelte. »Oder zumindest einen Platz, den wir dazu machen können.«

Der junge Geistliche sah ihm sehr verwirrt nach, als Mark sich umwandte und auf die einsame Gestalt neben dem offenen Grab zuging.

Epilog III

Und da war dann noch die Sache mit Ela und ihren Freunden, den Berbern. Natürlich wollten sie den Schwarzen Turm – der jetzt nicht mehr der Schwarze Turm, sondern einfach nur noch der Turm war – ebenso wenig wieder verlassen wie irgendein anderer, aber das war nun wirklich kein Problem. Schließlich brauchte Martens Hof neben einem guten Polizisten, der alles Mögliche tat, außer Verbrecher zu jagen, die es nicht gab, und einem Herrscher, der alles tat, außer zu herrschen, auch noch gute Kellermeister …